Knaur.

22.06.05

Mehr Informationen über die Bücher von Jörg Kastner
im Droemer Knaur Verlag finden Sie auf den Seiten 525–527

Über den Autor:
Jörg Kastner, geboren 1962 in Minden an der Weser, hat nach erfolgreichem Jurastudium aus seiner Liebe zum Schreiben einen Beruf gemacht und lebt heute mit seiner Frau in Hannover. Von seinen genauen Recherchen, verbunden mit der Kunst, unwiderstehlich spannend zu erzählen, zeugen eine Reihe von Erfolgsromanen.
Besuchen Sie den Autor im Internet unter *www.kastners-welten.de*

Jörg Kastner

Sonnenkreis

Roman

Knaur Taschenbuch Verlag

Die deutsche Erstausgabe erschien 2001 unter dem Titel
»Mozartzauber« im List Verlag, München

Besuchen Sie uns im Internet:
www.knaur.de

Vollständige Taschenbuchausgabe 2004
Knaur Taschenbuch
Ein Unternehmen der Droemerschen Verlagsanstalt
Th. Knaur Nachf. GmbH & Co. KG, München

Umschlaggestaltung: ZERO Werbeagentur, München
Umschlagabbildung: Mauritius/Nonstock
Satz: Ventura Publisher im Verlag
Druck und Bindung: Clausen & Bosse, Leck
Printed in Germany
ISBN 3-426-61910-5

2 4 5 3 1

Für Corinna
zur Erinnerung an Wien

Kapitel 1

Alles begann an einem sonnigen Mittwoch im August, als ich gerade mal vierundzwanzig Stunden in Wien war. Eben noch hatte ich mich im Theaterfoyer unbeschwert den Journalistenfragen nach meiner Meinung zur Wiener Opernwelt und nach meiner Interpretation der Pamina gestellt, da trat durch eine unscheinbare Seitentür zu meiner Linken Marcus zurück in mein Leben, so unerwartet, dass mir buchstäblich die Spucke wegblieb und meine letzte Antwort in einem unverständlichen Krächzen endete. Den Journalisten entging meine plötzliche Erregung nicht, und als sie Marcus bemerkten, brach ein Blitzlichtgewitter los, prasselten von allen Seiten Fragen auf ihn herab. Ich war, zumindest vorübergehend, vergessen, und das machte mich alles andere als unglücklich. Denn auch mich interessierte, was eine blond gefärbte Journalistin Marcus auf Englisch zurief: »Mr. Reardon, was tun Sie in Wien?«

»Nur die Ruhe, meine Damen und Herren! Mr. Reardon wird all Ihre Fragen beantworten – *nacheinander*!«

Die Antwort kam auf Deutsch und nicht von Marcus. Der

Koloss von Mann, der sich hinter ihm durch die Tür zwängte, war Professor Karl-Leopold Lohner, der Intendant des nagelneuen Pegasos-Theaters. Obwohl seine unglaublichen Fleischmassen den grauen Dreiteiler bei jedem Atemzug zu sprengen drohten, bewegte er sich erstaunlich leichtfüßig durch die Schar der Journalisten.

Verwirrt sah ich zu, wie Marcus und Lohner rechts von mir auf dem Podest Platz nahmen. Dann wandte ich den Kopf nach links, zu Susan. Ein Blick in ihr leicht gerötetes Gesicht zeigte mir, dass sie nicht minder verblüfft war.

Im Gegensatz zu Susan und mir hätten Marcus und Lohner nicht gelassener sein können. Sie hatten diesen Auftritt offenbar gut vorbereitet, hatten die Journalisten, Susan und mich überrumpelt wie eine in den Hinterhalt gelockte feindliche Armee. Während ich, um meine Unsicherheit zu verbergen und Zeit zu gewinnen, etwas zu hastig das Glas Mineralwasser leerte, das man mir vor Beginn der Pressekonferenz gebracht hatte, wurde mir klar, dass ich das Opfer eines abgekarteten Spiels war, dass man mich vor vollendete Tatsachen stellen wollte.

Die blondierte Journalistin setzte sich durch, diesmal auf Deutsch: »Was hat Mr. Reardons überraschendes Erscheinen zu bedeuten? Ich dachte, Professor Harbiger soll die ›Zauberflöte‹ inszenieren.«

Sie fixierte Lohner, der ruhig die fleischigen Hände auf der weit vorgewölbten Kugel seines Bauches verschränkte.

Mit sonorer Stimme erwiderte er: »Es hat ein paar kleine Unstimmigkeiten mit Professor Harbiger gegeben. Um den Premierentermin nicht zu gefährden, haben wir den Vertrag in gegenseitigem Einvernehmen aufgelöst. Zum

Glück ist es unserem Theater in der gebotenen Eile gelungen, in Mr. Reardon einen, wie ich sagen möchte, mehr als vollwertigen Ersatz zu finden.«

»Mr. Reardon wird also die Oper inszenieren?«, vergewisserte sich die Journalistin.

Marcus beugte sich leicht vor und schenkte ihr sein unwiderstehlichstes Lächeln, während er mit starkem amerikanischem Akzent auf Wienerisch säuselte: »Ich habe die Ehre, Gnädigste.«

Gelächter wurde laut, und einige Journalisten spendeten sogar Beifall. Die Blondine starrte Marcus an, sie schien sich ganz in seinem Bann zu befinden. Ich verstand, wie sie sich fühlte. Nur zu gut verstand ich es.

Und dann wurde den Journalisten die Brisanz des eben Gehörten klar, und ihre Fragen prasselten auf mich nieder. Wie es sei, wieder mit Marcus zusammenzuarbeiten? Ob wir unseren Streit begraben hätten. Ob ich mich auf die Zusammenarbeit mit ihm schon lange gefreut hätte. Als ich ihre neugierigen Gesichter einfach nur anstarrte, schien ihnen zu dämmern, dass ich von Lohners und Marcus' Erklärung ebenso überrascht war wie sie.

Susan sprang in die Bresche, wie sie es immer tat, wenn ich nicht weiterwusste: »Miss Morton ist von der Reise ein wenig erschöpft und wird sich jetzt zurückziehen. Professor Lohner und Mr. Reardon stehen Ihnen weiterhin zur Verfügung. Vielen Dank für Ihr Verständnis.«

Wir verließen den Raum durch einen Nebenausgang; ich kam mir vor wie eine Verbrecherin auf der Flucht. Erst als wir im Taxi zum Hotel saßen, atmete ich ein wenig auf.

Wir hatten eine der teuersten Suiten im Hotel Ambassador. Der Blick ging hinaus auf die breite, belebte Kärntner Straße und auf die Silhouette Wiens mit dieser beeindruckenden Mischung aus alten Türmen und Dächern und modernen Hochhäusern. Kaum hatten wir die Suite betreten, schlug das Telefon an, passenderweise mit der Melodie von Mozarts Kleiner Nachtmusik.
Susan ging zum nächsten Apparat, aber ich rief: »Geh nicht dran! *Er* ist es sicher!«
»Wer, Pam? Sprichst du von Marcus?«
»Von wem sonst!«
Susans grüne Augen musterten mich zweifelnd. »Du siehst Gespenster, Kleines.«
Ich mochte es nicht, wenn sie »Kleines« zu mir sagte. Für mich kam es einer Verwandlung gleich, aus Freundinnen wurden Mutter und Tochter. Es war nicht unpassend, war Susan doch beides für mich, Freundin und Muttterersatz. Aber ich mochte nicht behandelt werden wie ein kleines Mädchen, vielleicht, weil es mich an meine Zeit auf Grainers Schule erinnerte.
Susan nahm den mattschwarzen Hörer ab, meldete sich mit einem knappen »Hallo?« und nannte ein paar Sekunden später ihren Namen.
War Marcus am anderen Ende der Leitung? Ich versuchte, die Antwort in ihrem Gesicht zu lesen, vergeblich. Und auch aus ihren Worten ging es nicht hervor. Sie beschränkte sich auf kurze, zumeist einsilbige Bemerkungen, während der Anrufer sich offenbar in wahren Wortschwällen erging.
Nervös wandte ich mich um und blickte durch das breite

Fenster hinunter auf Wien. Im Gegensatz zu Susan kannte ich die Stadt nur aus Reiseführern. Berlin, London, Paris und die Metropolitan Opera in New York waren die bisherigen Stationen meiner Karriere. Zu Wien hatte ich mich aus einem unerklärlichen Gefühl immer hingezogen gefühlt, als hätte ich eine angeborene Sehnsucht nach Fiakern, Kaffeehäusern, Heurigen und Schrammelmusik. Aber persönlich kannte ich die Stadt erst seit vierundzwanzig Stunden – und was hieß da schon *kennen*?

Unten auf der Kärntner Straße schien, angelockt vom sommerlichen Wetter, halb Wien zu flanieren. Touristen wie Einheimische bestaunten die Auslagen von Juwelieren und Luxusboutiquen, die im Freien aufgestellten Tische der Kaffeehäuser waren dicht umlagert, und vor den Ständen der Eisverkäufer hatten sich lange Schlangen gebildet. An mehreren Plätzen buhlten Straßenkünstler um Aufmerksamkeit. Fast direkt unter unserer Suite schwitzte ein Streichquartett im Rokoko-Look: gepuderte Perücken, goldbetresste Röcke, enge Kniehosen, weiße Seidenstrümpfe und schwarze Spangenschuhe.

Die Doppelglasfenster und der allgemeine Straßenlärm verschluckten die Musik, aber mein Blick ruhte lange auf den vier Männern. Mir war plötzlich flau im Magen, und ein eigentümliches Gefühl ergriff von mir Besitz, überschwemmte mich wie eine Flutwelle. Ein Déjà-vu-Erlebnis, und zwar ein ziemlich verrücktes: Die Straße unter mir veränderte sich, moderne Gebäude nahmen ein altertümliches Aussehen an. Auch die Menschen verwandelten sich, auf einmal ähnelten sie den vier Streichern. Statt T-Shirts trugen die Männer lange Gehröcke, statt leichter

Sommerhosen die engen, dicht unterm Knie abschließenden Hosen des 18. Jahrhunderts. Und die Frauen: Luftige Blusen und kurze Röcke verschwanden zugunsten rüschenverzierter Kleider mit kuppelförmig ausladenden Röcken, Tüllhauben krönten turmartige Frisuren. Menschen aus einer anderen Zeit!

Sie gingen an mir vorüber, und ich hörte ihre Stimmen. Ich stand nicht länger als Beobachterin hoch über ihnen an einem Fenster. Auch das Hotel Ambassador war verschwunden. Mein Standort war mitten auf der Straße, zwischen klappernden Pferdefuhrwerken und Menschen in Kleidern, die anachronistisch auf mich wirkten, aber nicht wirklich fremd. Es waren die Kleider, Häuser und Menschen meiner Zeit – jedenfalls für den Bruchteil einer Sekunde, bis eine durchdringende Stimme den Traum zerstörte.

»Pam, was ist los? Du stehst da wie hypnotisiert!«

Langsam drehte ich mich zu Susan um. Sie hatte den Telefonhörer noch in der Hand und betrachtete mich mit befremdetem Blick. Fast hätte ich laut losgelacht, so komisch war der Anblick. Das Telefon wollte so gar nicht zu ihrer Kostümierung passen. Nicht zu dem mit goldenen und silbernen Stickereien überfrachteten Kleid, das in einer gigantischen Glocke von Reifrock mündete. Nicht zu der weißblonden Turmfrisur mit kunstvoll in den Nacken gerollten Locken, die mit Schleifen und Bändern geschmückt war wie ein Weihnachtsbaum. Nicht zu dem bunten Fächer, den sie in der anderen Hand hielt. Nicht zu dem mit unnatürlich viel Rouge und einem fingerkuppengroßen Schönheitsfleck maskierten Gesicht. Sie sah aus wie im Karneval. Ich hatte Susan noch nie so gesehen, und doch schien sie mir auch in dieser Aufmachung vertraut. Die Lippen in dem rougegetünchten Gesicht öffneten sich, aber die Worte gingen im Rauschen des Wasserfalls unter, der plötzlich in meinem Kopf ertönte. Gleichzeitig begann sich das Zimmer um mich herum zu drehen, tanzten die Einrichtungsgegenstände wie entfesselte Derwische. Der Fußboden raste mir entgegen, als wollte der dunkelblaue Teppich mich verschlingen.

»Ausweichen!«, riet mir eine innere Stimme.

Zu spät! Ich fiel zu Boden, und der wilde Tanz endete in einer heftigen Kollision. Ein stechender Schmerz in meinem Kopf löschte alles andere aus.

Schmerz war Gegenwart, Schmerz war Vergangenheit. Schmerz war ein so fester Bestandteil meines Lebens, dass er mir ganz normal erschien. Seelischer Schmerz ebenso wie körperlicher Schmerz. So normal wie das Zwitschern der Vögel morgens in den Wäldern am Deerhunter Lake. Wie das Rauschen der mächtigen alten Kiefern und Pappeln, wenn die Herbststürme über die Rocky Mountains fegten. Wie das Kichern von uns Mädchen, wenn wir unter uns waren. Und wie das schreckhafte, angstvolle Verstummen, wenn wir draußen auf dem Gang die schweren, schleppenden Schritte hörten.

Die Schritte von Mr. Grainer. Raymond O.R. Grainer. Ich hatte nie herausgefunden, wofür das »O.R.« stand. Aber es machte sich gut, verlieh dem Namen Gewicht. Ein »Ray Grainer« hätte Schuhverkäufer oder Tankwart sein können, nicht aber ein »Raymond O.R.«, sicher nicht. Der

Name war so wuchtig wie alles an ihm: seine Art zu gehen, seine Holzfällerstatur mit den riesigen Händen, seine tiefe Stimme, die wie über den Bergen heranrollender Donner klang. Und wie sein fester Griff, wenn die Wut ihn übermannte. Zwischen den Pranken eines Grizzlys gefangen zu sein, konnte nicht schmerzhafter sein. Aber Schmerzen waren wir gewohnt, die hoffnungsvollen Mädchen im GHMGG – in »Grainer's Home for Musically Gifted Girls«.

Fast meine ganze Jugend verbrachte ich dort. Meine frühe Kindheit hatte ich so gut wie vergessen. Sie gehörte zu einem anderen Leben, das mit dem schrecklichen Unfall meiner Eltern ein jähes Ende gefunden hatte. »Weihnachtstragödie auf dem Highway 76«, hatten die Zeitungen getitelt, wie ich Jahre später nachlas. Drei Tage vor dem Fest wollten meine Eltern für die letzten Weihnachtseinkäufe nach Denver fahren. Es war kalt und regnerisch, das richtige Wetter für plötzlich auftretendes Glatteis. So erklärte es sich die Polizei, als sie an den Unfallort kam. Mammy und Dad waren tot. Die Medien nannten es einen Glücksfall, dass ich bei einer Nachbarin, Mrs. Simpson, zurückgelassen worden war. Ich hatte es später oft anders gesehen, besonders als ich mangels näherer Angehöriger in Grainers Heim für musikalisch begabte Mädchen kam. Bis heute weiß ich nicht, wie Grainer auf mich aufmerksam wurde.

»Big Ray hat vielleicht in einem Zeitungsbericht über den Unfall deiner Eltern gelesen, dass du schon im Kindergartenalter als Wunderkind bezeichnet wurdest«, versuchte Cora meine Anwesenheit im GHMGG zu erklären.

Cora Wilson kam kurz nach mir dorthin. Grainer hatte sie in einem Waisenhaus aufgespürt, wo Cora ihr ganzes bisheriges Leben verbracht hatte, nachdem ihre unverheiratete Mutter bei ihrer Geburt gestorben war. Wie Grainer auf sie gekommen war, blieb uns ebenfalls ein Rätsel. Aber als musikalisch begabt galten wir beide. Bei mir war es die Stimme, bei Cora das Talent zum Geigespielen. Ob mit Hilfe von Talentscouts oder aufgrund übersinnlicher Fähigkeiten, ich war sehr froh, dass »Big Ray«, wie wir Grainer unter uns nannten, Cora in die Einsamkeit der Berge geholt hatte. Sie wurde meine beste Freundin, das, was später Susan für mich bedeutete. Susan, die ich in kennen lernte, als Cora starb.

Es war kurz vor Weihnachten, und in diesem Teil der Berge tobte ein heftiger Schneesturm. Trotz der Musik hörten wir das Tosen des Windes, das wütende Rütteln an den geschlossenen Fensterläden und immer wieder das Aufschlagen abgerissener Zweige auf dem Hausdach, ein Geräusch wie das Klatschen von Ohrfeigen. Zuckten einige der Mädchen deshalb jedes Mal zusammen, wenn ein Ast aufs Dach fiel? Erinnerten sie sich dabei an die strafenden Hände von Mrs. DeBourn, die jetzt am Bühnenrand stand und die Generalprobe fürs Weihnachtskonzert mit ihren stets wachsamen, kalten Augen beobachtete? Ganz in Schwarz gekleidet – eine andere Farbe gab es für sie nicht –, wirkte sie wie ein Dämon. Jedenfalls auf uns, die wir Mrs. DeBourn fürchteten wie der Teufel das Weihwasser.

Raymond Grainers rechte Hand war allgegenwärtig, schien niemals zu schlafen und alles zu wissen, was im Heim vor sich ging, selbst wenn es hinter verschlossenen

Türen geschah. Erzählten wir uns in einer Pause tuschelnd einen unanständigen Witz, verrichteten wir die uns zugeteilte Hausarbeit nicht ordentlich, beschädigten wir versehentlich ein Musikinstrument, wir konnten sicher sein, dass Mrs. DeBourn es erfuhr und uns zur Rechenschaft zog. Eine Woche Strafdienst in der Küche oder beim Wäschewaschen war dann noch eine milde Sühne. Schlimmer waren Mrs. DeBourns Standpauken. Wenn sie uns mit eisigem Blick und nicht minder kalter Stimme unsere Undankbarkeit gegenüber dem großherzigen Raymond O.R. Grainer vorhielt. Am schlimmsten aber war es, wenn die fast immer kühl und beherrscht wirkende Mrs. DeBourn explodierte. Wenn ihre knochigen Hände in unseren Gesichtern landeten, schnell, hart, schmerzhaft, und brennende Wangen hinterließen, mit Tränen gefüllte Augen, verängstigte Herzen. Noch Tage später schreckte man bei dem geringsten Laut zusammen, der an das erinnerte, was Mrs. DeBourn »eine kleine Zurechtweisung« nannte.

Unter ihren wachsamen Augen geriet die Generalprobe zu einem Martyrium, als wären die Mädchen durch das Unwetter nicht schon genügend verunsichert gewesen.

»Und wofür der ganze Aufwand? Wenn der Blizzard tobt, kommt zu Weihnachten kein Schwein hierher, um unser Konzert zu hören, schon gar nicht die ehrwürdigen Damen und Herren aus Buttons und von der Stiftung.«

Das flüsterte Cora mir zu, während wir hinter der Bühne auf unseren Auftritt warteten. Dabei grinste sie, als wäre es ihr nur recht, wenn wir vor leeren Rängen auftreten müssten. Die seit Wochen andauernden Proben, die fast fertige Dekoration im Konzertsaal, das Einkaufen und

Vorbereiten von Essen und Getränken, alles für die Katz, eine bittere Schmach für Big Ray und die verhasste Mrs. DeBourn.

Das Weihnachtskonzert im GHMGG hatte schon Tradition. Die oberen Zehntausend, wohl eher zweihundert an der Zahl, aus Buttons warfen sich in Schale, um uns zu beehren. Buttons war der nächste größere Ort in den Bergen. Eigentlich war es überhaupt der nächste Ort – und auch der einzige. Zumindest für uns. Es galt bereits als Ereignis, wenn eine von uns mal zum Einkaufen nach Buttons mitgenommen wurde.

Ebenfalls zum Konzert kamen jedes Jahr ungefähr zwanzig Vertreter der »Stiftung«, wie wir sagten. Vermutlich war es auch nicht ansatzweise die korrekte Bezeichnung. Aber da wir gehört hatten, dass Grainers Heim durch Spenden und ähnliche Geldquellen finanziert wurde, nannten wir es so. Die Abgesandten dieser für uns nicht ganz durchschaubaren Organisation hießen bei uns Mädchen auch »die Weihnachtsmänner«, ganz gleich ob es sich um Männer oder Frauen handelte. Weil wir sie nur zu Weihnachten zu Gesicht bekamen, und weil sie für jede von uns Geschenke mitbrachten. Letzteres war der weitaus angenehmste Aspekt der ganzen Veranstaltung.

»Wenn wir Weihnachten vor leeren Plätzen auftreten, beißt die DeBourn sich in den Hintern«, fuhr Cora kichernd fort. »Obwohl sich das kaum lohnt, nur Haut und Knochen. Der fette Arsch von Big Ray wäre vielleicht appetitlicher.«

»Nicht so laut, Cora!«, zischte ich. »Du weißt, dass Mrs. DeBourn besser hört als der gesamte CIA-Abhördienst.«

»Aber nicht bei dem Krach.«
»Meinst du den Sturm oder die Musik?«
Cora sah mich mit hochgezogenen Brauen an, dann grinste sie. »Beides, wenn du mich fragst. Musizieren finde ich wunderschön, aber bei ›White Christmas‹ und ›Jingle Bells‹ muss ich kotzen.«
Kurz darauf stand sie auf der Bühne und spielte mit der Routine einer erfahrenen Violinistin. Vielleicht war es auch nur ihre Abneigung gegenüber der Weihnachtsmusik, die den Eindruck übergroßer Lässigkeit hervorrief. Zweimal konnte sie ein Gähnen kaum unterdrücken, während sie spielte. Oh Gott, wenn sie sich doch nur etwas zusammengerissen hätte!
Die Quittung erhielt sie ein paar Stunden später, als wir zu Bett gehen wollten. Vier Mädchen schliefen auf unserer Stube, neben Cora und mir noch Hannah Bidwell und Jayne Dobbs. Wir hatten gerade unsere Nachthemden übergestreift, da schwang die Tür auf, und Mrs. DeBourn betrat den Raum, der mir auf einmal viel zu klein vorkam.
Mein Herz klopfte im Stakkato, mein Puls raste. Den drei anderen Mädchen ging es vermutlich ebenso. Noch Jahre später schämte ich mich über die Erleichterung, die ich verspürte, als Mrs. DeBourns länglicher Kopf sich Cora zuwandte.
»Cora Wilson, ich habe mit dir zu reden!«
Das war keine bloße Mitteilung, sondern ein Befehl, ihr zu folgen. Ein Befehl, der keinen Widerspruch duldete.
Trotzdem versuchte Cora es: »Ich … bin schon im Nachthemd, Mrs. DeBourn.«

Sie bemühte sich um einen festen Tonfall, konnte das Zittern in ihrer Stimme aber nicht ganz unterdrücken.
Mrs. DeBourn sah sie kalt an. »Ich habe Augen im Kopf.« Damit drehte sie sich um und verließ den Raum.
Cora warf mir einen letzten, verzweifelten Blick zu, bevor sie Mrs. DeBourn folgte.
Wir anderen löschten das Licht, wie es Vorschrift war, und gingen zu Bett. Ich weiß nicht, wie es Hannah und Jayne erging, aber ich konnte aus Sorge um Cora kein Auge zumachen. Kalter Schweiß trat mir auf die Stirn, und meine Hände krallten sich krampfartig in die Bettdecke. Mir war speiübel. Ich glaubte, mich jeden Augenblick übergeben zu müssen.
An jenem kalten Dezemberabend, als der Schneesturm ums Haus tobte und die Angst mich im Würgegriff hielt, hatte ich das Gefühl, dass die Zeit unendlich langsam verrann, Sekunde für Sekunde für Sekunde. Ich weiß nicht, wie lange es dauerte, bis die Tür geöffnet wurde. Ohne das Licht anzuschalten, betrat jemand den Raum und schloss die Tür wieder. Ich erkannte Cora, als sie in den fahlen Lichtschein trat, der durch die Ritzen der Fensterläden fiel. Und bei ihrem Anblick bekam ich einen Schreck. Sie war eins der lebhaftesten Mädchen im Heim, aber jetzt war davon nichts zu sehen. Ihre Züge wirkten kalt, wie abgestorben. War Cora wirklich so bleich, oder war das matte Licht für den Eindruck verantwortlich?
Ohne ein Wort zu sagen, öffnete sie ihren Schrank, streifte das Nachthemd ab und begann sich anzuziehen.
Ich stieg aus dem Bett, legte eine Hand auf ihre linke Schulter und flüsterte: »Was tust du?«

»Ich verschwinde.«
»Jetzt?«, fragte ich nach einer langen Schrecksekunde. »Bei dem Unwetter?«
»Es lässt schon nach«, sagte Cora und zog sich einen dicken Rollkragenpullover über.
»Aber … wo willst du hin?«
»Nach Buttons. Von dort werde ich schon weiterkommen.«
Ihre Stimme und ihr Blick, soweit ich das in dem schwachen Licht sehen konnte, ließen kein Zögern und keine Zweifel erkennen. Ihr Entschluss, das Heim zu verlassen, schien endgültig zu sein. Panik überfiel mich, ohne dass ich hätte sagen können, was mich mehr erschreckte: der Gedanke an das, was Cora da draußen erwartete, oder die Überlegung, was Mrs. DeBourn mit ihr angestellt haben musste, um sie zu so einer Verzweiflungstat zu treiben.
Ich wartete darauf, dass Hannah und Jayne mir beistanden, dass sie die Worte fanden, die mir fehlten, um Cora zurückzuhalten. Aber die beiden lagen mucksmäuschenstill in ihren Betten. Hielten sie sich absichtlich heraus, um nicht bei Mrs. DeBourn anzuecken? Bei dieser Frau, die alles sah, alles hörte und alles wusste. Schon oft hatte ich mir überlegt, dass sie Spitzel unter uns haben musste. Vielleicht auch auf unserer Stube – Hannah oder Jayne?
Cora bückte sich, um ein Paar Schnürschuhe anzuziehen. Ich packte sie am Arm, um sie zurückzuhalten, aber sie schüttelte mich ab wie ein lästiges Insekt. Dann stopfte sie ein paar Habseligkeiten in einen alten Rucksack und schlüpfte in ihre dicke Holzfällerjacke mit den großen

roten und schwarzen Karos, die eher zu einem Jungen gepasst hätte.

»Du kommst gar nicht aus dem Haus«, versuchte ich es noch einmal. »Alle Türen sind um diese Uhrzeit fest verschlossen!«

»Aber nicht alle Fenster. Die großen Fenster in der Turnhalle lassen sich leicht öffnen, und schon ist man draußen.«

Cora ging zur Tür. Ich brachte ein fast tonloses »Ich …« hervor, bevor ein dicker Kloß im Hals meine Stimme vollends erstickte.

»Pass auf dich auf«, sagte Cora und umarmte mich kurz, als wäre ich es, die sich auf ein gefährliches Vorhaben einließ. »Nimm dich in Acht vor Mrs. DeBourn!«

Und schon war sie verschwunden, verschmolz ihre schemenhafte Gestalt mit der Dunkelheit des lichtlosen Ganges. In wenigen Minuten würde Cora ganz allein Kälte und Sturm ausgesetzt sein, während ich mich in mein warmes Bett legte. Und doch dachte ich, konnte sie sich kaum einsamer und elender fühlen als ich in dem Moment.

»Sie ist verrückt! Sie wird sich verirren oder von einem umstürzenden Baum erschlagen werden.«

Das war Jayne, jetzt, wo es zu spät war. Hannah stimmte ihr zu und ersann noch allerlei Unglücke, die Cora da draußen zustoßen mochten. Ich achtete nicht auf das Geplapper der beiden. All meine Gedanken kreisten um die Frage, was ich tun konnte. Wenn ich nichts unternahm, ließ ich Cora dann in ihr Verderben rennen? Aber wenn ich Hilfe holte, verriet ich dann nicht meine beste – und einzige – Freundin?

Meine Sorge um Cora war größer als meine Angst, von ihr verachtet zu werden. Ich lief zu Miss Clayfield, unserer Gesanglehrerin, der ich von allen Lehrern am meisten vertraute.
Kurz darauf geriet das Haus in Aufruhr. Das Lehrpersonal und die Monahams, unser Hausmeisterehepaar, wollten erst nicht recht glauben, was ich Miss Clayfield berichtet hatte. Aber als sie Coras Bett leer vorfanden und das offene Fenster in der Turnhalle entdeckten, waren sie endlich überzeugt, dass es sich nicht um einen Schülerscherz handelte. Die männlichen Lehrer und Mr. Monaham zogen sich an und liefen hinaus in den Schneesturm. Der toste mit solcher Gewalt ums Haus, dass der Suchtrupp schnell von den herumwirbelnden, dicken Schneeflocken verschluckt wurde.
Am liebsten wäre ich ihnen nachgelaufen, so wie ich war, im Nachthemd. Miss Clayfield spürte das, hüllte mich in die wollene Stola, die sie sich übergeworfen hatte, und zog mich mit sanfter Beharrlichkeit zurück ins Haus. Auf ihrem Zimmer kochte sie uns eine heiße Schokolade. Sie wollte mich beruhigen, mich ablenken, aber das gelang ihr kaum. Immer wieder sah ich zu der dreieckigen Wanduhr hinüber, deren modernes Design nicht zu dem altmodisch-behaglich eingerichteten Raum passen wollte. Die Zeiger krochen unendlich langsam voran. Irgendwann verebbten Miss Clayfields beruhigende Worte, und wir saßen nur noch still da, lauschten dem allmählich leiser werdenden Heulen des Windes.
Nach einer Ewigkeit, oder zumindest kam es mir so vor, erklangen Schritte auf dem Gang, die vor Miss Clayfields

Tür verstummten. Ein paar Sekunden verstrichen, dann ertönte ein zögerliches Klopfen. Hitzewellen durchströmten mich, und mir blieb fast das Herz stehen. Instinktiv wusste ich, dass die Person vor der Tür uns eine wichtige – die entscheidende – Nachricht brachte.

»Ja? Die Tür ist nicht verschlossen.«

Miss Clayfield sprach mit belegter Stimme. Das Warten auf eine Nachricht von Cora zerrte auch an ihren Nerven.

Raymond Grainer betrat den Raum, sichtlich bedrückt. Seine aufgeworfenen, fleischigen Lippen bebten, als er nach Worten suchte.

»Das Mädchen … Cora …«, stammelte er. »Eben ist der Suchtrupp zurückgekehrt.«

Miss Clayfield schluckte schwer, bevor sie leise, fast widerwillig fragte: »Und?«

»Sie …« Der massige, sonst so selbstsicher auftretende Heimleiter stockte abermals, blickte hilflos um sich und setzte neu an: »Sie haben Cora gefunden, keine Meile von hier entfernt, am Indian Rock.«

Ich kannte den zerklüfteten Hügel, der sich nahe der nach Buttons führenden Bergstraße erhob. Bei einem Ausflug vor eineinhalb Jahren hatten Cora und ich uns dorthin abgesetzt, um allein zu sein. Die vielen Höhlen im Indian Rock bildeten einen idealen Unterschlupf. Daran musste Cora sich erinnert haben, als sie Schutz vor dem Blizzard suchte.

»Dann lebt sie also?«, atmete Miss Clayfield auf.

Noch bevor Grainer traurig den Kopf schüttelte, las ich die Antwort in seinen Augen.

Die folgenden Tage verbrachte ich wie in einem Fieber-

traum. Ich hatte das Gefühl, neben mir zu stehen, konnte an nichts anderes denken als an Cora. Man hatte sie mit gebrochenem Genick in einer Erdspalte gefunden. Sie musste in einer der dunklen Höhlen ausgerutscht sein.
Je näher der Weihnachtstag rückte, desto mehr verwandelte sich meine dumpfe Trauer in Wut. In Wut auf Grainer und Mrs. DeBourn. Auf den Heimleiter war ich wütend, weil der die Weihnachtsvorbereitungen weiterlaufen ließ, mit der schalen Begründung, Cora hätte es so gewollt. Und Mrs. DeBourn, der ich die Schuld am Tod meiner Freundin gab, tat, als ginge sie der ganze Vorfall nichts an. Während des Weihnachtskonzerts stand sie ungerührt am Rand der Bühne, gab den auftretenden Mädchen Anweisungen und applaudierte nach jeder Nummer mechanisch.
Irgendwann konnte ich es nicht länger ertragen. Ich sprang auf und machte meinem Zorn auf Mrs. DeBourn vor versammeltem Publikum Luft. Ich nannte sie eine Sadistin und Mörderin. Immer wieder schrie ich es hinaus, bis mich ein paar Lehrer wegzogen und ins Konferenzzimmer schleppten. Dort fiel sämtliche Energie von mir ab, und ich sackte lethargisch auf einen gepolsterten Stuhl.
Kurz darauf hörte ich auf dem Gang eine Frauenstimme. Ich glaubte, Mrs. DeBourn sei gekommen, um mich zurechtzuweisen. Aber als die Tür geöffnet wurde, sah ich zum ersten Mal Susan Stratford.

»Pam? Pam, wie geht es dir?«
Etwas Ähnliches hatte Susan damals zu mir gesagt, und es

war auch jetzt ihre Stimme, die ich wie durch dichten Nebel hörte: gedämpft, irgendwie undeutlich.
Ich schlug die Augen auf und sah dicht vor mir die besorgte Susan. Sie sah fast noch genauso aus wie damals, vor zehn Jahren. Dass sie in den Vierzigern war, konnte ein Fremder allenfalls erahnen. Sie hätte ebenso gut Mitte dreißig oder Anfang fünfzig sein können. Das dunkelblonde Haar war kurz geschnitten und umgab ein schmales, energisches Gesicht mit tief liegenden, geheimnisvollen Augen und schmalen, stets ein wenig ironisch wirkenden Lippen.
Auch der fragende Ausdruck in ihren Zügen erinnerte mich an unsere erste Begegnung in Grainers Schule. Nur saß ich jetzt nicht auf einem Stuhl, sondern lag, halb ausgezogen und bis zur Brust zugedeckt, auf dem großen Bett in meinem Hotelzimmer. Ich fühlte mich wie in Watte gepackt, und als ich sprechen wollte, kam meine Zunge mir schwerfällig vor, wie ein Fremdkörper.
»Wieso liege ich hier?«, brachte ich schließlich hervor.
»Der Arzt und ich haben dich ins Bett gelegt, bevor er dir die Spritze gegeben hat.«
»Arzt? Spritze?«
Susan setzte sich auf die Bettkante und strich sanft über mein Haar. »Du bist plötzlich zusammengeklappt. So schnell, dass ich dich kaum noch auffangen konnte.«
Ich erinnerte mich: die Kärntner Straße, das Streichquartett im Rokoko-Look, das seltsame Gefühl, mich plötzlich in einer anderen Zeit zu befinden. Dann musste ich das Bewusstsein verloren haben. Oder besser gesagt: Mein Bewusstsein war vom Unterbewusstsein verdrängt worden, von der Erinnerung an Grainers Schule.

»Wie lange war ich ohnmächtig?«
»Du hast fast fünf Stunden geschlafen.«
»Was?« Ich war erschrocken.
Susan lächelte aufmunternd. »Das lag wohl hauptsächlich an dem Beruhigungsmittel, das der Arzt dir gespritzt hat.«
Ich zog meine Stirn in Falten. »Wäre ein Aufputschmittel nicht besser gewesen? Was war das für ein Arzt?«
»Ein sehr guter, von der Hotelleitung empfohlen. Weißbach ist sein Name. Nachdem er hörte, was auf der Pressekonferenz vorgefallen ist, hat er einen nervösen Zusammenbruch diagnostiziert.«
»Du hast ihm erzählt, dass ... von Marcus?«
Meine Stimme klang nicht nur empört, sondern vorwurfsvoll. Das lag an Marcus. Oder eher an meinen Gefühlen für ihn. Ich versuchte, so wenig wie möglich an meine Zeit mit ihm zu denken. Denn obwohl wir den Schlussstrich schon vor zweieinhalb Jahren gezogen hatten, waren meine Wunden noch frisch. Und jetzt musste Susan unter meiner übergroßen Empfindlichkeit leiden.
Sie ließ sich jedoch nichts anmerken, sondern sagte in sachlichem Tonfall: »Soweit ich weiß, unterliegen auch österreichische Ärzte der Schweigepflicht. Eine Kapazität wie Dr. Weißbach wird seinen guten Ruf nicht durch eine Indiskretion aufs Spiel setzen. Außerdem weiß er nichts, was morgen nicht ohnehin in der Zeitung steht. Marcus und Lohner haben die Plattform, die sich ihnen durch die Pressekonferenz bot, sicher bestens genutzt.«
Susans letzte Bemerkung erinnerte mich an den Anruf, und ich fragte sie nach ihrem Gesprächspartner.
Sie lächelte schwach. »Es war nicht Marcus, Kleines, aber

so falsch hast du mit deiner Vermutung – oder sollte ich sagen Befürchtung? – nicht gelegen. Es war Lohner. Er hat mir fast ein Ohr abgekaut.«

»Lohner?« Bei dem Gedanken daran, wie der Intendant mit Marcus gemeinsame Sache gemacht hatte, um mir eine Falle zu stellen, kochte Empörung in mir hoch. »Will er mich zum Bleiben überreden?«

»Selbstverständlich.«

»Vergiss es! Spätestens morgen fliegen wir zurück in die Staaten. Es sei denn, du hast bereits einen Rückflug für heute gebucht.«

Susan schüttelte den Kopf. »Angesichts deines Zusammenbruchs erschien mir das nicht angebracht.«

»Es geht mir wieder besser. Du kannst dich also gleich um einen Flug kümmern.«

Ich hörte mich an wie eine missmutige Lady in einem Hollywood-Kostümschinken, die ihre schlechte Laune an ihrer Dienerin auslässt.

Susan trug es mit Fassung. »Lohner sagte, du seist vertraglich gebunden, ganz gleich, wer die ›Zauberflöte‹ inszeniert.«

»Und?«, fragte ich gedehnt. »Du bist meine Managerin und für die Verträge zuständig. Wie ist die Rechtslage?«

»Ein Jurist würde sagen, es kommt darauf an.«

»Soll heißen?«

»Im Vertrag haben wir leider nicht fixiert, dass du nur auftrittst, wenn Harbiger die Oper inszeniert. Aber bei allen Vorgesprächen, und dafür gibt es mehrere Zeugen sowie den Inhalt belegende Schriftstücke, war immer von ihm die Rede. Wir könnten uns auf eine diesbezügliche

Zusatzabsprache zum Vertrag berufen, aber das ist eine wacklige Konstruktion. Falls Lohner uns verklagt, könnte es teuer für uns werden.«

»Für unseren Geldbeutel. Aber wenn ich auftrete und mit Marcus zusammenarbeite, wird es teuer für meine Seele.«

Susan sah mich mitfühlend an. »So schlimm ist es?«

»Schlimmer«, sagte ich und senkte den Blick.

Ich brachte es nicht über mich, ihr zu verraten, dass Marcus mir alles andere als gleichgültig war. Ich schämte mich dafür, schämte mich meiner Inkonsequenz und Hilflosigkeit. Vor allem: Susan all das zu sagen, hieß, es mir selbst einzugestehen.

Mit einem Ruck erhob sie sich von meinem Bett. »Also gut, Pam, wir fechten das gemeinsam durch, Seite an Seite, wie wir es in brenzligen Situationen immer tun. Ich werde uns für morgen zwei Plätze nach New York reservieren lassen. Und wenn Lohner Schwierigkeiten macht, schicken wir ihm die besten Anwälte auf den Hals, die unser großes Land zu bieten hat!«

Das war die Einstellung, die ich an Susan so bewunderte. Ihr Elan und ihre Standfestigkeit, wenn sie sich einmal zu etwas entschlossen hatte, waren beispiellos. Und wenn ich in der Klemme steckte, kämpfte sie für mich wie eine Löwin für ihr Junges.

So wie damals in Grainers Schule, als sie sich schützend vor mich stellte, gegen Mrs. DeBourn. Susan, die ich damals noch Miss Stratford nannte und der ich anfangs skeptisch, ja ängstlich begegnete. Sie gab sich als Angehörige der Stiftung zu erkennen, und das hieß für mich, dass sie auf der Seite von Raymond Grainer stand – und von Mrs. DeBourn. Ich irrte mich gründlich.

Susan fragte mich über die Vorfälle im Heim aus und über die Rolle, die Mrs. DeBourn dabei spielte. Die betrat während unseres Gesprächs den Raum, wurde von Susan aber in scharfem Tonfall wieder hinausgeschickt. Noch nie hatte ich erlebt, dass jemand so mit Grainers rechter Hand umsprang. Noch mehr erstaunte mich, dass die DeBourn sich augenblicklich zurückzog, zwar mit einem giftigen Blick auf Susan und mich, aber ohne Widerworte. Da begann ich zu ahnen, dass ich Susan vertrauen konnte, dass mit ihr ein Hoffnungsschimmer in mein tristes Leben gefallen war.

Es gab keine gerichtliche Untersuchung gegen Mrs. DeBourn, keine Anklage, auch keinen öffentlichen Skandal. Aber Susan Stratford sorgte dafür, dass sie fristlos entlassen wurde. Und besser noch, Susan nahm ihren Platz ein. Von da an wehte ein anderer Wind im GHMGG. Zwar achtete auch Susan auf Fleiß und Disziplin, aber sie behandelte uns verständnisvoll und vor allem fair. Sie milderte das von ihrer Vorgängerin geschaffene Strafsystem erheblich, ausrutschende Hände gehörten der Vergangenheit an.

Von allen Mädchen im Heim war ich diejenige, für die der Wechsel am meisten veränderte. Ich hatte immer das Gefühl, dass Susan ein besonderes Augenmerk auf mich richtete. Vermutlich, so versuchte ich es mir zu erklären, wegen meines mutigen Auftretens gegenüber Mrs. DeBourn. Mit der Zeit wurde ich so etwas wie Susans Lieblingsschülerin.

Als meine Zeit in Grainers Heim endete und ich aufs Konservatorium ging, schmerzte mich am meisten der Abschied von Susan. Doch wir blieben in Kontakt, auch über eine Entfernung von vielen hundert Meilen. Sie kümmerte sich weiterhin um mich, freundschaftlich, fast wie die Mutter, die so früh von mir gegangen war. So überraschte es mich kaum, als sie mir am Beginn meiner Karriere anbot, meine Managerin zu werden. Seitdem waren wir unzertrennlich. In der Opernwelt waren Morton und Stratford als Team ein fester Begriff wie anderswo Laurel und Hardy, Martin und Lewis oder Holmes und Watson.
Auch jetzt war mir Susans Loyalität sicher, obwohl sie meine Entscheidung, Wien umgehend zu verlassen, nicht billigte. Ich kannte sie gut genug, um das zu spüren. Aber als sie sich telefonisch bei der Rezeption nach dem nächsten USA-Flug für den morgigen Tag erkundigte, klang es, als wäre es ihre ureigene Entscheidung. Gute alte, verlässliche Susan!
Ich stand auf, trat ans Fenster und blickte auf Wien, dessen Dächer im Abendsonnenschein leuchteten. Alte Kuppeln und kunstvolle Türme, durchsetzt mit riesigen, modernen Glasfronten. Breite Einkaufsstraßen und enge Gassen, durch die sich Straßenbahnen wanden wie mechanische Würmer. Ich dachte an die Geschichte dieser Stadt, überreich an denkwürdigen Vorfällen und Charakteren. Es war die Stadt von Kaiser Franz Joseph I. und seiner Frau Kaiserin Elisabeth I., genannt Sisi, von Prinz Eugen und Maria Theresia, von Gustav Klimt und Sigmund Freud, von Haydn und Mozart. Schon von den Römern gegründet, hatte Wien den Türken getrotzt, napoleoni-

sche Besetzungen ausgehalten und nach dem Zweiten Weltkrieg den Anschluss an Deutschland schnell wieder gelöst. Und Wien galt, noch immer, als Weltzentrum der Musik.

Auf all das hatte ich mich gefreut, ich hatte es erkunden und genießen wollen. Neben der reizvollen Aufgabe, die Pamina in der historisch sorgfältig rekonstruierten Aufführung der »Zauberflöte« zu singen, war das ein wesentlicher Grund für mich gewesen, herzukommen. Nach Wien, in die Stadt, deren Name schon immer einen unerklärlichen Zauber auf mich ausgeübt hatte. Und das sollte ich mir kaputtmachen lassen, von Lohner und Marcus? Ich sollte feige fliehen, mich zurückziehen, weil die beiden auf dreiste Weise meine Pläne und Wünsche torpedierten? In mir keimte Widerstand auf, der Wille, ihnen Paroli zu bieten und mir *mein Wien* nicht von ihnen rauben zu lassen.

Susan legte den Hörer auf und sagte: »Das Hotel sucht den besten Flug für uns heraus und meldet sich, wenn die Plätze gebucht sind. Okay?«

Ich drehte mich zu ihr um und antwortete mit einem entschuldigenden Lächeln: »Nein, sag es ab. Wir bleiben.«

Froh, mich dazu durchgerungen zu haben, sah ich wieder auf das rege Treiben der Donaumetropole hinab. Ich hatte mich für diese Stadt entschieden, so glaubte ich. In Wahrheit war Wien mein Schicksal.

Kapitel 2

Ich war glücklich über meinen Entschluss, in Wien zu bleiben, als ich mit Susan durch die in abendliches Licht getauchten Straßen flanierte. Noch immer herrschte Hochbetrieb in dem zentralen Stadtteil, den die Wiener die »Innere Stadt« nennen. Der Bereich, wo sich das Wiener Treiben in seiner ganzen bunten Vielfalt auf nur einem Quadratkilometer präsentiert. Ja, ich war glücklich und dachte nicht mehr an Marcus, jedenfalls für den Augenblick. Ich betrachtete die Auslagen in den Luxusboutiquen und Juweliergeschäften und fertigte im Geiste eine nicht gerade kurze Einkaufsliste an. Die einzigartige Atmosphäre zog mich in ihren Bann; staunend blieb ich auf dem Stephansplatz stehen, um minutenlang schweigend den Dom zu betrachten.

»In New York gibt's eine Menge Gebäude, die größer sind«, riss Susan mich mit spöttischem Unterton aus der Versunkenheit.

»Größer ja, aber nicht schöner.«

»Du scheinst ein Faible für das Europäische zu haben, für Pracht und Dekadenz.«

»Wäre ich sonst zur Oper gegangen?«
»Wohl wahr«, lachte Susan und zeigte auf den Stephansdom. »Eine kleine Besichtigung gefällig?«
»Sehr gern, aber lieber in Ruhe. Außerdem gibt's jemanden, der zur Zeit andere Pläne hat.«
Susan sah mich irritiert an. »Wen meinst du?«
»Meinen Magen. Hörst du nicht, dass er wie ein ganzes Wolfsrudel knurrt? Ich habe seit dem Frühstück nichts mehr gegessen, und du wohl auch nicht.«
»Recht hast du. Aber ich weiß, wo wir auf sehr stilvolle Weise für Abhilfe sorgen können. Komm mit!«
Susan hakte sich bei mir unter und zog mich mit sich.
»Wohin so schnell?«, wunderte ich mich.
»Überraschung! Ist ein echter Geheimtipp.«
Wir ließen den Stephansplatz mit den zahllosen Touristen, den Fiakern und den Straßenmusikanten hinter uns und gingen durch kaum weniger belebte Straßen zu einem Restaurant mit dem seltsamen Namen »Zwölf-Apostel-Keller«. Warum es »Keller« hieß, wurde mir schnell klar. Zu ebener Erde lagen nur Eingang und Toiletten. Wir mussten eine Treppe hinabsteigen und gelangten in ein mittelalterliches Gewölbe, dominiert von nacktem Stein und schweren Holzbalken. Die in langen Reihen angeordneten, rustikalen Tische waren ausnahmslos besetzt, und die im Laufschritt hin- und hereilenden Kellner kamen mit dem Bedienen kaum nach.
»So viel zum Thema Geheimtipp«, spottete ich.
»Die Zeiten ändern sich, selbst in Europa.« Susan zuckte mit den Schultern. »Versuchen wir es weiter unten.«
»Es geht noch ein Stockwerk tiefer?«

»Noch drei.«

Im zweiten Untergeschoss war es etwas kühler, aber genauso voll. Der Trend setzte sich im dritten Untergeschoss fort, und erst im vierten, etliche Meter unterhalb der Stadt, gab es gleich mehrere freie Tische. Wir setzten uns und konnten nach allerlei Anstrengungen die Aufmerksamkeit eines Kellners erringen.

»Wir sollten den Ribiselwein probieren, der ist hier eine Spezialität«, schlug Susan vor.

»Einverstanden, aber Hunger habe ich auch.«

Susan nickte. »Als süße Vorspeise empfehle ich einen Germknödel mit Mohn und zerlassener Butter. Und danach könnten wir uns eine Wurstplatte teilen.«

»Teilen?«, fragte ich skeptisch beim Gedanken an meinen kurz vor einer Revolte stehenden Magen.

»Täusch dich nicht, die Platte ist groß, und auch der Germknödel hat's in sich.«

»Okay, du kennst dich hier aus.«

»Kannte«, sagte sie leicht wehmütig. »Das ist schon lange her.«

Zuerst kam der Wein, der ziemlich dunkel aussah und ein fruchtiges Bukett hatte.

»Johannisbeerwein«, erklärte Susan. »Schmeckt sehr gut, aber man sollte ihn in Maßen trinken. Der hat's in sich.«

Er schmeckte wirklich vorzüglich und der Germknödel nicht minder. Auch was den Sättigungseffekt betraf, hatte Susan die Wahrheit gesagt. Bei der Wurstplatte musste ich beinahe passen. Der Wein, das gute Essen und die ungewöhnliche, mittelalterliche Atmosphäre verzauberten mich, und meiner Freundin schien es ähnlich zu gehen.

Wir plauderten über Gott und die Welt, erinnerten uns an alte Zeiten und hatten Spaß dabei, über einige Größen der Opernszene zu lästern.

Es war ein fröhlicher Abend, bis Susan unvermittelt fragte: »Wärst du morgen Vormittag zu einer Szenenprobe bereit?«

Die Frage riss mich aus meiner guten Stimmung, und entsprechend mürrisch erwiderte ich: »Was hast du mir bisher verschwiegen, Susan? Laut Vertrag sollen die Proben erst in vier Tagen beginnen. Du weißt genau, dass ich ein paar Tage ganz für mich haben wollte, um Wien zu erkunden.«

»Es war Lohners Idee, nicht meine.«

»Hat er das bei seinem Anruf heute Nachmittag vorgeschlagen?«

Sie nickte.

»Und was hast du geantwortet?«

»Dass ich dich fragen werde.«

»Warum erst jetzt? Du hättest mich schon im Hotel fragen können.«

Susan legte eine Hand auf meinen Unterarm. »Du solltest dich erst ein wenig erholen, Pam.«

Tat ich ihr schon wieder Unrecht, als ich vermutete, dass diese Überlegung nicht der einzige Grund für ihr Schweigen war? Susan wollte, dass ich in Wien blieb. Jetzt, nachdem ich Wiener Luft geschnuppert und Wiener Wein gekostet hatte, würde es mir wesentlich schwerer fallen, meine Koffer zu packen. War es das, worauf sie gesetzt hatte?

Ich zog meinen Arm unter ihrer Hand weg und fragte: »Warum diese überraschende Idee mit der Probe?«

»Um zu sehen, wie du mit Marcus harmonierst, sagt Lohner.« Susan seufzte tief. »Mir ist sein schmutziger Trick, Marcus wie ein Kaninchen aus dem Hut zu zaubern, auch nicht sympathisch, glaub mir. Aber wenn wir schon in den sauren Apfel beißen, sollten wir die Chance sehen, die in der morgigen Probe für uns liegt. Wenn du feststellst, dass Marcus' Anwesenheit dir gegen den Strich geht, ist es eine gute Gelegenheit, die ganze Geschichte abzusagen. Da Lohner selbst diesen Test vorgeschlagen hat, kann er kaum rechtlich stichhaltige Einwände gegen deine Abreise erheben, falls es zwischen dir und Marcus kracht. Ich glaube, er ist sich gar nicht klar darüber, dass er sich mit diesem Test möglicherweise selbst ein Bein stellt.«

»Du bist ganz schön ausgekocht, Susan«, entgegnete ich bewusst zweideutig.

»Und du ganz schön dünnhäutig, wenn es um Marcus geht.« Sie sah mich prüfend an. »Du hast mir nie genau erzählt, was letztlich zum Bruch zwischen euch geführt hat.«

Ich leerte mein Glas und blickte Susan unsicher an: »Ich wollte kein ›Das habe ich dir doch gleich gesagt!‹ hören. Schließlich hast du mich von Anfang an vor einer Verbindung mit Marcus gewarnt.«

»Nicht aus persönlichen Vorbehalten gegenüber Marcus. Aber ein aufstrebender Opernregisseur und eine junge, ebenfalls aufstrebende Sopranistin, das kann kaum gut gehen. Zwei, die Karriere machen wollen, stehen sich irgendwann gegenseitig im Weg. Es sei denn, einer nimmt Rücksicht auf den anderen. Aber das hätte in eurem Fall geheißen, dass einer von euch beiden seine Karriere an den

Nagel hängt. Und das konnte ich mir weder bei Marcus noch bei dir vorstellen.«

»Du weißt ja schon alles«, bemerkte ich ausweichend.

Nach kurzem Zögern sagte Susan: »Entschuldige, Pam, ich wollte nicht zu persönlich werden. Du hast Recht, mehr brauche ich nicht zu wissen. Besonders dann nicht, wenn es dir wehtut, darüber zu reden.«

Ich nahm all meine Kraft zusammen und sagte: »Ich war schwanger!«

Susan war eine in allen Lebenslagen erfahrene Frau, die man selten wirklich überraschen konnte. Jetzt aber lag in ihrem Gesicht das blanke Erstaunen. Langsam wiederholte sie: »Schwanger?«

»Ja«, seufzte ich.

»Aber ... du hast mir nie ein Wort davon gesagt!«

»Niemand weiß es, außer Marcus, mir und den Leuten in der Klinik.«

»Lass dir nicht alles aus der Nase ziehen. Was für eine Klinik?«

»Ich war in einer Abtreibungsklinik.«

Die Worte kamen mir mühelos über die Lippen, und als sie heraus waren, fühlte ich mich erleichtert. Dabei hatte ich immer geglaubt, es würde mir sehr schwer fallen, Susan das einzugestehen. Nicht weil sie eine Abtreibungsgegnerin gewesen wäre. Dafür war sie viel zu pragmatisch veranlagt. Aber ich hatte Angst gehabt, sie könnte mir mangelndes Vertrauen vorwerfen, weil ich ihr nie von dem entscheidenden Grund erzählt hatte, aus dem meine Ehe mit Marcus zerbrochen war.

Susan sah mich an, nach meinem Gefühl eine kleine Ewigkeit. Dann stand sie auf, umrundete den Tisch, setzte sich neben mich und nahm mich in die Arme. Da wusste ich, dass ich ihr alles erzählen konnte: von meiner einsamen Entscheidung gegen das Kind und für meine Karriere, für mein eigenes Leben; von Marcus' tiefer Trauer und hilflosem Zorn, als ich ihm von der erfolgten Abtreibung berichtete; und davon, wie sehr mich seitdem die Zweifel an meinem Handeln plagten. Sie würde alles verstehen. Aber wie würde es morgen sein, wenn ich Marcus gegenübertrat?

Obwohl ich das Pegasos-Theater schon kannte, stand ich am folgenden Morgen wieder staunend vor dem Gebäude, unschlüssig, ob ich es als traumhaft oder als Albtraum empfinden sollte. Zumindest eins musste ich dem Architekten zugestehen: Für ein Haus, das es sich zur Aufgabe gemacht hatte, alte Opern und Theaterstücke in historisch getreuen Rekonstruktionen aufzuführen, hatte er die passende äußere Form gefunden. Moderne Glas- und Betonflächen gingen nahezu nahtlos in Kuppeln, Türme und Säulen über, deren Baustil irgendwo zwischen Barock und Rokoko angesiedelt war. Der Bau musste eine immense Summe verschlungen haben, Geld, das der österreichische Staat ebenso wenig aufbringen konnte wie die Stadt Wien. Eine Gruppe privater Kunstmäzene hatte sich unter dem Namen des Dichterrosses Pegasos zusammengefunden, um das Theater zu finanzieren. Wer genau die Geldgeber waren, blieb unbekannt. Ein Aspekt, der zu tausenderlei Spekulationen Anlass bot und den Medienrummel um das neue Theaterhaus ordentlich anheizte. Böse Zungen spotteten, die reichen Gönner seien anonym geblieben, um genau diesen Effekt zu erzielen.

Das Gebäude stand am Franz-Josephs-Kai, und vom nahen Donaukanal wehte ein frischer Wind zu Susan und mir herüber. Das Wetter war längst nicht so schön wie gestern. Graugelbe Wolken zogen sich über der Donau zusammen, drohten mit baldigem Regen.

»Es sieht ein wenig ungemütlich aus«, untertrieb Susan, nachdem sie das Taxi bezahlt hatte. »Lass uns lieber hineingehen.«

Ich hätte die Begegnung mit Marcus gern noch hinausgeschoben, aber mir fiel kein stichhaltiger Grund ein. Also nickte ich nur und folgte Susan zum Künstlereingang, über dem sich schützend ein barocker Dreiecksgiebel erhob. Der grauhaarige Pförtner überschüttete uns beim Eintreten mit einem unterwürfig-höflichen Redeschwall und griff, wie ich aus den Augenwinkeln bemerkte, zum Telefon, sobald wir seinen Herrschaftsbereich passiert hatten.

Daher wunderte ich mich nicht, als uns auf dem Weg zu den Garderoben Professor Lohner entgegeneilte. Mit überschwänglicher Gestik ergriff er erst meine, dann Susans Rechte zu einem deplatzierten Handkuss, bevor er mich ansah und mit breitem Lächeln sagte: »Gnädigste, ich bin ja so froh, dass Sie mir die kleine Überraschung von gestern nicht verübeln. Aber ich wollte niemanden einweihen, sonst wäre bestimmt etwas durchgesickert, und dann hätten wir bei den Medien keine solche Resonanz gefunden, wie wir sie heute haben. Sie haben vermutlich die einschlägige Presse gelesen?«

Seine Knopfaugen, die in dem breiten, fleischigen Gesicht zu verschwinden drohten, ruhten erwartungsvoll auf mir. Lohner wirkte wie ein überdimensionierter Teddybär und erinnerte mich an »Big Ray« Grainer. Ein ähnlicher Typ, ein ähnliches Auftreten, eine ähnliche Position.
»Nur flüchtig«, sagte ich knapp und freute mich, ihm eine kleine Enttäuschung bereiten zu können.
»So?«, schnappte er. »Mr. Reardon hat sich sehr über die Artikel gefreut.«
»Marcus? Ist er schon hier?«
Ich fragte das ein wenig zu hastig und ärgerte mich darüber. Wenn ich nicht aufpasste, verlor ich die Kontrolle über die Situation, bevor ich Marcus überhaupt gegenübertrat. Warum nur wurde ich allein beim Gedanken an die Begegnung mit ihm unsicher wie ein Schuldmädchen auf dem Weg zum ersten Rendezvous? Weil ich mich vor ihm schuldig fühlte? Oder weil ich ihn noch immer liebte?
»Mr. Reardon probt bereits mit dem Orchester.«
»Mit dem Orchester?« Das Echo kam von mir. »Ich dachte, es handelt sich nur um eine kleine Szenenprobe!«
»Ja, aber mit Musik wirkt es besser. Die Medien lassen sich durch so etwas immer beeindrucken.«
Susan trat einen Schritt auf Lohner zu und erklärte mit frostiger Stimme: »Die Anwesenheit der Medien war nicht abgesprochen. Das hätten Sie mir gestern am Telefon sagen müssen!«
»Pardon, das habe ich wohl in der Aufregung vergessen«, heuchelte er, ohne zu erröten. »Aber wir sollten die Gelegenheit nicht ungenutzt lassen, eine gute Presse für unsere

Aufführung zu bekommen. Schließlich werden wir nicht von Vater Staat finanziert, sondern müssen auf unsere Kosten kommen.«

»Wirklich?«, fragte ich. »Ich dachte, für die Mitglieder dieser mysteriösen Pegasos-Vereinigung sei das Theater sowieso ein Abschreibungsprojekt.«

»Davon weiß ich nichts«, schnarrte Lohner. »Ich jedenfalls habe die Anweisung, kostendeckend zu arbeiten, wenn möglich sogar gewinnbringend.«

»Mit Opern?«, staunte ich. »Ihre geheimnisvollen Chefs scheinen ebenso weltfremd wie freigebig zu sein.«

Lohner ging nicht auf meine Ironie ein, sondern entgegnete völlig ernst: »Wie ich schon sagte, ich arbeite nach strikten Anweisungen und bin über die Geldgeber dieses Hauses nicht weiter informiert.«

»Und wer gibt Ihnen Ihre Anweisungen?«, hakte ich nach.

»Die Anwaltskanzlei, die alle geschäftlichen und juristischen Angelegenheiten des Theaters regelt. Sie hat mich eingestellt, und ihr bin ich in allem verantwortlich.«

»Sehr rätselhaft, das alles«, stellte ich fest.

Lohner zuckte mit den Schultern. »Wenn Sie mir bitte folgen wollen.«

»Wohin?«, fragte ich.

»Zu Ihrer Garderobe, Miss Morton. Das Kostüm für die Szenenprobe liegt dort für Sie bereit.«

Ich wechselte einen Blick mit Susan, und sie sagte: »Von einer Probe im Kostüm war gestern am Telefon auch nicht die Rede, Herr Professor Lohner. So etwas ist bei kurzen ersten Tests unüblich. Miss Morton wird, wie zugesagt, an der Probe teilnehmen, aber nicht im Kostüm.«

»Aber die anwesenden Journalisten ...«
»Sollten als Frauen und Männer vom Fach über genügend Vorstellungskraft verfügen, um Miss Morton auch ohne Kostüm als Pamina zu sehen«, fiel Susan ihm ins Wort.
Lohners aufgesetzte Gutmütigkeit war vollends verschwunden. Sein Gesicht wirkte grimmig, fast bedrohlich, als er fragte: »Wollen Sie den Erfolg der Aufführung etwa sabotieren, Miss Stratford?«
»Nur in dem Maße, wie Sie eine gute, einverständige Zusammenarbeit zu sabotieren versuchen, Herr Professor.«

Vielleicht hätte ich doch das Kostüm anziehen sollen, dachte ich, als ich die Bühne betrat. Mit meiner schwarzen Jeans und dem kamelfarbenen Shirtjäckchen fühlte ich mich reichlich unpassend inmitten des bunt kostümierten Auftriebs, der das Bühnenbild des Finales bevölkerte. Lohner und Marcus hatten die Szene sicher mit Absicht gewählt, beeindruckte sie den Betrachter doch schon rein optisch. Selbst ich mit meiner internationalen Opernerfahrung staunte über Einfallsreichtum und Technik.
Der glitzernde Wasserfall im Hintergrund war weder aufgemalt noch durch Lichtstrahlen projiziert. Echtes Wasser rauschte einen Felsen hinab, der aus echtem Stein zu bestehen schien. Ging das noch auf Harbiger zurück oder war das das Werk von Marcus, der schon immer ein Faible für größtmöglichen Realismus gehabt hatte?
Noch beeindruckender als die Höhle des Wassers war die des Feuers auf der gegenüberliegenden Seite. Heiße Flammenstrahlen loderten aus dem Gestein; allein der Anblick ließ mich schwitzen. Typisch Marcus, es sah mehr nach

dem Set für einen Fantasyfilm aus als nach einer Operndekoration.
Aber die Zuschauer mochten es in der Regel und in diesem Fall auch die Medienleute, zumindest fesselte es ihre Aufmerksamkeit. Kameras surrten, Blitzlichter erhellten den halbdunklen Saal. Doch als die Fotografen und Kameraleute mich bemerkten, richteten sie ihr Interesse auf mich. Von den Blitzlichtern geblendet, konnte ich kaum noch etwas erkennen. Vergeblich hielt ich Ausschau nach Marcus.
Warum suchte ich ausgerechnet ihn? Ich bemühte mich, nicht an ihn zu denken und mich auf meine Aufgabe zu konzentrieren. Als das Blitzlichtgewitter nachließ, schweifte mein Blick über die Kollegen und Statisten, alle in voller Kostümierung. Selbst das Orchester war im Stil von Mozarts Zeit verkleidet, inklusive Perücken, was mich an das Rokoko-Quartett auf der Kärntner Straße erinnerte. Von meiner seltsamen Vision, mich tatsächlich im achtzehnten Jahrhundert zu befinden, hatte ich Susan nichts erzählt. Mein Zusammenbruch hatte sie schon genug beunruhigt, auch wenn sie es sich nicht anmerken ließ.
»Sind wir vollzählig? Okay, dann fangen wir an!«
Das war unverkennbar Marcus, im Tonfall sanft, aber doch bestimmt in dem, was er anordnete. Trotz meines Vorsatzes, ihm gefasst zu begegnen, zuckte ich innerlich zusammen.
Er trat hinter einer täuschend echt wirkenden Baumgruppe hervor und zog sofort das allgemeine Interesse auf sich. Ein wohl inszenierter Auftritt, da war ich mir sicher.

Erst in dem Moment fiel mir auf, dass er schlanker geworden war und dadurch noch größer wirkte, als er ohnehin war. Sein dunkles, lockiges Haar fiel ihm ungeordnet in die Stirn, was ihm ein verwegen-künstlerisches Aussehen verlieh. Auch wenn ich mich dagegen wehrte, so ganz konnte ich mich seiner Ausstrahlung nicht entziehen. Als er seine dunklen Augen auf mich richtete, lief ein leichter Schauer über meinen Rücken, fast so wie vor vier Jahren, als wir uns in der Pariser Oper zum ersten Mal begegnet waren.

»Wie geht's dir, Pam?«, fragte er.

»Gut, danke«, antwortete ich mit einem gezwungenen Lächeln. »Und dir?«

Er vollführte eine Bewegung, als wollte er die ganze Bühne umarmen. »Prächtig. Wie könnte es anders sein bei dieser Arbeit! Das Theater verfügt über Geldmittel wie kaum ein anderes Haus. Du weißt, es war schon immer mein Traum, die ›Zauberflöte‹ in einer historisch rekonstruierten Fassung zu inszenieren. Von daher bin ich mehr als froh, dass man mich als Ersatz für Harbiger ausgewählt hat.«

Ich deutete zum hinteren Bühnenbereich mit Wasserfall und Feuerhöhle. »Zu Mozarts Zeit gab es solchen Hightech-Schnickschnack nicht.«

Er grinste ein wenig verlegen wie ein beim Schwindeln ertappter Schuljunge. »Das Publikum erwartet so etwas heutzutage, egal auf welcher Bühne. Ich nenne es den Andrew-Lloyd-Webber-Effekt. Aber vergiss nicht, dass auch die Urfassung der ›Zauberflöte‹ nicht gerade arm an Bühneneffekten war. Schikaneder hat großen Wert auf solchen Zauber gelegt, und der Erfolg hat ihm Recht gegeben. Sein Freihaustheater war in Sachen Bühnentechnik auf dem neuesten Stand.«

Da hatte Marcus Recht. Emanuel Schikaneder, Freund Mozarts, Librettist der »Zauberflöte«, Darsteller des Papageno und Besitzer des Freihaustheaters auf der Wieden, wo das Stück uraufgeführt worden war, hatte seine Stücke immer auf die breite Masse und nicht auf ein elitäres Publikum ausgerichtet: aufregend, laut, bunt, effektvoll. Insofern hatte er einiges mit Marcus gemeinsam.

»Die Szene dürfte dir bekannt sein«, fuhr Marcus augenzwinkernd fort. »Um die Medien zu beeindrucken, veranstalten wir bei der Prüfung Taminos und Paminas einen Budenzauber, der sich gewaschen hat. Also erschrick nicht, wenn es gleich Wasser und Feuer spuckt. Es besteht keine Gefahr. Alles wurde schon zigmal mit Doubles ausprobiert. In Ordnung?«

Ich bejahte, im Geiste weniger mit der bevorstehenden Probe als mit Marcus beschäftigt. Dass er sich jedes persönliche Wort verkniff, irritierte mich. Eigentlich hätte ich froh darüber sein sollen. Wir mussten einige Wochen miteinander auskommen, und das ging nur, wenn wir alles Private zwischen uns ausklammerten. Marcus schien das erkannt zu haben, und ich nahm mir vor, es ebenfalls zu beherzigen.

Er klatschte in die Hände und rief laut: »Es geht los! Zweiter Akt, siebtes Bild! Die Geharnischten beginnen!«

Das Orchester setzte ein, und die beiden Wächter in ihren Ganzkörperrüstungen sangen:

»Der, welcher wandert diese Straße voll Beschwerden,
Wird rein durch Feuer, Wasser, Luft und Erden;
Wenn er des Todes Schrecken überwinden kann,
Schwingt er sich aus der Erde himmelan.
Erleuchtet wird er dann imstande sein,
Sich den Mysterien der Isis ganz zu weihn.«

Sobald die Musik erklang, fiel alle Anspannung von mir ab. Die Bühne war meine Welt, hier fühlte ich mich zu Hause, und die »Zauberflöte« war für mich schon immer ein besonderes Stück gewesen, *mein* Stück. Das lag sicher nicht nur an der Ähnlichkeit meines Namens mit dem Paminas, worüber ein New Yorker Kritiker einmal geschrieben hatte: »Pam singt Pam.« Eine rationale Erklärung für meine große Affinität zur »Zauberflöte« hatte ich nicht. Es verhielt sich so wie mit Wien: Ich wusste ganz einfach, dass ich zu dieser Oper gehörte. Genau wie zu dieser Stadt.

Als Tamino sich auf den Weg zur Doppelhöhle des Wassers und des Feuers machte, kam mein Einsatz. Und als ich sang, hatte ich Marcus und die Medienschar vergessen. Ich war Pamina wie schon oftmals auf anderen Bühnen, hatte nur noch Augen für Tamino.

Obwohl – etwas war anders: Das Orchester spielte auf aufwändig rekonstruierten Instrumenten, die denen aus Mozarts Zeit in Bauart und Klang möglichst nahe kommen sollten. Ob dieses Ziel erreicht wurde, konnte ich mangels Vergleichsmöglichkeit nicht beurteilen. Aber auf jeden Fall hatte die Musik einen ganz besonderen Klang, einen, der passte, das hörte ich sofort.

Der klopfende Rhythmus der Musik nahm mich gefangen, verzauberte mich noch mehr, als es Mozarts Kompositionen sonst taten. In meinem tiefsten Innern wurde eine verborgene Saite angerührt und begann zu vibrieren. Ich war so stark auf das Stück konzentriert, dass ich nur unterschwellig wahrnahm, wie irgendetwas in mir sich veränderte.

Trotz meiner modernen Kleidung fühlte ich mich ganz wie Pamina. Fast vergaß ich, dass Tamino, der mich bei der Hand nahm und auf die Feuerhöhle zuführte, eigentlich André Herzfeld hieß und ein berühmter Tenor aus Dresden war.

Die Flammen schlugen uns entgegen, versengten uns fast, was mich ein wenig aus meiner inneren Versunkenheit löste. Ich hoffte, dass Marcus Recht behielt und dass der zuständige Pyrotechniker wirklich alles im Griff hatte. Tamino/Herzfeld setzte seine Flöte an die Lippen, und sobald die Klänge der Zauberflöte den Saal erfüllten, wurden die Flammen kleiner und gaben uns den Weg frei. Weiter ging es zur Wasserhöhle, wo meine Jeans pitschnass wurde. Ich nahm mir vor, ein Wörtchen mit den Leuten von der Technik zu reden.

Auch der Wasserprobe glücklich entronnen, stimmten Herzfeld und ich gemeinsam an:

»Ihr Götter! Welch ein Augenblick!
Gewähret ist uns Isis' Glück.«

Aus dem Tempel erscholl der Chor der Priester, aber ihre Stimmen klangen seltsam dumpf. War etwas mit der Ton-

technik nicht in Ordnung, oder gehörte das auch zur historischen Rekonstruktion der »Zauberflöte«?
Während ich darüber nachdachte, veränderte die ganze Bühne ihre Gestalt. Farben und Formen pulsierten, gingen ineinander über, zerflossen. Schwindel ergriff von mir Besitz, die Bühne schien um mich herum zu tanzen. Es war ein ähnliches Gefühl wie im Hotel, kurz bevor ich das Bewusstsein verloren hatte. Das war mein letzter klarer Gedanke, dann versank ich in Schwärze und Stille.

Kapitel 3

Die völlige Schwärze wich einem diffusen Dämmerlicht. Mein Kopf war von einem schmerzhaften Pochen erfüllt. Ein Königreich für eine Schachtel Aspirin!
Ich lag auf einem harten, steinigen Untergrund, was ich mir nicht erklären konnte. Außerdem stank es nach Fäulnis und Exkrementen. Und mir war kalt. Irgendwo in der Ferne ertönte ein Geräusch, das wie Pferdewiehern klang.
Ich setzte mich auf und blickte mich um, unsicher, ob ich wirklich aus meiner Ohnmacht erwacht war. Das Ganze musste ein böser Traum sein.
Ich saß in einer Art Hinterhof, umringt von großen, alten Häusern. Ihrem Baustil nach zu urteilen mussten sie aus dem frühen 19. Jahrhundert stammen oder sogar noch älter sein. Ich hatte nicht die geringste Ahnung, in welchem Teil Wiens ich mich befand. Schlimmer noch, mir fehlte jede Erklärung, wie ich hierher gekommen war.
Ein paar Fenster waren erleuchtet und spendeten genügend Licht, dass ich mich in dem Hof umsehen konnte. Aber es war ein ungewohntes Licht, weniger stark und gleichmäßig, als ich es gewohnt war. An einer Hauswand

sah ich ein paar Holzfässer neben einem Stapel ebenfalls hölzerner Kisten. Gegenüber stand ein Wagen, kein Auto, sondern ein altertümliches Pferdefuhrwerk. Seine Längswände wurden von unregelmäßigen Holzlatten gebildet, offenbar diente es zum Transport von Lasten – oder hatte vor langer Zeit dazu gedient.
Irritiert erhob ich mich und musste mich an einer Wand abstützen, weil das Schwindelgefühl noch nicht ganz abgeklungen war. Ich hörte leise Stimmen, die wohl von der Straße kamen, die ich jenseits der düsteren Hofeinfahrt vermutete. Ich beschloss, dort jemanden um Hilfe zu bitten. Als ich mich in Bewegung setzen wollte, stolperte ich und wäre gestürzt, hätte ich mich nicht im letzten Moment an dem Kistenstapel abgestützt.
Ich bemerkte, dass ich nicht länger Jeans trug, sondern ein mir fremdes Kleid, das mich beim Laufen behinderte. Deshalb war ich gestolpert. Das Kleid endete in einem schweren, glockenförmigen Rock, der fast bis auf den Boden reichte. Wenn ich beim Laufen nicht Acht gab, trat ich darauf. Das Kleid war nicht gerade der letzte Schrei, eher passte es in die vergangene Zeit der alten Häuser.
Angesichts dieses seltsamen Aufzugs wuchs meine nicht geringe Verwirrung noch, und vergebens suchte ich nach einer Erklärung.
»Luise? Bist du's?«
Der leise Ruf, eine jugendlich klingende Frauenstimme, kam aus der Hofeinfahrt. Die Worte waren auf Deutsch gesprochen worden, selbstverständlich, denn ich befand mich ja in Wien. Zum Glück konnte ich in der deutschen Sprache nicht nur, wie viele andere Kolleginnen und Kol-

legen, singen, sondern ich beherrschte sie fließend, allerdings mit deutlichem Akzent.

»Luise, warum antwortest du nicht? Du bist es doch, oder?«

Eine Gestalt löste sich aus der Düsternis und trat zögernd in den Hof. Es war eine Frau in ähnlicher Kleidung, wie ich sie trug. Auf ihrem Kopf saß eine eng anliegende, nur nach hinten etwas abstehende Haube.

Unwillkürlich hob ich eine Hand und betastete meinen Kopf. Tatsächlich – auch mein Haar wurde von einer Haube bedeckt.

Die Frau blieb mitten im Hof stehen und sah mich verwundert an. »Warum antwortest du mir nicht, Luise? Versteckst du dich vor mir?«

Ich starrte sie vermutlich noch entgeisterter an als sie mich. Sie musste mich inzwischen deutlich genug sehen, um zu erkennen, dass ich nicht die von ihr gesuchte Luise war. Trotzdem rief sie mich weiterhin bei diesem Namen.

»Sie müssen mich verwechseln«, sagte ich und wunderte mich über meine Stimme, die mir fremd vorkam. Noch seltsamer war jedoch, dass ich plötzlich meinen amerikanischen Akzent verloren hatte, jetzt aber mit einem anderen, mir unbekannten Akzent sprach, demselben, der auch der anderen Frau zu Eigen war.

»Verwechseln?« Sie trat auf mich zu, um nur zwei Schritte von mir entfernt stehen zu bleiben. »Aber, Luise, was redest du da?« Plötzlich legte sich ein Schatten auf ihr spitzes Gesicht. »Willst du mich warnen? Verhältst du dich deshalb so seltsam? Sind sie etwa bei dir gewesen?«

»Wer?«, fragte ich, halb aus Resignation, halb aus Neugier.
Die Fremde schaute sich ängstlich um und erklärte im Flüsterton: »Sie haben überall Spitzel. Wir sollten uns nicht hier draußen unterhalten, Luise. Können wir auf dein Zimmer gehen?«
Es gab nur zwei Möglichkeiten: Entweder war sie verrückt oder ich war verrückt. Nein, mir fiel noch eine weitere Erklärung ein: Wir beide waren von Sinnen und trafen uns in einer Art gemeinsamem Alptraum.
»Ich weiß nicht, wie ich zu meinem Zimmer komme«, sagte ich vorsichtig. Das klang harmloser, als zu sagen: Ich weiß leider nicht, wo ich mich befinde, wie ich hergekommen bin und warum ich diese seltsamen Kleider trage.
Sie hob den rechten Arm und zeigte auf eins der hohen Häuser, die den Hof umstanden. »Da ist dein Zimmer, ein ganzes Zimmer für dich allein. So etwas kann man doch nicht vergessen!«
»Sie irren sich. Ich wohne im Ambassador.«
»Ambas…«
Die Fremde brach mitten im Wort ab, als sei es ihr unbekannt.
Bevor ich zu einer weiteren Erklärung ansetzen konnte, ertönten Schritte, die lauter wurden, näher kamen.
Die Frau, die mich beharrlich Luise nannte, zuckte zusammen wie vom Blitz getroffen. Mit weit aufgerissenen Augen starrte sie zur Hofeinfahrt, aber noch verbarg die Dunkelheit die Ankömmlinge. Die Schritte deuteten darauf hin, dass es sich um mehrere Personen handelte.
»Das sind sie!«, keuchte mein Gegenüber. »Sie kommen,

um mich zu holen! Wir müssen uns verstecken! Am besten unter dem Fuhrwerk!«

Ich sah keinen Grund, mich auf den schmutzigen Boden unter dem hölzernen Wagen zu legen. Aber die offenbar psychotische Fremde ergriff mich und drückte mich nieder. Ich war so überrascht von dem plötzlichen Angriff, dass ich keinen Widerstand leistete.

»Nun mach schon, roll dich unter den Wagen!«, zischte die Frau in eindringlichem Flüsterton und versetzte mir einen Stoß, so dass ich unversehens unter dem Fuhrwerk lag.

Die Schritte näherten sich schnell, und ich hörte einen erschrockenen Ausruf der fremden Frau: »Ihr? Was wollt ihr von mir? Geht fort, lasst mich in Frieden!«

Sie kannte die anderen also. Noch mehr Verrückte?

Ich beschloss, vorläufig in meinem Versteck zu bleiben. Ein Entkommen schien es in dem Hof ohnehin nicht zu geben. Leise drückte ich mich in den hintersten Winkel, wo eine Längsseite des Fuhrwerks fast eine Hauswand berührte.

Ein leichtes Zittern überfiel mich, Ausdruck der unbestimmten Furcht, die mich ergriffen hatte. Ich fühlte mich wieder wie die halbwüchsige Pam, die still in ihrem Bett lag und ängstlich den Schritten draußen auf dem Gang lauschte, den Schritten von Mrs. DeBourn.

Die fremde Frau entfernte sich von dem Wagen in Richtung einer Hauswand. Ich sah nur ihren langen Rock und die Füße, die in unförmigen, abgewetzten Lederschuhen steckten. Schuhe, wie ich zu meiner Verwunderung ganz ähnliche trug. Sie war nicht mehr dazu gekommen, sich unter dem Wagen zu verstecken, und darüber war ich heilfroh. Die Frau war mir unheimlich, so unheimlich wie die ganze Situation und meine unerklärliche Anwesenheit an diesem fremden Ort.

Ich sah drei weitere Beinpaare, sämtlich auf eine altertümliche Weise gekleidet, die mich an das Streichquartett auf der Kärntner Straße erinnerte und an das von Lohner engagierte Orchester in »Mozart-Kostümen«, wie Susan es ausgedrückt hatte. Dunkle Hosen, die dicht unterhalb der Knie endeten, eng anliegende helle Strümpfe und Schuhe, die mit sogar im matten Abendlicht aufblitzenden Spangen besetzt waren. Ein Schuhpaar hatte besonders große Spangen, die auffällig gezackt waren und wie Sterne aussahen.

Die drei Männer – aufgrund ihrer Kleidung nahm ich an, dass es sich um Männer handelte, auch wenn ich oberhalb der Knie nichts von ihnen erkennen konnte – folgten der Frau, bis alle außerhalb meines Blickfelds waren. Trotz meiner Neugier, was da vor sich gehen mochte, blieb ich in meinem Versteck. Die Furcht war größer.

»Geht, bitte! Lasst mich zufrieden! Ich habe euch nicht verraten, das schwöre ich!«

Das war die Frau. Sie sprach mit hektischer, sich fast überschlagender Stimme. Ich glaubte, große Angst herauszuhören. Aber vielleicht war sie auch nur eine gute Schauspielerin, die von Lohner oder sonst wem engagiert worden war, um dieses Schauerstück vor mir aufzuführen.

Die seltsamsten Gedanken schossen mit Lichtgeschwindigkeit durch meinen Kopf. Hatte man mir heimlich ir-

gendein Mittel verabreicht, dass mich bewusstlos machte, um mich in diese anachronistische Szene zu versetzen? Aber zu welchem Zweck? Und wie? Im Theater hatte ich nichts zu mir genommen.
Ich hörte einen erstickten Schrei, dann ein dumpfes Geräusch, wie von einem Sack Kartoffeln, der umfällt. Stimmen unterhielten sich im Flüsterton. Nach ein oder zwei Minuten verstummte das Getuschel, und ich hörte sich schnell entfernende Schritte. Dann herrschte Stille. Ich schien allein zu sein.
Vorsichtig kroch ich unter dem Wagen hervor und blickte mich um. An einer Hauswand entdeckte ich etwas Dunkles. Eine Gestalt, die aussah wie die fremde Frau. Sie lag zusammengekrümmt auf der Erde, mit dem Rücken zu mir, regungslos. Die drei Männer mit den Spangenschuhen waren verschwunden.
Ich stand auf und rief: »Hören Sie endlich mit dem Mummenschanz auf! Das ist ja das reinste Schmierentheater! Hat Professor Lohner sich das ausgedacht?«
Als ich keine Antwort erhielt, trat ich vorsichtig näher. Noch immer regte die Frau sich nicht. Sie lag vollkommen starr, schien sogar den Atem anzuhalten.
»Stehen Sie auf!«, sagte ich und stieß sie mit dem rechten Fuß an.
Vergeblich.
Ich bemerkte eine dunkle Verfärbung an meinem rechten Schuh, als wäre ich in eine Pfütze getreten.
Eine unheilvolle Ahnung ergriff von mir Besitz, und ich umrundete die bewegungslose Gestalt, bis ich ihr Gesicht sehen konnte. Der Anblick war grauenvoll. Ein tiefer

Schnitt klaffte in der Kehle der Frau, und das Blut quoll stoßartig hervor, um den schmutzigen Boden zu tränken. Auch das Gesicht mit den noch im Tod schreckgeweiteten Augen war blutverschmiert. Neben dem Kopf lag etwas, das aussah wie ein blutiger Wurm oder ein Blutegel. Ich bückte mich und erkannte, dass es die abgeschnittene Zunge der Frau war.

Nur undeutlich erinnerte ich mich am nächsten Morgen an das, was danach geschah. Ich hatte beim Anblick der Leiche so reagiert, wie es Frauen in Gruselthrillern tun: Ich hatte mir die Seele aus dem Leib geschrien, ich weiß nicht mehr, wie lange. Lichter gingen hinter den Fenstern an, und Leute kamen aus den Häusern, strömten auf dem Hof zusammen, einige mit altertümlichen Laternen bewehrt. Auch ihre Kleidung stammte aus vergangener Zeit. Diese Menschen schienen allesamt ins 18. Jahrhundert zu gehören. Sollte der Albtraum denn nie enden?

Erschrocken blickten sie auf die Tote hinab, bestürmten mich mit Fragen und nannten mich immer wieder bei dem Namen, den auch die Ermordete benutzt hatte: »Luise« oder »Fräulein Luise« oder »Fräulein Heusler«.

Uniformierte erschienen – oder sollte ich besser sagen Kostümierte? Mit ihren Zweispitzen und Gamaschen, mit den hochgeschlossenen, langen Röcken und den Säbeln wirkten sie wie geradewegs dem Siebenjährigen Krieg entsprungen. Sie sollten wohl Polizisten darstellen – oder waren sie tatsächlich welche?

Allmählich begann ich selbst zu glauben, dass dieses große Verwirrspiel seine Richtigkeit hatte und mit mir etwas

nicht stimmte, weil ich meinte, nicht an diesen Ort, *in diese Zeit*, zu gehören.
Eine ältere Frau mit knochigem Körperbau und tiefer Stimme nahm mich unter ihre Fittiche und bedeutete den Uniformierten, sie sollten mich am nächsten Tag befragen. Die Frau brachte mich in eins der Häuser, in *mein Zimmer*, wie sie sagte.
Ich zog mich aus und legte mich in das schmale, sehr kurze Bett. Die Matratze bestand aus einem strohgefüllten Sack, und die wollene Decke kratzte meine an feinere Stoffe gewöhnte Haut empfindlich. Unruhig wälzte ich mich hin und her, bis ein kleiner Mann mit übergroßem Hut erschien, ein Arzt. Er verabreichte mir einen süßlichen Trank, und bald darauf legte sich bleierne Müdigkeit auf mich. Ich sehnte den Schlaf herbei, weil ich hoffte, am Morgen aus diesem schlimmsten aller Albträume zu erwachen.
Meine Hoffnung wurde jedoch enttäuscht. Als ich aufwachte, lag ich immer noch in demselben Zimmer, das eingerichtet war, wie ich mir ein Zimmer um das Jahr 1800 vorstellte. Ein nicht gerade prunkvoller Raum. Er war eng und dunkel, verfügte nur über ein einziges Fenster, falls man es als solches bezeichnen konnte, mit der schmalen, halb blinden Glasscheibe, durch die gerade genügend Licht fiel, um den kleinen Raum in eine Art Dämmer zu tauchen. Die Ausstattung bestand aus einem kleinen runden Tisch, einem dreibeinigen Schemel, einem schmalen, wurmstichigen Schrank sowie einer nicht minder wurmstichigen Anrichte mit einem Wasserkrug, einer Waschschüssel und einem kleinen Spiegel. Das war im

Wesentlichen die ganze Einrichtung, und viel mehr hätte auch nicht hineingepasst.
Während ich noch versuchte, mir über meine Situation klar zu werden, hörte ich undeutliche Stimmen. Jemand klopfte an die Tür, dann wurde sie auch schon aufgestoßen. Die knochige Frau von gestern Abend trat ein, gefolgt von einem großen, bulligen Mann, der einen gemütlichen Eindruck machte. In einer Hand hielt er einen Gehstock, der an beiden Enden mit einem schweren Knauf versehen war, entweder silbern oder versilbert.
Die Frau sah mich entschuldigend an. »Ich wollte Sie nach dem, was Sie gestern durchgemacht haben, nicht so früh stören, Fräulein Luise, aber der Herr Polizeikommissär bestand darauf, umgehend mit Ihnen zu sprechen.«
»Polizei*unter*kommissär«, berichtigte er, während er sich in der Kammer umschaute, die er mit seinem massigen Körper fast zu sprengen drohte. »Polizeiunterkommissär Ludwig Kneifl, beauftragt mit der Untersuchung des gestrigen Mordes.« Er richtete seinen Blick auf mich und wirkte jetzt gar nicht mehr gemütlich. »Was wissen Sie über das Geschehen, Fräulein Heusler?«
»Ich …«
Kaum hatte ich angefangen zu sprechen, brach ich schon wieder ab. Mein erster Impuls war gewesen, dem angeblichen Polizeiunterkommissär zu sagen, dass ich gar nicht Fräulein Heusler war. Aber wenn dies eine Inszenierung war, schien man von mir zu erwarten, dass ich mitspielte. Wenn es aber, und allmählich begann ich mich ernsthaft mit dem Gedanken zu beschäftigen, Realität war, dann musste ich davon ausgehen, dass ich in dieser Realität – *in*

dieser Zeit – für alle Welt Luise Heusler war. Und dann schien es nicht ratsam zu sein, darauf zu bestehen, dass ich Pamela Morton hieß und im Hotel Ambassador abgestiegen war.

»Ja?«, fragte der Polizist. »Warum sprechen Sie nicht weiter?«

»Warum wohl nicht?«, fuhr die andere Frau ihn giftig an. »Wenn Sie so etwas durchgemacht hätten wie Fräulein Luise, würden aus Ihnen die Worte auch nicht gerade hervorsprudeln.«

Der Polizist bedachte sie mit einem strengen Blick. »Frau Lehmann, wenn ich etwas von Ihnen wissen will, werde ich Sie fragen.«

Die Zurechtgewiesene zuckte zusammen und sah ihn böse an, schwieg aber.

Kneifl wandte sich wieder mir zu. »Noch einmal, Fräulein Heusler, was können Sie mir über den gestrigen Abend sagen?«

»Ich ... stand auf dem Hof«, antwortete ich, entschlossen, mitzuspielen, um hinter das Geheimnis zu kommen, das mich gefangen hielt. »Plötzlich erschien diese fremde Frau und rief meinen Namen. Ich weiß nicht, was sie von mir wollte. Als Schritte näher kamen, geriet sie in Panik und drängte mich, unter dem Fuhrwerk Schutz zu suchen. Sie selbst hat es nicht mehr geschafft, leider. Ich habe nicht gesehen, was vorgefallen ist. Als ich aus meinem Versteck kroch, war die Fremde schon tot und die drei Männer, ihre Mörder, verschwunden.«

Nicht nur der Polizist, auch Frau Lehmann starrte mich befremdet an.

»Sie wissen nicht, warum die *Fremde* ermordet wurde?«, fragte der Unterkommissär.
»Nein, ich kann es mir nicht denken.«
»Sehr seltsam.«
»Warum soll das seltsam sein. Schließlich kannte ich die Frau nicht, obwohl ...«
»Ja, was?«
»Sie schien mich zu kennen und nannte mich beim Namen.«
»Das«, sagte Kneifl bedächtig, »verwundert mich nicht, im Gegensatz zu Ihrer Aussage, die Frau sei eine Fremde für Sie gewesen.«
»Was soll daran verwunderlich sein?«
Kneifl rümpfte die Nase, als sei ihm die ganze Angelegenheit zuwider. »Sehen Sie, ich habe auch eine Schwester. Und wenn ich sie plötzlich eine Fremde nennen würde, wäre sie wohl zu Recht einigermaßen erstaunt. Oder?«
»Schwester?« Mehr konnte ich nicht sagen, so verwirrt war ich über Kneifls Worte.
»Wollen Sie jetzt bestreiten, dass die Ermordete, Fräulein Josefine Heusler, Ihre Schwester gewesen ist?«
Was sollte ich sagen, wo ich doch die Frau niemals zuvor in meinem Leben gesehen hatte? Nur einer Sache war ich mir sicher: Ich hatte niemals eine Schwester gehabt und auch keinen Bruder.
Hilfe suchend sah ich Frau Lehmann an und war dankbar, als sie das Wort ergriff. »Die ganze Sache hat Fräulein Luise sehr mitgenommen, das verstehen Sie hoffentlich, Herr Kommissär. Wie würden Sie sich fühlen, wenn man gleichsam vor Ihren Augen Ihre Schwester ermordet hät-

te? Ich habe Ihnen gleich gesagt, dass es zu früh ist, um mit ihr zu sprechen!«

Der Polizist überlegte. Er sah unzufrieden aus. Schließlich rückte er seinen runden Hut zurecht und brummte: »Vielleicht braucht Fräulein Heusler wirklich etwas Zeit, sich zu erholen. Ich werde wiederkommen.«

Letzteres klang in meinen Ohren wie eine Drohung. Als der Unterkommissär die Kammer verlassen hatte, war mir ein wenig wohler.

Frau Lehmann setzte sich auf den unter ihrem Gewicht knarrenden Schemel und bedachte mich mit einem bohrenden Blick. »Können Sie sich wirklich nicht an Ihre Schwester erinnern, Fräulein Luise?«

»Nein, wirklich nicht. Um ehrlich zu sein, ich erinnere mich an gar nichts, weder an Sie noch an dieses Zimmer noch an mich.«

»Sie erinnern sich nicht an sich selbst?« Frau Lehmann schüttelte verständnislos den mit grauen Locken bedeckten Kopf. »Wie ist das möglich?«

»Ich kann mit dem Namen Luise Heusler ebenso wenig anfangen wie mit dem Namen Josefine Heusler. Ich weiß nicht, wo ich hier bin, was ich hier soll. Ich weiß nicht einmal, welches Datum wir schreiben.«

»Heute ist der 2. Juli.«

»Und welches Jahr haben wir?«

Als ich die Frage stellte, wuchs die Besorgnis in Frau Lehmanns Blick. Vermutlich erschien ich ihr ähnlich unheimlich wie mir gestern die Ermordete.

»Wir haben das Jahr 1791«, sagte Frau Lehmann.

Darüber war ich weniger erstaunt, als ich es hätte sein

sollen. Mir war immer noch nicht klar, wie ich hierher gekommen war, in das Jahr 1791. Aber dass ich hier war, stand außer Frage. Ob ich es wirklich erlebte oder nur halluzinierte, stand auf einem anderen Blatt. Zur Zeit war es für mich Realität, die einzige, die ich hatte.

Ich kramte meine Geschichtskenntnisse hervor. Im Jahr 1791 war die Französische Revolution in vollem Gange. Es war das Jahr, in dem der Versuch König Ludwigs XVI., aus Paris zu fliehen, kläglich scheiterte. In Russland herrschte Katharina die Große, und in den Vereinigten Staaten trat die Bill of Rights in Kraft. Oder würde bald in Kraft treten. Wie ich noch aus der Schule wusste, erlangte der Verfassungszusatz über Freiheits- und Grundrechte seine Gültigkeit am fünfzehnten Dezember. Alles in allem eine sehr spannende Zeit, der ich gern mal einen Besuch abgestattet hätte, aber freiwillig!

Und dann erst fiel es mir ein: 1791 war auch das Jahr, in dem Mozart seine »Zauberflöte« komponierte. Und es war das Jahr, in dem der vielleicht größte und begnadetste Komponist aller Zeiten unter mysteriösen Umständen im Alter von nur fünfunddreißig Jahren starb.

»Wir … wir sind doch in Wien?«, erkundigte ich mich.

»Beim Allmächtigen, wo denn sonst? Sie erinnern sich wohl an gar nichts mehr?«

»Leider nicht.«

»Dabei sind Sie und Ihre Schwester doch erst vor einem halben Jahr hergekommen, um Arbeit zu suchen. Mein Mann, der Franz, konnte nur eine Putzmacherin einstellen, nicht zwei. Ich weiß noch, wie Sie und Ihr Fräulein Schwester Lose gezogen haben, um herauszufinden, wer die Stelle kriegt. Erst war Ihre Schwester sehr enttäuscht, als sie verloren hatte, aber dann ist sie ja auch gut untergekommen, drüben beim Schikaneder im Freihaus.«

»Bei Emanuel Schikaneder?«

»Freilich. Sonst kenn ich keinen, der so heißt.«

Ausgerechnet bei dem Mann, der das Libretto zur »Zauberflöte« verfasst und das Stück in seinem Freihaustheater uraufgeführt hatte! Wollte sich jemand – das Schicksal – einen bösen Scherz mit mir erlauben?

»Meine Schwester, sie war auch Putzmacherin?«, fragte ich weiter.

»Ja, selbstverständlich. Deshalb hat der Schikaneder sie ja genommen. Er suchte dringend eine Putzmacherin für seine Theaterkostüme.«

Ich bat Frau Lehmann, mir mehr über mich und meine Schwester zu erzählen. Ich sah ihr an, dass mein Ansinnen ihr seltsam vorkam. Sie konnte nicht wissen, wie seltsam ich mich selbst fühlte.

Sie berichtete, Luise und ihre jüngere Schwester Josefine stammten aus Kirchberg, einem kleinen Ort bei Graz. Wir hatten erst in Graz gearbeitet, dort aber unsere Stellungen verloren, weil wir unserem Brotherrn nicht zu Willen sein wollten. Mit den letzten Ersparnissen unserer Eltern reisten wir nach Wien, wo ein entfernter Onkel wohnte. Hier sollten wir Lohn und Brot finden und außerdem weit weg von unserem ehemaligen Dienstherrn sein, der uns mit seinen Nachstellungen verfolgt hatte. Doch unser Onkel war wenige Tage vor unserer Ankunft verstorben, und kurz darauf waren unsere Eltern bei einem Brand ums Leben gekommen, so dass wir fast mittellos und ohne Unterstützung dastanden. Dann hatten wir Glück im Unglück, als erst ich bei Franz Lehmann und kurz darauf Josefine bei Schikaneder unterkam, in dessen Freihaus sie gewohnt und gearbeitet hatte.

Begierig nahm ich jedes Wort von Frau Lehmann in mich auf, musste mir aber eingestehen, dass ihr Bericht sich nicht erhellend auf die Umstände von Josefines Tod auswirkte. An eine zufällige Tat, einen Raubmord zum Beispiel, konnte ich nicht glauben. Nach allem, was Frau Lehmann erzählte, waren Josefine und Luise Heusler ziemlich arm. Ein Raubmörder konnte sich also keine Hoffnung auf lohnende Beute gemacht haben. Und als ich an die Kleidung der Mörder dachte, soweit ich sie hatte erkennen können, an die weißen Strümpfe und die sauberen Schuhe mit den blitzenden Spangen, kam ich zu dem Schluss, dass sie aus wohlhabenden Kreisen stammten. Selbst im Wien des Jahres 1791 war es wohl kaum üblich, dass die Reichen die Armen auf offener Straße ausraubten.

Noch etwas stimmte mich nachdenklich: Als Josefine den Hof betrat, fühlte sie sich offenbar verfolgt, zu Recht. Ihre Äußerungen und ihr Verhalten beim Auftauchen der drei Männer legten die Vermutung nahe, dass sie ihre Mörder gekannt hatte. Ein Satz aus Josefines Mund hatte sich unauslöschlich in mein Gedächtnis gebrannt: *Ich habe euch nicht verraten, das schwöre ich!*

Ich hatte wohl schon eine ganze Weile gegrübelt. Frau Lehmann deutete mein Schweigen als Erschöpfung und sagte: »Ich lasse Sie jetzt allein. Sie wollen sicher noch etwas schlafen.«

»Nein«, entgegnete ich zu ihrer Überraschung. »Ich möchte lieber aufstehen. Und ich habe Hunger.«
Frau Lehmanns Blick sprach Bände. Sie konnte offensichtlich nicht verstehen, dass ich nach dem Verlust meiner Schwester ans Essen dachte. Aber ich fühlte mich nicht, als hätte ich einen nahe stehenden Menschen verloren. Josefine Heusler war mir so fremd wie alle Menschen hier im Wien des Jahres 1791. So fremd, wie ich, Luise Heusler, mir selbst war. Ich wusste nur, dass ich wieder auf die Beine kommen und mich stärken musste. Ich spürte meinen leeren Magen. In diesem ganz besonderen Albtraum musste man essen, wenn man nicht zusammenbrechen wollte.
Die Frau meines Dienstherrn half mir beim Aufstehen und stützte mich, als ich an die Anrichte trat. Ich griff nach dem Wasserkrug, um die Waschschüssel zu füllen, und blickte dabei in den kleinen Spiegel, der mehrere Sprünge aufwies. Aber er war noch heil genug, um mir deutlich mein Gesicht zu zeigen.
Mein Gesicht?
Wer auch immer mir aus dem Spiegel entgegenblickte, es war nicht Pamela Morton. Es war ein fremdes Gesicht, eins, das mich an die ermordete Frau erinnerte. Nicht ganz so spitz, ein wenig lieblicher, fast hübsch, aber unverkennbar die gleichen etwas asketisch wirkenden Züge. Die gleichen rötlichen Locken, die gleiche leicht gebogene Nase und der gleiche Schmollmund mit der ein wenig vorstehenden Unterlippe.
Der Blick in den Spiegel brachte das Fass zum Überlaufen. Ich hatte geglaubt, mit meiner verrückten Situation fertig

zu werden. Gut, alle hielten mich für eine andere, und wie es aussah, war ich sogar in einer längst vergangenen Zeit gestrandet. Aber ich wusste, dass ich nicht Luise Heusler war, sondern Pamela Morton. Zumindest hatte ich das geglaubt. Doch der Blick in den Spiegel schien das Gegenteil zu belegen. Ein aberwitziger Gedanke stieg in mir auf: War ich vielleicht wirklich Luise Heusler? War mein Leben in der Zukunft, meine Existenz als gefeierte Opernsängerin, nur ein Traum gewesen?

Ich fühlte mich, als hätte man den Boden unter mir weggezogen, wusste nicht mehr, was ich glauben sollte. War ich womöglich geisteskrank? Taumelnd ging ich zum Bett und legte mich wieder hin. Obwohl ich die Wolldecke bis unter mein Kinn zog, zitterte ich am ganzen Körper.

»Was haben Sie denn so plötzlich?«, fragte Frau Lehmann.

»Die Frau da im Spiegel ... das bin nicht ich!«

Frau Lehmann hatte an diesem Morgen schon reichlich Grund gehabt, mich verwirrt anzusehen. Aber der Blick, mit dem sie mich jetzt bedachte, stellte alles andere in den Schatten.

Ihre Stimme klang brüchig, ratlos, als sie sagte: »Armes Kind! Ich hole wohl lieber den Arzt.«

Der Arzt, der mich am Nachmittag besuchte, war derselbe kleine Mann, den Frau Lehmann schon am Abend zuvor geholt hatte. Er legte seinen riesigen Hut auf den Tisch und erkundigte sich geschäftsmäßig nach meinem Befinden. Es war wohl eine rhetorische Frage. Auch ein Laie hätte sofort erkannt, wie schlecht es mir ging, zitternd und verklebt, frierend und schwitzend zugleich. Als er mich

untersuchte, ließ ich es einfach geschehen. Es war ja nicht mein Körper, sondern der einer Fremden.
Frau Lehmann stand an der Tür und beobachtete alles mit sorgenvoller Miene. Schließlich fragte sie den Arzt, was mir fehle.
»Nichts«, antwortete der. »Nichts, was ich als einfacher Mediziner feststellen kann.«
»Aber Herr Doktor, dass unser Fräulein Luise krank ist, sehr krank sogar, das sehe ja sogar ich!«
»Ich sehe es auch, aber es ist eine Krankheit, bei der meine Kunst versagt. Nur ein Spezialist kann da helfen.«
»Ein Spezialist?« Frau Lehmanns gerötete Züge wurden deutlich blasser. »Ich glaube nicht, dass wir uns so jemanden leisten können.«
»Der Mann, an den ich denke, hat Geld genug. Er wird Fräulein Heusler allein aus medizinischem Interesse behandeln.«
»Wer ist dieser Mann?«
Der Arzt senkte seine Stimme zu einem verschwörerischen Raunen: »Dr. Mesmer.«

Kapitel 4

Eine halbe Stunde später half Frau Lehmann mir beim Anziehen von Kleidern, wie ich sie sonst nur auf der Bühne trug. Ich kannte die Kleidungsstücke nicht, aber sie passten mir – nein: Sie passten dem fremden Körper, in dem ich gefangen war. Frau Lehmann wählte für mich ein einfaches, ein wenig abgetragenes Kleid aus grober Baumwolle. Nach ihrer Aussage das beste Gewand in meinem kleinen Schrank. Luise Heusler war mit irdischen Gütern nicht gerade reich gesegnet.

Ich ließ alles mit mir geschehen, auch als die so um mich besorgte Frau des Putzmachers mich über eine gewundene Treppe nach unten führte. Der Anblick des fremden Gesichts – des fremden Körpers – im Spiegel hatte jeden Widerstand in mir gebrochen. Wozu sollte ich mich gegen mein seltsames Schicksal auflehnen, wenn ich gar nicht mehr existierte?

Unten wartete der Arzt im Treppenhaus und sagte: »Der Fiaker steht bereit. Keine Sorge, Frau Lehmann, Fräulein Heusler ist bei mir und Dr. Mesmer in guten Händen.«

Frau Lehmanns Kiefer mahlten, als müsste sie ein paar

harte Nüsse knacken. »Man hört so allerlei über Dr. Mesmer, und es sind meist zweifelhafte Dinge.«

»Ich kenne ihn schon lange und verbürge mich für seine Lauterkeit«, versicherte der Arzt mit einem leicht bemüht wirkenden Lächeln. »Was seine medizinischen Ansichten und Behandlungsmethoden betrifft, so ist er sicher eine singuläre Erscheinung in der modernen Medizin. Gerade das ist der Grund für Gerüchte und üble Nachreden. Was der Mensch nicht versteht, das greift er an. Was andere erfolgreich macht, das neidet er. Dr. Mesmer hat mit seinen, zugegeben ungewöhnlichen, Methoden große Heilerfolge erzielt, und das hat eine stattliche Anzahl von Neidern auf den Plan gerufen.«

Frau Lehmann sah ihn an, als hätte sie nur die Hälfte verstanden. Schließlich seufzte sie tief. »Ihr Wort in Gottes Ohr, Herr Doktor. Und dass Sie mir gut auf das Fräulein Luise Acht geben!«

Wir drei gingen hinaus, und zum ersten Mal sah ich die enge Straße. Hatte sich tief in mir noch ein winziges Stäubchen Zweifel an der Wahrhaftigkeit meiner seltsamen Erlebnisse gehalten, so war es jetzt wie weggeblasen. Das konnte kein fauler Zauber sein, keine Inszenierung, die in mir den Eindruck erwecken sollte, ich befände mich im Wien des Jahres 1791. Das, was ich sah, hörte, roch – mit allen Sinnen in mich aufnahm –, konnte nur die Wirklichkeit sein.

Es war ein ähnliches Bild wie beim Anblick des Musikquartetts auf der Kärntner Straße, aber da war es nur eine kurze Fata Morgana gewesen, jetzt hatte es Bestand. Ich erblickte Frauen mit großen Hauben, extravaganten Hü-

ten und um die Hüften wattierten Kleidern, Männer in Kniehosen und mit großen dreispitzigen Hüten. Die Passanten wichen reflexartig zur Seite aus, wenn sich eine Pferdekutsche näherte und dabei unweigerlich eine riesige Staubwolke aufwirbelte.
Die penetrant nach Pferdedung riechende, staubige Luft rief in mir einen starken Hustenreiz hervor. Gleichzeitig fragte ich mich, wie ein Mensch aus dieser Zeit auf die mit Abgasen geschwängerte Luft einer modernen Großstadt reagieren mochte.
»Keine gute Luft heute«, sagte unvermittelt der Arzt. »Die Kutscher halten sich nicht an das Verbot des Schnellfahrens, und die wenigsten Hausbesitzer besprengen die Straße regelmäßig mit Wasser, wie es ihre Pflicht wäre. Sie machen sich keine Gedanken darüber, dass der Staub ihre Lungen verklebt.« Er fasste mich sanft am linken Arm. »Der Wagen dort an der Laterne, Fräulein.«
Es war eine geschlossene Kutsche, vor die ein hängebäuchiges braunes Pferd gespannt war. Der Kutscher hockte bewegungslos auf dem Bock, das Kinn auf die Brust gesenkt, und schien vor sich hin zu dösen.
Auf dem Weg zum Fiaker schob sich eine alte, krumme Frau zwischen uns und das Gefährt. Gegen ihr löchriges Kleid wirkte mein einfaches Gewand fast wie ein Ballkleid. Eine runzlige Hand streckte uns einen kleinen Strauß blauer, stark duftender Pflanzen entgegen, und die Alte sagte mit knarziger Stimme: »Kaufts an Lavendel! An Lavendel fürs hübsche Fräulein gefällig, der Herr? Das Büschel für nur zwo Kreuzer.«
Als der Arzt die Frau einfach zur Seite schob, musste er

sich einen derben Fluch gefallen lassen. Er bugsierte mich in die Kutsche und stieg selbst ein, um sich mir gegenüber auf das zerschlissene Lederpolster zu setzen. Er wollte die Tür schon zuziehen, da kam Frau Lehmann heran, um ihn noch einmal zu ermahnen, auch ja gut auf mich zu achten. Mir drückte sie einen Lavendelstrauß in die Hand, den sie der alten Frau abgekauft hatte.

Der Kutscher beugte sich mit ungeduldiger Miene zu uns herunter und wandte sich an den Arzt: »Foahrn mer, Ihr Gnodn?«

Der Arzt nickte, dann schloss er die Tür. Ich hörte das Knallen der Peitsche, und der Fiaker fuhr ruckelnd an, um sich in den unablässigen Verkehrsstrom einzureihen. Als das Gefährt um eine Biegung rollte, verschwand das Gesicht der uns unverwandt nachblickenden Frau Lehmann hinter einer aus rötlichem Stein errichteten Hauswand.

Die Putzmachersfrau schien sich wirklich sehr um mich zu sorgen, was in mir ein Gefühl der Rührung hervorrief. Auch in dieser Zeit gab es Menschen, die für mich da waren, denen ich etwas bedeutete. Das zu wissen, tat gut. Nur hätte ich mich noch viel besser gefühlt, wenn ich die Menschen auch gekannt hätte.

Wir fuhren durch etliche Straßen und Gassen, die mir fremd waren, bevölkert von Menschen einer mir fremden Zeit. Immer wieder verstellten andere Wagen uns den Weg, Fiaker, Einspänner und schwer beladene Transportfuhrwerke. Irgendwann ging es gar nicht mehr voran, und der Arzt lehnte sich ungeduldig aus dem Fenster.

»Ach ja, die Dirnenkolonne«, brummte er. »Nun, wenigstens tut man damit etwas gegen den Unrat auf den Straßen.«

Ich beugte mich vor und blickte ebenfalls hinaus. Ein rundes Dutzend erbarmungswürdig aussehender Frauen kehrte die Straße mit großen Reisigbesen und ließ sich durch die wütenden Rufe der aufgehaltenen Kutscher nicht aus der Ruhe bringen. Einige der Frauen ignorierten die Rufe einfach, andere antworteten mit wortreichen Verwünschungen und derben Anzüglichkeiten. Selbst wenn eine einzelne Frau die Straße hätte freimachen wollen, allein hätte sie das nicht gekonnt, denn jeweils sechs von ihnen waren durch dünne Ketten aneinander gefesselt. Das hätte schon ausgereicht, mein Mitleid zu erregen. Die kahl geschorenen Köpfe und die löchrigen, sackartigen Kittel verstärkten den herzerweichenden Eindruck noch. Von zwei bewaffneten Uniformierten bewacht, mussten die Frauen sich den Spott zahlreicher Passanten anhören.

»Was ist mit diesen Frauen?«, wandte ich mich an meinen Begleiter. »Weshalb tut man ihnen das an?«

»Aber das müssen Sie doch wissen, wenn Sie schon ein halbes Jahr in Wien sind!« Das Erstaunen in seinem pausbäckigen Gesicht machte sogleich der Erkenntnis Platz. »Oh, ich nehme an, auch das haben Sie vergessen?«

Ich nickte einfach nur.

»Dies sind Dirnen, die man bei ihrem unzüchtigen Treiben erwischt hat«, erklärte der Arzt.

»Dafür eine so strenge Strafe?«

»Die Männer, die sich bei den Dirnen ein Zipperlein geholt haben, würden das nicht sagen.«

Ich wollte etwas in der Art erwidern, dass bewusste Männer wohl freiwillig zu diesen Frauen gegangen seien. Aber da gaben die Zwangsarbeiterinnen die Straße frei, und ein Orchester aus Kutscherrufen, Peitschengeknall, Pferdewiehern und dem Rattern von Wagenrädern erscholl. Ich ließ mich zurück in die Polster sinken und das Wien einer längst vergangenen Zeit an mir vorbeiziehen.

Als ich über meine Situation nachdachte, wäre ich beinahe in lautes Gelächter ausgebrochen. War es nicht verrückt, eine Ironie des Schicksals? Mein ganzes Leben lang hatte ich mich unerklärlicherweise zu Wien hingezogen gefühlt. Als mir das Engagement am Pegasos-Theater angeboten worden war, hatte ich mich gefreut wie ein Lottogewinner auf den Geldboten. Und jetzt war ich nicht nur in Wien, nein, ich befand mich auch noch in der Zeit des von mir so verehrten Wolfgang Amadeus Mozart. Als hätte eine Fee beschlossen, meine innigsten Wünsche gleich zweihundertprozentig zu erfüllen.

Mozarts Wien war eine laute, bunte und staubige Stadt. Das waren die hauptsächlichen Eindrücke, die ich bei unserer Fahrt im Fiaker gewann. Keine besonders detaillierten Erkenntnisse, aber zu vieles schwirrte mir im Kopf herum. Ich fühlte mich wie jemand, der endlich seinen lang ersehnten Traumurlaub macht und dann am Zielort der Reise von den Eindrücken erschlagen wird.

Irgendwann – mein Zeitgefühl hatte mich vollständig verlassen – hielt der Fiaker vor einem großen Haus in einem ruhigeren Stadtteil an. Kein Haus mit Geschäften im Erdgeschoss und vielen kleinen Wohnungen darüber wie das, in dem Frau Lehmann wohnte, sondern ein richtiges

Stadtpalais, zur Straße hin durch einen hohen Eisenzaun geschützt. Wer hier lebte, war sicherlich betucht.
Der Arzt half mir beim Aussteigen und bezahlte den Kutscher. Während der Fiaker sich wieder in Bewegung setzte, gingen wir auf das große Eingangsportal zu, wo mein Begleiter einen schweren, ringförmigen Türklopfer betätigte.
Ein hagerer, grauhaariger Mann im dunklen Rock erschien und blickte uns wenig freundlich an. Seine schiefen Lippen öffneten sich zu einem knappen: »Ja?«
»Wir möchten zu Dr. Mesmer«, sagte mein Begleiter.
»Mein Herr empfängt keinen unangemeldeten Besuch«, beschied uns der Hagere und trat zurück, um die Tür zu schließen.
Der kleine Arzt reagierte mit einer Geistesgegenwart, die mich erstaunte. Mit einem schnellen Satz nach vorn blockierte er die Tür.
Er lächelte den Hageren halb entschuldigend, halb triumphierend an. »Sagen Sie Dr. Mesmer bitte, dass Dr. Hüfenreuther ihn zu sprechen wünscht. Dr. Anton Hüfenreuther.«
Der hagere Dienstbote blieb äußerlich ruhig, aber sein flackernder Blick verriet, dass sein innerer Gemütszustand ein anderer war. Es muss ihn einige Überwindung gekostet haben, in gemessenem Tonfall hervorzubringen: »Wenn Sie bitte hier warten wollen. Ich werde meinen Herrn fragen, ob er Sie zu empfangen wünscht.«
»Verbindlichsten Dank«, erwiderte Hüfenreuther, noch immer lächelnd.
Der Diener verschwand durch eine hohe Tür und kehrte

kurz darauf mit stoischer, aber nicht mehr ganz so abweisender Miene zurück. »Wenn die Herrschaften mir folgen möchten!«

Er führte uns in einen großen Raum im Erdgeschoss, der etwas mehr Licht hätte vertragen können und dessen Wände bis in den letzten Winkel mit Bücherregalen bedeckt waren. Schwere Folianten, deren Ledereinbände den Raum mit ihrem leicht würzigen Geruch erfüllten. Erst auf den zweiten Blick bemerkte ich den Mann, der in einem schweren Sessel saß und nun geräuschvoll das Buch zuklappte, in dem er gelesen hatte.

»Kollege Hüfenreuther, wie lange ist das her?«, rief er aus, während er das Buch auf einen sechseckigen Tisch legte und sich erhob.

»Wir sahen uns zuletzt vor dreizehn Jahren, kurz bevor Sie Wien verließen und nach Paris gingen.«

»Ja, Paris«, sagte der Herr dieses Hauses nachdenklich. »Die Zeiten ändern sich, nicht wahr? Auch Paris ist nicht mehr, was es einmal war, seit dort die Massen glauben, sie würden sich selbst regieren. Dabei haben sie nur die eine Sorte von Herrschern gegen eine andere eingetauscht.«

Er trat vor, in das durch eins der zu kleinen Fenster einfallende Licht, so dass ich ihn deutlicher sehen konnte. Sein volles Gesicht, das zu seinem stattlichen Körperbau passte, ließ das Alter schwer erkennen. Auf jeden Fall hatte er die Fünfzig überschritten, vielleicht auch schon die Sechzig. Er wirkte nicht übermäßig dick, da er groß und breitschultrig war. Neben ihm sah Hüfenreuther fast wie ein Zwerg aus. Mesmers Kleidung wirkte elegant, Rock und

Weste waren mit Goldknöpfen besetzt, die Schuhe mit goldenen Spangen.
Er schüttelte Hüfenreuthers Hand und fuhr fort: »Ich bin gerade erst in Wien eingetroffen und dachte, niemand würde großartig Notiz von mir nehmen. Woher wussten Sie, dass ich hier bin?«
»Alte Verbindungen, Dr. Mesmer. Sie wissen doch, als Arzt kennt man tausend Leute und hört zehntausend Neuigkeiten und Gerüchte.«
»Wie Recht Sie haben«, bestätigte Mesmer und wies auf eine Gruppe blau gepolsterter Sessel. »Nehmen Sie doch Platz, Herr Kollege. Und auch Sie, Fräulein …«
Erst wollte ich mich als Pamela Morton vorstellen, biss mir aber noch rechtzeitig auf die Unterlippe und suchte nach dem Namen, mit dem mich hier alle ansprachen.
Hüfenreuther war schneller und sagte: »Das ist Fräulein Luise Heusler, wegen der ich zu Ihnen komme. Meine ärztliche Kunst versagt in diesem besonderen Fall.«
Etwas ging mit Mesmer vor, eine kaum merkliche innere Versteifung. »Ich fürchte, ich muss Sie enttäuschen, Kollege Hüfenreuther. Sie scheinen die zehntausendunderste Neuigkeit noch nicht gehört zu haben: Ich praktiziere nicht mehr. Ich bin nur nach Wien zurückgekommen, um den Nachlass meiner Frau zu regeln.«
Hüfenreuther deutete ein Nicken an. »Verzeihen Sie, dass ich vergaß, Ihnen mein Beileid auszusprechen.«
Mesmer machte eine abwehrende Handbewegung. »Ersparen Sie sich das. Warum sollen wir heucheln? Sie wissen wahrscheinlich, dass die Baronin und ich in den letzten Jahren kein Wort miteinander gewechselt haben. Erst

ihr Tod hat mich zurück in diese Stadt geführt, in dieses Haus. Außerdem bin ich schon seit letztem Jahr Witwer.«

Wir setzten uns, und Mesmer trug seinem Diener auf: »Karl, schenk uns doch etwas von dem guten Cognac ein, den wir aus Paris mitgebracht haben.«

Dann bat Mesmer seinen Kollegen, ihm meinen Fall zu schildern. Während Hüfenreuther sprach, beobachtete ich unseren Gastgeber. Er saß ruhig in seinem Sessel und hörte sich die haarsträubende Geschichte ohne Anzeichen von Erstaunen an. Die Fingerspitzen beider Hände hatte er aneinander gelegt, und sein Kopf war nach vorn gesunken, so dass er auf den Boden oder ins Leere zu starren schien. Er machte einen vollkommen geistesabwesenden oder im höchsten Maße konzentrierten Eindruck.

Als Hüfenreuther geendet hatte, verharrte Mesmer noch ein, zwei Minuten schweigend in dieser Position, bevor er ruckartig den Kopf hob und Hüfenreuther ansah. »Wirklich kein alltäglicher Fall, Herr Kollege. Im Gegenteil, er scheint mir einigermaßen verzwickt zu sein. Also leider keine Angelegenheit, in der ich Ihnen durch einen schnellen Rat weiterhelfen könnte. Es tut mir Leid, dass Sie und Fräulein Heusler sich vergeblich herbemüht haben.«

Hüfenreuther zeigte keine Spur von Enttäuschung. »An einen schnellen Rat hatte ich auch nicht gedacht, Dr. Mesmer. Sie sollten sich für Diagnose und Behandlung so viel Zeit nehmen, wie Sie benötigen.«

»Wie stellen Sie sich das vor? Ich sagte Ihnen doch vorhin, dass ich nicht mehr praktiziere. Die Gründe dürften Ihnen nicht unbekannt sein. Außerdem habe ich im Haus noch allerlei zu ordnen. Um mich gebührend um Fräulein Heus-

ler zu kümmern, müsste ich sie schon bei mir einquartieren.«
Hüfenreuther klatschte in die Hände. »Ein wunderbarer Vorschlag, Dr. Mesmer! Darauf hätte ich selbst kommen sollen. Seien Sie herzlichst bedankt für Ihre Bereitwilligkeit. Bei Ihnen weiß ich Fräulein Heusler in den besten Händen.«
Zwei widerstreitende Gefühle beherrschten mich. Zum einen der Ärger über Dr. Hüfenreuther, der, augenscheinlich am Ende seiner ärztlichen Weisheit, mich an seinen Kollegen zu verschachern versuchte, wie ein Bauer auf dem Viehmarkt eine ausgetrocknete Milchkuh feilbot. Zum anderen ein Anflug von Bewunderung für Hüfenreuther, der Mesmer dazu gebracht hatte, das auszusprechen, was Hüfenreuther wohl schon die ganze Zeit über im Sinn gehabt hatte. So kam er nicht in die Verlegenheit, Mesmer bitten zu müssen, nein, er nahm dessen *Angebot* einfach dankend an!
Mesmers Mundwinkel zuckten. Offenbar war er unschlüssig, ob er Hüfenreuther einen Tadel erteilen oder sich über ihn amüsieren sollte. Plötzlich drehte er sich zu mir herum und fragte: »Und Sie können sich nach dem Tod Ihrer Schwester wirklich an nichts erinnern, Fräulein, nicht einmal an Ihren Namen?«
»Weder daran, noch wusste ich, in welcher Stadt ich bin und welches Jahr wir schreiben.«
So weit stimmte es. Von meinem anderen Ich, von Pamela Morton, hatte ich weder Mesmer noch Hüfenreuther erzählt. Auf dem Weg hierher hatte ich gesehen, wie man im Jahr 1791 mit aufgegriffenen Dirnen umsprang. Mit of-

fensichtlich Geisteskranken würde man kaum zimperlicher umgehen.

»Und im Laufe des Tages ist die Erinnerung nicht zurückgekehrt, auch nicht zum Teil?«

Ich blickte Mesmer traurig an und schüttelte den Kopf. »Alles, was ich über Luise und Josefine Heusler weiß, habe ich von anderen erfahren, vorzugsweise von meiner Wirtin.«

Mesmer nippte an seinem Cognac und versank für kurze Zeit wieder in schweigsames Brüten.

»Das klingt wirklich nach einem hochinteressanten Problem«, verkündete er endlich. »Nach einem Problem, dessen Lösung viel Zeit und Muße erfordert. Also gut, ich werde mich um Fräulein Heusler kümmern. Aber versprechen Sie mir eins, Dr. Hüfenreuther: Offiziell ist es keine Behandlung. Fräulein Heusler ist eine entfernte Base, die nach dem schrecklichen Erlebnis in mein Haus gekommen ist, um sich hier zu erholen.«

»Ehrensache, Dr. Mesmer.« Hüfenreuther erhob sich. »Ich werde veranlassen, dass Fräulein Heuslers Habseligkeiten hierher gebracht werden.« Er tat, als wollte er gehen, wandte sich dann aber noch einmal um. »Eigentlich schade, dass ich so eine ungewöhnliche Patientin verliere. Schließlich lebe ich von meinen Einkünften als Arzt, und das wäre wohl eine sehr langwierige Behandlung geworden.«

Wieder war da dieses Zucken in Mesmers Mundwinkeln. Fast schien es, als würde dieses Mal die Wut triumphieren, aber nach einem Blick auf mich beherrschte er sich. Als er zu Hüfenreuther sprach, glaubte ich, in seiner Stimme das

Vibrieren des mühsam unterdrückten Ärgers zu vernehmen: »Kommen Sie mit in mein Büro, Hüfenreuther. Dort werden Sie eine finanzielle Entschädigung für die entgangene Patientin erhalten. Nehmen Sie es als Zeichen meiner Dankbarkeit dafür, dass Sie bei diesem außergewöhnlichen medizinischen Fall an mich gedacht haben.« Er wandte sich mir zu: »Wenn Sie mich für einen Augenblick entschuldigen würden, Fräulein.«
Hüfenreuther verabschiedete sich mit ein paar knappen Worten von mir und begleitete Mesmer aus dem Zimmer. Ich blieb allein zurück, enttäuscht und zornig. Bis vor kurzem hatte ich geglaubt, Hüfenreuther kümmere sich aus Mitleid um mich. Jetzt aber kam ich mir vor wie eine soeben verkaufte Sklavin. In Zukunft musste ich vorsichtiger sein, durfte niemandem mehr trauen.
Wirklich niemandem? Ich roch an dem Lavendel und kam zu dem Schluss, dass ich Frau Lehmann mit großer Wahrscheinlichkeit von meinem kategorischen Misstrauen ausnehmen durfte.
Aber was war mit diesem Dr. Mesmer? Der Name kam mir seltsam bekannt vor, als hätte ich schon einmal von ihm gehört.
Ich sah mir den Folianten an, in dem er gelesen hatte: »Zedlers Lexikon«, Band 19, gedruckt 1739. Ein Stück Papier diente als Lesezeichen und markierte einen Artikel über den Magneteisenstein. Ich begann an einer willkürlichen Stelle zu lesen: *Ob seine Krafft, wenn er in Blut von einem Widder gelegt, vermehret, oder durch Knoblauchs-Saft vermindert werde, ist durch beständige Erfahrung noch nicht erwiesen ...*

Verwirrt über die absurde Aussage hielt ich inne. Wenn dieser Mesmer sich mit solchem Unsinn beschäftigte, war es kein Wunder, dass seine medizinische Reputation offenbar schwer angeschlagen war.
Ich ging zu einem der Bücherregale und entdeckte Titel wie »De Medicina Magnetica« von Maxvellus, »Philosophica magnetica« von Nikolaus Cabeus, »Treatise of Artificial Magnets« von John Michell, »De Magnete, magnetisque corporibus et de magno magnete tellure« von William Gilbert, »Über den thierischen Magnetismus« von Eberhard Gmelin und »Anleitung zum nützlichen Gebrauch der künstlichen Stahl-Magneten« von Maximilian Hell.
Der Magnetismus hatte es Dr. Mesmer offenkundig angetan. Während mir das durch den Kopf ging, begriff ich schlagartig, mit wem ich es zu tun hatte.
Er war *der* Mesmer. Dr. Franz Anton Mesmer, der persönlich mit Mozart bekannt gewesen war – oder nach wie vor war, denn im Juli 1791 lebte der Komponist noch. Als Mozart zwölf Jahre alt war, wurde sein Singspiel »Bastien und Bastienne« auf der Bühne in Mesmers Garten uraufgeführt.
Wieso fiel mir das erst jetzt ein? Vielleicht, weil ich keine Verbindung zwischen dem grauhaarigen Arzt und Mozart gesehen hatte. Oder – ein erschreckender Gedanke – weil meine *eigenen* Erinnerungen allmählich nachließen, je länger ich in der fremden Zeit weilte?
Ich kramte hervor, was ich über Mesmer wusste. Es war nicht viel und auch nicht sehr erfreulich. Dr. Franz Anton Mesmer, schon zu Lebzeiten von der medizinischen Fach-

welt angefeindet und verspottet, später nicht viel wohlwollender behandelt, war durch seine Lehre vom *tierischen Magnetismus* berühmt geworden, oder eher berüchtigt. Seine Heilerfolge wurden angezweifelt, und die Nachwelt stellte ihn in eine Reihe ebenso schillernder wie dubioser Gestalten des 18. Jahrhunderts: Cagliostro, Giacomo Casanova, Lorenzo da Ponte oder der Graf von Saint-Germain. Sie waren bestenfalls leichtherzige Abenteurer, oft genug aber abgefeimte Betrüger, die von der Gutgläubigkeit und Gewinnsucht ihrer Mitmenschen profitierten.

Die treffendste Bezeichnung für so einen Mann lautete wohl: »Scharlatan!«

Kapitel 5

Ein Scharlatan, Mademoiselle, ist ein Mann, der von seinem Fach nichts versteht. Ein Schwindler, ein Aufschneider oder ein Quacksalber. All das sind Namen, mit denen man mich nur allzu häufig bedacht hat. Aber wer sagt so etwas über mich? Männer wie dieser Hüfenreuther, die in schwierigen Lagen versagen und ihre Patienten zu mir schicken, gegen ein hübsches Sümmchen, versteht sich. Insgeheim reiben sie sich die Hände. Wenn der so genannte Scharlatan mit seiner Kunst versagt, ist er entlarvt. Ist er aber erfolgreich, so wird ihm doch nicht geglaubt. Eine Täuschung muss dahinter stecken, wenn jemand Erfolg hat, wo alle anderen, selbst anerkannte Kapazitäten, versagen. Und so vermutet man in ihm erst recht einen Scharlatan.«

Als ich Mesmers Stimme hörte, zuckte ich zusammen und fuhr herum. Ich hatte mit dem Rücken zur Tür gestanden und sein Eintreten nicht bemerkt. Ich fühlte mich ertappt wie ein Kind beim Äpfel stehlen. Zumal mir siedend heiß bewusst wurde, dass ich das Wort »Scharlatan« laut ausgesprochen hatte.

Umständlich stellte ich das schwere Buch zurück, das ich gerade aus dem Regal gezogen hatte, und suchte nach Worten der Erklärung, der Entschuldigung: »Ich ...«

Mesmer schien mich nicht zu hören. Mit blecherner Stimme sagte er: »Vor Jahren hatte ich eine Patientin, die von ihren schweren Schmerzen beinahe zu Tode gepeinigt wurde. Kein Arzt wusste ihr zu helfen, und der praktischste Rat, den sie von meinen Kollegen erhielt, war der, sich rechtzeitig um einen Priester zu kümmern, wenn es an der Zeit sei. Dabei war sie betucht, sehr sogar, und leistete sich nur Ärzte von Rang. Vielleicht war das ihr Fehler.« Er lachte verhalten in sich hinein. »In ihrer Verzweiflung kam sie zu mir, dem Scharlatan. Und mir gelang, was alle anderen nicht geschafft hatten: Die Schmerzen der Gepeinigten verschwanden ganz und gar. Wissen Sie, was meine vorher so hilflosen Kollegen zu Madame sagten?«

Ich verneinte.

»Die so genannten Kapazitäten erklärten ihr, ich hätte ihre Schmerzen nur deshalb vertreiben können, weil sie sich dieselben zuvor nur eingebildet hätte. Und damit hatten diese Holzköpfe zugleich eine unwiderlegbare Erklärung dafür, weshalb ihre Kunst nichts hatte ausrichten können.«

Noch immer verlegen, sagte ich zögernd: »Ich hoffe, Sie haben Ihr Honorar trotzdem erhalten.«

»Nicht nur das. Mehr als das Honorar gefiel mir die Antwort von Madame auf den Geifer der Neidhammel.«

»Und was sagte sie?«, fragte ich, ehrlich neugierig geworden.

»Sie sagte: Eingebildet oder nicht, jedenfalls habe ich jetzt keine Schmerzen mehr.« Er lachte wieder. »Sehen Sie, Fräulein Heusler, so einfach ist das manchmal mit der Scharlatanerie.«

Ich nickte. »Hoffentlich machen Sie es mir auch leicht, mich bei Ihnen zu entschuldigen.«

»Das ist nicht nötig. Ich an Ihrer Stelle hätte nicht anders gedacht.«

»Aber ich habe den Fehler begangen, laut zu denken.«

»In meinen Augen ist das kein Fehler, sondern eine angenehme Abwechslung angesichts all der Heuchelei, der ich in meinem Leben schon begegnet bin.«

»Sie sind sehr freundlich, Dr. Mesmer.«

»Wir sollten uns gut verstehen, wenn ich Ihnen helfen soll. Was voraussetzt, dass Sie Vertrauen zu mir haben.«

»Vertrauen ja, aber so gut wie kein Geld.«

»Geld? Ich bin zum Glück nicht darauf angewiesen, welches zu verdienen. Meine Frau war sehr wohlhabend. Böse Zungen behaupten, nur deshalb hätte ich sie damals geheiratet. Nun ja, es war sicher kein Grund, mich von dieser Verbindung abzuhalten.«

Seine Offenheit mir, einer vollkommen Fremden, gegenüber erstaunte mich. War es ein Versuch, das Vertrauen herzustellen, von dem er gesprochen hatte? Vielleicht meinte er es ehrlich mit mir, vielleicht war er kein Scharlatan.

Trotzdem sagte ich: »Ich weiß von Ihrer Heilmethode bisher nur, dass sie mit dem Magnetismus in Verbindung steht. Wären Sie so freundlich, mir etwas mehr darüber zu erzählen?«

Er bedachte mich mit einem überraschten Blick und sagte dann: »Wie Sie wünschen, Mademoiselle.«

Wir setzten uns wieder, und Mesmer begann: »Meine Heilmethode basiert auf dem Fluidum, das in uns, um uns und durch uns wirkt, das überall ist und das ganze Weltenall durchströmt. Damit meine ich die Lebenskraft, ohne die nichts existieren könnte, kein Mensch, kein Pferd, kein Maikäfer, nicht einmal ein Grashalm. Das Fluidum hält uns am Leben, ohne dass die meisten Menschen überhaupt darüber nachdenken. Sie wissen nichts von dieser unsichtbaren Energie. Fließt sie ungehindert, ist der Mensch gesund, das blühende Leben, wie man so treffend sagt. Ist der Fluss des Fluidums im menschlichen Körper aber aus irgendeinem Grund gestört, wird der Mensch krank.« Er beugte sich im Sessel vor. »Können Sie mir bis hierher folgen, Mademoiselle?«

»Ohne weiteres«, sagte ich und beobachtete, wie er leicht die Stirn runzelte.

Wahrscheinlich überraschte es ihn, dass eine einfache Putzmacherin vorgab, ihn mühelos zu verstehen. Ich dagegen fand seine Äußerungen nicht weiter schwierig, allerdings mehr als seltsam.

Kein Wunder, dass die medizinische Fachwelt sich von ihm distanzierte.

»Wenn ein Mensch am gestörten Fluss der Lebensenergie leidet, muss der Arzt ihm von außen Energie zuführen«, setzte Mesmer seine Ausführungen fort. »Diese Energie ist der Magnetismus beziehungsweise der tierische Magnetismus, weil es sich um die besondere Form handelt, für die Mensch wie Tier empfänglich sind. Indem man den Erkrankten mit Magneten in Kontakt bringt, gerät der Fluss des Fluidums wieder in die richtige Ordnung, und der

Mensch gesundet. Das ist doch nicht schwer zu verstehen, oder?«

»Nein, gar nicht«, versicherte ich, vielleicht ein wenig zu übertrieben in der festen Stimmlage.

Insgeheim dachte ich, dass ich mit dem »Scharlatan« wohl doch nicht so falsch gelegen hatte. Allerdings schien Mesmer an das zu glauben, was er mir erzählte. Wenn ja, so war er kein wissentlicher Betrüger, kein Scharlatan, sondern schlicht und einfach ein Spinner.

Ich überlegte, ob ich sein Haus umgehend verlassen sollte. Aber was hätte ich damit gewonnen. Ob bei Frau Lehmann oder hier, irgendwo musste ich unterkommen. Und bei Dr. Mesmer war ich zumindest gut versorgt, was meine materiellen Bedürfnisse anging. Also entschloss ich mich, gute Miene zum zweifelhaften Spiel zu machen.

»Schön, dass Sie mir zustimmen«, meinte der Arzt. »Wollen wir es gleich einmal versuchen?«

»Jetzt und hier?«

»Aber ja!«

Plötzlich fühlte ich mich unsicher. Es ist eben leichter, zum Zehnmeterbrett hinaufzuklettern, als dann wirklich ins Wasserbecken hinunterzuspringen.

»Einverstanden«, sagte ich nach langen Sekunden des Zauderns, weil ich keine Möglichkeit sah, wie ich aus der Sache wieder herauskommen sollte.

Ein Lächeln glitt über Mesmers rundes, wegen der gebogenen Nase und des stark hervorspringenden Kinns jedoch nicht weich wirkendes Gesicht. War es ein Ausdruck des Triumphs oder des Mitfühlens aufgrund meiner Unsicherheit?

Er erhob sich und sagte: »Lehnen Sie sich im Sessel zurück, und entspannen Sie sich. Ja, so ist es gut. Jetzt schließen Sie die Augen und versuchen, an nichts Bestimmtes zu denken. Ganz ruhig, ja, gleichmäßig atmen. Atmen Sie in ruhigen, langen Zügen, als würden Sie schlafen!«
Ich befolgte seine Anweisungen und merkte bald, dass ich mich weniger bedrückt fühlte. Etwas berührte leicht meinen Kopf, strich in sanften Bewegungen darüber. Mesmers Hände. Sie wanderten tiefer, strichen jetzt über meine Brüste. Ich öffnete die Augen, riss die Arme nach vorn und stieß ihn von mir weg.
»Was tun Sie da?«
Mesmer taumelte, fing sich aber wieder und sah mich verstört an. »Sie wollten doch, dass ich Ihnen helfe.«
»Davon, dass Sie mich angrapschen, war nicht die Rede!«
Er zupfte die in Unordnung geratenen Spitzenmanschetten seines weißen Hemds zurecht, die unter den weiten Ärmelaufschlägen seiner weinroten Samtjacke hervorragten. »Ich habe Ihnen doch erklärt, dass ich Ihr ins Stocken geratenes Fluidum durch magnetische Beeinflussung wieder in den richtigen Fluss bringen muss.«
»Das haben Sie, ja. Aber ich sehe keine Magneten!«
»Ach so, das.« Amüsiert betrachtete er seine großen und doch feingliedrigen Hände. »Das hätte ich Ihnen natürlich sagen sollen.«
»Was?«, schnappte ich barsch.
»Als ich mich vor etlichen Jahren in der Kunst übte, die heilenden Magnete zu applizieren, stellte ich fest, dass die Kraft der magnetischen Strahlung auch wirkte, ohne dass die Magnete die Haut berührten. Ich brachte die Magnet-

steine in immer größerer Entfernung an und erzielte doch dieselbe Wirkung. Ja, und eines Tages versuchte ich es ganz ohne Magnete, mit Erfolg. Die Schlussfolgerung war einfach.«

»Finde ich nicht«, erwiderte ich mürrisch.

»Aber ja, denken Sie nach! Meine Hände selbst haben eine magnetische Wirkung, ob von Geburt oder durch die lange Übung mit magnetischer Strahlung, kann ich nicht sagen. Fest steht, dass nicht jeder Mensch über eine solche Gabe verfügt.«

»Bestimmt nicht«, brummte ich, während meine Zweifel an Mesmers geistiger Gesundheit wuchsen.

Ungerührt sprach er weiter: »Wenn es Ihnen unangenehm ist, Mademoiselle, kann ich es unterlassen, Sie zu berühren. Die Kraft meiner Hände wirkt, wie die der magnetischen Steine, auch ohne unmittelbaren Kontakt.«

»Warum haben Sie mich dann berührt?«

»Es vereinfacht mir, die Ströme Ihres Fluidums und die Stellen, wo diese Ströme behindert oder unterbrochen werden, zu erkennen. Sagen Sie mir doch, wie es Ihnen lieber ist!«

Zweifelnd erwiderte ich: »Wenn es Ihrer Diagnose dient, Dr. Mesmer, dann legen Sie mir ruhig die Hände auf.«

Als ich mich erneut zurücklehnte, die Augen schloss und gleichmäßig zu atmen versuchte, dachte ich an die so genannten Geist- und Wunderheiler, die es schon immer gegeben hatte, auch in meiner Zeit. Namen wie Rasputin oder Uri Geller schossen mir durch den Kopf.

Magnetische Strahlung durch Handauflegen, mein Gott! Unter gewöhnlichen Umständen wäre ich aufgestanden und hätte das Haus laut lachend verlassen. Aber unter gewöhnlichen Umständen hätte ich mich auch nicht im Jahr 1791 befunden. Wenn ich verrückt war, vielleicht war der mutmaßlich ebenfalls nicht normale Dr. Mesmer dann das richtige Heilmittel. Vielleicht war er aber auch einfach der letzte rettende Strohhalm, nach dem ich griff.

Mesmers Hände wanderten in sanften Kreisen vom Kopf abwärts über meinen Körper. Geduldig ließ ich es geschehen und fühlte mich mit der Zeit sogar ganz wohl. Ich spürte ein leichtes, kaum wahrnehmbares Prickeln, verbunden mit wohliger Wärme, die mich durchströmte, nicht flut- oder wellenartig, sondern sachte wie eine laue Brise an einem Sommertag.

Tatsächlich tauchten Bilder eines längst vergangenen Sommers vor meinem geistigen Auge auf. Eine Wiese, von ein paar Bäumen umstanden, und zwei Mädchen, die sich damit vergnügten, einem bunten Schmetterling hinterherzujagen. Cora Wilson und ich während eines Sonntagsausflugs in den Rocky Mountains.

Das Bild veränderte sich und mit ihm die Gesichter und Gestalten der beiden Mädchen. Sie trugen nicht länger Jeans und T-Shirts, sondern unförmig wirkende Kleider und schmutzige Schürzen. Die Bäume verschwanden, und am Ende der Wiese stand jetzt ein windschiefes Haus, Jahrhunderte alt, wie mir schien. Ich wusste, dass ich eins der Mädchen war, doch beide Gesichter erschienen mir fremd. Sie ähnelten sich in ihrer länglichen Form, und ich begriff, dass es sich um Schwestern handelte.

Die andere, meine Schwester, öffnete den Mund, um mich zu rufen: »Luise!«

Ich lag in einem großen Bett, unter einem großen Baldachin, in einem großen Zimmer, das ich nicht kannte. Es war anstrengend, mich umzusehen, meine Augen überhaupt offen zu halten. Eine dumpfe Schwere lastete auf mir, nicht bedrückend oder unangenehm, eher verführerisch, als wollte sie mich in den süßen Schlaf zurücklocken.

Das geräumige Schlafzimmer lag im Halbdunkel. Dicke Vorhänge hinderten das Licht, durch die Fenster zu dringen, ein Licht, das ohnehin nicht besonders stark war. Abenddämmerung?

Der seltsame Traum spukte mir im Kopf herum. Ein Traum, in dem ich zwei verschiedene Menschen gewesen war, Pamela Morton und Luise Heusler. War das die Reaktion meines Unterbewusstseins auf die eigentümliche Situation, in der ich mich befand? Ich versuchte, mir das einzureden: Ich träumte von meinem Alter Ego, damit es mir nicht mehr ganz so fremd, damit meine Lage mir nicht mehr so bedrohlich vorkam. So musste es sein! Denn die andere Erklärung, die ich für meinen Traum fand, war erschreckend: Was, wenn ich mich wirklich an meine Kindheit als Luise Heusler erinnerte?

Ein metallisches Geräusch riss mich aus meinen Überlegungen. Ein Schlüssel wurde herumgedreht, die Zimmertür aus dunklem Holz öffnete sich mit einem lang gezogenen Knarren, und Dr. Mesmer trat ein. Er kam an mein Bett und fragte mich, wie ich mich fühlte.

»Seltsam«, antwortete ich. »Zutiefst verwundert. Zum Beispiel darüber, dass Sie mich eingeschlossen haben, Doktor.«

»Nur zu Ihrer Sicherheit. Man kann nie voraussehen, was ein Mensch zustande bringt, der sich im magnetischen Schlaf befindet. Manche wandern umher, ohne es zu merken, und verletzen sich dabei.«

»Im *magnetischen* Schlaf?«

»Eine beabsichtigte Wirkung, wenn ich einen Patienten magnetisiere. Im Schlaf ist der Grad der Entspanntheit viel höher, und dem Körper fällt es leichter, den gestörten Fluss seiner Lebensenergie zu regulieren. Außerdem, das hat sich auch in Ihrem Fall gezeigt, erinnert sich der schlafende, entspannte Geist besser als der wache, angespannte, der von allem, was um ihn herum geschieht, beansprucht wird.«

»Ich … habe mich im Schlaf erinnert? Woher wissen Sie das?«

»Weil Sie es mir erzählt haben, Mademoiselle. Sie sprachen von Ihrer Schwester Josefine und von Ihrer gemeinsamen Kindheit in einem Ort namens Kirchberg. Das liegt wohl in der Nähe von Graz. Erinnern Sie sich nicht, Mademoiselle?«

»Ich erinnere mich nur an einen vagen Traum.«

»Das ist besser als nichts.« Mesmer setzte eine zuversichtliche Miene auf. »Es ist erst der Anfang. Stück für Stück wird Ihr Gedächtnis zurückkehren. Das schreckliche Erlebnis, der Ermordung Ihrer Schwester beizuwohnen, hat Ihnen die Erinnerung genommen. Sie wurde ausgelöscht, damit auch die Erinnerung an die Bluttat ausgelöscht ist und …«

»Aber daran erinnere ich mich genau!«, schnitt ich ihm das Wort ab.

»Wirklich? Oder wissen Sie von dem Mord vielleicht nur das, was man Ihnen erzählt hat?«

»Nein, ich erinnere mich an das Erlebnis, ohne jede Einschränkung.«

»Das ist ungewöhnlich, sehr ungewöhnlich sogar. Vielleicht eine Fehlfunktion.«

»Die Fehlfunktion ist wohl eher, dass ich mich nicht erinnere.«

»So meinte ich das nicht. Aber nach meiner Einschätzung hat Ihr Geist die Erinnerung verdrängt, um Sie nicht mit dem Mord an Ihrer Schwester zu belasten. Dieses Ziel wäre dann verfehlt. Oder sollte ich mich getäuscht haben?«

Ich war nahe daran, ihm die Wahrheit zu sagen: Dass ich mich nicht an mein Leben als Luise Heusler erinnerte, weil ich jemand anderer war. Aber das wäre wohl selbst für einen dem Ungewöhnlichen so aufgeschlossenen Geist wie Mesmer zu viel gewesen. Also schwieg ich und richtete mich etwas im Bett auf, um einen klareren Kopf zu bekommen. Dabei fiel mir auf, dass ich ein Nachthemd aus grobem Leinen trug.

»Wer hat mich zu Bett gebracht?«

»Keine Sorge«, sagte Mesmer. »Das war Lieschen.«

»Lieschen?«

Er zog an einer Schnur, die neben dem Bett herunterhing, und kurz darauf erschien eine junge Frau in Dienstbotentracht. Ihr flaches Gesicht wirkte einfältig, und ihre klobigen Hände hatte sie nervös vor der weißen Schürze verschränkt.

»Ich habe Lieschen engagiert, damit sie sich um Sie küm-

mert, während Sie in meinem Haus sind. Früher hat Lieschens Mutter für die Baronin gearbeitet.«
Mesmer versetzte mich immer wieder in Erstaunen. Ich kam mir fast etwas beschränkt vor, weil ich auf jede zweite seiner Äußerungen mit einer Verständnisfrage reagierte. So auch jetzt, als ich mich erkundigte, wann er Lieschen engagiert hatte. »Ich bin doch erst am Nachmittag zu Ihnen gekommen, Doktor!«
»Allerdings, gestern Nachmittag. Zeit genug, um Lieschen ins Haus zu holen. Übrigens sind auch Ihre Sachen inzwischen eingetroffen, wie Sie unschwer an Ihrem Nachthemd erkennen können.«
»Sie werden es nicht leicht haben, mein Gedächtnis aufzufrischen, Dr. Mesmer.«
»Weshalb nicht?«
»Weil ich mich nicht einmal an dieses Nachthemd erinnere.«

»Ist das wirklich wahr?«, fragte Mesmer ungefähr eine Stunde später, als wir uns beim Frühstück gegenübersaßen. »Sogar Ihre Kleidung ist Ihnen unbekannt?«
»Selbst mein Gesicht«, sagte ich und betrachtete im spiegelnden Glas einer Vitrine die ein wenig zu streng wirkenden Züge, die Luise Heusler gehörten. Oder gehörten sie wirklich mir?
»Ein wahrhaft ungewöhnlicher Fall, eine echte Herausforderung!«
»Sie scheinen sich über mein Schicksal zu freuen, Dr. Mesmer.«
»Das nicht. Im Gegenteil, ich hoffe, Ihnen möglichst bald

helfen zu können. Aber Faktum ist, dass Sie zur Zeit an der umfassendsten Amnesie leiden, von der ich je gehört habe. Unter diesen Umständen muss ich Hüfenreuther dankbar sein, dass er Sie zu mir gebracht hat.«
Während ich überlegte, ob ich Hüfenreuther ebenfalls dankbar sein sollte, sah ich durch die gläserne, ein Stück geöffnete Verandatür hinaus auf die grüne Pracht des großen Gartens. War es derselbe Garten, in dem Mozarts »Bastien und Bastienne« seine erste Aufführung erlebt hatte? Ich konnte es nicht sagen, wusste nicht, ob Mesmer seitdem ein anderes Domizil bezogen hatte. Die Sonne goss ihr warmes Licht über Ziersträucher und kleine Bäume, und die Wärme ihrer Strahlen war auch hier im Salon zu spüren. Es schien ein prachtvoller Morgen zu werden, begrüßt vom Gesang einiger Vögel.
Für einen Augenblick dachte ich, dass ich ganz zufrieden sein konnte. Welcher Mensch erhielt schon die Chance, ein zweites Leben zu leben, fernab der Hektik unserer modernen Welt mit ihren tausend Katastrophen und Problemen: das Sterben von Wäldern und Meeren, Überbevölkerung und Hungersnöte, Beinahe-Super-GAUs und Kriege auf fast allen Kontinenten.
Dann aber sagte ich mir, dass dieser friedliche Morgen mich einlullte. Auch das Leben im Jahr 1791 war kein Zuckerschlecken. Ich brauchte nur an die mysteriöse Ermordung Josefine Heuslers zu denken oder an das Schicksal der aufgegriffenen Dirnen. Auch in dieser Zeit brannte die Welt an allen Ecken und Enden. In Amerika war erst vor kurzem der Kampf um die Unabhängigkeit von Großbritannien zu Ende gegangen, in Frankreich hielt die Guil-

lotine blutige Ernte, und bald würde ein kleiner, ehrgeiziger Artillerieoffizier namens Napoleon Bonaparte die halbe Welt auf Jahre hinaus in den Krieg treiben.
Es gab einen weiteren Grund, weshalb die Wärme dieses Julimorgens nicht mein Herz erreichte. Ein zweites Leben zu führen, hörte sich verlockend an, solange es nur in der Phantasie existierte. Aber worin lag der Gewinn, wenn man mit seinem alten Leben ganz zufrieden war? Den Schritt vom internationalen Opernstar zur armen Putzmacherin konnte ich nicht als Aufstieg werten.
»Sie essen ja gar nicht, Mademoiselle«, bemerkte Mesmer, der es sich ordentlich schmecken ließ. »Dabei hat Karl sich solche Mühe mit dem Essen gegeben.«
Das konnte man allerdings sagen. Der große, runde Tisch bog sich unter einer Vielzahl von Speisen, die mit meiner Vorstellung von einem Frühstück nichts gemein hatten. Es gab eine Brezensuppe mit gehörig Zwiebeln, Knoblauch und Kümmel, dann mit einer Art Hackfleisch gefüllte Gurken, eine in Kohlblätter gewickelte Mischung aus Spinat, Speckstückchen und Semmelbröseln, mit Ribiselkonfitüre gefüllte Küchlein und weitere leckere Kleinigkeiten.
»Haben Sie Angst, ich könnte vom Fleisch fallen, Doktor?«
»Gut zu essen, ist wichtig, Mademoiselle. *Mens sana in corpore sano.*«
»Ein gesunder Geist in einem gesunden Körper«, übersetzte ich. »Damit hatte Juvenal vermutlich Recht.«
Mesmer zuckte zusammen, hätte fast seine Gabel fallen gelassen und starrte mich mit offenem Mund an. »Sie ... Sie kennen Juvenal?«

Ich erkannte meinen Fehler. Für eine kleine Putzmacherin aus Kirchberg bei Graz war es geradezu unmöglich, Latein gelernt und Juvenal gelesen zu haben.
Schnell erklärte ich: »Ach, diese Sprüche kenne ich schon seit meiner Kindheit. Unser Pfarrer hat uns damit geradezu traktiert. Hundert lateinische Weisheiten musste jedes Kind im Ort aufsagen können.«
»Auch eine Art von Erziehung«, meinte mein Gegenüber scherzhaft und wurde schlagartig wieder ernst. »Fräulein Heusler, ist Ihnen klar, was Sie soeben gesagt haben?«
»Ich denke, schon«, sagte ich zögernd, weil ich nicht wusste, worauf er hinauswollte. »Ich erzählte Ihnen von unserem Pfarrer in Kirchberg.«
Mesmer machte mit der rechten Hand, in der er die Gabel hielt, eine Bewegung, als wollte er mich aufspießen, während seine Augen triumphierend aufblitzten. »Ja, Mademoiselle, genau. Und vor wenigen Minuten sagten Sie noch, Sie könnten sich an nichts erinnern, nicht einmal an Ihr eigenes Gesicht!«
Trotz des schönen Wetters schien heute nicht mein Tag zu sein. Mir unterlief ein schwerer Schnitzer nach dem anderen.
Ich tat erschrocken und musste mich dazu nicht einmal verstellen: »Sie haben Recht, Doktor. Es ... es fiel mir gerade ein, kam wie angeflogen!« Das war sicher nicht die originellste Ausrede, aber eine bessere fiel mir nicht ein.
Noch immer hielt Mesmer seine Gabel auf mich gerichtet, wie um mich in Schach zu halten. »Was noch, Mademoiselle? Woran erinnern Sie sich noch?«
Offenbar glaubte er meine Geschichte, was mich etwas

zuversichtlicher stimmte. Ich mimte die Grübelnde und erwiderte: »Nichts Konkretes, leider. Es sind nur undeutliche Vorstellungen, nebulöse Gestalten und Gebäude. Je mehr ich mich darauf zu konzentrieren versuche, desto mehr verblassen sie.«

»Es wird deutlicher werden, glauben Sie mir. Wie ich Ihnen schon sagte, die Amnesie wird allmählich verschwinden. Und ich werde Ihnen helfen, Ihre Erinnerung wiederzuerlangen. Gleich nach dem Essen, wenn Sie möchten.«

»Gern«, sagte ich, da mir kaum eine andere Wahl blieb.

»Sehr gut. Ich werde Karl anweisen, das Baquet vorzubereiten.«

Mein Französisch war nicht so gut wie mein Deutsch, aber ich wusste doch, dass Baquet so viel wie Zuber bedeutete. Was Mesmer allerdings damit meinte, war mir schleierhaft.

Das Baquet von Dr. Mesmer war tatsächlich ein Zuber, ein großer, ovaler Wasserbottich. Allerdings konnte ich nicht sehen, ob er wirklich Wasser enthielt. Ein hölzerner Deckel verschloss den ebenfalls hölzernen Zuber, und aus dem Deckel ragten mehrere rechtwinklig gebogene Eisenstangen. Rund um das Gefäß standen bequem aussehende Stühle.

»Nehmen Sie auf einem der Stühle Platz, Mademoiselle«, sagte Mesmer, als er mich in den seltsamen Raum führte. »Mit Ihren Händen umfassen Sie bitte eine der Stangen.«

Ich blieb stehen und fragte: »Wozu soll das gut sein?«

»Es steigert den magnetischen Fluss. In diesem Baquet, das man auch einen magnetischen Bottich nennen kann, habe ich eine große Menge des magnetischen Fluidums gespeichert. Wenn Sie eine der Eisenstangen umfassen, die das Fluidum leiten, wird die magnetische Kraft durch Ihren Körper strömen.«

»Sie glauben wirklich, dass Sie magnetische Strahlung speichern können?«

»Gewiss doch. Weshalb zweifeln Sie daran? Weil die magnetische Strahlung unsichtbar ist? Bedenken Sie, dass es gelungen ist, Elektrizität in Kleist'schen Flaschen zu speichern, und die ist auch unsichtbar. Die magnetische Kraft lässt sich durch Eisenstäbe ebenso leiten, wie es bei der elektrischen Strömung der Fall ist. Letzteres hat bereits der im letzten Jahr verstorbene Amerikaner Benjamin Franklin erkannt, als er den Blitzableiter konstruierte.«

Mesmer schien nicht den geringsten Zweifel an seiner Theorie zu hegen. Mir ging es anders, aber da ich von Physik und Chemie ungefähr so viel Ahnung hatte wie ein Wüstenfuchs vom Nordpol, konnte ich auf seine Ausführungen kaum etwas erwidern. Mir blieb nichts anderes übrig, als auf den großen Bottich zu weisen und zu fragen, was er enthalte. »Neben dem magnetischen Fluidum, meine ich.«

»Das Baquet enthält Stoffe, die das magnetische Fluidum in sich aufnehmen: Glasscherben, Eisenstückchen und Wasser.«

»Mehr nicht?«, fragte ich ein wenig enttäuscht, da ich mit irgendwelchen geheimnisvollen Essenzen aus dem Orient oder sonstwo gerechnet hatte.

»Mehr nicht, Mademoiselle. Ein einfaches Prinzip, zugegeben, aber die Natur geht oft einfache Wege, wo wir

Menschen vor lauter Komplikationen den Durchblick verlieren.« Er zeigte auf den Zuber. »Wenn Sie sich jetzt setzen würden, bitte!«

Ich nahm auf einem der Stühle Platz und beobachtete in den rundum an den Wänden befestigten großen Spiegeln, wie Mesmer sich in einer Zimmerecke neben ein Objekt setzte, das nicht weniger merkwürdig anmutete als sein magnetischer Bottich. Es bestand aus einem großen hölzernen Unterbau, ähnlich einem Klavier, und darauf angebrachten gläsernen Glocken oder Kuppeln. Auf mich wirkten sie wie die leer geräumten Kuchenglocken in einer Bäckerei kurz vor Feierabend.

»Noch ein magnetischer Gegenstand?«, fragte ich und konnte einen leichten Spott in meinem Tonfall nicht unterdrücken.

»Beinahe«, antwortete Mesmer vollkommen ernst. »Mit dieser Glasharmonika erzeuge ich magnetische Musik, die den Heilerfolg unterstützt. Es erscheint Ihnen sicher sehr merkwürdig, dass Musik eine Medizin sein soll, die nach meiner Erfahrung sogar körperliche Leiden heilt, nicht wahr?«

»Ein wenig vielleicht.«

»Musik wirkt sich auf die Seele des Menschen aus, auf seinen Geist. Das ist der Grund, warum wir überhaupt Musik hören. Sie stimmt uns froh oder traurig, spornt uns an oder lähmt uns, je nach Art der Komposition und Absicht des Komponisten. Wenn Geist und Körper aber zusammenhängen, wie schon Juvenal erkannte, dann ist es doch einleuchtend, dass die Musik über das Tor der Seele auf den kranken Körper einwirken kann. Verstehen Sie?«

Ich hätte ihm viel über die moderne Musiktherapie erzählen können, über die konzentrationssteigernde Wirkung bestimmter Kompositionen, auch und gerade denen Mozarts, und über den Einsatz von Musik in den verschiedensten Zweigen der Medizin. Doch ich musste schweigen und sagte einfach nur: »Sie haben da bestimmt Ihre Erfahrungen.«

»Die habe ich, in der Tat.« Er seufzte leise. »Seien Sie jetzt so freundlich und umfassen Sie einen der Eisenstäbe, Mademoiselle, damit wir mit der Behandlung beginnen können. Schließen Sie die Augen, lehnen Sie sich zurück, seien Sie ganz entspannt!«

Kaum hatte ich seine Anweisungen befolgt, da vernahm ich seltsame Klänge, leise und schwingend, wie Sphärenmusik. Ich öffnete meine Augen ein klein wenig und beobachtete mit Hilfe der Spiegel, wie Mesmers Hände in einem langsamen Rhythmus über verschiedene Glaskuppeln seines ungewöhnlichen Instruments strichen. Ich hatte von dieser Glasharmonika schon gehört, der junge Mozart sollte sich anlässlich eines Besuchs bei Mesmer auf ihr versucht haben. Ich begriff schnell das Prinzip. Der hölzerne Unterbau, auf dem die Glaskuppeln saßen, diente als Resonanzkörper.

»Bitte die Augen schließen!«, ermahnte mich Mesmer. »Die Spiegel sind nicht dazu da, dass Sie mir beim Spielen zusehen. Sie sollen das magnetische Fluidum reflektieren und auf Sie bündeln.«

Die Bemerkung über die Funktion der Spiegel war nicht geeignet, mein Vertrauen in Mesmers Heilmethode zu stärken. Der Arzt machte es einem wirklich nicht leicht.

Gerade, wenn man seine ungewöhnlichen Theorien für zumindest diskutierenswert hielt, fügte er eine neue Kapriole hinzu.
Mit geschlossenen Augen lauschte ich den allmählich anschwellenden Klängen, während ich vergeblich darauf wartete, eine Veränderung an dem eisernen Stab zu spüren, den ich umfasst hielt. Keine Erhitzung, kein elektrischer Stromfluss, nicht einmal ein leichtes Prickeln stellte ich fest. So saß ich einfach nur da und wartete, wie damals, als ich verzweifelt auf Josefine gewartet hatte.
Wir hatten Verstecken gespielt und waren dabei immer tiefer in die dunklen Wälder am Rande von Kirchberg geraten. Irgendwann war Josefine einfach verschwunden gewesen. Ich rief nach ihr, schrie ihren Namen mit ganzer Kraft hinaus, aber erhielt keine Antwort. Angst um meine kleine Schwester ergriff von mir Besitz. Angst um sie und Furcht vor meinem Vater, vor der Strafe dafür, dass ich nicht auf mein Schwesterchen aufgepasst hatte. Ich war den Tränen nahe, riss mich aber zusammen. Niemand würde mir beistehen, wenn ich es nicht selbst tat. Und so drang ich tiefer in das Dunkel des Waldes ein …
»Was geschah dann?«, drang eine Stimme wie aus weiter Ferne an meine Ohren. »Haben Sie Ihre Schwester wiedergefunden?«
Bäume und Sträucher verblassten, um irgendwo in den Katakomben der Erinnerung zu verschwinden. Ich saß in einem seltsamen Zimmer, umgeben von vielen Spiegeln. Vor mir stand ein älterer Mann von stattlicher Statur, neugierig nach vorn gebeugt, seine Augen fest auf mich gerichtet.

Mesmer!
»Lassen Sie Ihre Erinnerung jetzt nicht entgleiten, Luise!«, ermahnte er mich. »Halten Sie die Vergangenheit fest! Erinnern Sie sich und sagen Sie mir, was an jenem Tag in den Wäldern von Kirchberg geschah!«
Ich schloss erneut die Augen und dachte an das kleine Mädchen, Josefine, meine Schwester. Voller Sorge durcheilte ich den Wald, kämpfte mich durch dichten Farn, achtete nicht auf Zweige, die in mein Gesicht peitschten.
»Josefine!«
Der Name klang in meinen Ohren wider. Ich stieß ihn immer wieder hervor, bis ich heiser war. Als ich mich schon am Ende meiner Kräfte wähnte, stolperte ich über etwas am Rande einer großen, mit Farn bewachsenen Lichtung. Es war meine Schwester. Reglos lag sie da mit einer blutenden Stirnwunde, neben ihrem Kopf ein großer, blutbeschmierter Stein. Nur langsam begriff ich, was geschehen war. Josefine musste ausgerutscht und mit dem Kopf gegen den Stein geschlagen sein. Ich fiel auf die Knie, beugte mich über sie, betastete sie erst vorsichtig, schüttelte sie dann heftiger, als sie sich nicht regte, keinen Laut von sich gab.
»Ich glaubte schon, sie sei tot. Da schlug sie flackernd die Augen auf und sah mich an. Zum Glück konnte sie aufstehen und mit meiner Hilfe auch gehen. Als wir zu Hause ankamen, hörte ich von meinen Eltern kein einziges tadelndes Wort. Sie hatten uns beide schon lange vermisst und waren überglücklich, dass wir wieder bei ihnen waren.«
Erschöpft lag ich mehr auf dem bequemen Polsterstuhl als

dass ich saß. Nur beiläufig registrierte ich, wie meine schweißnassen Hände noch immer den Eisenstab umklammerten. Ich musste eingeschlafen sein. Oder war ich in eine Art Trance gefallen? Funktionierte dieser große, plumpe Holzzuber, Mesmers so genanntes Baquet, tatsächlich? Oder hatten die einlullenden Töne der Glasharmonika mich in den Schlaf gewiegt?
Mehr noch als die Art meiner Entrückung beschäftigte mich die Frage, wieso ich diesen seltsamen Traum gehabt hatte. Erinnerung mochte ich es nicht nennen, denn das konnte nicht sein! Trotz des fremden Körpers, in dem ich gefangen war, war ich Pamela Morton und nicht Luise Heusler. Also konnte ich mich auch nicht an die Vergangenheit der Putzmacherin erinnern. Es musste eine andere Erklärung für die lebhaften Bilder der zwei Mädchen geben, die ich noch deutlich vor mir sah.
Zu Mesmer aufblickend, fragte ich: »Haben Sie das bewirkt?«
»Ich habe geholfen, es auszulösen. Das magnetische Fluidum, das den ganzen Raum und auch Sie erfüllte, hat Ihre gehemmte Erinnerung zurückgebracht, zumindest zu einem kleinen Teil.«
»Nein, das kann nicht sein!«, sagte ich laut und so heftig, dass es fast ein Aufschrei war. »Sie haben mir das eingeredet, geben Sie es zu!«
»Was hätte ich davon?«
»Eine Bestätigung Ihrer zweifelhaften Ansichten. Ein neuer Heilerfolg, der Ihre obskuren Theorien untermauert!«
Ein Zucken lief über Mesmers Gesicht, er wirkte verletzt. Dann atmete er tief durch und sagte: »Diesen Vorwurf ha-

ben mir schon ganz andere gemacht. Häufig Leute, die es nicht einmal der Mühe für wert hielten, sich näher mit meiner Arbeit zu beschäftigen. Aber diese Worte von Ihnen zu hören, die Sie gerade einen ersten Erfolg erleben durften, verwundert mich. Vielleicht hätte ich nicht so schnell mit dem Baquet beginnen sollen. Mag sein, es strengt Sie zu sehr an. Sie sollten sich wieder ins Bett legen und ein wenig ausruhen. Ich werde Lieschen rufen, damit sie Ihnen hilft.«

Er ging hinaus, ließ mich mit meinen Zweifeln allein. Und mit meinem schlechten Gewissen. Instinktiv spürte ich, dass ich Mesmer Unrecht getan hatte. Ich war mir nicht sicher, inwieweit meine »Erinnerung« an das Abenteuer im Wald auf seine Beeinflussung zurückging, aber er schien sie zumindest nicht absichtlich hervorgerufen zu haben. Vielleicht hatte ich etwas zu heftig reagiert. Doch an wem hätte ich meine aufgestauten Emotionen sonst abreagieren sollen.

Tief in mir drin hatte sich eine große Angst eingenistet. Die Angst, nach meiner eigenen Zeit, den mir vertrauten Menschen und meinem eigenen Körper auch noch meine Identität zu verlieren.

Kapitel 6

Nachdem Lieschen mich zu Bett gebracht hatte, wälzte ich mich eine ganze Weile unruhig hin und her, gequält von meinen Sorgen und Ängsten. Als ich schließlich doch einschlief, suchten mich Traumbilder heim, erst verworren, dann allmählich klarer werdend. Es waren Bilder von Cora Wilson und mir, wie wir auf der Bühne in Grainers Mädchenschule standen und uns im Singen übten.

Aber die Gesichter und die Umgebung veränderten sich, schlagartig und ohne nachvollziehbaren Sinn, wie es nur in Träumen geschieht. Immer noch sah ich zwei junge Frauen, jetzt aber in der Kleidung des 18. Jahrhunderts. Ich erkannte Luise und Josefine Heusler, beide schon erwachsen. Sie saßen in einem engen Raum, umgeben von einer Vielzahl verschiedenster Hüte, und waren damit beschäftigt, die pompösen Kopfbedeckungen mit Federn und Schleifen zu bestücken.

Ein Mann mit gerötetem Gesicht trat ein, und sofort erfüllte ein unangenehmer Geruch nach Branntwein den Raum. Zacharias Schlögl sah Josefine und mich jetzt mit dem lüsternen Ausdruck an, der seinem übermäßigen Branntweinkonsum unweigerlich folgte. Er beugte sich über Josefine, und ich sah, wie sie angewidert die Nase rümpfte. Schlögl tat, als wollte er meiner Schwester etwas erklären. Das war seine übliche Masche, um sich einer von uns zu nähern.

Josefine beugte sich so weit zur Seite, wie sie konnte, aber Schlögl folgte ihr unerbittlich und rieb wie zufällig mit seinem Arm über ihre Brust. Josefine begann zu zittern. Ich hatte den Eindruck, dass Schlögl davon nur noch mehr erregt wurde. Er gab Josefine Anweisungen zu dem Hut, den sie in Arbeit hatte. Dann tat er, als wollte er ihr zeigen, was er meinte, und bei seinen ungelenken Bewegungen berührte er wieder und wieder ihre Brust, ihre Hüften, sogar ihren Schoß.

Schlögls Frau war vor zwei Jahren verstorben. Vielleicht der Grund für seinen Hang zu billigem Branntwein und auch der Grund dafür, dass er ein Auge auf Josefine und mich geworfen hatte. Wäre er nicht unser Dienstherr und wären wir nicht auf das bei ihm verdiente Geld angewiesen gewesen, hätten wir die Stelle schon längst gekündigt. Aber zur Zeit bestand in Graz und Umgebung kein großer Bedarf an Putzmacherinnen. Wir hätten weit weggehen müssen von unserer Heimat und unseren Eltern, um eine neue Anstellung zu finden, vielleicht nach Wien, wo unser Onkel Max lebte. Er hatte in einem seiner letzten Briefe geschrieben, die Wiener seien geradezu versessen darauf, jede neue Pariser Mode nachzuäffen, so dass die Putzmacherinnen dort kaum zum Schlafen kämen.

Josefine und ich hatten oft darüber gesprochen, wie es

wäre, nach Wien zu gehen. Als ich jetzt sah, dass sie Schlögls gierigen Händen kaum entrinnen konnte, beschloss ich, noch an diesem Abend an Onkel Max zu schreiben …

Als ich erwachte, hatte ich noch den scharfen Branntweingeruch in der Nase, so lebensnah war mein Traum gewesen. Lebensnah und verwirrend. Anfangs waren Luise und Josefine Heusler in meinen Träumen für mich wie Fremde gewesen. Aber schnell schlüpfte ich in die Haut von Luise, war von ihren Gedanken und von ihrer Sorge um die Schwester beseelt.

War das alles eine Phantasie meines Unterbewusstseins gewesen? Von Frau Lehmann hatte ich viel über Luise und Josefine Heusler gehört, auch dass sie die Belästigungen ihres Arbeitgebers in Graz nicht länger ertragen hatten und deshalb nach Wien gegangen waren, wo sie einen Onkel hatten. Möglich, dass mein träumender Geist aus diesen Informationen geschöpft und sie eigenständig verarbeitet hatte. Ich wünschte mir, dass es so war, wollte es mir einreden, aber ich glaubte nicht daran. Alles war so realistisch gewesen, als hätte ich es selbst erlebt.

Die beiden folgenden Tage brachten weitere »Erinnerungen« an die Vergangenheit der Schwestern Heusler. Jeweils vor- und nachmittags behandelte Mesmer mich mit seinen angeblich magnetischen Händen, mit dem Baquet und der Glasharmonika. Zwischendurch unternahmen wir zur Entspannung Spaziergänge in seinem großen Garten. Bilder und Ereignisse, das Leben von Luise und Josefine betreffend, tauchten nicht mehr allein während der

Behandlung oder nachts im Schlaf auf. Am helllichten Tag, während ich bei klarem Verstand war, traten mir plötzlich Szenen vor Augen, die Luise und Josefine erlebt hatten.

Mehr noch: Ich wurde nicht nur von Luises Gedanken heimgesucht, sondern auch von ihren Gefühlen. Je mehr Zeit verstrich, desto größer wurde meine Trauer um die verlorene Schwester. Hatte ich erst von Luise Heuslers Körper Besitz ergriffen, um jetzt auch ihre Seele an mich zu reißen? Oder war es umgekehrt, nahm die Putzmacherin aus dem 18. Jahrhundert von mir Besitz?

Ich war allein mit diesen Fragen und mit meiner Angst, mich selbst zu verlieren. Mesmer meinte, ich müsse froh sein, meine Erinnerung Stück für Stück zurückzugewinnen. Meine zunehmend gedrückte Stimmung schob er auf die Trauer über den Verlust der Schwester, an die ich mich ja mehr und mehr erinnerte.

Wohl um mich aufzuheitern, sagte er während des Essens am Abend des 5. Juli zu mir: »Nach diesen Tagen voll anstrengender Arbeit, haben wir uns morgen einen Ausflug verdient. Was halten Sie von einer Fahrt in den Prater?«

Das Kleid, das Lieschen mir am nächsten Morgen hinlegte, kannte ich nicht. Es sah kostbar aus, war mit Spitzen und Seidenstickereien verziert. Unschlüssig hielt ich, noch im Nachthemd, das Gewand in Händen und fragte Lieschen, was es damit auf sich habe.

»Der gnädige Herr schickt Ihnen das schöne Kleid, mein Fräulein. Er sagt, es ist für den Ausflug zum Prater.«

»Hat es seiner verstorbenen Frau gehört, der Baronin?«
Lieschen schüttelte heftig den Kopf. »Oh nein, es ist ganz neu. Der gnädige Herr hat es eigens für Sie gekauft. Er hofft, dass es Ihnen passt.«
Das tat es, wie angegossen. Als ich vor dem großen Wandspiegel stand und mich in dem textilen Kunstwerk mit dem für diese Zeit typischen Reifrock betrachtete, fühlte ich mich wie Madame Pompadour.
Beim Frühstück bedankte ich mich für das Kleid und fügte hinzu, dass ich es wohl kaum bezahlen könnte.
»Kränken Sie mich nicht mit derlei Gedanken, Mademoiselle«, erwiderte Mesmer mit gespielter Entrüstung. »Wenn Ihnen das Kleid gefällt, was ich sehr hoffe, so erfreuen Sie sich daran. Reden Sie bitte nicht von Geld. Ein Kavalier, der einer Dame ein Geschenk macht, hört das nicht gern.«
»Abgesehen vom Geld, das Kleid passt wohl kaum zu mir.«
Schatten der Enttäuschung legten sich auf Mesmers Gesicht. »Also gefällt es Ihnen nicht?«
»Doch, das Kleid ist wunderschön.«
»Wo liegt dann das Problem?«
»Es ist kaum der geeignete Aufzug für eine Putzmacherin.«
»Ach so.« Erleichtert lächelte er. »Nun, wenn's weiter nichts ist. Für heute sind Sie keine Putzmacherin, sondern meine Begleitung auf einem Ausflug zum Prater. Und da ist dieses Kleid nichts anderes als angemessen.«
Als ich später die Kutsche sah, die vor dem Haus auf uns wartete, verstand ich ihn. Es war eine richtige Equipage,

ein hochherrschaftliches Gefährt mit goldblitzenden Zierrändern, Vorhängen aus silberbesticktem Samt und Sitzüberzügen aus demselben Stoff. Wenn ich mit den abgetragenen Kleidern Luise Heuslers dieser Nobelkarosse entstiegen wäre, hätte es einem zufälligen Beobachter wohl die Sprache verschlagen.

Entgegen meiner Erwartung saß auf dem Bock kein Kutscher in üppig betresster Livree, sondern der allgegenwärtige Karl in einem schlichten dunklen Rock. Ich hatte bei Mesmer bislang nur zwei Dienstboten kennen gelernt, Karl und Lieschen. Für so ein großes Haus war das entschieden zu wenig Personal. Dabei hatte ich nicht den Eindruck, dass Mesmer in Geldnot war. Das Kleid, das er mir geschenkt hatte, konnte nicht billig gewesen sein. Vielmehr vermutete ich, die jahrelangen Anfeindungen hatten ihn den Mitmenschen gegenüber misstrauisch gemacht, weshalb er seinen Umgang auf möglichst wenige Personen beschränkte.

Der 6. Juli war ein sonniger Tag, und als unsere Kutsche durch die Gassen Wiens ratterte, begann ich unsere Fahrt zu genießen. Neugierig sah ich nach draußen, um das bunte Treiben zu beobachten. Es war wie ein virtueller Trip ins 18. Jahrhundert. Nur war das, was ich erlebte, mehr, stärker – es war Realität!

Gewöhnte ich mich allmählich an den Gedanken, oder erschrak ich nicht, weil Luise Heuslers Anteil an meinem Ich immer größer und ich damit zu einem Menschen dieser Zeit wurde?

Hoch über die Dächer Wiens erhob sich, blitzend im Sonnenlicht, der spitze Südturm des Stephansdoms, und mir

schien, wir bewegten uns darauf zu. Verwundert fragte ich Mesmer, ob Karl in die richtige Richtung fahre.
»Es ist nicht der direkte Weg zum Prater, aber der kürzeste. An Tagen wie dem heutigen auch der einzige, wenn man überhaupt durchkommen will. Das gilt selbst für den Kaiser.«
Bald begriff ich, was er meinte. Die Straßen füllten sich zusehends mit Fahrzeugen aller Art: luxuriöse Equipagen, kleine und große Fiaker, einfache Wagen, die oft mit ganzen Familien und Bergen von Lebensmitteln beladen waren. Hinzu gesellten sich Scharen von Reitern und Fußgängern, so dass die Fahrbahnen bald verstopft waren wie in einer modernen Großstadt zur Rushhour.
»Es ginge ja noch, wenn sich alle Kutscher an die Verordnung des Linksverkehrs hielten«, seufzte Mesmer. »Aber so entsteht jedes Mal ein Chaos, wenn halb Wien zum Prater möchte.«
»Aber wieso diese Völkerwanderung?«, wunderte ich mich. »Ist heute ein Feiertag?«
»Nicht nach dem Kalender, aber in gewisser Weise schon. Blanchard ist wieder zu sehen.«
»Blanchard? Was ist das?«
»Nicht *was*, sondern *wer*!« Mesmer sah mich verwundert an. »Haben Sie noch nichts von Blanchard gehört?«
Unschlüssig zuckte ich mit den Schultern. »Ich kann mich nicht erinnern. Vielleicht habe ich auch das vergessen.«
»Nun, dann lassen Sie sich überraschen, Mademoiselle!«
Da Mesmer offenbar Freude daran fand, mir eine Überraschung zu bereiten, drang ich nicht weiter in ihn. Das Gewimmel auf den Straßen rings um uns bot mir genügend

Ablenkung. Eins stand fest: Dieser Blanchard musste eine ganz besondere Attraktion sein.

Karl schaffte es durch äußerst aggressive Fahrweise, unsere Kutsche in den Richtung Prater rollenden Verkehrsstrom einzureihen. Wir fuhren nun in östlicher Richtung, der höher steigenden Sonne entgegen. Allmählich ging die Bebauung zurück, mehr und mehr Bäume säumten unseren Weg, bis wir uns auf einer von hohen Kastanien gesäumten Allee befanden. Es war die mittlere von drei schnurgerade verlaufenden Alleen. Auf unserer Fahrbahn, der breitesten, rollten die Fuhrwerke, immer wieder von drängelnden Reitern überholt, zum Prater. Rechts und links ergoss sich der Strom der Fußgänger, in großen und kleinen Gruppen, paarweise oder einzeln. Das waren offensichtlich die ärmeren Bürger Wiens, die sich weder Wagen noch Reitpferd leisten konnten. Aber alle waren ordentlich gekleidet und trugen Sonntagshüte.

Ich hatte keine Vorstellung, wie der Prater des Jahres 1791 aussah. Zu meiner Zeit war der Ort den von mir studierten Wien-Führern zufolge ein gigantischer Rummelplatz mit Geister- und Achterbahn, Karussells und Dino-Park, mit Tennisplätzen und Galopprennbahn. Und natürlich mit dem berühmten Riesenrad, das ich aus dem Film »Der dritte Mann« und aus einem der zahlreichen James-Bond-Streifen kannte. Vermutlich wies der Prater zu Mesmers Zeit jedoch nichts dergleichen auf, sondern war nur eine weitläufige Grünanlage mit Wäldern und Wiesen.

Schnell erkannte ich, wie sehr ich mich getäuscht hatte. An der mittleren Allee gab es drei Kaffeehäuser, die gut besucht waren, wie ich an dem Gerangel um die unter freiem Himmel aufgestellten Tische merkte. Auf einem riesigen freien Platz endete der Weg für die Fuhrwerke. Mesmer und ich ließen Karl mit der Equipage zurück und gingen zu Fuß weiter. Besser gesagt: Wir schwammen im unüberschaubaren Strom der Menge, die sich nur teilte, wenn eine der immer zahlreicher werdenden Holzbuden den Weg versperrte. Darunter befanden sich Wein- und Bierschänken, Karussells und Schaukeln, Eis- und Limonadenstände, Schokoladen- und Teigwarenverkäufer, Kegelplätze und Kasperltheater.

Die Massen stauten sich ähnlich wie vorhin die Fahrzeuge auf den Straßen. Vor uns lag ein Areal, das durch einen hohen Lattenzaun und dicke Seile abgesperrt war. Die Menschen mussten sich durch wenige schmale Durchgänge zwängen, deshalb ging es so langsam voran.

Als ich eine Bemerkung darüber machte, erwiderte Mesmer: »Blanchard ist sehr geschäftstüchtig. Ohne Eintrittsgeld darf niemand sein Kunststück bewundern. Ich habe mir sagen lassen, dass er in diesem Jahr schon zweimal die Börsen der Wiener erleichtert hat, dann allerdings kläglich gescheitert ist.«

»Also haben die Menschen ihr Eintrittsgeld zum Fenster hinausgeworfen?«

»Das will ich nicht sagen. Das Missgeschick eines Fremden erfreut die Menschen in der Regel mehr als dessen Erfolg. Über Ersteres lässt sich herrlich spotten, Letzteres erweckt nur allzu leicht Neid und Hass. Insofern kommt auch heute wohl jeder, der hier brav seine Kreuzer bezahlt, auf seine Kosten.«

Mesmer sprach in einem spöttischen, bitteren Tonfall. Ich schloss daraus, dass seine Erkenntnis aus eigener Erfahrung gespeist wurde.
Einer von mehreren Männern mit roten Armbinden kassierte von Mesmer das Eintrittsgeld, und wir passierten endlich die Absperrung.
Ich war derart damit beschäftigt, meinen in der Menge zerknautschten Rock wieder zu richten, dass ich die Attraktion dieses Tages erst auf den zweiten Blick bemerkte. In der Mitte der großen Freifläche war ein quadratischer Platz durch armdicke Seile abgesperrt und wurde zusätzlich von einem Trupp Uniformierter gegen die von Neugier und Schaulust angestachelte Menge verteidigt. Auf dem abgesperrten Platz stand ein imposantes Gebilde, das seine Wirkung auch auf mich nicht verfehlte, wenngleich ich es mit anderen Augen betrachtete als die vielen tausend Menschen um mich herum. Für sie musste es die neueste Errungenschaft von Wissenschaft und Technik sein, vielleicht sogar ein halbes Wunderding, während es auf mich einen nostalgisch-romantischen Eindruck machte.
Es war ein großer Fesselballon, der sich prall in den Sommerhimmel reckte. Die dazugehörige Gondel war mit mehreren Halteseilen am Boden festgemacht. Das Ganze wackelte in dem milden Luftstrom, der über Wien hinwegzog, sanft hin und her, wie von der Vorfreude auf einen baldigen Aufstieg bewegt.
»Dieser Blanchard ist ein Ballonfahrer!«, sagte ich zu Mesmer.
»Oh, Sie erinnern sich?«, erwiderte er mit einem freudigen Aufblitzen in den Augen.

»Nein, aber der Ballon vor uns legt den Schluss nahe.«

»Sie haben Recht, Mademoiselle, er ist ein Ballonfahrer, ein Aeronaut, und ein sehr berühmter noch dazu. Aber wenn sein Aufstieg im Prater heute zum dritten Mal missglückt, wird er bald mehr berüchtigt als berühmt sein.«

»Worauf begründet sich sein Ruhm, Doktor?«

»Vor sechs Jahren gelang ihm zusammen mit dem amerikanischen Arzt Jeffries der erste Ballonflug über den Ärmelkanal. Es ging damals von Dover nach Calais, wo die beiden heftig umjubelten Wagemutigen mit einer gehörigen Portion Glück anlangten. Sie mussten ihre gesamte Ausrüstung über Bord werfen, um den Ballon in der Luft zu halten. Nur noch mit ihrer Unterwäsche bekleidet und halb erfroren, erreichten sie das französische Festland.«

»Mir ist nicht ganz klar, ob Sie diesen Monsieur Blanchard bewundern oder verspotten, Herr Mesmer.«

»Wohl beides, wie es auch mir selbst oft von dritter Seite widerfährt. Wir leben in einer Zeit der großen Umwälzungen. Die Unabhängigkeit der amerikanischen Kolonien, die Revolution in Frankreich, Cartwrights mechanischer Webstuhl oder, um etwas Kleines und wissenschaftlich dennoch Bedeutendes zu nehmen, Fürstenbergs elektrisches Feuerzeug – wer hätte das alles vor ein paar Jahrzehnten für möglich gehalten? Vieles, was in unseren Ohren heute noch wie ein Märchen klingt, wird morgen schon Wirklichkeit sein. Männer, die diese Umwälzungen vorantreiben, müssen mit großen Widerständen rechnen. Naturgemäß ist der Mensch bequem und glaubt, so er nur ein Dach über dem Kopf und einen gefüllten Magen hat, etwas Besseres könne es nicht geben. Alles Neue wird be-

lächelt oder gar ängstlich beäugt.« Mesmer schmunzelte »Franklin hat da schon die richtigen Worte gefunden.«
»Was meinen Sie?«, fragte ich.
»Ich glaube, es war bei einem früheren Flugversuch Blanchards, bei dem Benjamin Franklin zugegen war. Irgendein stupider Bauer oder Bürger fragte laut, wozu solch ein Ballon denn nütze sei. Da erwiderte Franklin mit der Gegenfrage, wozu denn ein Neugeborenes nütze.«
Unruhe ergriff die Menschen, und Geschrei wurde laut, als ein Mann in dunklem Samtanzug und mit einem leicht überdimensioniert wirkenden Dreispitz zu dem abgesperrten Quadrat ging und begann, die Halteseile zu überprüfen.
»Das muss Blanchard sein«, sagte Mesmer. »Sehen Sie, Luise, das meinte ich. Schon erhebt sich lautes Gebrüll. Hören Sie nur, wie die Leute einander anschreien, als ginge es um ihr Leben. Und das nur wegen eines Streites, von dem die wenigsten etwas verstehen.«
»Was für ein Streit ist das?«
»Es geht um die Frage, ob die Montgolfière oder die Charlière das bessere Luftschiff ist.«
Ich war diesbezüglich vollständig ahnungslos und bat Mesmer, mir den Unterschied zu erklären.
Die Antwort erhielt ich nicht von ihm, sondern von einer wuchtigen Gestalt, die sich durch die Menge in unsere Richtung drängte. Ein Mann um die Vierzig mit vollem, stark gerötetem Gesicht und fast schulterlangem, dunklem Lockenhaar, das unter seinem runden Hut hervorquoll. Lächelnd blieb er vor uns stehen, begrüßte Mesmer mit einem knappen Nicken, und sagte an mich gewandt:

»Mein Fräulein, im Grunde geht es nur um heiße Luft. Die ist in diesem besonderen Fall aber nicht so unwichtig, dass es sich nicht trefflich streiten ließe. Ursprünglich gab es wohl die Montgolfière, deren Ballon allein mit dieser heißen Luft gefüllt wurde. Die von Monsieur Blanchard benutzte Charlière dagegen ist mit einem anderen Gemisch gefüllt, mit brennbarer Luft. Und die Menschen, die es niemals wagen werden, sich auch nur eine Handbreit vom Boden in die Lüfte zu erheben, ergötzen sich am Streit darüber, welchem Luftfahrzeug, wenn überhaupt, die Zukunft gehört.«

»Brennbare Luft?« Ich kramte in meinen bescheidenen Kenntnissen der Physik. »Meinen Sie Wasserstoff?«

Der Fremde riss die Augen auf. »Sie verstehen etwas von der Luftschifftechnik, Fräulein? Ich wusste nicht, dass man die brennbare Luft auch als Wasserstoff bezeichnet, und bezweifle, dass der Begriff sich durchsetzen wird.« Er wandte sich an meinen Begleiter. »Dr. Mesmer, seid erst einmal herzlich gegrüßt. Ich hörte bereits, dass Sie wieder in Wien sind. Hätten Sie die Güte, mich mit der ebenso reizenden wie gebildeten jungen Dame bekannt zu machen?«

Mesmer nickte zwar, wirkte aber unerklärlicherweise nicht ganz glücklich dabei. In förmlichem Tonfall sagte er: »Dieser Herr ist Emanuel Schikaneder, Dichter, Schauspieler und Besitzer des Theaters im Freihaus auf der Wieden.«

Schikaneder! Als Mesmer den Namen aussprach, liefen mir heißkalte Schauer über den Rücken. Dies war also der Mann, der das Libretto zu Mozarts »Zauberflöte« verfasst hatte. Der Mann, in dessen Theater die weltberühm-

te Oper uraufgeführt worden war. Und auch der Mann, in dessen Diensten die ermordete Josefine gestanden hatte.
»Aber was haben Sie denn, Fräulein?« Schikaneder beugte sich verwundert zu mir vor. »Finden Sie meinen Namen gar so schrecklich, dass Sie mich anstarren, als wäre ich ein Gespenst?«
Mesmer legte eine Hand auf Schikaneders rechte Schulter. »Die junge Dame ist Fräulein Luise Heusler.«
»Heusler?« Schikaneders Augen wanderten fragend zwischen Mesmer und mir hin und her.
»Ganz recht«, sagte Mesmer. »Die Schwester von Josefine Heusler.«
»Das …« Obwohl Schikaneder ein Mann zu sein schien, der nicht auf den Mund gefallen war, fehlten ihm für eine halbe Minute die Worte. Dann nahm er seinen mit einem breiten, scharlachfarbenen Seidenband verzierten Hut ab, ergriff meine Rechte und verneigte sich. »Mein aufrichtiges Beileid, Fräulein Heusler. Ihre Schwester war ein sehr lieber Mensch und eine ausgezeichnete Putzmacherin. Alle im Theater trauern um sie.«
Ich wollte etwas erwidern, aber jetzt fehlten mir die Worte.
Da erscholl aus der Menge mehrmals Schikaneders Name, und ein Mann von eher kleinem Wuchs hüpfte winkend auf und ab, um auf sich aufmerksam zu machen. Auffallend waren sein großer Kopf und das bleiche Gesicht, das von einer ebenfalls großen und breiten Nase beherrscht wurde. Keineswegs schön oder auch nur gut aussehend, faszinierte mich dieses Gesicht doch gleich beim ersten Anblick. Auch wenn es paradox erscheinen mag, aber es

wirkte durchgeistigt und sinnenfroh zugleich. Im Blick des Mannes lag etwas Energisches, das auf eine große Willenskraft schließen ließ.

»Schikaneder, wo bleibst du denn? Nun komm endlich, ehe der Ballon in die Lüfte entschwindet!«

»Verzeihen Sie, Fräulein Heusler«, sagte Schikaneder mit einem leicht gequälten Gesichtsausdruck. »Ich hoffe, wir können uns bei anderer Gelegenheit eingehender unterhalten. Jetzt geht es leider nicht, sonst wird Mozart ganz und gar ungeduldig. Ich habe nämlich versprochen, mit ihm den Ballon zu studieren.«

Mit diesen Worten drehte er sich um und kämpfte sich zu dem Kleineren durch. Sie sprachen miteinander, und ich bemerkte, wie beide mich durchdringend anstarrten. Dann verschwanden sie hinter einem Wall aus vorbeidrängenden Menschen.

»Mozart!«

Mehr als dieses eine Wort brachte ich nicht hervor. Dass es mich ins Wien von 1791 verschlagen hatte, war schon ein wunderlicher Vorgang. Aber dass ich hier auch noch zufällig dem größten musikalischen Genie aller Zeiten begegnete, erschien mir als Krönung des ganzen Wunders.

»Sie erinnern sich an den Namen?«, fragte Mesmer.

»Selbstverständlich kenne ich Mozart«, antwortete ich gedankenverloren, bevor mir bewusst wurde, dass das für die angeblich an Gedächtnisschwund leidende Luise Heusler gar nicht so selbstverständlich war. »Wieso interessiert ihn Blanchards Ballon?«

»Da fragen Sie mich zu viel, Luise. Ich weiß nur, dass Schikaneder und Mozart derzeit oft beisammen sind. Sie arbeiten an einer Oper, die noch in diesem Jahr auf die Bühne kommen soll. Eine von diesen Zaubergeschichten, die zur Zeit Mode sind.«

Hätte ich Mesmer gesagt, zu was für einem Welterfolg diese *Zaubergeschichte* werden würde, hätte er mir wohl kein Wort geglaubt. Also schwieg ich und versuchte lieber, noch einen Blick auf Mozart zu werfen. Vergebens, er und Schikaneder waren in der riesigen Menschenansammlung spurlos verschwunden.

Doch der Blick, den Mozart mir zugeworfen hatte, wollte mir nicht aus dem Kopf gehen. Etwas Bedeutsames hatte darin gelegen, was ich mir nicht zu erklären vermochte. Mozart kannte mich doch gar nicht, was also konnte ich ihm bedeuten?

Kapitel 7

Beeindruckt und verwirrt von der Begegnung mit Schikaneder und fast noch mehr von dem kurzen Blickkontakt mit Mozart, achtete ich kaum auf das Geschehen, das die Aufmerksamkeit der vielen tausend Zusammengeströmten fesselte. Von Blanchards Ansprache ans Volk drangen nur der französische Akzent und der pathetische Tonfall zu mir durch. Eine Kapelle spielte ein feierliches Stück, als der Aeronaut die Gondel seiner Charlière bestieg, und dann zerschnitt Erzherzog Franz in seiner ordensgeschmückten Uniform eigenhändig die Halteseile.

»Der Erzherzog ist ein großer Anhänger und Förderer des Ballonfliegens«, hörte ich Mesmers Stimme wie aus weiter Ferne.

Nur undeutlich erinnerte ich mich später an das Bild des langsam aufsteigenden Ballons, an den ohrenbetäubenden Jubel der Masse und ihren vergeblichen Versuch, dem entschwindenden Luftfahrzeug zu Lande wenigstens ein kurzes Stück zu folgen. Es waren einfach zu viele Menschen, sie stolperten mehr übereinander, als dass sie vorankamen.

Der seltsame Zauber, der mich beim Anblick Mozarts befallen hatte, klang erst ab, als die Menge sich langsam zerstreute. Noch einmal ließ ich meinen Blick auf der Suche nach Schikaneder und Mozart schweifen, entdeckte aber keinen von beiden. Vielleicht hatten sie die große, zertrampelte Wiese längst verlassen.
»Fürwahr ein beeindruckendes Ereignis«, sagte Mesmer. »Ich sehe, auch Sie sind ergriffen, Luise.«
Mehr, um überhaupt etwas zu sagen, als aus wirklichem Interesse, erwiderte ich: »Ich möchte wissen, wo Blanchard herunterkommt.«
»Ich glaube, das würde er selbst gern wissen. Zwar behauptet der wackere Franzose, er könne sein Luftschiff nach Belieben lenken, aber das nehme ich ihm nicht ab.«
»Warum nicht?«
»Weil seine Charlière durch nichts anderes als den Wind angetrieben wird. Wenn aber der Luftstrom das Einzige ist, was den Ballon bewegt, wie will Blanchard ihn dann lenken, also gegen die Kraft des Windes in eine andere Richtung zwingen?«
»Ich habe keine Ahnung«, gestand ich.
»Das dürfte Blanchard genauso gehen.«
»Dann halten Sie ihn für einen Scharlatan?«, fragte ich, absichtlich dieses Wort benutzend.
»Sie wissen, dass ich den Ausdruck nicht mag. Deshalb scheue ich mich, ihn auf meine Mitmenschen anzuwenden. Außerdem ist Blanchard ein erfolgreicher Aeronaut. Ich glaube, seine Prahlerei dient allein dem Zweck, die Menschen zu begeistern. Und sie müssen begeistert werden, damit sie Geld in seine Unternehmungen investieren.

Wenn sie das weiterhin fleißig tun, kommt der Franzose oder jemand anderer eines Tages vielleicht doch darauf, wie man einen Ballon steuern kann.«
»Die Lüge als legitimes Mittel zum Zweck also.« Ich maß Mesmer mit einem prüfenden Blick. »Gehen Sie nach derselben Methode vor, Doktor?«
»Sie kennen meine Methode und haben den Erfolg am eigenen Leib erfahren, Luise. Manchmal denke ich, dass Sie für eine Putzmacherin entschieden zu klug sind.«
»Muss man aus reichem Hause stammen, um klug zu sein?«
»*Touché*«, sagte Mesmer mit einer leichten Verneigung. »Wechseln wir lieber das Thema. Ist Ihr Magen auch so leer wie der meinige?«
Erst als er fragte, merkte ich, wie hungrig ich war. An Wirtshäusern bestand auf den Praterwiesen kein Mangel, aber jetzt waren sie allesamt überfüllt. Viele Leute hatten vorgesorgt und sich ihr Essen mitgebracht. In kleinen und großen Gruppen lagerten sie im Gras und aßen. Mesmer und ich erkämpften uns in dem dritten Lokal, das wir betraten, einen kleinen Tisch. Geduldig warteten wir fast eine Stunde auf das Bestellte. Eine Biersuppe mit gewürfeltem Brot und danach Kalbsschnitzel auf Semmelschnitten, mit schmackhaften Gewürzen und Parmesan bestreut, entschädigten uns für das lange Warten. Anschließend schlug Mesmer einen Verdauungsspaziergang vor.
Es war bereits Nachmittag, und ich sagte: »Dann kommen wir heute nicht mehr dazu, die Behandlung fortzusetzen.«
»Behandlung tut not, aber Erholung auch«, meinte Mes-

mer. »Einen so schönen Tag wie diesen sollte man ausnutzen.«

Ich lachte. »Sie haben ungewöhnliche Ansichten für einen Arzt.«

»In meinem Leben habe ich keinen Satz so häufig gehört wie diesen.«

Er hakte mich unter, und wir schlenderten über das weitläufige Gelände. Hin und wieder blieben wir an einer Bude stehen, um dem Treiben zuzusehen.

Auf den hölzernen Pferden von Karussells, die hier Ringelspiele hießen, saßen vorwiegend junge Männer und versuchten, mit hölzernen Lanzen von der Decke hängende Ringe zu erhaschen. Für eine bestimmte Anzahl Ringe gab es einen Gewinn, der stolz der Angebeteten überreicht wurde. So viel hatte sich in den zurückliegenden – oder den kommenden? – zweihundert Jahren nicht geändert, dachte ich. Männer übten sich in kindischem Imponiergehabe, und Frauen zeigten sich darüber amüsiert, fühlten sich aber insgeheim geschmeichelt.

An einer Kasperlbude verfolgten wir ein Stück, das auf den jüngsten Ereignissen in Frankreich basierte. Der Kasperl, von den Wienern Wurstl genannt, hatte von einem geheimnisvollen Auftraggeber Gold erhalten, um den König aus der Gewalt seiner Feinde zu befreien. Aber jeder Befreiungsversuch scheiterte an der Dummheit und Bequemlichkeit des dicken Königs, der schließlich auf einer im verkleinerten Maßstab nachgebauten Guillotine den Kopf verlor.

»Na, ganz so weit wird es in Frankreich wohl nicht kommen«, meinte Mesmer.

Wenn er wüsste, dachte ich, sagte aber nichts.
Je länger unser Spaziergang dauerte, desto weniger Menschen begegneten wir. Erst trafen wir noch hin und wieder ein Liebespaar, das sich bei unserem Erscheinen tiefer in den Wald zurückzog, doch irgendwann schienen wir ganz für uns allein zu sein. Wir gelangten an einen Zaun, der so lückenhaft war, dass wir einfach hindurchgehen konnten. Die Sonne drang nur an wenigen Stellen durch das dichte Blattwerk. Hier erinnerte nichts mehr an das überschäumende, heitere Leben des Praters. Eine stille, fast düstere Atmosphäre beherrschte die Szenerie.
Auf meine diesbezügliche Frage erklärte Mesmer: »Dies ist die Hirschau, wo Hirsche und Rehe gezüchtet werden. Daher die Zäune. Ich dachte, nach all dem Trubel täte Ihnen etwas Stille gut.«
Wir gingen tiefer in die Hirschau hinein und wechselten nur wenige Worte miteinander. Unser Schweigen wurde belohnt, denn bald konnten wir erst ein Rudel Rehe und dann auch einige Hirsche beobachten. Das gefiel mir noch besser als der lärmende »Wurstlprater«, wie Mesmer den mit Schaubuden und Schankstätten bebauten Teil des Pratergeländes einmal bezeichnete.
Irgendwann beschlich mich ein unheimliches Gefühl. War es ein Instinkt, oder hatte ich unterbewusst etwas wahrgenommen? Jedenfalls hatte ich den Eindruck, dass wir verfolgt wurden. Ich blieb stehen und lauschte. Als Mesmer mich fragend ansah und den Mund öffnete, um etwas zu sagen, bedeutete ich ihm durch eine Geste, er möge schweigen. Wirklich, ich hörte Schritte und gedämpfte Stimmen.

»Da ist jemand!«, flüsterte ich.
»Wo?«, fragte Mesmer, ebenfalls mit gesenkter Stimme.
Ich zeigte in die Richtung, aus der wir gekommen waren.
»Ich sehe mal nach.« Mesmer setzte sich in Bewegung, ehe ich ihn zurückhalten konnte.
Vielleicht hätte ich ihm folgen sollen, aber meine Angst davor, allein zurückzubleiben, war nicht so groß wie meine Furcht vor den Verfolgern, die sich irgendwo dort im Schutz der Bäume verbargen. Ich hätte schwören können, dass sie Böses im Schilde führten, obwohl ich zu dieser Annahme keinen konkreten Anlass hatte. Ich *wusste* es einfach. Mir war, als hätte ich diese Situation schon einmal erlebt.
Mesmer verschwand zwischen den Bäumen, und ich stand noch immer wie angewurzelt auf der kleinen Lichtung, wagte kaum zu atmen. Angestrengt lauschte ich. Alles, was ich hörte, waren unmelodischer Vogelgesang und die sich entfernenden Schritte des Arztes. Plötzlich verstummten die Schritte, und ich hörte andere Laute. Ein Rascheln im Unterholz? Dann ein halblauter Aufschrei, der abrupt erstarb. Da wusste ich, dass Mesmer etwas zugestoßen war. Aber ich war nicht mutig genug, um nach ihm zu sehen.
Auf einmal hörte ich schnelle Schritte, es schienen mehrere Personen zu sein. In plötzlich aufwallender Panik drehte ich mich um und lief auf die nächste Baumgruppe zu.
Nur zu deutlich erinnerte ich mich an Josefines Ermordung, und ein beängstigender Gedanke ergriff von mir Besitz: Hatten die Mörder das falsche Fräulein Heusler erwischt und wollten ihren Fehler jetzt korrigieren?

Ich hätte keinen Grund nennen können, weshalb jemand vorhaben sollte, mich zu ermorden. Luise Heusler war nur eine harmlose Putzmacherin, aber das hatte auch für Josefine gegolten. Vielleicht gab es im Leben der beiden Schwestern einen dunklen Punkt. Falls ja, dann hatte die sich mehr und mehr in mir ausbreitende Erinnerung der Putzmacherin ihn noch nicht gestreift.

Jetzt verfluchte ich den Augenblick, in dem Mesmer sich entschlossen hatte, mir das kostbare Kleid zu schenken. Der ausladende Rock behinderte mich beim Laufen, selbst wenn ich ihn mit beiden Händen gerafft hielt. Er war zu voluminös, als dass ich mich im Dickicht hätte verstecken können. Andauernd blieb ich irgendwo hängen, und Fetzen um Fetzen riss von dem Stoff, wenn ich mich gewaltsam losmachte.

Mein breitrandiger, mit bunten Federn geschmückter Hut, ebenfalls ein Geschenk Mesmers, verfing sich an einem Strauch. Ich kümmerte mich nicht darum, lief weiter, ohne mich umzusehen. Die schnellen Schritte der Verfolger klangen schon sehr laut. Viel zu nah!

Und dann war die Jagd vorbei: Etwas schlug gegen meinen Rücken und schleuderte mich zu Boden. Ich fiel mit der linken Schulter auf einen dicken Baumstumpf, was einen brennenden Schmerz hervorrief. Unwillkürlich durchzuckte mich der Gedanke, dass es mich viel übler hätte treffen können, wäre ich mit dem Kopf auf dem Stumpf gelandet.

Aber waren das nicht müßige Überlegungen? Bald würde jeder Schmerz ausgelöscht sein, zusammen mit mir. Als ich, noch am Boden liegend, drei Paar Beine sah, bekleidet mit Kniehosen und weißen Strümpfen, an den Füßen spangenbesetzte Schuhe, und als ich bemerkte, dass bei einem Schuhpaar die Spangen sternenförmig waren, wusste ich, dass es sich bei meinen Verfolgern um dieselben Männer handelte, die Josefine ermordet hatten.

In diesem Moment verflog seltsamerweise meine Angst, und ich war vollkommen ruhig. Vielleicht, weil ich wusste, dass ich nichts mehr tun konnte, dass mein Leben nicht mehr in meinen Händen lag. Ich blickte auf, um wenigstens die Gesichter der Männer zu sehen, die mich töten würden. Aber alles, was ich unter den Dreispitzen sah, waren dunkle Masken mit kleinen Löchern für Augen, Nase und Mund.

Der Mann mit den Sternspangen hielt in der rechten, mit einem schwarzen Lederhandschuh bekleideten Hand einen Säbel, dessen Spitze er drohend gegen meine Brust richtete. Seine beiden Gefährten bückten sich zu mir herunter, Stricke in den Händen.

Offenbar wollten sie mich fesseln. Aber wozu die Umstände? Ich war ihnen vollkommen ausgeliefert. Sie konnten mich auf der Stelle töten.

Es knackte und krachte im Unterholz, und eine große, massige Gestalt brach hervor, um mit schnellen, schweren Schritten auf uns zuzulaufen. Im ersten Augenblick dachte ich, es sei Mesmer.

Da hörte ich den Ruf: »Polizei! Sie sind umstellt!«

Es war Polizeiunterkommissär Kneifl. Statt dessen Aufforderung Folge zu leisten, wandten sich die beiden Männer mit den Stricken zur Flucht und verschwanden fliegenden Fußes im dichten Wald.

Der Mann mit dem Säbel schien unentschlossen und erhob seine Waffe gegen den Polizisten. Der schwang seinen Gehstock mit den beiden schweren Silberknäufen, und die ungleichen Waffen prallten mit einem dumpfen Geräusch aufeinander. Im nächsten Moment fiel eine Hälfte der Säbelklinge neben mir auf den bemoosten Boden. Kurz starrte der Maskierte auf seine zerbrochene Waffe, wandte sich dann ruckartig um und folgte seinen Komplizen.
Ich erwartete, dass Kneifl ihn verfolgen würde, aber der Polizist war außer Atem. Schwer keuchend stand er über mir und schnappte nach Luft. Als er mir seine linke Hand entgegenstreckte, erhob ich mich und blickte in die Richtung, in die die drei Maskierten geflohen waren.
»Ihre Männer müssten sie bald erwischen«, sagte ich zu Kneifl.
»Welche Männer, Fräulein Heusler?«
»Na die, die das Gebiet umstellt haben!«
»Ach so.« Er lächelte verlegen. »Das habe ich doch nur gerufen, damit die drei Kerle Angst bekommen und es nicht auf einen Kampf ankommen lassen.«
»Das heißt, sie … sie entkommen?«, rief ich erregt.
»Ja, wohl oder übel.«
»Aber es sind Josefines Mörder!«
»Wie können Sie das wissen? Sie haben doch gesagt, Sie hätten die Gesichter der Mörder nicht gesehen. Und selbst wenn, die drei von eben waren maskiert.«
»Einen von ihnen, den mit dem Säbel, habe ich an den Schuhen erkannt.« Ich erzählte dem Kommissär von den sternförmigen Spangen.
»Tja«, seufzte Kneifl und zuckte mit seinen breiten Schul-

tern. »Ob wir ihn anhand seiner Schuhe aufspüren können, ist sehr fraglich. Solche modischen Spangen findet man dieser Tage zuhauf. Ich fürchte, er wird uns entkommen. Ich hatte keine Wahl. Sonst hätten die drei Übles mit Ihnen angestellt und mit mir wohl auch.«

»Mit mir haben sie bereits Übles angestellt!«, rief eine vertraute Stimme. Mesmer löste sich aus dem Zwielicht des Waldes, kam leicht hinkend auf uns zu und rieb sich mit einer Hand den Hinterkopf. Er hatte seinen Hut verloren, und seine mit Goldstickerei verzierte Jacke war mit einer dicken Schmutzschicht überzogen. »Sie haben mir gehörig was auf den Schädel gegeben, und bei dem Sturz habe ich mir auch noch den Fuß angestaucht. Verfluchtes Lumpenpack!«

Kneifl sah ihn kühl an. »Mein Herr, Sie sind nicht ganz unschuldig an Ihrem Schicksal. Sie haben sich selbst und Fräulein Heusler leichtsinnig in Gefahr gebracht. Ist Ihnen nie der Gedanke gekommen, dass die Mörder von Josefine Heusler es auch auf ihre Schwester abgesehen haben könnten?«

»Nein, darüber habe ich nie nachgedacht«, antwortete Mesmer ein wenig irritiert.

Ich fügte hinzu: »Mir kam der Gedanke erst vor wenigen Minuten, als es zu spät war.«

Ohne Häme, eher ein wenig entrüstet, sagte Kneifl: »Das kommt davon, wenn man die Polizei hinters Licht führen will!«

»Wer will denn das?«, fragte ich.

Kneifl richtete das untere Ende seines Stocks gegen mich. »Sie!«

Eine halbe Stunde später, als wir den sicheren Bereich des belebten Wurstlpraters erreicht hatten und im Schankraum eines Lokals saßen, erläuterte Kneifl, was er mit seinem Vorwurf meinte: »Fräulein Heusler, Sie wussten, dass die Polizei den Mord an Ihrer Schwester untersucht, und doch haben Sie sich vor uns versteckt.«
»Das ist nicht wahr!«, erwiderte ich so laut, dass einige Gäste neugierig ihre Köpfe zu uns umdrehten.
»Nein? Und warum sind Sie bei den Lehmanns ausgezogen, ohne eine Adresse zu hinterlassen?«
»Frau Lehmann weiß doch, wo ich zu finden bin.«
»Das hat sie mir erst verraten, nachdem ich sie eindringlich ins Gebet genommen hatte.«
Unterkommissär Kneifl sah mich an, als erwartete er von mir eine Erklärung für Frau Lehmanns Verhalten.
»Sie wollte mich vermutlich schützen«, erklärte ich. »Weil sie glaubt, dass der Mord an Josefine mich sehr mitgenommen hat und jede Aufregung mir schadet.«
»Womit sie nicht so Unrecht hat«, bemerkte Mesmer.
Kneifl führte seinen schweren Bierkrug zum Mund, nahm einen ordentlichen Schluck und wischte mit dem Rücken der linken Hand über seine fleischigen Lippen. »Mag sein, dass es sich so verhält. Jedenfalls können Sie, Fräulein Heusler, von Glück sagen, dass Frau Lehmann mir reinen Wein eingeschenkt hat.«
»Also waren Sie nicht zufällig vor Ort?«, entgegnete ich.
»Ganz gewiss nicht«, sagte Kneifl amüsiert. »Ich habe anderes zu tun als in der Hirschau Liebespaare zu bespitzeln. Nein, ich bin Ihnen beiden gefolgt, seit Sie heute das Haus verlassen haben.«

»Warum haben Sie mich nicht angesprochen?«, wollte ich wissen. »Warum die Heimlichtuerei?«
»Eine schlechte Angewohnheit, eine Art Berufskrankheit.« Kneifl leerte den Krug und fuhr fort: »Vielleicht war es ganz gut so. Die Begegnung in der Hirschau war sicher kein schönes Erlebnis für Sie, aber so wissen wir wenigstens, dass die Mörder hinter Ihnen her sind. Wenn vielleicht auch nicht, um einen weiteren Mord zu begehen.«
»Was soll das nun wieder heißen?«
»Es sah aus, als wollte man Sie fesseln und verschleppen«, antwortete der Polizist. »Der Kerl mit dem Säbel hätte Sie einfach abstechen können, wenn er Ihren Tod gewollt hätte.«
»Aber warum?«, stieß ich hervor. »Was um alles in der Welt ist an mir so wichtig?«
Kneifl breitete ratlos die Arme aus. »Wenn Sie das selbst nicht wissen …«
Mesmer schob seinen Weinpokal zur Seite und beugte sich zu mir vor. »Luise wird sich vielleicht daran erinnern, wenn ich ihr helfe.«
»Nun ja, möglich ist vieles«, brummte Kneifl und warf Mesmer einen zweifelnden Blick zu, bevor er sich wieder mir zuwandte. »Noch etwas, Fräulein Heusler. Die gerichtliche Totenbeschau ist abgeschlossen und die Leiche Ihrer Schwester zur Bestattung freigegeben. Sie sollten sich umgehend darum kümmern! Immerhin ist Ihre Schwester schon einige Tage tot, und bei diesem Sommerwetter … die Verwesung … Sie verstehen doch?«

Kapitel 8

An diesem 8. Juli des Jahres 1791 hielt Petrus sich nicht an die alte Hollywoodregel, wonach Beerdigungen bei strömendem Regen stattzufinden haben. Wien lag unter einem wolkenlosen Sommerhimmel. Die Turmspitzen und Dächer des Stephansdoms blitzten wie Gold im Sonnenschein. Als ich mit Mesmers Hilfe aus der Equipage stieg, die der treue Karl kutschiert hatte, stand ich mitten im lärmenden Trubel, der rund um die Kathedrale herrschte. Straßenverkäufer, die monoton ihre Waren ausriefen, zerlumpte Bettler und mehrere Gruppen von Musikanten verbreiteten eine alles andere als feierliche Stimmung.

Zu mir drang das alles nicht durch, denn meine Gedanken weilten bei Josefine, die heute ihre letzte Ruhe finden sollte. In den beiden Tagen, die seit meinem Abenteuer im Prater verstrichen waren, hatten sich meine Erinnerungen an sie vermehrt. Obwohl ich Pamela Morton war und nicht Luise Heusler, hatte ich das Gefühl, mich heute von einem Menschen zu verabschieden, mit dem ich mein bisheriges Leben geteilt hatte. In der Nacht hatte ich von

Josefine geträumt und war mit tränenfeuchten Augen erwacht.
Ich konnte nicht sagen, ob Mesmers Therapie mir Zugang zu diesen Erinnerungen an ein fremdes Leben verschaffte. Irgendwie fühlte ich, dass es nicht so war, dass Mesmer allenfalls einen Vorgang beschleunigte, der ohnehin stattfand. Schließlich musste es einen Grund geben, weshalb eine Laune des Schicksals mich in den Körper Luise Heuslers versetzt hatte. Gab es hier in Wien etwas, was ich erleben sollte? Vielleicht, und vielleicht gehörte dazu auch, dass ich dachte und fühlte wie die Putzmacherin aus Kirchberg.
Ob Mesmers magnetische Methode Hand und Fuß hatte oder nicht, ich war dem Doktor zutiefst dankbar. Er bemühte sich mehr um mich, als eine Patientin es von ihrem Arzt erwarten kann, und das ganz ohne Honorar. Auch die Beisetzung Josefines hatte er in seine Hände genommen und bezahlt. Ich hätte nicht gewusst, was zu tun war, außerdem besaß ich nur wenig Geld, lediglich ein paar Kreuzer.
Er führte mich durch das so genannte Riesentor, das auf den Stephansplatz führende Hauptportal, ins kühle, dämmerige Innere des Doms. In meinem Zustand hatte ich kein Auge für die überbordende Pracht des gotischen Bauwerks. Hinzu kam ein fürchterlicher Gestank, der den gesamten Dom erfüllte und mir fast den Atem raubte. Entsetzt hielt ich mir ein Taschentuch vor die Nase und fragte Mesmer, ob der ranzige, Ekel erregende Fäulnisgeruch von Josefine ausging.
»Es handelt sich tatsächlich um die Ausdünstung von

Leichen, insofern haben Sie Recht. Aber ein einzelner Leichnam könnte niemals die ganze Kirche mit derartigem Fäulnisgeruch schwängern. Dieser Geruch, der leider zur Sommerzeit keine Seltenheit ist, steigt aus den Katakomben unter St. Stephan herauf.«

Ungläubig blickte ich auf den Boden. »Dort bestatten die Wiener ihre Toten?«

»Jetzt nicht mehr, aber lange Zeit war es so Brauch. In dem weit verzweigten Labyrinth aus Kellern, das sich drei Stockwerke tief erstreckt, verwesen Tausende von Verstorbenen und verpesten den Dom mit ihren Ausdünstungen. Der verstorbene Kaiser Joseph hat der Unsitte jedoch ein Ende bereitet. Die Toten werden jetzt auf Friedhöfe außerhalb Wiens gebracht. So wie Ihre Schwester, die ein Grab auf dem St. Marxer Friedhof bekommt.«

Der Name des Friedhofs weckte eine dunkle Erinnerung in mir. Ich war mir sicher, ihn schon gehört zu haben, aber ich kam nicht darauf, in welchem Zusammenhang.

Mesmer führte mich in die Kapelle mit Josefines Sarg. Ich versuchte, nicht daran zu denken, in welchem Verwesungsgrad ihre Leiche sich bei dem warmen Wetter bereits befand. Der Sarg war mit einem schwarzen Tuch bedeckt, und darauf stand ein silbernes Kruzifix, das den Lichterschein der die Kapelle erhellenden Kerzen reflektierte. Rund um das Kruzifix lagen Blumengebinde, deren starker Duft dem Leichengestank ein wenig entgegenwirkte. Ein Geistlicher, neben dem ein paar Messdiener standen, begrüßte uns und sprach mir sein Beileid aus.

Ansonsten war die Kapelle leer. Ich glaubte auch nicht, dass noch jemand zu Josefines Einsegnung kommen wür-

de. Josefine und ich, wir waren Fremde in Wien, wen sollte ihr Tod kümmern – oder der meine?
Plötzliches Gelärm, Stimmen, sich nähernde Schritte erfüllten die Kapelle und belehrten mich eines Besseren. Eine ganze Schar von Männern und Frauen unterschiedlichen Alters drängte herein, mitten unter ihnen die herausragende Gestalt Emanuel Schikaneders. Die Leute, die mit ihm kamen, gehörten vermutlich zur Belegschaft seines Theaters.
Sosehr mich seine Anteilnahme freute, ich war doch verwundert. Josefine war nur eine Putzmacherin gewesen, wohl kaum so wichtig, dass ein Theaterdirektor zu ihrer Einsegnung erscheinen würde.
Nachdem alle Trauernden auf den Holzbänken Platz genommen hatten, begann der Pfarrer mit der Einsegnung. Gebete und Lieder folgten. Mir wurde von Minute zu Minute schwerer ums Herz, ganz so, als würde ich wirklich von meiner leiblichen Schwester Abschied nehmen. Meine Trauer war nicht weniger groß als damals nach dem Tod von Cora Wilson.
Die Zeremonie war schnell vorüber, für mein Gefühl fast zu schnell, und gleich darauf verabschiedete sich der Geistliche. Verwundert fragte ich Mesmer, ob der Pfarrer uns und den Sarg nicht zum Friedhof begleiten werde.
»Sie sind mit den hiesigen Bestattungssitten nicht vertraut, Luise«, sagte der Arzt. »Wir werden den Sarg ebenfalls nicht begleiten, da eine kaiserliche Verordnung das untersagt. Auch wird der Sarg erst spät am Abend zum Friedhof gebracht werden. Zur Sommerszeit dürfen Leichentransporte erst nach neun Uhr abends durchgeführt werden,

damit die Leichen nicht durch die brütende Sonne noch mehr Pesthauch entfalten.«

»Das heißt, ich werde bei der eigentlichen Beerdigung nicht zugegen sein?«

»Nein, das ist allein Sache der Totengräber.« Mesmer legte tröstend eine Hand auf meinen linken Arm. »Hier ist der Ort und jetzt ist die Zeit, um von Ihrer Schwester Abschied zu nehmen.«

Die Trauergäste hatten eine Schlange gebildet, um mir zu kondolieren. Ich kam mir keineswegs wie eine Hochstaplerin vor, als ich ihre Beileidsbekundungen entgegennahm. Auf eine seltsame Weise, die ich rational nicht erklären konnte, war Josefine tatsächlich meine Schwester gewesen, und echte, tiefe Trauer erfüllte mich.

Ganz vorn in der Schlange erblickte ich das Ehepaar Lehmann. Obwohl ich Herrn Lehmann zum ersten Mal sah, erkannte ich ihn. Nicht nur, weil er neben seiner Frau stand. Es waren Luises Erinnerungen, die sein Bild in mein Gedächtnis projizierten. Er war ein freundlicher, kleiner Mann mit einem üppig wuchernden Schnauzbart, der seinen Mund zur Hälfte verdeckte. Als ich in seine Dienste getreten war, hatte er mir geduldig alles erklärt, und meine erste Arbeit hatte er über alle Maßen gelobt, obwohl es wahrlich nichts Besonderes gewesen war, nur die übliche Verschönerung eines Frauenhuts mit Federn und Seidenbändern. Er mochte mich, freute sich über meinen Eifer, und das hatte er mir durch sein Lob zeigen wollen. Ganz anders als Zacharias Schlögl, bei dem selten ein Wort ohne Hintergedanken geäußert worden war. Ich erinnerte mich an das freudige Gefühl, als die Lehmanns

mich bei sich aufnahmen und fast wie eine Tochter behandelten.
Herr Lehmann reichte mir stumm die Hand, seine Augen schimmerten feucht. Er hatte Josefine kaum gekannt, aber er fühlte mit mir.
Auch Frau Lehmann, die ihren Gatten fast um Hauptes-länge überragte, war bewegt, wie ich am Zittern ihrer Stimme erkannte, als sie mit einem skeptischen Blick auf Mesmer fragte: »Sorgt der Herr Doktor auch gut für Sie, mein Kind?«
»Fast so gut wie Sie«, antwortete ich. »Ich habe keinen Grund zur Klage. Sorge habe ich nur wegen meiner Arbeit, die jetzt liegen bleibt.«
»Da müssen Sie sich nicht sorgen. Der Franz hat schon eine Aushilfe gefunden. Ein junges Ding wie Sie, das froh über jeden verdienten Kreuzer ist. Bleiben Sie also bei Dr. Mesmer, solange es nötig ist.«
Nach den Lehmanns kondolierten mir die Theaterleute. Einer der ersten war Schikaneder, dessen Blick ein wenig unschlüssig zwischen dem Sarg und mir pendelte.
»Was haben Sie?«, fragte ich. »Ist etwas nicht in Ordnung?«
»Doch, doch, Fräulein Heusler, alles bestens. Es ist nur so, dass ich ein Anliegen habe und mir nicht sicher bin, ob dies die rechte Gelegenheit ist, um es vorzutragen.«
»Sagen Sie doch einfach, was Ihnen auf dem Herzen liegt!«
»Das wird wohl am besten sein«, seufzte der Theaterdirektor und betrachtete Josefines Sarg. »Wir alle waren mit der Arbeit von Ihrem Fräulein Schwester überaus zu-

frieden, das wissen Sie vielleicht. Selten stand so eine begabte Putzmacherin in meinen Diensten. Wenn ich das dem Fräulein Josefine sagte, bestand sie stets darauf, ihre Schwester Luise sei in dem Handwerk noch kunstfertiger als sie. Josefines Tod hat uns alle nicht nur schmerzlich getroffen, er hinterlässt auch, was die Arbeit angeht, eine große Lücke. Ich frage mich, ob Sie diese Lücke ausfüllen möchten, Fräulein Luise.«

Vielleicht lag es an der ungewöhnlichen Situation, vielleicht auch an der für meine Ohren ungewohnten gedrechselten Ausdrucksweise, jedenfalls begriff ich erst nach geraumer Zeit, was Schikaneder sagen wollte.

»Wollen Sie mir Josefines Stellung anbieten?«

»Ja.«

»Aber … ich habe bereits eine Anstellung.« Ich warf einen Blick über die Schulter, doch Herr und Frau Lehmann hatten die Kapelle bereits verlassen.

»Nun, falls es eine Frage des Geldes ist: Ich weiß nicht, was Sie jetzt verdienen, Fräulein Luise, aber ich bin bereit, noch etwas draufzulegen.«

»Es geht mir nicht ums Geld. Ich weiß nur nicht, ob es richtig ist.«

Mesmer trat an meine Seite und maß Schikaneder mit einem finsteren Blick. »Außerdem ist Luise bei mir in Behandlung, die ich nur stark eingeschränkt fortsetzen könnte, ginge sie einer täglichen Arbeit nach.«

Schikaneder schenkte ihm ein breites, dreistes Theaterlächeln. »Vielleicht tut ihr die Ablenkung täglicher Arbeit gut, Dr. Mesmer.«

»Ich werde darüber nachdenken«, versprach ich. »Das

heißt, falls Sie mir ein, zwei Tage Zeit geben, Herr Schikaneder.«
»Das lässt sich einrichten. Dann aber muss Fräulein Josefines Arbeit fortgesetzt werden. Nächsten Monat hat unser neues Singspiel Premiere, und noch sind längst nicht alle Kostüme hergestellt.«
Ein kleinerer Mann, der bisher hinter Schikaneders breitem Kreuz verborgen gewesen war, trat vor und ergriff meine rechte Hand. »Auch mein Beileid, Fräulein Heusler. Ihre Schwester hat eine seltene Einfühlungsgabe besessen, was die Kostüme für unser Stück angeht. Ich glaube, falls Sie Josefines Arbeit fortsetzen, kann uns nicht besser gedient sein.«
Vor mir stand tatsächlich der berühmte Komponist in Person: Wolfgang Amadeus Mozart! Einen illustreren Trauergast hätte man sich bei der Einsegnung einer kleinen Putzmacherin kaum vorstellen können.
Auch jetzt fiel mir wieder sein großer Kopf mit den hervorquellenden Augen auf, die den Eindruck erweckten, als wollte er sich auch ja nichts von dem entgehen lassen, was auf dieser Welt geschah. Diese faszinierenden Augen waren auf mich gerichtet, und ähnlich wie im Prater zog mich Mozarts Blick in seinen Bann.
Gab es so etwas wie Seelenverwandtschaft, die man beim bloßen gegenseitigen Anblick feststellte, etwas Ähnliches wie die viel beschworene Liebe auf den ersten Blick? Ich nannte mich für diesen Gedanken eine Närrin. Was sollte den großen Mozart schon mit mir verbinden? Er konnte nicht wissen, dass ich in zweihundert Jahren seine Kompositionen auf der Bühne vortragen wurde. Für ihn war

ich ein unbedeutendes Mädchen aus der Provinz. Vermutlich, so musste ich mir leider sagen, war für meinen Eindruck, Mozart hege ein besonderes Interesse an mir, der Wunsch Vater des Gedankens gewesen. Durchaus verständlich, wenn man bedachte, wie sehr ich den Musiker verehrte.

Ich grübelte noch darüber nach, als Mozart, Schikaneder und die anderen Trauergäste die Kapelle längst verlassen hatten und nur noch Mesmer und ich am Sarg standen. Im flackernden Schein der vielen Kerzen tanzten bizarre Schatten an den Wänden wie Wesen aus dem Totenreich, die ihre gierigen Arme nach Josefine ausstreckten. Der allgegenwärtige Fäulnisgeruch erschien mir plötzlich unerträglich, und ich war froh, als Mesmer vorschlug, zu seinem Haus zurückzukehren.

Ich verließ die Kapelle mit dem bedrückenden Gefühl, einen geliebten Menschen verloren zu haben. Und in dem Bewusstsein, dass der Schmerz um den Verlust Josefines einherging mit dem Verlust meiner selbst. Mehr und mehr ergriff Luise Heusler von mir Besitz.

Erst als Karl am Nachmittag des nächsten Tages den stattlichen Wallach, der Mesmers Equipage zog, vor den Toren des St. Marxer Friedhofs zügelte, fiel mir ein, woher mir der Name geläufig war: Hier war auch Mozart beerdigt worden, unter Umständen, die noch in meiner Zeit ungeklärt waren und die wohl mehrere Regalmeter mit Literatur füllten. Tatsache war, dass der berühmte Mozart anonym bestattet worden war und es auf St. Marx zwar ein so genanntes Mozartgrab gab, dass man aber nicht

wusste, wo genau seine Gebeine tatsächlich zur letzten Ruhe gebettet worden waren. Als ich vor meinem Flug nach Wien die Reiseführer studiert hatte, war der Friedhof von St. Marx einer der Orte gewesen, deren Besichtigung ich mir unbedingt vorgenommen hatte.
Umso mehr verwunderte es mich, dass ich einen ganzen Tag gebraucht hatte, um mich daran zu erinnern. Zu meiner Verwunderung gesellte sich Bestürzung: Konnte es sein, dass Luise Heusler so sehr von mir Besitz ergriff, dass für mein eigentliches Ich und damit für meine eigenen Erinnerungen kein Raum mehr blieb? Wurde meine Identität von einem Phantom aus einer zweihundert Jahre zurückliegenden Epoche verdrängt?
Als Mesmer mir aus dem Wagen half, bemerkte er, dass etwas mit mir nicht in Ordnung war, zog daraus aber seine eigenen Schlüsse: »Wir hätten nicht herkommen sollen! Ich habe Ihnen, als Sie mich um den Friedhofsbesuch baten, gleich gesagt, dass es zu nichts nütze ist. Wozu sollte es auch gut sein? Es ist nur ein Friedhof. Sie haben sich bereits gestern in St. Stephan von Ihrer Schwester verabschiedet. Der heutige Besuch reißt nur die Wunde wieder auf.«
»Wo ich herkomme, ist es üblich, den Verstorbenen an ihrem Grab die letzte Ehre zu erweisen«, erwiderte ich und versuchte mich an einem tapferen Lächeln. »Es wird schon gehen, Doktor, bestimmt!«
»Wenn Sie meinen«, sagte er wenig enthusiastisch. Dann geleitete er mich durch ein offen stehendes Tor auf den ummauerten Friedhof und weiter zu einer windschiefen Hütte. »Da hausen wohl die Totengräber. Vielleicht können die uns sagen, wo Ihre Schwester begraben wurde.«

In der Hütte saß ein fast zahnloser, nach Schweiß und Branntwein stinkender Mann, der damit beschäftigt war, den beschädigten Stiel einer Spitzhacke mit Lederriemen zu umwickeln. Er beachtete uns nicht, antwortete auch nicht, als Mesmer ihn wiederholt nach Josefines Grab fragte. Erst als der Arzt ein paar Kreuzer auf die schmutzige Tischplatte legte, erwachten die abgestumpften Augen des Totengräbers zum Leben. Seine rechte Hand schoss unglaublich schnell über den Tisch, bemächtigte sich der kupfernen Münzen, und ließ sie in einer Tasche seiner mit Flicken übersäten Jacke verschwinden.

»Ja, die Neue von gestern Abend, die liegt da drüben begraben«, sagte er eigentümlich zischelnd und wies mit dem Daumen über seine Schulter. Damit schien die Sache für ihn erledigt zu sein.

»Wenn Sie uns hinführen, erhalten die Kreuzer von eben Zuwachs«, köderte Mesmer ihn.

»Großen Zuwachs?«

»Jeder Einzelne kriegt einen Sohn.«

»Das lässt sich hören«, brummte der Totengräber und erhob sich von seinem Schemel. »Wenn die gnädigen Herrschaften mir bitte folgen wollen!«

Ohne sich nach uns umzusehen, verließ er die Hüte und schlurfte in gebückter Haltung zwischen den Gräberfeldern hindurch über den Friedhof, auf dem eine eigenartige Atmosphäre herrschte. Eine Stille, die sogar für einen Totenacker ungewöhnlich war. Zwar sangen in einem Kastanienbaum mit weit ausladender Krone ein paar Vögel, aber das unterstrich die vollkommene Ruhe eher noch. Was mir auffiel, war das Fehlen jeglichen Publikums. War es den Wienern zu mühselig, sich um die Gräber ihrer Angehörigen zu kümmern? Lag der von Feldern, Äckern, Wiesen und Wäldern umgebene Friedhof zu weit vor den Toren der Stadt?

Als ich Mesmer danach fragte, antwortete er: »Im großen Wien ist wohl vieles anders als bei Ihnen in Kirchberg, wenn auch nicht unbedingt besser. Aber sehen Sie sich die Gräber doch mal genauer an! Um welches davon sollte sich ein Wiener kümmern, wenn er einen verstorbenen Angehörigen besuchen will?«

Ich ließ meinen Blick über die Reihe gleichmäßig angeordneter Gräber schweifen, an der wir gerade vorbeigingen, und plötzlich verstand ich ihn.

»Keine Namen!«, rief ich. »Es gibt weder Grabsteine noch Kreuze. Man kann nicht erkennen, welche Person in welchem Grab liegt.«

»So ist es, und meistens sind es sogar mehrere Personen.«

»Familiengräber?«

»In den seltensten Fällen. Um Platz zu sparen, werden die Toten in Schachtgräbern beerdigt. Vier Erwachsene und zwei Kinder je Grab, bei Mangel an toten Kindern auch fünf große Leichen. Jedenfalls bei den Sarggräbern.«

»Bei den Sarggräbern?«, wiederholte ich. »Was heißt das?«

»Die Bezeichnung dient der Unterscheidung von den Gräbern, in denen die Leichen ohne Sarg ruhen, nur in einen Leinensack eingewickelt«, erklärte Mesmer, während wir weiterhin dem seelenruhig vor sich hin schlurfenden Totengräber folgten. »Joseph II. hatte ursprünglich sogar verfügt, es solle gar keine Sargbestattungen mehr geben, damit die Toten schneller verwesen, weniger Leichengestank durch Wien weht und die Gräber schneller wieder frei werden. Aber das war sogar den sonst so lammfrommen Wienern zu viel, und sie machten dem Kaiser derart die Hölle heiß, dass er die Verfügung wieder zurücknehmen musste. Jetzt werden nur noch die Armen und die an ansteckenden Krankheiten Verstorbenen ohne Sarg unter die Erde gebracht.«

»Aber dort hinten stehen doch Grabsteine, richtige Monumente.« Ich zeigte auf ein entferntes Gräberfeld, wo sich steinerne Kreuze und Engel sowie große Grabsteine aus grünem und rotem Marmor erhoben.

»Die gibt es auch, aber nur spärlich. Das sind ausnahmslos Gräber bedeutender und wohlhabender Persönlichkeiten.«

»Und alle anderen werden in diesen … diesen Massengräbern verscharrt wie Tiere?«

»Sie werden nicht verscharrt, Luise, sondern ordentlich beerdigt, die meisten sogar in Särgen. Ist es denn für die angeblich unsterbliche Seele schlimm, wenn ihre gestorbene, der Fäulnis unwiderruflich anheim gefallene Hülle mit mehreren anderen Toten zusammen in einem Grab liegt? Es spart eine Menge Platz, und Platz ist kostbar in Wien. Die rund um die Stadt angelegten Friedhöfe, wie der St. Marxer, sollen ein paar Jahrzehnte vorhalten. Mir ist diese Lösung lieber, als die Toten mitten in der Stadt zu haben. In St. Stephan haben Sie selbst gerochen, wozu das führt.«

»Vermutlich haben Sie Recht«, gab ich zu, zögerlich allerdings, denn die Vorstellung dieser Schachtgräber war mir zuwider; es war eben nicht nur eine Frage der Hygiene und der Logistik, sondern nicht zuletzt eine der Pietät. »Wenn ich Sie recht verstehe, Doktor, dann gibt es außer den Gräbern berühmter Persönlichkeiten hier nur diese Schacht- oder Mehrfachgräber.«

»Nein, das nicht. Auf Wunsch und gegen Aufpreis kann jeder Verstorbene ein Einzelgrab erhalten. Aber die wenigsten Wiener nutzen diese Möglichkeit, ihre Verstorbenen zu bestatten.«

»Das verstehe ich nicht«, sagte ich kopfschüttelnd.

»Die kaiserlichen Verordnungen haben das Leichen- und Bestattungswesen stark reglementiert und die früher auch in Wien üblichen Bräuche eingeschränkt. Der Leichenschmaus ist verboten, das Halten von Lobreden auf den Verstorbenen ebenso. Der Pfarrer darf die Leiche nur noch einsegnen, sie aber nicht mehr zum Friedhof geleiten. Schließlich dürfen die Leichenwagen die Friedhöfe erst nach Einbruch der Dunkelheit anfahren. Wer aber will es zu so später Stunde noch auf sich nehmen, erst zum Friedhof hin- und dann wieder zurückzupilgern? Kurz und gut, der Kaiser hat es verstanden, den Wienern ihre früher so prachtvollen Totenfeiern gehörig zu verleiden. Daraus ergab sich, dass die meisten auf ein Einzelgrab verzichten. Wo die Beerdigung so geschäftsmäßig abläuft, macht es den Menschen einfach keinen Spaß, sich noch groß um ein Grab zu kümmern.«

»Sie sagen das so leichthin, als würden Sie nicht den geringsten Anstoß daran nehmen, Dr. Mesmer.«

»Dazu habe ich auch keinen Anlass. Vom Standpunkt der Gesundheitsfürsorge aus haben Kaiser Joseph und sein

Nachfolger Leopold sicher Recht. Und persönlich fühle ich mich nicht betroffen. Es gibt schon seit vielen Jahren keinen Menschen mehr auf dieser Welt, an dessen Grab ich zu beten wünschte.«

Diese Bemerkung nahm ich als weiteren Hinweis darauf, dass er seiner im letzten Jahr verstorbenen Frau nicht sonderlich nahe gestanden hatte.

Meine Gedanken wanderten zurück zu Mozart und den vielen Ungereimtheiten um seine Bestattung, Einiges sah ich im Licht von Mesmers Ausführungen jetzt klarer. Dass man Mozart in einem Schachtgrab zusammen mit anderen Toten beerdigt hatte, war also keine besondere Missachtung seiner Person, sondern ein ganz normaler Vorgang.

Man könnte natürlich einwenden, für einen so berühmten Mann wäre ein großes Grabdenkmal angemessen gewesen. Aber zum Zeitpunkt seines Todes soll Mozart sich in großen Geldschwierigkeiten befunden haben, und so hatte seine Witwe Konstanze wohl kaum das nötige Kleingeld für ein prunkvolles Grab, wie es schien, noch nicht einmal für ein Einzelgrab.

Plötzliche Bestürzung ergriff mich bei dem Gedanken daran, dass Mozarts Tod nahe bevorstand, Anfang Dezember dieses Jahres – in nur fünf Monaten!

Ich dachte an unsere Begegnung am Vortag im Stephansdom und konnte kaum glauben, dass der Komponist so bald schwer erkranken, eine Weile dahinsiechen und schließlich sterben würde. Gewiss, unser Zusammentreffen war nur kurz gewesen, aber trotz seiner blassen Gesichtsfarbe, die wahrscheinlich vom vielen Brüten über den Notenblättern herrührte, schien er das blühende Leben zu sein.

Auch seine Krankheit war einer der Punkte, über die sich die Mozart-Experten schon seit zweihundert Jahren erbittert stritten. Von einer geheimnisvollen Vergiftung bis hin zum unspektakulären Rheuma reichten die Theorien, und obwohl ich mehrere Bücher über Mozart gelesen hatte, war es mir nicht gelungen, die richtige Ansicht herauszufiltern. Wie auch, wenn selbst Mozart-Biographen, Historiker und Mediziner hier versagten?

Drängender als dieser dunkle Fleck am Ende von Mozarts Biographie beschäftigte mich der Umstand, dass er überhaupt so bald sterben sollte. Eine Stimme tief in mir schrie auf, wollte es nicht wahrhaben. Ich konnte mir das nicht erklären, aber ich fühlte für diesen mir fremden Mann, den ich bis auf zwei sehr kurze Begegnungen nur aus Büchern kannte, wie für einen engen Freund, einen Angehörigen.

Ich dachte an das nur schwer erklärbare Gefühl einer Seelenverwandtschaft, das mich bei unserer gestrigen Begegnung befallen hatte. Ob da etwas dran war oder nicht, eins stand fest: Der Gedanke an Mozarts bevorstehenden Tod ließ mich schwindeln, schnürte mir die Kehle zu.

»Es geht Ihnen nicht gut«, stellte Dr. Mesmer fest. »Wir hätten doch nicht herkommen sollen.«

»Nur eine kleine Schwäche, die gleich vorüber ist.« Ich holte tief Luft. »In jüngster Zeit werde ich wahrscheinlich ein wenig zu häufig mit dem Tod konfrontiert.«

»Eben!«, bemerkte Mesmer spitz.

Der Totengräber hatte uns die ganze Zeit nicht beachtet.

Jetzt blieb er vor einem Grab am Ende einer langen Reihe stehen, streckte seine knotige Rechte aus und zischelte: »Das da ist's!«
Die Hand fuhr zu Mesmer herum und öffnete sich fordernd. Als die Kupfermünzen des Arztes auf der schmutzigen Handfläche landeten, leuchteten die Augen des Totengräbers auf. Die Hand schloss sich, und er wandte sich zum Gehen. »Viel Vergnügen dann noch, die Herrschaften!«
Das alles nahm ich nur am Rande wahr. Ich starrte auf das Grab, Josefines Grab, das sich in nichts von den anderen Gräbern unterschied. Es gab kein Kreuz und keinen Stein. Nichts als eine kleine Erdaufschüttung.
»Auch ein Schachtgrab«, murmelte ich.
»Es tut mir Leid«, sagte Mesmer. »Als ich die Beerdigung veranlasste, kannte ich Ihre Einstellung zu dieser Bestattungsform nicht. Ich hielt es für üblich, ahnte nicht, dass Sie daran Anstoß nehmen würden. Vielleicht war es gedankenlos von mir, und ich hätte Sie fragen sollen. Ich fürchte, es ist zu spät, die Sache rückgängig zu machen. Die Exhumierung von Leichen ist unter strenge Strafe gestellt; auch ein kaiserliches Dekret.« Er blickte dem davonschlurfenden Totengräber nach. »Vielleicht lässt sich doch noch etwas machen. Für ein paar klingende Münzen scheint dieser Mann zu vielem bereit zu sein, möglicherweise auch zu einer nächtlichen Umbettung des Leichnams.«
»Nein, lassen Sie nur. Wie Sie selbst vorhin sagten, der unsterblichen Seele kann es gleichgültig sein, wo ihr verfaulender Leib liegt. Ein Grab ist kein Ort für die Toten,

sondern für die Lebenden, die sich nicht von ihren verstorbenen Angehörigen und Freunden trennen können. Ich weiß jetzt, wo Josefine liegt, und werde ihr Grab auch ohne Beschriftung wiederfinden. Außerdem gibt es einen anderen, besseren Weg, um Josefine nahe zu sein.«

»Und der wäre?«, fragte Mesmer neugierig.

»Ich werde ihre Arbeit fortsetzen.«

»Wollen Sie Schikaneders Angebot annehmen?«

Ich nickte. »Das scheint Sie nicht sonderlich zu überraschen, Doktor.«

»Nein. Erstaunt Sie das?«

Trotz des Ortes und des ernsten Anlasses unseres Hierseins musste ich lächeln. »Ja, wenn ich ehrlich sein soll. Ich habe Sie wohl ein wenig unterschätzt, Herr Mesmer.«

»Da sind Sie nicht die Einzige.«

»Es erleichtert mich, dass Sie meinen Entschluss so gelassen aufnehmen.«

»Natürlich wäre es für Ihre Behandlung besser, Sie stünden ganztägig zu meiner Verfügung. Aber ich sehe ein, dass Sie allmählich wieder ein normales Leben führen wollen. Kommen Sie einfach zu mir, wenn Ihnen danach ist. Mein Haus steht Ihnen immer offen, und ich bin sicher noch ein paar Monate in Wien. Was aber ist mit Ihrem Dienstherrn?«

»Herr Lehmann hat eine Aushilfe gefunden, mit der er recht zufrieden scheint. Ich werde ihm sagen, er soll sie als meine Nachfolgerin anstellen.«

»Dann scheint ja alles bestens geregelt«, meinte Mesmer.

So empfand ich es auch. Doch nicht der Gedanke an ein geregeltes Leben trieb mich in Schikaneders Theater. Was immer mir im Jahr 1791 widerfuhr, für mich war es alles andere als *geregelt*. Allerdings schien es mir tatsächlich angeraten, wieder zu arbeiten. Auch im 18. Jahrhundert gab es nichts umsonst, und ich konnte Mesmer nicht ewig auf der Tasche liegen. Da ich nicht wusste, wie lange ich in dieser Zeit bleiben würde – und ob es für mich überhaupt eine Rückkehr gab –, hielt ich es für besser, schnell damit anzufangen, mir eine finanzielle Reserve zu schaffen.

Ich konnte selbst kaum glauben, wie pragmatisch ich mit meiner außergewöhnlichen Situation umging. Augenscheinlich begann ich das Unmögliche zu akzeptieren und mich in mein Schicksal zu fügen. Was blieb mir auch anderes übrig?

Es gab einen weiteren, noch wichtigeren Grund, weshalb ich für Emanuel Schikaneder arbeiten wollte. Meine Anwesenheit in diesem Jahrhundert musste irgendeinen Zweck haben, auch wenn er für mich noch im Dunkeln lag. Die zweite Sache, die mich beschäftigte, war Josefines Ermordung. Und ich nahm an, diese beiden Geheimnisse standen in einem Zusammenhang. Es konnte kaum Zufall sein, dass es mich zur Stunde von Josefines Tod ins Wien des Jahres 1791 verschlagen hatte und ich Zeugin des schrecklichen Ereignisses geworden war. Ich hoffte, das Rätsel um den Mord aufklären zu können, indem ich in Josefines Fußstapfen trat und ich mich bei Schikaneder als Putzmacherin verdingte. Und ich hoffte, dadurch das Geheimnis um diesen Zeitsprung – oder wie immer man es nennen wollte – zu lüften und mir letztlich die Rückkehr in meine Zeit zu ermöglichen.

»Sie schauen entweder in weite Ferne oder tief in sich hinein, Luise«, sagte Mesmer. »Was beschäftigt Sie?«

»Josefines Tod. Wer kann einen Grund gehabt haben, so etwas Schreckliches zu tun? Und warum hat man ihr die Zunge herausgeschnitten, wo doch die durchschnittene Kehle vollauf genügt hätte, ihr das Leben zu nehmen?«

»Das sind Fragen, die besser die Polizei beantworten kann.«

»Sie meinen, ich sollte unseren rettenden Engel Kneifl aufsuchen?«

»Nicht nötig«, antwortete Mesmer und deutete über meine Schulter. »Da kommt er schon angestiefelt.«

Ich drehte mich um und sah Unterkommissär Kneifl, seinen schweren Gehstock schwingend, mit ausgreifenden Schritten auf uns zuhalten. Sein leichter, nicht zugeknöpfter Sommermantel umwehte ihn wie das aufgeplusterte Gefieder eines Vogels.

»Verfolgen Sie mich noch immer, Herr Kneifl?«, fragte ich anstelle einer Begrüßung.

»Keineswegs, ich habe das Grab Ihrer Schwester beobachtet.«

»Warum?«

»Verbrecher sind oft merkwürdige Käuze. Es gibt Diebe, die an die Stelle ihrer Tat zurückkehren, bloß um sich daran zu ergötzen, wie geschickt sie es angestellt haben, ihr Opfer unbemerkt auszunehmen. Manchmal werden sie allerdings bei solch einer Besichtigung ihrer Wirkungsstätte ertappt.«

»Sie hoffen also, dass Josefines Mörder an ihrem Grab erscheinen?«, fragte ich skeptisch. Ich wurde das Gefühl nicht los, dass Kneifl in Wahrheit doch mir und Mesmer gefolgt war.

»Ja, Fräulein Heusler.«

Mesmer schaltete sich ein: »Und was veranlasst Sie zu dieser aus meiner Sicht überaus vagen Hoffnung, Herr Kommissär?«

»Unterkommissär bittschön, immer hübsch korrekt bleiben. – Tja, der Mord an Fräulein Josefine Heusler erfolgte unter recht mysteriösen Umständen. Die Mörder scheinen mit dieser Tat ihr Ziel noch längst nicht erreicht zu haben, wie der Überfall auf Fräulein Luise im Prater zeigt. Ich dachte mir, es könnte nicht schaden zu sehen, wer das Grab der Ermordeten besuchen kommt.«

»Mag sein«, sagte Mesmer und wirkte ebenso wenig überzeugt, wie ich es war. »Und wer ist hergekommen?«

»Bislang nur Sie beide, Herr Doktor.«

Ich ergriff wieder das Wort: »Herr Kneifl, was sagen Sie zu der abgeschnittenen Zunge meiner Schwester?«

»Das ist noch das Einfachste an dieser ganzen Angelegenheit. Es ist eine Warnung an andere, nicht auch zum Verräter zu werden.«

»Meine Schwester eine Verräterin? Wen soll sie denn verraten haben, und was?«

»Das wiederum ist nicht so einfach«, sagte Kneifl missmutig. »Wenn ich das erst einmal weiß, dann habe ich auch die Mörder.«

Kapitel 9

Das also ist das Freihaus!«, staunte ich, als Dr. Mesmer und ich in der südlichen Vorstadt Wieden die Equipage verließen.

Natürlich hatte ich schon über den Ort gelesen, wo die »Zauberflöte« ihre Uraufführung erlebt hatte. Ich wusste, der Name Freihaus begründete sich darauf, dass seine Besitzer wegen besonderer Verdienste von Steuern befreit waren. Und mir war auch bekannt, dass es sich um eine eigene kleine Stadt handelte, mit Geschäften, Werkstätten, Wohnungen und sogar einer Kirche. Aber der Anblick des großen Gebäudekomplexes war doch etwas anderes als lediglich darüber zu lesen.

Nach dem Besuch des St. Marxer Friedhofs hatte ich Mesmer gebeten, auf dem Rückweg beim Freihaus anzuhalten. Ich wollte Schikaneder meine Entscheidung mitteilen, ehe er eine andere Putzmacherin engagierte. Jetzt aber hatte ich den Zweck unserer Anwesenheit ganz vergessen und gab mich mit kindlichem Staunen der Betrachtung von Dächern, Türmen und verwinkelten Stiegen hin.

»Wie viele Menschen da wohl wohnen?«, fragte ich mich laut.
»Viele hundert jedenfalls, vielleicht sogar tausend.« Mesmer rümpfte die Nase. »Die Leute im Freihaus genießen nicht unbedingt den besten Ruf. Man findet dort viele Hausierer und fahrendes Volk. Es heißt, wer seinen Kopf eine Zeit lang vor der Polizei einziehen muss, finde im Freihaus stets Unterschlupf.«
Ein Gedanke durchfuhr mich: »Vielleicht war es das!«
»Was meinen Sie, Luise?«
»Wenn es im Freihaus lichtscheues Gesindel gibt, hat Josefine vielleicht etwas aufgeschnappt, was nicht für fremde Ohren bestimmt war. Hat Kommissär Kneifl nicht gesagt, die abgeschnittene Zunge sei eine Strafe für Verrat?«
»Eine Strafe oder eine Warnung, ja. Trotzdem glaube ich nicht an Ihre Vermutung. Im Prater hat sich gezeigt, dass Josefines Mörder auch hinter Ihnen her sind. Sie, Luise, können aber nicht wissen, welches Geheimnis Ihre Schwester unter Umständen erfahren hat.«
»Ich weiß es nicht, das stimmt. Aber wissen das auch ihre Mörder? Sie haben Josefine umgebracht, als sie gerade zu mir wollte. Vielleicht nehmen sie an, Josefine hätte mir schon etwas erzählt.«
Mesmer zog die Stirn unter dem Dreispitz in Falten. »Sie könnten Recht haben, aber das ist alles andere als geeignet, mich zu beruhigen. Sie begeben sich unnötig in Gefahr, wenn Sie Schikaneders Angebot annehmen.«
»Die Gefahr ist nicht auf das Freihaus begrenzt. Josefine wurde woanders ermordet, und mir sollte es vor drei Tagen auch nicht hier an den Kragen gehen.«

»Ich sehe schon, Sie lassen sich nicht umstimmen«, seufzte Mesmer. »Wenn wenigstens dieser Kneifl auf Sie achten würde statt sich auf St. Marx rumzutreiben!«

Ich hakte mich bei Mesmer ein und zog ihn mit sanfter Gewalt in Richtung Freihaus. »Kommen Sie, Doktor, seien Sie nicht so griesgrämig! In Wahrheit wollen Sie mich nur von meinem Entschluss abbringen, damit Ihnen nicht Ihre einzige Patientin verloren geht. Geben Sie es zu, Sie halten mich für einen medizinischen Wunderfall und hoffen, mit meiner Heilung den Nobelpreis zu gewinnen!«

»Was sagen Sie, einen noblen Preis?«

Als Mesmer das fragte und mich dabei irritiert anstarrte, wurde mir bewusst, dass ich mich böse verplappert hatte. Der Nobelpreis würde erst in mehr als hundert Jahren zum ersten Mal vergeben werden!

»Ach, nur so ein Sprichwort aus meiner Heimat«, log ich und versuchte, ihn abzulenken, indem ich das Gespräch auf das rege Treiben rund ums Freihaus lenkte. »Hier ist fast so viel Volk wie bei Blanchards Auftritt im Prater. Da fällt mir ein, ist der Ballonfahrer heil wieder heruntergekommen?«

»Ja, endlich hat er Erfolg gehabt. Bis nach Groß-Enzersdorf ist seine Charlière geflogen. Dort hat ihn die Bevölkerung enthusiastisch gefeiert und im Triumphzug zurück nach Wien geleitet. Wirklich eine erstaunliche Leistung. Mag diese Fliegerei uns heute auch noch wie eine Zirkusnummer anmuten, in hundert Jahren, wenn die Ballons größer sind und vor allem steuerbar, kann der Mensch es vielleicht den Zugvögeln gleichtun und von Kontinent zu Kontinent fliegen.«

Mit einem kecken Augenzwinkern fügte ich hinzu: »Und in zweihundert Jahren fliegt er zum Mond.«

»Zum Mond?« Mesmer starrte in den mondlosen, dafür sonnigen Himmel. »Mag sein, vielleicht auch das.«

Für einen Augenblick zog ich in Erwägung, ihm die Wahrheit über mich zu sagen. Dr. Mesmer war den meisten seiner Zeitgenossen, was seine Aufgeschlossenheit gegenüber wissenschaftlichen Neuerungen betraf, weit voraus. Der Umstand, dass seine medizinischen Theorien auf Abwege führten, sprach nicht unbedingt gegen ihn. Bei jeder Entwicklung musste es Vorreiter geben, Menschen mit kühnen Gedanken, die sich auch mit tatsächlich oder scheinbar Abwegigem beschäftigten. Mochte Mesmer irren, andere würden auf seinen Thesen aufbauen und die richtigen Schlüsse ziehen.

Ganz so falsch lag er gar nicht mit seiner Annahme, die Gesundheit von Körper und Seele stünden in engem Zusammenhang. Das zeigte die moderne psychosomatische Medizin. Gern hätte ich Mesmer davon erzählt, ihm berichtet, dass die Menschen meiner Zeit tatsächlich so selbstverständlich von einem Kontinent zum anderen flogen, wie sie in seiner Zeit die Postkutsche von Wien nach Linz nahmen. Ich hätte ihm sagen mögen, dass Menschen auf dem Mond gewesen waren und dass der Flug zum Mars geplant wurde.

Nicht um anzugeben, wollte ich ihm das alles sagen, sondern um ihm Mut zu machen. In den Tagen unseres engen Beisammenseins hatte ich den Eindruck gewonnen, tief in seinem Herzen war er ein gebrochener Mann. Sein manchmal leicht überhebliches Auftreten und die offen

zur Schau gestellte Verachtung gegenüber seinen Kritikern dienten allein der Selbsterhaltung. Wie anders hätte er den einzigen großen Kampf, den sein Leben darstellte, durchhalten sollen? Vielleicht hatte er längst erkannt, dass er sich auf einem Irrweg befand, war aber zu stolz oder auch nur einfach zu alt, um sich das einzugestehen. Vielleicht hätte es ihm Zuversicht und Trost gegeben, hätte er erfahren, zu welchen wissenschaftlichen und technischen Errungenschaften die Menschheit gelangen würde. Ein kluger Kopf wie er hätte wohl eingesehen, dass sein Werk ein Baustein dieser Errungenschaften war.
Doch auch wenn Mesmer ein aufgeschlossener Mann war, meine Geschichte wäre wohl zu viel für ihn gewesen. Nicht einmal ich selbst, die ich aus einer sich sehr viel aufgeklärter wähnenden Zeit stammte, hätte es geglaubt, hätte ich es nicht selbst erlebt. Ich befürchtete, Mesmer könnte mich für undankbar halten, könnte glauben, ich wolle mich über ihn lustig machen. Oder aber er stempelte mich als hoffnungslosen Fall ab und steckte mich ins Irrenhaus.
Also schwieg ich und tauchte zusammen mit dem Arzt in das Gewirr von Marktständen ein, von denen das Freihaus geradezu umlagert wurde. Überwiegend wurden hier Milch, Käse und Butter, Obst und Gemüse feilgeboten, doch auch andere Waren priesen die Marktschreier lauthals an. Zuweilen wurden sie aufdringlich und hielten uns fest, um unsere Aufmerksamkeit mit Gewalt zu erringen. In solchen Fällen wurde Mesmer sehr bestimmt und ließ, wenn strenge Worte nichts fruchteten, seinen Stock tanzen. Das erinnerte mich an Kommissär Kneifls Einsatz im

Prater, und für einen Augenblick schauderte mir vor der Brutalität dieses Zeitalters.

Wir ließen die Marktstände hinter uns und betraten das eigentliche Freihausgelände, wo nicht minder reger Verkehr herrschte als auf dem Markt. Lieferanten mit Pferdefuhrwerken oder Handkarren zwangen uns mehr als einmal zum Ausweichen. In den Erdgeschossen der mehrstöckigen Häuser gingen Handwerker ihrer Arbeit nach, und ein paar Kinder spielten auf einem Innenhof mit einem aus Lederflicken zusammengesetzten Ball.

Als wir durch einen zwischen hohen Mauern hindurchführenden Gang auf einen großen Hof gelangten, blieb Mesmer stehen und zeigte mit seinem Stock nach vorn. »Das ist Schikaneders Theater.«

Ein wenig enttäuscht starrte ich auf das rechteckige Gebäude, das ungefähr fünfzehn Meter breit und dreißig Meter lang war. Ich hatte mir das Haus, in dem ein so opulentes Werk wie die »Zauberflöte« uraufgeführt worden war, prächtiger vorgestellt. Das Freihaustheater war, wie es auf den ersten Blick schien, ein zwar solider, aber auch schmuckloser Steinbau mit einem Dach aus dunkelroten Ziegeln. Zumindest war es nicht die elende Bretterbude, die manche dem volkstümlichen Schikaneder übel gesinnte Autoren ihm in ihren Publikationen untergeschoben hatten.

»Noch können Sie es sich überlegen, Luise«, sagte Mesmer, der meinen zweifelnden Blick falsch auslegte. »Da hinten wartet Karl mit der Kutsche auf uns.«

»Danke«, erwiderte ich lächelnd. »Ich weiß Ihre Fürsorge zu schätzen, Doktor, aber mein Entschluss steht fest!«

Wir betraten das Theater, in dem dieselbe geschäftige Betriebsamkeit herrschte wie draußen auf den Straßen und Plätzen des Freihauses. Mesmer packte einen Jungen, der mit einem Stapel Notenblätter an uns vorbeihasten wollte, an der Schulter und fragte ihn nach Schikaneder.

»Der Herr Direktor ist in der Werkstatt, glaube ich, da drüben, der Herr.«

Wir folgten einem Gang in die angegebene Richtung und hörten bald heftiges Hämmern und Sägen, das übertönt wurde von einer barschen Stimme: »Das geht so nicht, ist alles viel zu blass! Bunter muss es sein, üppiger. Allein beim Betrachten der Kulissen muss das Publikum die Düfte des Orients riechen, den Zauber verborgener Welten verspüren und die artenreiche Vielfalt von Tieren und Pflanzen fremder Welten erahnen. Strengt euch an, dafür bezahle ich euch schließlich!«

Ich erkannte Schikaneders volltönende Stimme, noch bevor wir die streng nach Leim und Farben riechende Werkstatt betraten. Dort stand der Theaterdirektor vor ein paar betreten zu Boden blickenden Arbeitern, und ich hatte den Eindruck, Schikaneders Kopf war noch stärker gerötet als üblich.

Er hatte uns hereinkommen gehört und drehte sich in einer unwirschen Bewegung zu uns um. »Ja, bitte?«, blaffte er. Als er uns erkannte, hellte sich seine düstere Miene auf, und er begrüßte uns überschwänglich. »Fräulein Luise, darf ich Ihren Besuch als das werten, was ich erhoffe? Haben Sie sich entschieden, mein Angebot anzunehmen?«

»Ich möchte gern versuchen, die Arbeit meiner Schwester fortzusetzen. Falls ich Ihren hohen Ansprüchen genüge.«

Schikaneder verstand die Anspielung und zeigte auf die Theaterkulisse, die fast eine ganze Wand des großen Raums ausfüllte. »Meine Leute sind manchmal wie Kinder, die ohne die gestrenge Hand ihres Vaters nicht spuren. Aber sagen Sie selbst, würden Sie sich durch solch ein Bild in eine fremde, zauberhafte Welt versetzt fühlen?«

Ich bemerkte einen lauernden Ausdruck auf seinem Gesicht und begriff, dass er mich und besonders meinen Sachverstand auf die Probe stellte. Ausgiebig betrachtete ich die fragliche Kulisse, in der ich sofort ein Szenenbild aus dem ersten Akt der »Zauberflöte« erkannte. Es war eine Wand von Sarastros Palast. Gerade, hohe Säulen stützten ein mit Ornamenten verziertes Dach, über das sich ein paar Palmen erhoben.

»Nun?«, fragte Schikaneder. »Was sagen Sie dazu?«

»Alles wirkt ein wenig zu eben, zu gleichmäßig. Die Ornamente am Dach müssten verschnörkelter sein, die Säulen ebenfalls verziert, und die Palmen wirken wie tot. Sie dürften nicht so gerade stehen, müssten sich im Wind neigen, dass die Zuschauer zu sehen glauben, wie die Wedel sich biegen. Und ein kräftigeres Grün bei den Palmwedeln könnte auch nicht schaden.«

»Das ist es, besser hätte ich selbst es nicht ausdrücken können!«, rief Schikaneder ein wenig zu theatralisch aus und wandte sich an die drei mit Farbe beschmierten Arbeiter. »Ihr habt's gehört. Verziert die Säulen, verschnörkelt die Dachverzierungen und malt mir Palmen, die nicht aussehen wie gemalt!«

Dann führte er Mesmer und mich nach draußen. Auf dem Gang sagte er zu mir: »Jetzt bin ich mir noch sicherer, als ich es schon war. Sie sind genau die Richtige für mich, Fräulein Luise! Ihre Schwester, der Herr möge sich ihrer Seele erbarmen, tat recht daran, Sie so zu loben. Am liebsten würde ich es Mozart noch heute sagen, dass Sie für uns arbeiten wollen, aber leider geht das nicht.«

»Warum nicht?«, fragte ich neugierig, obwohl es mich nichts anging.

Schikaneder schien mir meine Frage nicht übel zu nehmen, sondern antwortete leutselig: »Mozart ist nach Baden gefahren, sein Stanzerl besuchen, das dort zur Kur ist.«

Ich erinnerte mich, dass Mozart seine Frau Konstanze im Jahr 1791 auffällig oft zur Kur außerhalb Wiens geschickt hatte, ganz so, als wäre sie und nicht er vom baldigen Tod bedroht gewesen. Diese Kuraufenthalte gaben, wie so vieles in Mozarts Biographie, der Nachwelt reichlich Anlass zu Spekulationen. War Konstanze wirklich krank? Wollte Mozart sie aus dem Weg haben, um Liebeleien mit seinen Schülerinnen zu pflegen? Oder wollte Konstanze Abstand von Mozart halten, weil sie eigene Liebschaften hatte, denen sie in Baden ungestört nachgehen konnte? All diese Fragen wurden in der Mozartliteratur heiß diskutiert.

»Fräulein Luise, soll ich Sie gleich unserer Marlies vorstellen?«, fragte Schikaneder.

»Ich weiß nicht, wer das ist.«

»Entschuldigung, ich dachte, Josefine hätte Ihnen von ihr erzählt.«

»Vielleicht hat Luise das einfach nur vergessen«, bemerkte Mesmer.

»Verstehe«, nickte Schikaneder. »Marlies arbeitet schon lange als Putzmacherin für mich, aber sie ist alt geworden

und schafft die Arbeit nicht allein. Außerdem benötigt ein Theater wie das meinige immer wieder junges Blut und neue, pfiffige Ideen. Die hatte Fräulein Josefine, und ich glaube, Sie, Fräulein Luise, stehen ihr da nicht nach.«
Schikaneder verstand sich vortrefflich aufs Schmeicheln. Aber er schien auch eine andere Seite zu haben. Die Arbeiter in der Kulissenwerkstatt hatte er nicht gerade mit Glacéhandschuhen angefasst.
Mesmer und ich folgten ihm in die Putzmacherwerkstatt, wo Marlies an einem länglichen Tisch saß und mit Papagenos gefiedertem Kopfschmuck beschäftigt war. Sie war nicht so alt, wie ich aus Schikaneders Bemerkung geschlossen hatte, vielleicht Mitte Fünfzig. Trotzdem schien sie große Mühe mit ihrer Arbeit zu haben. Als wir eintraten, fielen ihr mehrere Federn aus der Hand, und beim Versuch, sie festzuhalten, zerbrach eine.
Ihr Kopf ruckte herum, und sie musterte uns mit zusammengekniffenen Augen. »Kann man nicht mal mehr in Ruhe arbeiten?«
»Beschwer dich nicht, Marlies!«, sagte Schikaneder beschwichtigend. »Du solltest dich lieber freuen. Ich möchte dir nämlich Fräulein Luise vorstellen. Sie ist Josefines Schwester und wird dir bei der Arbeit helfen.«
Marlies sah mich an, und ich bemerkte die vielen Falten, die sich um ihre Augen eingegraben hatten. »Na, ob sie mir eine Hilfe sein wird, muss sich erst noch zeigen.«
Ich hatte das Gefühl, die Zusammenarbeit mit ihr würde nicht leicht werden.

Kapitel 10

Mein Gefühl hatte mich nicht getäuscht, Marlies entpuppte sich als ein richtiges Biest, jedenfalls mir gegenüber. Im Beisein von anderen gab sie sich honigsüß. Besonders wenn Schikaneder in unsere Werkstatt kam, um sich nach dem Fortgang der Arbeit zu erkundigen, hatte sie Kreide gefressen. Wäre es nach ihren Versprechungen gegangen, hätten wir jeden seiner Aufträge schon erledigt, bevor er ihn erteilte. In Wahrheit verließ kaum ein Kopfputz unsere Werkstatt ohne gehörigen Verzug, was nicht an mir lag.

Schikaneder hatte eine glückliche Hand bewiesen, als er mich engagierte, und ich war darüber nicht wenig erstaunt. Immerhin hatte ich bis vor einigen Tagen von der Putzmacherei so viel verstanden wie eine Kuh vom Eierlegen. Aber nein, das stimmt so nicht: Ich war Luise Heusler, und die Putzmacherin aus Kirchberg hatte ihren Beruf gelernt. Ich wusste, wie ich das Vlies, das vom Fell gewonnene Haar, zu so genannten Kätzchen zusammenlegen, wie ich die Kätzchen reinigen und zum kegelförmigen Fach formen musste. Vier bis sechs Fache wiederum musste ich anfilzen und mit einem nichtwollenen Tuch walken, um einen Stumpen zu erhalten, die Grundform für einen zu modellierenden Hut. Mit geschickten Händen färbte ich einen Stumpen, zog ihn über ein hutförmiges Holzstück und behandelte ihn zum Schutz gegen nachträgliches Einlaufen mit Wasserdampf. Ich gab jedem Hut die gewünschte Form und beherrschte auch das ganze Repertoire der Oberflächenbehandlung vom Bimsen, Rauen, Strichgeben und Bischonisieren bis zum Appretieren des Hutrandes. Ich nähte Futter ein und brachte zur Verzierung Agraffen, Federn, Hutnadeln und Schleifen an. Je länger ich mich damit beschäftigte, desto mehr hatte ich das Gefühl, nie etwas anderes getan zu haben. Ich arbeitete mit Leidenschaft, hatte Freude daran, das fertige Stück zu sehen, und war stets ein wenig traurig, wenn es meine Werkstatt verließ, um in den Theaterfundus zu wandern.

Durch Josefines Ausfall war eine Menge Arbeit liegen geblieben, und ich kam in den ersten Tagen und Nächten meiner Anstellung bei Schikaneder kaum zum Nachdenken. Bis ich irgendwann mit Erschrecken feststellte, dass ich begann, mein eigentliches Ziel aus den Augen zu verlieren. Ich kam keinen Schritt damit voran, den Mord an Josefine und das Rätsel um meinen Sprung in die Vergangenheit aufzuklären. Lag es nur an der vielen Arbeit oder auch daran, dass Luise Heusler mein altes Ich mit jedem Tag mehr verdrängte? Wollte ich gar nicht herausfinden, wie ich in meine Zeit zurückkehren konnte, weil ich insgeheim fühlte, dass ich hier heimisch war, in der Zeit Mozarts und Schikaneders, Mesmers und Blanchards?

Vielleicht hätte ich Marlies dankbar dafür sein sollen, dass sie mir mein Leben als Putzmacherin verleidete, wo sie nur konnte. Denn so wurde ich an das erinnert, was ich mir vorgenommen hatte. Marlies mäkelte ständig an mir und meiner Arbeit herum. Anfangs versuchte ich einfach, sie zu ignorieren, was ihrem ständigen Gekeife aber keinen Abbruch tat. Von Tag zu Tag wurde ich selbst mürrischer und hegte Rachegedanken gegen sie, wenn ich mich abends, erschöpft von der Arbeit, in meine Unterkunft zurückzog.

Diese Unterkunft war eine kleine Kammer im Freihaus, nicht größer als mein Zimmer bei den Lehmanns. Aber für eine einfache Putzmacherin war ein eigenes Zimmer bereits ein Luxus. Leisten konnte ich mir den nur dank Schikaneder, der eine ähnliche Fürsorge für mich an den Tag legte wie zuvor Dr. Mesmer.

Aus meiner Lektüre über Mozart und seine Zeitgenossen wusste ich, dass der Theaterdirektor ein Schürzenjäger war, und so glaubte ich anfangs, er hege ein diesbezügliches Interesse an mir. Bald aber stellte ich fest, dass er sich um all seine Angestellten kümmerte, sie fast zärtlich als seine Kinder bezeichnete und stolz war, wenn die jüngeren ihn »Papa Schikaneder« nannten. Er war ein Patriarch in des Wortes bester Bedeutung, glücklich, wenn er »seine Kinder« um sich hatte. Deshalb sorgte er dafür, dass die Angehörigen seiner Theaterkompanie zu günstigen Konditionen im Freihaus wohnten, und verpflichtete alle mittels so genannter Hausgesetze, nicht ohne seine ausdrückliche Erlaubnis über Nacht auszubleiben. Das tat er wohl nicht nur aus einem Gefühl der Fürsorge, sondern auch, um seine Leute unter Kontrolle zu haben. So waren in den Hausgesetzen denn auch das Ablehnen von Rollen, das verspätete Erscheinen auf der Bühne, übles Reden über Kollegen oder das Ausplaudern von Inhalten neuer Stücke unter Geldstrafe gestellt.

Ich war mir sicher, gut mit Schikaneder auszukommen, aber Marlies machte mir einen Strich durch die Rechnung. Immer wieder geschah es, dass von mir vorgearbeitete Hüte und Hauben, die Marlies fertig stellen sollte, unter ihren Händen missrieten. Mich wunderte das, denn sie betrieb ihr Handwerk nach eigener Aussage seit fast vierzig Jahren. Und Schikaneder war bei aller zur Schau gestellten Leutseligkeit kein Mann, der schlechte Arbeit durchgehen ließ. Eines Abends betrat er mit griesgrämiger Miene unsere Werkstatt und starrte mich finster an.

»Sollte ich mich so in Ihnen getäuscht haben, Luise? Und nicht nur ich, selbst Ihre Schwester scheint Sie maßlos überschätzt zu haben!«

»Ich verstehe Sie nicht, Herr Schikaneder«, antwortete ich verwirrt.

»Nun, ich nahm an, Sie seien eine überaus fähige Putzmacherin. Aber nun geht es mit der Arbeit nicht recht voran, und Marlies« – er warf einen Blick ans andere Ende des Tisches, wo meine ältere Kollegin saß, die ein wenig zu eifrig mit ihrer Arbeit beschäftigt war – »hat mir erzählt, Sie seien schuld daran. Marlies sagt, sie sei so damit beschäftigt, Ihre Fehler zu korrigieren, dass sie kaum dazu komme, eigene Stücke herzustellen. Übernächsten Monat wollen wir mit der ›Zauberflöte‹ auf die Bühne gehen.

Wenn wir uns nicht vorsehen, rennt uns die Zeit davon. Ich hoffe, Sie nehmen sich meine Worte zu Herzen!«
Damit war er auch schon wieder verschwunden. Ich hatte keine Gelegenheit zu einer Erwiderung, und selbst wenn, mir wäre wohl nichts eingefallen. In meiner hilflosen Wut sah ich Marlies an, die jeden Blickkontakt vermied und sich an Sarastros Hut zu schaffen machte, der mit einem pfauenradähnlichen Busch kleiner Federn verziert werden sollte. Immer wieder entglitten die Federn ihren Händen, und mir fiel auf, wie überaus lange sie mit dem Hut beschäftigt war.
Dass sie mich hinter meinem Rücken bei Schikaneder angeschwärzt hatte, war schon schlimm genug. Richtig in Zorn geriet ich darüber, dass sie mir in die Schuhe schob, wofür sie selbst die Verantwortung trug. Wir waren mit unserer Arbeit so in Verzug, weil sie kaum etwas richtig zustande brachte und ich einen Teil ihrer Pflichten stillschweigend übernommen hatte.
Aber woran lag das? Marlies war noch nicht so alt, dass man vermuten musste, ihre Finger seien vom Rheuma gelähmt. Auch jetzt, als ich sie eindringlich beobachtete, konnte ich keine Einschränkung in der Beweglichkeit ihrer Hände feststellen. Und doch ging, als sie die Nadel führte, ihr Stich mehr fehl, als dass er sein Ziel traf. Mit weit nach vorn gebeugtem Kopf und zusammengekniffenen Augen saß sie über Sarastros Hut, versunken im stummen Kampf gegen ihre eigene Ungeschicktheit. Auf einmal kam mir die Erleuchtung: Es waren ihre Augen!
Unerwartet blickte sie zu mir auf. »Was starrst du so?

Kann ich dafür, dass Schikaneder mit deiner Arbeit nicht zufrieden ist?«

»Und ob du etwas dafür kannst!«, blaffte ich zurück. »Schikaneder hat es selbst gesagt, du hast mich bei ihm angeschwärzt. Dabei bist du es, die mit der Arbeit nicht klarkommt!«

Marlies reckte angriffslustig ihr Kinn vor. »So? Und wie willst du das beweisen? Wem glaubt er wohl mehr? Dir, die du gerade mal ein paar Tage für ihn arbeitest? Oder mir, die ich ihm gute Dienste leiste, seit er das Freihaustheater übernommen hat?«

»Wenn ich ihn nicht durch Worte überzeugen kann, dann durch Taten.«

»Wie meinst du das?«, fragte Marlies zögernd.

»Ich werde ihn bitten, uns zu prüfen. Er soll zusehen, wie jede von uns einen Hut anfertigt. Dann wird er schnell merken, an wem es liegt, dass wir mit der Arbeit nicht nachkommen.«

»Darauf wird er sich nicht einlassen!«

»Glaubst du, Marlies?« Ich erhob mich von meinem Schemel. »Ich werde ihn jetzt ganz einfach fragen. Was hältst du davon?«

Sie brauchte mir nicht zu antworten. Dass sie von einer Sekunde zur anderen leichenblass wurde, sagte mir genug. Ihr Widerstand brach zusammen wie die Mauern von Jericho nach dem Einsatz der Posaunen. Sie sackte auf die Tischplatte und begann hemmungslos zu schluchzen. Ich erkannte, dass sie mir nichts vormachte, sondern aufrichtig verzweifelt war, und mein Zorn verflog augenblicklich.

»Es liegt an deinen Augen, nicht?«, fragte ich vorsichtig. »Du kannst nicht mehr richtig sehen.«
Sie blickte mich an, Erstaunen lag in ihren tränennassen Augen. »Du … du weißt es?«.
»Ich bin gerade erst drauf gekommen.«
»Vor einem halben Jahr hat es angefangen«, sagte Marlies, noch immer heftig schluchzend. »Erst dachte ich, es geht vorüber, aber es wurde von Woche zu Woche schlimmer. Manchmal sehe ich noch wie früher, aber dann legt sich ein Schleier vor meine Augen, und alles ist für mich wie in dicken Nebel gehüllt, selbst wenn ich es ganz nah vor mir sehe.«
»Was hat Josefine dazu gesagt?«
»Vor ihr konnte ich es verbergen, aber in den letzten Tagen ist es schlimmer geworden. Deshalb habe ich zu Schikaneder gesagt, dass du …« Marlies brachte den Satz nicht zu Ende.
»Ist schon gut, Marlies, ich verstehe es ja.« Ich trat zu ihr und legte sanft eine Hand auf ihren Kopf. »Du solltest einen Arzt konsultieren.«
»Einen Arzt? Ich war schon bei einem. Es hat mich ein Heidengeld gekostet, fast meine gesamten Ersparnisse.«
»Und?«, fragte ich.
»Der Arzt sagte, es sei Schicksal. Da versage alle menschliche Heilkunst. Aber das hat er erst festgestellt, nachdem er mein Geld genommen hatte.«
»Du hättest zu einem Spezialisten für Augenkrankheiten gehen sollen.«
»Er war doch so ein Spezialist!«

»Du solltest es Schikaneder sagen«, schlug ich vor. »Er kennt viele Leute und weiß vielleicht Rat.«

»Es würde mich die Arbeit kosten. Er kann es sich nicht leisten, eine unnütze Esserin durchzufüttern.«

»Ich hatte von Schikaneder nicht den Eindruck, dass er knauserig ist.«

»Das ist so seine Art«, sagte Marlies, während sie sich mit einem Ärmel ihres schlichten dunklen Kleides die Tränen aus dem Gesicht wischte. »Er lässt sich gern bewundern. Aber ein Mann mit Geldsorgen wird nicht bewundert, sondern verachtet und verspottet.«

»Geldsorgen? Schikaneder?«, fragte ich ungläubig. »Er steckt doch gerade jede Menge Geld in Mozarts ›Zauberflöte‹!«

»Das Stück von dem jungen Mozart ist seine letzte Hoffnung. Wenn das ein Reinfall wird, stehen wir alle auf der Straße.«

»Gehen die Geschäfte denn wirklich schlecht? Das Theater ist doch jeden Abend gut gefüllt, oft sogar ausverkauft.«

»Ich weiß nicht, woran es liegt«, seufzte Marlies. »Ich bin wohl die Letzte, mit der unser Papa Schikaneder seine Sorgen teilen würde. Das alles habe ich nur zufällig mitbekommen. Ich gehöre hier im Theater fast schon zum Inventar, und oft unterhalten sich die Leute in meiner Anwesenheit, ohne mich richtig wahrzunehmen.« Sie schüttelte sich. »Nein, zum Schikaneder geh ich nicht. Er war immer gut zu mir, aber ich will keine Last für ihn sein.«

Marlies tat mir Leid, und ich dachte angestrengt nach, wie

man ihr helfen könnte. Ich konnte es drehen und wenden, wie ich wollte, mir fiel nur ein Name ein: »Mesmer!«

»Was sagst du?«, fragte Marlies.

»Dr. Mesmer. Der Mann in meiner Begleitung, als Schikaneder uns vorgestellt hat. Möglicherweise kann er dir helfen.«

Marlies legte den Kopf zur Seite und betrachtete mich, als wäre ich nicht ganz richtig im Kopf. »Ist dieser Mesmer nicht ein Scharlatan?«

Am folgenden Abend betrat ich Mesmers Haus mit schlechtem Gewissen. Seit ich meine Arbeit bei Schikaneder aufgenommen hatte, war ich nicht mehr hier gewesen, obwohl ich dem Doktor versprochen hatte, die Behandlung fortzusetzen. Aber zum einen hatte ich im Freihaus so viel zu tun, dass mir kaum Zeit für andere Dinge blieb. Zum anderen hatte ich von Tag zu Tag mehr Erinnerungen an das Leben von Luise Heusler, so dass es mir wenig sinnvoll erschien, Mesmer weiterhin zu konsultieren.

Karl öffnete mir. »Sie müssen sich etwas gedulden, Fräulein Luise. Herr Dr. Mesmer ist noch bei einer Patientin.«

Ich hatte zwar die sphärischen Klänge der Glasharmonika gehört, aber angenommen, Mesmer spiele zu seinem privaten Vergnügen auf dem Instrument.

»Mir war nicht bekannt, dass Dr. Mesmer Patienten behandelt, andere als mich, meine ich.«

»Es ist ein Ausnahmefall«, sagte Karl und führte mich in einen der zahlreichen Salons.

Ich setzte mich und dachte noch einmal über meinen Besuch bei Mesmer nach. Ich war mir keineswegs sicher, ob er Marlies helfen konnte, wenn er auch unbestreitbar über besondere Fähigkeiten verfügte. Vielleicht hatten die jedoch weniger mit dem von ihm beschworenen Magnetismus zu tun als mit ihm selbst. Wenn es Menschen gab, die heilende Kräfte besaßen, dann war Mesmer einer von ihnen. Waren meine ersten Erinnerungen an das Leben Luise Heuslers nicht in seinem Haus aufgetaucht? Mochte ich auch nur eine vage Hoffnung hegen, dass er Marlies heilen konnte, etwas anderes fiel mir nicht ein. Zumal weder Marlies noch ich genügend Geld besaßen, um eine andere ärztliche Kapazität zu bezahlen.

Karl servierte mir einen Schokoladenlikör, und ich wartete, bis die eigentümliche Musik der Glasharmonika verklang. Kurz darauf hörte ich Schritte und Stimmen, eine männliche, die Mesmer gehörte, und die Stimme einer Frau.

»Nein, nein, mein Lieber«, flötete sie. »Ich bin einfach zu neugierig und fest entschlossen, Ihr kleines Geheimnis jetzt aufzudecken.«

Die Tür wurde geöffnet, Mesmer und seine Begleiterin traten ein. Beim Anblick der Frau beschlich mich ein seltsames Gefühl, so, als wären wir uns schon einmal begegnet. Es musste eine Täuschung sein, denn das ebenmäßige, zweifellos schöne, aber für meinen Geschmack mit entschieden zu viel Rouge getünchte Gesicht war mir fremd. Ihrem Auftreten und ihrer ganzen Aufmachung nach war sie entweder sehr wohlhabend oder mit einem reichen Mann liiert. Ihr Kleid mit dem übermäßig ausladenden Reifrock, der gerade eben durch die Tür passte, war mit silbernen und goldenen Stickereien überzogen, und in das

hoch getürmte, weißblonde Haar waren in gewiss mühevoller Arbeit farbige Bänder und Schleifen geflochten.
»So also sieht Ihr Geheimnis aus, mein lieber Doktor«, sagte sie affektiert und schlug Mesmer spielerisch mit ihrem bunten Fächer. »Und vor aller Welt tun Sie so, als würden Sie das Wort Laster nicht einmal kennen!«
Mesmer wirkte peinlich berührt, hatte sich aber schnell wieder in der Gewalt. »Sie irren, Gräfin. Fräulein Heusler ist eine Patientin von mir, so wie Sie.«
Die Gräfin bedachte ihn mit einem übertriebenen Augenaufschlag. »Sie schwindeln! Sie haben mir erzählt, Sie hätten keine anderen Patienten neben mir.«
»Das hat er mir auch erzählt«, sagte ich und stand auf. »Offenbar gehört es zur Behandlungsmethode des Doktors, jeder Patientin das Gefühl der Einzigartigkeit zu vermitteln.«
Sie musterte mich, als nehme sie mich gerade erst zur Kenntnis, und sagte dann zu Mesmer: »Eine kluge kleine Patientin haben Sie da, Doktor. Aber ich sehe, dass Ihnen unsere unerwartete *ménage à trois* unangenehm ist, also weiche ich den Umständen.«
Sie rauschte hinaus auf den Flur, wo Karl sie in Empfang nahm, um sie zur Haustür zu geleiten.
Ich starrte ihr nach und fragte Mesmer statt einer Begrüßung: »Wer war denn das?«
»Gräfin Mansfeld ist erst seit kurzem meine Patientin.«
»Ich dachte, Sie praktizieren nicht mehr.«
»Seit Hüfenreuther Sie zu mir gebracht hat, gilt das nicht mehr.«
»Dann ist die Gräfin auch ein medizinischer Sonderfall?«

»Weniger. Ihr Ohrensausen mag für sie lästig sein, ist aber nicht geeignet, in der medizinischen Fachwelt Aufsehen zu erregen.«

»Ohrensausen?« Ich ahmte den gezierten Tonfall der Gräfin nach. »Ist das ein Fall für den berühmten Dr. Mesmer?«

»Nein, aber für den berüchtigten.«

»Jetzt verwirren Sie mich, Doktor.«

»Die Gräfin ist eine einflussreiche Persönlichkeit in der Wiener Gesellschaft. Ihr Gemahl hatte eine hohe Stellung bei Hofe. Seitdem sie Witwe ist, hat die Gräfin es verstanden, ähnlich einflussreich zu bleiben, indem sie zahlreiche Kontakte pflegt. Man sagt, wen sie mag, den mag auch Wien. Sie verstehen?«

Ich verstand. Der Wunsch der Gräfin, von Mesmer behandelt zu werden, hatte ihn Morgenluft wittern lassen, und er hoffte, vom allseits Verfemten zum Liebling der Gesellschaft aufzusteigen.

»Außerdem habe ich wieder Spaß am Praktizieren gewonnen, seit Sie herkamen«, fuhr er fort. »Und in den letzten Tagen hatte ich leider nicht das Vergnügen Ihres Besuches.«

Der Vorwurf in seinen Worten war nicht zu überhören.

Ich wollte nicht mit ihm streiten und sagte deshalb bewusst heiter: »Sie sind eben ein zu guter Arzt, um eine Patientin länger an sich zu binden.«

Er trat auf mich zu und legte seine Hände auf meine Schultern. »Luise, soll das heißen, Sie haben Ihre Erinnerung zurückgewonnen?«

»Weitestgehend, ja.«

Eben noch hatte Mesmer sehr erfreut ausgesehen, doch schlagartig wurde er wieder ernst. »Und der Tod Ihrer Schwester? Wissen Sie jetzt, weshalb Josefine Sie am Tag ihrer Ermordung aufsuchen wollte?«

»Nein«, gestand ich. »Das ist einer der wenigen Punkte, die noch im Dunkeln liegen. Aber vielleicht habe ich es nie gewusst.«

»Gemeinsam könnten wir es herausfinden«, schlug Mesmer vor.

»Ich fürchte, dazu bleibt mir im Augenblick keine Zeit, Doktor. Schikaneder überhäuft mich geradezu mit Arbeit.«

Ich bemerkte die Enttäuschung in seinem Gesicht, als er fragte: »Dann ist das also nur ein Höflichkeitsbesuch?«

»Nicht nur«, erwiderte ich und erzählte ihm von Marlies. Er hörte geduldig zu und sagte dann: »Dass ich Sie und die Gräfin Mansfeld behandelt habe, heißt nicht, dass ich meine Praxis für jedermann eröffne. Zum Glück bin ich nicht auf die mühsam angesparten Kreuzer Ihrer Kollegin angewiesen.«

»Ich hatte eigentlich erwartet, Sie würden Marlies ohne Bezahlung behandeln.« Ich berichtete ihm von Marlies' Reinfall mit dem so genannten Spezialisten. »Jetzt hat sie kaum noch Geld.«

Mesmer rümpfte die Nase. »So sind sie, unsere hoch angesehenen Mediziner. Sie verteufeln jede kühne Theorie und jede neue Methode, verschließen sich dem wissenschaftlichen Fortschritt und sind dann noch so frech, Hilfe suchenden Menschen mitzuteilen, ihre Krankheit sei ein unabwendbares Schicksal!«

»Ja, und deshalb sind Sie die letzte Hoffnung für Marlies.«
»Tut mir Leid, aber im großen Rahmen möchte ich nicht praktizieren. Wenn sich das herumspricht, jagt man mich wie einen streunenden Hund aus der Stadt. Ich kann dieser Marlies nicht helfen.«
»Das hat sie auch gesagt.«
Er stutzte. »Wieso?«
»Marlies hält Sie für einen Scharlatan, Doktor, für einen Prahlhans und Geldschneider.« Ich übertrieb absichtlich, um seinen Ehrgeiz anzustacheln. »Sie sagt, Sie könnten ihr Augenleiden ebenso wenig heilen wie ein beliebiger Mann von der Straße.«
»So, das sagt sie?«
»Ja.«
»Na, dann schicken Sie die Dame mal vorbei, damit ich sie eines Besseren belehren kann! Wenn schon die Ärzteschaft mich verlacht, will ich meinen guten Ruf wenigstens bei den kleinen Leuten retten.«
»Danke, Doktor.« Ich zierte mich ein wenig, nicht ohne eine Prise Schauspielerei, und sagte dann zaghaft: »Da ist aber noch ein kleines Problem.«
»Und das wäre?«
»Wegen der vielen Arbeit, die wir zur Zeit haben, könnte Marlies nur spätabends zu Ihnen kommen.«
»Na und?« Er zuckte mit den Schultern. »Der animalische Magnetismus wirkt zu jeder Tages- und Nachtzeit. Soll sie also am Abend kommen.«
Ich setzte eine zweifelnde Miene auf. »Schikaneder ist ein sehr strenger Mann, was die Einhaltung seiner Hausge-

setze betrifft. Marlies fürchtet um ihre Stelle, wenn sie abends zu spät zum Freihaus zurückkehrt. Da habe ich gedacht, ob Karl sie vielleicht mit der Kutsche fahren könnte, damit alles ein wenig schneller geht.«
Mesmers anfangs umwölkte Stirn glättete sich, und das Zucken seiner Mundwinkel verriet, dass die Sache anfing, ihn zu amüsieren.
»Nun gut«, sagte er in einem Ton, als müsste er sich dazu durchringen. »Ich schicke Karl. Aber Sie und Ihre Kollegin halten den Mund über die Sache, versprochen? Sonst heißt es noch, ich hätte Patienten so nötig, dass ich meinen Diener losschicke, sie einzufangen.«

Als ich Marlies das Ergebnis der Unterredung mitteilte, war sie einerseits froh, andererseits spürte ich bei ihr ein unausgesprochenes Unbehagen. Ich konnte ihr deshalb nicht böse sein. Als mir in Mesmers Haus zum ersten Mal bewusst geworden war, mit wem ich es zu tun hatte, waren meine Gefühle ähnlich gewesen. Es lag wohl in der Natur des Menschen, dass alles Fremde ihn mit Furcht erfüllte.
Tapfer stieg Marlies in die Kutsche, als Karl sie am Abend nach meinem Besuch bei Mesmer abholte. Um kein Aufsehen im Freihaus zu erregen, wartete Karl am Rande des Marktes, dessen Stände zu der späten Stunde bereits geschlossen waren. In einen alten Mantel gehüllt und mit tief ins Gesicht gezogener Kapuze, machte Marlies sich auf den Weg. Für mich bedeutete das noch mehr Arbeit, aber das nahm ich gern auf mich. Zumal sich bald herausstellte, dass es einfacher und schneller ging, einen Teil von

Marlies' Aufgaben gleich selbst zu erledigen, als später ihre Fehler auszubügeln.
Als ich eines Mittags im strahlenden Sonnenschein zu der im Freihaus gelegenen Gastwirtschaft »Zum goldenen Fassl« ging, wo fast alle Mitglieder aus Schikaneders Truppe einkehrten, erhob der Theaterdirektor sich von einer der draußen aufgestellten Bänke und winkte mich zu sich heran. An seinem Tisch saßen die hervorragendsten Schauspieler des Freihaustheaters, und er stellte mich ihnen vor, um anschließend meine Arbeit zu loben.
Dann bestellte er gebratene Hechtrollen für mich – nach seinen Worten »das Beste, was unser Wirt heute aufzutischen hat« – und sagte: »Mir ist nicht entgangen, wie hart Sie in den vergangenen Tagen gearbeitet haben, Luise.«
»Hauptsache, Sie sind mit dem Ergebnis zufrieden.«
»Mehr als das. Aber Sie sollten sich nicht zu sehr anstrengen. Wahrscheinlich kommen Sie vor lauter Arbeit kaum einmal dazu, sich eins unserer Stücke anzusehen.«
Ich musste ihm gestehen, dass ich noch kein einziges gesehen hatte.
»Dann wird es aber Zeit. Heute Abend ist einer der besten Plätze für Sie reserviert. Und lassen Sie Arbeit Arbeit sein, ja? Es lohnt sich, wir geben eine komische Oper, die ich geschrieben habe: ›Anton bei Hofe oder das Namensfest.‹ Es lohnt sich wirklich. Übrigens, ich selbst singe die Titelrolle!«

An diesem Abend kam ich erstmals dazu, das Kernstück des Theaters, für das ich seit fast zwei Wochen arbeitete, ausführlich zu betrachten. Den Ort, an dem Mozart erst-

mals seine »Zauberflöte« aufgeführt hatte – nein, demnächst erst aufführen würde.
Eine beeindruckende, zwölf Meter tiefe Bühne lag vor dem mit Holz verkleideten Zuschauerraum, der an die achthundert Personen fasste. Das einfache Volk saß in zwei Parketts, das wohlhabendere Publikum in zwei Logenrängen. Ich rechnete es Schikaneder hoch an, dass er für mich einen Logenplatz reserviert hatte. Für so einen Platz in einer kleinen Loge, die vier Personen fasste, musste man üblicherweise zwei Gulden und dreißig Kreuzer bezahlen, für mich immerhin ein Wochenlohn. Mich wunderte, dass die drei anderen Plätze frei blieben, während sich die Logen rings herum und die Parketts unter mir zusehends füllten.
Emanuel Schikaneder in der Rolle des Anton war für die Leute ein Ereignis, wie ich den aufgeschnappten Gesprächsfetzen entnahm. Es war bereits das fünfte Stück einer beliebten Opernserie, in der Schikaneder den Naturburschen Anton spielte, der sich mit Mutterwitz und Bauernschläue gegen Obrigkeit und Mitmenschen durchsetzte. Angefangen hatte es im Juli 1789, als Schikaneder das Theater übernommen und neu eröffnet hatte. Er hatte viel Geld investiert und brauchte einen schnellen Erfolg, um nicht im Schuldenberg zu versinken. Wissend, dass die Wiener für derbe Späße stets zu haben waren, schrieb er das Stück »Der dumme Gärtner im Gebürg oder Die zween Anton« mit sich selbst in der Hauptrolle. Eine Anton-Oper folgte auf die andere, und immer klingelte die Kasse. Umso mehr verwunderte mich Marlies' Aussage, Schikaneder befinde sich in finanziellen Schwierigkeiten.

Konnte er es sich da leisten, eine ganze Loge für mich allein freizuhalten?
Während ich mich das noch fragte, betraten drei Herren die Loge, vorneweg niemand anderer als Mozart. Als er mich erkannte, war er überrascht und sagte lächelnd: »Unser Schikaneder gibt nicht nur auf der Bühne den gewitzten Anton, auch im wirklichen Leben hat er den Schalk im Nacken. Er hat mir nicht verraten, dass Sie hier sind, Fräulein Luise. Aber er hat darauf bestanden, dass ich heute ins Theater komme. Er schrieb mir, ich würde hier jemanden treffen, der mir gewiss ein wenig Ablenkung verschaffen könne.«
»Ablenkung wovon?«, fragte ich.
Die Antwort gab einer seiner Begleiter, ein Mittfünfziger in zwar schlichter, aber aus teuren Stoffen genähter Kleidung: »Von der Aufregung daheim. Frau Konstanze Mozart war gesundheitlich etwas angeschlagen und deshalb zur Kur in Baden. Das ist nur wenige Tage her, und jetzt erwartet sie jede Stunde ihr sechstes Kind.«
Ich erinnerte mich, dass Mozart mehrfacher Vater gewesen war, doch fast alle seine Kinder waren im Säuglingsalter gestorben.
»Vielleicht sollte ich lieber bei ihr sein anstatt mich hier zu amüsieren, Baron«, meinte Mozart.
»Wenn man Ihrer Gattin glauben darf, Bruder Mozart, haben Sie Ablenkung nötiger als Frau Konstanze Ihren Beistand.«
»Vermutlich haben Sie Recht«, seufzte Mozart, »und der kleine Franz Xaver Wolfgang wird da sein, ehe wir's uns versehen.«

Der dritte Mann, vom Äußeren her wohl die auffälligste Erscheinung, fragte: »Woher wissen Sie, dass es ein Junge wird, Mozart?«

Der Komponist blickte zu seinem viel größeren Begleiter auf. »Ich hab's kürzlich erst geträumt.«

Mozart stellte uns vor. Der Mann, den er mit Baron angesprochen hatte, war, mit Mozarts Worten, »Gottfried van Swieten, Präfekt der Hofbibliothek, Präses der Studien- und Bücherzensur-Hofkommission sowie königlicher St. Stephansritterkommandeur«. Auf Nachfragen bekam ich heraus, dass Baron van Swieten so etwas war wie der kaiserliche Kultusminister, was mich nicht wenig beeindruckte.

Ich kannte den Namen zwar aus Mozart-Biographien, wusste aber nur, dass er ein wohlhabender, einflussreicher Förderer Mozarts war.

Der andere Begleiter Mozarts stach durch sein Äußeres gleich zweifach hervor. Seine Hautfarbe war dunkel, um nicht zu sagen schwarz, und man erklärte mir, er komme aus Afrika. Wie um diesen Umstand zu unterstreichen, hatte er sich einen weißen, goldbetressten Rock angezogen. Auf dem Kopf trug er eine Art Turban, ebenfalls reich verziert. Diese Kopfbedeckung ließ ihn größer erscheinen als er in Wirklichkeit war. Zu einem ebenmäßigen Körperbau gesellte sich ein männliches und zugleich fein geschnittenes, anziehendes Gesicht. Insgesamt ein Mann, von dem Frauen insgeheim träumen. Ich schätzte sein Alter auf höchstens fünfzig und war sehr erstaunt, als ich später erfuhr, dass er die Sechzig längst überschritten hatte.

»Herr Angelo Soliman, in den Künsten und Wissenschaften allseits gebildet«, verkündete Mozart.
Soliman verneigte sich vor mir, küsste meine Hand und sagte mit einem breiten Lächeln: »In Wien nennt man mich auch Negerprinz.«
Es waren drei sehr interessante Männer, zu denen Schikaneder mich, die kleine Putzmacherin, gesetzt hatte. So interessant, dass ich ihnen mehr Aufmerksamkeit schenkte als dem tolldreisten Tun des »Anton bei Hofe« unten auf der Bühne. Immerhin bekam ich mit, dass Schikaneder, obschon kein großer Sänger, eine naiv-komische Begabung hatte, die das Publikum mitriss und ihn zu einem mehr als geeigneten Papageno in der »Zauberflöte« machte.
Verstohlen blickte ich immer wieder zu Mozart, van Swieten und Soliman, und mehr als einmal hatte ich das Gefühl, dass sie mich genauso verstohlen und interessiert musterten wie ich sie. Wenn sich unsere Blicke trafen, schlugen wir schnell die Augen nieder oder lächelten verlegen. Fast wie Schulkinder, die langsam erwachsen werden und beginnen, mehr als kindliche Neugier füreinander zu empfinden. Aber eine zarte Liebschaft bahnte sich hier wohl kaum an. Was war es dann, das mich für drei so angesehene Herren interessant machte? Mir fiel kein einziger Grund ein, weshalb sie für Luise Heusler aus Kirchberg mehr als einen kurzen Blick übrig haben sollten.
Aber war es nicht schon bei meinen früheren Begegnungen mit Mozart so gewesen, als bestünde eine geheime Verbindung zwischen uns? Damals hatte ich es als Einbildung abgetan, doch jetzt dachte ich ernsthaft darüber nach.

Hatte es etwas mit dem mir noch immer rätselhaften Grund zu tun, aus dem ich mich im Jahr 1791 befand? Tief in diese Gedanken versunken, nahm ich nicht gleich wahr, als jemand fragend meinen Namen flüsterte. Im Logenzugang stand einer der Jungen, die Schikaneder für ein geringes Entgelt als Platzanweiser angestellt hatte.

»Sie sind Fräulein Heusler, nicht?«, fragte er unsicher.

»Das bin ich, ja. Was ist denn?«

»Draußen ist ein Herr, der Sie dringend sprechen möchte, Fräulein.«

»Wer?«

»Seinen Namen habe ich mir nicht gemerkt, aber er ist von der Polizei.«

Ich brauchte keinen Namen, um zu wissen, dass es sich um Unterkommissär Kneifl handelte.

»Was will er von mir?«, fragte ich, während ich mich erhob.

»Er sagt, es ist etwas Schlimmes geschehen.« Der Junge machte eine hilflose Geste. »Mehr weiß ich nicht, Fräulein.«

»Ist gut, ich komme.«

Mozart, Soliman und van Swieten standen ebenfalls auf, aus Höflichkeit, wie ich annahm. Doch zu meiner Überraschung schickten sie sich an, mich zu begleiten.

»Sehen Sie sich die Aufführung ruhig zu Ende an«, sagte ich. »Ich glaube, ich kenne den Herrn von der Polizei.«

Die drei verständigten sich durch kurze Blicke, dann erklärte Mozart: »Wir sehen den ›Anton bei Hofe‹ nicht zum ersten Mal, wir wissen, wie das Stück ausgeht. Wenn tatsächlich etwas Schlimmes geschehen ist, brauchen Sie unseren Beistand nötiger als der gute Schikaneder, der ohnehin allseits bejubelt wird. Erlauben Sie uns also, mit Ihnen zu kommen, Luise!«

Ich wusste nicht, was ich dagegen hätte einwenden sollen. Also folgte ich in Begleitung dreier Herren dem Platzanweiser nach draußen auf den Gang, wo tatsächlich Kneifl auf mich wartete, gestützt auf seinen unvermeidlichen Stock. Verwundert musterte er meine Begleiter, und seine Verwunderung stieg noch, als er Baron van Swieten erkannte.

Kneifl zog seinen Hut, nahm regelrecht Haltung an und stammelte: »Herr Baron, ich wusste nicht, dass Sie …«

Mit einer knappen Handbewegung brachte van Swieten ihn zum Schweigen. »Um was geht's denn?«

Zweifelnd wanderte Kneifls Blick von einem zum anderen. Es war offensichtlich, dass er sich in der Gegenwart eines hohen kaiserlichen Beamten unwohl fühlte. Er fingerte an seinem zu engen Kragen herum und sagte: »Es ist wohl besser, hier im Theater kein Aufsehen zu erregen. Draußen, vor den Toren des Freihauses, können Sie sehen, was passiert ist.«

Während wir ihm nach draußen folgten, beschlich mich eine unheilvolle Ahnung, und ich hatte keinen Sinn mehr für die Schönheit dieses warmen Juliabends. Die Straßen und Plätze des Freihauses waren angefüllt mit lachenden, singenden und musizierenden Menschen, eine ausgelassene, fröhliche Atmosphäre lag über dem Ort. Eine Atmosphäre, die im krassen Gegensatz zu meinem Befinden stand. Auch wenn ich nicht wusste, was sich ereignet hatte, ich ahnte, dass es mich hart treffen würde. Mit jedem

Schritt wurden meine Beine schwerer, und ein flaues Gefühl breitete sich in mir aus. Zweimal musste ich stehen bleiben, um nach Luft zu ringen.

Beim zweiten Mal sagte Mozart: »Herr Kommissär, Sie sehen doch, wie anstrengend die Angelegenheit für Fräulein Heusler ist. Ich halte es für besser, Sie sagen uns einfach, was geschehen ist.«

Ich riss mich zusammen und bemühte mich um eine feste Stimme: »Nein, ich komme mit. Ich will es *sehen!*«

Mozart blickte mich besorgt an. »Sind Sie sicher, Luise?«

Ich nickte nur und setzte den Weg fort. Die vier Männer hatten keine andere Wahl, als ebenfalls weiterzugehen.

Wir ließen das Freihausgelände hinter uns und überquerten den fast menschenleeren Markt, der jetzt, wo die Stände geschlossen waren, einen unheimlichen Eindruck auf mich machte. Die Bretterbuden erschienen mir wie mysteriöse Wesen, Kreaturen der Nacht, die mich belauerten, bereit, jederzeit über mich herzufallen. Nur nicht hysterisch werden, sagte ich zu mir selbst. Es wäre mir peinlich gewesen, vor meinen Begleitern zusammenzubrechen.

Kneifl steuerte auf eine Gruppe von Marktständen zu, zwischen denen Leute standen, die erregt miteinander sprachen. Einige von ihnen trugen Uniform und hielten ein paar Neugierige in Zivil davon ab, einem bestimmten Fleck zu nahe zu kommen, an dem etwas auf dem Boden lag. Dieses Etwas entpuppte sich bei näherem Hinsehen als ein zusammengekrümmter menschlicher Körper.

Der Mund war wie zu einem letzten Schrei geöffnet, und ich stellte beinahe erleichtert fest, dass die Zunge nicht herausgeschnitten war. Die Kehle allerdings war auf die-

selbe Art durchgeschnitten wie bei Josefine, und ein kleiner Teich aus Blut hatte sich um die Leiche gebildet.
Ich weiß nicht, wie lange ich dastand und fassungslos auf die Tote hinabblickte. Eine Frage hämmerte wieder und wieder in meinem Gehirn: Was konnte Marlies getan haben, dass man sie auf so grausame Art umbrachte?

Kapitel 11

Diese Marlies hat also mit Ihnen zusammen als Putzmacherin im Theater gearbeitet, Fräulein Heusler. Können Sie mir sagen, weshalb sie auf ähnliche Weise getötet wurde wie Ihre Schwester?« Das fragte mich Kneifl eine halbe Stunde später, als wir mit Mozart, Soliman und van Swieten in einem Hinterzimmer des »Goldenen Fassl« saßen und einen stärkenden Kaffee tranken.

Statt zu erwidern, dass ich keine Antwort wusste, stellte ich eine Gegenfrage: »Ist das der Grund, weshalb Sie mich zu der Leiche geholt haben?«

»Ja, die Parallelen der beiden Todesfälle liegen auf der Hand. So viele durchgeschnittene Kehlen in einem Monat haben wir nicht in Wien.«

»Und woher wussten Sie, wo ich zu finden bin?«

Kneifl lächelte müde. »Die Polizei weiß alles.«

»Dann sagen Sie mir, warum Josefine und Marlies sterben mussten!«, forderte ich. »Und wer es getan hat!«

»Das weiß ich leider noch nicht«, gab er etwas kleinlaut zu. »Aber ich werde es herausfinden. Und ich hoffe, Sie können mir dabei helfen.«

»Was kann ich tun?«
»Erzählen Sie mir alles, was Sie über die Tote wissen.«
Das tat ich und berichtete auch, welches Arrangement ich bezüglich Marlies mit Dr. Mesmer getroffen hatte.
Als ich geendet hatte, veränderte sich Kneifls sonst eher gutmütig wirkende Miene. Der Polizist sah aus wie ein Spürhund, der Witterung aufgenommen hat. »Dr. Mesmer ist immer mit von der Partie, wie?«
Ich fragte ihn, was er damit meine.
»Die Tote kam geradewegs von Mesmer, wie es scheint. Und der Doktor war auch im Prater, als man Sie überfallen hat.«
»Ein Überfall im Prater?«, rief Angelo Soliman aus, und van Swieten forderte Kneifl auf, darüber zu berichten.
Der Unterkommissär ließ sich nur ungern von dem Mord an Marlies ablenken, aber van Swieten hatte zu großen Einfluss bei Hofe, als dass man seinen Wunsch hätte ignorieren dürfen. Also erzählte Kneifl und schloss: »Ich halte es zumindest für auffällig, dass Dr. Mesmer mit jedem dieser Vorfälle zu tun hat, wenn auch scheinbar nur indirekt.«
»Das stimmt doch nicht«, widersprach ich. »Als Josefine ermordet wurde, war er nicht in der Nähe. Und es gibt auch sonst keinen Hinweis darauf, dass er meine Schwester gekannt hat. Er hätte es mir sicher erzählt.«
»Wirklich, ist Ihr Vertrauen in diesen seltsamen Arzt so groß?« Kneifl lächelte dünn. »Vielleicht kannte er Ihre Schwester doch und hatte seine Gründe, es Ihnen zu verschweigen. Selbst wenn nicht, eine Verbindung zum Mord an Ihrer Schwester gibt es, Fräulein Heusler: Sie!«

»Sie sind auf dem Holzweg, Herr Unterkommissär. Ich habe Mesmer erst nach dem Mord an meiner Schwester kennen gelernt.«

»Ja, aber in einem engen Zusammenhang mit diesem Vorfall, einem Zusammenhang, der nicht nur zeitlicher Natur ist. Der Mord ließ Sie Ihr Gedächtnis verlieren, und deshalb brachte ...« Kneifl zog ein kleines, schmales Buch aus seiner Tasche und blätterte darin. »Ja, Dr. Hüfenreuther, so heißt er. Also, Hüfenreuther brachte Sie zu Mesmer.«

»Woher wissen Sie das?«, entfuhr es mir.

»Auch wenn ich die Mörder noch nicht kenne, heißt das nicht, dass ich untätig bin.« Der Polizist steckte sein Büchlein wieder ein und blickte in die Runde. »Ich habe zwar nichts Konkretes gegen Mesmer in der Hand, aber seine zumindest mittelbare Nähe zu jeder Tat lässt ihn verdächtig erscheinen.«

»Dann können Sie auch mich verdächtigen!«, rief eine Stimme aus Richtung der gerade geöffneten Tür. Emanuel Schikaneder betrat den Raum und grüßte mit einem knappen Nicken in die Runde. »Ich habe eben erst erfahren, was geschehen ist. Schrecklich, die arme Marlies!«

»Herr Schikaneder, nicht wahr?«, erkundigte sich Kneifl. »Ich habe Sie zwar schon auf der Bühne gesehen, aber ohne Kostüm wirken Sie anders.«

»Ein zweifelhaftes Kompliment«, grinste Schikaneder, zog sich einen Stuhl heran und setzte sich neben mich.

»Warum sollte ich Sie verdächtigen?«, fragte Kneifl den Theaterdirektor.

»Die ermordete Josefine Heusler hat für mich als Putzmacherin gearbeitet, genau wie Marlies.«

Kneifl sah Schikaneder skeptisch an. »Aber Fräulein Luise Heusler stand noch nicht in Ihren Diensten, als sie am 6. Juli im Prater überfallen wurde. Oder irre ich mich da?«
»Am 6. hatte ich Fräulein Luise soeben kennen gelernt«, erklärte Schikaneder und rief laut nach dem Wirt, bevor er fortfuhr: »Zwei Tage später habe ich ihr das Angebot gemacht, für mich zu arbeiten, und am 9. hat sie es angenommen.«
Der Wirt kam, und Schikaneder bestellte ein großes Bier, eine Hühnerlebersuppe und eine Kalbsbrust mit Stachelbeeren.
Mozart sah ihn befremdet an. »Dass du jetzt etwas essen kannst, Schikaneder!«
»Wieso?«, fragte mein Dienstherr unschuldig. »Wenn ich auf der Bühne gestanden habe, bin ich immer hungrig wie ein Wolf. Frag den Wirt, der kennt das schon.«
Der Wirt, der gerade den Raum verlassen wollte, nickte müde.
Schikaneder warf Kneifl einen herausfordernden Blick zu. »Wie steht es, Herr Kommissär, sind Sie jetzt geneigt, mich zu verdächtigen?«
»Unterkommissär, bitte«, kam es missmutig von dem Polizisten. »Wieso legen Sie so großen Wert darauf, dass ich Sie verdächtige, Herr Schikaneder?«
»Das tu ich ganz und gar nicht. Ich möchte Ihnen nur klar machen, wie unsinnig Ihr Verdacht gegen Mesmer ist. Ich stand mit den Toten, respektive stehe mit der zum Glück noch unter uns weilenden Luise, in genauso enger oder loser Verbindung wie er. Oder wie Mozart.«

Der Komponist fuhr zusammen. »Ich? Wie kannst du so etwas sagen, Schikaneder?«

»Stimmt es denn nicht?«, meinte Schikaneder. »Alle drei Frauen haben Hüte und Hauben für unser neues Stück angefertigt, ›Die Zauberflöte‹. Also standen sie auch mit dir in Verbindung, Mozart.«

Der Komponist warf seinem Freund einen griesgrämigen Blick zu. »Zwei Frauen sind tot, da solltest du keine Späße treiben. Ebenso gut könntest du Seine Majestät den Kaiser verdächtigen, weil alle drei Frauen in seiner Hauptstadt leben – oder lebten.«

Van Swieten, der interessiert zugehört hatte, erhob seine Stimme: »Meine Herren, so kommen wir nicht weiter! Der Unterkommissär Kneifl wird das Richtige tun, dessen bin ich mir sicher.«

»Ja, nur was?«, brummte Schikaneder, bevor er seinen Bierkrug mit einem Zug zur Hälfte leerte.

»Zunächst möchte ich Fräulein Luise raten, sehr auf sich Acht zu geben«, sagte Kneifl. »Das scheint mir im Augenblick das Drängendste zu sein.«

»Befürchten Sie einen weiteren Überfall auf das Fräulein?«, fragte der Baron.

»Ich dachte, das sei klar!« Kneifl sah in die Runde und heftete seinen Blick anschließend auf mich. »Es spricht alles dafür, dass die Putzmacherin Marlies Opfer einer Verwechslung wurde. Spätestens seit dem Zwischenfall im Prater dürften unsere unbekannten Täter von der Verbindung zwischen Fräulein Heusler und Dr. Mesmer wissen. Diese Theorie geht übrigens davon aus, dass Mesmer nicht an dem Komplott beteiligt ist.« Kneifl blickte kurz zu Schikaneder hinüber und fuhr dann fort: »Nehmen wir weiter an, die Mörder wissen, dass Fräulein Heusler jetzt im Freihaus wohnt. Mussten sie aus dem Umstand, dass allabendlich eine Frauensperson in Mesmers Equipage vom Freihaus zu Mesmers Haus und zurückbefördert wurde, nicht schließen, dass es sich bei dieser Person um Fräulein Heusler handelt?«

Betretenes Schweigen breitete sich aus, und ich war erstaunlicherweise die Erste, die wieder Worte fand: »Das könnte gut sein. Um nicht erkannt zu werden, hat Marlies sich regelrecht vermummt. Und dann noch die dunkle Nacht, da könnte man sie leicht mit mir verwechselt haben.«

»Warum hat man Marlies dann getötet?«, fragte van Swieten. »Spätestens als ihr Mörder über sie herfiel, muss er erkannt haben, dass er sich täuschte.«

»Dafür gibt es zwei Erklärungen«, antwortete Kneifl. »Nummer eins: Der Mörder kannte Fräulein Heusler gar nicht, sondern hatte nur den Auftrag, die Frau zu töten, die aus Mesmers Kutsche stieg. Aber das glaube ich nicht.«

»Wieso nicht?«, unterbrach der Baron.

»Weil ich nicht glaube, dass überhaupt ein Mordauftrag vorlag. Schon im Prater sah es so aus, als sollte Fräulein Heusler lediglich verschleppt werden.«

»Kein Mordauftrag?« Van Swietens Stimme überschlug sich fast. »Aber die Frau, die wir auf dem Markt gesehen haben, war unzweifelhaft tot! Ihre Kehle war durchgeschnitten wie bei einem Stück Vieh, das man ausbluten lassen will.«

Kneifl wirkte wie ein Lehrer, der sich gegenüber seinen un einsichtigen Schülern zu höchster Geduld zwingen musste. »Da sind wir bei meiner zweiten Erklärung, der ich größere Wahrscheinlichkeit beimesse. Falls man Fräulein Heusler heute Abend nur verschleppen wollte, muss es den oder die – ich glaube an mehrere – Übeltäter sehr erschreckt haben, sich plötzlich dieser Marlies gegenüberzusehen. Was sollten die Männer tun? Einfach umkehren? Marlies hätte sie vielleicht verraten, einen wichtigen Hinweis geben können. Also hat man sie zum Schweigen gebracht, für immer. In gewisser Weise handelt es sich um einen Unfall.«

»Unfall?«, fragte Schikaneder, der soeben seine Suppe bekommen hatte, schmatzend. »Na, ich würde mich für so einen Unfall bedanken!«

»Aus Sicht der Täter, meine ich. Sie hatten gar keinen Mord geplant. Jetzt mussten sie einen verüben und haben ihr Ziel trotzdem nicht erreicht.«

»Dann kann ich ja einigermaßen beruhigt sein«, warf ich ein.

Fünf Augenpaare blickten mich über alle Maßen verwundert an, und Schikaneder sagte: »Sie sollten sich besser zu Bett begeben, Luise. Das alles ist wohl zu viel für Sie gewesen.«

Mozart begann plötzlich zu lächeln. »Nein, ich glaube, Fräulein Luise weiß genau, was sie sagt. Wenn die Annahme des Herrn Unterkommissärs stimmt, schwebt sie nicht in Lebensgefahr. Obwohl es auch nicht schön ist, verschleppt zu werden. Wer immer diese Kerle sind, sie wollen sicher mehr als eine Tasse Kaffee mit Fräulein Luise trinken.«

hleppen, aus meinem Theater?«, schnaubte der und warf mir einen aufmunternden Blick zu. l nur jemand versuchen! Ich werde gleich morgen e ganze Truppe zusammenrufen und zu höchster W samkeit anhalten. Mehr noch, wer einen von den Übeltätern erwischt, erhält von mir fünf Gulden als Belohnung!«

Als unsere Runde sich auflöste, ermahnten mich alle zu höchster Vorsicht. Schikaneder begleitete mich zu meiner Wohnung und bestand darauf, für diese Nacht eine Wache vor meinem Zimmer zu postieren. Ein junger Kulissenbauer, den sie Alois riefen, wurde dazu abgestellt. Ich war Schikaneder dankbar für seine Fürsorge, glaubte aber nicht, dass die geheimnisvollen Unbekannten ausgerechnet in dieser Nacht, in der das ganze Freihaus mit seinen fast tausend Bewohnern durch den Mord aufgescheucht war, noch einmal zuschlagen würden.

Dem wachsamen Alois zum Trotz fand ich kaum Schlaf. Nicht aus Angst davor, verschleppt zu werden, sondern weil ich mir Vorwürfe wegen Marlies machte. Ich hatte sie dazu gebracht, sich von Mesmer behandeln zu lassen. Falls Kneifls Theorie, dass es sich um eine Verwechslung handelte und die Mörder es eigentlich auf mich abgesehen hatten, stimmte – und meiner Ansicht nach sprach einiges dafür –, hatte ich Marlies in den Tod geschickt. Nicht absichtlich, aber es stand dann außer Frage, dass sie ohne mich noch am Leben wäre.

Wenn ich die Augen fest schloss in der Hoffnung, endlich einzuschlafen, sah ich Mesmers prächtige Kutsche vor mir, die am Rande des nachtdunklen Marktes anhielt. Obwohl ich nicht dabei gewesen war, glaubte ich, alles genau so zu sehen, wie es sich abgespielt hatte. Marlies stieg aus, verabschiedete sich mit ein paar knappen Worten von Karl und tauchte in das Gewirr der leeren Marktstände ein, während hinter ihr die Kutsche wendete und davonfuhr. Das Rattern der Wagenräder und das Klappern der Hufe hallten bei Nacht besonders laut und verschluckten alle anderen Geräusche. So bemerkte Marlies die fremden Gestalten erst, als sie direkt vor ihr auftauchten.

Was mochte sie gedacht haben? Hielt sie die Männer für Zecher, die aus dem »Goldenen Fassl« kamen, oder für Marktverkäufer, die noch spät an ihren Ständen gearbeitet hatten?

Vermutlich zog sie die Kapuze tiefer ins Gesicht, um bloß nicht erkannt zu werden, und versuchte, den Männern auszuweichen. Die aber verstellten ihr den Weg, und aus einer unerwarteten nächtlichen Begegnung wurde für Marlies plötzlich eine drohende Gefahr. Sie spürte vielleicht, dass etwas Unheilvolles von diesen Männern ausging, konnte es aber nicht näher bestimmen. Wie auch, war sie doch gar nicht diejenige, auf die die Unbekannten es abgesehen hatten.

Falls Marlies überhaupt versucht hatte, ihnen zu entkommen, muss es ein hoffnungsloses Unterfangen gewesen sein. Die Chance, dass jemand auf dem verlassenen Markt ihre Hilfeschreie hörte, war nicht besonders groß. Und dann war es auch schon zu spät: Die Männer fielen über sie her, rissen sie zu Boden, wollten sie vielleicht fesseln und knebeln – und waren höchst überrascht, als sie Marlies' Gesicht unter der verrutschten Kapuze bemerkten. Vielleicht hatten sie sich beraten, was sie mit dem falschen Opfer anstellen sollten. Und Marlies hatte mit angehört, wie die Entscheidung fiel, ihr Leben zu beenden.

In meiner Vorstellung von der grässlichen Tat waren es wieder drei Männer gewesen. Zwei hielten Marlies fest, drückten ihr den Mund zu, als sie ihre Todesangst in die Nacht hinausschreien wollte. Sie rang nach Luft, sträubte sich, zappelte. Vergebens, den kräftigen Händen, die sie gepackt hielten, war sie nicht gewachsen. Und dann sah sie das Messer, das auf sie zukam, nicht hastig, eher ruhig, um mit einem tiefen, sauberen Schnitt durch ihre Kehle zu fahren.

Die Männer ließen von der Leblosen ab und blickten sich um. Alles war still. Totenstill. Seelenruhig wischte der Mörder das Blut von seiner Klinge, und ein paar rote Tropfen fielen auf den Boden, direkt neben die Schuhe mit den sternförmigen Spangen.

Kapitel 12

Das Blut, das vom Messer des Mörders zu Boden tropfte, verursachte in meinem Kopf ein heftiges Pochen, und nur langsam realisierte ich, dass jemand laut und beständig an meine Tür klopfte. Ich musste doch noch eingeschlafen sein, aber es war ein sehr unruhiger Schlaf gewesen, in dem mich immer wieder dieselben blutigen Bilder heimsuchten: Augen, die tot waren und mich dennoch anklagend anstarrten.

Die Augen gehörten einer Frau, die ein rotes Halsband trug. So sah es jedenfalls auf den ersten Blick auf. Bei genauerem Hinsehen stellte ich fest, dass es Blut war, was da rot glänzte. Ein tiefer, blutiger Schnitt in der Kehle, der Unterschied zwischen Leben und Tod. Dieses Bild sah ich vor mir, wieder und wieder, nur das Gesicht der Frau änderte sich. Mal gehörte es Marlies, dann wieder Josefine. Und selbst im Traum verfolgte mich das bedrückende Gefühl, dass ich beiden ungewollt den Tod gebracht hatte.

Im Moment meines Erwachens, als die Traumbilder sich auflösten und der Verstand einsetzte, fühlte ich mich so elend wie noch nie, seit ich im Wien des Jahres 1791 lebte.

Bislang hatte ich nur an mein eigenes Schicksal gedacht, hatte geglaubt, für mich gebe es keine größere Sorge als die, wie ich mich aus dem doppelten Gefängnis eines anderen Körpers und einer anderen Zeit befreien konnte. In dem Augenblick aber, als sich Bewusstsein und Unterbewusstsein für eine flüchtige Sekunde begegneten, geschah etwas Seltsames mit mir. Etwas, was man mit Begriffen wie »Geistesblitz«, »Erleuchtung«, »Eingebung« oder »Erkenntnis« bezeichnen mochte, und doch war es nichts von alledem. Ich konnte es nicht näher bestimmen, weil das Unterbewusstsein, diese reiche Schatzkammer des nicht präsenten Wissens, sich zurückzog und mich mit dem schalen Gefühl allein ließ, dass etwas zum Greifen nah gewesen, jetzt jedoch wieder Lichtjahre entfernt war.

Zurück blieb nur das Bewusstsein, dass ich selbst gar nicht das Wichtigste bei meinem mysteriösen Abenteuer war. Vielleicht war ich der Dreh- und Angelpunkt der ganzen Geschichte, was das – wie auch immer geartete – Interesse der ominösen Mörderbande an mir erklären würde. Aber es musste um etwas ganz anderes, etwas viel Größeres gehen. Etwas, gegen das eines einzelnen Menschen Schicksal so bedeutend war wie ein moderner Popsong gegen eine Komposition Mozarts.

»Luise, sind Sie da? Geht es Ihnen gut! So antworten Sie doch endlich, oder ich breche die Tür auf!«

Die Stimme – das war Mesmer! Für einen Augenblick glaubte ich, mich in seinem Haus zu befinden, aber das stimmte nicht. Ich war in dem kleinen Zimmer im Freihaus. Was tat Mesmer hier?

Mit noch vom Schlaf heiserer Stimme rief ich: »Ich bin gerade erst aufgewacht! Einen Augenblick, bitte!«
Da erst fiel mir auf, wie unnatürlich hell es für den frühen Morgen war, dass die durch mein kleines Fenster hereinfallende Sonne merkwürdig hoch über den Dächern des Freihauses stand. Ich hatte verschlafen, und das gleich um einige Stunden. In Anbetracht des hinter mir liegenden Abends und der späten Stunde, zu der ich erst Schlaf gefunden hatte, war das nicht verwunderlich. Aber was würde Schikaneder dazu sagen?
»Der ist Ihnen nicht böse«, erklärte Dr. Mesmer drei Minuten später, als ich mich hastig angezogen und ihm die Tür geöffnet hatte. »Im Gegenteil, er hat sogar veranlasst, man möge Sie unter keinen Umständen stören. Dieser Mann, der bis eben vor Ihrer Tür stand, hatte strikte Anweisung, jeden wegzuschicken. Ich musste Schikaneder regelrecht beknien, damit ich zu Ihnen durchgelassen wurde. Ich glaube, eine Audienz beim Kaiser ist leichter zu erwirken.«
»Was gibt es denn so Wichtiges?«
Erstaunt zog Mesmer seine dichten Brauen hoch. »Na, hören Sie mal, Luise! Eine meiner Patientinnen wird nächtens niedergemetzelt, und nach Meinung der Polizei sollte eigentlich eine andere meiner Patientinnen das Opfer der Mörder sein. Das ist bei insgesamt drei Patientinnen ein ziemlich besorgniserregender Schnitt. Finden Sie nicht?«
»Ich danke Ihnen, dass Sie sich um mich sorgen, Doktor, und deswegen hergekommen sind. Wie haben Sie es erfahren?«
»Dieser Polizist, Kneifl, war heute Morgen bei mir und

hat mich mit Fragen regelrecht gelöchert. Stellen Sie sich vor, er wollte sogar wissen, wo ich gestern Abend gewesen bin.«

»Und – wo waren Sie?«

»Zu Hause, ich habe gelesen.«

»In einem Buch über den animalischen Magnetismus?«

»Ja, woher wissen Sie das?«

»Ich habe geraten.«

Er stockte kurz, dann sagte er: »Ich weiß nicht, ob Kneifl mir geglaubt hat.«

»Er hält Sie für einen Mörder, zumindest für einen Verdächtigen.«

»Das ist wenigstens mal etwas Neues«, kicherte Mesmer in einem plötzlichen Heiterkeitsanfall. »Ich musste mir in meinem Leben schon die unterschiedlichsten Beschimpfungen anhören: Betrüger, Hochstapler, Scharlatan, Quacksalber und Kurpfuscher, aber der Mörder ist neu in meiner Liste.«

»Das klingt fast so, als wären Sie stolz darauf, Doktor.«

»Wenn man ein Leben als von der so genannten guten Gesellschaft Geächteter führt und sich dennoch im Recht weiß, neigt man dazu, jeden neuen Anwurf als Auszeichnung zu betrachten. Vermutlich ist es die einzige Möglichkeit, seinen Weg ohne allzu große Selbstzweifel weiterzugehen.«

»Bislang hatte ich nicht den Eindruck, dass Sie von Selbstzweifeln geplagt werden, eher im Gegenteil.«

Ein eigentümliches, nach innen gerichtetes Lächeln glitt über Mesmers Gesicht, und für den Bruchteil einer Sekunde hatte ich das Gefühl, tief in seine Seele zu blicken.

»Vielleicht kann ich mich bei Schikaneder als Schauspieler bewerben, wenn mir die Quacksalberei gar nichts mehr einbringt. – Und jetzt genug des Geredes über mich! Wegen Ihnen bin ich hier, Luise. Legen Sie sich bitte aufs Bett, damit ich Sie untersuchen kann.«
»Aber mir fehlt nichts! Ich bin mit den Mördern gar nicht in Berührung gekommen.«
»Letzteres weiß ich, Ersteres will ich gerade feststellen.« Mesmer zog seinen Rock aus und hängte ihn an einen der eisernen Türhaken, die eine ordentliche Garderobe ersetzten. »Sie sehen schlecht aus, Luise, als hätten Sie kaum geschlafen.«
»Wundert Sie das?«, fragte ich und legte mich hin.
»Nein, natürlich nicht.«
Seine Stimme klang sanft, fast einschmeichelnd, und ebenso sanft war die Berührung seiner Hände, die kreisend über meinen Kopf strichen. Er sprach zu mir, aber hinterher konnte ich mich nicht mehr an die Worte erinnern. Jedenfalls empfand ich es als beruhigend, ob es nun an seinen Worten oder an seiner Stimme lag. Ich spürte, wie die Gedanken an den Tod und die quälenden Fragen von mir wichen, wie ich ganz ruhig wurde, fast gelöst, mich geborgen fühlte, wohlig. Der Schlaf, in den ich hineinglitt, war anders als der vorherige. Keine bösen Träume, keine Unruhe. Ich schlief tief und fest, und als ich erwachte, war mein Zimmer in Dämmerlicht getaucht.
Mesmer saß noch immer oder schon wieder an meinem Bett und schien in Gedanken vertieft zu sein. Er machte einen sorgenvollen Eindruck, sein Körper war nach vorn gebeugt, die Schultern eingesunken, als würde er von einer

schweren Last niedergedrückt. Es dauerte ein oder zwei Minuten, bis er meinen forschenden Blick bemerkte. Ein Ruck ging durch ihn, sein Körper straffte sich, und er zwang seine eben noch so verdrossenen Züge zu einem gelösten Ausdruck.

»Nun, wie fühlen Sie sich?«, fragte er in dem Tonfall, den wohl alle Ärzte zu allen Zeiten anschlagen, wenn sie auf ihre Patienten einen unbekümmerten Eindruck machen wollen.

»Ein wenig dumpf, aber sonst ganz gut.« Ich sah zum Fenster, das nur noch wenig Tageslicht einließ. »Ich habe wohl sehr lange geschlafen?«

»In der Tat, und es hat Ihnen bestimmt gut getan.« Er zog eine goldene, mit winzigen Rubin- und Smaragdsplittern besetzte Taschenuhr aus der Westentasche und klappte den Deckel hoch. »Es geht auf neun Uhr zu, abends.«

»Waren Sie die ganze Zeit über hier, Doktor, bei mir?«

Er nickte.

»Mein Gott, Sie müssen einen Bärenhunger haben.«

»Zum Glück hat Schikaneder mir etwas schicken lassen.«

Ich spürte, wie ich blass wurde.

Besorgt beugte er sich zu mir vor. »Was haben Sie, Luise?«

»Schikaneder! Jetzt, wo Marlies nicht mehr da ist, steht noch mehr Arbeit an, und ich habe den ganzen Tag versäumt!«

In dem Moment, als ich die Worte aussprach, wunderte ich mich über mich selbst. Gestrandet in der Vergangenheit, von einer mysteriösen Macht bedroht, die vor grausamen Morden nicht zurückschreckte, hatte ich keine größere Sorge als die, meine Arbeit als Schikaneders Putzmacherin pünktlich zu erledigen. Ein Zeichen, dass ich verrückt war?

Oder das Gegenteil, eine Folge des Umstands, dass ich mich mehr und mehr an mein neues Leben gewöhnte? An mein neues Leben und an mein neues Ich? Tatsächlich konnte ich Pamela Morton und Luise Heusler kaum noch auseinander halten. Beider Gedanken vermischten sich zunehmend, als wären sie schon immer ein und dieselbe Person gewesen. Auch wenn es nach wie vor Pams Ziel war, aus diesem Albtraum zu fliehen, in ihre eigene Zeit zurückzukehren. Luise dagegen lebte in dieser Zeit und war gezwungen, in ihr zu überleben. Das konnte sie nur, wenn sie Geld verdiente, wenn sie ihre Arbeit ordentlich machte.

Ein ganz natürlicher Gedankengang, und die Erkenntnis beunruhigte mich nicht im Geringsten. Vor einigen Tagen noch hatte es mich mit Angst erfüllt, dass ich meine Identität als Pamela Morton zunehmend verlor und immer mehr zu Luise wurde. Dass es jetzt anders war, konnte zwei Ursachen haben. Entweder war der Prozess des Identitätswechsels so weit fortgeschritten, dass mich die Aussicht, den Rest meines Lebens in der Vergangenheit zu verbringen, nicht mehr schreckte, weil es für Luise *ihre Zeit* war. Oder mein Unterbewusstsein hatte erkannt, dass Luise und Pam schon immer zusammengehört hatten. Ganz sicher war es so, das spürte ich, wenn ich es mir auch nicht erklären konnte – noch nicht.

»Sie sehen so nachdenklich aus, Luise«, stellte Mesmer fest. »Sie müssen sich keine Sorgen um Ihre Arbeit machen. Schikaneder hat noch eine junge Frau als Putzma-

cherin angestellt, die Ihnen zur Hand gehen wird. Er sagt, Sie sollen sich erst richtig erholen, bevor Sie weiterarbeiten. Und dazu gehört, dass Sie etwas Gutes in den Magen bekommen. Wie speist man im hiesigen Gasthaus?«
»Reichlich und gut.«
Mesmer stand auf. »Worauf warten wir dann noch?«

Als wir zum »Goldenen Fassl« kamen, war das Gasthaus geradezu belagert. Im Theater war vor kurzem der letzte Vorhang gefallen, und die Schauspieler wie Besucher des Stückes hatten Hunger. Aber der Wirt erkannte mich und stellte – vielleicht weil ich mit so hoch stehenden Leuten wie van Swieten verkehrte – einen wackligen kleinen Tisch und zwei nicht minder wacklige Schemel für Mesmer und mich in die hinterste Ecke seines Schankgartens, abseits des großen Trubels. Wir gaben unsere Bestellung auf und unterhielten uns wie zwei Menschen, die nach einem Theaterbesuch den ausklingenden Sommerabend genießen. Es tat gut, einmal nicht über Morde zu reden oder über große Geheimnisse nachzudenken. Und es erstaunte mich, dass Mesmer so ein amüsanter Gesprächspartner war.
Ihm blieb mein Erstaunen nicht verborgen. »Sie blicken mich an, als wäre ich ein Fremder für Sie, Luise. Ist etwas mit mir nicht in Ordnung?«
»Ganz im Gegenteil«, lachte ich. »Sie wirken nicht fremd auf mich, sondern nur unbekannt.«
»Erklären Sie mir bitte den Unterschied!«
»Ich hatte bislang den Eindruck, Sie leben ganz und gar für den tierischen Magnetismus. Dass Sie sich auch für an-

dere Dinge interessieren, befremdet mich nicht, aber es überrascht mich. Positiv, versteht sich.«

»Positiv? Sagt man das so in Theaterkreisen?«

»Ja, das habe ich hier irgendwo aufgeschnappt«, erklärte ich schnell. Um das Thema zu wechseln, aber auch aus ehrlichem Interesse erkundigte ich mich nach Mozart, Angelo Soliman und Baron van Swieten. »Ein seltsames Trio, wie passen die drei Herren zusammen?«

»Die Musik wird sie zusammengeführt haben, was im Falle Mozarts keiner weiteren Erläuterung bedarf. Baron van Swieten ist ein großer und vielseitig interessierter Musikliebhaber. Vor einigen Jahren traf man Mozart jeden Sonntag Punkt zwölf im Hause van Swietens, wo sie und einige Gleichgesinnte nichts anderes aufführten als Händel und Bach.«

»Sie sagen das so bestimmt, als wären Sie dabei gewesen, Doktor.«

»Weil ich dabei gewesen bin, wenigstens einige Male. Wie Sie wissen, spielt die Musik bei meiner Behandlung eine große Rolle, wofür ich dem alten van Swieten höchst dankbar bin. Eine seiner Vorlesungen hat mich auf diesen Weg geführt.«

»Der alte van Swieten? Wen meinen Sie damit?«

»Den Vater des Barons, Gott hab ihn selig. Als ich ein paar Jahrzehnte jünger war und gerade erst begann, die medizinische Wissenschaft zu studieren, gehörte der alte Gerard van Swieten zu meinen Lehrern. Zu den besten, aber das ist kein Wunder. Man kann gegen Maria Theresia vieles sagen, doch sie wusste sich mit fähigen Leuten zu umgeben. Sie ernannte Gerard van Swieten zu ihrem Leibarzt, und in ihrem Auftrag hat er das Gesundheitswesen reformiert.«

»Daher also Ihre Verbindung zu den van Swietens.«

»Ja, eine Freundschaft aus alten Tagen, um die ich später umso froher war. Sie haben von den Anfeindungen gegen mich gehört, Luise. Das Gift gegen mich wurde zum Teil aus höchsten Kreisen verspritzt, und ich kann Gottfried van Swieten nicht dankbar genug sein, dass er seine schützende Hand über mich gehalten hat, so gut er es vermochte.«

»Und was ist mit Angelo Soliman?«, fragte ich weiter, um die momentane Auskunftsfreudigkeit des Arztes zu nutzen. »Ein sehr ungewöhnlicher Mann. Sind Sie mit ihm auch befreundet?«

»Wir kennen uns ganz gut, ja. Sehen Sie nicht so erstaunt drein, Luise! Wien ist ein Dorf, jedenfalls, wenn man in den höheren Kreisen verkehrt. Man kennt sich, sieht sich, und wen man gerade nicht sieht, über den verbreitet man sich in amüsanten bis anrüchigen Gerüchten. Einer der Gründe, weshalb ich mich weitgehend aus der so genannten feinen Gesellschaft zurückgezogen habe.«

»Ist Soliman auch ein Freund und Förderer der Musik?«

»Der Musik, vieler anderer Künste sowie fast jeder erdenklichen Richtung der Wissenschaft. Ich habe selten einen so vielseitig interessierten Mann kennen gelernt.«

»Ist das nicht ungewöhnlich für …«

»Für einen Mohren? Sprechen Sie das Wort ruhig aus. Auch Soliman musste sich daran gewöhnen, dass man abfällig über ihn spricht, sobald er den Leuten den Rücken zukehrt.«

»Sie meinen sicher die Bezeichnung Negerprinz.«

»Das und anderes«, antwortete Mesmer. »Woher wissen Sie davon, Luise?«

»Soliman hat es mir gestern Abend selbst gesagt, und er schien deswegen nicht verletzt, eher erheitert.«

»Auch er musste lernen, sich zu fügen, wenn er hier in Wien überleben wollte.«

»Was macht er hier? Ich meine, Wien ist doch wohl kaum seine natürliche Heimat.«

Mesmer nahm einen Schluck von seinem Wein, behielt das Glas in der Hand und betrachtete die rötlich schimmernde Flüssigkeit wie den Inhalt einer Kristallkugel, die ihm gerade jetzt die Geschichte des *Negerprinzen* enthüllte.

»Solimans Lebensweg ist vielfach verschlungen und noch um einiges abenteuerlicher als der meine«, begann Mesmer. »Es fängt schon damit an, dass nicht einmal er selbst genau weiß, wie alt er ist. Mitte sechzig vielleicht oder auch schon siebzig; als Kind kannte er unsere Zählweise der Lebensjahre noch nicht.«

»Halt, warten Sie, das kann nicht stimmen!«, rief ich dazwischen. »Ich habe Soliman gestern Abend gesehen, so nahe, wie wir beide uns jetzt gegenübersitzen. Er schien mir keinesfalls älter als fünfundvierzig oder allenfalls fünfzig zu sein.«

»*Schien!* Das haben Sie sehr treffend formuliert, Luise. Seine äußere Erscheinung ist in Anbetracht seines Alters in der Tat höchst erstaunlich. Wäre ich ein Alchemist auf der Suche nach der ewigen Jugend, würde ich mich an Soliman halten. Man munkelt, einige nicht mehr ganz junge

Damen aus den höchsten Kreisen hätten ihm enorm hohe Beträge dafür geboten, sein Geheimnis zu erfahren.«

»Und? Hat Soliman es ihnen mitgeteilt?«

»Da fragen Sie mich zu viel.«

»Was sagen Sie als Mediziner dazu, Dr. Mesmer?«

»Soliman kommt von einem anderen Kontinent, aus Afrika. Wir wissen nichts über das Volk, von dem er abstammt. Vielleicht sehen dort alle so aus, vielleicht hat er auch als Kind ein besonderes Mittel eingenommen.« Er zuckte mit den Schultern. »Die Weit wäre langweilig, würden wir alle Geheimnisse kennen.«

»Eine seltsame Ansicht für einen Wissenschaftler«, fand ich.

»So? Haben Sie schon einmal darüber nachgedacht, was der Antrieb für alle Wissenschaft ist, für jeden Forscherdrang, Luise?«

»Ganz einfach, die Neugier.«

»Richtig. Und was wäre, wenn sämtliche Geheimnisse enthüllt wären? Wo bliebe dann unsere Neugier, unser Antrieb zu forschen, zu lernen und zu wissen? Würde der Mensch dann nicht verkümmern und vor sich hinvegetieren wie ein Stück Vieh, das zufrieden ist, wenn es genügend Gras auf der Weide findet?«

»Ja, da haben Sie Recht«, seufzte ich. »Gott wird schon gewusst haben, warum er uns Menschen über die Geheimnisse der Schöpfung weitgehend im Unklaren gelassen hat.«

»Glauben Sie an Gott?«

Mesmer stellte die Frage wie beiläufig, aber ich hatte das Gefühl, er maß meiner Antwort große Bedeutung bei.

Während er von seinem Wein trank, blieb sein Blick prüfend auf mich gerichtet.

Was sollte ich ihm sagen? Dass ich, Pamela Morton aus Colorado, nach dem Unfall meiner Eltern wie eine Wahnsinnige zu Gott gebetet hatte, er möge das alles ungeschehen machen und mir Mammy und Dad wiedergeben? Ich hatte gewimmert und gefleht, laut gerufen und heiser geschluchzt, bis mir die Stimme ganz versagte. Alles hatte ich Gott zum Tausch für meine Eltern angeboten: meine Lieblingspuppe, all meine Teddybären und den silbernen Ring, den ich zum letzten Geburtstag von meinen Eltern bekommen hatte. Schließlich hatte ich mich sogar dazu verstiegen, meinen rechten Arm zum Tausch anzubieten. Vergebens, meine Eltern blieben fort, tot, und Gott ließ sich nicht einmal zu einer Antwort herab. Von da an strafte ich ihn mit Nichtachtung. Wenn mich die Erwachsenen zum Beten aufforderten, betete ich, aber es war nicht mehr als das stumpfe Herunterleiern auswendig gelernter Worte. Innerlich hatte ich mich von Gott abgekehrt, und jedes inhaltsleere Gebet vertiefte diese Kluft noch.

Schwankend war ich nur einziges Mal geworden, kurz nach Cora Wilsons Tod. Da träumte ich von Cora, und in meinem Traum war sie ein Engel mit Flügeln, wie man sich als Kind einen Engel ausmalt. Cora hatte mir mahnend etwas zugerufen, aber die Worte hatte ich beim Aufwachen schon vergessen. Mir war, als hätte sie mich zur Umkehr von meinem Irrweg aufgefordert. Doch es war nur ein Traum gewesen, und so einfach wollte ich es Gott nun wirklich nicht machen. Also blieb ich dabei, ihn zu ignorieren.

Das alles konnte ich Mesmer nicht erzählen, also antwortete ich: »Es ist schwer, seinen Glauben zu bewahren, wenn man einen geliebten Menschen auf so sinnlose Weise verliert.«

Er schien mit meiner Antwort nicht recht zufrieden. Vergebens suchte ich nach einer Erklärung dafür, weshalb ihm mein Glaube oder Nichtglaube so wichtig war. Ich fühlte mich fast wie bei einer Prüfung in der Sonntagsschule. Gerade von einem derartig der Wissenschaft verpflichteten Mann wie Mesmer hätte ich nicht erwartet, dass er dem Glauben an Gott ein so großes Gewicht beimaß.

»Ich verstehe Sie, Luise. Wenn ich könnte, würde ich Ihnen einen Sinn in dem Tod Ihrer Schwester aufzeigen. Aber dass ich es nicht kann, heißt nicht, dass es ihn nicht gibt.«

»Noch ein Geheimnis, das der Allmächtige uns aus guten Gründen vorenthalten hat?«, fragte ich, und es klang wohl reichlich zynisch.

»Vielleicht, ja«, meinte Mesmer zögernd. Verlegen stocherte er in seinem Fleischkuchen herum, er merkte, dass er unser Gespräch in eine Sackgasse geführt hatte.

Ich schlug einen sorglosen Tonfall an: »Gottes Geheimnisse wollte ich gar nicht ergründen, nur die von Angelo Soliman. Wenn er aus Afrika kommt, ist das doch ein sehr ungewöhnlicher Name, nicht?«

»Bei seiner Geburt hieß er noch nicht so.«

»Sondern?«

»Sein Vater, König des Volkes der Magui Famori in Pangusitlang, nannte ihn Mmadi Make. Als Mmadi Make noch ein Kind war, wurde sein Heimatort von einem fremden Volk überfallen und dem Erdboden gleichgemacht. Er selbst wurde verschleppt und ging als Sklave durch verschiedene Hände, bis ihn ein Portugiese in Messina an eine Marquise verkaufte, die ihn erzog, ihm eine gute Schulbildung ermöglichte und einen christlichen Namen gab, Angelo Soliman. Der sowohl äußerlich sehr ansehnliche als auch innerlich gefestigte Mohr erregte das Aufsehen des Fürsten Lobkowitz, der damals als General diente und bei der Marquise Quartier genommen hatte. Er drängte die Dame so lange, bis sie ihm Soliman zum Geschenk machte. Fortan zog Soliman als persönlicher Diener des Generals mit diesem durch halb Europa und begleitete ihn schließlich nach Wien.«

»Soliman hat auf mich nicht den Eindruck eines Dieners gemacht.«

»Nur Geduld, die Geschichte ist noch nicht zu Ende«, sagte Mesmer. »Lobkowitz starb anno dreiundfünfzig, wenn ich mich recht entsinne. Soliman wechselte in den Besitz des Fürsten Liechtenstein über, für den er zunächst als Kammerdiener, dann als Haushofmeister tätig war. Auch diese Stellung führte Soliman in die höchsten Kreise Europas, denn Liechtenstein wurde von Kaiser Joseph II. mit wichtigen diplomatischen Missionen betraut und nahm Soliman mit auf seine Reisen. In den hohen Kreisen gibt man sich nicht mit niederen Dingen ab, auch nicht am Spieltisch, wo Soliman, wie auf so ziemlich allen Gebieten, erstaunliche Fähigkeiten entwickelte. In Frankfurt soll es gewesen sein, wo er beim Pharaospiel die stattliche Summe von zwanzigtausend Gulden gewann. Man munkelt sogar, er habe den ganzen Betrag wieder eingesetzt und daraufhin nochmals vierundzwanzigtausend Gulden hinzugewonnen. Diesen zweiten Betrag soll er jedoch absichtlich wieder verspielt haben, angeblich aus Mitleid gegenüber den Verlierern. Ich bezweifle, dass man solchen Leuten gegenüber Mitleid empfinden muss. Vielleicht wollte Soliman nur vermeiden, dass man ihn aus Enttäuschung und Neid des Falschspiels verdächtigte. Sei es, wie es sei, jedenfalls nahm er genügend Geld mit nach Hause, um den Grundstein für ein Leben in Wohlstand zu legen.«

»Also ist er kein Sklave, sondern ein freier Mann?«

»Wer kann das schon von sich sagen?« Mesmer leerte sein Weinglas. »Ich weiß nicht, ob es so etwas wie eine Urkunde über Solimans Freilassung gibt. Aber da er in den höchsten Kreisen verkehrt, wird kaum jemand wagen, ihn an die Kette zu legen, mit einem eisernen Ring um den Hals.«

»Was heißt das genau, in den höchsten Kreisen?«

»Der verstorbene Kaiser Joseph hat Solimans Gesellschaft auf Spaziergängen sehr geschätzt.«

»Ja, das sind wahrhaftig höchste Kreise«, lachte ich. »Und es ist eine höchst erstaunliche Geschichte, die Sie mir über Soliman erzählt haben.«

»Es ist nur eine von vielen. Vielleicht nicht die glaubwürdigste, aber eine der farbigsten, die über Soliman in Umlauf sind.«

»Was denn? Soll das heißen, das alles ist nur erfunden?«

»Wenn, dann ist es gut erfunden. Wie ich eben sagte, unser Negerprinz reizt die Menschen zu den erstaunlichsten Spekulationen.«

»Und von wem haben Sie diese Spekulation, Doktor?«

»Oh, die Geschichte hat mir Soliman einmal selbst erzählt.«
»Dann stimmt sie also doch!«
»Das würde ich nicht sagen. Ich habe aus Solimans Mund auch schon ganz andere Geschichten über seine Abstammung gehört. Es kommt immer darauf an, mit wem er spricht und in welcher Stimmung er sich befindet.«
»Aber was soll das? Warum verbreitet er Hirngespinste über sich selbst?«
»Vielleicht ist es seine Art, die Leute zu beschäftigen. Solange Sie sich an seinen Fabeln erfreuen, haben sie keine Zeit, seinen Status in Frage zu stellen. Keine schlechte Taktik, wenn man trotz seiner verräterischen Hautfarbe von der Gesellschaft behandelt werden will wie einer ihresgleichen.«
Ich fragte mich, ob Soliman durch seine Fabulierfreude nicht von mehr abzulenken versuchte. Etwas Merkwürdiges hatte in der Art gelegen, wie er mich am Abend zuvor betrachtet hatte. Er und Mozart und Baron van Swieten. Wie kam es, dass die Putzmacherin Luise Heusler das Interesse so hoch stehender Personen erweckte?
Fragen, auf die ich keine Antworten fand, die nur immer neue Fragen in mir hervorriefen. So wie die, ob der vierte Platz in der Loge zufällig frei gewesen war oder ob Schikaneder mich mit einer bestimmten Absicht zu Mozart, Soliman und van Swieten gesetzt hatte. Und falls ja, was hatte er damit beabsichtigt?
Bevor mir vor lauter Fragen der Schädel platzte, trat ein schlanker Mann in auffälliger Kleidung an unseren Tisch. Sein mit verschnörkeltem Brokat bestickter Anzug war

ganz in weinrotem Samt gehalten. Die Schuhe hatten die gleiche Farbe, und ihre goldenen Spangen wiederholten in der Form das verschlungene Muster der Brokatstickereien. Sein runder, hoher Hut war schwarz mit weinroten Stickereien, die wiederum dasselbe Muster aufwiesen wie die Verzierungen an Anzug und Schuhen. Gewiss kein armer Mann, dachte ich, als mein Blick über die in meinen Augen etwas geckenhafte Aufmachung glitt.

»Ist es erlaubt, dass ich mich zu Ihnen setze? Falls es dem Wirt gelingt, noch so etwas wie einen Stuhl aufzutreiben.«

Als ich die Stimme hörte, wusste ich, dass ich die Person kannte. Trotzdem musste ich überlegen, um wen es sich handelte, denn erstens hatte ich die Person nur einmal kurz getroffen, und zweitens war es, dem Anzug zum Trotz, gar kein Mann.

»Gräfin Mansfeld!«, sagte Mesmer ebenso überrascht wie ich. Er stand auf und bot ihr seinen Schemel an, was sie ohne zu zögern annahm. »Das ist eine unerwartete Begegnung – und ein unerwarteter Aufzug.«

»Französische Mode«, erklärte die Gräfin und legte ihren Hut auf den Tisch. »Man ist in Paris jetzt überaus liberal, was sich auch darin ausdrückt, dass Frauen sich wie Männer kleiden.«

Statt der aufgetürmten weißblonden Frisur mit den Schleifen und Bändern hatte sie jetzt dunkles Haar mit einem kurzen Zopf, der im Nacken geknotet war. Eine nicht seltene Frisur bei Herren der gehobenen Klasse, wie ich im Theater bemerkt hatte. In diesem Fall aber wohl eine Perücke.

»In Frankreich herrschen zur Zeit viele neue Moden«,

sagte Mesmer. »Und nicht alle finde ich nachahmenswert.«
Die Gräfin verzog ihr Gesicht in übertriebener Verwunderung. »Aber mein lieber Doktor, bislang habe ich Sie für einen Freigeist gehalten. Sind Sie doch ein Mann, der gerade von den Mächtigen angefeindet wird. Kommt es Ihnen nicht zupass, dass in Frankreich das Volk die Mächtigen verdrängt? Ich dachte, Sie würden eine Ausbreitung dieser Entwicklung begrüßen, vielleicht auch auf unser Land.«
»Ich will nicht hoffen, dass Sie sich als Lockvogel bei der Geheimpolizei verdingt und den Auftrag erhalten haben, mich zu einer verfänglichen Aussage zu verleiten«, entgegnete Mesmer, den ironischen Tonfall der Gräfin nachahmend. »Wollen Sie wirklich wissen, was ich über diese angebliche Revolution des Volkes denke?«
»Ja, ich bitte darum.« Die Gräfin schien sich absichtlich wie ein Mann zu gebärden; sie setzte sich breitbeinig hin, stützte die Ellbogen auf die Tischplatte, legte das Kinn auf die ineinander verschränkten Hände und blickte Mesmer herausfordernd an. »Aber wieso *angeblich*?«
»Weil ich keinen Fortschritt darin erblicken kann, wenn Machthaber durch andere abgelöst werden, die ebenso rigoros herrschen, Schrecken und Gewalt verbreiten und die so genannte Herrschaft des Volkes nur als Vorwand nutzen, um ihre eigene Macht zu vergrößern.«
Die Gräfin drohte spielerisch mit dem Zeigefinger. »Solche Reden sollten Sie aber nicht in Frankreich führen, Doktor, sonst werden Sie ganz rasch sehr kopflos!«
»Eben das meine ich.« Mesmer setzte sich auf einen dritten Schemel, den der Wirt brachte, und zog seine mit

Edelsteinsplittern besetzte Uhr hervor. »Gräfin, was glauben Sie, weshalb ich Paris verlassen habe? Diese Uhr ist ein persönliches Geschenk, ein Dankeschön von Marie Antoinette. Die Königin schätzt mich und meine Heilkünste, aber das ist bei den neuen Machthabern keine Empfehlung.«

Die Gräfin Mansfeld blickte an ihrem Anzug hinab. »Gleichwohl, Doktor, Sie werden mir nachsehen, dass ich mich nach französischer Mode kleide. Außerdem ist es in jüngster Zeit in Wien von praktischem Vorteil, wenn man für einen Mann gehalten wird. Eine Frau kann nächtens leicht ein unerwarteter Tod ereilen.« Sie machte mit der rechten Hand die Bewegung des Kehledurchschneidens und sah dann mich an. »Armes Kind, erst Ihre Schwester und jetzt eine Frau, die man wohl mit Ihnen verwechselt hat. Stehen Sie nicht Höllenqualen aus?«

»Zurzeit fühle ich mich ganz sicher.«

Allerdings auch etwas unwohl in meiner Haut, was ich der Gräfin verschwieg. Denn sie war der Grund dafür. Noch eine hoch stehende Persönlichkeit, die Interesse an mir bekundete. Allmählich sollte ich anfangen, Buch zu führen!

»Wie kommt es, dass Sie über die Mordsache unterrichtet sind, Gräfin?«, fragte Mesmer.

»Sie wissen doch, ich führe ein offenes Haus. Die Leute kommen zu mir, um Neuigkeiten zu erfahren, und im Austausch erfahre auch ich eine Menge. Ich glaubte, es könnte nicht schaden, nach Ihnen und Ihrem Schützling zu sehen, Doktor.«

Mesmer nickte. »Ich dachte mir schon, dass unsere Begegnung kein Zufall ist.«

»Wenn der Arzt nicht daheim ist, muss der Patient ihn verfolgen«, säuselte die Gräfin. »Sie haben wohl vergessen, dass wir für heute eine Behandlung mit Ihrem famosen Baquet verabredet hatten.«
»Das habe ich tatsächlich, Gräfin. Ich muss Sie um Entschuldigung bitten.«
»Papperlapapp«, winkte sie ab. »Natürlich verstehe ich, dass Sie sich um Fräulein Luise kümmern. Karl nahm jedenfalls an, Sie seien noch bei Ihr, und im Theater sagte man mir, ich solle es im Wirtshaus versuchen.« Sie drehte sich zu mir um. »Nun, da ich Sie gefunden habe, Luise, müssen Sie mir sagen, was ich für Sie tun kann.«
Das Angebot überraschte mich, und ich war mir nicht sicher, was ich davon halten sollte. Die affektierte Gräfin als Helferin in der Not! Erlaubte sie sich nur einen Spaß mit mir, um später in ihrem Salon davon zu erzählen und die feine Gesellschaft zu erheitern?
Forschend betrachtete ich sie und versuchte, in ihren Augen ein Anzeichen von Falschheit zu entdecken, von mühsam gezügeltem Spott oder geheimer Verachtung. Aber ich fand nichts von alledem.
Das Gesicht der Gräfin war heute nicht so stark geschminkt wie bei unserer ersten Begegnung, und das gereichte ihr zum Vorteil. Sie hatte schöne Züge und große, grüne Augen, die einen Mann wohl leicht um den Verstand bringen konnten. Selbst ich als Frau konnte mich der Wirkung ihres geheimnisvollen Blickes nicht entziehen. Für einen Augenblick glaubte ich, diese Augen gut zu kennen, aber es war nur ein flüchtiger Eindruck.
Wirkliches Mitgefühl lag in ihrem Blick. Wenn das nicht

echt war, dann tat Schikaneder gut daran, die Gräfin als Schauspielerin zu engagieren.
»Warum wollen Sie sich ausgerechnet meiner annehmen, Gräfin?«, fragte ich.
»Weil Ihr Schicksal mich anrührt.«
»In Wien gibt es sicher tausend Frauen mit nicht weniger anrührendem Schicksal.«
»Ja, aber die kenne ich nicht persönlich. Und außerdem hat Ihr Fall etwas höchst Geheimnisvolles an sich.«
Sie ahnte ja nicht, wie Recht sie damit hatte!
»Interessieren Sie sich für Geheimnisse?«, erkundigte ich mich.
»O ja, sehr sogar. Das ist einer der Gründe, weshalb ich in meinem Salon so viele Bekanntschaften pflege. Wenn es in Wien ein Geheimnis gibt, gehöre ich zu den Ersten, die es kennen.«
»Ich weiß ja selbst nicht, was hinter den Morden steckt«, sagte ich ratlos. »Ich könnte Ihnen keine Hilfe dabei sein, das Geheimnis zu lüften.«
»Aber vielleicht können die Menschen, mit denen ich Umgang habe, Ihnen behilflich sein, Luise«, sagte die Gräfin.
»Eine Möglichkeit, die nicht von der Hand zu weisen ist«, stimmte Mesmer ihr zu.
»Ich weiß nicht recht«, erwiderte ich zögernd. »Eine Putzmacherin passt wohl kaum in so erlauchte Kreise.«
»Was die versteckte Ironie betrifft, stehen Sie den *erlauchten Kreisen* jedenfalls in nichts nach, Fräulein«, meinte die Gräfin mit einem Anflug von Schärfe.
»Ich wollte Sie nicht beleidigen, Gräfin«, sagte ich ehrlich.

»Aber ich glaube wirklich, dass ich in Ihrer Gesellschaft auffallen würde.«
»Das sollen Sie ja!«, versetzte die Gräfin. »Nur dadurch kann jemand aus meinem Bekanntenkreis gereizt werden, etwas für Sie zu tun. Und nun Schluss mit der Debatte, ich erwarte Sie morgen Abend um sieben. Da halte ich einen meiner allwöchentlichen Musikabende für Damen ab. Willkommen ist, wer musikalisch ist, ganz gleich, von welchem Stand.«
»Woher wollen Sie wissen, dass ich musikalisch bin?«, fragte ich.
»Das höre ich an Ihrer Stimme. Sie sind bestimmt eine gute Sängerin, nicht wahr?«
»Ich weiß nicht, ob ich Ihren Ansprüchen genüge«, wich ich aus.
»Versuchen wir es!«
Die Gräfin erhob sich, räusperte sich kurz und stimmte ein Lied an, das ich erst am Abend zuvor gehört hatte. Es war eine heitere, teilweise alberne Weise aus Schikaneders »Anton bei Hofe«. Die Gräfin sang mit viel Elan und auch mit großem Können, und als sie endete, hatte sich eine größere Gruppe um unseren Tisch versammelt, die ihr Applaus spendete.
»Jetzt Sie, Luise!«, forderte die Gräfin.
Als ich aufstand, wurde mir plötzlich bewusst, dass ich keine Ahnung von meinen gesanglichen Fähigkeiten hatte. Sicher, ich wusste alles, was ich als Pamela Morton über Gesangs- und Atemtechnik gelernt hatte. Aber jetzt war ich nicht die gefeierte Opernsängerin, sondern musste die Stimmbänder von Luise Heusler benutzen.

»Was haben Sie, Luise?«, fragte die Gräfin. »Weshalb zögern Sie?«
Ich blickte in die Runde, in mehr als zwanzig erwartungsvolle Gesichter. »Sie haben eine sehr gute Stimme, Gräfin. Ich fürchte, mein Vortrag wird für alle enttäuschend ausfallen.«
»Unsinn!« Sie streichelte mir die Wange wie eine zärtliche Mutter, obwohl sie kaum zehn Jahre älter sein konnte als ich. »Sie können es, das weiß ich!«
Ihre Berührung und ihre Worte machten mir Mut. Ich spürte, dass sie mich nicht bloßstellen wollte. Die Gräfin vertraute mir, wenn ich auch nicht wusste, worauf ihr Vertrauen beruhte.
Also begann ich zu singen, anfangs noch mit etwas schwacher Stimme. Ich war erstaunt über mich selbst beziehungsweise über Luise Heusler, aber das machte ja keinen großen Unterschied. Auch Luise war eine begnadete Sängerin, und sobald ich das merkte, legte ich mir keine Zügel mehr an. Ich hatte das Lied noch von der Aufführung im Ohr, außerdem hatte ich es eben noch einmal von der Gräfin gehört. Das genügte mir, und je länger ich sang, desto mehr Vergnügen bereitete es mir.
Als schließlich der Applaus an meine Ohren klang, verschwammen für einen Sekundenbruchteil die Zeiten, und ich war wieder Pamela Morton, der man begeistert zujubelte und Rosen zu Füßen warf.

Kapitel 13

Der nächste Tag verlief eintönig und arbeitsreich, wofür ich Rosa dankbar war. Rosa war die Putzmacherin, die Schikaneder als Ersatz für Marlies eingestellt hatte. Sie war eine pummelige Person mit roten Wangen und machte von ihrem Äußeren her einen eher trägen Eindruck. Tatsächlich sprach sie kaum drei zusammenhängende Worte und schien es am liebsten zu haben, wenn man sie in Ruhe ließ. Bei der Arbeit aber war sie sehr geschickt und fast noch flinker als ich. Angesichts dessen, was wir noch alles für Mozarts neue Oper zu erledigen hatten, konnte ich das nur begrüßen. Auch ihre Schweigsamkeit störte mich nicht, im Gegenteil, es gab genug, worüber ich nachzudenken hatte.

Doch schwerwiegende Probleme konnte ich tagsüber kaum wälzen, so sehr nahm mich die Arbeit in Anspruch. Abends ging ich auf mein Zimmer, um mich für den Besuch bei Gräfin Mansfeld herzurichten. Luise Heusler verfügte über keine große Auswahl an Kleidern, und kein einziges der wenigen Stücke schien mir geeignet, mich in hochherrschaftlicher Gesellschaft zu bewegen. Mit meiner

Fertigkeit als Putzmacherin hätte ich eins der tristen Kleider etwas auffrischen können, aber dazu fehlte mir die Zeit. Also zog ich einfach das am wenigsten abgetragene Kleid an und sagte mir, dass man im Hause der Gräfin ohnehin über mich tuscheln würde, ganz gleich, in welcher Aufmachung ich dort erschien.

Mir war nicht ganz wohl, und das mussten die Empfindungen Luises sein. Pamela hatte gelernt, sich in den so genannten besseren Kreisen zu bewegen, auf Empfängen zu repräsentieren und auf Cocktailpartys Smalltalk zu betreiben. Aber das waren andere Menschen als die feinen Leute anno 1791. Und dann war da diese unbestimmte Furcht in mir, dass ich mich gnadenlos blamieren könnte. Luises Furcht. Ich versuchte, mir mit dem Argument Mut zu machen, das die Gräfin vorgebracht hatte: Bei ihr konnte ich Verbindungen zu hoch gestellten Persönlichkeiten knüpfen, und das war wohl wichtiger als meine diffusen Befürchtungen.

Ich riss mich zusammen und wollte das Zimmer verlassen, wobei ich mit einem Mann zusammenprallte, der gerade hatte anklopfen wollen.

»Mozart!«

Ich war so perplex, dass ich seinen Namen laut ausrief.

Wolfgang Amadeus Mozart zog seinen nicht mehr ganz taufrischen Dreispitz und deutete eine Verbeugung an. »Ich wollte Sie nicht erschrecken, Fräulein Luise. Sie sind im Aufbruch?«

»Ja, allerdings, und ich habe nicht viel Zeit.«

Was war ich doch für eine dumme Gans!

Da wollte der größte Komponist aller Zeiten mich besuchen, und was sagte ich? *Ich habe nicht viel Zeit.* Ich hätte mich ohrfeigen mögen, aber da war der Satz schon heraus.

»Wollen wir uns einen Fiaker teilen?«, fragte Mozart. »Ich hatte eine Besprechung mit Schikaneder und will dann auch heim in die Rauhensteingasse. Ich nehme Sie gern mit.«

»Einverstanden«, sagte ich, erfreut darüber, dass er mir meine brüske Art nicht übel nahm.

Als wir zusammen das Haus verließen, erkundigte Mozart sich nach meinem Befinden. »Haben Sie sich von dem Schreck ein wenig erholt?«

»Das habe ich. Immerhin hatte ich zahlreichen Zuspruch.«

Das sagte ich nicht nur so dahin, und ich beobachtete ihn genau, als ich es aussprach. Würde er durch eine Antwort, eine Geste oder auch nur einen Blick meinen Verdacht erhärten, dass meine Begegnung mit ihm, van Swieten und Soliman in der Theaterloge nicht zufällig erfolgt war? Aber er gab durch nichts zu erkennen, ob er den versteckten Sinn meiner Worte erfasst hatte.

»Ich freue mich, Sie nach dem Vorfall so gefasst zu sehen«, sagte er nur und winkte, als wir auf die Straße traten, einem gerade vorbeirollenden Fiaker. Der Kutscher zügelte sein Tier, und wir überquerten die Straße.

Als Mozart mir die Einstiegstür aufhielt, fragte er: »Ach, wohin wollen Sie eigentlich?«

»Zu Gräfin Mansfeld.«

»Zur Gräfin?«

Jetzt wirkte er so überrascht, wie ich es eben erwartet

hatte. Seine großen Augen starrten mich fragend an, für ein oder zwei Sekunden nur, aber es genügte, um seine große Irritation zu verraten.

Schnell hatte er sich wieder im Griff und sagte, bevor auch er einstieg, dem Kutscher: »Zum Haus der Gräfin Mansfeld.«

Der Kutscher schnalzte mit der Zunge, und der Fiaker setzte sich in Bewegung, um sich einen Weg durch die Gassen und Höfe des Freihauses zu bahnen. Einige der Leute, an denen wir vorüberfuhren, kannte ich vom Sehen, andere auch mit Namen. Da war der Bäcker Lorwiger, der Schikaneders ganze Truppe mit Semmeln versorgte. Er stand vor seinem Laden und sprach mit Strampfer, einem Schneider, der zwar nicht in Schikaneders Diensten stand, aber viele seiner Theaterkostüme anfertigte. Ein Stück weiter sah ich die Wäscherin Anna Stein, eine Frau wie ein Bär, die viermal die Woche ins Freihaustheater kam, um für alle, die es wünschten und natürlich bezahlten, die Wäsche zu erledigen.

Das Freihaus wurde allmählich zu meiner Heimat, die Leute kamen mir vertraut vor. Vielleicht würden sie eines Tages sogar meine Freunde sein. Dieser Gedanke machte mich stutzig. Mehr und mehr begann ich meine neue Existenz zu akzeptieren.

Allmählich ließ die Erinnerung an mein Leben als Pam nach, wenn auch nur in Kleinigkeiten. An die Gesichter einiger Menschen, die ich gut gekannt hatte, konnte ich mich nur noch verschwommen erinnern. Bei einigen wollten mir die Namen nicht mehr einfallen oder ihre Wohnorte. Ich nahm an, dass es nicht bei diesen Kleinigkeiten

bleiben würde, dass über kurz oder lang mein anderes Ich von Luise Heusler verdrängt wurde.
Mittlerweile erschien es mir fast als ein natürlicher Vorgang.
Ich lebte nun im Jahre 1791, also war ich Luise und nicht länger Pam. Was war so schlecht daran? Wären nicht die Morde an Josefine und Marlies gewesen und hätte man mich nicht im Prater überfallen, hätte ich an meinem neuen Dasein nichts auszusetzen gehabt. Es störte mich nicht, nur eine Putzmacherin zu sein und hinter der Bühne zu arbeiten, auf der andere den Applaus ernteten. In den wenigen Wochen meines »neuen Lebens«, wie ich es zuweilen in Gedanken nannte, hatte ich die Erkenntnis gewonnen, dass das Lob der Menge angenehm, aber nicht lebensnotwendig war.
»Die Gräfin Mansfeld ist in ganz Wien bekannt und besitzt größeren Einfluss als mancher kaiserliche Ratgeber«, sagte unvermittelt Mozart, der mir gegenübersaß. »Wer sie als Gönnerin hat, kann sich glücklich schätzen. Sie ist doch Ihre Gönnerin, nicht wahr?«
Das war keine besonders geschickte Art, mich auszufragen. Aber ich nahm es ihm nicht übel, denn ich sah keinen Grund, aus meiner Beziehung zu der Gräfin ein Geheimnis zu machen, falls man überhaupt von Beziehung sprechen konnte.
»Das wird sich vermutlich heute Abend herausstellen«, sagte ich, weil ich mir selbst im Unklaren darüber war, wie sich mein Besuch bei der Gräfin gestalten würde.
Mozart runzelte die Stirn. »Ist heute nicht ihr musikalischer Abend für Damen?«

»Ja, die Gräfin hält mich für musikalisch. Meinen ersten Auftritt hatte ich gestern.«

Mozart erkundigte sich, was ich damit meinte, und ich erzählte ihm von der Gesangsprobe im »Goldenen Fassl«. Daraufhin begann er herzhaft zu lachen. Ich war ihm nicht böse, denn auch ich fand die Darbietung im Nachhinein sehr erheiternd. Also stimmte ich in sein Lachen ein, bis mir die Tränen kamen. Der Kutscher muss gedacht haben, dass wir uns die schlimmsten Zoten erzählten.

Irgendwann verebbte unser Gelächter, und unsere Blicke trafen sich. In dem Moment spürte ich einen tiefen Gleichklang unserer Seelen. Bislang hatte ich so eine Ausgelassenheit nur in Gegenwart von Frauen erlebt. Trotz aller Zwänge in Grainers Schule hatten Cora und ich viel gelacht. Später war es meine Vertraute und beste Freundin Susan, mit der ich oft unbeschwert wie ein Kind sein konnte. Aber mit einem Mann zusammen hatte ich das nie erlebt, nicht einmal mit Marcus in unserer schönsten Zeit.

Ich fühlte mich herrlich unbeschwert in Mozarts Gesellschaft. Entspannt lehnte ich mich auf dem abgeschabten Polster zurück und betrachtete die Menschen und Häuser, an denen wir vorüberfuhren.

Unser Kutscher legte ein ordentliches Tempo vor, was ihm einige böse Blicke und nicht weniger böse Zurufe einbrachte. Oft musste ein Fußgänger zur Seite springen, um nicht von unserem oder einem anderen der zahlreichen Fuhrwerke überrollt zu werden. Noch schlimmere Auswirkungen zeitigte die sommerliche Trockenheit: Fiaker, Transportkarren und Equipagen wirbelten eine enorme

Menge Staub auf, richtige Wolken, wie ich sie nur aus alten Wildwestfilmen kannte. Ein k.k. Offizier hatte Mühe, seinen prächtigen weißen Waffenrock halbwegs wieder sauber zu klopfen. Ein paar vornehme Damen, nach der weniger einengenden englischen Mode gekleidet, amüsierten sich königlich über ihn, bis hinter ihnen eine Bierkutsche vorbeirollte und auch sie mit dem überzog, was Mozart schmunzelnd »die Wiener Patina« nannte.
Über die Dächer reckten sich hier und da Kirchtürme, die gar nicht erst versuchten, mit dem alles überragenden Stephansdom zu konkurrieren, sondern sich damit beschieden, über ihr jeweiliges Viertel zu herrschen. Die Häuser selbst waren überwiegend recht hoch und kauerten eng beieinander, was vielen Straßenzügen ein mittelalterliches Aussehen verlieh. Die wohlhabenden oder spendableren Hausbesitzer hatten ihre Gebäude mit grauem Hau- oder rotem Backstein im Barockstil umbauen lassen: Römische Freitreppen, Dreiecksgiebel und ionische Säulen sollten den Reichtum nach außen sichtbar machen.
In der kurzen Zeit, die ich im Wien Mozarts lebte, hatte ich bereits gelernt, dass die Hausbesitzer einen eigenen Stand bildeten, und zwar einen sehr angesehenen. Wohnungen waren so begehrt und teuer wie zweihundert Jahre später in New York City. Wer ein schuldenfreies Haus besaß, galt hier in Wien schon als reicher Mann. Die Eigentümer konnten es sich darum zumeist leisten, im zweiten Obergeschoss zu wohnen, der gemeinhin teuersten Etage, wo der Straßenlärm und der Gestank von Pferdekot und Abfällen sich nicht so schlimm auswirkten. Im Erdgeschoss waren häufig Läden und Werkstätten unterge-

bracht, deren Betreiber im darüber liegenden Stockwerk wohnten. In den oberen Etagen sanken die Mietpreise wieder, und am günstigsten waren die engen Dachkammern, in denen man häufig kaum stehen konnte.
Mozart betrachtete mich schon eine ganze Weile, bevor er plötzlich sagte: »Sie sehen sich die Häuser an, als wären Sie gerade erst in Wien angekommen, Luise.«
»So ähnlich fühle ich mich auch. Für mich ist das eine ganz andere Welt.«
»Das ist es sicher im Vergleich zu einem beschaulichen Ort wie Kirchberg.«
»Woher wissen Sie, woher ich stamme?«
»Oh, ich glaube, Schikaneder hat es mir erzählt.«
Ich konnte mich nicht entsinnen, mit Schikaneder über meine Herkunft gesprochen zu haben. Dann fiel mir ein, dass er es von Josefine wissen musste. Dennoch erstaunte es mich, dass Mozart sich den Ort gemerkt hatte, der doch für ihn keinerlei Bedeutung besaß. Er schien wirklich an meiner Biographie interessiert und bat mich, ihm mehr über Kirchberg und mein Leben dort zu erzählen. Da ich inzwischen über einen Gutteil von Luises Jugenderinnerungen verfügte, hatte ich keine Schwierigkeiten, ihm den Wunsch zu erfüllen.
»Und jetzt bin ich hier in Wien«, schloss ich meine Erzählung.
»Worüber ich sehr froh bin«, versicherte Mozart und blickte mir tief in die Augen.
»Warum das?«
»Weil mir Ihre Arbeiten für mein neues Singspiel sehr gefallen, Luise.«

»Meine Schwester und Marlies haben auch gut gearbeitet.«
»Gut, ja, aber bei Ihnen ist es anders. Ich habe den Eindruck, Sie haben den Sinn des Stücks verstanden. Sind Sie mit dem Stoff gut vertraut?«
Was sollte ich ihm antworten?
Die »Zauberflöte« war ein sehr vielschichtiges Werk, das auf dem Märchen »Lulu, oder die Zauberflöte« basierte. Dass Schikaneder, der auf volle Kassen angewiesen war und daher stets Stücke für den Geschmack der breiten Masse aufführte, sich für diesen Stoff entschieden hatte, konnte kein Zufall sein. In Wien waren Stücke mit einem magischen Hintergrund derzeit sehr populär.
Es hieß sogar, um allzu große Ähnlichkeiten mit einem zeitgleich von der Konkurrenz aufgeführten Zauberstück zu vermeiden, habe Schikaneder den zweiten Akt umgeändert. So erklärten sich viele Mozart-Forscher einen angeblichen Bruch in der Handlung zwischen den beiden Akten der »Zauberflöte«, besonders im Hinblick auf die Figur Sarastro. Im ersten Akt als Tyrann, Bösewicht und Dämon dargestellt, der Pamina entführt, um ihrer Mutter, der Königin der Nacht, zu schaden, wandelt er sich im zweiten Akt zum zwar strengen, aber gerechten Herrscher, der durchaus hehre Absichten verfolgt, während die Königin der Nacht sich zunehmend als von Bosheit und Rachsucht getrieben entpuppt.
Ich wusste, dass Mozart und Schikaneder mit der »Zauberflöte« Absichten verbanden, die über die reine Unterhaltung und den damit verbundenen kommerziellen Erfolg hinausgingen. Beide bewegten sich in Freimaurerkrei-

sen. Mozarts Zugehörigkeit zu einer Freimaurerloge war erwiesen, bei Schikaneder stritt man, ob eine frühere Zugehörigkeit zu den Freimaurern in seiner Wiener Zeit fortbestand oder aufgefrischt wurde. Das von ihm verfasste Libretto der »Zauberflöte« sprach für die Annahme. Musik, Text und Ausstattung des Stückes wiesen in vielfacher Weise auf die Rituale und Symbole der Freimaurer hin. Erklärt wurde das mit dem Umstand, dass Kaiser Leopold II. alle geheimen Verbindungen einschränken oder sogar verbieten ließ, weil man die Freimaurer für mitverantwortlich an der Französischen Revolution hielt und einer ähnlichen Entwicklung in Österreich vorbeugen wollte. Es hieß, mit den vielen mehr oder minder versteckten maurerischen Anspielungen in der »Zauberflöte« hätten Mozart und Schikaneder das einschlägige Gedankengut bewahren wollen.

Das alles hätte ich Mozart sagen können, und es hätte ihn wohl nicht wenig erstaunt, diese Dinge aus dem Mund der Putzmacherin Luise Heusler zu hören.

Also sagte ich nur: »Es geht um einen bösen Herrscher, der eine Prinzessin entführt, und um die Liebe der Prinzessin zu einem jungen Prinzen.«

»So kann man es ausdrücken«, kicherte Mozart. »Jedenfalls, was den ersten Akt betrifft. Im zweiten stellt es sich dann doch etwas vielschichtiger dar. Damit komme ich zu dem Grund, weshalb ich Sie aufgesucht habe. Morgen Abend haben wir im Theater eine Probe des ersten Aktes, um deren Besuch ich Sie bitten möchte, Luise.«

»Mich? Aber warum?«

»Weil ich, wie ich eben sagte, Ihre Arbeit sehr schätze. Ich bin höchst angetan von der Art, wie Sie sich in das Stück eingefühlt haben. Schikaneder erzählte mir, Sie hätten sogar den Kulissenbauern gute Hinweise gegeben. Kommen Sie morgen zur Probe, und werfen Sie ein Auge auf alles, Kostüme und Kulissen, auf die ganze Aufführung. Ihr Urteil zu hören, ist mir sehr wichtig!«

Ich hatte nicht viel Zeit, um mich zu entscheiden. Die Kutsche hielt an, und der Fahrer rief: »Das Palais der Gräfin Mansfeld, die Herrschaften!«

»Einverstanden, ich werde da sein«, versprach ich Mozart. Sollte ich mir die Chance entgehen lassen, einen Teil der »Zauberflöte« schon vor der Premiere zu erleben? Mancher Opernfan aus meiner Zeit hätte sich das ein Vermögen kosten lassen.

»Das freut mich«, versicherte Mozart, bevor er sich von mir verabschiedete und dem Kutscher das neue Ziel nannte, seine Wohnung in der Rauhensteingasse.

Ich fühlte mich wie im Märchen oder wie Scarlett O'Hara auf ihrer Plantage Tara, als ich das weitläufige Anwesen der Gräfin betrat. Eine Reihe von Ahornbäumen schirmte das Gelände von der Straße ab, und dahinter erstreckte sich ein gepflegter Rasen mit kunstvoll gestutzten Sträuchern. Ein nur scheinbar planloses Netz von Kieswegen durchzog den Rasen, und der weiße Kies glitzerte in der Abendsonne wie Kandiszucker. Ich folgte dem breitesten Weg, auf dem Wagenräder tiefe Spuren hinterlassen hatten und der in sanften Windungen zum Hauptportal des großen Hauses führte.

Das Palais der Gräfin war wahrhaftig ein Stadtpalast, sowohl in seinen Ausmaßen als auch in der Gestaltung, die, wie bei so vielen Häusern in Wien, dem barocken Stil huldigte. Ich gelangte an das schmiedeeiserne, mit Szenen aus der antiken Mythologie kunstvoll verzierte Portal: Herakles im Kampf mit der vielköpfigen Hydra, Oedipus im Angesicht der Sphinx, Perseus mit dem abgeschlagenen Haupt der Medusa und viele andere, die ich nur teilweise erkannte.

Ich zog an der Klingelschnur, und eine junge Frau in Dienstbotentracht öffnete. Wie ich bald feststellte, war es eine Marotte der Gräfin, im Haus nur weibliche Bedienstete zu beschäftigen.

Das Innere des Hauses machte auf mich einen ebenso prachtvollen Eindruck wie das Äußere. Die Abendgesellschaft hatte sich in einem großen Salon mit glänzendem Parkettboden, hohen Fenstern und etlichen Statuen aus grünem Marmor versammelt. Auch diese Statuen zeigten Ereignisse oder Wesen aus der antiken Mythologie, und mir fiel auf, dass viele von ihnen geflügelte Wesen darstellten. Darunter befanden sich Daedalos und Ikaros mit ihren aus Wachs und Federn gefertigten Schwingen, der vierflügelige akkadische Sturmdämon Pazuzu und, in der Mitte des Saals, das Flügelpferd Pegasos, das aufgrund seiner Platzierung und seiner Größe alle anderen Skulpturen dominierte. Die Statuen waren so beeindruckend gearbeitet, dass ich mich zuerst ihnen und dann den anwesenden Frauen zuwandte. Zu meiner Erleichterung trugen sie alle relativ einfache Kleidung und keine aufgetakelten Frisuren, was ich angesichts der Aufmachung der Gräfin bei unserer ersten Begegnung erwartet hatte.

Die Frauen standen in kleinen Gruppen zusammen und unterhielten sich, aber nach der Gräfin hielt ich vergeblich Ausschau. Eine auffallend hübsche Frau, etwa in meinem Alter, bemerkte meinen suchenden Blick.
Sie kam lächelnd auf mich zu, streckte mir ihre schlanke Hand entgegen und sagte: »Willkommen bei uns. Ich bin Magdalena, und du musst Luise sein.«
»Das stimmt«, sagte ich leicht verwirrt und ergriff ihre Hand.
»Ich hoffe, der zwanglose Umgang, den wir miteinander pflegen, stört dich nicht«, fuhr Magdalena fort. »Aber wie Elisabeth immer sagt, wir alle sind Schwestern und gleich vor dem Allmächtigen.«
»Elisabeth?«
»Du musst sie kennen, Luise, schließlich befindest du dich in ihrem Haus, auf ihre persönliche Einladung hin, wie sie uns erzählt hat.«
Da erst begriff ich, dass Elisabeth die Gräfin Mansfeld war, und ich erkundigte mich nach ihr.
»Sie muss jeden Augenblick kommen und … ah, da ist sie ja!«
Die Gräfin betrat den Saal durch eine kleine Seitentür, und sofort blickten alle in ihre Richtung. Auch sie trug ein schlichtes Kleid. Ihr Haar war zwar kunstvoll aufgesteckt, ließ aber jede Schleife oder glitzernde Spange vermissen. Falls sie Rouge aufgetragen hatte, war sie sehr dezent damit umgegangen. Ihr Gesicht wirkte an dem Abend ungewohnt ernst, fast streng, hatte aber nichts von seiner Schönheit und Anziehungskraft eingebüßt.
Sie kam auf mich zu, umarmte mich und küsste mich auf

beide Wangen und auf die Stirn. »Schön, dass du gekommen bist, Luise! Ich muss gestehen, dass ich mir dessen nicht ganz sicher war.«

»Die Neugier war stärker als die Furcht«, sagte ich.

»Furcht? Etwa vor mir?«

»Eher vor der ganzen Gesellschaft. Ich dachte …«

Ich brach mitten im Satz ab, da mir keine passenden Worte einfielen, die für die Gräfin und ihre Gäste nicht beleidigend geklungen hätten.

Meine Gastgeberin lächelte wissend. »Du hast befürchtet, dich in die Gesellschaft hochnäsiger Gräfinnen und Fürstinnen zu begeben, die herausgeputzt sind wie die Pfingstochsen. Richtig?«

»Richtig«, gab ich kleinlaut zu.

Die Gräfin lachte schallend, und Magdalena fiel in das Gelächter ein.

»Luise, heute Abend kannst du dich überzeugen, dass du dich in allen Punkten geirrt hast«, sagte die Gräfin. »Wir kleiden uns für unsere Schwesternabende bewusst schlicht, bemühen uns zumindest, nicht hochnäsig zu sein, und sind auch längst nicht alle von Adel.«

»Ich zum Beispiel nicht«, ergänzte Magdalena. »Mein Vater war Lehrer in Böhmisch-Brod und zog später nach Brünn, um die Stellung eines Kapellmeisters anzutreten.«

»Angesichts dessen hast du doch eine gute Partie gemacht, Magdalena«, meinte die Gräfin mit einem belustigten Funkeln in den Augen. »Immerhin ist dein Mann Kanzlist bei der Obersten Justizstelle. Falls wir hier einmal französische Verhältnisse kriegen und ich als Blaublütige in den

Kerker geworfen werden soll, wird er hoffentlich ein gutes Wort für mich einlegen.«

»Das wird der Franzl ganz sicher tun«, versprach Magdalena in übertrieben feierlichem Tonfall.

Wieder lachten die beiden los, und diesmal ließ auch ich mich anstecken. Meine gesammelten Befürchtungen den Abend betreffend waren wie weggeblasen. Ob ich hier nun wichtige Kontakte knüpfen konnte oder nicht, es tat mir einfach gut, mitten unter diesen Frauen zu sein.

Elisabeth – allmählich gewöhnte ich mich daran, die Gräfin bei ihrem Vornamen zu nennen – klatschte in die Hände, und die allgemeine Aufmerksamkeit gehörte ihr.

»Liebe Schwestern, wie wäre es mit ein wenig Gesang? Immerhin nennen wir diese Veranstaltung vor denjenigen, die nicht zu unserem Kreis gehören, Damenmusikabend!«

Allgemeines Gekicher folgte, und die so genannten Schwestern versammelten sich um ein Klavier, an das sich Magdalena setzte. Sobald sie zu spielen begann, wusste ich, dass ich die Melodie kannte. Ja, das war von Mozart! Ein Thema, das er für mehrere Klaviervariationen verwendet hatte. Doch ich glaubte mich zu erinnern, dass er eine fremde Komposition als Vorlage genommen hatte. Der Text, den die Frauen im Chor sangen, war mir unbekannt, aber ich fand ihn höchst amüsant, schon die Titelzeile: »Ein Weib ist das herrlichste Ding auf der Welt.« Hinzu kam, dass Magdalena eine ausgezeichnete Klavierspielerin war, die sich in einem Konzertsaal nicht blamiert hätte. Zu Recht erntete sie großen Applaus. Als der abgeklungen war, erkundigte ich mich bei Elisabeth nach dem Liedtext.

»Der Text ist von Emanuel Schikaneder, die Musik von Schack und Gerl. Das Lied stammt aus Schikaneders erstem Singspiel über den dummen Anton und war damals, vor zwei Jahren, so beliebt in Wien, dass die Spatzen es von den Dächern gepfiffen haben. Wir fanden den Text sehr passend, deshalb beginnen wir jeden unserer Abende mit diesem Lied.«

Weitere Lieder folgten, und nach einer knappen Stunde begaben wir uns in einem angrenzenden Saal zu Tisch. Die von den Dienerinnen aufgetragenen Speisen waren einfach, aber schmackhaft und reichlich. Ich saß zwischen Elisabeth und Magdalena und fand in beiden unterhaltsame Gesprächspartnerinnen. Die Gräfin war ganz anders als zuvor, und ich wurde das Gefühl nicht los, dass die Gräfin Mansfeld, die die Öffentlichkeit kannte, nur eine Maskerade war. Was, wenn es stimmte, die Frage aufwarf, was Elisabeth hinter dieser Maske zu verbergen versuchte.

Nach dem Essen begaben wir uns wieder in den »Marmorsalon«, wie Elisabeth den Saal mit den Skulpturen nannte. Wir nahmen auf bequemen Sitzmöbeln Platz, während Elisabeth stehen blieb, in die Runde blickte und begann: »Liebe Schwestern, ist ein Weib tatsächlich das herrlichste Ding auf der Welt? Wir meinen, ja, aber die drei ›Herren der Schöpfung‹, die das Lied komponiert haben, sind wohl kaum dieser Meinung. Vielleicht machen sie sich über die oft blinde Zuneigung der Männer für die Frauen lustig, aber ganz sicher auch über die Frauen, die sich auf diese Zuneigung etwas einbilden. Nur zu oft sprechen die Männer vom herrlichen Weib, denken aber wie

Chomel, der in seinem ›ökonomischen und physikalischen Lexikon‹ zum Begriff Weib geschrieben hat, es sei der allgemeinste und darum häufigste Name für alle Wesen, die nicht dem männlichen Geschlecht angehören und doch als Geschlechtswesen bezeichnet werden. Das Lexikon ist vor vierunddreißig Jahren erschienen, und ich wette, viele Männer denken heute noch genauso!«

Applaus für die Rednerin vermischte sich mit Buhrufen, die den verblendeten Männern galten. Ich musste an mich halten, um nicht lauthals loszulachen. Denn ich begriff, um was es sich bei dem so genannten Damenmusikabend in Wahrheit handelte: Es war ein früher Zirkel von Feministinnen.

Der weitere Vortrag bestätigte meine Einschätzung: »Fünf Jahre später sprach Rousseau in seinem Romanwerk ›Emile‹ von einer natürlichen Ungleichheit zwischen den Geschlechtern. Rousseau zufolge sind Frauen schwach und empfangend, Männer dagegen stark und tatkräftig. Daraus schlussfolgert Rousseau die Pflicht der Frau, sich dem Mann zu unterwerfen. Er spricht den Frauen sogar das Recht auf einen eigenen Glauben ab und behauptet, jedes Mädchen müsse die Religion ihrer Mutter haben, jede Frau die ihres Mannes.«

Die Buhrufe wurden lauter. Wäre Jean-Jacques Rousseau im Raum gewesen, hätte er sich seines Lebens nicht mehr sicher sein können.

Elisabeth sprach von den großen gesellschaftlichen Umwälzungen der vergangenen Jahre, von der Amerikanischen und der Französischen Revolution. »Aber glaubt nicht, Schwestern, dass diese Ereignisse uns Frauen Vorteile bringen, wenn wir nicht dafür streiten. In den amerikanischen Kolonien gab es de facto ein Wahlrecht für Frauen, aber in die Verfassung der Vereinigten Staaten von Amerika wurde es nicht aufgenommen!«

Wieder Buhrufe.

»Und was ist in Frankreich geschehen, nachdem die Frauen bei der Revolution in vorderster Front gestanden haben, oft genug mit der Waffe in der Hand? Die Frauen erhielten keinen Zugang zu den Generalständen, und die Männer in der Nationalversammlung haben ihnen das Wahlrecht verweigert. Zudem schlossen sie bei der Abfassung der Menschenrechte die Frauen ausdrücklich aus. Was ergibt sich daraus?«

Elisabeth blickte uns an, und eine Rothaarige sagte: »Die Frau wurde als Bürgerin mit politischen Rechten nicht anerkannt.«

»Sehr richtig, Auguste.« Elisabeth nickte ihr zu. »Lasst uns also darüber diskutieren, wie man das ändern kann, Schwestern!«

Eigentlich hatte ich für Feminismus nie viel übrig gehabt. Es war für mich eine typische Erscheinung des ausgehenden 20. Jahrhunderts gewesen, eine Modewelle. Ich hatte mir immer gesagt, eine Frau, die clever und fleißig sei, brauche weder Quotenregelungen noch Gleichstellungsbeauftragte, um sich durchzusetzen und auch beruflich ihren Weg zu gehen. Aber ich war natürlich verwöhnt. Für mich war es selbstverständlich, dass Frauen wählen und ihre Religion selbst bestimmen durften. Für die Frauen in Elisabeths Palais musste das geradezu utopisch klingen. Ich bewunderte die Leidenschaft, mit der sie diskutierten, und wie klug ihre Argumente oft waren. Mir gefiel es, dieses frühe Aufkeimen eines weiblichen Selbstbewusstseins mitzuerleben.

Und als Elisabeth mich spät am Abend fragte, ob ich wiederkommen würde, sagte ich aus tiefstem Herzen zu.

Kapitel 14

Am nächsten Abend wartete ich in einer Loge des Freihaustheaters voller Spannung auf den ersten Akt der »Zauberflöte«. Mozart und Schikaneder hatten sich bemüht, die Probe so realistisch wie möglich zu gestalten. Es saß sogar Publikum in den Logen, Angehörige der Theatertruppe wie ich, und ausgewählte Gäste. In einer anderen Viererloge sah ich Angelo Soliman und Baron van Swieten mit zwei weiteren Gästen, einem Mann und einer Frau. Der Mann war mir unbekannt, in der prächtig gekleideten und mit viel Rouge maskierten Frau erkannte ich erst bei näherem Hinsehen meine neue Bekannte vom Abend zuvor, Magdalena. Dann musste der Mann neben ihr, ein attraktiver Mittdreißiger mit dunklem Haar und auffallend buschigen Brauen, ihr Franzl sein, der bei der Obersten Justizstelle angestellt war. Magdalena bemerkte mich und winkte mir zu, was ich erwiderte. Van Swieten und Soliman grüßten mich mit einem freundlichem Nicken, und Magdalenas mutmaßlicher Franzl schloss sich an, nachdem sie ihm etwas ins Ohr geflüstert hatte.

Schikaneder trat vor dem geschlossenen Vorhang auf die

Bühne, verneigte sich grüßend in Richtung der Logen und sagte mit lauter Stimme: »Verehrte Gäste, ich freue mich, dass Sie meiner Einladung zu dieser Probeaufführung gefolgt sind. Sie erleben heute Abend den ersten Akt unserer neuen Oper ›Die Zauberflöte‹, deren Textbuch ich selbst zu verfassen die Ehre hatte. Sie werden noch nicht alles vollkommen finden, aber gerade deshalb haben sich hier heute Abend ausnahmslos Menschen mit großem Kunst- und Musikverstand versammelt. Für jede Anregung, wie wir das Stück dem Geschmack des Publikums noch näher bringen können, werde ich dankbar sein. Neben anderen hervorragenden Mitgliedern unseres Hauses sehen und hören Sie Herrn Gerl als Sarastro, Herrn Schack als Tamino, Madame Hofer als Königin der Nacht, Mademoiselle Gottlieb als ihre Tochter Pamina und mich selbst als Papageno. Die Musik stammt von niemand anderem als Herrn Wolfgang Amadé Mozart, Kapellmusikmeister und wirklicher k.k. Kammerkompositeur. Herr Mozart wird aus Hochachtung für ein gnädiges und verehrungswürdiges Publikum sowie aus Freundschaft zum Verfasser des Stücks das Orchester heute selbst dirigieren!«

Das eher spärliche Publikum spendete Schikaneder beim Abtritt von der Bühne heftigen Applaus, was angesichts der Tatsache, dass es sich um seine Angestellten und persönlichen Bekannten handelte, nicht verwunderlich war.

Das Proszeniumslicht fiel auf den Orchestergraben, und Mozart verneigte sich gegen das Publikum, bevor er sagte: »Dieser Abend ist für mich ein ganz besonderer. Nicht nur, weil ich zum ersten Mal den vollständigen ersten Akt der ›Zauberflöte‹ erleben darf, sondern auch, weil ich frisch gebackener Vater bin. Deshalb möchte ich die heutige Aufführung meinem kleinen Sohn Franz Xaver Wolfgang widmen.«

Unter erneutem Applaus wandte er sich dem Orchester zu und hob den Dirigentenstab. Wie oft hatte ich seine Musik zur »Zauberflöte« schon gehört, auf Tonträgern oder live, bei Proben und Aufführungen, im Zuschauerraum, auf und hinter der Bühne, aber nie hatte sie so geklungen wie jetzt. Es lag wohl auch daran, dass Mozart selbst dirigierte. Zudem hatten die Musiker dieser Zeit eine andere Art zu spielen, die man bei keiner noch so genauen historischen Rekonstruktion hundertprozentig treffen konnte. Die Geigen und Violen, das Violoncello, die Kontrabässe, Flöten, Oboen, Klarinetten, Fagotte, Hörner, Trompeten und der Paukenschläger, nie hatten sie sich so ergreifend angehört wie an diesem Abend im späten Juli des Jahres 1791.

Nicht nur die Musik, die ganze Aufführung war für mich von eigentümlich berührender Art. Zum Teil lag das an der großen Mühe, die Schikaneders Truppe sich bei den Kulissen, Kostümen und Effekten gegeben hatte. Die riesige Schlange, der sich Tamino zu Beginn des Stücks gegenübersah, wirkte wie ein lebendiges Ungeheuer, einem modernen Fantasy-Film entsprungen. Aber da war noch mehr, was mich tief berührte, ohne dass ich es hätte in Worte fassen können. Diese Probeaufführung war in gewisser Weise *echter* als alle anderen Aufführungen, die ich erlebt hatte. Fast so, als stünden keine Sänger und Schauspieler auf der Bühne. Die von Schikaneder ersonnenen Gestalten schienen zum Leben erweckt.

Besonders deutlich wurde das an Papageno, den Schikaneder mit solch einer Lust und Leidenschaft gab, dass seine für diese Rolle nicht ganz ausreichende Gesangsstimme mich nach zehn Sekunden nicht mehr störte. Im Gegenteil, Schikaneder war Papageno. Er hatte sich die Rolle wahrlich auf den Leib geschrieben, mit voller Absicht eine komische Figur, die dem populären Anton nicht unähnlich war.

Obwohl ich die »Zauberflöte« auswendig kannte und jede Silbe hätte mitsprechen können, nahm mich das Stück gefangen wie noch nie, und gebannt verfolgte ich die Abenteuer Taminos und Papagenos. Ich spürte Taminos Furcht, als er sich der Riesenschlange gegenübersah, fühlte Erleichterung, als die drei in den Diensten der Königin der Nacht stehenden Damen das Untier besiegt hatten. Papagenos dreiste Behauptung gegenüber Tamino, er habe das Ungeheuer getötet, erheiterte mich, und als die drei Damen zurückkehrten und den Vogelfänger mit einem Schloss vor dem Mund für seine freche Lüge bestraften, brachte sein dummes Gesicht mich zum Lachen. Taminos heftig entbrannte Liebe zu Pamina, deren Bildnis ihm die drei Damen zeigten, und seine Furcht um die Geliebte, als er von Paminas Entführung durch den »bösen Dämon« Sarastro erfuhr, waren für mich noch nie so nachfühlbar gewesen.

Von den Damen mit der Zauberflöte ausgerüstet, wagte Tamino sich gemeinsam mit Papageno ins Reich des geheimnisvollen Sarastro, und bei jedem seiner Schritte bangte ich um das ungleiche Paar. Die Spannung löste sich in einem erneuten Heiterkeitsausbruch auf, als der gefiederte Papageno und Sarastros schwarzer Sklavenaufseher Monostatos voreinander flohen, weil jeder im anderen den Teufel erkannt zu haben glaubte. Als die drei Knaben Tamino in den Tempelbezirk Sarastros führten und ihn ermahnten, standhaft, duldsam und verschwiegen zu sein, zog mich die geheimnisvolle Atmosphäre der Szene in ihren Bann. Fast fühlte ich mich so unsicher wie Tamino, als ein Priester ihm erklärte, Sarastro sei kein Unmensch und kein Tyrann.

Schon oft war ich selbst auf der Bühne die Pamina gewesen, aber noch nie hatte ich ihre Angst und Verzweiflung so deutlich gespürt wie jetzt, als die junge Anna Gottlieb sie verkörperte. Als Pamina und Papageno aus Sarastros Machtbereich zu fliehen versuchten, hatte ich feuchte Hände, mein Herz raste. Anna Gottliebs Gesicht veränderte sich, und ich sah Cora Wilson vor mir, in jener stürmischen, eisigen Nacht, als sie mir mitteilte, dass sie aus dem Internat fliehen wollte. Der schwarze Monostatos, der die beiden Fliehenden entdeckte, wurde vor meinem inneren Auge zu Mrs. DeBourn.

Während ich dem Spiel auf der Bühne zusah und Mozarts magischen Klängen lauschte, vermischten sich für mich die Zeiten. Die Wände und die Einrichtung des Freihaustheaters wurden seltsam blass, beinahe durchsichtig, als wollten sie sich auflösen. Das Aussehen der Menschen in den Logen veränderte sich. Sie trugen plötzlich moderne Kleidung, edle Abendgarderobe, und auch das Theater nahm andere Gestalt an. Ich erkannte den Zuschauerraum des Pegasos-Theaters, und in dem Augenblick begriff ich, was geschah.

Nicht die Menschen und das Theater veränderten sich, sondern mit mir selbst ging etwas vor sich: Ich war dabei, das Jahr 1791 zu verlassen und in meine eigene Zeit zurückzukehren. Aber kein Glücksgefühl wollte sich einstellen, stattdessen ergriff mich Panik. Ich hatte Angst davor, nie mehr in die Vergangenheit zurückkehren zu können. Denn obwohl ich es mir nicht erklären konnte, glaubte ich fest, aus einem bestimmten Grund zu Luise Heusler geworden zu sein. Ich hatte etwas in ihrer Zeit zu erledigen, und ich war mir sicher, dass meine Mission noch nicht erfüllt war. Deshalb hielt ich an der Vergangenheit fest, deshalb wollte ich nicht – noch nicht – in meine Zeit zurückkehren.

Ich hatte nichts außer meinem Willen, um mich dem unerklärlichen Sog zu widersetzen, der mich dieser Zeit entreißen wollte. Also schloss ich die Augen, krampfte die Hände um die Balustrade der Loge und atmete tief durch. Dabei versuchte ich, alle Bilder des Pegasos-Theaters zu verdrängen und mich auf das Freihaustheater zu konzentrieren. Wenn ich die Augen wieder öffnete, musste ich mich weiterhin in Schikaneders Theater befinden!

Vorsichtig öffnete ich die Augen, nicht sicher, ob mir gefallen würde, was ich sah. Mir war, als stiege ich aus einer tiefen, finsteren Grube zurück ans Tageslicht. Ich ahnte, dass ich das Bewusstsein verloren hatte. Es fragte sich nur, für welchen Zeitraum. Vielleicht für mehr als zweihundert Jahre?

Ich lag auf etwas Weichem, einem Bett. Mein Bett. Das schmale Bett, das in einer Ecke meiner Kammer im Freihaus stand. Es war nicht besonders bequem und roch ein wenig muffig, wie feuchtes Stroh, aber ich war überglücklich, mich dort wiederzufinden. Hieß es doch, dass ich im Jahr 1791 geblieben war.

»Es freut mich, Sie lächeln zu sehen, Luise. Ich habe mir große Sorgen um Sie gemacht.«

Der Mann, der sich über mich beugte, war der unvermeidliche Dr. Mesmer. Außer uns hielt sich niemand in der Kammer auf, was angesichts der räumlichen Enge kaum anders möglich war.

»Wie lange war ich ohne Bewusstsein?«, erkundigte ich mich.

»Einige Stunden. Jetzt ist es kurz nach Mitternacht.«

»Hat Schikaneder Sie gerufen, Doktor?«

»Das brauchte er nicht, ich war im Publikum. Schikaneder lud mich ein, weil er angeblich meinen musikalischen Sachverstand schätzt.«

»Der arme Schikaneder!«, seufzte ich. »Ich habe ihm wohl die Probe verpatzt.«

»Das ist nicht weiter tragisch«, sagte Mesmer im väterlich-beruhigenden Tonfall. »Die Probe näherte sich ohnehin ihrem Ende. Ihr Schwächeanfall hat für einiges Aufsehen gesorgt. Man wird in Wien jetzt mehr über das Stück reden als ohne den Vorfall. Wie ich die Wiener kenne, wird schnell das Gerücht aufkommen, Schikaneder hätte das Ganze geschickt inszeniert, um seiner neuen Oper die nötige Aufmerksamkeit zu verschaffen.«

Daran, dass Schikaneder die Probe auch deshalb angesetzt hatte, um Werbung für sein neues Stück zu machen, hatte ich noch gar nicht gedacht. Aber es passte zu dem gerisse-

nen Impresario, und man konnte es ihm kaum verdenken. Sein Theater erhielt keine großzügigen Fördergelder, und die »Zauberflöte« war schon allein im Hinblick auf Kulissen, Kostüme und Bühneneffekte eine extrem aufwändige Produktion. Kurz dachte ich an Professor Lohner, der ebenfalls aus Werbegründen eine Probeaufführung angesetzt hatte. War es Zufall, dass sich bei jeder dieser beiden Aufführungen die Zeiten für mich vermengten?
Ich sah Mesmer an und sagte: »Es war nicht inszeniert. Ich bin wirklich in Ohnmacht gefallen.«
»Ich weiß, Luise.« Ein spitzbübisches Grinsen trat in sein Gesicht. »Selbst wenn ich wirklich ein Quacksalber wäre, hätten meine medizinischen Kenntnisse ausgereicht, um das zu erkennen. Aber ich frage mich, was Ihren Ohnmachtsanfall ausgelöst hat.«
»Das frage ich mich auch«, sagte ich ehrlich und fügte, nur um Mesmer zu beruhigen, hinzu: »Vielleicht habe ich in letzter Zeit zu viel gearbeitet. Durch die Ausfälle von Josefine und Marlies ist eine Menge Arbeit liegen geblieben, wissen Sie.«
»Das wäre eine Erklärung. Die letzten Wochen sind gewiss nicht leicht für Sie gewesen.« Er stellte ein schmales Fläschchen auf die Kommode neben dem Bett. »Das habe ich für Sie holen lassen. Nehmen Sie jeden Morgen und jeden Abend vor dem Essen zehn Tropfen davon. Es stärkt Ihre Nerven und Ihre Widerstandskraft.«
»Animalischer Magnetismus in der Flasche?«, fragte ich. Es sollte ein Scherz sein, aber Mesmer rang sich nur ein kurzes, reichlich gequältes Lächeln ab. Wahrscheinlich hatte er derartige Bemerkungen einfach zu oft gehört. Er

riet mir, mich in nächster Zeit zu schonen, wünschte mir eine gute Nacht und ließ mich mit quälenden Gedanken allein, die mir alles andere als eine gute Nacht bereiteten. Wenn es kein Zufall war, dass ich jeweils bei einer Probe der »Zauberflöte« eine Vermischung der Zeiten erlebt hatte, wo war dann der gemeinsame Nenner? Ich erinnerte mich an das Erlebnis nach der Pressekonferenz im Pegasos-Theater, als ich mit Susan ins Hotel Ambassador zurückgekehrt war. Damals hatte ich diese vier Musiker im Rokoko-Look auf der Kärntner Straße gesehen und den Eindruck gehabt, Gegenwart und Vergangenheit vermengten sich. Doch da hatte ich die Musik gar nicht gehört, ich wusste bis heute nicht, welches Stück von welchem Komponisten sie gespielt hatten. Vielleicht Mozart, etwas aus der »Zauberflöte«?

Je länger ich darüber nachdachte, desto mehr verfestigte sich in mir der Gedanke, dass Mozart oder seine Musik mit den ominösen Vorfällen in Verbindung standen. Seine Kompositionen für die »Zauberflöte« hatten meine Anfälle begleitet. Beide Mordopfer, Josefine und Marlies, hatten daran gearbeitet, die Kostüme für das Stück herzustellen. Mozart war an dem Tag, als ich überfallen wurde, auch im Prater gewesen. Und er war im Freihaus, als ganz in der Nähe Marlies starb. Ob er auch bei Josefines Tod in der Nähe gewesen war, entzog sich meiner Kenntnis.

Aber vielleicht sollte ich ihn ganz einfach fragen.

Kapitel 15

Als ich am Abend des folgenden Tages durch die Gassen von Wien ging, war ich mir meiner Sache nicht mehr so sicher. Würde es nicht ungehörig oder lächerlich wirken, wenn ich dem großen Mozart gegenüber auftrat wie Philip Marlowe und ihn fragte: »Herr Mozart, wo waren Sie am Abend des 1. Juli?«

Aber ich musste etwas unternehmen, um endlich herauszufinden, weshalb ich zweihundert Jahre in die Vergangenheit verschlagen worden war. Ich erinnerte mich an einen Ausspruch Napoleons, den ich irgendwo gelesen hatte: Besser, man tut etwas Verrücktes, als dass man überhaupt nichts tut. So oder so ähnlich hatte der Korse sich ausgedrückt. Und ich hatte beschlossen, seinen Rat zu befolgen.

Also irrte ich durch die Gassen, über die sich mehr und mehr die nächtliche Dunkelheit senkte. Entgegen Mesmers Ratschlag war ich nicht dazu gekommen, mich zu schonen. Schikaneder hatte bei der Probe etliche Ideen zur Änderung der Kostüme gehabt, was mehr Arbeit für Rosa und mich bedeutete. Also saßen wir bis spät am Abend in unserer kleinen Werkstatt, und ich kam erst jetzt dazu, Mozart aufzusuchen.

Ich hatte mich durchgefragt und war sicher, ganz in der Nähe der Rauhensteingasse zu sein, wo die Mozarts seit dem letzten ihrer vielen Umzüge in einer Mietwohnung lebten. Die Namen aller Straßen und Plätze waren mit großen Schildern deutlich ausgewiesen, und hätte ich einen Stadtplan gehabt, wäre es mir wohl leicht gefallen, die Rauhensteingasse zu finden. Aber so?

Ich hörte Stimmen über mir und blickte nach oben. Die Häuser, vor denen ich stand, waren fast durchweg in den obersten Geschossen mit Kindergittern versehen. Das waren maximal einen halben Meter breite Eisengestänge, von denen die Fenster im vierten oder fünften Stock käfigartig umschlossen wurden. Da die Mehrzahl der Häuser nur über enge, schmutzige Höfe verfügte und das Herabsteigen von so weit oben zudem beschwerlich war, setzten viele Mütter ihre Kinder in diese Gitter, damit die Kleinen frische Luft bekamen. Über mir hingen trotz der späten Stunde fünf oder sechs Kinder, Jungen und Mädchen zwischen fünf und zehn Jahren, und schrien einander Witze oder Schimpfworte zu.

So laut ich konnte, rief ich zu ihnen hinauf und fragte nach der Rauhensteingasse.

Erst glotzten sie mich nur blöde an, dann streckte ein Junge den Arm aus und zeigte hinter mich. »Dort um die Ecke, Fräulein, da liegt die Rauhensteingasse.«

»Kannst du mir auch sagen, welches das Kleine Kaiserhaus ist?«

Die meisten Häuser hier im alten Wien hatten einen

Namen. Ich hatte einmal gelesen, Mozarts letzte Wohnung habe sich im Kleinen Kaiserhaus befunden, konnte mich aber nicht mehr entsinnen, woher die Bezeichnung stammte.

»Es ist das Eckhaus«, antwortete der Junge. »Das, was ein Stück vorsteht, schräg gegenüber der Kirche.«

Ich bedankte mich und ging in die angegebene Richtung. Und wirklich, ich fand das Schild mit der Aufschrift »Rauhensteingasse« und sah die Kirche mit der zwiebelförmigen Turmspitze. Als ich darauf zuschritt, entdeckte ich ein Eckhaus mit vorspringender Fassade, vor dem eine Kutsche wartete. Die Straßenlaternen in der ganzen Stadt brannten bereits, aber der Kutscher, der zusammengesunken auf dem Bock hockte, hatte sich eine finstere Ecke ausgesucht, so dass ich kaum mehr als grobe Umrisse erkennen konnte.

Beim Anblick der Kutsche beschlich mich ein beunruhigendes Gefühl, das ich mir selbst nicht erklären konnte. Mir war, als hätte ich die Szene schon einmal geträumt, und ich erinnerte mich vage, dass mit dem Fuhrwerk Unheil verbunden war. Wahrscheinlich lag das nur daran, dass es mich an einen Leichenwagen erinnerte.

Ich ging an der Kutsche vorbei und versuchte vergeblich, einen Blick in das Gesicht des Fahrers zu werfen. Er hatte seinen runden, breitkrempigen Hut tief in die Stirn gezogen und den Mantelkragen hochgeschlagen, als wollte er sein Antlitz verbergen. Die Kutsche war tatsächlich schwarz, das Pferd ebenfalls. Ein Wappen oder Emblem konnte ich nicht erkennen.

Als ich direkt vor dem Gebäude stand, das ich für das

Kleine Kaiserhaus hielt, trat jemand aus dem großen, hufeisenförmigen Tor auf die Straße. Ohne lange zu überlegen, fragte ich, ob hier der Komponist Mozart wohne. Dann erst blickte ich mein Gegenüber an, und ein kalter Schauer lief mir über den Rücken.

Es war ein ähnliches Gefühl wie beim Anblick der Kutsche, nur viel stärker, furchteinflößender. Vor mir stand eine Gestalt, von der nicht viel mehr zu sehen war als die Augen. Ein umhangartiger grauer Mantel reichte fast bis zu den Füßen, der Kragen war hochgeschlagen. Ein großer Dreispitz überschattete das Gesicht, so dass ich auch die Augen nur schemenhaft erkennen konnte.

»Hinteres Treppenhaus, erstes Obergeschoss«, sagte der Vermummte mit tiefer, rauer Stimme, bevor er in die Kutsche stieg. Kaum hatte er die Tür zugezogen, trieb der Fahrer das Pferd auch schon an.

Als die Kutsche längst aus meinem Blickfeld verschwunden war und ich nur noch den Huftritt und das Rattern der Räder auf dem Pflaster hörte, wurde mir bewusst, was mich an der vermummten Gestalt so erschreckt hatte: die Schuhe, die mit sternförmigen Spangen verziert gewesen waren!

Kalter Schweiß trat auf meine Stirn. Als ich ihn mit einem Taschentuch abwischen wollte, stellte ich fest, dass meine Hände zitterten. Ich lehnte mich mit dem Rücken gegen die Hauswand und atmete tief durch. Ich durfte jetzt nicht die Nerven verlieren, durfte vor allem nicht wieder in Ohnmacht fallen. Das wurde sonst noch zu einer schlechten Angewohnheit.

Ich machte mir klar, dass ich nicht in unmittelbarer Gefahr schwebte. Erstens stand nicht fest, ob der Vermummte wirklich Josefines Mörder war. Hunderte von Männern in Wien mochten Schuhe mit solchen gezackten Spangen tragen. Und wenn er es gewesen war, so hatte ihn das Zusammentreffen wohl mindestens ebenso überrascht wie mich.

Vielleicht sollte ich bedauern, dass er einfach so in die Kutsche gestiegen und in der Dunkelheit verschwunden war, denn er war der Schlüssel zu dem Geheimnis, das ich lüften wollte.

Andererseits: Wenn es wirklich Josefines Mörder gewesen war, der Mann, der mich im Prater überfallen hatte, dann kannte ich jetzt eine Verbindung zu ihm, und die hieß Mozart.

Das Haus zu betreten, in dem Mozart wohnte, hatte ich mir anders vorgestellt, feierlicher in jeder Beziehung. Noch ganz unter dem verstörenden Eindruck meiner unheimlichen Begegnung mit dem Vermummten, durchquerte ich einen halbdunklen Gang. Das Einzige, woran ich mich später erinnerte, war der scharfe Geruch nach einem Reinigungsmittel. Im hinteren Treppenhaus brannte eine Lampe, und ihr rötlicher Schein wies mir den Weg eine knarrende Stiege hinauf. Im ersten Obergeschoss fand ich ein schmuckloses Messingschild mit Mozarts Namen. Ein blasser Lichtstrahl fiel durch die untere Türritze auf den Flur. Gerade wollte ich den ringförmigen Türklopfer betätigen, da wurde die Tür aufgerissen, und ein Mädchen in Dienstbotentracht stürmte grußlos an mir vorbei.

Eine weitere Frau stand in der offenen Tür. Wir beide sahen uns erstaunt an. Es war meine Bekannte aus dem Haus der Gräfin, Magdalena.

»Kommen Sie herein, Fräulein Heusler«, sagte sie unerwartet förmlich, zwinkerte mir aber gleichzeitig zu.

Ich begriff, dass der vertrauliche Umgang unter uns *Schwestern* nicht für die Augen und Ohren Dritter bestimmt war.

Nach einem forschenden Blick auf den Flur, als rechnete sie mit einer verborgenen Gefahr, schloss Magdalena die Tür und verriegelte sie.

»Was ist denn eigentlich los?«, fragte ich. »Das Mädchen eben …«

»Holt einen Arzt«, beantwortete Magdalena meine nur halb ausgesprochene Frage. »Herrn Mozart geht es nicht gut. Er hatte einen Schwächeanfall.«

»Hängt das mit dem Mann im grauen Mantel zusammen?«

Magdalena wirkte irritiert. »Was wissen Sie von ihm?«

»Nichts. Ich traf ihn vor dem Haus, und er wies mir den Weg zur Wohnung.«

»Mehr nicht? Haben Sie nicht gesehen, wohin er gegangen ist?«, fragte Magdalena enttäuscht.

»Er stieg in eine Kutsche, die unten auf ihn gewartet hat.«

»Was für eine Kutsche?«

»An ihr war nichts Besonderes. Nichts, woraus man schließen könnte, wem sie gehört. Falls es das ist, was Sie wissen wollen, Frau …«

»Oh.« Als Magdalena bewusst wurde, dass ich nichts weiter kannte als ihren Vornamen, lächelte sie verlegen und sagte: »Mein Name ist Hofdemel, Maria Magdalena Hofdemel.«

Der Name kam mir bekannt vor, ohne dass ich ihn hätte einordnen können. Ich nahm an, ihn gelesen zu haben, als ich mich mit Mozarts Biographie beschäftigt hatte.

»Was hat das alles zu bedeuten, Magda…, pardon, Frau Hofdemel? Wer war der Mann in Grau? Und was tun Sie hier?«

»Ich weiß nicht, wer der Mann war. Er wollte zu Mozart und hat mit ihm unter vier Augen gesprochen. Ich verließ notgedrungen das Zimmer. Als der Besucher ging, war Mozart sehr erregt und musste sich hinlegen. Wir haben deshalb das Mädchen losgeschickt, um den Hausarzt zu holen.«

»Wir?«

»Ich und Frau Mozart. Sie ist jetzt bei ihrem Gemahl.«

»Und Sie?«

»Ich?« Magdalena stutzte. »Ach so, das meinen Sie. Ich nehme Klavierunterricht bei Mozart, deshalb bin ich hier.«

»Im Haus der Gräfin Mansfeld hatte ich nicht den Eindruck, dass Sie noch Unterricht benötigen.«

»Ohne Herrn Mozart wäre ich längst nicht so weit. Und auch jetzt gibt es für mich noch einiges zu lernen, wenn …«

Eine Tür wurde geöffnet, und eine kleine, schlanke Frau mit besorgtem Gesicht und leicht zerzaustem Haar betrat die Diele. Ich wusste sofort, dass es Konstanze Mozart war. Ihre kleinen, fast schwarzen Augen richteten sich fragend auf mich.

»Das ist Fräulein Luise Heusler«, erklärte Magdalena. »Sie ist Putzmacherin bei Schikaneder und mit den Kopfbedeckungen für die ›Zauberflöte‹ beschäftigt.«

Konstanze Mozart nickte geistesabwesend. »Und der Arzt?«

»Das Mädchen ist schon unterwegs.«

Während Magdalena noch sprach, erscholl Babygeschrei.

»Das ist der kleine Franz«, sagte Konstanze. »Ich muss nach ihm sehen. Würden Sie so lange bei meinem Mann bleiben, Frau Hofdemel? Es geht dem Wolferl noch nicht so recht.«

»Gern«, sagte Magdalena und wandte sich an mich: »Kommen Sie mit, Fräulein Heusler?«

Ich nickte, und wir folgten Frau Mozart in das angrenzende Zimmer, wo der erst wenige Tage alte Franz Xaver Wolfgang Mozart in einer schmucklosen Wiege lag und sich die Seele aus dem winzigen Leib schrie. Ein etwa sieben Jahre alter Junge hockte auf dem Fußboden und ließ zwei kleine Armeen von Zinnsoldaten gegeneinander aufmarschieren. Das musste Mozarts Sohn Karl Thomas sein.

Während Konstanze sich um das Baby kümmerte, durchquerten Magdalena und ich einen kleinen Salon und ein Billardzimmer, um in Mozarts Arbeitszimmer zu gelangen. Dort lag Mozart, in eine Wolldecke gewickelt, auf einer Chaiselongue.

Er machte wirklich keinen guten Eindruck. Sein Gesicht sah noch blasser aus als gewöhnlich, beinahe so weiß wie Papier. Und in seinem Blick lag etwas Ängstliches, das ich als Todesangst bezeichnet hätte, wäre es nicht so thea-

tralisch gewesen. Als ich hinter Magdalena eintrat, wirkte er erschrocken. Das legte sich jedoch, sobald er mich erkannte.
»Der Arzt muss jeden Augenblick kommen«, sagte Magdalena. »An der Wohnungstür traf ich Fräulein Heusler, die wohl zu Ihnen wollte, Herr Mozart.«
Er versuchte sich an einem tapferen Lächeln. »Hier im Kleinen Kaiserhaus ist heute Abend ja reger Betrieb. Was führt Sie zu mir, Fräulein Luise?«
»Ich wollte mich für gestern Abend entschuldigen«, log ich, weil ich es angesichts seiner Schwäche und Magdalenas Anwesenheit nicht für angebracht hielt, den wahren Grund meines Besuches zu nennen. »Ich glaube, ich habe Ihnen die Probeaufführung verdorben. Auch wenn Dr. Mesmer meint, es sei die beste Werbung, die Schikaneder sich wünschen konnte.«
Mozart begann zu lachen, was ihm den Schweiß auf die Stirn trieb. »Mesmer hat eine scharfe Zunge, aber die braucht er wohl bei seinen vielen Feinden. Außerdem liegt er gar nicht so falsch. Ihr Zusammenbruch hätte auch einer von Schikaneders Bühneneffekten sein können. Pardon, das nehmen Sie mir hoffentlich nicht übel.«
»Nein, Herr Mozart, zumal ich annehme, dass Sie gerade heute Verständnis für meine gestrige Schwäche aufbringen.«
»Wieso?«
Dann begriff er und lachte erneut. In sein Lachen, das sich ein wenig wie das schadenfrohe Kichern eines Kindes anhörte, mischte sich das dumpfe Hämmern des Türklopfers.

»Das ist vielleicht der Arzt.« Magdalena stand auf. »Ich werde nachsehen.«
Kaum hatte sie das Zimmer verlassen, brach Mozarts Gelächter ab, und er sah mich nachdenklich an.
Mit ernster Stimme sagte er: »Ich habe Verständnis für Sie, Luise, sehr großes Verständnis sogar.«
»Ich weiß.«
»Was wissen Sie?«, fragte er scharf und richtete sich ein wenig auf.
»Nichts Genaues, leider. Aber ich spüre, dass Sie mich gut verstehen.«
Ich hatte das Gefühl, er stand kurz davor, mir eine wichtige Eröffnung zu machen. Die Hoffnung, dass mein Besuch bei Mozart mir doch noch wertvolle Hinweise auf den Sinn meines Zeitsprungs geben würde, zerbarst, als Magdalena mit dem Besucher eintrat und Mozart zurück auf seine Kissen sackte.
Magdalenas mir unbekannter Begleiter war ein hagerer Mann in den Vierzigern.
Das schwarze Haar, der dunkle Teint und die scharfen Gesichtszüge wiesen auf eine südländische Herkunft hin. Seine Kleidung war in Stoff und Zuschnitt ausgesucht, und an seinen Fingern glitzerten ein paar mit Edelsteinen besetzte Ringe.
»Es ist nicht der Arzt, sondern …«
Der Fremde ließ Magdalena nicht ausreden, trat an ihr vorbei an die Chaiselongue und sagte: »Mozart, was haben Sie denn? Ich bin richtig erschrocken, als Madame Hofdemel mir an der Tür sagte, es gehe Ihnen nicht recht. Haben Sie sich überarbeitet? Ich könnte es gut verstehen.

Ein so meisterhaftes Werk wie Ihre ›Zauberflöte‹ erfordert gewiss manch durchwachte Nacht!«

Mozarts Gesicht hellte sich auf. »Waren Sie gestern da, verehrter Maestro? Und es hat Ihnen gefallen, wirklich?«

»Über alle Maßen. Ich war tieftraurig, dass es nur den ersten Akt zu erleben gab. Ja, das ist der treffende Ausdruck: Es war ein Erlebnis! Nicht ich bin der Meister, Freund Mozart, Sie sind es. Ich weiß, dass man mir hinter meinem Rücken nachsagt, ich sei eifersüchtig auf Ihre Genialität. In. diesem Fall aber zolle ich Ihnen meinen Beifall ganz ohne Neid. Sie wissen, das deutschsprachige Singspiel ist noch nie mein Revier gewesen und wird es niemals sein.«

Mozart schluckte und schien zutiefst gerührt, wie ein Kind, das von seinem Vater ein großes Lob erhalten hat. »Das ist wirklich zu viel der Ehre. Sie wissen, dass kaum ein lobendes Wort für mich so wertvoll ist wie eins aus Ihrem Mund, Maestro.« Schlagartig schien sich Mozarts Gemütsverfassung zu ändern, und er begann erneut zu kichern.

Befremdet starrte der Besucher ihn an. »Was erheitert Sie so, Mozart?«

»Ich dachte gerade daran, wie ich mir Ihren Besuch ausgemalt, wie ich mich davor gefürchtet habe.«

»Gefürchtet, Mozart? *Per amor di Dio*, warum denn das?«

Nun wusste ich, dass der Fremde Italiener war, sein Deutsch allerdings war so gut wie akzentfrei.

»Ich habe befürchtet, Sie würden die ›Zauberflöte‹ gerade

deshalb verschmähen, weil es eine deutschsprachige Oper ist. Mir ist bekannt, dass Sie, wohl nicht nur aus musikalischen Gründen, die italienische Oper bevorzugen, und die meisten Musikfreunde in Wien sind da mit Ihnen einig. Es wäre Ihnen ein Leichtes gewesen, mein neues Stück in Bausch und Bogen zu verdammen. Der Beifall der Allgemeinheit wäre Ihnen dafür sicher gewesen. Ihr Lob in dieser Sache zählt deshalb für mich doppelt. Ich weiß, dass es aus Ihrem Herzen kommt!«

»Das tut es«, versicherte der Besucher und drückte Mozarts Hand. »Schonen Sie sich, *amico mio*, aber nicht zu sehr. Ich bin nämlich schon gespannt auf den zweiten Akt. Und jetzt will ich Sie verlassen, damit Sie die nötige Ruhe finden. *Buona sera!*«

Er wandte sich zum Gehen, blieb dann jedoch vor mir stehen. »Ich fürchte, ich wurde Mademoiselle noch nicht vorgestellt.«

»Oh, das ist Fräulein Luise, Luise Heusler!«, rief Mozart mit fröhlicher Stimme. »Sie arbeitet für Schikaneder als Putzmacherin. Und wenn die ›Zauberflöte‹ nicht nur eine gute Musik hat, sondern auch eine gute Ausstattung, dann ist das nicht zuletzt Fräulein Heuslers Verdienst.«

Der Italiener verbeugte sich, ergriff meine Rechte und deutete einen Handkuss an. »Sehr erfreut, Mademoiselle Heusler. Eine so gute Kraft hat man gern in seinen Diensten. Falls Sie bei Herrn Schikaneder nicht mehr zufrieden sein sollten, wenden Sie sich vertrauensvoll an mich. Ich bin der Hofkapellmeister Antonio Salieri.«

Salieri!
Der Name dieses Mannes spukte mir noch im Kopf herum, als er sich längst verabschiedet hatte. Natürlich kannte ich die Gerüchte, denen zufolge der Italiener, von Neid zerfressen, Mozart vergiftet haben sollte. Salieri selbst hatte soeben diesen Neid erwähnt, aber zwischen ihm und Mozart schien privat ein geradezu herzliches Verhältnis zu bestehen, das zudem geprägt war von gegenseitiger beruflicher Achtung. Ich hatte das Gefühl, Mozart war durch den Besuch des Rivalen um die Gunst von Kaiser und Wiener Publikum regelrecht aufgelebt.
Dennoch hatte Salieri bei mir einen zwiespältigen Eindruck hinterlassen. Vielleicht lag es nur an der düsteren Stimmung, in der ich mich seit der Begegnung mit dem Vermummten befand. Möglicherweise war auch der schlechte Leumund, den Salieri in der Überlieferung hatte, daran schuld. Er selbst soll sich im hohen Alter als Mörder Mozarts oder zumindest als mitschuldig an Mozarts Tod bezeichnet haben, aber vielleicht war hier mit manchem Autor nur die Phantasie durchgegangen. Salieri soll seine letzten Lebensjahre in geistiger Umnachtung verbracht haben. Gut möglich, dass er sich im Zustand der Verwirrung fälschlicherweise die Ermordung Mozarts anmaßte.
Während ich mich in Gedanken noch mit Salieri beschäftigte, kam das Dienstmädchen in Begleitung eines Arztes zurück.
Dr. Closset war ein agiler Mittdreißiger, der gleich seine Jacke auszog und ohne weitere Umstände damit begann, Mozart zu untersuchen.

»Sie haben sich aufgeregt, nicht wahr?«, fragte Closset. »War dieser geheimnisvolle Besucher schuld daran?«

Er sprach von dem Vermummten, von dem ihm das Mädchen erzählt haben musste, und ich wurde hellhörig.

»Ja, Doktor«, antwortete Mozart, während der Arzt seine Pupillen begutachtete. »Ich hätte mir seinen schlechten Scherz nicht so zu Herzen nehmen sollen. Aber Maestro Salieri, der eben hier war, hat wohl Recht: Ich bin zur Zeit ein wenig überarbeitet.«

Der Arzt lächelte dünn. »Seit ich Sie kenne, Mozart, sind Sie immer *ein wenig überarbeitet.*«

»Was soll ich machen? Frau und Kinder wollen ernährt sein.«

»Das ist es wohl kaum«, meinte Closset und fühlte Mozarts Puls.

»Wie meinen Sie, Doktor?«

»Ich meine, dass Sie gar nicht anders können.« Der Arzt machte eine Kopfbewegung zu dem Pianoforte hin, das an einem der Fenster stand. »Wenn Sie sich nicht mit Ihrer Musik beschäftigen können, sind Sie nicht glücklich.«

»Ist es so schlimm, glücklich zu sein?«

»Nur dann, wenn es in Arbeit ausartet und einen zu sehr anstrengt.«

»Bevor Sie mir das Musizieren und Komponieren verbieten, Doktor, schiebe ich die Schuld doch lieber auf meinen seltsamen Besucher.«

»Wie ging denn sein schlechter Scherz?«

»Er wollte ein Requiem bei mir bestellen.«

»Das soll hin und wieder vorkommen«, meinte Closset,

während er in seiner Tasche kramte. »Wollte er etwa nichts dafür bezahlen?«

»Im Gegenteil, er bot mir eine beachtliche Summe.«

»Ein Grund zur Freude, aber keiner, gleich zusammenzubrechen. Oder haben Sie das Geld so nötig?«

»Sagen wir, ich habe es nötiger, als mir lieb ist. Aber die Summe war es nicht, über die ich so erschrocken bin. Ich habe ihn nämlich nach seinem Namen gefragt. Den wollte er mir nicht nennen. Er sagte, er selbst sei nicht wichtig, er sei nur ein Bote.«

»Dann ist der Name seines Auftraggebers wichtiger«, schlussfolgerte der Arzt.

»Das dachte ich auch und erkundigte mich danach«, fuhr Mozart fort. »Wieder tat der angebliche Bote sehr geheimnisvoll und sagte, er dürfe seinen Auftraggeber nicht nennen.«

»Tja, das ist wirklich eine mysteriöse Geschichte«, meinte Closset und stellte eine Pillendose auf den achteckigen Tisch neben der Chaiselongue. »Davon heute Abend zwei und morgen über den Tag verteilt dreimal je eine. Wenn es dann nicht besser wird, wiederholen Sie die Prozedur übermorgen.«

»Und wenn es dann nicht besser wird?«, fragte Mozart.

»Rufen Sie mich wieder«, sagte der Arzt grinsend. »Auch ich bin aufs Geldverdienen angewiesen. Aber nun erzählen Sie endlich, was Sie dermaßen erschreckt hat.«

»Ich dachte, ich könnte dem Unbekannten sein Geheimnis entlocken, indem ich ihn nach der Person fragte, anlässlich deren Todes das Requiem aufgeführt werden soll.«

»Und die hat er Ihnen auch verschwiegen?«
»Nein«, sagte Mozart und fuhr zögernd fort: »Diese Frage hat er mir bereitwillig beantwortet. Und über die Antwort wäre wohl jeder erschrocken.«
»Sie machen es spannend«, stellte der Arzt fest. »Die Damen warten wohl genauso begierig auf die Pointe wie ich.«
»Ich hoffe sehr, dass es nur die Pointe eines Scherzes ist.« Mozart holte tief Luft. »Der Fremde sagte, ich bräuchte mir um die Aufführung des Requiems keine Sorgen zu machen, ich würde sie nämlich nicht mehr erleben.«
»Warum nicht«, fragte Closset begriffsstutzig.
Mit versteinerter Miene antwortete Mozart: »Weil, so sagte der Fremde, das Requiem anlässlich meiner eigenen Totenfeier aufgeführt werden soll.«

Mozarts Eröffnung über das Requiem hatte mich tief erschüttert, und ich konnte während der Rückfahrt zum Freihaus kaum an etwas anderes denken.
Als Dr. Closset Mozart verließ, hatten auch Magdalena und ich uns verabschiedet. Magdalena bestand darauf, mich mit einem Fiaker zum Freihaus zu bringen, bevor sie nach Hause fuhr. Sie wollte mich nicht allein lassen angesichts der Tatsache, dass die Mörder von Josefine und Marlies noch frei herumliefen. Ihre Sorge um mich war nicht unbegründet: Die Straßen des nächtlichen Wiens, durch die unsere Kutsche rollte, wurden zwar durch Laternen beleuchtet, aber es gab genügend dunkle Ecken, in denen sich ein heimtückischer Attentäter verbergen konnte.

Magdalena sprach von Mozarts Schwächeanfall und davon, dass sie ihn so noch nie erlebt habe. Ich hörte nur mit halbem Ohr hin, denn immer wieder kehrten meine Gedanken zu dem Requiem zurück. Diese Totenmesse war jedem, der sich mit Mozart beschäftigte, ein Begriff.
In seinen letzten Lebensmonaten hatte Mozart, als hätte er nicht schon genügend zu tun gehabt, an dem Requiem gearbeitet, es aber nicht mehr fertig stellen können. Die Legende, es sei seine eigene Totenmesse gewesen und er habe sich deshalb gegen die Fertigstellung gesträubt, hielt sich hartnäckig. Ich konnte kaum glauben, dass Mozart selbst vorhin die Geschichte bestätigt hatte.
Die Bestellung des Requiems durch einen anonymen Auftraggeber war in der Mozart-Literatur überliefert. Allerdings glaubten die Forscher, den Besteller in Franz Graf Walsegg-Stuppach ausfindig gemacht zu haben, der die Totenmesse, so jedenfalls die allgemeine Ansicht, zum Gedenken an seine früh verstorbene Frau aufführen wollte. Anonym soll die Bestellung deshalb erfolgt sein, weil der Graf ein großer Musikfreund war und das Komponieren als Steckenpferd betrieb. Er soll es geschätzt haben, anonyme Kompositionen aus fremder Feder vor seinen Freunden aufzuführen, damit diese ihn für den Komponisten hielten.
Ganz schlüssig war mir die Geschichte nie vorgekommen. Ein Mann, der aus Gram über den Tod seiner Frau eine Messe für sie bestellte, sollte das Werk dazu benutzen, um vor seinen Freunden anzugeben? Unterschwellig hatte ich schon immer gespürt, dass mehr an der ganzen Sache war, aber ich hätte auch nicht im Traum daran gedacht, dass

ich mich einmal mittendrin befinden würde. Anders konnte man es kaum bezeichnen, besonders dann nicht, wenn der graue Bote, wie er von der Nachwelt genannt wird, tatsächlich Josefine und Marlies auf dem Gewissen hatte. Kurz zog ich in Erwägung, meinen Verdacht Polizeiunterkommissär Kneifl mitzuteilen. Aber es schien mir alles zu unbestimmt. Letztlich konnte ich es nur an den Schuhen mit den sternförmigen Spangen festmachen. Und was sollte Kneifl auch unternehmen? Wenn sogar Mozart den Mann nicht kannte, gab es für den Kommissär keinen Anhaltspunkt. Ich konnte es drehen und wenden, wie ich wollte: Ich selbst musste mich um die Aufklärung kümmern.

Magdalena, die jetzt wieder im vertrauten Ton mit mir sprach, unterbrach meinen Gedankengang: »Hättest du geglaubt, Luise, dass Salieri persönlich erscheint, um Mozart zur Probeaufführung der ›Zauberflöte‹ zu gratulieren?«

»Salieri?« Ich zuckte mit den Schultern. »Ich weiß zu wenig über ihn. Ist er wirklich neidisch auf Mozart?«

»Man erzählt es sich, obwohl er eigentlich keinen Grund dazu hat. Seine italienischen Opern sind bei Hofe und auch beim Publikum sehr gefragt, während Mozart immer wieder um die Zuneigung von Kaiser und Öffentlichkeit ringen muss. Elisabeth sagt, Salieri komponiere auf den breiten Geschmack hin, während Mozart versuche, den Geschmack zu verbreitern. Das verlange vom Publikum aber die Anstrengung, sich an etwas Neues zu gewöhnen, wozu die meisten Menschen und die Wiener im Besonderen zu bequem seien.«

»Die Gräfin ist eine ebenso kluge wie ungewöhnliche Frau«, stellte ich fest. »Seit wann gibt es den Schwesternzirkel?«

»Oh, das weiß ich gar nicht so genau. Ich gehe seit etwa zwei Jahren zu Elisabeth.«

»Mit welcher Absicht?«

Magdalena sah mich verständnislos an. »Wieso Absicht? Es sind einfach interessante Abende, findest du nicht?«

»Doch, sicher. Aber will die Gräfin ein bestimmtes Ziel erreichen, indem sie über die Unterdrückung der Frau spricht?«

»Das habe ich sie auch einmal gefragt. Sie sagte, ihr Ziel sei es, dass wir Frauen unsere eigenen Gedanken entwickeln. Wenn der Mensch erst einmal denke, geschehe alles andere von selbst.«

»Alles andere? Was meint sie damit, Magdalena?«

»Das hat sie mir nicht gesagt. Aber wenn wir die richtigen Gedanken entwickeln, werden wir es bestimmt erkennen.«

Magdalena sagte das mit einer Zuversicht, die grenzenloses Vertrauen in die Gräfin erkennen ließ. Wie man seinen Eltern vertraute oder, wenn man gläubig war, seinem Pfarrer.

Der Fiaker näherte sich dem Freihaus und fuhr an dem nachtdunklen, verlassenen Marktplatz vorbei. Ich dachte an Marlies, die dort mit durchschnittener Kehle zwischen den dunklen Bretterbuden gelegen hatte. Ein kalter Schauer ließ mich erzittern. In diesem Augenblick war ich Magdalena für ihre Begleitung unendlich dankbar.

»Was ist?«, fragte sie. »Oh, ich verstehe.« Sie wechselte

den Platz und setzte sich neben mich. Behutsam legte sie einen Arm um mich, zog meinen Kopf an ihre Schulter und streichelte mir übers Haar. »Du musst keine Furcht haben, Luise. Du bist nicht allein. Du hast mich und Elisabeth und all unsere Schwestern. Die Mörder wird man finden, ganz bestimmt! Ich rede mit dem Franzl. Er wird bei der Obersten Justizstelle dafür sorgen, dass die Polizei sich mehr anstrengt als bisher.«

Magdalenas beruhigende Stimme und ihre zärtlichen Berührungen waren für mich wie ein wärmendes Feuer, das den kalten Schauer vertrieb. So wie jetzt war es früher in Graz gewesen, wenn Josefine und ich uns nach einer Grobheit Schlögls gegenseitig getröstet hatten. Im Haus der Gräfin konnte ich vielleicht eine ähnliche Geborgenheit finden oder sogar eine neue Schwester. Magdalena?

Als die Kutsche anhielt und sie mich fragte, ob ich am nächsten Tag zum Schwesternzirkel kommen wolle, sagte ich freudig zu. Der Abschied von Magdalena fiel mir schwer. Ich sah dem Fiaker nach, bis er aus meinem Blickfeld verschwunden war. Nur widerwillig erklomm ich die Stiege zu meiner Kammer. Ich fürchtete mich plötzlich vor dem Alleinsein und vor dem endlosen Brüten, das so ergebnislos verlief wie mein Besuch bei Mozart.

Im Bett fand ich tatsächlich keinen Schlaf, gequält von düsteren Gedanken, die um Mozart, Salieri und den grauen Boten kreisten. Ich überlegte, ob an dem Gerücht, Salieri habe Mozart in den Tod getrieben, doch etwas dran war. Konnte es ein Zufall sein, dass er ausgerechnet an diesem Abend Mozart aufsuchte? Waren die Glückwünsche zum ersten Akt der »Zauberflöte« bloß ein Vorwand gewesen? Wollte Salieri sich in Wahrheit ein Bild davon verschaffen, wie der Besuch des Vermummten auf Mozart gewirkt hatte?

Schließlich schlief ich doch ein, begleitet von einem starken Angstgefühl. Ich fürchtete nicht um mich, sondern um Mozart. In etwas mehr als vier Monaten würde er tot sein.

Kapitel 16

Wie geht es Mozart?«, fragte mich am nächsten Abend Gräfin Mansfeld, als ich ihren prächtigen Marmorsalon betrat. »Wunder dich nicht, Luise, Magdalena hat mich eingeweiht. Wir Schwestern haben keine Geheimnisse voreinander. Außerdem weiß Magdalena, dass sie sich auf meine Diskretion verlassen kann. Ich frage aus ehrlicher Sorge um Herrn Mozart.«

»Kennst du ihn näher?«, fragte ich.

»Nein, nur vom Sehen. Aber ich verehre ihn sehr. Ich glaube, kaum jemand in Wien hat so viele Aufführungen seiner Opern besucht wie ich. Er ist noch so jung. Wenn er ernstlich krank wäre und nicht mehr komponieren könnte – was für ein Verlust!«

Ich musste um Fassung ringen und bemühte mich, meine innere Erregung vor Elisabeth zu verbergen. Aber sie sprach geradeso, als wüsste auch sie um Mozarts nahen Tod. Zwar hatte er am Abend zuvor einen Schwächeanfall gehabt, aber als Magdalena und ich ihn verließen, war er schon wieder recht guter Dinge gewesen. Wenn Magdalena der Gräfin alles berichtet hatte, dann sicher auch das.

Also bestand für Elisabeth gar kein Grund, so zu reden, außer, sie wusste mehr.
Sie hatte doch bemerkt, wie mich ihre Worte getroffen hatten, und sagte: »Luise, du siehst plötzlich so blass aus!«
»Es geht gleich vorüber«, versicherte ich und zwang mich zu lächeln. »Anscheinend kann ich nicht dulden, dass Herr Mozart mich in Sachen Schwächeanfälle übertrumpft.«
»Willst du dich ausruhen?«
»Nein, schon gut«, erwiderte ich mit fester Stimme. »Nach meinem peinlichen Zusammenbruch im Freihaustheater habe ich beschlossen, dass mir so etwas nicht noch einmal passiert.«
»Du hast einen starken Willen, das weiß ich.« Elisabeth blickte in Richtung Klavier, wo Magdalena gerade Platz nahm. »Wo du davon sprichst, möchtest du uns heute etwas aus Herrn Mozarts neuer Oper singen?«
»Ich?«
»Nun zier dich nicht.« Elisabeth lächelte mich aufmunternd an. »Ich weiß schließlich, wie gut du singen kannst. Und ich nehme an, du bist aus dem Freihaustheater recht gut mit Mozarts neuen Kompositionen vertraut. – Nicht wahr, meine Schwestern?«
Ihre letzten Worte, begleitet von einem auffordernden Blick in die Runde, führten zu der von mehreren Stimmen wiederholten Forderung, ich möge ihnen doch eine Kostprobe von Mozarts neuem Meisterwerk geben. Also fügte ich mich, war ich mit den Stücken doch wirklich gut vertraut. Wie gut, das konnte niemand hier im Salon auch

nur ahnen. Von Magdalena auf dem Klavier begleitet, was der von Mozart vorgesehenen Orchestrierung kaum entsprach, sang ich den Part der Pamina im Duett mit Papageno, das mit den Worten anfängt:

»Bei Männern, welche Liebe fühlen,
Fehlt auch ein gutes Herze nicht.«

Magdalena übernahm Papagenos Part, und ich staunte, wie gut sie den Text nach nur einmaligem Hören bei der Probe im Freihaus beherrschte. Dann fiel mir ein, dass sie Mozarts neuestes Werk vielleicht schon von ihren Besuchen bei ihm kannte.

Als wir geendet hatten, wurden wir mit begeistertem Applaus überschüttet, der wohl nicht nur unserer musikalischen Darbietung galt, sondern auch der von Pamina und Papageno vorgetragenen Lobpreisung der Liebe:

»Ihr hoher Zweck zeigt deutlich an,
Nichts Edleres sei, als Weib und Mann.
Mann und Weib, und Weib und Mann,
Reichen an die Gottheit an.«

Erst als die Frauen so enthusiastisch applaudierten, begriff ich, wie genau der Text das Ansinnen Elisabeths und ihres Zirkels traf. Er stand in krassem Gegensatz zu den Aussagen Chomels und Rousseaus, über die Elisabeth sich beim letzten Treffen des Zirkels ausgelassen hatte. Dass Mann und Weib nur zusammen an die Gottheit heranreichen, ist eine Erkenntnis, die sich selbst zu Beginn des 21. Jahrhun-

derts noch nicht überall durchgesetzt hatte, geschweige denn im 18. Jahrhundert.
Mozart als früher Vorreiter der Gleichstellung von Mann und Frau? Oder gar Schikaneder, der wohl hauptsächlich für den Text verantwortlich zeichnete? Irgendwie wollte das gar nicht zu dem draufgängerischen Impresario passen, der gern mal einen Blick zu viel riskierte, wenn eine seiner Schauspielerinnen gerade mit der Anprobe beschäftigt war.
Und zu Mozart? Er war ein vielseitig interessierter und engagierter Mann, darin waren sich seine Biographen einig. Aber als Verfechter der Gleichberechtigung hat er wohl nie gegolten.
Elisabeth schien sehr zufrieden mit unserem Vortrag und mit dessen Aufnahme. Wäre es nicht unsinnig gewesen, hätte ich geschworen, sie habe genau das beabsichtigt. Ich kannte sie inzwischen gut genug, um zu wissen, dass sie selten etwas ohne Grund tat. Doch sie konnte nicht wissen, welches Lied ich auswählen würde. Sicher, für Pamina gab es im ersten Akt nicht sonderlich viel zu singen, aber ich hätte ja auch ein Stück der drei Damen oder der Königin der Nacht auswählen können. Elisabeth hätte nur darauf setzen können, dass ich das vorgetragene Stück auswählte, hätte sie gewusst, dass ich für gewöhnlich die Pamina gab. Das aber konnte unmöglich sein.
Meine Irritation wuchs, als Elisabeth bei ihrem anschließenden Vortrag das Thema des Liedes aufgriff und darüber sprach, dass Mann und Frau schon von Natur aus einander ergänzten. Entweder passten ihre Worte zufällig so gut zu dem Lied, oder sie war begnadet im Improvisie-

ren. Letzteres war bei einer so klugen und geistesgegenwärtigen Frau nicht verwunderlich. Sie sprach mit großer Leidenschaft, und alle Anwesenden hingen an ihren Lippen. Ich war wohl diejenige, für die Elisabeths Ausführungen am wenigsten neu und Aufsehen erregend klangen. Aber auch ich konnte mich dem Charisma dieser außergewöhnlichen Frau nicht entziehen und verstand gut, weshalb ihr Damenmusikabend so gut besucht war.

»Wenn Mann und Frau einander ergänzen und von Natur aus zusammengehören, kann dann der eine die andere dominieren?«, fragte sie in die Runde. »Wäre das nicht, als würde der Winter über den Sommer herrschen, der Tag über die Nacht, die Musik über die Malerei? So etwas würde ich als Unsinn bezeichnen! Und ihr, meine Schwestern?«

Natürlich erntete sie einhellige Zustimmung.

»Ganz recht«, fuhr Elisabeth fort. »Und genauso unsinnig ist die Behauptung, der Mann müsse über die Frau herrschen. Wie kann er über die Frau herrschen, die ihn geboren hat, die er braucht, um Liebe zu erfahren und um sich fortzupflanzen? Was voneinander abhängt, ist gleichwertig, nicht besser oder schlechter. Schon im alten China wusste man das und entwickelte daraus die Philosophie von Yin und Yang. Es ist die Lehre von den zwei Weltprinzipien: auf der einen Seite das helle schöpferische männliche, auf der anderen das dunkle empfangende weibliche. Yin und Yang *gemeinsam* bilden den Urquell allen Seins, auch von Himmel und Erde, zu dem alles wieder zurückkehrt. Wir sagen Gott dazu, und so ist es in dem von unseren Schwestern Luise und Magdalena vorgetragenen Lied zu verstehen, wenn es heißt: ›Mann und Weib, und Weib und Mann, reichen an die Gottheit an.‹ Nur gemeinsam können Frau und Mann ihre göttliche Bestimmung erfüllen!«

Ich konnte den frenetischen Beifall, mit dem Elisabeth überschüttet wurde, gut verstehen, denn auch ich klatschte, bis mir die Hände schmerzten. Sie war mit Abstand die ungewöhnlichste Frau, die ich je kennen gelernt hatte. Ihr Vortrag wäre auch zweihundert Jahre später mit großem Applaus bedacht worden, und der wäre zum Glück nicht nur von Frauen gekommen.

Wir sprachen noch lange in kleinen Gruppen über Yin und Yang, wobei ich feststellte, dass nicht alle Anwesenden Elisabeths Vortrag so verinnerlicht hatten, wie ich angesichts des Beifalls geglaubt hatte. Einige schienen mehr von der Vortragenden fasziniert als von dem, was sie sagte. Auch dafür hatte ich Verständnis. In zweihundert Jahren würde es auf religiösen oder politischen Massenveranstaltungen nicht anders sein. Ich fragte mich allerdings, ob es in Elisabeths Sinn war.

Magdalena gelang es irgendwie, und meiner Meinung nach geschah das absichtlich, einem Gespräch mit mir allein aus dem Weg zu gehen. Sobald ich in ihre Nähe kam, schloss sie sich einer größeren Gruppe an. Erst zu vorgerückter Stunde, als der Marmorsalon sich schon merklich geleert hatte, konnte ich unter vier Augen mit ihr sprechen. Es war ihr sichtlich unangenehm, und ich musste sie regelrecht in eine Ecke drängen, damit sie mir nicht entwischte.

»Warum läufst du vor mir weg?«, fragte ich.

Sie lächelte und setzte dabei eine verwunderte Miene auf. »Ich weiß nicht, was du meinst, Luise.«

»Das weißt du sehr wohl. Den ganzen Abend schon weichst du mir aus.«

»Das bildest du dir ein. Welchen Grund sollte ich dafür haben?«

»Vielleicht schämst du dich, dass du nicht für dich behalten hast, was gestern bei Mozart vorgefallen ist.«

»Ich wüsste nicht, warum ich es hätte für mich behalten sollen.«

»Zum Beispiel, um Mozart nicht zu kompromittieren. Wenn bekannt wird, dass er gesundheitlich angeschlagen ist, könnten mögliche Auftraggeber davor zurückschrecken, ihn mit längerfristigen Arbeiten zu betrauen.«

Magdalena sah mich trotzig an. »Wie sollte das bekannt werden?«

»Indem jemand es herumerzählt, so wie du!«

Ich wunderte mich selbst über die Strenge, die ich gegenüber Magdalena an den Tag legte. Sollte ich ihr nicht dankbar sein? Gestern hatte sie mich in den Arm genommen und mir versprochen, dass ihr Mann sich für die schnelle Aufklärung der Morde einsetzen würde. Aber ich giftete sie an, als hätte sie mir den Liebsten ausgespannt. Kaum ging mir dieser Gedanke durch den Kopf, da fragte ich mich, welche Gefühle für mich bei dieser Sache im Spiel waren. Ich glaubte – oder bildete mir zumindest ein –, dass zwischen Mozart und mir ein besonderes Band bestand. Welcher Art, das konnte ich nicht sagen. Die übliche Zuneigung zwischen Mann und Frau konnte es nicht sein. Wir kannten uns kaum, und er war zudem verheiratet, hatte Kinder. Trotzdem lag sein Wohl mir mehr am Herzen als das jedes anderen Menschen, den ich in diesem verrückten Monat Juli des Jahres 1791 kennen gelernt hatte. Ja, ich sorgte mich um ihn, und alles, was ihm schaden konnte, tat mir weh. So einfach war das und gleichzeitig so kompliziert.

»Luise, bedränge die arme Magdalena nicht so«, sagte Elisabeth, die unbemerkt hinter mich getreten war. »Ich habe dir doch gesagt, unter uns Schwestern gibt es keine Geheimnisse, und auf meine Diskretion ist Verlass. Du hast kein Recht, Magdalena Vorwürfe zu machen.«

Ihr Tonfall war ruhig, und sie blickte mich freundlich an. Dennoch merkte ich deutlich, dass sie mich tadelte. Und noch etwas, was ich schon die ganze Zeit über gespürt hatte, wurde mir in diesem Augenblick klar: Elisabeth mochte sich uns gegenüber wie eine Gleichgestellte verhalten, aber sie war es, die hier den Ton angab. Es waren *ihr* Haus, *ihre* Abende und *ihre* Themen, die sie zur Diskussion stellte. Dass sie sich mit uns anderen gleichsetzte, kaschierte lediglich die Zügel, mit denen sie uns in eine bestimmte Richtung lenkte. Diese Erkenntnis warf unwillkürlich eine neue Frage auf: Was war Elisabeths Ziel?

»Es ist schon spät, und wir wollen nicht im Streit auseinander gehen«, fuhr die Gräfin fort. »Also vertragt euch wieder und gebt euch einen Kuss, wie es sich unter Schwestern geziemt.«

Wir küssten uns auf die Wangen, und Magdalena sagte: »Ich bin Luise nicht böse. Damit sie mir das glaubt, möchte ich sie in meinem Wagen heimbringen.«

»Das ist sehr lieb von dir«, sagte Elisabeth. »Aber ich

möchte, dass Luise noch bei mir bleibt. Ich habe etwas mit ihr zu besprechen.«
Magdalena wirkte sehr überrascht, wagte aber nicht die Frage zu stellen, die ihr ins Gesicht geschrieben stand und die auch mich beschäftigte: Was konnte so wichtig sein, dass die Gräfin es nur mit mir besprechen wollte?

Nachdem sie alle Gäste verabschiedet hatte, nahm Elisabeth mich an der Hand und führte mich hinauf ins erste Obergeschoss ihres riesigen Hauses. Auch hier waren jede Wand, jede Decke und jeder Fußboden eine einzige Pracht, aufwändiger als woanders die Dekoration eines ganzen Gebäudes. Fast ausnahmslos entstammten die Motive, soweit ich sie erkannte, der antiken Mythologie. So auch in dem kleinen Raum, in den wir gingen, klein im Vergleich zum Marmorsalon, im Vergleich zu meiner Wohnung im Freihaus aber ein weitläufiges Zimmer. Dieser Raum war mit Gemälden und Skulpturen aus der griechischen Sagenwelt geschmückt. Dominiert wurde das Ganze von einem etwas zu farbenprächtigen Ölbildnis, das gut die Hälfte der hinteren Wand einnahm und die Geburt des Pegasos zeigte. Das hier dunkel gemalte Pferd entstieg dem blutenden Schoß der schrecklich anzusehenden, sich in Todesqualen windenden Medusa und breitete seine Flügel in einer Weise aus, als wollte es damit die ganze Welt umschlingen. Trotz der für meinen Geschmack zu eindringlichen Farbgestaltung – oder deswegen? – faszinierte mich das Gemälde, und ich betrachtete es eingehend.
»Was sagt dir das Bild, Luise?«, fragte Elisabeth.

»Es drückt eine ungeheure Kraft aus, einen ungezügelten Lebenswillen. Und das, obwohl die von Perseus geschlagene Medusa im Sterben liegt.«

»Leben und Tod bedingen einander, gehören untrennbar zusammen. Es ist der ewige Kreislauf. Der Tod gebiert neues Leben. Nichts verschwindet, es findet nur eine Veränderung statt. Insofern ist es sehr treffend, dass Pegasos als unsterblich gilt, von vielen sogar als Sinnbild der Unsterblichkeit verehrt wird. Nichts anderes besagt die Lehre von Yin und Yang. Ihr zufolge ist die Erschaffung der Welt und damit auch die des Lebens kein einmaliger Vorgang. Alle wirkenden Kräfte gehen fortwährend ineinander über und erschaffen sich gegenseitig neu.«

»Wie bei der Vereinigung des Männlichen mit dem Weiblichen«, ergänzte ich. »Nur aus ihrer Vereinigung kann das Leben entspringen, kann das Männliche und das Weibliche entstehen.«

»Ganz recht, du bist eine erstaunlich kluge Frau, Luise.«

»Sind das nicht all unsere Schwestern?«

»Einige mehr, andere weniger. Nicht alle begreifen den Sinn meiner Worte, einige ergötzen sich bloß an dem Neuartigen und Ungewöhnlichen. Es ist für sie wie ein Blitzstrahl oder ein Donnerschlag auf der Theaterbühne: faszinierend für den Augenblick, aber morgen schon vergessen.«

»Weshalb gibst du dich dann mit ihnen ab, Elisabeth?«

»Weil ich die Hoffnung nicht aufgebe, dass doch etwas hängen bleibt, ein winziger Funken nur, der irgendwann zur Erleuchtung führt.«

»Hegst du bei mir größere Hoffnung?«

»Und ob!«, antwortete Elisabeth mit einem bedeutungsvollen Aufschlag ihrer geheimnisvollen Augen. »Wie ich schon sagte, du bist außerordentlich klug. Wahrscheinlich die klügste Putzmacherin in ganz Wien.«
»Klugheit ist keine Frage von Reichtum oder Abstammung.«
»Nein, aber Bildung schon. Ich würde jeden Betrag wetten, dass es in unserer großen Stadt keine zweite Putzmacherin gibt, die etwas mit den Namen Pegasos, Perseus und Medusa anzufangen weiß.«
»Da könntest du viel Geld verlieren. Wenn man im Theater arbeitet, muss man sich auch etwas in der Sagenwelt auskennen.«
»Ja, wirklich? Da hast du in den drei Wochen, die du für Schikaneder arbeitest, schon viel gelernt.«
In Elisabeths Blick und in ihrem Tonfall lag etwas, was ich nicht recht deuten konnte. Sie glaubte mir nicht, so viel war klar. Aber sie schien es mir nicht übel zu nehmen, dass ich mit der vollen Wahrheit hinter dem Berg hielt, eher wirkte sie amüsiert. Mich beschlich das ungute Gefühl, dass das traute Gespräch unter vier Augen eine Prüfung darstellte. Elisabeth wollte mir auf den Zahn fühlen. Einer so klugen Frau wie ihr konnte nicht verborgen bleiben, dass ich mehr war als eine Putzmacherin aus Kirchberg bei Graz.
Eine willkommene Atempause erhielt ich, als eine Dienerin mit einem silbernen Tablett eintrat. Darauf befanden sich zwei Tassen und eine kugelförmige Kanne, und der süße Geruch von Schokolade erfüllte den Raum. Die Dienerin stellte das Tablett auf einem kleinen, mit kunst-

vollen Schnitzereien verzierten Tisch ab und ging wieder hinaus. Elisabeth und ich setzten uns auf niedrige, gepolsterte Schemel, und sie goss die dampfende Schokolade in die Tassen.

»Früher nannte man dieses Haus das Grafenschloss«, erklärte Elisabeth und sah zu der Wand mit dem großen Gemälde. »Ich habe es noch zu Lebzeiten meines Mannes umgetauft in Palais Pegasos. Das hört sich viel poetischer an, nicht wahr?«

Ich nickte. »Bist du für die Innendekoration verantwortlich, für dieses Gemälde, die Skulpturen im Marmorsaal und all das andere?«

»Nicht für alles. Doch ich habe vieles hinzugefügt, passend zu dem, was schon vorhanden war. Gerade das geflügelte Ross liegt mir am Herzen.«

»Weil es das symbolisiert, wofür du dich einsetzt?«

»Ja, so ist es.« Elisabeth blickte mich aufmunternd an. »Sprich weiter.«

»Man sagt, jemand besteigt den Pegasos, wenn er seiner Phantasie freien Lauf lässt. Ein besseres Symbol hättest du dir kaum aussuchen können. Auch du trittst dafür ein, Unerwünschtes und Unerlaubtes zu denken. So wie deine Forderung, die Frau solle dem Mann gleichgestellt sein, weil beide gemeinsam die Quelle allen Seins sind. Und hier sind wir schon wieder bei dem geflügelten Pferd. Heißt Pegasos im Altgriechischen nicht so viel wie Quellross?«

Elisabeth klatschte begeistert in die Hände. »Ja, ganz recht. Der Name soll sich von dem griechischen Wort für Quelle, ›pege‹, ableiten. Pegasos hat durch den Tritt seiner Hufe die Quelle Hippokrene auf dem Musenberg Helikon zum Sprudeln gebracht. Seitdem gilt das Pferd auch als Sinnbild der Musen und Dichter.« Sie nahm einen Schluck von der heißen Schokolade, dann stellte sie die Tasse wieder behutsam ab und sah mich durchdringend an. »Luise, willst du mir nicht dein Vertrauen schenken?«

Ich tat so, als wüsste ich nicht, was sie meinte.

»Das liegt doch wohl auf der Hand«, sagte sie ohne Vorwurf. »Du weißt nicht nur, was der Name Pegasos bedeutet, dir ist auch bekannt, dass es einen Unterschied zwischen dem Griechischen und dem Altgriechischen gibt. Noch einmal: Ich wette, keine andere Putzmacherin in Wien oder in ganz Europa wüsste das!«

»Du übertreibst, Elisabeth. Die meisten Mädchen üben sich im Sticken und Backen, ich habe mich immer schon für andere Dinge interessiert.«

»Das glaube ich dir, denn es widerspricht nicht der Erkenntnis, zu der ich in Bezug auf dich gelangt bin.«

»Eine Erkenntnis?« Ich versuchte, meine wachsende Beunruhigung zu verbergen. »Welcher Art ist sie?«

»Du, Luise«, sagte Elisabeth und betonte jede Silbe, »bist nicht die, die du zu sein vorgibst!«

Das saß. Ich wollte etwas Zeit gewinnen, indem ich einen Schluck von der Schokolade nahm, aber unglücklicherweise zitterte meine Hand, und die Tasse klirrte verräterisch. Ich bemühte mich, gleichmäßig zu atmen und die Kontrolle über Körper und Geist zu behalten.

In angestrengt amüsiertem Tonfall fragte ich: »Wer bin ich dann, wenn nicht Luise Heusler?«

»Du magst Luise Heusler heißen, und du magst auch das Putzmacherhandwerk erlernt haben, aber das ist nur ein

Teil von dir, die Fassade. Dahinter verbirgt sich noch mehr, etwas ganz anderes. Und ich glaube, es hat etwas mit den Morden an deiner Schwester und deiner Kollegin zu tun.«

»Wie kommst du darauf?«

»Nenn es eine Ahnung, Luise, und korrigier mich ruhig, wenn ich mich irre.«

Tapfer hielt ich ihrem prüfenden Blick stand und sagte gelassen: »Ich weiß nicht, wovon du sprichst.«

Ich log Elisabeth nicht gern an, wusste nicht einmal genau, warum ich es tat. Zerstörte ich dadurch nicht die einmalige Chance, eine vertrauensvolle und einflussreiche Verbündete zu finden?

Ich schätzte Elisabeth und war froh über unsere Bekanntschaft, die man fast eine Freundschaft hätte nennen können, wäre sie von längerer Dauer gewesen. Doch eine innere Stimme hielt mich davon ab, mich ihr anzuvertrauen. Da war etwas an ihr, was mich auf Abstand hielt. Vielleicht lag es daran, dass sie die Frauen aus dem Zirkel und auch mich zu sehr vereinnahmen wollte. Zudem war ich mir nicht ganz klar über Elisabeths wahre Absichten. Aus diesen Gründen blieb ich vorsichtig und nahm in Kauf, dass sie mir ihre Gunst entzog.

»Schade«, seufzte sie. »Ich hatte geglaubt, du würdest mir mehr vertrauen. Nein, versuch nicht, dich zu verteidigen. Es würde dich nur zwingen, mich weiter anzulügen. Du wirst deine Gründe haben. Aber versprich mir eins: Wann immer du mir die Wahrheit sagen willst, komm zu mir und sprich mit mir.«

Ihr enttäuschter und zugleich verständnisvoller Blick ließ

mich schwanken. Je länger ich in ihre Augen sah, desto näher war ich daran, mich ihr zu offenbaren. Mir war, als würde Elisabeth meinen Geist absorbieren, mich meines Willens berauben. Sie schien Menschen auf ähnliche Weise beeinflussen zu können wie Dr. Mesmer.

Ich fuhr mir mit der rechten Hand über die Augen, und sobald unser Blickkontakt unterbrochen war, konnte ich mich aus Elisabeths Bann lösen.

»Wann immer mich etwas bedrückt und ich denke, dass ich deine Hilfe brauche, werde ich mich an dich wenden«, sagte ich.

»Gut.« Elisabeth lächelte. Sie ließ sich nicht anmerken, was sie wirklich dachte. »Das gilt natürlich auch dann, wenn du mit mir über Mozart sprechen willst.«

»Über Mozart? Warum sollte ich das?«

»Magdalena erzählte mir, du seist gestern Abend sehr konsterniert gewesen. War es nur wegen Mozarts Schwächeanfall und der seltsamen Geschichte mit diesem Requiem?«

»Sagen wir, es hängt damit zusammen.« Ich erzählte Elisabeth von meiner Begegnung mit dem Vermummten, dem grauen Boten, und von den Spangen seiner Schuhe, die mich so erschüttert hatten.

Wenn ich auch hierzu geschwiegen hätte, wäre Elisabeth vielleicht doch beleidigt gewesen. Sie brachte mir so viel Zuneigung und Vertrauen entgegen, da sollte sie mich nicht für ganz und gar undankbar halten. Außerdem war ich in dieser Angelegenheit so ratlos, dass ich froh war, mit ihr darüber sprechen zu können.

Sie hörte aufmerksam zu und fragte schließlich: »Hast

du der Polizei erzählt, dass einer der Mörder deiner Schwester diese auffälligen Schuhe mit den Sternspangen trug?«

»Nach dem Vorfall im Prater habe ich Unterkommissär Kneifl davon erzählt. Aber er sagte, zu viele Männer in Wien trügen solche Schuhe, womit er vermutlich Recht hat. Es muss also nichts besagen, dass auf den Schuhen von Mozarts Besucher sternförmige Spangen waren.«

»Muss es nicht, aber es kann doch sein. Hast du Mozart davon erzählt?«

»Nein, es hätte ihn nur noch mehr aufgeregt.«

Elisabeth stellte mir noch einige Fragen zu meinem Besuch bei Mozart und zu dem geheimnisvollen Boten, bevor sie sagte: »Mitternacht ist längst vorüber, und wir beide sind müde. Ich werde dich mit meiner Equipage zum Freihaus bringen.«

»Ich kann einen Fiaker nehmen.«

»Erstens kostet der was, und zweitens habe ich ein besseres Gefühl, wenn ich dich selbst heimbringe. Vielleicht war es doch kein Zufall, dass Mozarts Besucher ebensolche Schuhe trug wie der Mörder deiner Schwester.«

August, der Kutscher, war der einzige Mann, den ich bislang in Elisabeths Diensten gesehen hatte. Während er uns zu der Wieden fuhr, merkte ich erst, wie müde ich war. Auch Elisabeth hatte Mühe, ein Gähnen zu unterdrücken.

Vielleicht verlief die Fahrt deshalb so schweigsam. Möglicherweise blieb ich auch stumm, weil ich nicht noch einmal in die Lage kommen wollte, Elisabeth etwas verheimlichen zu müssen.

Zudem hatte mir der Abend mehr als genug Stoff zum Nachdenken gegeben, angefangen bei Elisabeths starkem Interesse an Mozart und an meiner Person bis hin zu dem von ihr so geschätzten Flügelross. Es war ein merkwürdiger Zufall, dass sie ihr Haus Palais Pegasos nannte und dass mein Abenteuer im Pegasos-Theater begonnen hatte.

Kapitel 17

Nächtliche Stille herrschte auf dem gesamten Freihausgelände, als ich aus der Equipage stieg und mich von Elisabeth verabschiedete. Ihre Ermahnung, ich solle auch ja zum nächsten Treffen des Schwesternzirkels erscheinen, erfreute mich. Sie schien mir wirklich nicht böse zu sein. Ihr Angebot, mich noch bis vor meine Kammer zu begleiten, lehnte ich jedoch mit den Worten ab: »Die Mörder werden mir nicht ausgerechnet dort auflauern.«

Als ich die Stiege, auf der ich wegen der Dunkelheit zweimal fast stürzte, erklommen hatte, war ich mir dessen jedoch nicht mehr so sicher. Bevor ich etwas sah oder hörte, spürte ich es: Ich war nicht allein in dem dunklen Gang. Ein Urinstinkt schien mich zu warnen. Irgendwo vor mir in einer der zahlreichen finsteren Ecken war etwas, ein lebendes Wesen.

Ich verfluchte den Hausbesitzer, der zwar erschwingliche Mieten nahm, dafür aber nachts mit der Beleuchtung der Hausflure knauserte. Nur eine viel zu schwache Funzel brannte am Ende des langen Ganges.

Zugegeben, ich kam zu einer Stunde heim, zu der rechtschaffene Leute längst im Bett lagen. Schikaneders Leute allemal, dazu waren sie schon durch seine Hausordnung verpflichtet. Aber das war im Augenblick meine geringste Sorge.
Bilder aus den vergangenen Wochen zogen an meinem inneren Auge vorüber und jagten eine Adrenalin-Sturmflut durch meinen Körper: Josefine mit durchtrennter Kehle und herausgeschnittener Zunge; die tote Marlies; die aus dem Wald hervorbrechenden Männer im Prater; der Unbekannte im grauen Mantel, dem ich vor Mozarts Haus begegnet war. Es erschien mir wie eine Schlinge, die sich enger und enger um meinen Hals zuzog. Und jetzt – saß ich in der Falle?
Das war einer meiner letzten Gedanken, bevor die Panik mich übermannte. Hätte ich einen klaren Kopf behalten, hätte ich vielleicht um Hilfe gerufen. Einige der anderen Mieter in diesem Stockwerk hätten mich sicher gehört. Aber daran dachte ich nicht, und vielleicht hätte ich auch festgestellt, dass meine Kehle wie zugeschnürt war. Mich beherrschte nur ein Gedanke: Weg von hier!
Ich machte auf dem Absatz kehrt und floh in Richtung Treppe. Dabei übersah ich eine Unebenheit im Fußboden, vielleicht eine lose Diele, die ein Stück hochstand. Was immer es war, es brachte mich zu Fall. Meine Stirn schlug gegen das Treppengeländer, und ein rasender Schmerz löschte für Sekunden alles andere aus. Ich sah und hörte nichts mehr; es war wie eine kurze Bewusstlosigkeit.

Die völlige Schwärze verschwand schnell wieder und machte dem Zwielicht des Hausflurs Platz. Eine dunkle Gestalt, nur schemenhaft erkennbar, kam näher, beugte sich über mich. Ich spürte den fremden Atem, der mein Gesicht streifte.

»Mein Gott, sind Sie das, Luise?«

Die Stimme! Ich kannte sie, hatte sie erst kürzlich gehört.

»Mozart?«, fragte ich zögernd, weil die Furcht mir noch in den Gliedern saß und ich meinen Ohren nicht trauen wollte.

»Ja, ich bin es. Entschuldigen Sie, falls ich Sie erschreckt haben sollte. Das lag nicht in meiner Absicht.«

»Dann sollten Sie nicht zu mitternächtlicher Stunde fremden Frauen auf dem Hausflur auflauern!«, fauchte ich, insgeheim wohl mehr wütend auf mich selbst als auf ihn. Hätte ich nicht so panisch reagiert, wäre mir das Malheur erspart geblieben.

»So spät ist es schon?«, fragte Mozart erstaunt.

»Haben Sie keine Uhr?«

»Doch. Aber ich bin wohl eingeschlafen, während ich auf Sie wartete. Als ich eben Ihre Schritte hörte, bin ich zu Tode erschrocken.«

»Willkommen im Club, Herr Mozart.«

»Wie meinen Sie?«

»Schon gut. Gehen wir in mein Zimmer. Sonst wecken wir noch das ganze Haus auf.«

Er half mir beim Aufstehen. In meiner Kammer drehte ich als Erstes den Docht der kaum merklich vor sich hin glimmenden Öllampe nach oben. Als ich mich umwandte, konnte ich Mozart endlich deutlich sehen. Er hatte seinen

Dreispitz abgenommen und drehte ihn unsicher in den Händen.

»Mademoiselle, Sie bluten an der Stirn!«, rief er bei meinem Anblick. »Ich werde gleich einen Arzt holen!«

»Warten Sie«, erwiderte ich und betrachtete mich in dem matten Wandspiegel, der zur kargen Ausstattung meiner kleinen Behausung gehörte.

An der rechten Stirn sah ich einen handtellergroßen Blutfleck. Aber als ich die Stirn vorsichtig mit einem feuchten Tuch abtupfte, verschwand das meiste Blut. Zurück blieb nur ein dünner Riss, höchstens zwei Zentimeter lang.

»Ich glaube, einen Arzt können wir uns sparen«, sagte ich. »Ein Verband wird ausreichen.«

»Selbstverständlich bezahle ich den Arzt, Mademoiselle.«

»Darum geht es nicht. Aber ich möchte heute noch irgendwann ins Bett kommen. Also, helfen Sie mir mit dem Verband, Herr Mozart?«

Ich riss einen Streifen Stoff von einem meiner Unterröcke und musste innerlich grinsen. Ich kam mir vor wie eines dieser patenten Flintenweiber aus alten Wildwest-Filmen, die dem angeschossenen Helden mit einem Stück Unterwäsche die Wunde verbinden. Nur mit dem Unterschied, dass ich mich selbst verarztete. Mozart half mir und erwies sich als sehr geschickt. Offenbar waren seine Hände nicht nur zum Notenschreiben und Dirigieren zu gebrauchen. Als wir fertig waren, betrachtete ich mich erneut im Spiegel. Der weiße Stoffstreifen um meinen Kopf sah aus wie das Stirnband eines Indianers.

Während ich mich aufs Bett setzte, bot ich Mozart den einzigen Stuhl an und fragte: »Wie fühlen Sie sich?«

»Die Frage müsste ich wohl eher an Sie richten, Luise.«
»Ich habe mir nur den Kopf gestoßen, Ihnen aber ging es gestern Abend so schlecht, dass der Arzt kommen musste.«
»Ich wäre auch ohne Dr. Clossets Pillen wieder auf die Beine gekommen.« Mozart grinste plötzlich. »Inzwischen habe ich mich an den Gedanken gewöhnt, meine eigene Totenmesse zu komponieren.«
»Sie wollen den Auftrag annehmen?«, fragte ich fassungslos.
»Das Requiem wird gut bezahlt. Warum sollte ich das Geld verschmähen?«
»Weil Sie sonst auf Ihren eigenen Tod hinarbeiten!«
»Ach, da bin ich mir gar nicht so sicher. Ich habe lange über den geheimnisvollen Mann in Grau nachgedacht und bin jetzt fest davon überzeugt, dass jemand sich einen Scherz mit mir erlaubt. In Wien gibt es eine Menge Neider, die mich gern der Lächerlichkeit preisgeben würden. Ich wette, einer von ihnen hat den Grauen ausgeschickt, um mich gehörig ins Bockshorn zu jagen. Was ja auch gelungen ist. Falls sich mein gestriger Schwächeanfall herumgesprochen hat, haben sich gewiss ein paar Leute köstlich über mich amüsiert.«
»Sie glauben also nicht, dass der graue Bote wiederkommt?«
»Oh, vielleicht doch. Und für diesen Fall will ich gewappnet sein. Ich werde ihm ein schönes Requiem überreichen und meine Hand nach seinem Geldbeutel ausstrecken. Zuletzt werde ich der sein, der lacht.«
»Aber wenn er nicht wiederkommt, machen Sie sich

die Arbeit mit dem Requiem für nichts und wieder nichts.«

»Mitnichten. Ich werde auch so genügend Abnehmer dafür finden. Außerdem sollte ein Künstler bei seiner Arbeit nicht nur aufs Geld sehen. Die geistliche Musik hat mich schon immer gereizt, und auf die Idee, ein Requiem zu komponieren, hätte ich eigentlich von allein kommen können.«

»Vielleicht sind Sie das ja auch, Herr Mozart.«

Das kam einfach über meine Lippen, ohne dass ich den Verdacht hätte untermauern können. Aber ein unbestimmtes Gefühl sagte mir, dass Mozart mir ein Lügenmärchen auftischte.

Er beugte sich zu mir vor. »Was wollen Sie damit andeuten, Luise?«

»Ich glaube nicht, dass der Mann im grauen Mantel gestern ein Requiem bei Ihnen bestellt hat. Von einem Scherz hätten Sie sich nicht dermaßen erschüttern lassen. Ich denke, Sie haben die ganze Geschichte mit dem Requiem nur deshalb erfunden, um von dem wahren Grund abzulenken, aus dem der Graue Sie aufgesucht hat.«

»Wirklich? Und was für ein Grund wäre das?«

»Das möchte ich auch gern wissen. Erzählen Sie es mir, Herr Mozart?«

Ein breites Grinsen trat auf sein eben noch verwundertes Gesicht. »Sie wollen mich hochnehmen, nicht?«

»Nein, ich habe selten etwas so ernst gemeint.«

Sein Grinsen erstarb, und er musterte mich skeptisch. »Sie haben nicht nur, wenn es um Ihre Arbeit geht, eine blühende Phantasie, Luise. Soll ich nicht doch besser einen Arzt holen?«

»Sehr freundlich, aber mein Verstand hat selten so klar gearbeitet. Wenn Sie von Ihrer Lüge nicht abrücken wollen, sagen Sie mir wenigstens, weshalb Sie zu mir gekommen sind.«

»Ich hatte das Gefühl, dass Ihr Besuch gestern einen anderen Grund hatte als den, sich bei mir für Ihren Zusammenbruch im Theater zu entschuldigen. Aber angesichts der gestrigen Umstände haben Sie nicht gewagt, mit der Sprache herauszurücken. Habe ich Recht?«

Und wie Recht er hatte! Aber das sagte ich ihm nicht. Er verfügte offenbar über eine erstaunlich gute Menschenkenntnis. Dann aber war es noch unwahrscheinlicher, dass er sich von dem Mann in Grau so hatte täuschen lassen. Konnte ein kluger Mann wie Mozart ihn erst für einen Todesboten und vierundzwanzig Stunden später für einen Scherzbold halten? Ich vermochte mir das nicht vorzustellen. Trotz der unerklärlichen Zuneigung, die ich für Mozart empfand, misstraute ich ihm plötzlich. Mit ihm war es wie mit Elisabeth. Beide hüteten irgendein Geheimnis, hatten etwas Düsteres an sich, das mich bei aller Sympathie davor zurückschrecken ließ, ihnen bedingungslos zu vertrauen.

Deshalb erwiderte ich: »Nicht ich verschweige etwas, sondern Sie, Herr Mozart. In Wahrheit sind Sie nämlich gekommen, um mir vorzugaukeln, Ihr geheimnisvoller Besucher sei harmlos gewesen. Den Grund für dieses Täuschungsmanöver kenne ich nicht. Aber es wird derselbe sein, aus dem Sie sich die lächerliche Geschichte mit dem

Requiem ausgedacht haben. Sie waren gestern wirklich zu Tode erschrocken, möchten jedoch nicht, dass jemand den Grund dafür erfährt. Gestern waren Sie so verwirrt, dass Ihnen nichts anderes einfiel, als den Fremden zu Ihrem Todesboten zu stempeln. Nach reiflicher Überlegung wurde Ihnen bewusst, wie unglaubhaft die Geschichte klingt.«

Ich beobachtete ihn genau und merkte, welche Mühe er hatte, sich zu beherrschen. Falls ich mit meiner Vermutung nicht ins Schwarze getroffen hatte, lag ich jedenfalls nicht weit daneben.

Ruckartig erhob er sich und setzte seinen Hut auf. »Sie sollten sich gut ausschlafen, Luise, sehr gut. Und vielleicht gehen Sie doch zu einem Arzt. Übersenden Sie mir bitte die Rechnung. Ich wünsche Ihnen eine gute Nacht.«

Als er sich zur Tür umwandte, bedauerte ich den Verlauf, den unser Gespräch genommen hatte.

»Herr Mozart!«

Er blieb stehen und sah mich an. »Ja?«

»Ich weiß nicht, wer der Mann in Grau ist und was er von Ihnen wollte. Aber worum es auch immer geht, seien Sie vorsichtig! Es könnte nämlich sein, dass er Ihnen wirklich ans Leben will.«

»Wie kommen Sie darauf?«

Ich berichtete ihm von den Schuhen mit den Sternspangen und davon, dass ich ähnliche oder vielleicht dieselben Schuhe bei Josefines Mörder und bei dem Anführer der Bande im Prater gesehen hatte.

»Vielleicht nur ein Zufall«, schloss ich, »vielleicht aber

auch nicht. Seien Sie auf jeden Fall wachsam, wenn Sie jetzt nach Hause gehen.«

Er wirkte plötzlich sehr nachdenklich und zutiefst besorgt. Als er mich ansah, lag in seinem Blick keine Wut, sondern eher Mitgefühl.

»Passen Sie auch gut auf sich auf, Luise. Und verriegeln Sie hinter mir die Tür.«

Kapitel 18

Die nächsten Tage verliefen sehr ruhig, und auch von Mozart hörte ich nichts, bis zu dem Abend im frühen August, an dem ich noch später als gewöhnlich die Putzmacherwerkstatt im Freihaustheater verließ. Die Sonne ging gerade unter, und eine drückende Schwüle, die nach einem baldigen Gewitter roch, lastete auf der Wieden. Vom »Goldenen Fassl« drang lauter Gesang an meine Ohren. Ich verspürte mehr Müdigkeit als Hunger und änderte meinen ursprünglichen Plan, im Wirtshaus eine Suppe zu mir zu nehmen. In meiner Kammer hatte ich noch etwas Brot und Käse, das würde genügen. Umso eher kam ich ins Bett, was mir sehr verlockend erschien.

Als ich die Tür meiner Kammer hinter mir schloss, bemerkte ich etwas Helles auf dem Fußboden. Ich bückte mich und stellte fest, dass es sich um ein zusammengefaltetes Blatt Papier handelte, das jemand unter der Tür durchgeschoben haben musste. In diesem Moment beschlich mich eine Ahnung, dass aus meiner frühen Nachtruhe nichts werden würde.

Ich hob das Blatt auf, und etwas Kleines fiel heraus, landete klirrend auf dem Boden und rollte unter mein Bett. Ich drehte die Lampe hoch, bückte mich und sah im Lichtschein etwas in der hintersten Ecke unter dem Bett aufblitzen. Indem ich mich hinlegte und meinen rechten Arm lang ausstreckte, konnte ich das flache, runde Ding hervorholen. Es war ein Geldstück, ein Silbergroschen.
Verwundert setzte ich mich aufs Bett und entfaltete das Papier. Die in akkurater Schrift abgefasste Nachricht war kurz und offenbar in Eile niedergeschrieben worden. Der Absender hatte das Blatt zusammengefaltet, bevor die Tinte ganz getrocknet war, wovon einige Schmierstellen zeugten.

Der graue Bote war wieder bei mir.
Es gibt unerwartete Neuigkeiten. Kommen Sie bitte rasch zu mir, Luise, auf jeden Fall noch heute Abend. Der Groschen ist für den Fiaker. Aber zu niemandem ein Wort. Es geht um Leben und Tod! – Mozart.

Eins musste ich Mozart lassen: Er verstand sich auf abendliche Überraschungen. Für einen Moment verspürte ich Wut auf ihn, weil er mich um meinen wohlverdienten Schlaf bringen wollte. Er nahm selbstverständlich an, dass ich kommen würde, und hatte gleich das Droschkengeld beigelegt. Aber meine Reaktion war kindisch, das begriff ich schon nach kurzem Überlegen.
Es geht um Leben und Tod!
So einen Satz schrieb man nicht leichtfertig, Mozart schon gar nicht. Wer war vom Tod bedroht? Er selbst? Eine an-

dere Antwort wollte mir nicht einfallen. Schon der erste Besuch des Grauen hatte ihn erschüttert.
Ich musste zu Mozart, so schnell wie möglich. Vielleicht hatte das Papier schon seit Stunden hier gelegen. Je länger ich darüber nachdachte, desto mehr wuchs meine Angst um Mozart. Todesangst!
Ich streifte meinen Mantel über, drehte die Lampe wieder herunter und verließ das Zimmer. Während ich eilig die Stiege hinablief, fiel mir ein, dass um diese Zeit die Theatervorstellung endete. Wenn das Publikum in Scharen auf die Straße strömte, würde es schwierig sein, einen freien Fiaker zu ergattern.
Doch ich hatte Glück. Eine Kutsche rollte die Straße entlang, genau auf mich zu. Da ich an dem von einem schwarzen Pferd gezogenen Wagen kein Wappen entdecken konnte, nahm ich an, es handelte sich um eine Mietkutsche. Und wirklich, auf mein Winken hielt der Fahrer neben mir an. Obwohl es schwül war, hatte er sich schon auf die hereinbrechende Nacht eingestellt und trug Mantel und Hut, so dass von seinem Gesicht kaum etwas zu erkennen war.
»Wohin möchten Gnädigste?«, fragte er mit hohler Stimme.
»Können Sie mich in die Rauhensteingasse bringen, so schnell wie möglich?«
»Aber sicher, Fräulein, steigen S' nur ein!«
Froh darüber, so schnell einen Fiaker gefunden zu haben, ließ ich mich im Innern der Kutsche auf eine der lederbespannten Sitzbänke sinken und gab mich meinen beunruhigenden Gedanken hin. Welcher Art war die Gefahr, in

der Mozart sich befand? Und was konnte ausgerechnet ich tun, um ihm zu helfen? Mir war klar, dass ich mich mit diesen Fragen nur sinnlos quälte. Eine Antwort würde ich erst in der Rauhensteingasse erhalten.
Es wäre das Beste gewesen, mich ein wenig auszuruhen, aber das wollte mir vor lauter Sorge nicht gelingen. Diffuse Schreckensbilder von einer Mörderbande, die Mozart die Kehle durchtrennen und die Zunge herausschneiden wollte, spukten in meinem Kopf herum.
Ich achtete kaum auf das abendliche Wien, durch das der Fiaker fuhr. Die meisten Straßen kannte ich nicht, und ich war auch nicht in der Verfassung, mir Gedanken über den Weg zu machen. Stutzig wurde ich erst, als der Wagen langsamer wurde und durch eine niedrige, bogenförmige Toreinfahrt auf einen nur von wenigen Fenstern schwach erhellten Hof rollte. Zuerst dachte ich, der Kutscher nehme eine Abkürzung, aber als ich aus dem Türfenster sah, konnte ich keinen anderen Weg entdecken als die Einfahrt, durch die wir gekommen waren.
Etwas stimmte hier nicht. Von einer Sekunde auf die andere fühlte ich mich sehr unwohl, und ich fragte mich, ob Mozart in seiner Nachricht von meinem Leben und meinem Tod gesprochen hatte.
Der Wagen kam zum Stehen, eine bedrückende Stille lastete auf dem Hof. Das Holz der Kutsche knackte, und ich schrak zusammen. Für meine angespannten Sinne hatte es geklungen wie ein Schuss.
Das Pferd schnaubte, und ich hörte den Kutscher vom Bock steigen. Schritte wurden laut und Stimmen ertönten, aber zu leise, als dass ich die Worte hätte verstehen können.

Was hätte ich jetzt darum gegeben, ruhig und sicher in meinem Bett zu liegen. Oder wenigstens irgendeine Waffe zu haben.

Plötzlich tauchten dunkle Schemen zu beiden Seiten der Kutsche auf. Ich drückte mich so weit nach hinten auf die Sitzbank, wie es nur ging. Es war eine unwillkürliche, fast kindliche Reaktion auf die zum Greifen nahe Gefahr, aber etwas anderes blieb mir nicht übrig.

Die Wagentür zu meiner Linken wurde aufgerissen, und das Erste, was ich sah, war eine Hand mit einer großen, auf mich gerichteten Waffe. Es war eine Pistole, ein mächtiges und vermutlich nur auf mich altertümlich wirkendes Ding.

Zu der Waffe gehörte ein mittelgroßer, sehr korpulenter Mann mit einem abstoßenden Gesicht. Eine alte Brandwunde oder ein großes Feuermal verunstaltete die gesamte linke Wange. Das war vielleicht der Grund, weshalb er seinen Backenbart, der fast bis zu den Mundwinkeln reichte, üppig wuchern ließ. Die Augen lagen unter großen Wülsten und wirkten wohl deshalb besonders klein.

»Steig schon aus!«, raunzte er mich an. »Wir wollen hier nicht festwachsen.«

Eine leichte Bewegung mit dem Pistolenlauf unterstrich die Aufforderung, also gehorchte ich.

Kaum war ich draußen, schlug einer der Männer die Tür zu. Die Kutsche setzte sich wieder in Bewegung und verließ den Hof. Erst als sie durch die Einfahrt verschwand, erinnerte ich mich, wo ich sie schon einmal gesehen hatte: Vor dem Haus mit Mozarts Wohnung hatte sie auf den geheimnisvollen Mann in Grau gewartet.

Fünf Männer umstanden mich, einer weniger Vertrauen erweckend als der andere. Wüste Gesichter, in den Händen Pistolen oder Messer. Der mit dem Backenbart schien die Befehle zu geben.

»Dahin!«, sagte er zu mir und zeigte auf eins der umstehenden Gebäude, allesamt große, renovierungsbedürftige Häuser, die ziemlich verlassen wirkten. Nur in dem Haus, auf das der Mann gezeigt hatte, waren einige Fenster erleuchtet.

Wenn dort jemand wohnte, konnte das Hilfe bedeuten. Für einen Moment zog ich in Erwägung, aus voller Kehle zu schreien. Aber hätte der Backenbärtige mich zu diesem Haus dirigiert, wenn dort Gefahr für ihn und seine Begleiter drohte? Wohl kaum. Außerdem waren da noch die auf mich gerichteten Waffen, die mich vollends von meiner Idee abbrachten.

Von den Männern begleitet, überquerte ich den Hof. In das nächtliche Hallen unserer Schritte mischte sich ein anderes Geräusch, wie das Rauschen von Wasser. Aber ich konnte nicht feststellen, was es war.

Einer der Männer trat vor und schob eine große Tür auf, hinter der sich ein breiter, dunkler Gang erstreckte. Ein anderer Mann stieß mich unsanft nach vorn, also ging ich hinein. Ich konnte kaum etwas erkennen, bis auf ein paar Holzkisten auf dem Boden. Das Ganze machte auf mich den Eindruck eines aufgegebenen Lagerhauses.

Wir gingen um eine Ecke, und hinter mir flammte ein Licht auf. Ein gedrungener Mann mit feuerrotem Haar hatte eine Laterne entzündet. In deren Schein wurde eine Bodenklappe entriegelt und geöffnet. Über eine mehr als

wacklige Stiege musste ich in die finstere Tiefe steigen, die Männer hinterdrein.
Unten im Keller ging es einen weiteren Gang entlang. Ich hatte das Gefühl, wir bewegten uns in die Richtung, aus der wir eben gekommen waren.
Aber ich konnte mich täuschen. Es war leicht, bei meiner Aufregung und bei der schlechten Beleuchtung durch die Laterne in der Hand des Rothaarigen die Orientierung zu verlieren.
Ich sah zu beiden Seiten dicke Holzbohlentüren, alle von außen verriegelt. An einer Tür glaubte ich ein Kratzen zu vernehmen, und dann ertönte ein lang gezogener Schrei. Unmöglich zu sagen, ob Mensch oder Tier ihn ausgestoßen hatte. Auf jeden Fall klang es wie eine Kreatur in Todesangst. Einer meiner Begleiter stieß ein raues Lachen aus, das mir Schauer über den Rücken jagte.
Als wir vor einer Tür stehen blieben und einer der Männer den schweren Eisenriegel zurückzog, wusste ich, dass dahinter mein Kerker lag. Vielleicht war es die Erkenntnis, hier unten allein und ohne Hilfe zu sein, die mich meine Stimme wiederfinden ließ.
»Was wollen Sie von mir?«, fragte ich und versuchte dabei, nicht allzu eingeschüchtert zu wirken.
»Halt's Maul und geh da rein!«, sagte der mit dem Backenbart, und der Pistolenlauf ruckte in Richtung der jetzt offenen Kerkerzelle.
Es war tatsächlich ein unterirdisches Gefängnis, und kein sehr komfortables, wie es schien. Eine Kiste, die wohl als Sitzgelegenheit diente, etwas Stroh und eine Decke, mehr konnte ich im Schein der Laterne nicht erkennen. Der

Raum war klein, natürlich fensterlos, und eine Lampe oder Kerze suchte ich vergebens.
»Sagen Sie mir wenigstens, wie lange ich hier bleiben muss!«, bat ich mit nicht mehr ganz so fester Stimme.
Statt einer Antwort erhielt ich einen Stoß zwischen die Schulterblätter, so heftig, dass ich auf den Boden der Zelle fiel. Die Tür wurde mit lautem Krachen zugeworfen, und es folgte ein hässliches Schaben, als der Riegel vorgeschoben wurde. Undeutlich hörte ich die Männer miteinander reden und lachen. Ihre Schritte entfernten sich, ich war allein.
Jetzt hatte die Bande aus dem Prater ihr Ziel also doch erreicht. Ärger darüber, so arglos in die Falle getappt zu sein, vermischte sich mit Angst. Und zu der Angst um mich selbst gesellte sich die um Mozart. Wahrscheinlich wartete er schon verzweifelt auf mich, schwebte in großer Gefahr und benötigte meine Hilfe.
Ein neuer Gedanke: Wussten meine Entführer das, und hatten sie mich deshalb davon abgehalten, zu Mozart zu fahren? Wenn die Kutsche auf mich gewartet hatte, mussten die geheimnisvollen Unbekannten gewusst haben, dass Mozart mir eine Nachricht geschickt hatte.
Wieder gellte ein schriller, panischer Schrei durch den Kerker und riss mich aus meinen Überlegungen. Wer wurde hier noch gefangen gehalten? Und warum?
Erschöpft ließ ich mich auf die Kiste sinken. Plötzlich verspürte ich ein krampfartiges Hungergefühl und wünschte, ich wäre doch im »Goldenen Fassl« eingekehrt. Dann wäre mir vielleicht einiges erspart geblieben.
Etwas raschelte zu meinen Füßen im Stroh, und ich

erschrak über das unerwartete Geräusch. Ich lauschte, da war es wieder. Dann berührte etwas Weiches meinen rechten Fuß, und ein leises Fiepen ertönte.
Ratten!
Als wäre meine Lage nicht schon schlimm genug gewesen, nun auch noch das. Alles krabbelnde und kriechende Getier hatte in mir schon immer Abscheu hervorgerufen. Ich musste mich wohl auf eine quälende, schlaflose Nacht einrichten.

Irgendwann übermannte mich die Müdigkeit, und ich legte mich den Ratten zum Trotz auf das feuchte, muffige Stroh, so eng in meinen leichten Umhang und die kratzige Decke eingerollt, dass ich den ekligen Nagern so wenig Angriffsfläche wie möglich bot. Als Geräusche mich weckten, hatte ich keine Ahnung, wie lange ich geschlafen hatte. Wie auch in dieser ewigen Finsternis?
Das metallische Schaben, das mir eine Gänsehaut bescherte, stammte von dem Riegel an meiner Kerkertür. Die Tür wurde aufgestoßen, und Laternenlicht blendete meine lichtentwöhnten Augen. Ich musste sie fast ganz zukneifen und sah anfangs nur schemenhafte Umrisse.
»Komm da raus! Der Baron will dich sehen.«
Ich erkannte die Stimme mit dem schleppenden Tonfall, sie gehörte dem Backenbärtigen. Er und zwei Begleiter warteten auf mich.
»Welcher Baron?«, fragte ich, als ich meine Zelle verließ.
»Das wirst du gleich sehen.« Der Backenbärtige warf die Tür zu, ohne sie zu verriegeln.
Diesmal sah ich keine Waffen bei ihnen, aber ich war mir

sicher, dass sie verdeckt unter der Kleidung welche trugen. Das war nicht die Art Männer, die unbewaffnet durch finstere Kerkerräume spazierte. Aber egal, ob bewaffnet oder nicht, ich sah keine Möglichkeit, ihnen zu entkommen.

Wir verließen den Keller über die Stiege, die ich bereits kannte, und gingen hinauf ins erste Obergeschoss.

In einem großen, lichtdurchfluteten Raum fiel mein Blick als Erstes auf den reich gedeckten Tisch. Semmeln und Obst, Käse und Würste, ein Schinken und ein gebratenes Hühnchen. Wieder zog sich mein Magen krampfartig zusammen, und am liebsten hätte ich mich augenblicklich auf die Tafel gestürzt.

»Nehmen Sie Platz und langen Sie zu! Sie haben sicher Hunger.«

Der Mann, der das sagte, musste der Baron sein. Er war der Einzige, der an dem Tisch saß. Und er ließ es sich schmecken, kaute gerade mit malmenden Kiefern auf einem Stück Schinken herum.

Er war ein gut aussehender Mann. Mit seinem dunklen Teint, dem schwarzen Haar und dem schwarzen Schnurrbart ähnelte er Omar Sharif in der Rolle des Doktor Schiwago. Anfangs schätzte ich ihn auf Mitte dreißig, aber als ich genauer hinsah, irritierten mich seine verlebten Züge. Die dunklen Augen wirkten seltsam matt, als könnte er sich an nichts mehr erfreuen.

Seine Kleidung sah aus wie eine Uniform. Der rote Rock war geradezu üppig mit goldenen Tressen besetzt. Aber dem schenkte ich keine Beachtung mehr, als ich die Schuhe sah. Schwarze Schuhe mit goldenen Spangen.

Sternspangen!
»Was starrst du so?«, fragte er, deutlich weniger höflich als zuvor. »Meinst du, ich geleite dich auch noch zu Tisch? Wenn du Hunger hast, setz dich und iss. Wenn nicht, lass es bleiben!«
Zögernd nahm ich auf einem der freien Stühle Platz. Erst wollte ich ihn fragen, warum er Josefine ermordet und vermutlich auch Marlies umgebracht hatte. Und was er an jenem Abend der Rauhensteingasse gesagt oder getan hatte, dass Mozart zu Tode erschrocken war. Aber ich änderte meine Absicht. Vielleicht war es besser, für mich zu behalten, was ich über ihn wusste. Merkte er, dass ich in ihm Josefines Mörder erkannt hatte, war es möglicherweise um mich geschehen.
Jetzt, wo ich an der reich gedeckten Tafel saß, verspürte ich nicht mehr den geringsten Hunger. Vielleicht lag es an der Aufregung darüber, endlich dem Mann zu begegnen, der mich seit einem Monat, seit meiner Ankunft im Wien des Jahres 1791, wie ein böser Geist verfolgte.
»Wer sind Sie?«, fragte ich.
Er lächelte, doch es wirkte wie eine Maske. »Man nennt mich hier den Baron, das genügt.«
Er saß vor einer großen Fensterfront, und die Vorhänge waren nur unzureichend zugezogen. Das helle Tageslicht verriet mir, dass ich länger geschlafen hatte als vermutet. Jenseits der Fenster sah ich einen Fluss, auf dem anderen Ufer ein Gebäude mit einem großen Mühlrad und in der Ferne eine steinerne Brücke.
»Ist das der Wienfluss?«, sprach ich die Frage aus, die mir gerade durch den Kopf ging.

Er nickte nur und stopfte sich eine halbe Semmel in den Mund.

Der rote Rock des Barons und die üppig gedeckte Tafel täuschten, wie mir bei genauerer Betrachtung auffiel. Der große Raum war kein Salon, in dem sich hohe Herrschaften die Ehre gaben. Früher vielleicht, aber jetzt nicht mehr. Die verblasste Tapete strotzte vor Stockflecken und löste sich an vielen Stellen von den Wänden. Eine dicke Schicht Staub lag auf den Möbeln, und die Vorhänge waren von Motten zerfressen. Früher hatte hier vermutlich ein betuchter Kaufmann gelebt, der den unteren Teil des Gebäudes als Geschäfts- und Lagerhaus genutzt hatte. Vielleicht waren die Geschäfte irgendwann nicht mehr gegangen. Jedenfalls hatte er sein Haus aufgegeben, und jetzt diente es dem Baron und seiner Bande als Unterschlupf.

Hinter mir standen die drei Männer, die mich hergebracht hatten, wie folgsame Soldaten, die auf weitere Befehle ihres Kommandanten warteten. Obwohl ich nur ihre verschwommenen Spiegelbilder in der schmutzigen Glasfront einer Wandvitrine sehen konnte, spürte ich ihre brennenden Blicke in meinem Rücken.

Vielleicht war es gut, dass ich ihre wenig aufmunternden Gesichter kaum erkennen konnte. Ich selbst sah schrecklich aus. Bleich, mit tiefen Ringen unter den Augen. Mit wirrem Haar, in dem sich Strohhalme verfangen hatten.

»Kein appetitfördernder Anblick, wahrhaftig«, sagte der Baron. »Jedenfalls nicht in dem Zustand. Dein Gesicht ist ganz annehmbar, ein wenig zu streng. Und die Figur? Zeig schon!«

Ich blickte ihn verständnislos an.
»Leg deine Kleider ab!«, bellte er.
»Hier?«
»Wäre es dir unten im kalten Keller lieber?« Er öffnete seine Lippen, aber es war kein Lächeln, eher ein wölfisches Zähnefletschen. »Natürlich hier!«
»Nein!«, sagte ich. »Weder hier noch woanders! Was wollen Sie überhaupt von mir?«
»*Von* dir will ich gar nichts, nur *mit* dir. Geld will ich mit dir machen. Wo die Sonne den ganzen Tag über scheint, die Haut der Menschen verbrennt und dunkel färbt, da wird für helle Haut ein guter Preis bezahlt. Besonders dann, wenn es sich um junges, festes Fleisch handelt.«
Was der Baron andeutete, war für mich so ungeheuerlich, dass ich es nur schwer begreifen konnte. »Wollen Sie damit sagen, ich soll verkauft werden, in den Orient?«
»Wohin sonst? Hier in Wien würde ich eine wie dich kaum loswerden.«
Sklaverei! Genau das war es, wovon er sprach.
Zwar wusste ich, dass Sklavenhandel im 18. Jahrhundert weit verbreitet war, aber niemals hätte ich damit gerechnet, mich selbst diesem Schicksal ausgesetzt zu sehen. Als Sklavin ins Morgenland verkauft zu werden, das war eine Geschichte aus exotisch-romantischen Romanen. Nur stand zu befürchten, dass mich allenfalls Exotik erwartete, aber keine Romantik.
»Warum?«, brachte ich mühsam hervor.
»Den Morgenländern liegt unser Abendland aus irgendeinem Grund besonders am Herzen«, sagte der Baron grinsend. »Zweimal standen die Türken vor Wien und

konnten nur mit Müh und Not zurückgeschlagen werden. Vielleicht ist es ihre Art von Rache, dass sie derart auf weißes Fleisch versessen sind.«

»Das meinte ich nicht«, sagte ich. »Warum gerade ich?«

»Du bist nicht die Einzige, da würde sich das Geschäft kaum lohnen.« Der Baron trank einen Schluck Rotwein, wischte mit dem Handrücken über seine Lippen und sah mich müde an. »Und jetzt runter mit den Kleidern! Ich muss schließlich wissen, was du wert bist.«

»Nein, auf keinen Fall!«

Ich ließ den Baron keine Sekunde aus den Augen, wartete auf irgendein Zeichen, dass die ganze Angelegenheit nur ein übler Scherz war. Aber er schien es ernst zu meinen. Meine Weigerung verärgerte ihn nicht, amüsierte ihn eher, wie ich an seinen leicht hochgezogenen Mundwinkeln zu erkennen glaubte. Er gab seinen Schergen einen Wink, und sie fielen über mich her wie ein Rudel wilder Tiere.

Ich hatte keine Chance zur Gegenwehr. Zwei der Männer drückten mich so brutal auf die Tischplatte, dass ich fürchtete, sie würden mir das Genick brechen. Der dritte riss mir die Kleider vom Leib und gab erst Ruhe, als die Leibwäsche mir um die Unterschenkel hing und ich nichts mehr trug als meine Schuhe.

»Stell dich gerade hin, damit ich dich richtig ansehen kann!«, befahl der Baron.

Als ich nicht reagierte, zog der Mann mit dem auffälligen Backenbart mich an den Haaren hoch. Ich schrie vor Schmerz auf.

»Dreh dich um, ganz langsam!«

Diesmal gehorchte ich dem Baron. Ich hatte begriffen, dass Widerstand zu nichts führte als zu Schmerzen und noch größeren Erniedrigungen. Während ich mich drehte, bemerkte ich die gierigen, lüsternen Blicke der drei Handlanger.

Der Baron wirkte noch immer eher gelangweilt. Für ihn war dies alles nur ein Geschäft, tägliche Routine. Auch als er aufstand, zu mir trat und mit kräftigem Griff meine Brüste umfasste, las ich in seinen Augen keine Lust, keine Erregung, auch keine Freude am Quälen. Er prüfte einfach nur die Ware, die er anbieten wollte.

»Schön straff, und die Haut ist noch jugendlich zart, das wird sich lohnen«, stellte er zufrieden fest, bevor seine Hand tiefer glitt und prüfend meinen Bauch betastete. »Hier ist sie für unsere Salemaleikums fast etwas zu schlank. Wir sollten sie noch mästen.«

Die drei anderen quittierten die Bemerkung des Barons mit einhelligem Gekicher.

»Und jetzt das Wichtigste«, meinte der Baron, woraufhin seine Hand zwischen meine Schenkel fuhr.

Ich zuckte zusammen wie ein gepeitschtes Tier und wollte den Arm meines Peinigers packen, um ihn fortzustoßen. Aber seine Handlanger hatten mit dieser Reaktion gerechnet, hatten sie wohl schon oft erlebt. Wie Kletten hingen sie plötzlich an mir und hielten mich fest.

Der Baron bedachte mich mit einem kalten Lächeln. »Wenn du dich wehrst, wird es für dich nur noch unangenehmer. Halt einfach still, dann ist es schnell vorüber.«

Er schob seine rechte Hand in meinen Schoß. In mir verkrampfte sich alles. Ich bäumte mich auf, konnte aber den

eisernen Griffen der drei anderen nicht entkommen. Die schienen sich gut zu amüsieren, wie ich an ihren feixenden Mienen erkannte.
Ich fühlte mich gedemütigt, entwürdigt, und ich ekelte mich vor den vieren. Als ich wieder in das starr lächelnde Gesicht des Barons sah, spie ich ihn an.
Er zog die Hand zurück, aber nur, um mir eine schallende Ohrfeige zu verpassen. Der Schlag traf mich mit ungeheurer Wucht, und einen Moment lang war ich völlig benommen.
»Tu das nie wieder!«, sagte der Baron in einem leisen, drohenden Tonfall. »Noch einmal, und ich töte dich, ganz gleich, was du wert sein magst!«
Seine bisher eher gelangweilten Augen glitzerten. Ich hatte keinen Zweifel daran, dass seine Drohung ernst gemeint war.
Er griff wieder zwischen meine Schenkel, und diesmal ließ ich es geschehen. Meine linke Wange glühte, in meinem Kopf hämmerte es, und mir war speiübel.
Überraschend schnell zog der Baron seine Hand wieder zurück. Er wirkte sehr zufrieden. »Sie ist wirklich noch unberührt. Das wird den Preis in die Höhe treiben.« Er sah seine Helfer an. »Wehe, sie bleibt nicht in dem Zustand! Bringt sie jetzt wieder nach unten.«

Je länger ich in dem dunklen Keller hockte, desto mehr verlor ich das Zeitgefühl. Waren es zwei Nächte und Tage oder vier? Nur selten, in – wie mir schien – unregelmäßigen Abständen, fiel ein wenig Licht in meine Zelle, wenn zwei oder drei Männer kamen, um mir Wasser, trockene

Semmeln und hin und wieder ein Stück Käse oder eine Scheibe kalten Braten zu bringen. Verzehren musste ich es in völliger Dunkelheit, und wenn mir ein Brocken aus der Hand fiel, schnappten die Ratten danach.

Zuweilen wünschte ich mir, ich hätte das Angebot des Barons angenommen und mich von seiner so reich gedeckten Tafel bedient. Aber sofort kehrte die Erinnerung an die entwürdigende Behandlung durch ihn und seine Männer zurück, und dann war ich froh, nicht mit ihm gegessen zu haben. Ich verabscheute ihn, hasste ihn, wünschte ihm den Tod.

Ich fror. Wir schrieben den Monat August, und draußen herrschte wohl noch immer sommerliche Hitze. Aber hier unten wurde es immer kälter. Jedenfalls war das mein Eindruck. Hier eingesperrt zu sein, zehrte an meiner Widerstandskraft. Meine zerfetzten Kleider und die muffige Decke reichten nicht aus, um die Kälte zu bekämpfen. Sie kam von innen.

Meine Gedanken kreisten kaum um Flucht. Ich war realistisch genug, um zu erkennen, dass es keine Fluchtmöglichkeit gab. Vielmehr versuchte ich, den Sinn zu erfassen, der hinter all dem steckte. Dass der Baron es nur auf mich abgesehen hatte, um auf einem türkischen Basar einen guten Preis für mich herauszuschlagen, wollte nicht in meinen Kopf. Wie passte der Mord an Josefine dazu? Wenn der Baron mich die ganze Zeit über gejagt hatte, nur um mich zu verkaufen, musste er sich wirklich eine hohe Summe erhoffen, damit der Aufwand sich lohnte. Ich war überzeugt davon, dass es noch einen anderen Grund gab, weshalb man mich gefangen hielt. Einen Grund, der für mich im

Dunkeln blieb, auch wenn ich sehr viel Zeit zum Grübeln hatte.

Einmal mehr hörte ich draußen auf dem Gang Schritte und Stimmen und rechnete mit etwas zu essen, obwohl ich noch gar keinen Hunger verspürte. Nach meinem Empfinden war es erst ein oder zwei Stunden her, dass man mir Brot und Käse gebracht hatte.

Die Ratten, die sonst kreuz und quer durch meine Zelle huschten, waren nicht mehr zu bemerken. Wie jedes Mal, wenn die Männer kamen. Die Nager schienen das im Voraus zu spüren, und dann verhielten sie sich unauffällig. Ich stellte keine Gefahr für sie dar, meine Gefängniswärter möglicherweise schon. Obwohl ich diese Tiere verabscheute, musste ich ihre Klugheit bewundern. Hätte ich mich vor Tagen so unauffällig verhalten wie sie, wäre mir die Tortur der Gefangenschaft vielleicht erspart geblieben.

Ich hörte das allmählich vertraute Kratzen, als der Riegel zurückgezogen wurde. Die Tür schwang mit einem widerspenstigen Knarren auf. Als Erstes fiel mir der ungewöhnliche Lärm auf, der den Keller erfüllte. Männerstimmen brüllten Befehle, Frauen jammerten. Ein dürrer Mann mit einer Laterne betrat die Zelle, gefolgt von dem Backenbärtigen.

»Komm raus!«, befahl Letzterer.

Seine Hände spielten mit einer Peitsche und machten mir unmissverständlich klar, dass jeder Widerstand zwecklos war. Ich dachte auch gar nicht daran, mich seinem Befehl zu widersetzen. Die Aussicht, diese feuchte, kalte Zelle mit ihren pelzigen Bewohnern verlassen zu können, jedenfalls für eine gewisse Zeit, erschien mir zu verlockend.

Auf dem Gang standen mehrere Männer und eine ganze Reihe junger Frauen, wohl an die zwanzig oder dreißig. Ich hatte Mühe, alles genau zu erkennen. Ein paar der Männer hielten Laternen hoch, und meine dem Licht entwöhnten Augen brannten und fingen an zu tränen.

»Nicht festwachsen!«, brummte hinter mir einer der Männer und versetzte mir einen Stoß. »Geht zur Stiege und dann nach oben, aber schnell!«

Einige Männer hielten Pistolen in den Händen, und keine der Frauen wagte es, sich dem Befehl zu widersetzen.

Meine Augen gewöhnten sich langsam ans Licht. Ich sah, dass meine Leidensgenossinnen ähnlich abgerissen und verschmutzt waren wie ich. Alle schienen jung zu sein, keine älter als fünfundzwanzig. Die meisten wirkten erschrocken, verwirrt, ein paar auch abgestumpft, als hätten sie sich bereits mit ihrem Schicksal abgefunden.

Bei mir war das nicht der Fall. Solange ich in der Zelle eingesperrt gewesen war, hatte es keine Hoffnung auf Flucht gegeben. Aber jetzt sah das anders aus. Offenbar sollten wir an einen anderen Ort gebracht werden, und das eröffnete uns vielleicht die Möglichkeit zu entkommen. Ich versuchte, meine Sinne zu schärfen, um mir auch nicht die geringste Gelegenheit entgehen zu lassen.

Als wir die Stiege erklommen hatten, mussten wir auf den Hof gehen, den ich bereits kannte. Es war früh am Morgen, sehr früh. Die Sonne verbarg sich noch hinter den Häusern, und ihre Strahlen hatten den dunstigen, grauen Schleier noch nicht durchdrungen, der den Übergang von der Nacht zum Tag kennzeichnete. Ob dies ein sonniger, warmer Sommertag werden sollte, war noch nicht zu erkennen. Es war feucht und kalt, und ich fror erbärmlich.

Der Backenbärtige trat mit einem schiefen Grinsen vor uns. »Bewegt euch mal ein bisschen, dann ist euch auch nicht mehr kalt. Durch das Tor dahinten!«

Das geöffnete Tor führte zu einem Gang, der in gerader Linie ein altes Lagerhaus durchschnitt. Am anderen Ende erwartete uns freier Himmel, oder besser gesagt, eine milchige Suppe aus dicken Nebelschwaden. Mehr als zehn Meter weit konnte man nicht sehen. Vermutlich führten die Männer des Barons den Transport absichtlich bei diesem Wetter durch. Eine bessere Tarnung gab es nicht.

Vor uns lag der Wienfluss, dessen graue Strömung mit dem Nebel verschmolz. Der Backenbärtige und seine Kumpane trieben uns auf einen Schiffsanleger zu, der geschützt zwischen Weiden und Akazien lag. Am Ende wartete ein bauchiges Schiff mit gerefften Segeln, das im Nebel wie ein Ungeheuer wirkte.

Bei seinem Anblick schwand meine Hoffnung auf eine baldige Flucht. Wenn sie uns auf ein Schiff brachten, hatten sie offenbar nicht vor, uns nur innerhalb Wiens an einen anderen Ort zu transportieren. In mir stiegen Bilder aus alten Filmen auf: Sklaven, die im Innern von Schiffen angekettet waren, ohne die geringste Möglichkeit zu entkommen.

Ein paar Männer sahen uns vom Schiff aus entgegen, einige teilnahmslos, andere feixend. Die Besatzung bestand aus kaum weniger rauen Kerlen, als es der Backenbärtige und seine Komplizen waren. Ich stellte mich auf eine unangenehme Reise ein.

Wir mussten über ein schmales, wackliges Brett an Bord gehen. Und dort sah ich den Mann, dem ich das alles wohl zu verdanken hatte. Der Baron trug einen langen Mantel mit pelzbesetztem Kragen und eine Pelzmütze nach Husarenart. Würde er uns auf der Reise begleiten? Falls nicht, war dies die letzte Gelegenheit, von ihm mehr zu erfahren. Noch immer glaubte ich nicht, dass es ihm nur darum ging, mich für Geld zu verkaufen. Bei meinen Leidensgenossinnen war es vielleicht so, aber bei mir musste noch etwas anderes im Spiel sein.

Ich scherte aus der langen Reihe aus und lief zu ihm, um ihn zu fragen. Einer der Bewacher sprang mir nach und versetzte mir, noch bevor ich den Baron erreicht hatte, einen heftigen Schlag gegen die rechte Schulter. Ich strauchelte und fiel hin. Das rettete mir vielleicht das Leben.

Das Krachen da draußen irgendwo im Nebel war ebenso laut wie unheimlich. Und unerwartet. Erst als der Mann, der mich niedergeschlagen hatte, mit blutüberströmtem Gesicht neben mir zusammenbrach, begriff ich, dass es ein Schuss gewesen war. Vor Schreck war ich wie gelähmt.

Die Männer des Barons und die auf dem Schiff gerieten in Panik, ihre Schreie gellten durcheinander: »Den Fritz hat's erwischt!« – »Polizei! Die haben uns entdeckt!« – »In Deckung!« – »Weg hier, schnell!« – »Macht die Leinen los und setzt die Segel!«

Der letzte Ausruf kam von einem vierschrötigen Mann, der neben dem Baron stand und den ich für den Kapitän hielt. Tatsächlich hörte die Schiffsbesatzung auf ihn. Ein paar Männer liefen an Land, um die Leinen von den hölzernen Pollern zu lösen. Einer von ihnen wurde mitten auf

dem Steg von einem Schuss getroffen und stürzte mit einem Aufschrei in den Fluss.
Einige Männer des Barons, die noch an Land waren, liefen in wilder Hast davon, hofften wohl, im Nebel untertauchen zu können. Andere schossen mit ihren Pistolen auf die Angreifer, deren lange Uniformröcke sich aus den grauen Schwaden lösten. In das trockene Krachen der Schüsse mischten sich die Schreie der Getroffenen, und sich zäh ausbreitende Pulverschwaden erschwerten zusätzlich zum Nebel die Sicht.
Die Männer vom Schiff schafften es nicht, die Leinen zu lösen. Die Uniformierten waren schneller, und am Steg kam es zum Handgemenge. Gewehrkolben krachten auf Schädel, Bajonette und Säbel bohrten sich ins Fleisch der aufschreienden Opfer. Immer mehr Uniformierte tauchten am Ufer auf, und es schien mir sicher, dass sie in dieser unheimlichen Schlacht den Sieg erringen würden.
Meine Freude darüber währte nur kurz. Der Schatten des Barons fiel auf mich. Er riss mich hoch und zerrte mich mit sich, zur landabgewandten Seite des Schiffes.
»Hoffentlich kannst du schwimmen!«, knurrte er, als wir uns der Reling näherten.
»Das hat doch keinen Sinn!«, schrie ich und versuchte vergeblich, mich loszureißen. »Sehen Sie doch ein, dass Sie verloren haben!«
»Ich gebe niemals auf.« Er blickte zu den Frauen hinüber, die sich ängstlich aufs Schiffsdeck kauerten. »Diese Fracht kann ich nicht retten, aber du bist mehr wert als alle anderen zusammen. Ein hübsches Unterpfand, das mich vielleicht sogar vor der Polizei beschützt.«

Ich verstand nicht, warum ich so wertvoll für ihn war. Aber das war auch nicht mein drängendstes Problem.

»Spring ins Wasser!«, befahl er mir.

Als ich mich an der Reling festklammerte, zog er ein langes Klappmesser aus einer Tasche seines Mantels. Ein Druck auf eine versteckte Feder, und die Klinge sprang hervor. Er drückte sie gegen meinen Hals und wollte wohl seinen Befehl wiederholen, brachte aber nur ein seltsames Geräusch hervor, ähnlich dem Stottern eines abgesoffenen Motors.

Ein ungläubiger Ausdruck trat in seine jetzt weit aufgerissenen Augen. Die rechte Hand öffnete sich zuckend, und das Messer fiel auf die Planken. Der Baron vollführte eine halbe Drehung um sich selbst und ging auf die Knie.

Da erst sah ich das Loch in seinem Rücken, wo ihn die Kugel getroffen hatte. Es musste eine schlimme Wunde sein, das Blut tränkte bereits den Mantel.

Eine korpulente Gestalt, in einer Hand eine Pistole und in der anderen einen schweren Gehstock, kam angelaufen und blieb vor dem Sterbenden stehen.

»Er ist es wirklich, der Baron!«, sagte Polizeiunterkommissär Kneifl und machte einen höchst zufriedenen Eindruck.

Kapitel 19

»Wer war dieser Baron?«

Ich sprach von einem Toten, über den ich bislang nicht mehr wusste, als dass er vorgehabt hatte, mich in einen türkischen Harem oder etwas Ähnliches zu verkaufen. Falls er die Wahrheit gesagt hatte. Nach wie vor war ich der Meinung, hinter meiner Entführung müsse mehr gesteckt haben. Der Baron selbst hatte es indirekt zugegeben, als er kurz vor seinem Tod zu mir sagte: »Diese Fracht kann ich nicht retten, aber du bist mehr wert als alle anderen zusammen.«

Die Frage war, was mich so wertvoll machte. Fand ich das heraus, dann würde sich mir auch der Grund für meine Entführung erschließen, vielleicht auch der für meine Reise durch die Zeit.

»Der Baron war ein Mann, der vielen Leuten Kopfzerbrechen bereitet und Angst eingeflößt hat, als er noch unter den Lebenden weilte«, sagte Unterkommissär Kneifl, in dessen Büro man mich gebracht hatte. »Jetzt, wo er tot ist, wird es ein großes Aufatmen bei Polizei und Justiz geben. Die Sache wird einiges Aufsehen erregen.«

»Was für Sie nur gut sein kann«, meinte ich. »Immerhin haben Sie ihn zur Strecke gebracht.«
»Ja, und ich habe sogar zwei Fliegen mit einer Klappe geschlagen. Dass der Baron die Morde an Ihrer Schwester und Ihrer Kollegin auf dem Gewissen hat, stellt für mich allerdings eine ziemliche Überraschung dar.«
»Sie haben da keine Verbindung gesehen?«, wunderte ich mich.
»Nicht die geringste.«
»Aber woher wussten Sie, dass der Baron mich entführt hat?«
»Woher ich das wusste? Ich muss gestehen, dass ich es nicht einmal geahnt habe. Sie auf dem Schiff zu sehen, war für mich eine große Überraschung, Fräulein Heusler.«
Kneifls Aussage verwirrte mich einigermaßen. Eben noch hatte ich geglaubt, der Polizist habe in den Fällen Josefine und Marlies wichtige Fortschritte gemacht. Fortschritte, die auch mir Hinweise zur Aufdeckung des Geheimnisses geben konnten, in dessen Fäden ich mich verfangen hatte wie eine Fliege im Spinnennetz. Jetzt zerplatzte diese Hoffnung wie eine Seifenblase.
»Wollen Sie damit sagen, es ist bloßer Zufall, dass Sie mich in letzter Minute aus den Händen dieser Bande befreit haben, Herr Kneifl?«
»Auch wenn die Antwort meinen Ruhm und besonders mein Ansehen bei Ihnen deutlich schmälert, Fräulein Heusler: Ja.«
Das stellte mich vor eine ganz neue Situation, und ich benötigte einige Zeit, mich darauf einzurichten. Plötzlich kam ich mir in dem düsteren Büro mit den schweren

Eichenmöbeln sehr verloren vor. Wenn Kneifl nur durch Zufall am Wienfluss aufgetaucht war und noch immer nicht mehr über die Angelegenheit wusste, in die ich verwickelt war, wer sonst sollte mir dann helfen können? Sicher nicht die drei erhabenen Herrscher, deren Porträts den Raum schmückten: die prunkvolle Maria Theresia, ihr sauertöpfisch dreinblickender Sohn Joseph II. und der jetzige Herrscher Leopold II., Josephs Bruder und Nachfolger, dessen abschätzender Blick jene gnadenlose Kompromissbereitschaft spiegelte, die im krassen Gegensatz zu Josephs Charakter stand.

Vielleicht konnte nur ein Toter mich weiterbringen, dachte ich und bat mein Gegenüber, mir mehr über den Baron zu erzählen.

Kneifl lehnte sich mit seinem massigen Körper auf den Stuhl zurück. Ein gefährliches Knarren ertönte. Er zog die Mundwinkel nach unten, was ihm einen deprimierten Ausdruck verlieh. »Baron Ferenczy ist ein trauriges Beispiel dafür, was aus ehemals stolzem Adel wird, wenn er verarmt, an Geld wie an inneren Werten. Leute wie er sind es, die den ganzen Stand in Verruf bringen und zu solch barbarischen Zuständen wie in Paris führen.«

»Sie sind also ein Gegner der Revolution?«

»Was geht mich die Revolution an? Ich bin Österreicher, kein Franzose. Außerdem stehe ich in den Diensten meines Kaisers. Da kann ich wohl kaum für diejenigen sein, die Seiner Majestät Schwester, die Königin von Frankreich, gefangen setzen wie eine Straßendirne.«

»Kehren wir zu dem Baron zurück«, sagte ich. »Ferenczy hieß er?«

Kneifl nickte. »Seine Familie stammt irgendwo aus dem Ungarischen. Die Ferenczys waren niemals besonders reich, zeichneten sich aber durch Tapferkeit und hervorragende Leistungen beim Militär aus. Ein Ferenczy hatte Offizier zu werden, etwas anderes kam nicht in Frage.«

»Auch der Baron machte auf mich einen soldatischen Eindruck«, warf ich ein.

»Nicht zu Unrecht, früher war er Rittmeister bei den Husaren. Bis er seine Offiziersehre und die Ehre der ganzen Familie in den Schmutz zog. Schuld war natürlich eine Frau.« Kneifl stutzte und blickte mich verlegen an. »Oh, Pardon!«

»Schon gut«, sagte ich, eher amüsiert als verärgert. »Fahren Sie bitte fort.«

»Um es kurz zu machen: Es heißt, Baron Ferenczy treffe die Schuld, eine ganze Armee demoralisiert zu haben.«

»Das hätte ich doch gern ein wenig ausführlicher.«

»Der Vorfall ereignete sich im September 88, während des letzten großen Türkenkriegs. Ferenczys Einheit gehörte zu unserer Hauptarmee, die sich damals auf dem Rückzug befand. Ferenczy, schon immer ein Freund von Weib und Wein, nahm auf einem großen Bauernhof Quartier, nicht zuletzt deshalb, weil er sich in die Tochter des Bauern verguckt hatte. Damit seine Untergebenen nicht neidisch wurden, spendierte er ihnen reichlich billigen Branntwein, den er von dem Bauern kaufte. Was streng verboten war, und das aus gutem Grund, wie sich zeigen sollte. Zwischen den hoffnungslos betrunkenen Husaren und einem Detachement der Infanterie entbrannte aus irgendeinem nichtigen Anlass ein heftiger Streit. Niemand konnte oder wollte sich hinterher genau erinnern, was dann geschah. Vermutlich kam eine Vielzahl unglücklicher Umstände zusammen: die enthemmende Wirkung des Branntweins, die Enttäuschung über den unglücklich verlaufenen Feldzug, der angestaute Zorn auf die Türken, die Übermüdung nach vielen Kämpfen und Märschen. Wie auch immer, es kam zu Handgreiflichkeiten, und schließlich fielen Schüsse. Als andere Truppenteile das hörten, hielten sie es für Gefechtslärm und glaubten, die Türken hätten ihre Stellungen überrannt. Panik breitete sich aus, ganze Regimenter flüchteten kopflos, teilweise unter Zurücklassung ihrer Waffen. Das Eingreifen einiger Offiziere vergrößerte die Verwirrung eher noch, da auch sie nicht wussten, was wirklich vorging. Immer größer wurde die Zahl der fliehenden Truppen, und als sie durch die Stadt Lugosch kamen, schlossen sich deren Bewohner an. Ein riesiger Strom kopflos fliehender Menschen, in heilloser Angst vor den Türken. Eine Angst, die umso größer war, da man den Feind nirgends zu Gesicht bekam. Der Mensch fürchtet sich am meisten vor dem Schrecken, den seine Vorstellung gebiert.«

Kneifl legte eine Pause ein, als wollte er das Bild der kopflos fliehenden Armee richtig auf mich wirken lassen. Schließlich zeigte er auf das Porträt Josephs II. und fuhr fort: »Der Kaiser, immer stolz auf seine Armee, befand sich gerade bei den Truppen und war gezwungen, das unselige Durcheinander hilflos mit anzusehen. Man sagt, damals sei sein Glaube an die unbedingte Stärke seiner Soldaten gründlich erschüttert worden. Sein Neffe Franz, ebenfalls bei den Truppen, stellte sich den Fliehenden entgegen und wäre um ein Haar von ihnen getötet worden. Dass die Flutwelle der flüchtenden Soldaten und Zivilisten irgendwann doch zum Stillstand kam, lag wohl eher an allgemeiner Erschöpfung als an der Einsicht, vor einem Gespenst davonzulaufen.«

»Ein Wunder, dass Baron Ferenczy nicht erschossen wurde«, meinte ich.

»Allerdings. Wäre es nach dem wütenden Kaiser gegangen, hätte den Baron genau dieses Schicksal ereilt, und Ihnen sowie vielen anderen Unglücklichen wäre einiges an Leid erspart geblieben. Aber Ferenczy hatte aufgrund der früheren Verdienste seiner Familie hochrangige Fürsprecher, auch beim Militär. Widerwillig verschonte der Kaiser sein Leben. Der Baron wurde unehrenhaft aus dem Dienst entlassen, und man nahm ihm sämtliche Güter und Besitztümer weg, sogar seinen Adelstitel büßte er ein. Er war also nur noch ein illegitimer Baron.«

»Sie sagen das fast bedauernd«, wunderte ich mich.

»Ich bedaure wirklich, dass Kaiser Joseph schwankend wurde und auf die Einflüsterer hörte, die für Ferenczy um Gnade baten. Wie ich eben schon sagte, hätte der Baron sein Leben verloren, wäre vielen Frauen die Verschleppung und der Polizei viel Arbeit erspart geblieben. Oder man hätte Ferenczy Titel und Besitztümer belassen sollen. So aber zwang man ihn dazu, sich außerhalb des Gesetzes zu betätigen, um zu neuem Reichtum zu gelangen.«

»Mit Frauenraub«, sagte ich. »Offenbar ein sehr lukratives Geschäft.«

»Ja, leider.« Kneifl wand sich, als finge das Thema an, ihm lästig zu werden, und wieder knarrte der überbelastete

Stuhl. »Ich habe bereits erwähnt, dass die Ferenczys aus dem Ungarischen stammen. Von dort ist es nicht mehr allzu weit bis zum Osmanischen Reich. Wir vermuten schon seit längerem, dass die verschleppten Frauen über die Donau nach Ungarn und von dort weiter zu einem der Sklavenmärkte an der Grenze gebracht wurden. Der Schiffsanleger, den wir heute am Wienfluss entdeckt haben, bestätigt diese Vermutung. Zum Glück haben wir die Bande zerschlagen. Ohne ihren Kopf werden die Mitglieder, die wir nicht fassen konnten, die dunklen Geschäfte kaum fortsetzen können.« Er sah mich mitleidsvoll an. »Es tut mir Leid, dass wir den Baron nicht schon eher entlarvt haben. Dann wäre Ihre Schwester noch am Leben.«

»Da wäre ich mir nicht so sicher«, erwiderte ich zu seiner Verblüffung. »Ich bedaure den Tod des Barons, denn ich hätte ihn gern gefragt, ob er Josefine und Marlies auf dem Gewissen hat.«

Kneifl blickte mich an, als glaubte er, die jüngsten Erlebnisse hätten mich geistig verwirrt. »Wer sonst soll für die Morde verantwortlich sein, wenn nicht der Baron? Er hatte ein scharfes Messer bei sich und trug Schuhe mit solchen Sternspangen, wie von Ihnen selbst beschrieben.«

»Ich weiß, das gibt mir auch zu denken. Aber ein Frauenräuber, der seine Opfer ermordet, verdirbt sich doch das Geschäft.«

Kneifl sah missmutig drein, die Unterhaltung schien ihm von Minute zu Minute unangenehmer zu werden. »Vielleicht war Ihre Schwester mehr als nur ein Opfer. Haben Sie schon einmal daran gedacht, Fräulein Heusler?«

»Offen gesagt, nein. Ich verstehe auch nicht, worauf Sie mit dieser Anspielung abzielen.«

»Denken Sie doch an die herausgeschnittene Zunge. Ein Zeichen für bestraften Verrat, wie Sie wissen. Gerade im Dunstkreis des Theaters gibt es viele junge Frauen, fahrendes Volk, nach dem niemand groß fragt. Eine Bande wie die des Barons war auf Informationen darüber angewiesen, wo und wie sie an geeignete Opfer herankam.«

Den eigentlichen Verdacht ließ Kneifl unausgesprochen, aber der Vorwurf, den er gegen Josefine erhob, wurde auch so deutlich genug.

»Sie beschuldigen Josefine, ein Mitglied dieser Bande gewesen zu sein!«, sagte ich voller Empörung. Ich war schon zu sehr Luise Heusler, als dass Kneifls Verdacht mich kalt lassen konnte. Josefine war für mich wirklich meine Schwester gewesen. Ich hatte mit ihr Freud und Leid erlebt, hatte ihre Hoffnungen und Ängste gekannt. Gut genug, meinte ich, um zu wissen, wie haltlos der Vorwurf des Polizisten war.

»Mitglied der Bande, so würde ich es nicht ausdrücken«, erwiderte er beschwichtigend. »Die Bezeichnung Informantin ist vielleicht treffender. Möglicherweise wusste sie gar nicht, in welches Unglück sie die Frauen schickte, über die sie dem Baron Auskünfte gab. Und als sie dahinter kam, was mit den Frauen geschah, wollte sie die Bande auffliegen lassen. Das könnte der Grund gewesen sein, weshalb Ihre Schwester in der Nacht ihres Todes mit Ihnen sprechen wollte. Sie suchte Ihren Rat, wie sie sich verhalten sollte.«

»Und der Baron hat sie abgefangen?«, fragte ich, noch immer nicht überzeugt.
»Ja.« Kneifl beugte sich zu mir vor und lag jetzt halb auf dem wuchtigen Schreibtisch. »Oder halten Sie das für unglaubwürdig?«
»Hätte ich Josefine nicht besser gekannt, würde ich Ihnen zustimmen. Aber so?« Ich stockte, suchte nach Argumenten zu Josefines Verteidigung. »Was ist mit Marlies? Wie passt ihr Tod zu Ihrer Theorie?«
»Da hat sich nichts geändert. Man hatte es auf Sie abgesehen, Ihre Kollegin wurde das Opfer eines Irrtums. Vielleicht kannte sie einen der Mörder. Immerhin musste Josefine einen Verbindungsmann im Freihaus gehabt haben, und den könnte Marlies erkannt haben. Auch sie musste sterben, damit sie nichts ausplaudern konnte.«
»Und was ist mit mir selbst? Wieso diese Hetzjagd auf mich? Wäre es für den Baron nach der Schlappe im Prater nicht klüger gewesen, sich andere Opfer zu suchen? Er wusste doch sicher, dass die Polizei ein Auge auf mich hatte.«
»Zwei Augen wären wohl angebrachter gewesen, wie Ihre Verschleppung gezeigt hat«, sagte Kneifl ehrlich zerknirscht. »Es gibt zwei mögliche Gründe für Ihre Verschleppung, und vielleicht treffen beide zu. Der Baron kannte Sie durch Ihre Schwester und wusste, dass es ihm viel Geld einbringen könnte, Sie an die Türken zu verkaufen.«
»Warum? In Wien gibt es viele junge Frauen, und etliche davon sind hübscher als ich.«
»So würde ich das nicht ausdrücken, Fräulein Heusler. Sie

haben etwas ganz Besonderes an sich. Hat Ihnen das noch niemand gesagt?«

»Nein«, antwortete ich leicht verlegen.

»Unter den jungen Männern scheint es viele Zauderer zu geben«, meinte Kneifl kopfschüttelnd. »Sie, Fräulein Luise, haben etwas, was vielen anderen Frauen mit einer vielleicht hübscheren Larve fehlt. Ich kann es schwer benennen. Sie strahlen etwas aus, eine innere Schönheit.«

Ich glaube, dass ich tatsächlich errötete. Von dem Polizeiunterkommissär hätte ich alles Mögliche erwartet, aber nicht eine Aussage, die fast einem Kompliment gleichkam.

»Ich weiß nicht, ob innere Schönheit in türkischen Harems sehr gefragt ist«, sagte ich zweifelnd. »Aber Sie erwähnten noch einen zweiten Grund, weshalb der Baron es auf mich abgesehen hatte.«

»Auch das liegt auf der Hand«, erwiderte Kneifl. »Ferenczy musste damit rechnen, dass Ihre Schwester Ihnen bereits etwas erzählt hatte, etwas, was über kurz oder lang zu seiner Enttarnung führen konnte. Deshalb die Hartnäckigkeit, mit der er Sie verfolgt hat.«

»Aber dann wäre es für ihn das Sinnvollste und Einfachste gewesen, mich gleich zu töten«, wandte ich ein.

»Da kommt eben der andere Grund ins Spiel: Der Baron war ein Geschäftsmann, und Sie versprachen ein gutes Geschäft zu werden. Wären Sie erst mal jenseits der osmanischen Grenze gewesen, hätten Sie ihn genauso wenig verraten können wie eine Tote.«

Hatte Kneifl Recht? War ich wirklich so wertvoll, dass Ferenczy lieber auf alle anderen Frauen verzichtete als auf mich? Wenn ja, dann musste es dafür einen versteckten

Grund geben, mehr als jene diffuse innere Schönheit, von der Kneifl eben gesprochen hatte.

Noch etwas störte mich an seiner Theorie, und nach kurzem Nachdenken kam ich darauf: »Warum hat der Baron nicht auch Josefine verschleppt und verkauft. Auch sie hätte er dadurch zum Schweigen gebracht. Ihr Tod war, wenn Sie Recht haben, ganz und gar unnötig.«

»Sie vergessen die herausgeschnittene Zunge. Ferenczy wollte ein Exempel statuieren, eine deutliche Warnung für andere Informanten, die mit dem Gedanken spielen könnten, ihn zu verraten.«

Das war in der Tat eine stimmige Erklärung, aber etwas in mir wollte sich mit Kneifls Auflösung nicht anfreunden. Vielleicht nur deshalb, weil sie mir zu banal erschien. Aber mir gingen die Argumente aus, und deshalb bedankte ich mich einfach nur bei ihm.

»Wofür?«, fragte er. »Ich sagte doch, dass wir von Ihrer Verschleppung durch den Baron nichts wussten. Der Impresario Schikaneder war zwar persönlich bei mir, um Sie als vermisst zu melden, aber wir hatten keinerlei Anhaltspunkte für Ihren Verbleib.«

»Ich wollte mich dafür bedanken, dass Sie mir durch Ihren Schuss auf den Baron ein Bad im Wienfluss und vielleicht Schlimmeres erspart haben.«

»Das war ich nicht.« Kneifl zog eine Schublade auf, holte seine Pistole hervor und legte sie auf den Tisch. »Ich habe nicht einen einzigen Schuss daraus abgegeben, schon seit Jahren nicht mehr. Aber eine Pistole in der Hand sieht einfach besser aus, wenn man das Versteck einer gefährlichen Bande stürmt.«

»Dann gebührt mein Dank einem Ihrer Männer.«

»Vielleicht, aber da bin ich mir nicht sicher. Es hat sich keiner gemeldet, der gezielt auf den Baron geschossen haben will.«

»Dann war es eine verirrte Kugel.«

»So muss es wohl gewesen sein«, sagte Kneifl ein wenig hilflos. »Die ganze Schießerei heute Morgen am Fluss ist ein großes Mysterium.«

»Das verstehe ich nicht.«

»Wir waren noch gar nicht fertig damit, den Schiffsanleger zu umstellen, als der erste Schuss fiel.«

»Ja, die Kugel schlug dicht bei mir ein und traf einen der Banditen.«

»Nun, auch das will keiner von meinen Männern gewesen sein. Vielleicht hat der voreilige Schütze Angst vor einem Rüffel, aber jeder Einzelne der in Frage kommenden Polizisten schwört Stein und Bein, nicht den verräterischen Schuss abgegeben zu haben. Und soweit ich es überblicken kann, lügen meine Leute nicht.«

»Aber wer hat dann geschossen?«, fragte ich.

»Vielleicht war es ja doch einer meiner Männer. Aber Sie werden keinen finden, bei dem Sie sich für Ihre Rettung bedanken können.«

»Doch! Jemand muss Sie auf die Spur der Bande gebracht haben. Wer ist der Informant?«

»Der Hinweis auf Ferenczys Unterschlupf und auf den geplanten Transport kam von der Obersten Justizstelle. Sie werden die Person kaum kennen, sie verkehrt in höheren Kreisen.«

»Darf ich den Namen erfahren?«

»Warum nicht«, sagte Kneifl. »Der Herr Kanzlist Hofdemel gab mir diesen Hinweis, wollte sich aber nicht zur Quelle seiner Erkenntnisse äußern.«
»Hofdemel? Etwa Franz Hofdemel?«
»Ja, so heißt er. Sie kennen ihn?«
»Ich kenne seine Frau«, sagte ich, und darüber war Kneifl so erstaunt wie ich über den Namen des Informanten.

Kapitel 20

Polizeiunterkommissär Kneifl verteilte nicht nur Komplimente, er erwies sich auch als Gentleman und ließ es sich nicht nehmen, mich per Polizeikutsche persönlich ins Freihaus zu bringen. Er war so froh über den gelungenen Doppelschlag, mit dem Frauenräuber Ferenczy auch gleich den Mörder von Josefine und Marlies ausgeschaltet zu haben, dass er mich, hätte ich den Wunsch geäußert, auch auf einen Ausflug in den Prater eingeladen hätte.

Aber danach stand mir nicht der Sinn. Ich wollte möglichst schnell ins Freihaus zurück, wo man sich wohl schon große Sorgen um mich machte. Und Schikaneder raufte sich wahrscheinlich die Haare, weil ihm bereits die dritte Putzmacherin abhanden gekommen war. Vor sechs Tagen war ich entführt worden. Ich durfte gar nicht an den Berg Arbeit denken, der sich inzwischen in der Werkstatt aufgehäuft hatte.

Die Sonne hatte ihren höchsten Stand längst überschritten, als die Polizeikutsche auf dem Hof anhielt, an den das Theater und auch das Haus, in dem ich wohnte, grenzten.

Ich wollte zuerst meine Kammer aufsuchen, um meine Kleider zu wechseln, damit meine äußere Erscheinung nicht länger einer vom Wind zerzausten Vogelscheuche glich.

»Soll ich Sie hinaufbegleiten, Fräulein Luise?«, fragte Kneifl, noch immer in einem Stimmungshoch, mit freundlichem Lächeln.

»Nicht nötig«, erwiderte ich und verabschiedete mich von ihm. »In meiner Kammer wird mir nicht gleich die nächste Frauenräuberbande auflauern.«

Allerdings erwartete mich oben eine andere unliebsame Überraschung. Mein Schlüssel passte nicht mehr ins Schloss. Wieder und wieder probierte ich es, doch er ließ sich kaum ins Schlüsselloch stecken, geschweige denn darin bewegen.

Nach unzähligen Versuchen hielt ich erschöpft inne und wischte den Schweiß von meiner Stirn. Da ließ eine Stimme in meinem Rücken mich zusammenfahren: »Sie mühen sich umsonst ab, Luise, das Schloss wurde ausgewechselt.«

Schikaneder stand am Treppenaufgang, zog grüßend den Hut und kam lächelnd auf mich zu.

»Schön, Sie mit heiler Haut wiederzusehen! Vor dem Theater traf ich Herrn Kneifl, als der gerade mit seinem Wagen vorbeifuhr. Er hat mir in aller Kürze berichtet, was geschehen ist. Sie müssen Schreckliches durchgemacht haben.«

»Sie auch, Herr Schikaneder. Die Putzmacherinnen kommen Ihnen schneller abhanden als einem geschlagenen Feldherrn die Soldaten. Haben Sie das Schloss auswechseln lassen? Etwa, damit man mich nicht noch einmal raubt?«

»Nicht ganz, aber so ungefähr.« Er sprach zögernd, und sein Mienenspiel verriet, dass er sich in seiner Haut nicht ganz wohl fühlte. »Als ich Kneifl traf, wollte ich gerade zum Mittagessen ins ›Goldene Fassl‹. Darf ich Sie einladen?«

»Ich bin in der Tat hungrig wie ein Rudel Wölfe, aber mein Aussehen ist nicht geeignet, mich der Öffentlichkeit zu präsentieren.«

»Unsinn, eine schöne Frau kann nichts entstellen«, sagte Schikaneder, jetzt wieder in seiner typischen überschwänglichen Art. »Gerade von uns Theaterleuten ist man so manche Maskerade gewohnt. Sollte sich jemand mokieren, sagen wir, Sie sind die Darstellerin in einem neuen Stück, das wir gerade proben.«

»Was für ein Stück denn? ›Die Lumpenliesl‹?«

»Hm, gar nicht schlecht, der Titel«, brummte Schikaneder nachdenklich. »Vielleicht werde ich dazu wirklich ein Stück verfassen. Und jetzt kommen Sie, hier stehen nämlich *zwei* hungrige Wolfsrudel.«

Er hakte mich unter, und wir gingen zum »Goldenen Fassl«. Ich war wirklich hungrig. Zwar hatten die Gefangenen des Barons nicht hungern müssen, aber großen Appetit hatte ich in der Gesellschaft der Ratten nie verspürt, und außerdem lag meine letzte Mahlzeit, bestehend aus einer trockenen Semmel und einem harten Stückchen Käse, bereits etliche Stunden zurück.

Ich freute mich darauf, im Sonnenschein draußen vor der Gaststätte zu sitzen, aber gleichzeitig beschlich mich ein seltsames Gefühl, je näher wir unserem Ziel kamen. Ich spürte, dass Schikaneder mir eine unerfreuliche Mitteilung zu machen hatte und einen angenehmen Rahmen dafür suchte, damit es für mich nicht ganz so schlimm wurde.

Auf den Holzbänken vor dem Wirtshaus saßen eine Menge Theaterleute und aßen zu Mittag. Von vielen wurde ich gegrüßt, und ich spürte ihre ehrliche Freude darüber, dass ich wieder da war. Dennoch wäre es mir lieber gewesen, niemand hätte mich erkannt. Nicht nur, weil ich äußerlich reichlich ramponiert war. Wenn mein Eindruck mich nicht täuschte, wussten alle Leute von Schikaneders Truppe, was er mir mitteilen wollte.

Schikaneder wählte mit Absicht, wie mir schien, zwei Plätze, die abseits von jenen Tischen lagen, um die sich seine Leute geschart hatten, und bestellte eine Mahlzeit, die wirklich für zwei Wolfsrudel gereicht hätte: Knödelsuppe, Hechttorte, Hühnchen in Bertramsoße, mit Hackfleisch gefüllte Gurken und zum Nachtisch Zitronatstrudel. »Alles zweimal in doppelter Portion, bitteschön!«, trug er dem Wirt auf.

Während der Suppe fragte er mich nach den Umständen meiner Verschleppung aus. Bei der Hechttorte wollte er alles über Ferenczy wissen, den er offenbar sehr inspirierend fand, denn einmal rief er aus: »Ich werde ein Stück über den Kerl schreiben!« Beim Hühnchen erzählte er mir Neuigkeiten aus dem Theater und bei den gefüllten Gurken den jüngsten Wiener Klatsch. Beim Nachtisch – im Gegensatz zu Schikaneder stocherte ich nur noch lustlos darin herum – riss mir der Geduldsfaden.

»Herr Schikaneder, sagen Sie mir endlich, was Sie die ganze Zeit vor sich herschieben!«, forderte ich.

»Was meinen Sie?«, fragte er und riss in überzogen theatralischer Geste die Augen auf.

»Geben Sie sich keine Mühe, Sie stehen nicht auf der Bühne«, sagte ich, teils entnervt, teils amüsiert. »Schon als wir uns vor meiner Kammer trafen, habe ich gespürt, dass etwas nicht stimmt. Wenn ich noch ein paar Portionen verdrücken muss, bevor Sie sich endlich entschließen, die Katze aus dem Sack zu lassen, dann platze ich nicht nur vor Neugier!«

Auch ihn schien jetzt der Appetit zu verlassen. Mit der Gabel fuhr er mehrmals in das Stück Strudel und zerbröselte den Teig, ohne auch nur einen Bissen zum Mund zu führen.

»Nun ja«, begann er zögerlich, »Ihre Kammer, von der Sie eben sprachen, ist nicht mehr Ihre Kammer.«

Eigentlich hätte mir das genügen müssen, um zu begreifen. Aber nach den Strapazen der vergangenen Tage war ich wohl nicht nur physisch erschöpft.

Deshalb sagte ich: »Nach dieser langen Vorbereitung fällt mir Ihre Erklärung ein wenig zu kurz aus, Herr Schikaneder.«

»Das Schloss zu der Kammer, ich bin tatsächlich für die Auswechslung verantwortlich. Als ich Ihr Verschwinden dem Unterkommissär Kneifl meldete, äußerte er den Verdacht, man könnte Sie verschleppt haben. Halten Sie mich bitte nicht für undankbar, Luise, aber ich wusste nicht, wann Sie zurückkehren würden. Ja, ich wusste nicht einmal, *ob* Sie zurückkehren würden. Und da wir mit der Zeit knapp sind, habe ich einen Ersatz für Sie engagiert. Eine sehr gute Kraft, für die ich auch gutes Geld bezahlen muss. Sie bestand auf einem langfristigen Vertrag und auf einer Wohnung im Freihaus. Wir sind hier gerade knapp mit Zimmern. Nun, das neue Schloss dient also dem Schutz Ihrer Nachfolgerin.«

Jetzt, wo es heraus war, schaufelte er einen dicken Brocken Strudel in seinen Mund und kaute so verbissen darauf herum, dass es kaum nach Appetit aussah, mehr nach einer Verlegenheitsgeste.

Langsam von Begriff, wie ich an dem Tag war, sagte ich erst nach zwanzig oder dreißig Sekunden: »Das heißt, ich bin gekündigt?«

Mit einer Kraftanstrengung schluckte Schikaneder den Bissen hinunter und wischte sich mit der Serviette über die Lippen, bevor er mich traurig ansah. »Ich habe jetzt zwei gute Putzmacherinnen. Wenn die beiden gut arbeiten, und danach sieht es aus, kommen sie mit der Zeit hin. Natürlich könnte ich auch drei beschäftigen, aber das ist eine Frage des Geldes. Außerdem habe ich den Eindruck, Sie sind zur Zeit nicht in der Verfassung, um sich der Arbeit in meinem Theater zu widmen. Ich durchschaue die Geschichte nicht, in die Sie verstrickt sind, Luise, aber vielleicht sollten Sie damit erst reinen Tisch machen.«

»Wenn man Kneifl glauben darf, ist die Sache mit Ferenczys Tod vom Tisch.«

»Und? Darf man ihm glauben?«

»Wenn ich das wüsste!«, antwortete ich mit einem tiefen Seufzer.

Ich konnte verstehen, dass ein Theaterdirektor nicht

begeistert war, wenn seine Angestellten kaum zum Arbeiten kamen. Aber das ausgerechnet von Schikaneder zu hören, stimmte mich doppelt traurig. Einmal, weil ich für meine Entführung nun wirklich nichts konnte und er das auch wusste. Zum zweiten, weil ich mich gut erinnerte, wie sehr er sich um mich bemüht und wie er meine Arbeit und meinen Sachverstand gelobt hatte. Hatte er mir nur etwas vorgemacht? Aber wozu der Aufwand, wenn ich für ihn nicht mehr war als jede andere Putzmacherin in Wien?

Ich bemerkte Schikaneders abwartenden, fast ein wenig ängstlichen Blick und beschloss, ihn zu erlösen. Wenn ich ihm hier vor all seinen »Kindern« eine Szene machte, wären wir beide blamiert. Außerdem hatte er von seinem Standpunkt aus Recht. Für ihn war die rechtzeitige Herstellung aller Kostüme für die »Zauberflöte« wichtig, nicht das problembeladene Leben von Luise Heusler.

»Ich danke Ihnen für das Abschiedsessen und alles, was Sie für mich getan haben, Herr Schikaneder. Ein anderer als Sie hätte sich nicht so langmütig gezeigt.« Ich sprach ohne falschen Unterton und blickte ihm in die Augen, von der Hoffnung beseelt, er möge meine Aufrichtigkeit erkennen. »Würden Sie mir jetzt bitte sagen, wo ich meine Sachen abholen kann?«

»Die wurden bereits abgeholt.«

»Von wem denn?«

»Von Gräfin Mansfeld. Drei Tage nach Ihrem Verschwinden war die Gräfin höchstpersönlich hier und hat sich erkundigt, ob ich Neuigkeiten von Ihnen hätte. Als ich ihr erzählte, dass ich eine neue Putzmacherin an der Hand

hätte, sagte die Gräfin, sie wolle auf Ihre Sachen aufpassen.« Er kaute nachdenklich auf seiner Unterlippe. »Ich wundere mich nur, woher die Gräfin von Ihrem Verschwinden wusste.«
Ich wunderte mich nicht darüber. Alles Wichtige, was bei Polizei und Justiz vor sich ging, erfuhr Magdalena Hofdemel von ihrem Mann. Und was Magdalena wusste, das erzählte sie Elisabeth.

Von Schikaneder zum Abschied mit einer nicht kleinlichen Abfindung ausgestattet, leistete ich mir einen Fiaker zum Palais Pegasos. Der Kutscher staunte wohl nicht wenig, was für ein zerlumptes Weiberl er da zu dem hochherrschaftlichen Anwesen fahren sollte, und verlangte mit skeptischem Blick den Fahrpreis im Voraus.
Elisabeth kam mir am eindrucksvollen Hauptportal ihres noch eindrucksvolleren Hauses entgegen, als hätte sie mich erwartet. Das war mein erster Gedanke bei ihrem Anblick, bevor ich feststellte, dass sie zum Ausgehen angekleidet war.
Sie trug einen schwarzen, vorn nur bis zur Taille und hinten fast bis zum Boden reichenden Herrenrock, einen Redingote, über einem weißen Seidenkleid. Auch ihre Kopfbedeckung war eine Kreuzung aus männlichen und weiblichen Attributen, wie ich gleich mit dem erfahrenen Blick einer Putzmacherin erkannte: Der runde, schwarze Herrenhut mit der seitlich ausladenden Krempe passte hervorragend zu dem Redingote, war aber hinten mit einem weißen Nackenschleier aus Seide und oben mit einer breiten Schleife in schwarz gepunktetem Rosa feminin verziert. In

der rechten Hand schwang sie elegant einen Gehstock, wie ihn sonst nur Herren benutzten.
Ich hatte Elisabeth in den verschiedensten Aufmachungen gesehen: bei Dr. Mesmer in all der übertriebenen Affektiertheit, zu der die weibliche Mode dieser Zeit imstande war; im »Goldenen Fassl« ganz in Männerkleidung; bei den Zusammenkünften des Schwesternzirkels in fast schon überbetonter Schlichtheit; und jetzt in dieser einen eigentümlichen Reiz ausübenden Mischung. Immer machte sie eine gute Figur, paarten sich Eleganz und Überlegenheit mit einer großen Attraktivität. Bereitete es ihr einfach nur Spaß, sich zu verkleiden? Für mich war es ein Spiegel ihres Wesens, ihrer Fähigkeit, in die verschiedensten Rollen zu schlüpfen: die gezierte Dame, die leicht hochnäsige Gräfin oder die verständnisvolle, für die Gleichberechtigung der Frau engagierte Elisabeth. Ganz nach Belieben und beinahe wie auf Knopfdruck.
Als sie mich sah, raffte sie ihr Kleid hoch und lief mir mit schnellen Schritten entgegen. Sie ließ den Stock achtlos fallen, umarmte mich und drückte mich an sich wie eine Mutter ihr verloren geglaubtes Kind. Auch ich schlang meine Arme um sie, schloss die Augen und genoss die Geborgenheit, die sie mir gab. Nach den langen, einsamen Tagen und Nächten in dem feuchten, kalten Kerker tat es gut, zu wissen, dass ich nicht allein in dieser fremden Zeit war.
»Kleines, was machst du nur für Sachen?«, fragte sie, und strich mir sanft übers Haar. »Ich habe mich um dich fast zu Tode geängstigt!«

»Für mich war es auch nicht ganz angenehm«, sagte ich lächelnd.
»Natürlich! Was für eine dumme Person ich bin, zuerst an mich zu denken. Wahrscheinlich kann ich mir noch nicht einmal ansatzweise vorstellen, was du durchgemacht hast. Wie schön, dass du heil aus der Sache herausgekommen bist! Gerade wollte ich los, um dich zu suchen.«
»Du wusstest schon von meiner Befreiung?«
»Halb Wien weiß bereits von dem Vorfall am Fluss heute Morgen, und in ein paar Stunden wird es ganz Wien wissen. In den nächsten zwei Wochen wird es in den Kaffeestuben und Salons kaum ein anderes Gesprächsthema geben als die Machenschaften des Barons Ferenczy. Und dass er seinen Titel verloren hatte, wird für diejenigen keine Rolle spielen, die dem Adel seine Rechte streitig machen und danach rufen, in Wien Pariser Zustände einzuführen.«
Elisabeth führte mich ins Haus und dort hinauf in den ersten Stock, wo sie ein Zimmer für mich hatte herrichten lassen, das mindestens viermal so groß war wie meine Kammer im Freihaus. Dass auch hier Gemälde und Skulpturen ausnahmslos Motive der antiken Mythologie wiedergaben, wunderte mich nicht. Auch nicht, dass auf einem runden Tisch eine große Marmorfigur stand: Pegasos, der seine Vorderhufe hob und seine Flügel ausbreitete, als wollte er sich jeden Augenblick in die Lüfte schwingen. Verwundert war ich jedoch über den reich gefüllten Kleiderschrank, der viel mehr als meine paar Kleidungsstücke enthielt und vor allem solche, die eine Putzmacherin sich niemals leisten könnte.

»Ein paar der Kleider sind von mir, aber kaum getragen«, erklärte Elisabeth. »Andere habe ich für dich gekauft. Hoffentlich habe ich deinen Geschmack getroffen.«

»Ja, sicher«, sagte ich verwirrt. »Aber weshalb hast du sie gekauft?«

»Ich konnte schlecht verlangen, dass man mir die Kleider schenkt.«

»Und ich kann schlecht verlangen, dass du sie mir schenkst, Elisabeth.«

»Wir sind doch Freundinnen, oder nicht?«

»Sagt man nicht, bei Geld hört jede Freundschaft auf?«

»So?« Elisabeth wirkte verwundert. »Dieses Sprichwort kannte ich noch nicht. Ich finde auch nicht, dass es stimmt. Falls du das anders siehst, dann betrachte die Kleider als Teil deines Lohns.«

»Ich wüsste nicht, wofür ich Lohn erhalten sollte.«

»Du willst doch nicht umsonst für mich arbeiten, Luise? Das wäre nicht sehr geschäftstüchtig von dir.«

»Benötigst du eine private Putzmacherin?«

»Gar keine schlechte Idee!«, rief Elisabeth begeistert. »Vielleicht kannst du dich auf diesem Gebiet wirklich nützlich machen. Die Damen der Wiener Gesellschaft werden sicher vor Neid erblassen, wenn ich mit meinen ureigensten Kreationen auf dem Haupt erscheine. Binnen zwei Wochen wird dann jede Dame von Stand ihre private Putzmacherin haben.«

Wir lachten beide über diese Vorstellung, und ich merkte, wie gut es mir tat, so herrlich unbeschwert zu sein. Schließlich wurde ich wieder ernst und fragte Elisabeth, wofür sie mich nun wirklich bezahlen wolle.

»Ich möchte, dass du meine Gesellschafterin wirst, Luise, für fünfzig Gulden im Monat. Kost und Logis sind frei, die Kleider natürlich auch. Als Gesellschafterin der Gräfin Mansfeld bewegst du dich in höchsten Kreisen und musst dementsprechend gekleidet sein.«

»Aber wozu benötigst du eine Gesellschafterin, Elisabeth? Bei deinen zahlreichen Verpflichtungen müsstest du für ein paar ruhige Minuten geradezu dankbar sein.«

Elisabeth maß mich mit einem strengen Blick. »Warum zierst du dich so? Ist dir der Lohn zu niedrig?«

»Im Gegenteil, als Putzmacherin könnte ich so viel Geld kaum jemals verdienen. Das ist es ja gerade, Elisabeth. Ich habe den Eindruck, du brauchst mich gar nicht. Du willst mir nur einen Gefallen erweisen, um mich über die vergangenen Tage und den Verlust meiner Anstellung bei Schikaneder hinwegzutrösten.«

Sie umfasste meine Oberarme und zog mich dicht an sich heran, um mir tief in die Augen zu blicken. »Das stimmt nicht, Luise. Ich brauche dich, wie sehr, das habe ich erst gemerkt, als ich von deinem Verschwinden erfuhr. Du kannst dir kaum vorstellen, wie sehr ich mich um dich geängstigt, wie sehr ich dich vermisst habe! Obwohl wir uns erst kurze Zeit kennen, bedeutet deine Gesellschaft mir mehr als die jedes anderen Menschen, den ich kennen gelernt habe, seit mein Mann nicht mehr lebt. Ich schätze die Gespräche mit dir, deine klugen Ansichten, auch deinen Widerspruch. Allzu oft erlebe ich, dass die Menschen Ja und Amen zu allem sagen, was ich äußere, um es sich nicht mit mir zu verscherzen.«

»Das heißt, du kaufst dir mit den fünfzig Gulden im

Monat nur meine Gesellschaft, aber nicht meinen Verstand?«

»Weiß Gott nicht, Luise!«

»Gut, dann bin ich einverstanden.«

Es wäre sehr dumm von mir gewesen, hätte ich das Angebot abgelehnt. Ohne die Anstellung bei Schikaneder war meine Zukunft alles andere als gesichert. Wer konnte sagen, wie schnell ich eine neue Stelle als Putzmacherin fand, und Schikaneders Abfindung würde mich nicht ewig ernähren. Ich hatte allen Grund, dem Schicksal – und natürlich Elisabeth – dankbar zu sein. Hatte ich Schikaneders Kündigung noch vor einer Stunde als schweren Schlag empfunden, so hatte sich jetzt alles zum Guten gewendet. Ich war versorgt, hatte eine Arbeit, die wohl hauptsächlich ein Vergnügen war, und durfte bei Elisabeth sein. Einer der interessantesten Frauen, die ich jemals kennen gelernt hatte, ganz gleich, in welcher Zeit. Zudem war sie eine Frau mit Kontakten, die mir behilflich sein konnten. Denn nach wie vor war ich von Kneifls Theorie nicht überzeugt. Wenn Baron Ferenczy tatsächlich der Mörder von Josefine und Marlies war, musste er dann nicht auch jener Mann in Grau gewesen sein, dem ich in der Rauhensteingasse über den Weg gelaufen war? Womit aber konnte ein unehrenhaft entlassener Rittmeister und abgefeimter Frauenräuber Wolfgang Amadeus Mozart zu Tode erschrecken?

»Schön, dass du hier bleibst, bei mir«, sagte Elisabeth und schloss mich erneut in die Arme.

Als sie mich an sich drückte, erfasste mich eine Woge aus Glück und Geborgenheit. Ein Gefühl, das mir noch aus frühester Kindheit vertraut war. Wenn meine Eltern mich lobten oder zärtlich zu mir waren, hatte ich mich so gefühlt, ganz geborgen, von Wärme umhüllt. An meine früh verstorbenen Eltern erinnerte ich mich nicht mehr, aber an dieses überwältigende Glücksgefühl.

Für Minuten verharrten wir so, dann sagte Elisabeth: »Ich glaube, du brauchst jetzt ein schönes heißes Bad. Du magst doch baden, oder lehnst du diese Sitte ab?«

»Wieso sollte ich das?«

»Weil viele Menschen, sogar Mediziner, noch immer der rückständigen Meinung sind, baden sei gesundheitsschädlich. Statt sich den Schweiß und Schmutz von der Haut zu waschen, stäuben sich diese Leute lieber von Kopf bis Fuß mit Duftstoffen ein.«

Ich schüttelte mich bei dieser Vorstellung. »Wenn ich nicht bald ein Bad nehmen kann, dann bin ich gesundheitsschädlich.«

Eine halbe Stunde später befand ich mich in einem geräumigen Badezimmer, das einem First-Class-Hotel meiner Zeit zur Ehre gereicht hätte. Elisabeth hielt nicht nur nichts von der Wasserscheu vieler ihrer Zeitgenossen, sie schien das Baden richtig zu genießen. Anders waren die vielen Becken und Wannen unterschiedlicher Größe nicht zu erklären. Fast alles war aus Marmor, auch die unvermeidlichen, an die Antike gemahnenden Statuen. Ich kam mir vor wie in einem Badehaus des Alten Rom.

Zwei Dienstmädchen hatten heißes Wasser in die größte Wanne geschüttet, in der ich jemals gebadet hatte. Nach all der Kälte und dem Schmutz war es ein göttliches Gefühl, in das heiße Nass einzutauchen.

Meine Rettung lag schon einige Stunden zurück, aber jetzt erst fühlte ich mich wirklich frei. Das Wasser löste nicht nur den Schmutz von meiner Haut, sondern es befreite mich auch von der Scham, die ich empfunden hatte, seitdem der Baron mich vor den Augen seiner Männer erniedrigt hatte. Wieder und wieder hielt ich die Luft an und tauchte in der Badewanne ganz unter, damit jede Pore von mir vollkommen rein wurde.
Als ich zum zehnten oder zwölften Mal auftauchte und die Augen öffnete, sah ich undeutlich eine Frauengestalt im hellen Kleid vor mir. Ich dachte, es sei eins der Dienstmädchen, das heißes Wasser nachfüllen wollte. Aber dann erkannte ich Elisabeth, die nur ein ärmelloses Unterkleid trug. Ihr Haar hatte sie hochgesteckt.
»Ist alles zu deiner Zufriedenheit?«, erkundigte sie sich.
»Ja, danke.«
Offenbar bemerkte sie meine Irritation über ihren Aufzug, denn sie hob die rechte Hand, in der sie einen fast hutschachtelgroßen Schwamm hielt. »Ich wollte dir ein wenig behilflich sein, Luise. Es macht dich vielleicht nicht sauberer, aber es entspannt.«
Wie Recht sie damit hatte, stellte ich fest, als sie neben der Wanne kniete und den Schwamm in langsam kreisenden Bewegungen über meinen Rücken führte. Wohlige Schauer liefen mir über den Rücken und dann durch meinen ganzen Körper. Wieder überkam mich jenes wärmende, beglückende Gefühl, das ich gespürt hatte, als Elisabeth mich in die Arme nahm. Ich schloss die Augen und genoss es, überglücklich, sie zur Freundin zu haben.

Am Abend dieses Tages fand im Palais Pegasos wieder der Damenmusikabend statt. Elisabeth war so rücksichtsvoll, mich zu fragen, ob ich daran teilnehmen oder mich lieber ausruhen wolle. Ich sagte ihr, dass ich die Schwestern gern treffen würde. Was stimmte. Ich freute mich auf die eigentümliche Atmosphäre, ein Gemisch aus Smalltalk, feministischer Agitation und philosophischem Diskurs. Und ich freute mich auf eine ganz bestimmte Schwester, auf meine andere Freundin, Magdalena.
Es wurde tatsächlich ein unterhaltsamer und anregender Abend, aber leider auch ein Abend ohne Magdalena. Bis zuletzt hoffte ich auf ihr Erscheinen, vergebens.
Natürlich stand ich an diesem Abend im Mittelpunkt. Meine Verschleppung gab Anlass zu zahlreichen neugierigen Fragen, teilnahmsvollen Äußerungen und Hilfsangeboten. Hätte ich nicht schon die Stellung bei Elisabeth gehabt, hätte ich nach diesem Abend gleich in einem halben Dutzend hochherrschaftlicher Häuser anfangen können.
Dass Elisabeth in ihrem Vortrag meine Entführung behandelte, verwunderte mich nicht. Sie prangerte an, dass mitten in Wien Frauen wie Vieh behandelt und gegen ihren Willen in ferne Länder verbracht wurden. Sie sprach sich auch gegen die Sklaverei allgemein aus, was bei einigen der Schwestern doch leichtes Befremden auslöste. Ich hegte den Verdacht, dass sie afrikanische Dienstboten beschäftigten, Schicksalsgefährten von Angelo Soliman.

Mein Dienst erwies sich als so anstrengend wie ein Urlaub am Meer. Wenn ich wollte, konnte ich Elisabeth Gesellschaft leisten, aber ich war nicht dazu gezwungen. Da ich mich gern in ihrer Nähe aufhielt, fiel mir die Wahl nicht schwer. Wir unternahmen lange Spaziergänge durch den Garten oder einen nahen Park, spielten Schach und Dame, musizierten miteinander oder unterhielten uns einfach nur. Wer uns nicht kannte, wäre nicht auf den Gedanken kommen, eine Gräfin und eine Putzmacherin vor sich zu haben. Wir waren wie zwei Schwestern, die über ihre kleinen Späße lachten und sich an den schönen Nichtigkeiten dieser Welt erfreuten.

Ich nahm an den Damenabenden teil, aber Magdalena bekam ich nicht zu Gesicht, so dass ich mich schließlich bei Elisabeth nach ihr erkundigte.

»Magdalena fühlt sich in letzter Zeit nicht wohl«, erklärte sie. »Habe ich dir das nicht gesagt?«

»Mit keiner Silbe.«

»Das tut mir Leid, Luise. Ich dachte wirklich, ich hätte dir davon erzählt.«

»Was hat sie denn? Ist es schlimm?«

»Die Ärzte wissen es nicht genau, sprechen von einer Unpässlichkeit. Sie soll sich schonen und jede Aufregung meiden.« Elisabeth lächelte. »Ich weiß nicht, ob unsere Zusammenkünfte so schrecklich aufregend für Magdalena sind, aber sicher ist sicher. Besser, sie hütet das Bett, bis sie wieder obenauf ist.«

Das also war die Erklärung für Magdalenas Abwesenheit. Natürlich zweifelte ich nicht an der Richtigkeit von Elisabeths Worten – jedenfalls nicht bis zu dem Tag, an dem ich Mozart wieder traf.

Kapitel 21

Fast zwei Wochen lebte ich schon im Palais Pegasos, als wir an einem sonnigen Nachmittag zu einem Spaziergang aufbrechen wollten. Vor der Tür stießen wir auf einen sommersprossigen Botenjungen, der einen zusammengefalteten Zettel in der Hand hielt und gerade an der Klingelschnur ziehen wollte. Überrascht von unserem plötzlichen Auftauchen, pendelte sein Blick unschlüssig zwischen Elisabeth und mir hin und her.

»Ein Billett für die Gräfin Mansfeld«, brachte er schließlich hervor.

Dank Elisabeth war auch ich so elegant gekleidet wie eine Gräfin, und wir trugen fast identische Strohhüte, geschmückt mit violetten Streifen und weißen Straußenfedern. Kein Wunder, dass der Junge sich nicht auskannte.

»Wenn es für die Gräfin ist, kannst du es mir geben.« Elisabeth streckte fordernd eine Hand aus.

»Mit den besten Empfehlungen des Herrn Kammerkompositeurs Mozart«, sagte der Junge schwerfällig und überreichte Elisabeth mit einer ungelenken Bewegung das Billett.

»Erwartet Herr Mozart eine Antwort?«, fragte sie.
Die Frage kam für den Jungen unerwartet, und er zog die Stirn in Falten. »Nein, davon hat er nichts gesagt, Frau Gräfin.«
Elisabeth nickte knapp und gab ihm einen Silbergroschen, worauf er sich bedankte und davoneilte. Mir fiel auf, dass Elisabeth wie erstarrt dastand und ihm nachblickte.
»Was Mozart wohl von dir will?«, verschaffte ich meiner Neugier Luft. »Willst du nicht nachsehen, Elisabeth?«
»Doch, natürlich.«
Sie erbrach das Siegel und faltete den Zettel auseinander. Ich blickte ihr über die Schulter und las:

Der k.k. Kammerkompositeur
Wolfgang Amadé Mozart beehrt sich,
der Gräfin Mansfeld für den 19. dieses Monats zwei Logenplätze im Kaiserlichen Hoftheater am Kärntnertor ohne Kosten freizuhalten. Gegeben werden ein Adagio und Rondo für Glasharmonika, Flöte, Oboe, Viola und Violincello. Die Glasharmonika wird gespielt von der berühmten Maria Anna Antonia Kirchgeßner, für die der Unterzeichner eigens das genannte Werk verfasst hat. Ich bitte, in Kenntnis zu nehmen, dass am genannten Datum das Theater am Kärntnertor eigens öffnen wird. –
W. A. Mozart

»Gehen wir hin?«, fragte ich und bemerkte dann erst Elisabeths seltsamen Ausdruck. Fast so, als fühlte sie sich gegen ihren Willen zu etwas gedrängt. Weshalb ich hinzufügte: »Natürlich nur, wenn du den zweiten Platz nicht für jemand anderen vorgesehen hast.«

»Das habe ich nicht. Aber ich weiß nicht, ob es sich lohnt. Die Glasharmonika ist kein Instrument für die große Bühne. Da geht ihr intimer Klang verloren. Ich fürchte, es wird kein allzu großer Hörgenuss werden.«

»Glaubst du das wirklich?«, fragte ich, erstaunt über ihre Reaktion. »Ich halte Mozart nicht für einen Mann, der sich für Mittelmäßiges oder gar Unterdurchschnittliches hergibt.«

»So? Und was für ein Mann ist Mozart deiner Meinung nach?«

Elisabeths Stimme klang schneidend, und sie sah mich prüfend an.

»Er ist ein großartiger Komponist«, sagte ich. »Wenn er Stücke für die Glasharmonika komponiert und auf der großen Bühne aufführen lässt, werden sie dort gewiss auch ein Erlebnis sein.«

»Zumindest wird dieser Abend für die nötige Aufmerksamkeit sorgen. Der Botenjunge läuft wahrscheinlich durch ganz Wien und verteilt Freikarten an alles, was Rang und Namen hat. Anders kann ich mir nicht erklären, dass Mozart an mich gedacht hat.«

»Ich verstehe dich nicht, Elisabeth. Wozu sollte Mozart Aufmerksamkeit erregen wollen?«

»Natürlich für die ›Zauberflöte‹, die im nächsten Monat aufgeführt werden soll. Wahrscheinlich bezahlt Schikaneder die Freikarten. Das ganze Spektakel trägt seine Handschrift. Das Kärntnertortheater ist schon seit Februar geschlossen, eine Sparmaßnahme. Das Haus eigens für diese

Veranstaltung zu öffnen, kann nicht billig sein. Und dann noch die Kirchgeßner auf der Glasharmonika!«

Ich zuckte mit den Schultern. »Tut mir Leid, Elisabeth, aber heute sprichst du in Rätseln.«

»Die Glasharmonika auf der großen Bühne ist schon ungewöhnlich genug. Aber dann noch von der Kirchgeßner gespielt. Wenn das nicht nach beabsichtigter Sensation riecht!«

»Wieso? Was ist an ihr so besonders?«

»Das weißt du nicht?«, Elisabeth sah mich ungläubig an. »Sie ist blind.«

Die Akademie, wie man zu dieser Zeit in Wien eine Konzertveranstaltung nannte, mochte von Schikaneder zu Werbezwecken unterstützt worden sein, und Marianne – so die allgemein gebräuchliche Kurzform ihres Vornamens – Kirchgeßner war tatsächlich blind. Trotzdem war es für mich ein musikalisches Erlebnis, sie spielen zu hören. Selten hatte ich so einfühlsame, Körper und Geist durchdringende Töne gehört. Möglicherweise konnte nur jemand, der sich wegen seiner Blindheit ganz auf das Gehör verlassen und konzentrieren musste, solche Klänge hervorbringen. Natürlich hörte es sich anders an als die Klänge, die Dr. Mesmer seiner Glasharmonika entlockt hatte. Nicht ganz so sphärisch, dafür melodischer, wofür schon die begleitenden Musiker sorgten. Aber auch an diesem Abend spürte ich die besondere Wirkung des Instruments, dessen Schwingungen die Seele berührten.

Ich war froh, dass ich Elisabeth zu dem Theaterbesuch

hatte überreden können. Die Akademie war gut besucht, und wir teilten unsere Loge mit einem älteren Paar. Elisabeth kannte die beiden flüchtig und stellte mich ihnen vor, aber sie waren sehr zurückhaltend, und wir sprachen kaum fünf Sätze miteinander. Vor der Aufführung schweifte mein Blick im Zuschauerraum umher. In einer anderen Loge entdeckte ich Mozart, Schikaneder und weitere Herren, die mir unbekannt waren. Während des Konzerts blickte ich hin und wieder zu jener Loge hinüber, und mir war, als würden Elisabeth und ich von dort aus ebenfalls verstohlen beobachtet.

Der Schlussapplaus wollte kein Ende nehmen, und als er irgendwann doch abebbte, hallten die vielen Bravorufe noch eine ganze Weile in meinen Ohren wider. Auf den Gängen traf man sich, um munter über das musikalische Erlebnis zu diskutieren. Ich hielt Ausschau nach Mozart, weil ich das Bedürfnis verspürte, ihm zu gratulieren. Marianne Kirchgeßner hatte wundervoll auf der Glasharmonika gespielt, aber meines Erachtens verdiente Mozart den größeren Teil des Lobes. Dank seiner Kompositionskunst entfaltete das ungewöhnliche Instrument im großen Theatersaal eine ähnlich verzaubernde Wirkung, wie ich es bei Mesmer erlebt hatte.

Als ich eine diesbezügliche Bemerkung zu Elisabeth machte, sagte sie spitz: »Nicht überall ist man von der Glasharmonika und ihrer eigentümlichen Wirkung auf die Menschen begeistert. In einigen deutschen Städten soll ihr Gebrauch verboten worden sein, da das Zuhören sich angeblich zerstörerisch auf das Gemüt auswirkt.«

»So ein Unsinn! Das Gegenteil ist der Fall. Wenn ich den

Klängen lausche, fühle ich mich wohl und entspannt wie selten.«

»Des einen Freud ist des anderen Leid«, meinte Elisabeth lächelnd. »Vielleicht will die Obrigkeit in besagten Städten statt entspannten Bürgern lieber solche, die sich ganz auf ihre Arbeit konzentrieren.«

Ich hielt weiterhin Ausschau nach Mozart, und mein Blick fiel auf ein Paar, das sich durch die Menge in Richtung Ausgang drängte: Magdalena und ihr Mann! Sie waren zu weit entfernt, als dass es mir gelingen konnte, ihre Aufmerksamkeit zu erregen. Selbst lautes Rufen hätte bei dem hohen Geräuschpegel nichts genutzt. Aber wie zufällig kreuzte mein Blick sich mit dem Magdalenas. Als sie mich erkannte, glaubte ich in ihrem Gesicht einen erschrockenen Ausdruck wahrzunehmen. Aber das musste eine Täuschung sein. Oder hatte sie mich gar nicht erkannt? Jedenfalls blickte sie kein zweites Mal in meine Richtung. Fast schien es, als würde sie sich noch mehr beeilen, zum Ausgang zu kommen.

»Dort sind Magdalena und ihr Mann«, machte ich Elisabeth aufmerksam. »Aber ich glaube, sie haben es eilig, das Theater zu verlassen.«

»Vielleicht war es für Magdalena eine zu große Anstrengung«, meinte Elisabeth. »Sie hätte sich noch schonen sollen.«

»Schonen?«, fragte eine Männerstimme hinter uns. »Weshalb?«

Der Mann, den ich die ganze Zeit über gesucht hatte, stand hinter uns: Mozart, in Begleitung Schikaneders.

Ich begrüßte die beiden und beglückwünschte den Komponisten zu dem eben aufgeführten Werk. Mozart aber schien daran nicht sonderlich interessiert und fragte: »Was sagten Sie eben über Frau Hofdemel?«

»Ich wunderte mich, warum sie das Theater so schnell verlässt. Aber dann erinnerte Elisabeth – die Gräfin – mich, dass es Frau Hofdemel in letzter Zeit sehr schlecht ging.«

»So?«, meinte Mozart mit einem seltsamen Unterton. »Woher wissen Sie das?«

»Von der Gräfin«, sagte ich mit Blick auf Elisabeth.

Die stand etwas abseits und war in ein Gespräch mit Schikaneder verwickelt. Mehrmals sah sie besorgt zu mir herüber. Was der pausenlos auf sie einredende Schikaneder ihr erzählte, schien sie nicht sonderlich zu interessieren.

»Luise, kommen Sie morgen Abend zu Dr. Mesmer!«, sagte Mozart eindringlich.

»Wieso das?«

»Weil ich etwas mit Ihnen besprechen muss, nicht hier, in aller Ruhe. Und sagen Sie der Gräfin kein Wort!«

»Aber ...«

»Sie hat gelogen, was Frau Hofdemel betrifft. Magdalena Hofdemel ist meine Klavierschülerin, wie Sie wissen.«

»Ja. Und weiter?«

»Sie hat in letzter Zeit keinen Termin verstreichen lassen, und immer befand sie sich bei bester Gesundheit.«

Das Klopfen war nur kurz, aber noch bevor die Tür geöffnet wurde, wusste ich, dass Elisabeth vor meinem Zimmer stand. Zum ersten Mal, seitdem sie mich bei sich aufgenommen hatte, war ihre Gegenwart mir unangenehm. Und das lag vielleicht weniger an ihr als an mir selbst. Immerhin war ich im Begriff, ihr eine Schmierenkomödie vorzuspielen.

Ich wollte die beste Freundin, die ich in dieser fremden Zeit gefunden hatte, belügen. Eine Freundin, mit der ich mich so gut verstand wie früher nur mit Cora und dann mit Susan.

»Ja? Herein!«, rief ich und gab meiner Stimme absichtlich einen brüchigen Tonfall.

Gebannt starrte ich zur Tür, während ich die seidenbespannte Decke bis zum Kinn hochzog und mich in die Tiefen meines von einem gewaltigen Baldachin gekrönten Bettes verkroch. Das gehörte zu meiner kleinen Komödie, redete ich mir ein. Aber in Wahrheit hatte ich Angst vor Elisabeth. Angst, von ihr durchschaut zu werden.

Noch in der Tür blieb sie stehen und sah mich verwundert an. Trotz des schlichten Kleides, das sie anlässlich des Schwesterntreffens angezogen hatte, konnte sie ihren aristokratischen Rang nicht verbergen.

Sie schloss die Tür und trat näher. »Was ist mit dir, Luise? Wir warten auf dich. Die meisten Schwestern sind bereits versammelt.«

»Ich höre es«, antwortete ich, denn von unten drangen Gesprächsfetzen und Klaviermusik herauf. »Wer spielt da? Geht es Magdalena wieder gut?«

»Nein, sie ist auch heute nicht gekommen.«

»Hoffentlich habe ich nicht dieselbe langwierige Krankheit wie sie.« Ich wunderte mich selbst, wie gut es mir gelang, mit heiserer, kratziger Stimme zu sprechen.

»Du fühlst dich nicht wohl? Du Ärmste!« Elisabeth trat ans Bett und legte ihre rechte Hand auf meine Stirn. »Keine übermäßige Hitze, du fieberst nicht.«

»So schlimm wird es hoffentlich nicht werden, wenn ich mich heute Abend schone und im Bett bleibe. Sicher ist es nur eine kleine Schwäche.« Und mit gezwungener Heiterkeit fügte ich hinzu: »Vielleicht hattest du gestern Abend Recht, was die zerstörerische Wirkung der Glasharmonika betrifft.«

»Hauptsache, du kannst noch scherzen«, sagte Elisabeth ein wenig erleichtert. »Soll ich dir etwas bringen lassen, eine Tasse heißer Schokolade oder etwas zu essen?«

»Nein, bloß nicht, ich habe weder Durst noch Hunger. Ich bin einfach nur müde und möchte mich ausruhen. Am liebsten wäre mir, du könntest veranlassen, dass mich bis morgen früh niemand stört.«

»Selbstverständlich, ich werde den Mädchen eine entsprechende Anweisung geben.« Elisabeth strich über meinen Kopf. »Ruh dich aus, Kleines. Ich sehe noch einmal nach dir, wenn der Zirkel sich aufgelöst hat.«

»Das brauchst du nicht«, wehrte ich ab, weil das meinen Plan störte. »So schlecht geht es mir wirklich nicht. Ich will einfach nur ungestört durchschlafen.«

»Wie du möchtest«, sagte Elisabeth und wünschte mir eine gute Nacht.

Als sie gegangen war, spürte ich nicht die erhoffte Erleichterung. Mir war flau im Magen, als wollte eine höhere Macht mich für meine Lüge mit einer echten Schwäche bestrafen. Es musste an meinem schlechten Gewissen liegen. Seitdem ich am Abend zuvor im Kärntnertortheater Mag-

dalena gesehen und Mozart getroffen hatte, quälten mich Zweifel an Elisabeths Aufrichtigkeit.
Natürlich hätte ich sie einfach fragen können. Aber ich kannte sie zu gut, um mir davon etwas zu versprechen. Ihre Standfestigkeit war kaum zu erschüttern, in jeder Beziehung. Wenn sie mich bisher belogen hatte, würde sie auf einen bloßen Vorwurf hin nicht davon abrücken. Und was war, wenn sie gar nicht log? Dann wäre ich blamiert und Elisabeths Vertrauen in mich erschüttert. Bevor ich sie zur Rede stellte, wollte ich mir Klarheit über den von Mozart erhobenen Vorwurf verschaffen, und dazu musste ich mir anhören, was er zu sagen hatte.
Ich blieb noch etwa zehn Minuten im Bett, bis ich von unten lauten Gesang hörte. Jetzt konnte ich sicher sein, dass alle Schwestern ums Klavier versammelt waren. Und ein verräterisches Geräusch würde von der Musik überdeckt werden. Aus dem Bett zu springen und mich anzuziehen, dauerte nicht länger als fünf Minuten. Ich musste mich nicht zeitraubend mit den Knöpfen und Haken von Kleidern und Unterkleidern abmühen, weil ich Männerkleidung anzog. Die Sachen hatte ich mir am Nachmittag aus Elisabeths Kleiderschrank geborgt. Der war so groß und gut bestückt, dass es ihr kaum auffallen dürfte.
Jacke und Hose, Strümpfe und Schuhe, selbst der Hut, alles an der von mir ausgewählten Kleidung war dunkel. Mit Absicht. Jetzt herrschte draußen noch sommerliches Abendlicht, aber ich würde vermutlich erst sehr viel später heimkehren, wenn es längst Nacht war. Dann würde ich mit dieser Kleidung kaum auffallen.
Vorsichtig zog ich die Zimmertür einen Spalt auf und ver-

gewisserte mich, dass der Gang verlassen war. Zwei Öllampen und an jedem Ende des Ganges ein großes Fenster sorgten für Licht. Das Fenster zu meiner Linken war mein Ziel. Trotz der Klaviermusik und des Gesangs huschte ich auf Zehenspitzen den Gang entlang, für den Fall, dass eins der Dienstmädchen sich in diesem Stockwerk aufhielt.

Ungehindert erreichte ich das Fenster und spähte hinaus in den Garten. Direkt unter dem Fenster lag ein Schuppen, in dem der Gärtner – neben dem Kutscher der einzige Mann im ganzen Haus – seine Geräte aufbewahrte. Das flache, nur leicht abgeschrägte Dach des Schuppens spielte eine bedeutende Rolle bei meinem heimlichen Ausflug.

Ich öffnete das Fenster und sah noch einmal hinaus. Auch im Garten war alles ruhig, nur ein paar Vögel sangen irgendwo in den Bäumen. Als ich durch das Fenster auf das Schuppendach stieg, fühlte ich mich wie David Balfour auf der Flucht vor Onkel Ebenezer oder Tom Sawyer, der sich aus Tante Pollys Haus schleicht, um seinen Freund Huck zu treffen.

Unter mir ertönte ein gefährliches Knirschen, und ich zuckte zusammen. Es waren die Dachschindeln, die sich unter dem ungewohnten Gewicht bogen. Ich durfte mich hier nicht zu lange aufhalten, sonst brach ich womöglich noch ein.

Ich schob das Fenster so zu, dass es wie geschlossen aussah. Aber bei meiner Rückkehr würde ich es problemlos aufziehen können. Auf Händen und Knien kroch ich zum Rand des Daches und wählte eine Stelle aus, wo sich ein Haufen mit Gartenabfällen ungefähr eineinhalb Meter erhob. Ein kurzer Sprung, und ich landete weich inmitten von abgeschnittenen Zweigen und zusammengekarrtem Laub. Erst als ich mich im Schatten einiger Bäume befand, klopfte ich meine Kleider ab. Dann lief ich weiter in Richtung Straße, immer darauf bedacht, dass man mich vom Haus aus nicht sehen konnte.

Wie aus dem Nichts tauchte eine ferne Erinnerung in mir auf: Cora, wie sie sich aus Grainers Schule davonstahl. Dass ich ausgerechnet jetzt daran dachte, war nicht verwunderlich, aber es war mir trotzdem unlieb. Denn es erinnerte mich auch daran, dass Coras Flucht mit ihrem Tod geendet hatte.

Ich verdrängte den düsteren Gedanken, als ich auf die Straße trat und nach einem Fiaker Ausschau hielt. An vorbeirollenden Wagen bestand kein Mangel, aber alle waren besetzt. Zu dieser Zeit war die feine Gesellschaft Wiens unterwegs, um Theater, Musikabende, Restaurants oder private Salons zu besuchen. Beim achten oder neunten Versuch hatte ich endlich Glück, und als ich die Wagentür hinter mir schloss, spürte ich zum ersten Mal an diesem Abend ein wenig Erleichterung. Der erste Teil meines Plans war gelungen.

Aufgrund des dichten abendlichen Verkehrs dauerte die Fahrt über eine halbe Stunde, viel Zeit zum Nachdenken. Aber wie ich die Sache auch betrachtete, immer kam ich zu dem Schluss, erst ein persönliches Gespräch mit Mozart könne mir Klarheit über seinen Vorwurf gegenüber Elisabeth verschaffen. Denn ein Grund, weshalb sie mich im Hinblick auf Magdalena belogen haben sollte, wollte mir beim besten Willen nicht einfallen.

Noch ein Gedanke beschäftigte mich während der Fahrt:

Weshalb sollte das Treffen ausgerechnet bei Mesmer stattfinden? Dass es bei Elisabeth nicht ging, lag auf der Hand. Auch in Mozarts Wohnung wären wir angesichts von Mozarts Frau und seiner Kinder kaum ungestört gewesen. Mozart und Mesmer kannten sich von früher, aber ich spürte, dass es zwischen ihnen noch eine andere Verbindung geben musste.

Kaum hatte ich den Klingelzug an Mesmers Haustür betätigt, da wurde die Tür auch schon geöffnet, und Karl streckte seinen grauen Kopf durch den Spalt. Er wirkte irritiert, was vielleicht an meiner Kleidung lag.
»Ach, Sie sind's, Fräulein«, sagte er nach einigen Sekunden und zog die Tür ganz auf. »Treten Sie bitte ein, die Herren erwarten Sie bereits.«
Er führte mich zu der Bibliothek im Erdgeschoss, wo ich Dr. Mesmer zum ersten Mal begegnet war. Schon auf dem Gang hörte ich Stimmen und nahm erstaunt zur Kenntnis, dass dort offenbar mehr als zwei Personen versammelt waren. Als Karl die Tür öffnete, schlug uns ein schweres Gemisch aus verschiedenen Gerüchen entgegen: dem würzigen der ledernen Bucheinbände, dem trockenen der vielen tausend Seiten Papier und dem aromatischen von Tabak. Bei meinem Eintreten erhoben sich fünf Männer aus ihren Sesseln: Mesmer, Mozart, Schikaneder, Angelo Soliman und Baron van Swieten.
Mesmer kam mir entgegen und drückte mir fest die Hand. »Schön, dass Sie gekommen sind, Luise. Wir haben uns schon lange nicht mehr gesehen. Geht es Ihnen gut?«
»Ja, danke, ich bin nur ein wenig verwirrt.« Ich blickte in

die illustre Runde. »Aber das wird sich hoffentlich bald legen.«
Wir setzten uns, und Karl servierte Kaffee und Cognac. Als Mesmers Faktotum den Raum verlassen und die Tür hinter sich geschlossen hatte, nahm Baron van Swieten den langen Stiel seiner Pfeife aus dem Mund und fragte: »Weiß jemand, dass Sie hier sind, Fräulein Heusler?«
»Nein, niemand.«
»Auch nicht Gräfin Mansfeld?«
»Auch sie nicht«, versicherte ich und erzählte, auf welchem Weg ich das Haus verlassen hatte. »Ich kann nur hoffen, der ganze Aufwand hat sich gelohnt.«
»Ja, sicher«, erwiderte der Baron. »Es ist gut, dass Sie hier sind. Für alle. Ich fürchte, bei der Gräfin wären Sie nicht mehr lange sicher gewesen. Vielleicht war es ein Fehler, Sie bei ihr einzuschleusen.«
»Wie bitte? Sie wollen mich bei der Gräfin eingeschleust haben?« Ich wandte mich jetzt dem Theaterdirektor zu. »Wenn Herr Schikaneder mich nicht entlassen hätte, wohnte ich jetzt bestimmt nicht bei ihr.«
»Eben«, sagte der Baron nur und sah mich abwartend an. Was er mir mit dieser knappen Bemerkung zu verstehen gab, war ungeheuerlich. Ich weigerte mich, es zu glauben.
»Meine Herren, ich bin nicht gekommen, um mir vage Andeutungen anzuhören«, sagte ich ungehalten. »Allmählich wird es Zeit, dass Sie sich in aller Deutlichkeit erklären. Ansonsten bitte ich Sie, jede weitere Anschuldigung gegen Gräfin Mansfeld zu unterlassen. Sie hat mich aufgenommen, nachdem Herr Schikaneder mich

auf die Straße gesetzt hatte. Was nach meiner Verschleppung durch Baron Ferenczy kein feiner Zug von ihm war.«
Schikaneder stellte sein Cognacglas ab und leckte sich die Oberlippe. »Nachdem die Gräfin schon Ihre Sachen geholt hatte, erschien es mir nur folgerichtig. Ich setzte Sie auf die Straße, damit Sie zur Gräfin ziehen. Und so ist es auch geschehen.«
Mit jeder Sekunde, die ich länger in Mesmers Bibliothek verbrachte, wurde ich wütender. Mit viel Mühe hatte ich mich aus dem Palais Pegasos davongestohlen, in der Hoffnung, endlich ein paar Antworten zu erhalten, Erklärungen. Dass die versammelte Herrenrunde sich nur in zweifelhaften Andeutungen erging und nebulöse Anschuldigungen gegen Elisabeth vorbrachte, war eine Riesenenttäuschung. Und ich war nicht gewillt, das lächerliche Spiel länger mitzumachen.
»Dr. Mesmer, ich danke Ihnen für den Kaffee«, sagte ich und erhob mich. »Aber mehr als etwas zu trinken scheint es hier für mich nicht zu geben. Deshalb werde ich jetzt zu Gräfin Mansfeld zurückkehren und ihr von meinem Ausflug berichten. Man wird unser Gelächter sicher bis hierher hören.«
Mozart sprang auf und hielt mich am rechten Arm fest. »Bleiben Sie, Luise, bitte! Falls Gräfin Mansfeld Verdacht geschöpft hat, befinden Sie sich in höchster Gefahr. Die Gräfin hat Sie schon einmal verschleppen lassen. Wer weiß, auf was für Gedanken sie noch kommt!«
Mozarts letzte Bemerkung traf mich wie ein Faustschlag in die Magengrube.

»Was?«, rief ich und schnappte nach Luft. »Sie beschuldigen Elisabeth, hinter meiner Entführung zu stehen?«

»Jedenfalls war es nicht Ferenczy«, antwortete statt Mozart Baron van Swieten. »Er hat die Sache durchgeführt, aber letztlich war er nur ein Handlanger, wurde selbst zum Opfer der finsteren Macht, in deren Dienst er sich gestellt hatte.«

»Die finstere Macht soll wohl Elisabeth sein«, sagte ich in sarkastischem Tonfall.

»Sagen wir, sie ist ein Teil davon. Die Gräfin selbst mag das anders sehen, aber ihre Taten sprechen für sich. Sie gehört dem Kreis an, der Ihre Schwester ermorden ließ, ebenso die Putzmacherin Marlies und letztlich auch Ferenczy.«

»Der wurde von einer verirrten Polizeikugel getroffen«, warf ich ein.

»Das nimmt man mangels einer anderen Erklärung an«, sagte der Baron und deutete mit dem Pfeifenstiel auf mich. »Und Sie, Fräulein Heusler, glauben Sie das auch?«

»Welchen Grund hätte ich, daran zu zweifeln?«

»Sie standen neben Ferenczy, als er starb. Haben Sie einen Polizisten gesehen, der auf ihn geschossen haben könnte?«

»Nein, aber das ist nicht verwunderlich. Mein Gott, es war furchtbar neblig, Pulverdampf erschwerte zusätzlich die Sicht, alles war ein einziges Chaos.«

»Ein Chaos, das der irgendwo im Nebel verborgene Schütze ausnutzen konnte, um Ferenczy zu töten. Sein erster Schuss ging fehl und traf den Helfershelfer Ferenczys, der neben Ihnen stand. Das war der Schuss, der das ganze Chaos auslöste und den niemand von den beteiligten Polizisten abgegeben haben will.«

»Kein Polizist gibt gern zu, dass er schwache Nerven hat oder nicht richtig mit seinem Gewehr umgehen kann«, entgegnete ich.

»Vielleicht sagen die Polizisten aber auch die Wahrheit«, zeigte sich van Swieten unbeirrt. »Durch meine guten Verbindungen bei Hofe gelang es mir, die Aussagen sämtlicher beteiligter Polizisten einzusehen. Der Fall ist nämlich eingehend untersucht worden, weil der frühzeitige Schuss die ganze Aktion hätte gefährden können. Ich konnte keine einzige Schwachstelle in den Aussagen entdecken. Jeder Polizist kann mindestens einen Kameraden als Zeugen benennen.«

»Kennen Sie nicht das Sprichwort? Eine Krähe hackt der anderen kein Auge aus.«

»Ich kann Sie nicht zwingen, uns zu glauben, Fräulein Heusler«, sagte van Swieten, und es klang bedauernd. »Aber ich möchte Sie bitten, uns wenigstens anzuhören. Wollen Sie sich nicht die Zeit nehmen, wo Sie unter so großen Mühen hergekommen sind?«

»Meinetwegen«, sagte ich widerstrebend und setzte mich wieder. »Also gut, aus welchem Grund sollte Elisabeth erst meine Entführung und dann die Ermordung Ferenczys veranlasst haben?«

»Ferenczys Tod war von Anfang an geplant«, fuhr van Swieten fort. »Das war der eigentliche Zweck der ganzen Geschichte. Zuvor hatte Polizeiunterkommissär Kneifl erfahren, dass der gesuchte Frauenmörder Schuhe mit sternförmigen Spangen trug. Und kurz darauf wird ein polizeilich gesuchter Frauenräuber mit solchen Schuhen erwischt. Und da dieser Mann tot ist, werden die polizeilichen Ermittlungen gegen den Frauenmörder eingestellt. *Voilà*, Ziel erreicht!«

Das war vermutlich die ungeheuerlichste Anschuldigung gegen Elisabeth, die van Swieten vorbringen konnte. Was er indirekt sagte, war nichts anderes, als dass sie schuldig oder zumindest mitschuldig am Tod von Josefine und Marlies war. Statt zu antworten, trank ich von meinem Kaffee und dachte nach. Ich wollte mir klar darüber werden, was mich so erschütterte: van Swietens Vorwurf oder der Umstand, dass ich mich nicht in der Lage sah, ihn voller Empörung zurückzuweisen.

Ich betrachtete Elisabeth als meine beste Freundin. Wäre es da nicht meine Pflicht gewesen, entschieden für sie einzutreten und sie gegen die Anschuldigungen zu verteidigen? Oder zumindest aufzustehen und Mesmers Haus ohne Umschweife zu verlassen?

Und doch blieb ich, hörte mir van Swietens Ausführungen an und überlegte ernsthaft, ob an ihnen ein Körnchen oder mehr Wahrheit war. Dafür gab es zwei Gründe. Zum einen glaubte ich selbst nicht daran, dass Josefine und Marlies nur deshalb gestorben waren, weil sie einer Bande von Frauenräubern zu nahe gekommen waren. Und außerdem waren da meine eigenen Zweifel an Elisabeths Aufrichtigkeit. Warum hatte sie sich anfangs dagegen gesträubt, die Akademie im Kärntnertortheater zu besuchen? Weil sie befürchtete, was eingetreten war? Dass ich die ganz und gar nicht krank wirkende Magdalena dort sehen könnte? Um mir Klarheit zu verschaffen, wandte ich mich an Mozart: »Sie sagten gestern Abend, Frau Hofdemel habe keinen Termin bei Ihnen versäumt, und sie habe auch keinen kränkelnden Eindruck gemacht.«

Mozart nickte. »Sie war gesund und munter, wie immer.«

»Das würde nicht nur bedeuten, dass Elisabeth mich belogen hat«, schlussfolgerte ich. »Sie hätte mich auch absichtlich von Magdalena fern gehalten. Denn wenn Magdalena nicht wegen einer Unpässlichkeit die Treffen versäumt hat, dann wohl auf Bitten von Elisabeth. Aber warum?«

Angelo Soliman, der bis jetzt fast teilnahmslos gewirkt hatte, richtete seine Augen auf mich. Er trug heute nicht sein exotisches Kostüm, sondern einen dunklen, eher schlichten Anzug, was seiner Erscheinung einen ernsten Anstrich gab. So ernst wie der Blick, mit dem er mich jetzt betrachtete, als er fragte: »Stehen Sie und Frau Hofdemel sich besonders nahe?«

»Wenn ich hier in Wien zwei Freundinnen habe, dann Magdalena Hofdemel und Elisabeth, die Gräfin. Jedenfalls glaubte ich das bis vor kurzem. Sie aber haben mich offenbar herkommen lassen, um mir die Augen zu öffnen.«

»Ihre gute Beziehung zu Frau Hofdemel dürfte der Grund dafür sein, dass die Gräfin den Kontakt zwischen Ihnen beiden unterbunden hat«, fuhr Soliman fort. »Frau Hofdemel mag der Gräfin treu ergeben sein, aber die Gefahr, dass sie beim Geplauder mit einer Freundin unabsichtlich etwas verriet, konnte die Gräfin nicht ausschließen.«

»Was denn verraten?«, fragte ich. »Dass Elisabeth angeblich eine Frauenräuberin und zweifache Mörderin ist?«

»Das alles dürften Mittel zum Zweck gewesen sein, aber nicht das eigentliche Ziel der Gräfin«, antwortete Soliman. »Und ich bezweifle, dass Frau Hofdemel in alle Geheimnisse eingeweiht ist. Vielleicht hat die Gräfin ihr auch gänzlich falsche Tatsachen vorgespiegelt. Sicher ist jedoch, dass Magdalena Hofdemel als Spionin der Gräfin im Hause unseres Bruders Mozart fungiert.«
»Erst Mord und Frauenraub und jetzt auch noch Spionage?«, rief ich. »Ihre Erklärungen werfen immer neue Fragen auf, statt wenigstens einige zu beantworten.«
»Das liegt in der Natur der Sache«, sagte Soliman mit einem entschuldigenden Lächeln. »Die ganze Geschichte ist hochkompliziert.«
»Endlich mal ein Punkt, in dem ich Ihnen aus ganzem Herzen zustimme«, sagte ich. »Bleiben wir doch bei Magdalena und Herrn Mozart. Was soll sie ausspionieren?«
Mozart selbst gab die Antwort: »Das Geheimnis meiner Musik. Das Geheimnis, bei dem Sie eine wichtige Rolle spielen, Luise.«
»Und worin genau besteht dieses Geheimnis?«
»Das müssten Sie längst erkannt haben. Denken Sie doch an den Vorfall während der Probe zum ersten Akt der ›Zauberflöte‹.«
»Sie spielen auf meine Ohnmacht an?«
»Ja«, sagte Mozart und beugte sich zu mir vor. »Was empfanden Sie, bevor Sie das Bewusstsein verloren?«
»Mir war, als löste alles um mich herum sich auf, als würden das Theater und die Menschen verschwinden.«
»Und weiter?«, drängte Mozart.
Nicht nur er, alle hier Versammelten sahen mich erwar-

tungsvoll an. Ich fragte mich, inwieweit ich ihnen die Wahrheit sagen durfte. Andererseits hatte ich kaum etwas zu verlieren. Ich spürte, dass ich kurz vor der Auflösung des Geheimnisses stand. Mozart, van Swieten, Soliman, Schikaneder und Mesmer konnten mir dabei helfen. Aber das würden sie wohl nur tun, wenn auch ich aufrichtig zu ihnen war.

Also sagte ich: »Das Theater und die Menschen schienen sich nicht einfach nur aufzulösen. Es war so, als würden sie von etwas anderem verdrängt werden.«

»Von was?«, fragte Angelo Soliman mit vor Erregung bebender Stimme.

»Von einer anderen Zeit«, sagte ich.

Selbst wenn ich halb blind und halb taub gewesen wäre, hätte mir nicht entgehen können, wie meine Antwort sie elektrisierte. Nicht vor Überraschung, wie mir schien, sondern weil sie diese oder ähnliche Worte erwartet, ja erhofft hatten. Mozart lächelte wie ein Kind, das selig vor seinen Weihnachtsgeschenken steht. Baron van Swieten nickte, und Schikaneder rieb sich zufrieden die Hände. Soliman sprang auf und trat näher zu mir. Mesmer dagegen wirkte wie versteinert, als trüge er heftige Kämpfe mit sich aus.

»Von einer bestimmten Zeit?«, fragte Soliman, als er dicht vor mir stand.

»Ja, von meiner Zeit. Der Zeit, aus der ich stamme.«

Ich hätte nicht gedacht, dass diese Worte mir so leicht über die Lippen kommen würden. Aber in diesem Kreis brauchte ich nicht zu befürchten, ins Irrenhaus gesteckt zu werden. Wenn ich verrückt war, dann waren es diese fünf

Männer auch. Doch ich musste davon ausgehen, dass alles, was ich hier erlebte, zwar höchst absonderlich, gleichwohl aber Realität war. Es war nicht einfach, bei den vielen Gedanken und Fragen, die mich bewegten, einen klaren Kopf zu behalten. Ich fühlte mich hilflos und hätte die Männer am liebsten angeschrien, mir endlich die volle Wahrheit zu sagen, mir das ganze Geheimnis zu enthüllen, in das sie ebenso verstrickt zu sein schienen wie ich. Aber so einfach würde es nicht sein, sonst hätten sie nicht so lange Katz und Maus mit mir gespielt. Ihre Erregung angesichts meiner Eröffnung schien mir einen Weg zu weisen. Auch sie wollten etwas von mir, und das musste ich für mich ausnutzen. Bei aller Aufgeregtheit, die mich beherrschte, durfte ich mein Wissen nicht einfach so preisgeben. Nein, ich musste logisch denken und planvoll vorgehen!

Schikaneder fand als Erster die Sprache wieder und fragte: »Aus welcher Zeit stammen Sie, Luise?«

Ich schüttelte den Kopf. »Jetzt sind Sie wieder an der Reihe, meine Herren. Auch ich habe Fragen.«

»Die wir Ihnen selbstverständlich beantworten«, sagte van Swieten. »Sie müssen uns vertrauen.«

»So, wie ich der treu sorgenden Gräfin Mansfeld vertraut habe?«, fragte ich.

Als ich für diese Bemerkung nur betroffene Blicke erntete, fuhr ich fort: »Wenn ich Ihnen vertrauen soll, müssen Sie auch mir vertrauen. Also, wollen Sie meine Fragen beantworten, oder nicht?«

»Natürlich, aber nicht hier und jetzt«, erwiderte der Baron. »Wenn die Gräfin Ihre Flucht bemerkt, sollten Sie

Wien schon verlassen haben. Diese Frau ist zu allem fähig, und in Wien verfügt sie über zu gute Kontakte, als dass wir Sie über längere Zeit vor ihr verbergen könnten.«

»Aber ich will Wien gar nicht verlassen. Und ich will nicht von Elisabeth weg, bevor ich sie nicht zur Rede gestellt habe.«

Schikaneders geballte Rechte landete krachend auf einem Beistelltisch. »Haben Sie noch immer nicht begriffen, wie gefährlich Ihre angebliche Freundin ist, Luise? Sie hat mindestens drei Tote auf dem Gewissen!«

»Den Beweis dafür sind Sie mir schuldig geblieben.«

»Jetzt ist nicht die Zeit zum Diskutieren«, entschied van Swieten. »Die Kutsche sollte so bald wie möglich aufbrechen. Ist alles bereit, Bruder Mesmer?«

Der Doktor nickte.

Ich sah ihn vorwurfsvoll an. »Ich hätte nicht geglaubt, dass Sie mit den Herren hier unter einer Decke stecken, Dr. Mesmer. Ihnen habe ich vertraut.«

»Am Anfang war ich nicht in ihre Pläne eingeweiht«, erklärte er. »Früher gehörte ich zu ihrem Bund, aber lange Jahre hielt ich mich von allem fern. Als ich nach Wien zurückkam, wollte ich nur die Vermögensangelegenheiten meiner verstorbenen Frau regeln. Ich war gar nicht erfreut, als meine früheren Brüder wieder Kontakt zu mir suchten. Aber ich konnte mich dem Schicksal nicht in den Weg stellen, einem Schicksal, dass Sie, Luise, geradewegs in mein Haus geführt hat.«

Mozart stand auf und trat vor mich hin. »Luise, haben Sie Vertrauen! Wir brauchen Ihre Hilfe, und Sie benötigen vielleicht die unsere, wenn Sie jemals in Ihre Zeit zurückkehren wollen. Wenn wir Sie von hier fortbringen, dann geschieht das zu Ihrem Schutz.«

»Vielleicht hatte Ferenczy denselben Grund!«, sagte ich barsch.

»Hatten Sie den Eindruck?«, fragte Mozart ruhig.

Ich dachte an die entwürdigende Szene, als ich nackt vor Ferenczy und seinen Handlangern gestanden hatte. Noch jetzt lief es mir kalt den Rücken hinunter, wenn ich mich an den Ekel und die Hilflosigkeit erinnerte, die Ferenczys brutales Eindringen in meinen Schoß ausgelöst hatte. Dass es nicht mein eigener Körper war, der da geschändet wurde, sondern der von Luise Heusler, machte keinen Unterschied.

Ich war Luise, fühlte ihre Abscheu und ihren Schmerz. Zu behaupten, Ferenczy und seine Männer hätten Gutes mit mir im Schilde geführt, wäre wohl mehr als kühn gewesen. Aber vielleicht hatten sie einfach ihre Grenzen überschritten, war ihr Handeln nicht von den Befehlen ihres Auftraggebers gedeckt. Oder den Befehlen ihrer Auftraggeberin – Elisabeth?

»Ich weiß noch immer nicht, was ich von Ferenczy halten soll«, wich ich einer direkten Antwort aus. »Zu vieles passt nicht richtig zusammen. Wenn er nicht der Mörder war, weshalb trug er die Schuhe mit den Sternspangen? Ein bloßer Zufall?«

»Als Handlanger der Gräfin könnte er die Morde in ihrem Auftrag ausgeführt haben«, sagte Baron van Swieten. »Aber das glaube ich nicht. Die gefangenen Mitglieder seiner Bande wurden nach diesen auffälligen Schuhen befragt. Niemand konnte sich erinnern, dass Ferenczy sie seit längerem getragen hätte. Die Schlussfolgerung daraus lautet, dass er die Schuhe trug, um eine falsche Spur zu legen.«

»Er sollte also getötet und aufgrund der Schuhe für den gesuchten Mörder gehalten werden, um von dem wahren Täter abzulenken?«, vergewisserte ich mich.

»Davon gehen wir aus«, sagte van Swieten.

»Das ist doch widersinnig. Ferenczy war mit Sicherheit kein Selbstmörder. Warum hätte er sich die Schuhe freiwillig anziehen sollen?«

»Weil er nicht um ihre Bedeutung gewusst hat. Vermutlich waren die Schuhe ein Geschenk. Ferenczy war ein wenig eitel, was seine Kleidung betraf, das ist Ihnen vielleicht nicht entgangen. Die Gräfin, gehen wir ruhig von ihr als Auftraggeberin aus, konnte also damit rechnen, dass Ferenczy die neuen Schuhe tragen würde.«

Ich dachte daran, wie ich Elisabeth kurz vor meiner Verschleppung erzählt hatte, dass der Mörder von Josefine Schuhe mit sternförmigen Spangen getragen hatte. Aber auch Mozart hatte ich davon berichtet.

Soliman räusperte sich. »Wir verlieren uns in Details. Wäre es nicht klüger, das alles an einem sicheren Ort zu erörtern?«

»Du hast Recht, Bruder Soliman«, sagte van Swieten. »Je eher die Kutsche losfährt, desto besser.« Er wandte sich wieder mir zu. »Kommen Sie, Fräulein Heusler?«

»Ich denke gar nicht daran!«, schnaubte ich. »Sie müssten mich schon mit Gewalt in Ihre Kutsche verfrachten!«

»Hegen Sie irgendwelche Zweifel, dass wir dazu willens und in der Lage sind?« Der Baron setzte eine bekümmerte

Miene auf. »Aber es würde uns sehr Leid tun, und für Sie wäre es unangenehm.«

»Herr Baron, haben Sie schon einmal daran gedacht, dass Sie nicht besser sind als der entehrte Baron Ferenczy?«

»Das ist eine Frage des Standpunkts.« Van Swieten wies in die Runde. »Meine Brüder und ich wissen, dass wir das Richtige tun. Dürfen wir Sie jetzt bitten, uns zu folgen?«

Was blieb mir übrig? Es stand fünf gegen eins, und ich bezweifelte nicht, dass sie mich tatsächlich auch gegen meinen Willen aus Wien wegbringen würden. Ich bezwang meinen inneren Drang, mich einfach nur deshalb zu sträuben, um ihnen zu zeigen, wie wenig ich mit ihrem Vorgehen einverstanden war. Letztlich wollte ich auch etwas von ihnen, nämlich Aufklärung über das große Geheimnis. Wenn ich mich ihnen fügte, konnte ich vielleicht mehr in Erfahrung bringen. Also stand ich auf und ging mit den fünf Männern auf den Hof. Dort wartete bereits Mesmers Equipage auf uns, und Karl saß auf dem Bock. Soliman, Mesmer und Mozart stiegen mit mir in den Wagen und verabschiedeten sich von van Swieten und Schikaneder. Karl schnalzte mit der Zunge, und die Kutsche setzte sich in Bewegung. Zum zweiten Mal innerhalb weniger Wochen wurde ich entführt – und diesmal von niemand Geringerem als Wolfgang Amadeus Mozart.

Kapitel 22

Weder kannte ich unser Ziel noch die Richtung, in die wir fuhren. Meine Begleiter – oder Entführer, was sich gleich blieb – hatten die Fenstervorhänge zugezogen. Da es draußen dunkel war, drang nur ein blasser Schimmer Nachtlicht ins Wageninnere, gerade genug, um die Umrisse Mozarts, Mesmers und Solimans erkennen zu können. So verschwommen, dass sie wie Geister wirkten. Das laute Rattern der Räder verriet, dass wir über gepflasterte Straßen fuhren, uns also noch innerhalb Wiens befanden. Aber irgendwann wurde das Fahrgeräusch leiser, und Karl musste die Equipage nicht mehr so oft anhalten. Offenbar hatten wir den Innenstadtbereich verlassen.

Eine seltsame Spannung erfüllte die Kutsche. Meine Begleiter und ich schienen uns gegenseitig zu belauern, als wollte niemand den Anfang eines Gesprächs machen. Natürlich hatte ich tausend Fragen, aber ich war über diese unfreiwillige Nachtfahrt so verstimmt, dass ich nicht die geringste Lust hatte, mich zu unterhalten. Außerdem lag meinem Schweigen eine taktische Überlegung zugrunde: Wenn Mozart, Mesmer und Soliman eine Unterhaltung begannen, sah ich für mich größere Chancen, an die gewünschten Informationen zu gelangen.

Aber auch sie schwiegen eisern, was mich nachdenklich stimmte. Offenbar gingen sie davon aus, am Ziel unserer Reise noch Zeit genug für einen ausführlichen Austausch zu haben. Es würde wohl kein kurzer Ausflug werden.

Fast von einer Minute zur anderen spürte ich, wie mich eine bleierne Müdigkeit überfiel. Ich kämpfte dagegen an und wunderte mich: Vom Opfer einer Entführung sollte man genügend große Adrenalinschübe erwarten, die es am Einschlafen hinderten. Aber hinter mir lag ein anstrengender Abend und, so ungewiss meine Zukunft auch scheinen mochte, ich hatte nicht das Gefühl, dass mir Gefahr für Leib und Leben drohte.

Das Geräusch der Wagenräder und das der Pferdehufe verschmolzen zu einem dumpfen, monotonen Rhythmus. Traumbilder verdrängten die Realität. Ich sah mich auf der Bühne, als Pamina in den Kulissen der »Zauberflöte«. Tamino trat zu mir, um mit mir gemeinsam die Prüfungen zu bestehen. In meinem Traum hatte er das Aussehen Mozarts.

Ein heftiges Rütteln weckte mich, und ich benötigte einige Sekunden, um mich zurechtzufinden. Ich saß noch in der rollenden Kutsche, also nahm ich an, dass eine Bodenunebenheit für das Rütteln verantwortlich war. Die Vorhänge waren noch immer zugezogen, aber es war jetzt deutlich heller. Der neue Tag musste angebrochen sein. Und dann fiel mir erst auf, dass ich nur noch zwei Begleiter hatte: Mesmer und Soliman.

»Wo ist Mozart?«, fragte ich.
»Er hat uns verlassen, als wir das Pferd gewechselt haben«, antwortete Mesmer.
Von dem Pferdewechsel hatte ich nicht das Geringste mitbekommen.
»Verlassen? Was heißt das?«
»Vor ihm liegt eine längere Reise, weshalb er uns nicht weiter begleiten konnte.«
Ich überlegte, sortierte die Daten. Wir schrieben Ende August, und ich erinnerte mich, dass Mozart um diese Zeit nach Prag gefahren war, wo er anlässlich der Krönung Kaiser Leopolds II. zum König von Böhmen seine Oper »La Clemenza di Tito« aufführte. Richtiger gesagt, Mozart würde es tun, in einigen Tagen.
»Schade«, sagte ich. »Ich habe eine Menge Fragen an ihn.«
»So ähnlich hat Bruder Mozart sich auch geäußert, als er sich verabschiedete«, erklärte Soliman. »Er hätte gern mit Ihnen gesprochen und hat uns nur aus diesem Grund ein Stück des Wegs begleitet. Aber dann mochte er Ihren Schlaf nicht stören. Sie, Fräulein Luise, und Mozart müssen sich also gedulden, bis er zurückkehrt.«
Ich wollte mich aber nicht gedulden. Schon viel zu lange ließ ich mich vertrösten. In mir stand ein ganzer Berg von Fragen, ein Vulkan, kurz vor dem Ausbruch. Aber ich erkannte, dass Soliman kein Mann war, der sich von einem hysterischen Anfall beeindrucken ließ. Ich erinnerte mich an das, was ich mir in Mesmers Haus vorgenommen hatte: Ich musste planvoll vorgehen und das offensichtliche Interesse Solimans und der anderen an mir ausnutzen, um

möglichst viele Informationen von ihnen zu erlangen. Sorgfältig suchte ich in meiner Erinnerung alles zusammen, was ich über geheime Bruderschaften wusste, bevor ich das Wort wieder an Soliman richtete.

»Sie reden sich gegenseitig mit ›Bruder‹ an und sprechen von einem Bund. Darf ich davon ausgehen, dass ich von den Freimaurern entführt wurde?«

Soliman blieb äußerlich ruhig, aber ich glaubte, an einem kurzen Aufflackern in seinen Augen zu erkennen, dass er überrascht war. »Wie kommen Sie darauf, Fräulein Heusler? Nur wegen dieser Ausdrücke?«

»In meiner Zeit gibt es Bücher über Mozart, eine Menge Bücher, und dass er Freimaurer war, ist allgemein bekannt.«

»Von welcher Zeit sprechen Sie?«, fragte Soliman, und es klang eher nebensächlich.

»So leicht führen Sie mich nicht aufs Glatteis.« Ich lehnte mich zurück. »Die Technik, Fragen mit Gegenfragen zu beantworten, beherrsche ich auch. Ich aber habe zuerst gefragt. Erzählen Sie mir etwas über Ihren geheimnisvollen Bund, Herr Soliman.«

»Das darf ich nicht, es wäre Verrat.«

»Und was ist die Strafe dafür? Eine durchtrennte Kehle und eine herausgeschnittene Zunge?«

Er lächelte. »Jetzt wollen Sie mich aber aufs Glatteis führen. Wir sind ganz gewiss nicht für den Tod Ihrer Schwester verantwortlich – falls Josefine Heusler Ihre Schwester war.«

»In dieser Zeit war sie es. Sagen Sie, war es kein Zufall, dass Josefine für Schikaneder gearbeitet hat?«

»Nein, das war es nicht. Wir wussten, dass um diese Zeit zwei begabte Frauen nach Wien kommen würden, und haben nach ihnen gesucht. Überglücklich, Josefine gefunden zu haben, bot Bruder Schikaneder ihr die Stellung im Freihaus an. Aber auch die andere Seite muss davon erfahren und Verbindung zu Josefine aufgenommen haben. Josefines Tod war ein herber Schlag für uns, und als wir auf Sie stießen, Luise, schien es uns fast wie ein Wunder. Denn dass die beiden Begabten Schwestern sind, davon sagt die Weissagung nichts.«

»Was heißt hier begabt? Und von was für einer Weissagung sprechen Sie?«

»Das möchte ich Ihnen lieber an unserem Ziel erklären. Da glauben Sie mir vielleicht eher. Einverstanden?«

»Ich glaube nicht, dass ich Sie zum Reden zwingen kann, Herr Soliman«, knurrte ich.

»Da haben Sie wohl Recht. Wollen Sie uns jetzt etwas über die Zeit erzählen, aus der Sie stammen?«

»Auch Sie können mich nicht zum Reden zwingen. Und ich finde noch immer, Sie sind in der Pflicht, zuerst mit der Sprache herauszurücken.«

»Wollen Sie mir wenigstens etwas über die Gräfin erzählen?«

»Sie scheinen mehr über Elisabeth zu wissen als ich.«

»Aber Sie haben in ihrem Haus gelebt.«

»Ach ja, ich wurde bei ihr *eingeschleust*. Was sollte ich denn unwissenderweise ausspionieren?«

»Uns interessiert, was auf den Damenmusikabenden geschieht.«

»Verstehe«, sagte ich. »Da hat eine Herrengesellschaft

wie die der Freimaurer keinen Zutritt. Deshalb haben Sie mich gebraucht.«
»Nicht nur deshalb«, versicherte Soliman. »Wollen Sie mir den Ablauf eines solchen Damenabends schildern?«
Ich kam der Bitte nach und schloss: »Sie sehen also, die Treffen bei Elisabeth laufen vollkommen harmlos ab. Die Reden und Diskussionen mögen nicht das sein, was ein Baron van Swieten und seine adeligen Freunde gern hören, und auch nicht das, was den Männern allgemein schmeichelt. Aber es sind nur Worte.«
»Worte können gefährlicher sein als Waffen«, sagte Mesmer. »Auch in Paris hat der Umsturz mit Worten angefangen.«
Ich war für einen Augenblick sprachlos. Schließlich fing ich mich wieder und fragte: »Wollen Sie damit andeuten, Elisabeth plant eine Revolution?«
»Keineswegs«, ergriff Soliman wieder das Wort. »Was die Gräfin sagt, mögen ihre Überzeugungen sein, aber letztlich spielt es keine Rolle. Nach Ihrer Schilderung dieser Schwesterntreffen, Luise, bin ich überzeugter denn je, dass Elisabeth damit nur einen Zweck verfolgt: Sie rekrutiert aus den Reihen der so genannten Schwestern ihre Gehilfinnen und Spioninnen. So wie Frau Hofdemel.«
Wir wurden ordentlich durchgeschüttelt, weil die Kutsche anhielt. Mesmer öffnete die Tür an seiner Seite und fragte Karl, was los sei.
»Da vorn ist ein Gasthof. Wollen wir dort einkehren?«
Mesmer wechselte einen kurzen Blick mit Soliman, und Letzterer sagte: »Ich glaube, Karl kann etwas Ruhe vertragen. Für ihn dürfte die Reise am anstrengendsten sein.« Er

wandte sich mir zu. »Versprechen Sie, sich ruhig zu verhalten?«

»Versprochen«, seufzte ich. »Auch ich habe Hunger und Durst. Und wenn Sie mich fesseln und knebeln, kann ich weder essen noch trinken.«

Soliman lachte, und es lag wohl an seiner dunklen Haut, dass die weißen Zähne wie Eiskristalle wirkten. Er nicke Mesmer zu, der daraufhin Karl die Anweisung gab, den Gasthof anzufahren. Mehr und mehr hatte ich das Gefühl, Angelo Soliman war alles andere als ein in die Sklaverei verschleppter Mohr, der sich anstrengen musste, das Wohlgefallen der feinen Gesellschaft nicht zu verlieren. In der geheimnisvollen Bruderschaft, deren Gefangene ich war, schien er eine bedeutende Rolle zu spielen.

Der Eindruck verfestigte sich während des Fortgangs unserer Reise. Soliman gab die Anweisungen. Und wenn Mesmer seinem Diener einen Befehl erteilte, hielt der Arzt zuvor mit Soliman Rücksprache.

Im Anschluss an die Mittagsrast fuhren wir noch bis nach Einbruch der Dämmerung weiter, um dann in einem anderen Gasthof zu übernachten. Ich gab Soliman mein Ehrenwort, nicht zu fliehen. Dennoch schloss er mich in meinem Zimmer ein, dessen winzige Fenster eine Flucht auf diesem Weg unmöglich machten. Dabei hatte ich gar nicht die Absicht zu fliehen. Mit jedem Meter, den unsere Kutsche zurücklegte, kam ich der Aufklärung des Geheimnisses näher. Meine Anspannung wuchs, und ich geriet in einen fieberähnlichen Zustand. Aber das konnte auch an den Strapazen der Reise liegen.

Unsere Verschnaufpausen waren nur kurz. In der Regel kehrten wir erst spätabends ein und brachen schon in der Morgendämmerung wieder auf. Wann immer wir Menschen oder einem anderen Gefährt begegneten, wurden Mesmer und Soliman nervös und spähten durch die stets zugezogenen Vorhänge nach draußen.

»Wovor fürchten Sie sich, meine Herren?«, fragte ich einmal. »Vor Straßenräubern oder vor Gräfin Mansfeld?«

»Das eine schließt das andere nicht aus«, antwortete Soliman und sah wieder durch den nur wenige Zentimeter zur Seite gezogenen Vorhang, bis die fremde Kutsche hinter der nächsten Wegbiegung verschwunden war.

Am dritten Tag unserer Reise hielt Karl die Kutsche an, obwohl die Abenddämmerung noch nicht hereingebrochen war.

Mesmer steckte den Kopf nach draußen und sagte dann zu Soliman: »Wir sind da!«

Vor uns lag ein Schloss in malerischer Umgebung, das deutlich größer war als das Palais Pegasos. Zu dem eigentlichen Schloss gehörten mehrere Gebäude, nicht nur Stallungen, auch eine Kirche. Eine Reihe mächtiger Kastanien spendete Schatten. Als ich ausstieg und meine steifen Glieder reckte, sah ich noch mehr Kastanien. Eine ganze Allee, durch die Karl unsere Equipage gelenkt hatte und die hier auf dem Hügel mit der Schlossanlage endete. Ich drehte mich langsam um und entdeckte über den Baumwipfeln etwas, das mir den Atem verschlug: Silberweiße Berge reckten in einer Entfernung, die ich unmöglich schätzen konnte, ihre Gipfel in den blaurosa Himmel. Es sah aus wie der natürliche Übergang zwischen Erde und Himmel,

vor Urzeiten von göttlichen Wesen geschaffen, um zu den Menschen hinabzusteigen, wann immer es ihnen gefiel.
»Beeindruckend, nicht wahr?«, fragte Soliman, der neben mich getreten war.
»Ein zu schwaches Wort«, erwiderte ich. »Majestätisch würde ich es nennen. Wie heißt das Gebirge?«
»Es ist der Watzmann.«
In europäischer Geographie kannte ich mich nicht besonders gut aus, also fragte ich, wo wir uns befanden.
»Ganz in der Nähe von Salzburg.« Soliman zeigte auf das Schloss. »Das ist Schloss Aigen, wo wir hoffentlich Ruhe vor Gräfin Mansfeld haben. Der Schlossherr ist zurzeit nicht da. Aber er gehört zu uns, und das ganze Anwesen steht zu unserer Verfügung.«

Es war ein sehr beeindruckendes Anwesen, wie ich während der nächsten Tage bei ausgedehnten Spaziergängen feststellte. Die unternahm ich mit Mesmer oder Soliman oder mit beiden zusammen. Auch wenn sie es nicht ausdrücklich sagten, sie wollten mich nicht unbeaufsichtigt lassen. Ob sie mehr Angst davor hatten, ich könnte fliehen, oder davor, auf mich könnte ein weiterer Anschlag verübt werden, war mir nicht klar. Vielleicht traf beides zu. Ich nahm ihnen die ständige Aufsicht nicht übel, vergaß sogar manchmal, dass sie bei mir waren, so viel Ungewöhnliches gab es rund um das Schloss zu sehen. Es war eine Landschaft wie aus einem Traum.
Das hügelige Gelände war mit den unterschiedlichsten Bäumen und Büschen bestanden, und auf den ersten Blick wirkte alles wie natürlich gewachsen. Erst bei näherem

Hinsehen offenbarte sich dem Betrachter, dass hinter der gesamten Anlage eine planende Hand stand. Jeder Baum und jeder Strauch war so angepflanzt worden, dass das Gesamtbild den Eindruck natürlichen Wuchses ergab. Ich kam erst mit der Zeit dahinter und grübelte vergebens über den Sinn dieses Vorgehens. Vielleicht war es nur ein Spleen des Schlossherrn. Noch imposanter als die Flora erschienen mir die Felsen und Hügel, die ihre schroffen Formen gerade da aus dem Grün reckten, wo man es am wenigsten erwartete. Dazwischen lagen kleine Seen und Wildbäche, und von einem hohen Felsen rauschte ein Wasserfall ins Tal.

In den Baumkronen nisteten unzählige Vögel, deren Gesang von morgens bis abends die Luft erfüllte. Hirsche und Rehe, Füchse und Hasen wagten sich ungewöhnlich nahe an die Menschen heran, schienen keine Scheu zu kennen. Die Jagd auf das Wild war hier offenbar verpönt, wofür auch die große Anzahl an Tieren sprach. Einmal kam ein junges Reh zu mir und drückte seinen Kopf in meine Seite wie eine Katze. Es ließ sich streicheln, schien sogar darauf gewartet zu haben, und blieb eine ganze Weile bei mir. Erst als sich andere Rehe am Rand der Lichtung zeigten, kehrte es zu seinen Artgenossen zurück, blieb aber noch einmal stehen und blickte sich zu mir um, wie um sich zu verabschieden.

»Ein mehr als ungewöhnlicher Ort«, sagte ich zu Soliman, der mich auf dieser Wanderung begleitete. »Man meint fast, im Garten Eden zu sein, wo Mensch und Tier einträchtig Seite an Seite leben.«

»Der Mensch ist schuld daran, dass er den Garten Eden

verlassen musste. Er hatte alles, was er brauchte, und wofür hat er es hergegeben? Für Evas nichtige Gier nach dem verbotenen Apfel!«

»Passiert ist passiert, und die Welt ist, wie sie ist. Wir können sie nicht ändern.«

»Wenn nicht wir Menschen, wer dann?«, fragte Soliman, und es schien keineswegs rhetorisch gemeint zu sein. »Wir leben auf dieser Welt und dünken uns allen anderen Wesen unendlich überlegen. Sollten wir dann nicht stark genug sein, das Schlechte gegen das Gute auszuwechseln?«

Ich blickte zum Waldrand, wo eben noch die Rehe gestanden hatten. Sie waren verschwunden, und ich sah nur ein kleines Tier durchs Unterholz huschen, zu schnell, um es zu erkennen. In den melodischen Gesang der Vögel mischte sich das Hämmern eines Spechts, und ganz in der Nähe gluckerte ein Wildbach. Es war perfekt wie eine Komposition von Mozart. Zu perfekt, um echt zu sein.

»Entspricht das hier Ihrer Vorstellung von einer veränderten Welt, Herr Soliman? Sollen die Menschen wieder in Höhlen wohnen und sich von den Früchten ernähren, die auf den Bäumen wachsen? Glauben Sie wirklich, Sie können die Menschheit in Adam und Eva zurückverwandeln?«

Er schüttelte den Kopf. »So naiv bin ich nicht. Das ist auch nicht unser Ziel. Ganz abgesehen davon würde das Unglück von neuem beginnen, sobald es wieder eine Eva gäbe.«

»Vielen Dank!«, sagte ich, war aber nicht wirklich verärgert. »Vielleicht sollten Sie nur Männer in Ihr neues

Paradies aufnehmen. Immerhin ist Ihr Freimaurerbund auch den so genannten Herren der Schöpfung vorbehalten.«

»Sie schätzen uns falsch ein, Luise, in mehrfacher Hinsicht.«

»Das ist kein Wunder, da Sie und Dr. Mesmer sich nach wie vor in Schweigen hüllen.«

»Sie ebenfalls.«

Da hatte er Recht. Obwohl ich schon fast eine Woche auf Schloss Aigen lebte, hatten sich die Unterhaltungen zwischen Mesmer, Soliman und mir eher um belanglose Dinge, um Alltäglichkeiten gedreht. Wir belauerten uns wie gegnerische Feldherren vor der Schlacht, jeder wartete darauf, dass die andere Seite den Anfang machte und sich dabei eine Blöße gab. Das war jedenfalls zuerst mein Eindruck gewesen. Aber je mehr Zeit verstrich, desto mehr setzte sich ein anderer Gedanke in mir fest: Mesmer und Soliman warteten auf etwas, auf ein bestimmtes Ereignis. Oder auf eine bestimmte Person.

»Wenn ich Ihre Freimaurerbruderschaft falsch einschätze, korrigieren Sie mich doch«, bat ich in der Hoffnung, Soliman aus der Reserve zu locken.

»Es fängt schon damit an, dass es nicht *eine* Bruderschaft der Freimaurer gibt. Unsere Anfänge reichen in Zeiten zurück, als es hierzulande noch keine Geschichtsschreibung gab. Und wie es immer ist, je länger etwas existiert, desto größer, verzweigter und vielfältiger wird es. Die Freimaurer, wie man uns gemeinhin nennt, haben sich in unzählige Logen, große und kleine, anerkannte und inoffizielle, aufgespalten. Die meisten von ihnen verfolgen falsche Ziele, unwissentlich oder mit Absicht. Viele Menschen treten allein deshalb den Logen bei, um sich durch gute Beziehungen persönliche Vorteile zu verschaffen. Andere Vereinigungen, zu Recht nennt man sie abfällig Fress- und Sauflogen, sind nichts anderes als kurzweilige, gesellige Zusammenkünfte. In diese Sparte fallen übrigens auch viele inoffizielle Logen, die von Frauen gebildet werden.«

»Was für den wahren Freimaurer natürlich ein Gräuel ist«, sagte ich absichtlich provokant. Jetzt, wo es plötzlich aus Soliman heraussprudelte, wollte ich ihm mehr entlocken.

»Schon wieder urteilen Sie zu pauschal, Luise. Die allgemeine Ablehnung der Frau in den Freimaurerlogen hat Gründe, die weit zurückreichen.«

»Zu Adam und Eva?«

Soliman antwortete nicht, sah mich nur seltsam an. Nein, nicht mich, sein Blick ging durch mich hindurch. Er schien in eine unendliche Ferne zu blicken – oder in eine andere Zeit. Wie versteinert stand er da, nur noch eine menschliche Hülle, vom Geist verlassen. Ich wagte nicht, ihn anzusprechen oder zu berühren. Mir war unheimlich zumute, und ich fröstelte, obwohl wärmende Sonnenstrahlen auf die Lichtung fielen. So stand ich einfach nur da und wartete ab.

Vielleicht vergingen fünf Minuten, vielleicht auch fünfzehn. Irgendwann kam Bewegung in den starren Körper Solimans. Sein Blick klärte sich, und er öffnete die Lippen: »Adam und Eva sind eine Erfindung der Verfasser der Heiligen Schrift. Aber ihre Geschichte beruht auf einer tieferen Wahrheit, auf einem Ereignis, das sich jenseits von dieser Zeit und diesem Raum abgespielt hat. Adam und Eva, um bei den gebräuchlichen Namen zu bleiben, sind nicht Menschen und nicht Götter. Sie gehören zu den Wesen, die man Engel nennt und deren Aufgabe es ist, über die Schöpfung und ihre Kreaturen zu wachen. Dazu wurde ihnen große Macht verliehen, eine für menschliche Vorstellungen ungeheure Macht, die aber doch beschränkt war. Vom Bösen verführt, versuchte der Engel, den wir Eva nennen wollen, die unbegrenzte Macht der Schöpfung an sich zu reißen. Es gelang ihm, in den Besitz eines Macht verleihenden Gegenstands zu gelangen. Von Liebe zu dem Engel Adam erfüllt, verführte Eva ihn, ihr zu helfen, die göttliche Macht zu erringen. Aber der vermeintliche Sieg verwandelte sich in eine bittere Niederlage, als Gott die beiden Engel aus seinem Reich verwies. Adam zeigte Reue und erhielt von Gott den Auftrag, das entwendete Zeichen der Macht zurückzubringen. Seitdem irrt Adam auf der Suche nach Eva durch die Zeit, ein einsamer Engel, dem die schwere Aufgabe obliegt, dem Guten zum Sieg über das Böse zu verhelfen.«

Soliman verstummte, und ich dachte über das eben Gehörte nach. Dass der Inhalt der Bibel nicht wörtlich, sondern gleichnishaft aufzufassen war, gehörte in meiner Zeit zur Schulweisheit. Natürlich glaubte ich schon lange nicht mehr an die Geschichte von Adam und Eva, wie das Alte Testament sie erzählt. Aber was Soliman daraus machte, erschien mir noch viel unglaublicher als die Version der Bibel.

»Was soll Ihre Geschichte darstellen?«, fragte ich ihn. »Ist es vielleicht der Stoff zu einer neuen Oper?«

Meine Worte schienen ihn schmerzhaft zu treffen, er wirkte enttäuscht. Aber er fing sich schnell wieder und schritt auf den Waldrand zu. »Kommen Sie, Luise, es dämmert bald. Wenn wir uns nicht sputen, kehren wir zu spät zum Essen zurück.«

Kein Wort mehr über Adam und Eva. Offenbar hatte ich ihn wirklich getroffen. Ich schalt mich eine Närrin, dass ich so wenig feinfühlig gewesen war. So dicht hatte ich davor gestanden, mehr über die Pläne Solimans und seiner Freimaurerbrüder zu erfahren. Aber mit meiner hochnäsigen Reaktion hatte ich sein Vertrauen zerstört. Der Waldpfad, über den wir zum Schloss zurückgingen, wirkte düster, und der Gesang der Vögel klang traurig.

Kapitel 23

Ich kam Angelo Soliman nie wieder so nah wie bei unserem Gespräch auf der Lichtung. Obwohl er sich mir gegenüber weder unfreundlich benahm noch abschätzig äußerte, spürte ich seine Ablehnung. Ich musste ihn tiefer verletzt haben, als ich ursprünglich glaubte. Meistens begleitete Mesmer mich jetzt auf meinen Spaziergängen. Und wenn einmal Soliman an meiner Seite ging, zeigte er sich sehr schweigsam. Auch abends zog er sich in der Regel früh zurück.

Ich vertrieb mir die Zeit, indem ich gegen Mesmer Schach oder Dame spielte. Manchmal setzte er sich ans Klavier, und hin und wieder ließ ich mich von ihm zum Singen überreden. Er musste sich dazu nicht groß anstrengen. So sehr Luise Heusler auch von mir Besitz ergriffen hatte, ich war noch immer Pamela Morton, der das Singen im Blut lag. Allmählich begann ich die Opernbühne schmerzlich zu vermissen. Und meine eigene Zeit.

Zu dieser düsteren Stimmung, die sich unserer kleinen Gesellschaft bemächtigt hatte, passte das sich verschlechternde Wetter. Je weiter der September voranschritt, desto

größer und bedrohlicher wirkten die dunklen Wolken, die sich über Schloss Aigen zusammenballten und sich schließlich in ungeheuer starken, nicht enden wollenden Unwettern entluden.
Eines Nachts wurde ich von einem Gewitter geweckt. Das laute Krachen der Donnerschläge hörte sich an, als trommelte ein Riese mit seinen Fäusten aufs Dach des Schlosses. In schneller Folge fuhren die Blitze zur Erde, und trotz der schweren Vorhänge erfüllte jedes Mal eine gespenstisch weiße Helligkeit den Raum. So schlimm waren die Unwetter bisher nicht gewesen.
Ich stand auf und ging, barfuß und im Nachthemd, an eines der Fenster, um die Vorhänge zurückzuziehen. Mein Zimmer lag im ersten Obergeschoss, aber eine Flucht durchs Fenster wurde durch dicke Gitterstäbe verhindert. Auch endete meine Bewegungsfreiheit nachts an der von außen verschlossenen Zimmertür.
Durch das Fenster und die Gitterstäbe betrachtete ich das unheimliche Muster, das die zuckenden Blitze für kurze Zeit in den Nachthimmel schnitten. Manchmal glaubte ich, im Unwetterlicht die fernen Berggipfel zu sehen, aber das konnte auch eine Täuschung sein. Bevor ich etwas richtig erkennen konnte, war das Licht des Blitzes schon wieder erloschen. Sturmwind bog die Bäume im Schlosspark mit unvorstellbarer Gewalt, und zur Erde prasselnde Sturzfluten rissen den Boden auf wie Granateinschläge.
Etwas ließ mich herumfahren: eine Bewegung hinter mir im Zimmer, die ich aus den Augenwinkeln bemerkt hatte. Oder war es eine Täuschung gewesen, hervorgerufen durch das Feuerwerk der grellen Blitze?

Gerade als ich mich mit dieser Erklärung zufrieden geben wollte, spaltete ein weiterer Blitz den Himmel und beleuchtete eine Gestalt, die mitten im Zimmer stand. Da erst wurde mir klar, dass nicht das Unwetter mich geweckt hatte, sondern die Anwesenheit eines nächtlichen Besuchers.

Es konnte sich weder um Mesmer noch um Soliman handeln. Keiner von beiden hätte es nötig gehabt, sich heimlich bei mir einzuschleichen. Als mir das bewusst wurde, spürte ich auf einmal, wie Todesangst nach mir griff. Ich dachte an ein blutiges Messer, an durchschnittene Kehlen. Sollte ich um Hilfe rufen? Das war so gut wie aussichtslos bei dem Lärm, den die Donnerschläge und das Prasseln des Regens hervorriefen. Also brauchte ich eine Waffe!

Neben dem Fenster stand ein kleiner Tisch, und darauf befand sich ein Kerzenständer aus schwerem Silber. Mit einem schnellen Schritt zur Seite erreichte ich den Tisch und griff nach dem Kerzenständer, den ich mehr erahnte, als dass ich ihn sehen konnte. Vielleicht bewegte ich mich zu hastig, vielleicht zitterte meine Hand. Ich bekam den Kerzenständer nicht zu fassen, sondern stieß ihn um. Er fiel mit lautem Poltern zu Boden.

»Machen Sie bitte keinen Lärm, Luise!«, sagte eine vertraute Stimme. »Der Donner verschluckt die meisten Geräusche, aber wir müssen trotzdem vorsichtig sein.«

»Mozart?«, fragte ich ungläubig.

Er kam näher, und im Licht eines weiteren Blitzes erkannte ich den Komponisten, bekleidet mit Hut und Regenmantel. Und reichlich durchnässt.

»Ich wollte Sie nicht erschrecken«, sagte er bedauernd.

Ich konnte nicht anders als bissig zu antworten: »Tut mir Leid, wenn ich überreagiert habe. Wenn Sie sich bei anderen Damen heimlich zu nächtlicher Stunde einschleichen, kommt so etwas wohl nicht vor.«

»Ich habe meine Gründe. Niemand darf mich bemerken. Ziehen Sie sich schnell an, Luise, damit wir von hier verschwinden können!«

»Jetzt, sofort?«, fragte ich ungläubig. »Bei dem Unwetter?«

»Es ist die beste Ablenkung, die wir uns wünschen können. Der Donner übertönt unsere Schritte, und die Regenschleier verbergen unsere Gestalten.«

»Vielleicht werden wir auch in den Wasserfluten ertrinken oder vom Blitz erschlagen«, wandte ich ein.

»Das Risiko müssen wir eingeben«, sagte Mozart. »Es ist vielleicht unsere einzige Gelegenheit zur Flucht. Außerdem müssen wir es nur bis vor die Schlossmauern schaffen. Dort wartet ein Wagen auf uns.«

»Wie schön«, sagte ich sarkastisch. »Können Sie mir auch einen Grund für diesen nächtlichen Ausflug nennen? Erst helfen Sie dabei, mich gegen meinen Willen herzubringen, und jetzt wollen Sie mich heimlich fortschaffen. Meinen Sie nicht, Herr Mozart, dass eine Erklärung angebracht wäre?«

»Sie sind hier nicht länger sicher, Luise. Mesmer und Soliman, sie arbeiten für die anderen.«

»Ach? Und wer sind das, die anderen?«

»Diejenigen, die verantwortlich für den Tod Ihrer Schwester sind. Und die auch mich fast getötet hätten.«

»Sie?«

Er trat dicht vor mich, und beim nächsten Blitz konnte ich die kaum vernarbte Wunde auf seiner Stirn sehen.

»Es geschah auf der Rückreise von Prag nach Wien, als unsere Kutsche in der Abenddämmerung bei einem Rasthof anhielt. Plötzlich sprangen mehrere vermummte Gestalten aus einem Gebüsch und stürzten sich auf mich. Nur das beherzte Eingreifen des Kutschers und eines Stallburschen haben mich gerettet.«

»Und wie sind Sie zu der plötzlichen Erkenntnis gelangt, dass Ihre *Brüder* Mesmer und Soliman hinter dem Anschlag stecken?«

»Wir konnten einen der Attentäter festhalten. Was er sagte, lieferte mir genügend Hinweise auf seine Auftraggeber. Glauben Sie mir, Luise, Ihr Leben ist in höchster Gefahr!«

Mit seiner Stirnwunde und nass vom Regen machte er einen mehr als glaubhaften Eindruck. Sein beschwörender Tonfall tat ein Übriges, mich zu überzeugen.

Ich lief zum Kleiderschrank, in dem eine Menge schöner Sachen hingen, die mir hier zur Verfügung gestellt worden waren. Aber ich griff nach Elisabeths Männerkleidern, die ich bei meiner Ankunft getragen hatte. Für ein Unternehmen wie diese nächtliche Flucht erschienen sie mir am geeignetsten. Zum Schluss setzte ich den Hut auf und wählte einen Umhang aus, der eigentlich regenfest sein sollte, vor dem wilden Sturm da draußen aber wohl bald kapitulieren würde.

»Wir müssten unbemerkt aus dem Schloss kommen«, sagte Mozart, als ich fertig war. »Alle haben sich vor dem Unwetter verkrochen, und niemand rechnet mit uns.«

»Wie sind Sie überhaupt hereingekommen?«
»Ich habe einen Schlüssel für eine Seitenpforte. Und ich weiß, wo die Zimmerschlüssel aufbewahrt werden. Jetzt aber los, bevor unser Kutscher ungeduldig wird. Ich musste seine Taschen geradezu mit klingender Münze voll stopfen, um ihn zu dieser nächtlichen Sturmfahrt zu bewegen.«
Mozart nahm mich bei der Hand wie ein Junge seine kleine Schwester und zog mich hinaus auf den schwach erleuchteten Gang. Dann schloss er die Zimmertür und verriegelte sie, damit meine Flucht nicht durch einen dummen Zufall aufflog. Ungestört gingen wir den langen Gang entlang zu einer breiten Treppe und stiegen diese hinab.
Ich erlebte das alles wie in Trance. Eben hatte ich noch fest geschlafen, war ich eine Gefangene auf unbestimmte Zeit gewesen, und jetzt winkte mir die baldige Freiheit. Dass Mozart seine Freimaurerbrüder Mesmer und Soliman als Verräter enttarnt hatte, verstärkte meine Verwirrung noch. Ich war von Mesmer schon bitter enttäuscht gewesen, als er sich als Mitglied dieser Freimaurerbruderschaft entpuppte. Aber dass er einer der Verantwortlichen für die Morde an Josefine und Marlies war, hätte ich nicht geglaubt, wäre die Auskunft nicht von Mozart gekommen. Ich vertraute ihm und spürte auch jetzt wieder die eigenartige Verbundenheit mit ihm, die ich seit unserer ersten Begegnung fühlte, ohne sie mir auch nur ansatzweise erklären zu können.
Wir erreichten die versteckte Pforte, durch die er das Schloss betreten hatte. Als er sie aufzog, peitschte uns augenblicklich Regen entgegen. Ich zog den Hut tief in die

Stirn und hielt ihn mit einer Hand fest, während ich die andere Hand schützend vor mein Gesicht hielt.

»Bleiben Sie dicht hinter mir, damit wir uns nicht verlieren!«

Mozart musste fast rufen, damit ich ihn bei dem Unwetter verstand. Ich befolgte seinen Rat, was noch einen zweiten Vorteil hatte: In seinem Schatten war ich ein wenig vor Regen und Wind geschützt. Wir stemmten uns gegen den Sturm und erreichten freies Gelände, hielten uns links der langen Kastanienallee.

»In der Baumgruppe vor uns wartet die Kutsche!«, rief Mozart.

Uns trennten nur ein paar hundert Meter von dem Wäldchen, aber der Weg war anstrengender als ein Marathonlauf. Ich war ziemlich erschöpft, als wir die ersten Bäume erreichten, und auch Mozart atmete schwer. Ich lehnte mich gegen den knorrigen Stamm einer alten Buche und versuchte, wieder zu Atem zu kommen. Hier zwischen den Bäumen war es so dunkel, dass ich Mozart nur schemenhaft sehen konnte. Erst als er dicht vor mich trat, bemerkte ich seine besorgte Miene.

»Sie ist weg«, brachte er mit heiserer, enttäuschter Stimme hervor.

»Was meinen Sie?«

»Die Kutsche ist nicht mehr da.«

»Aber ... Sie sagten doch, Sie hätten die Taschen des Kutschers prall gefüllt.«

»Das war augenscheinlich ein Fehler«, sagte er mit hängendem Kopf. »Ich hätte mit der vollständigen Bezahlung warten sollen, bis wir in der Kutsche sitzen.«

»Es wäre auch zu schön gewesen«, stöhnte ich. »Wie sieht Ihr Alternativplan aus?«

»Es gibt keinen. Wir sitzen hier fest!«

»Ins Schloss können wir nicht zurück«, überlegte ich laut. »Aber hier können wir auch nicht bleiben. Wer weiß, wie lange das Unwetter noch andauert. Die Bäume bieten uns nur einen höchst unzureichenden Schutz. Außerdem weiß jedes Kind, dass man sich bei einem Gewitter nicht unter hohen Bäumen verstecken soll. Wir brauchen einen anderen Unterschlupf, einen, wo wir abwarten können, bis das Wetter sich bessert.«

»Die Grotten!«, rief Mozart aus.

»Welche Grotten?«

»In den Hügeln über dem Schloss gibt es ein verzweigtes Höhlensystem.«

»Woher wissen Sie das schon wieder?«

»Unsere Bruderschaft hält dort geheime Treffen ab. Es wird kein leichter Weg bei diesem Wetter, aber einmal dort, sind wir in Sicherheit, zumindest vor dem Sturm.«

Zumindest vor dem Sturm – wie berechtigt Mozarts Einschränkung war, sollte sich zeigen, als wir ungefähr drei Viertel des Weges hinter uns hatten und unter einer vorspringenden Felsplatte eine Verschnaufpause einlegten. Unter uns tanzten seltsame Lichter im Tal, die sich langsam in unsere Richtung zu bewegen schienen.

»Irrlichter?«, wunderte ich mich.

»Nein«, erwiderte Mozart und sah mich betroffen an. »Fackeln! Ihre Flucht wurde anscheinend entdeckt.«

»Aber wie …«

»Keine Ahnung«, unterbrach mich Mozart. »Vielleicht

hat der Kutscher uns verraten, um seine Taschen noch mehr zu füllen. Jedenfalls scheinen Soliman und Mesmer jeden Dienstboten im Schloss aufgescheucht zu haben, um uns zu suchen. Und sie sind auf der richtigen Spur!«

»Unglaublich, dass sie bei diesem Wetter überhaupt etwas erkennen können.«

»Mag sein, wir haben in dem aufgeweichten Boden tiefe Eindrücke hinterlassen. Vielleicht haben Soliman und Mesmer auch nur nachgedacht. Wir haben keine große Wahl mit unserem Versteck. Sehen wir zu, dass wir endlich hinkommen.«

»Jetzt noch, wo unsere Verfolger unseren Plan kennen?«

»Einen Plan zu kennen, heißt nicht, ihn auch vereiteln zu können. Ich kenne mich in den Grotten sehr gut aus. Schon als Kind war ich oft hier. Meine Eltern wurden in Aigen getraut und unternahmen später gern Ausflüge hierher. Bei diesen Gelegenheiten habe ich das Höhlensystem erkundet. Vielleicht rettet uns das jetzt das Leben.«

Wir liefen weiter, und der Grund zu unseren Füßen wurde immer felsiger. Der Regen hatte das Gestein rutschig werden lassen, so dass wir mehrmals ins Stolpern gerieten.

Ich fühlte mich am Ende meiner Kräfte. Der Umhang hielt den Regen längst nicht mehr ab, und der Sturm hatte meinen Hut davongeweht. Mein Haar war nass und klebte mir am Kopf. Meine Beine schmerzten, in meiner Lunge stachen tausend Nadeln.

Mozart konnte es kaum besser gehen, aber er stapfte unbeirrbar den Hügel hinauf und zog mich mit sich, wenn ich vor Erschöpfung zu Boden sinken wollte. Obwohl ich mich körperlich so elend fühlte wie noch nie zuvor, empfand ich Bewunderung für Mozarts Tapferkeit, verbunden mit einer tiefen Zuneigung. Er nahm das alles auf sich, brachte sein Leben in Gefahr, nur um mich zu retten.

»Hier rein«, sagte er unerwartet und zeigte auf einen schmalen Felsspalt, der mir gar nicht aufgefallen war.

Wir zwängten uns hindurch und fanden uns in vollkommener Finsternis wieder.

»Ich hoffe, Sie kennen sich hier wirklich gut aus«, sagte ich. »Ich kann nämlich nichts sehen.«

Wieder umfasste er meine Hand, und sofort fühlte ich mich etwas zuversichtlicher. Hand in Hand schritten wir durch die Dunkelheit. Hin und wieder blieb Mozart stehen und betastete die Wände, bevor er sich entschied, welche Richtung wir einschlagen sollten.

»Kennen Soliman und Mesmer diesen Weg?«, fragte ich irgendwann, weil ich kaum glauben konnte, dass wir unsere Verfolger wirklich abgeschüttelt hatten.

»Ich hoffe, nicht«, erwiderte Mozart nur.

Die Luft wurde feuchter, je tiefer wir in das finstere Labyrinth eindrangen. Immer wieder hörte ich das gluckernde Geräusch von Wasser, und schließlich fragte ich Mozart danach.

»Es ist ein unterirdischer See, in dem sich Regenwasser sammelt«, erklärte er. »Sie können doch schwimmen, Luise?«

»Weshalb wollen Sie das wissen?«

»Weil wir durch den See müssen, dann sind wir in Sicherheit.«

Es ging ein Stück abwärts, und dann spürte ich auch schon das Wasser an meinen Füßen lecken. Das war nicht besonders schlimm. Es gab ohnehin kein Fleckchen Haut an mir, das noch nicht nass war. Sorge bereitete mir aber die Vorstellung, in vollständiger Dunkelheit einen unterirdischen, mir unbekannten See zu durchschwimmen, besonders, als Mozart einen Fluch ausstieß.

»Was ist los?«, fragte ich.

»Wenn das Wasser jetzt schon an unsere Füße reicht, kann das nur eins bedeuten: Die schweren Unwetter der letzten Tage haben den See anschwellen lassen. Das heißt, wir müssen eine größere Strecke schwimmen, als ich dachte. Halten Sie sich immer dicht bei mir, damit Sie nicht die Orientierung verlieren!«

»Müssen wir überhaupt durch den See? Warum warten wir nicht einfach in diesem Teil der Höhlen ab, bis das Unwetter vorüber ist?«

»Wenn Mesmer und Soliman uns nicht finden, werden sie bald darauf kommen, dass wir uns in den Grotten verstecken. Je weiter wir uns von der Stelle entfernen, an der wir die Unterwelt betreten haben, desto besser.« Er fasste mich bei den Händen. »Werden Sie es schaffen, Luise?«

Wieder spürte ich die unglaubliche Zuversicht, die mich in Mozarts Gegenwart stets erfüllte. Fast hätte ich so etwas gesagt wie: »Wenn Sie bei mir sind, schaffe ich alles.« Im letzten Augenblick biss ich mir jedoch auf die Zunge und sagte knapp: »Versuchen wir's.«

Um besser schwimmen zu können, zogen wir uns bis auf die Leibwäsche aus, was hier in der Finsternis ohne Bedeutung war. Vorsichtig wateten wir tiefer ins Wasser hinein. Obwohl ich damit gerechnet hatte, dass der See kalt war, musste ich gegen den Drang ankämpfen, das eisige Gewässer auf der Stelle wieder zu verlassen. Die Erklärung für die ungewöhnliche Kälte war einfach: Nach hier unten drang niemals auch nur ein einziger wärmender Sonnenstrahl.

Wir verloren den Boden unter den Füßen und begannen zu schwimmen. Ich hielt mich so dicht bei Mozart, dass er mich versehentlich trat. Aber lieber das, als ihn und damit die Orientierung zu verlieren. Ich versuchte, nicht an die Kälte und nicht an meine stechende Lunge zu denken. Weiter, immer nur weiter!

»Hier ist Grund unter meinen Füßen«, hörte ich nach langen Minuten Mozarts Stimme. »Gleich haben wir es geschafft.«

Jetzt spürte auch ich Boden unter meinen Füßen, bald reichte mir das Wasser nur noch bis zur Brust, bis zu den Hüften, und endlich stand ich ganz im Trockenen.

»Und jetzt?«, fragte ich.

»Wir müssen durch einen engen, mehrfach gewundenen Felsgang, der in eine größere Höhle führt – und in eine trockenere.«

»Ich habe das Gefühl, ich werde in meinem ganzen Leben nicht mehr trocken«, murrte ich, folgte Mozart jedoch durch den Gang, der sich tatsächlich als überaus eng erwies. Mehrmals schrammte ich mir die Haut am Felsgestein auf.

Aber schlimmer war der große Stein, der irgendwann unseren Weg versperrte.

»War jetzt alles umsonst?«, keuchte ich.

»Nein, keine Sorge. Der Stein schützt die große Höhle vor

Feuchtigkeit. Er lässt sich leicht zur Seite bewegen. Man muss sich nur ein wenig dagegenstemmen. So!«
Ich hörte sein angestrengtes Keuchen, das sich mit dem schweren Schaben des zur Seite rutschenden Steins vermischte. Und während ich mich noch wunderte, weshalb die vor uns liegende Höhle vor Feuchtigkeit geschützt werden sollte, blendete helles Licht meine Augen.

Kapitel 24

Lange Zeit stand ich starr neben Mozart und wusste nicht, worüber ich mich mehr wundern sollte: über die Höhle oder über die Menschen, die uns hier erwarteten.

Die Höhle war groß und schien mit mehreren anderen Höhlen oder Felsgängen verbunden zu sein. Trotz ihrer Größe wurde sie durch zahlreiche Lampen und Kerzen gut ausgeleuchtet. Zwischen den Wänden aus unbehauenem Fels stand das Mobiliar eines vornehm eingerichteten Salons: Tische, Stühle, Sessel. Teppiche bedeckten große Teile des Bodens, und in der Mitte des Raums sah ich ein Instrument, wie ich es zum ersten Mal in Mesmers Haus erblickt hatte: eine Glasharmonika.

Ungefähr fünfzehn bis zwanzig Männer bevölkerten die Höhle.

Sie trugen alle ähnliche Anzüge, dunkel und schlicht. Die Kleidung erschien mir wie das männliche Gegenstück zu den einfachen Kleidern, die bei den Schwesterntreffen in Elisabeths Haus getragen wurden. Die Männer sahen uns erwartungsvoll an, und ich entdeckte mehrere bekannte

Gesichter: Schikaneder, van Swieten, Mesmer und Soliman.
»Mesmer und Soliman haben uns hier erwartet!«, sagte ich aufgeregt zu Mozart.
Der aber wirkte nicht im Mindesten überrascht, und da begriff ich!
»Sie haben das alles gewusst, nicht wahr? Geben Sie es zu, Mozart. Sie haben mich nicht befreit, sondern mitten in die Höhle des Löwen geführt.«
»Die Bezeichnung ›Höhle des Löwen‹ klingt ein wenig zu dramatisch«, meinte Mozart und nieste heftig. »Ich schlage vor, wir ziehen uns trockene Kleider an, bevor ich Ihnen Rede und Antwort stehe.«
Ohne auf mich zu warten, ging er auf die Gruppe der dunkel gekleideten Männer zu. Zögernd folgte ich ihm, wurde aber von Mesmer abgefangen.
»Kommen Sie mit mir, Luise. Ich bringe Sie in einen Raum, wo Sie sich ungestört abtrocknen und umziehen können. Trockene Kleidung liegt dort für Sie bereit. Und keine Sorge, weder Bruder Soliman noch ich wollen Ihnen etwas Böses. Niemand hier will das.«
Ich blickte Mozart fragend an, und er nickte mir aufmunternd zu. Also folgte ich Mesmer trotz meiner Verwirrung. Er führte mich in eine kleine Felskammer, die wie ein Ankleidezimmer eingerichtet war, komplett mit Stuhl, Tisch und einem großen Wandspiegel. Auf einer Kommode lag ein Kleiderstapel, bestehend aus Unterwäsche und einem der dunklen Anzüge, die hier Mode oder Vorschrift waren. Sogar ein Paar Herrenschuhe stand vor der Kommode. Neben dem Kleiderstapel lagen zwei sorgfältig

zusammengefaltete Wolltücher. Sobald Mesmer den Raum verlassen hatte, zog ich mich aus und rieb mich gründlich trocken.

Den Gedanken, mein Alleinsein zur Flucht zu nutzen, verfolgte ich keine fünf Sekunden. Höchstwahrscheinlich hatte man Wachen aufgestellt, und ich kannte mich in diesem Labyrinth nicht aus. Wo sollte ich draußen auch hin, bei dem Unwetter? Hier, unter der Erde, war ich wenigstens vor Sturm und Regen geschützt. Und schließlich hatte ich all die Strapazen dieser Nacht nicht auf mich genommen, um mich einfach davonzustehlen. Ich wollte endlich die Wahrheit wissen und war fest entschlossen, mich diesmal nicht mit Andeutungen abspeisen zu lassen.

Mesmer kam und brachte mich in die große Höhle zurück. Der Durchgang, durch den ich mit Mozart gekommen war, wurde wieder durch den großen Stein verschlossen.

Jetzt hatte ich Gelegenheit, mir die Örtlichkeit eingehend anzusehen, und sie kam mir seltsam vertraut vor. Die Kerzen standen auf den Nachbildungen antiker Säulen, die wiederum mit etlichen altägyptisch wirkenden Symbolen verziert waren. Auch das übrige Mobiliar wies Verzierungen auf, die mich an den Palais Pegasos erinnerten. Aber nicht diese Erinnerung war für das vertraute Gefühl verantwortlich.

Als ich Angelo Soliman an einem altarähnlichen Tisch stehen sah, wusste ich es: Diese Grotte erinnerte mich an einen Tempel, nicht an irgendeinen Tempel, sondern an den Tempel Sarastros. So sahen die Entwürfe für die Kulissen aus, an denen derzeit in Schikaneders Theaterwerk-

statt gearbeitet wurde. Dass er sich hier die Anregung geholt hatte, war mehr als offensichtlich.
Mozart, der bei meinem Eintreten bereits bei den anderen stand, setzte sich an die Glasharmonika, wechselte einen Blick mit Soliman und begann zu spielen. Ein getragener Rhythmus erfüllte die Höhle, und Soliman sang mit klarer Stimme. Was er sang, konnte ich nicht verstehen, denn es waren Worte einer mir unbekannten Sprache. Alle hier versammelten Männer, seine *Brüder*, fielen in den Gesang ein, und das wiederholte sich bei jeder Strophe.
Auch wenn ich kein Wort verstand, dem feierlichen Grundton der Musik konnte ich mich nicht entziehen. Etwas Erhabenes haftete ihr an, zugleich etwas Warmes und Beruhigendes. Falls ich nach Mesmers Versicherung, niemand hier wolle mir etwas Böses, noch Zweifel an seiner Aufrichtigkeit gehabt haben sollte, jetzt waren sie verflogen.
Als die Musik verklungen war, geleitete Mesmer mich zu Angelo Soliman. Der trug eine glitzernde Kette um den Hals, deren funkelnde Edelsteine ein Vermögen wert sein mussten. Bei näherem Hinsehen fiel mir auf, dass es sich nicht um eine Kette mit beweglichen Gliedern handelte, sondern eher um eine Art silbernen Ring, der genau zur Hälfte mit Steinen besetzt war, die bei jeder Veränderung des Lichteinfalls in einer anderen Farbe erstrahlten.
»Willkommen in unserem Bund, Schwester«, sagte Soliman und streckte mir beide Hände entgegen. »Ich bin froh, dass du die schwere Prüfung bestanden hast.«
Die vertrauliche Anrede hätte mich erstaunen sollen, aber ich war mit anderen Dingen beschäftigt und sagte scharf:

»Eine Prüfung war das? Die Flucht durch das Unwetter, auf der uns ein Blitz hätte treffen können! Der Marsch durch die unterirdische Dunkelheit, bei der wir uns sämtliche Knochen hätten brechen können! Und dann das lebensgefährliche Durchschwimmen des dunklen Sees! All die Mühen wegen einer Prüfung?«

»Welchen Sinn hat eine Prüfung, wenn sie ohne Mühen zu bestehen ist?«, erwiderte Soliman.

»Welchen Sinn hat eine Prüfung, wenn der Prüfling dabei sein Leben lässt?«, konterte ich. »Wenn man mich schon einer solchen Prüfung aussetzt, hätte man mich vorher fragen sollen.«

»Es gehört zu dieser Prüfung, nicht von ihr zu wissen«, sagte Soliman ruhig.

Ich konnte das alles noch nicht fassen und fragte: »Wenn die ganze Flucht vorgetäuscht war, wer waren die Verfolger, die Mozart und ich gesehen haben?«

Mozart trat zu uns und gab die Antwort: »Bedienstete aus dem Schloss, die nicht sehr erfreut über den Auftrag waren, bei diesem Wetter mit Fackeln durch die Nacht zu geistern. Aber es hat der Sache einen sehr realistischen Anstrich verliehen, nicht wahr?«

Dass er sich darüber auch noch freute, wie er und seine Brüder mich an der Nase herumgeführt hatten, brachte das Fass zum Überlaufen. Mein Zorn darüber, einer obskuren Prüfung wegen belogen und mehrfacher Lebensgefahr ausgesetzt worden zu sein, ließ mich etwas tun, dessen ich mir selbst erst bewusst wurde, als es bereits geschehen war. Als das schallende Geräusch in dem unterirdischen Gewölbe als Echo widerhallte und Mozart sich

an die linke Wange griff, wurde mir klar, dass ich soeben den großen Komponisten geohrfeigt hatte.
Er sah erstaunt drein und rieb sich die gerötete Wange. »Muss ich jetzt auch noch die andere Wange hinhalten?«, fragte er mit einem spöttischen Lächeln. »Sie haben einen kräftigen Schlag, Luise.«
»Das ... ist einfach geschehen«, stammelte ich. »Die Hand ist mir ausgerutscht.«
»Vermutlich hätte ich an Ihrer Stelle ähnlich reagiert«, meinte Mozart. »Als ich vor vielen Jahren die Prüfung abgelegt habe, hätte ich hinterher am liebsten meinen Paten zurück in den Grottensee geschleift und dort ersäuft.«
»Das hast du mir nie gesagt«, entfuhr es dem leicht erschrockenen Mesmer. »Da habe ich ja Glück gehabt, dass du deine Gefühle beherrschen konntest.«
»Im Gegensatz zu mir«, sagte ich. »Bin ich jetzt durchgefallen?«
»Wohl kaum«, erwiderte Mozart. »Ich kann dein Verhalten gut nachvollziehen, Schwester Luise. Für eine Frau müssen die Anstrengungen besonders groß gewesen sein.«
»Du hast dir auch viel Mühe gegeben, mich zu überzeugen, *Bruder Mozart*. Bis hin zu deiner falschen Wunde.«
»Du meinst das?«, fragte er und wies mit dem Zeigefinger auf seine Stirn. »Das ist echt. Was ich dir über den Anschlag während meiner Rückreise nach Wien erzählt habe, hat sich genauso zugetragen.«
»Hat auch der graue Bote damals versucht, dich umzubringen? War das der Grund, weshalb du nach seinem Besuch so erschüttert warst?«
»Er hat keinen Anschlag auf mich verübt, aber er hat mich

und meine Familie mit dem Tod bedroht. Das war nichts, womit ich nicht gerechnet hätte. Nicht ohne Grund habe ich Konstanze und die Kinder in letzter Zeit so oft zur Kur beziehungsweise auf Schulen geschickt. Der Kampf spitzt sich zu, findet nicht mehr länger nur im Verborgenen statt, und wer in den Krieg zieht, muss mit der tödlichen Kugel rechnen. Was mich so erschreckte, war der Umstand, dass der Feind sich sicher genug fühlte, um offen in meine Wohnung zu kommen. An dem Abend wurde mir bewusst, wie mächtig die andere Seite ist – und wie gefährlich. Dass wir dich aus Wien weggebracht haben, Luise, geschah wahrhaftig nicht zuletzt zu deinem Schutz.«

»Mit was hat der graue Bote genau gedroht?«, forschte ich weiter.

»Die Drohung war unbestimmt, aber die Forderung umso präziser. Ich sollte die Seiten wechseln und meine Begabung in den Dienst des Bösen stellen.«

In den Dienst des Bösen? Diese Formulierung ließ mich stutzen, erinnerte sie mich doch an die Geschichte von den gefallenen Engeln, die Soliman mir erzählt hatte. Noch immer war ich mir nicht sicher, was davon zu halten war. Gegenüber Soliman hatte ich mich sehr abfällig geäußert, aber je länger ich darüber nachdachte, desto mehr gewöhnte ich mich an den Gedanken, dass etwas Wahres an der Sache dran war. Vorrangig war für mich wichtig, dass Soliman, Mozart und ihre Brüder daran glaubten. Das bestimmte ihr Denken und Handeln. Und wenn ich der Wahrheit auf den Grund gehen wollte, musste auch ich an die gefallenen Engel glauben – oder zumindest so tun.

Also tat ich, als akzeptierte ich Mozarts Erklärung, und

fragte: »Und du hast dich geweigert, die Seiten zu wechseln?«
»Ja.«
»Hast du den Grauen erkannt?«
»Nein, leider nicht.«
Mozart wollte noch etwas hinzufügen, schwieg aber, als Soliman einen Schritt auf uns zutrat. Die Autorität des Afrikaners schien außer Frage zu stehen. Was ich schon vorher im Verhältnis zwischen ihm und Mesmer gespürt hatte, bestätigte sich an diesem merkwürdigen Ort. Angelo Soliman war offenbar so etwas wie der Kopf dieser Bruderschaft, das Gegenstück zu Elisabeths Rolle im Schwesternzirkel. Und wohl ihr direkter Gegenspieler.
»Vieles ist noch zu erörtern«, sagte er in seiner ruhigen Art. »Und verständlicherweise wirst du, Schwester Luise, noch einige Antworten von uns haben wollen. Vorher aber muss ich dich fragen, ob du gewillt bist, die Gebote unserer Bruderschaft zu achten.«
»Gelten denn die Gebote einer *Bruder*schaft auch für eine Schwester?«, fragte ich zurück.
Ich hatte einen amüsierten Tonfall angeschlagen, Soliman aber nickte ernst. »Wenn du zu uns gehörst, obliegt dir die Pflicht, über alles strenges Schweigen zu bewahren und dich bedingungslos für unsere Sache einzusetzen, mag es von dir auch die größten persönlichen Opfer erfordern.«
»Und wenn ich das ablehne? Wird man mich dann mit durchschnittener Kehle auffinden?«
»Wir unterscheiden uns von der Gräfin und ihren Verbündeten nicht nur in unseren Zielen, sondern auch in unseren Methoden. Dir würde kein Haar gekrümmt werden,

doch wir müssten dich für eine gewisse Zeit in Gewahrsam nehmen. Ich weiß, dass wir dich vor keine leichte Entscheidung stellen. Aber niemand kann sie dir abnehmen.«

»Ich soll mich entscheiden, ohne die Hintergründe zu kennen?«

»Du weißt genug. Und wenn du mehr weißt, ohne zu uns zu gehören, könnte das gefährlich sein.«

»Für euch oder für mich?«

»Für beide.«

Soliman, Mozart, Mesmer, Schikaneder, van Swieten und die anderen, sie alle blickten mich erwartungsvoll an. In ihren Gesichtern las ich mehr als bloße Neugier. Hoffnung stand dort geschrieben, aber auch Furcht. Ich wusste, dass ich wichtig für sie und ihre Sache war. Sie brauchten mich, sonst hätten sie nicht so viel Aufhebens um mich gemacht. Aber ich glaubte nicht, dass ich meine Bedeutung, worin auch immer sie begründet sein mochte, dazu benutzen konnte, mehr Informationen zu bekommen, bevor ich meine Entscheidung traf. Ich kannte Soliman inzwischen gut genug, um seinen hohen Grad an Willensstärke richtig einzuschätzen.

Widerstreitende Gedanken und Gefühle erschwerten mir die Entscheidung. Mich für die eine Sache zu entscheiden, bedeutete gleichzeitig, mich gegen etwas anderes auszusprechen – und gegen jemand anderen, nämlich Elisabeth. Was war, wenn Soliman, Mozart und ihre Brüder mich über Elisabeth täuschten oder wenn sie sich selbst über die ihnen offenbar verhasste Gräfin Mansfeld im Irrtum befanden? Wenn es so war und ich stellte mich auf die Seite

dieser Bruderschaft, würde ich Elisabeth verraten und ihr schweren Schaden zufügen.
Niemand sprach auch nur ein Wort, gespannte Stille erfüllte die Grotte.
Ich mochte mich täuschen, aber als mein Blick über jedes einzelne Gesicht wanderte, konnte ich in keinem einen Anflug von Falschheit erkennen. Tief in mir drinnen spürte ich, dass die Angehörigen der Bruderschaft aufrichtige Hoffnung und ebenso aufrichtige Furcht empfanden. Aber was sagte das aus? Vielleicht hatten sie sich im guten Glauben einer falschen Sache verschrieben. So wie die Mitglieder des Schwesternzirkels in gutem Glauben an Elisabeth zusammenkamen.
Für die Entscheidung, die ich nach langem Nachdenken fällte, war vielleicht meine Neugier ausschlaggebend. Ich wollte endlich, endlich wissen, in was für Machenschaften ich verstrickt war, seit ein mysteriöses Schicksal mich in die Vergangenheit verschlagen hatte.
Ich wandte mich an Soliman, sprach aber so laut, dass meine Worte durch die ganze Höhle klangen: »Ich bin bereit, eurem Bund beizutreten, und akzeptiere alle damit verbundenen Pflichten.«
Vielleicht täuschte ich mich, aber ich glaubte ein vielfaches Aufatmen zu vernehmen. Fast so, als sei ausgerechnet ich, für die alles ein einziges großes Rätsel war, der Strohhalm, an den diese Männer sich klammerten.
Soliman sah mich prüfend an. »Ist das deine feste und unwiderrufliche Entscheidung, Schwester?«
»Ja«, sagte ich laut. »Das ist es.«
Auch Soliman wirkte erleichtert. »Dann bist du jetzt eine

von uns, Schwester, und gehörst zu den Hütern des Sonnenkreises.«

»Wie, das war alles?«, fragte ich. »Ich habe gelesen, die Freimaurer verfügen über ein ausgefeiltes Aufnahmeritual. Etwas mit dunklen Kammern, in denen der Beitrittskandidat meditieren muss, um sich zu prüfen. Und was ist mit den Gefahren, denen man mit verbundenen Augen gegenübertritt?«

»Waren die einsamen Nächte auf Schloss Aigen nicht wie ein Aufenthalt in einer dunklen Kammer, und hattest du in diesen Nächten nicht Zeit genug zum Nachdenken?«, fragte Soliman zurück. »Was die Gefahren angeht, die es mit verbundenen Augen zu bestehen gilt: Denk an das, was du in dieser Nacht mit Bruder Mozart erlebt hast.«

Da hatte er allerdings Recht. Ich musste töricht sein, nach noch mehr Gefahren zu verlangen. Konnte es sein, dass die ganze Sache mir allmählich Spaß zu machen begann? In gewisser Weise war es ein großes Abenteuer, und ich fühlte mich wie in einem Roman von Alexandre Dumas. Aber das konnte nicht über die realen Gefahren hinwegtäuschen, die nicht nur mich bedrohten, wie Mozarts Stirnwunde verriet. Und waren im letzten von Dumas' Musketier-Romanen nicht auch drei der vier Recken gestorben? Ich hatte die Bücher vor vielen Jahren gelesen, doch wenn ich mich richtig erinnerte, überlebt nur Aramis.

Noch etwas anderes beschäftigte mich: Der Name der Bruderschaft, *Hüter des Sonnenkreises*, kam mir bekannt vor. Aber natürlich, ich kannte den Begriff des Sonnenkreises aus der »Zauberflöte«!

Als ich meine frisch gebackenen Brüder darauf ansprach, sagte Mozart: »Die ›Zauberflöte‹ ist nicht nur eine Oper. Sie ist eine Botschaft an kommende Generationen. Eine Botschaft für den Fall, dass wir diesen Kampf verlieren. Die Eingeweihten werden verstehen, wenn sie die Aufführung sehen. Und vielleicht werden sie auch das Richtige fühlen, wenn sie die Musik hören.«

»Sie meinen … du meinst, Bruder Mozart, von der Musik geht eine besondere Wirkung aus?«, hakte ich nach.

»Das will ich hoffen, sonst hätte ich versagt. Aber deine Ohnmacht, als du die Musik zum ersten Akt hörtest, ließ mich hoffen, auf dem richtigen Weg zu sein.«

»Nur ich bin ohnmächtig geworden, niemand sonst.«

»Weil du eine Sonnentochter bist, so wie deine Schwester eine war.«

»Josefine?«

Mozart nickte. »Deshalb interessierten wir uns für sie. Leider erregte sie auch das Interesse der anderen Seite.«

Ich betrachtete ihn ernst. »Du komponierst eine gefährliche Musik, Bruder Mozart. Eine Musik, die Menschen um ihr Bewusstsein und sogar um ihr Leben bringt.«

»Letzteres stimmt nicht. Andere Menschen haben Josefine getötet, meine Musik trifft keine Schuld. Was den Verlust des Bewusstseins angeht, so ist es nicht mein Ziel, sondern eine Begleiterscheinung. Der menschliche Verstand würde es sonst nicht aushalten, die Zeiten zu durchwandern.«

Das also war es, was mir so viel Kopfzerbrechen bereitet hatte. Es war tatsächlich die Musik, die mich in diese Zeit verschlagen hatte! Fraglos eine besondere Musik, die nur ein besonderer Mensch komponieren konnte: Mozart.

Kein Wunder, dass der graue Bote versucht hatte, ihn auf die andere Seite zu ziehen. Die Mosaiksteine fügten sich zusammen, allmählich ergab alles einen Sinn. Das Unglaubliche erschien auf einmal möglich, und in mir wuchs die Bereitschaft, sogar an gefallene Engel zu glauben. Insgeheim, ganz tief in mir drin, hatte ich so etwas wohl geahnt, und nur deshalb blieb ich äußerlich gelassen.

»Du wirkst nicht sehr überrascht«, stellte Angelo Soliman fest.

»Ich hörte Mozarts Musik, die Musik der ›Zauberflöte‹, als es mich in diese Zeit verschlug. Unterschwellig habe ich die Verbindung schon lange geahnt.«

»Aus welcher Zeit bist du gekommen?«

»Ich kam aus der Zukunft. Mein eigentliches Leben, mein Hier und jetzt, findet zweihundertundzehn Jahre später statt.«

»Zweihundertundzehn Jahre«, wiederholte Soliman und stieß einen Seufzer aus.

»Du wirkst mehr erleichtert als überrascht, Bruder«, sagte ich zu ihm.

»Erst ahnten, dann wussten wir, dass du aus einer anderen Zeit stammst. Und dass die Menschheit in mehr als zweihundert Jahren noch existiert, ist doch wohl ein Grund, Erleichterung zu empfinden.«

»Nicht unbedingt«, erwiderte ich. »In meiner Zeit ist die Menschheit nämlich in der Lage und kurz davor, diesen Zustand zu ändern.«

»Magst du uns jetzt von deiner Zeit erzählen, Schwester?«, bat Soliman.

Diesmal kam ich dem Wunsch nach. Ich setzte mich in

einen der bequemen Sessel, und alle anderen scharten sich eng um mich, lauschten gebannt meinem Bericht, den sie immer wieder durch Zwischenfragen unterbrachen. Ich konnte ihre Neugier gut verstehen. Auch mich hätte brennend interessiert, wie die Welt in zweihundert Jahren aussah, ob meine Heimat noch auf den Landkarten verzeichnet war, ob das, wofür ich in meinem Leben eintrat, in der Zukunft von Belang war.

Auf diese Weise vergingen Stunden, und allmählich machte sich eine allgemeine Müdigkeit breit. Auch ich merkte, wie ich gegen den Schlaf ankämpfen musste. Kein Wunder angesichts dessen, was in dieser Nacht schon alles hinter mir lag. Als Mesmer anregte, die Zusammenkunft aufzulösen, kam das meinem Verlangen nach Ruhe sehr entgegen. Andererseits war ich enttäuscht, schon wieder keine Antworten auf die Fragen erhalten zu haben, die mich bedrängten.

Soliman schien meine Gedanken gelesen zu haben und sagte: »Wir stehen dir morgen auf dem Schloss Rede und Antwort, Schwester. Wichtige Dinge sollte man besser bei wachem Verstand erörtern.«

Wir verließen das Höhlensystem, diesmal dank einiger mitgeführter Laternen mit ausreichend Licht und ohne einen ganzen See zu durchschwimmen. Als wir ins Freie traten, kündete ein blassrosa Schimmer am Horizont vom nahen Morgen. Ein paar Wolken zogen über den Himmel, aber die dichte Bewölkung der Nacht und der ganzen letzten Tage hatte sich aufgelöst, das Unwetter hatte sich verzogen.

Der Wald erstreckte sich bis in die Nähe des Höhlenausgangs. Die Vögel in den Bäumen begannen ihr Morgenkonzert, und die nächtliche Flucht aus dem Schloss erschien mir wie ein böser Traum. In diesem Augenblick war mein Herz leicht, und ich genoss dieses Gefühl trügerischer Unbeschwertheit. Wenigstens für ein paar Stunden wollte ich nicht daran denken, dass die tödlichen Gefahren noch längst nicht gebannt waren.

Kapitel 25

»Warum nennt ihr euch Hüter des Sonnenkreises?«, fragte ich am folgenden Abend in einem Salon des Schlosses. »Hängt das mit dem Sonnenkreis aus der ›Zauberflöte‹ zusammen?«

Mir gegenüber saßen Mozart, Soliman, Mesmer und van Swieten. Schikaneder war, wie man mir mitteilte, schon wieder nach Wien abgereist, um sicherzustellen, dass die Vorbereitungen für die näher rückende Premiere von Mozarts neuer Oper nicht ins Stocken gerieten. Wo die anderen Brüder waren, wusste ich nicht. Ich nahm an, einige waren eigens für die nächtliche Zusammenkunft angereist und schon wieder auf dem Heimweg. Andere mochten sich im Schloss aufhalten. Vorhin auf dem Gang hatte ich geglaubt, in einem Mann, der mit einem Dienstmädchen sprach, ein Mitglied der Bruderschaft zu erkennen. Ich vermutete, dass dieser Mann und weitere Angehörige der Bruderschaft für die Sicherheit im Schloss zu sorgen hatten.

Ich hatte bis in den Nachmittag hinein geschlafen und dann ein heißes Bad genommen, um den Anzeichen einer beginnenden Erkältung entgegenzuwirken. Angesichts der Tatsache, dass Mozart und ich in der vergangenen Nacht erst durch den heftigsten Regen meines Lebens gelaufen, dann durch die kühle Höhle gegangen und schließlich durch den noch kühleren See geschwommen waren, mussten wir beide mit einer mittleren bis schweren Lungenentzündung rechnen.

Tatsächlich sprach Mozart mit heiserer Stimme und wirkte etwas fiebrig, was in mir eine unheilvolle Ahnung aufsteigen ließ: Sollte die ominöse Krankheit, die seinem Leben in nur zweieinhalb Monaten ein frühes Ende setzen würde, auf die gestrige Nacht zurückgehen? Ich stand kurz davor, Mozart zu warnen, aber zwei Überlegungen hielten mich ab: Durfte – und konnte – ich den Lauf der Geschichte überhaupt ändern? Schwerer als diese Frage wog, dass es sich als verhängnisvoll erweisen konnte, einem Menschen das nahe Datum seines Todes zu nennen. Ich vermochte nicht zu sagen, wie ich reagiert hätte, wäre es um mich gegangen. Doch ich konnte mir vorstellen, dass es mich an den Rand der Verzweiflung oder des Wahnsinns getrieben hätte.

Jetzt saßen wir nach einem stärkenden Mahl beisammen, und ich wartete gespannt auf die Beantwortung meiner Frage nach dem Sonnenkreis.

In der »Zauberflöte« war dieser Kreis ein Symbol oder Werkzeug der Macht, einst im Besitz von Paminas verstorbenem Vater. Der hatte den Sonnenkreis seinem Freund Sarastro und nicht seiner Frau, der Königin der Nacht, vererbt. Darüber enttäuscht und erzürnt, versucht die Königin der Nacht alles, um Sarastro zu stürzen

oder zu töten und den Sonnenkreis in ihren Besitz zu bringen.
Soliman sagte: »Schwester Luise, erinnerst du dich an das, was ich dir über die Geschichte von Adam und Eva erzählt habe?«
Ich ahnte, worauf er hinauswollte. »Du spielst auf diesen Macht verleihenden Gegenstand an, den der Engel Eva an sich brachte und dessen Macht auch den Engel Adam verführte. Der Gegenstand, der die Macht der Schöpfung verleiht.«
»Ja«, sagte Soliman und öffnete eine schwarze Lederschatulle, die neben ihm auf dem Tisch gelegen hatte. Innen war sie mit Samt ausgeschlagen, und darin lag der ungewöhnliche Halsring, der mir in der Nacht an ihm aufgefallen war.
Wieder nahm mich der Zauber des eigenartigen Farbenspiels gefangen. Nur eine kleine Bewegung der Schatulle, ein leicht veränderter Lichteinfall, und völlig neue Farben, die jenseits des uns bekannten Spektrums zu liegen schienen, blendeten das Auge des Betrachters.
»Dies ist eine Hälfte des Sonnenkreises. Die Hälfte, die der reuige Engel Adam in seiner Jagd durch die Zeiten zurückgewinnen konnte. Schön anzusehen, prachtvoll, aber ohne die zweite Hälfte nicht in der Lage, die göttliche Macht zu verleihen. Zum Glück, denn weder Menschen noch Engel sind dazu geschaffen, von dieser Macht zu kosten, die selbst dann zum Bösen verführt, wenn man das Gute will. Die zweite Hälfte befindet sich noch immer in den Händen des abtrünnigen Engels.«
»Meinst du etwa Gräfin Mansfeld, Bruder Soliman?«,

fragte ich zweifelnd, denn ich hatte Elisabeth als eine Frau aus Fleisch und Blut in Erinnerung.
»Ich kann es nicht mit Bestimmtheit sagen, aber alles deutet darauf hin, dass Evas unsterbliche Seele jetzt im Körper von Gräfin Mansfeld lebt.«
»Unsterbliche Seele? Sprichst du von Wiedergeburt?«
»Eine Seele kann nicht wieder geboren werden, weil sie niemals stirbt. Der Körper stirbt, die Seele aber wandert weiter und sucht sich einen neuen Leib. Nur die wenigsten Menschen erinnern sich an die früheren Daseinsformen ihrer Seelen. Doch bei einigen ist es der Fall, und es heißt, in ihnen wohnen die Seelen von Engeln.«
Sein auf mich gehefteter Blick schien mir etwas sagen zu wollen, das in seinen Worten nur angeklungen war. Es gab Menschen, die sich an frühere Existenzen erinnerten – und sie vielleicht gar noch einmal erlebten?
»Trifft das auch auf mich zu?«, fragte ich zögerlich. »Befinde ich mich deshalb im Körper von Luise Heusler, weil es kein fremder Körper für mich ist?«
»Nur das erklärt dein Schicksal«, antwortete Soliman. »Und falls es dir unglaublich erscheint, dann frage dich, ob alles, was du in den letzten Wochen erlebt hast, nicht ebenso unglaublich ist.«
»Ich frage mich etwas ganz anderes«, sagte ich, von seiner Engelsgeschichte mehr und mehr fasziniert. »Wenn Elisabeth der Engel Eva ist, bist du dann der Engel Adam, Bruder Soliman?«
»Wie kommst du darauf, Schwester?«
»Du bist der Kopf unserer Bruderschaft, und du hast gestern diese Hälfte des Sonnenkreises getragen. Außerdem

überlege ich schon die ganze Zeit, was dein ungewöhnlicher Name bedeuten mag.«

»Und zu welchem Ergebnis bist du gelangt?«

»Dass Angelo Engel heißt, ist klar. Soliman könnte mehrere Bedeutungen haben, es könnte vom lateinischen *sol* für Sonne kommen oder von *solus*, was allein oder einsam bedeutet. Bist du der einsame Engel auf der Jagd durch die Zeiten, von dem du gesprochen hast? Der Streiter für die gute Sache, der Sonnenengel?«

»Ich bewundere deine Auffassungsgabe.«

»Du streitest es nicht ab?«

»Warum sollte ich?«

»In meiner Zeit würde jemand, der behauptet, niemand anderes als der gefallene Engel Adam zu sein, in die Klapsmühle gesteckt, und zwar mit Zwangsjacke.«

»Ich behaupte es ja nicht«, sagte er lächelnd. »Du hast es behauptet, Schwester.«

»Und du hast nicht widersprochen, Bruder.«

»Niemand hat mir erklärt, ich sei ein Engel, und ich selbst behaupte es auch nicht. Hör dir einfach meine Geschichte an, und urteile selbst.« Soliman lehnte sich in seinem Sessel zurück und schloss die Augen; er wirkte wie in Trance, als er mit leiser, eindringlicher Stimme zu erzählen begann: »Geboren wurde ich auf dem fernen Kontinent, den man hierzulande Afrika nennt. Mein Vater war das Oberhaupt unseres Volkes und zugleich der Hüter des heiligsten Schatzes, kostbarer Edelsteine, wie es sie nirgendwo anders gab. Unser Volk nannte sie ›Tränen der Sonne‹. Diese heiligen Edelsteine wurden auch von den Nachbarvölkern verehrt, und wenn wir den heiligen Steinen zu

Ehren das Sonnenfest feierten, kamen Abordnungen aus den fernsten Winkeln des Landes zu uns. An dieses Fest erinnere ich mich als an Tage voller Freude, Musik und Tanz. Nur das letzte Sonnenfest, das ich erlebte, war anders. Es brachte Tod und Vernichtung über unser Volk. Ein Nachbarvolk, das mit uns stets in Freundschaft gelebt hatte, erschien früher als alle anderen Abordnungen und in ungewöhnlich großer Zahl. Wir ahnten nichts Böses, denn es galt als heiliges Gesetz, dass niemand während des Sonnenfestes eine Waffe auch nur anrühren durfte. In der Nacht fielen unsere Gäste über uns her, ausgerüstet mit eingeschmuggelten Waffen, mit Pfeilen und Speeren, mit Äxten und Messern. Aber auch die Donnerstöcke des Weißen Mannes befanden sich in den Händen der Angreifer und ertönten in ungewöhnlich großer Zahl. Es war ein Unwetter der Zerstörung, in meiner Erinnerung schlimmer als das Donnern und Blitzen der vergangenen Nacht.«
Schwer atmend, legte er eine Pause ein. Obwohl das geschilderte Ereignis viele Jahrzehnte zurückliegen musste, schien die Erinnerung ihn zu überwältigen, fast so, als erlebte er das alles in diesem Augenblick erneut.
»Ich war noch ein Kind«, fuhr er fort, »und hilflos musste ich mit ansehen, wie die feindlichen Krieger unser Haus stürmten. Ihre Gesichter und Leiber waren mit rot glänzender Farbe bemalt, vielleicht auch mit dem Blut der Getöteten. Ihr Anblick war schrecklich, ich war wie gelähmt. Mein Vater und meine älteren Brüder warfen sich den Teufeln entgegen, mit bloßen Händen, denn nach altem Brauch unseres Volkes hatten sie ihre Waffen zum Beginn des Sonnenfestes weggeschlossen. Sie kämpften tapfer,

aber einer nach dem anderen starb unter den Händen der Schwerbewaffneten, die dann auch über meine Mutter und meine Schwestern herfielen. Noch immer starr vor Schreck, sah ich dem Treiben zu, als sich von hinten eine Gestalt näherte, mich ergriff und aus dem Haus zog. Es war der älteste Bruder meiner Mutter, fast schon ein Greis und nicht mehr zum Kämpfen bestimmt. Er hielt mich fest an der Hand und führte mich durch das Chaos der Sterbenden und Toten, der brennenden Hütten und der laute Kriegsrufe ausstoßenden Angreifer. Das letzte Bild von unserem Dorf, das sich in meine Erinnerung eingegraben hat, sind die hoch in den Nachthimmel aufschießenden Flammen der Vernichtung. Wir wanderten die ganze Nacht hindurch, versteckten uns tagsüber in einer tiefen Höhle und gingen in der folgenden Nacht weiter. Mein Oheim war taub für mein Betteln und Flehen, heimzukehren und nach Vater und Mutter, Brüdern und Schwestern zu sehen. Tief in meinem Innern wusste ich, dass keiner von ihnen mehr am Leben war, aber alles in mir wehrte sich dagegen, diese Vorstellung als Wahrheit zu akzeptieren.«

Schweißperlen bedeckten Solimans Stirn, und er wischte sie mit einem weißen Taschentuch ab. Ich konnte nur zu gut nachempfinden, was er als kleiner Junge nach jener Schreckensnacht gefühlt haben musste. Ähnlich hatte ich empfunden, als meine Eltern gestorben waren. Wenn einem Kind alles genommen wird, was es auf dieser Welt hat, gibt es wohl keine andere Möglichkeit, damit fertig zu werden, als es nicht zu glauben, so lange nicht, bis man sich langsam, Stück für Stück, an die Wahrheit gewöhnt hat.

»Mein Leben war gerettet«, sagte Soliman, und in seiner Stimme schwang keine Freude darüber mit. »Bald erfuhr ich von meinem Oheim, dass er mich dem fast sicheren Tod nicht nur um meiner selbst willen entrissen hatte. Bei sich trug er unser größtes Heiligtum, die Tränen der Sonne. Er erklärte mir, der Angriff sei seiner Meinung nach deswegen erfolgt. Unsere Nachbarn seien vom Bösen verführt worden, uns die Tränen der Sonne zu stehlen. Hinter dem Überfall vermutete er Weiße, denn nur so könnten die Angreifer an eine derart große Zahl von Donnerstöcken gelangt sein. Er sagte, wer die Tränen der Sonne suche, der müsse um ihr Geheimnis wissen und sei vermutlich im Besitz der anderen Hälfte. Damals hörte ich zum ersten Mal, dass unser Stammesheiligtum nur eine Hälfte der Edelsteine umfasste. Mein Oheim sagte, wer beide Hälften besitze, habe die Macht über diese Welt. Und er sagte mir, meine Aufgabe sei es, diese Steine zu hüten und, wenn möglich, auch die zweite Hälfte aufzuspüren, um die Tränen der Sonne vor Missbrauch zu bewahren.«

»Warum ausgerechnet *deine* Aufgabe, Bruder Soliman?«, fragte ich.

»Diese Frage stellte ich auch meinem Oheim. Er antwortete, seit vielen Generationen seien Angehörige meines Volkes, meiner Familie, die auserwählten Hüter des Heiligtums. Und er erzählte mir die Geschichte der beiden gefallenen Engel, die ich dir auch erzählt habe. Er sagte, ich sei ein Nachfahre des reuigen Engels, und deshalb sei es meine Aufgabe, die Welt vor dem Missbrauch der heiligen Steine zu bewahren.« Er lächelte dünn und ein wenig be-

müht. »Denk jetzt nicht, ich hätte mich als Engel bezeichnet. Das waren die Worte meine Oheims.«
»Und was sagte er noch?«
»Nicht viel. Was er mir erzählt hatte, war so ziemlich alles, was er wusste. Er brachte mich zu einer Siedlung der Weißen, die sich, wie ich später erfuhr, Portugiesen nannten. Dort gab er mich in die Obhut von Missionaren, die mir eine christliche Erziehung angedeihen ließen. Natürlich wollte ich das nicht, ich wollte bei meinem Oheim bleiben, der in die Wildnis zurückging. Aber irgendwann verstand ich, dass er richtig gehandelt hatte. Ich musste die Sitten und Sprachen, die Denkweise der Weißen kennen und verstehen lernen, um mich in ihrer Welt zu behaupten. Wie anders sollte es mir gelingen, die zweite Hälfte der Sonnentränen aufzuspüren? Hin und wieder kam mein Oheim zur Missionssiedlung, um nach mir zu sehen. Bei seinem letzten Besuch war er vom nahen Tod gezeichnet und gab diese Steine in meine Obhut.«
Soliman zeigte auf die funkelnden Edelsteine, bevor er einen Schluck Wein trank und den Kopf schwer atmend nach hinten legte, als hätte er alle Anstrengungen seiner Kindheit eben noch einmal durchlitten.
»Was ist mit der zweiten Hälfte des Sonnenkreises?«, drang ich voller Wissbegier in ihn. »Hast du die Steine gefunden?«
»Mehrmals glaubte ich, ihnen nahe zu sein, und dann stellte es sich doch wieder als Täuschung heraus. Oder aber die andere Seite hatte ihren Teil des Schatzes vorher weggebracht. Jahr um Jahr reiste ich um die Welt, sah viele ferne Länder – und ferne Zeiten.«

»Und wieso bist du jetzt in Wien, Bruder?«
»Weil es der Ort der Weissagung ist.«
»Du hast diese mysteriöse Weissagung schon einmal erwähnt. Was hat es damit auf sich?«
Solimans verklärter Blick kehrte ins Hier und Jetzt zurück, und er lächelte mich müde an. »Ich erspare dir die Einzelheiten, denn die Geschichte ist länger als dieser Abend. In einer anderen Zeit erfuhr ich, dass die beiden gefallenen Engel sich an diesem Ort und zu dieser Zeit treffen würden, um einander den Sonnenkreis abspenstig zu machen. Erfolgreich wird der Engel sein, dem es gelingt, die beiden Lichtfrauen oder Sonnentöchter auf seine Seite zu ziehen.«
»Du meinst Josefine und mich?«
»Ja, aber deine Schwester in dieser Zeit ist tot. Jetzt bist du die letzte Hoffnung. Denn du hast die Gabe.«
»Welche Gabe?«
»Das zu sehen, was in anderen Zeiten verborgen ist. Deine Seele kann fliegen wie das Licht der Sterne, unendlich weit. Mit deiner Hilfe kann es uns gelingen, die Pläne der anderen vorauszusehen.«
»Ihr braucht mich doch nicht, wenn du selbst über diese Gabe verfügst, Bruder Soliman! Und offenbar kannst du sie viel gezielter einsetzen als ich. Was mit mir geschieht, entzieht sich meiner Kontrolle.«
Soliman sah an sich hinab, als betrachtete er einen Fremden. »Meine Kraft, die Kraft dieses Körpers, ist erschöpft. Zu oft hat meine Seele ihn verlassen und ist in ihn zurückgekehrt. Ich spüre, dass ich ein weiteres Mal nicht verkraften würde. Meine Seele könnte nicht zurückkehren, weil

diese Hülle tot wäre. Und was immer ich wüsste, ich könnte es nicht mitteilen. Du aber, Schwester, bist jung und stark. Wenn es uns gelingt, deine Begabung zu lenken, kannst du den seit Jahrtausenden währenden Kampf entscheiden!«

Es war nicht gerade wenig, was da von mir erwartet wurde, und ich freute mich nicht über die mir zugedachte Rolle. Zweihundert Jahre in der Vergangenheit gestrandet zu sein und auf Schritt und Tritt von Entführern und Mördern verfolgt zu werden, war schon mehr als genug an schicksalhafter Verstrickung. Aber zusätzlich eine entscheidende Rolle im uralten Kampf zwischen Gut und Böse zu spielen, schien mir ein bisschen viel verlangt.

Hätte man mir das alles in meiner Zeit erzählt, bevor ich den Sprung ins Jahr 1791 machte, ich hätte laut über den Scherz gelacht. Dass ich jetzt so gefasst in dem Salon auf Schloss Aigen saß und Solimans mystische Geschichte für bare Münze nahm, lag nicht zuletzt an den ungewöhnlichen Dingen, die ich in den letzten Wochen erlebt hatte. Schritt für Schritt war ich tiefer in das Mysterium hineingeraten. Jetzt verstand ich gut, weshalb die Angehörigen der Bruderschaft mich nicht von vornherein eingeweiht und weshalb sie letzte Nacht die ungewöhnliche Prüfung veranstaltet hatten. Wer unvorbereitet mit solchen Eröffnungen konfrontiert wurde, war unmöglich in der Lage, sie als wahr zu akzeptieren.

Ich aber hatte mich inzwischen so an das Ungewöhnliche gewöhnt, dass ich Solimans Erklärungen nicht anzweifelte, sondern nur sagte: »Ein paar Fragen hätte ich noch, zum Beispiel zum Sonnenkreis: Worin besteht seine Macht?«

Baron van Swieten gab die Antwort: »Wenn die beiden Hälften des Sonnenkreises vereint sind, gewährt er seinem Besitzer die Macht über die vierte Dimension, die Zeit.«

»Was genau ist so gefährlich daran?«

»Wer die Zeit beherrscht, beherrscht das Schicksal der Welt«, sagte der Baron. »Er kann tun, wonach es ihm gelüstet, weil er zu jeder Zeit nach Belieben eingreifen und den Lauf der Geschichte ändern kann.«

»Aber doch wohl nur in dem Rahmen, in dem der betreffende Mensch damals gelebt hat oder in Zukunft leben wird. Oder habe ich das falsch verstanden? Auch ich konnte nur in diesen Körper springen, weil ich schon immer Luise Heusler war.«

Jetzt sprach wieder Soliman: »Selbst mit dieser Einschränkung ist die Macht des Sonnenkreises in den falschen Händen eine unbeschreibliche Gefahr. Außerdem wissen wir nicht, welche Macht die Edelsteine wirklich verleihen. Wir können es nur vermuten.«

»Und die Musik? Welche Rolle spielt sie dabei?«

Diesmal sprach Mesmer: »Die Musik wirkt direkt auf die Seele des Menschen ein. Du selbst hast es erlebt, Schwester, als ich auf der Glasharmonika spielte. Bruder Mozart ist vielleicht der einzige Mensch auf Erden, der begnadet genug ist, Musik so zu komponieren, dass sie die Seele vom Körper löst. Seine und Schikaneders ›Zauberflöte‹ ist in doppelter Weise ein Vermächtnis unserer Bruderschaft. Die Musik der Oper ist die Quintessenz dessen, was wir über die Wirkung der Musik auf den Menschen herausgefunden haben. Und die Handlung gibt in verschlüsselter Form die Geschichte des Sonnenkreises wieder.«

»Vermächtnis, das hört sich so nach Abschied an. Als wollte die Bruderschaft sich auflösen.«

»Nicht freiwillig«, sagte van Swieten. »Aber es besteht die Gefahr einer zwangsweisen Auflösung. In den letzten Jahren wurde es allen Geheimgesellschaften von der Obrigkeit schwer gemacht, und unter dem neuen Kaiser Leopold hat sich das Vorgehen gegen Freimaurer, Illuminaten und wie sie alle heißen, verschärft. Wir rechnen ständig mit gewaltsamen Maßnahmen gegen unsere Bruderschaft.«

»Das setzt voraus, dass unser Kreis doch nicht so geheim ist«, schlussfolgerte ich.

»Es gehört zu diesem Krieg im Dunkeln, dass jede Seite versucht, die andere auszuspionieren.«

»Aber gerade du, Bruder van Swieten, hast eine einflussreiche Position bei Hofe. Kannst du nicht beim Kaiser eine weniger scharfe Vorgehensweise durchsetzen?«

»Leider gibt es jemanden mit noch größerem Einfluss auf den Kaiser: Gräfin Mansfeld.«

»Elisabeth? Aber wie kann sie Einfluss auf den Kaiser nehmen?«

»Der Kaiser ist auch nur ein Mann, und der Gräfin als Frau stehen da besondere Mittel zur Verfügung. Natürliche Mittel, falls du verstehst.«

Ich verstand, war aber reichlich überrascht. Dass Elisabeth eine sehr ungewöhnliche Frau war, wusste ich schon lange, aber dass ausgerechnet sie, die bei den Schwesternzirkeln gegen jedwede Unterordnung eintrat, die Mätresse

des Kaisers sein sollte, wollte mir nicht so recht in den Kopf. Andererseits war sie eine Frau mit vielen Facetten, und ich konnte mir kaum anmaßen, sie nach wenigen Wochen ganz genau zu kennen. Falls stimmte, was Soliman und seine Mitbrüder über Elisabeth behaupteten – ich wollte es einfach nicht glauben –, hatte ich mich in ihr ohnehin grundlegend getäuscht.
»Man könnte Elisabeths Einfluss auf den Kaiser also nur beschneiden, indem man sie derart in Misskredit bringt, dass dem Kaiser nichts anderes übrig bleibt, als von ihr abzurücken«, überlegte ich laut, und meine Brüder stimmten mir zu. »Zum Beispiel, indem man sie als Mörderin und Frauenräuberin entlarvt.«
Van Swieten lächelte. »Da sage noch mal einer, Gott hätte die Frauen nicht mit Verstand gesegnet.«
»So viel Verstand besitze ich wohl doch nicht«, meinte ich. »Denn noch immer ist mir nicht klar, welche Rolle ich spielen soll.«
»Dein großer Auftritt ist schon in wenigen Tagen, genauer gesagt, am 30. September«, sagte Mozart.
»Findet an diesem Tag nicht die Uraufführung der ›Zauberflöte‹ statt?«
»Ganz recht«, sagte Mozart. »Und wir alle sind schon sehr gespannt!«

Kapitel 26

Ich hatte Mozart selten so nervös gesehen. Vielleicht mit Ausnahme jenes Abends, an dem der graue Bote bei ihm gewesen war. Immer wieder fuhr er sich mit den Händen durchs Haar, blickte er über die Brüstung der Loge in den Zuschauerraum des Freihaustheaters. Wir schrieben den 30. September 1791, und die »Zauberflöte« stand kurz vor ihrer Uraufführung.

»Worüber sorgst du dich mehr, Bruder Mozart«, fragte ich, »über den Publikumserfolg deiner neuen Oper oder über das Gelingen unseres Experiments?«

»Beides liegt mir am Herzen, Luise. Das eine ist zurzeit die größte Sorge des Komponisten Mozart, das andere die eines der Hüter des Sonnenkreises.«

Ich nickte, denn ich verstand gut, dass an diesem Abend zwei Herzen in seiner Brust schlugen. »Apropos, du hast mir nie erzählt, wie du Mitglied dieses Bundes geworden bist?«

Mozart wirkte etwas irritiert, als könne er nicht nachvollziehen, dass man sich an einem Abend wie diesem über etwas anderes als die »Zauberflöte« unterhielt. Dann lächelte er aber und antwortete: »Wie ich dir gesagt habe, wurden meine Eltern in Aigen getraut und waren häufig dort zu Gast. Durch meinen Vater kam ich in Kontakt mit einer geheimen Gesellschaft, den Hütern des Sonnenkreises.«

Wieder wandte er sich um, zog den schützenden Vorhang ein kleines Stück zurück und sah hinunter aufs Parkett. »Es füllt sich, die Leute strömen allmählich herein.«

»Wie sollte es auch anders sein?«, fragte Dr. Mesmer. »Schikaneder hat doch gesagt, dass die Vorstellung heute Abend ausverkauft ist.«

»Ja, hat er«, sagte Mozart, »aber ich dachte, er wollte mich bloß beruhigen.«

Schon wieder blickte er nach draußen. »Ja, wirklich, es kommen mehr und mehr!«

Ich legte eine Hand auf seine Rechte. »Du solltest dich jetzt besser vorbereiten. Die Aufführung beginnt in wenigen Minuten.«

»Ich lasse dich ungern allein«, sagte er. »Wir wissen nicht, wie die Musik diesmal auf dich wirkt.«

»Ich bin nicht allein«, erwiderte ich mit Blick auf die anderen Männer in der Loge: Soliman, Mesmer, van Swieten und drei weitere Angehörige der Bruderschaft. »In besserer Obhut könnte ich mich kaum befinden.«

In Mozarts Miene las ich, dass er vom glücklichen Ausgang des Experiments nicht überzeugt war – und dass er sich um mich sorgte. Letzteres schmeichelte mir, mehr noch, es erfüllte mich mit einem tiefen Glücksgefühl.

»Gebt auf unsere Schwester Acht«, ermahnte Mozart die anderen, bevor er die Loge verließ, um hinunterzugehen.

Zur Feier der Premiere wollte der Komponist selbst das Orchester vom Flügel aus dirigieren.
Ich würde das Ergebnis zwar hören, nicht aber sehen können. Unsere Loge war durch einen blauen Samtvorhang geschützt, denn sowohl meine mögliche Reaktion auf die Musik als auch meine bloße Anwesenheit sollten geheim bleiben aus Furcht vor unseren Feinden, vor Elisabeth. Ahnte sie, was es mit Mozarts neuer Oper auf sich hatte? Es konnte gut sein, denn der Besuch des grauen Boten bei Mozart bewies, dass die Gegenseite von seiner Zugehörigkeit zu den Hütern des Sonnenkreises wusste.
Immer wieder trat einer meiner so genannten Brüder an den Vorhang und spähte hinaus, konnte aber weder Elisabeth noch sonst etwas Verdächtiges entdecken.
»Das will nichts heißen«, sagte Baron van Swieten einmal. »Wenn die Gräfin nicht selbst im Publikum sitzt, dann hat sie mit Sicherheit ihre Spione ausgesandt.«
Angst vor Spionen war auch der Grund, aus dem meine Rückkehr nach Wien im Geheimen stattgefunden hatte. Dr. Mesmer war mit seiner auffälligen Equipage zwei Tage vorher abgereist und am helllichten Tag in Wien angekommen, um bei möglichen Spitzeln, die sein Anwesen beobachteten, jedweden Verdacht, ich könne mich in seiner Obhut befinden, zu zerstreuen.
Aber genau dort war ich die letzten Tage gewesen. Eine schlichte Kutsche hatte mich nach Wien gebracht, zu einem Haus, das einem engen Freund van Swietens gehörte. Gegen Mitternacht war ich eingetroffen und hatte dort bis zum nächsten Abend gewartet, um, als Mann verkleidet,

mit einem Fiaker zu Mesmer zu fahren. Nichts deutete darauf hin, dass Elisabeth unser Täuschungsmanöver durchschaut hatte.

Auch an diesem Abend trug ich Männerkleider, und ich hatte das Freihaustheater durch einen kaum benutzten Nebeneingang betreten. Jetzt saß ich in der abgeschirmten Loge und wartete auf die erste öffentliche Aufführung der »Zauberflöte«, in zweifacher Hinsicht gespannt. Natürlich war es von immenser Wichtigkeit – nicht nur für mich persönlich, sondern Soliman und seinen Brüdern zufolge für die ganze Menschheit –, wie das Experiment vonstatten ging, bei dem ich als Versuchskaninchen fungierte. Aber in diesen letzten Minuten, bevor der Vorhang sich öffnete, interessierte mich ebenso sehr, wie die Aufführung ablaufen und wie das Publikum darauf reagieren würde.

Zu oft hatte ich als Pamina auf der Bühne gestanden, um jetzt nicht von der fiebrigen Spannung ergriffen zu werden, die kurz vor einer Premiere jeden Beteiligten auf oder hinter der Bühne ergreift, vom Star bis zum Kulissenschieber.

Noch vor wenigen Wochen hatte ich geglaubt, die historisch rekonstruierte Aufführung der »Zauberflöte« im Pegasos-Theater sei das authentischste Mozart-Erlebnis, das man sich nur vorstellen konnte. Und jetzt nannte ich Mozart meinen »Bruder« und wartete darauf, die Uraufführung seiner großen Oper mitzuerleben, wenn auch leider hinter einem Vorhang.

Ich stand auf und wollte den Vorhang ein Stück zur Seite ziehen, aber Soliman hielt mich davon ab.

»Das würde ich an deiner Stelle nicht tun, Schwester. Welchen Sinn hat der Vorhang, wenn du ihn wegziehst?«
»Ich will ihn nicht ganz wegziehen, nur ein kleines Stück.«
»Warum?«
»Um zu sehen, was Mozart gleich erleben wird.«
»Gut«, sagte Soliman nach kurzem Überlegen. »Aber sei vorsichtig.«
Meine Finger berührten den glatten Samt und zogen ihn nur wenige Zentimeter zur Seite, gerade so weit, dass ich mit einem Auge hindurchblicken konnte. Obwohl die Bühne mit den für diese Zeit gigantischen Kulissen noch hinter dem großen Vorhang verborgen lag, war der Anblick überwältigend. Schikaneder hatte das ganze Theater festlich mit Wachskerzen ausleuchten lassen. Das wirkte nicht nur feierlich, sondern der flackernde Schein hunderter kleiner Flammen sorgte für eine mystische, dem Inhalt der Oper angemessene Atmosphäre. Das Haus war wirklich ausverkauft, zu diesem Zeitpunkt gab es keinen einzigen freien Platz mehr. In den Logen saß die feine Gesellschaft, und im Parkett hatte sich Schikaneders eigentliches Publikum versammelt, die Bürger Wiens und die Vorstadtmenschen. Als ich das volle Haus sah, freute ich mich für Mozart, nicht für den Logenbruder, sondern für den Komponisten.
Erleichtert ließ ich mich zurück auf den gepolsterten Stuhl fallen und hörte van Swieten fragen: »Hast du die Gräfin entdeckt, Schwester?«
»Ich habe gar nicht nach ihr Ausschau gehalten«, antwortete ich wahrheitsgemäß, lehnte mich zurück, wartete auf

den Beginn der Oper und versuchte, mich so gut wie möglich zu entspannen.
Mesmer rührte ein gelbliches Pulver in ein Glas Wasser und reichte es mir. »Trink das, Luise. Es hilft deinem Körper, den Anforderungen gewachsen zu sein, wenn dein Geist sich auf deine Aufgabe konzentriert.«
Meine Aufgabe!
Als Mesmer sie erwähnte, war es mit der Entspannung vorbei.
Ich griff nach dem Glas und trank die leicht bitter schmeckende Flüssigkeit, während ich an den von meinen Brüdern ausgeklügelten Plan dachte, den ich für mehr als gewagt hielt. Sich der besonderen Kraft von Mozarts Komposition hinzugeben und ihrer meine Sinne betäubenden Wirkung gleichzeitig zu widerstehen, erschien mir als ein fast unmöglicher Tanz auf dem Seil. Laut Soliman und Mesmer konnte es gelingen, wenn ich mich ganz auf die Königin der Nacht konzentrierte. Sie spielte in dem Stück die Rolle, die Elisabeth in der Realität zukam. Auf diese Weise sollte es mir gelingen, die zeitaufhebende Macht der Musik auszunutzen, um Elisabeths Pläne zu erkennen – und vielleicht sogar zu sehen, wo sie die zweite Hälfte des Sonnenkreises versteckt hatte.
Die Parallelen zwischen der Opernhandlung und der Wirklichkeit waren in der Tat erstaunlich. In Elisabeth die Königin der Nacht zu sehen, fiel nicht weiter schwer, sofern man die Sicht der Hüter des Sonnenkreises teilte und Elisabeth zur bösen Widersacherin stempelte. Mir selbst fiel passenderweise die Rolle der Pamina zu. Auch wenn Elisabeth nicht meine leibliche Mutter war, sie war

schnell zu meiner mütterlichen Freundin geworden. Und Mozart, war er Tamino? Zusammen hatten wir die Prüfung erlebt, die mich in die tempelartige Grotte bei Schloss Aigen geführt hatte. Fast so, wie Tamino und Pamina am Ende der »Zauberflöte« in Sarastros Tempel Hand in Hand zur Prüfung schreiten.

Nur über Solimans Rolle war ich mir im Unklaren. Als Kopf der Hüter des Sonnenkreises und als Nachfahre des gefallenen Engels, wie er selbst kaum leugnete, musste man ihn eigentlich als die reale Entsprechung des weisen Herrschers Sarastro ansehen. Was mich irritierte, war Solimans dunkle Hautfarbe. In der Oper gab es nur einen Mohren von Bedeutung, den in Sarastros Diensten stehenden Monostatos. Aber dessen Charakter war höchst zweifelhaft. Erst quält er die seiner Aufsicht überantwortete Pamina, will sie mit Gewalt nehmen und sogar erstechen, dann verbündet der von Sarastro wegen seiner Schandtaten verstoßene Mohr sich mit der Königin der Nacht gegen seinen ehemaligen Herrn.

Aber vielleicht war es falsch, hier allein auf die Hautfarbe zu achten. Mir fiel ein Mozart-Buch ein, das ich vor einigen Jahren gelesen hatte. Es war eine antiquarische Erstausgabe gewesen, ein Geburtstagsgeschenk von Marcus. In dem Anfang des 20. Jahrhunderts erschienenen Buch vertrat der englische Musikwissenschaftler Edward J. Dent die Ansicht, in einer ursprünglichen Fassung der Opernhandlung sei Monostatos und nicht Sarastro der Gegenspieler der Königin der Nacht gewesen. Aber mir wollte nicht mehr einfallen, wie Dent diese Theorie begründet hatte.

Ich konnte nicht weiter darüber nachdenken, ob es ein Fehler gewesen war, Angelo Soliman zu vertrauen. Die ersten Töne der von Mozart selten und nur für Bedeutungsvolles eingesetzten Posaunen und der Applaus des Publikums kündeten vom Beginn der Aufführung. Soliman, Mesmer, van Swieten und die drei anderen Brüder wirkten in höchstem Maße angespannt. Und mehr als einmal bemerkte ich, wie ihre Augen sorgenvoll auf mir ruhten.

Wie schon bei der Probe des ersten Aktes faszinierte mich die Musik, gespielt mit den Instrumenten, für die Mozart sie komponiert hatte, und dirigiert vom großen Meister selbst. Die Klänge entfalteten einen eigenartigen Zauber, der mich alles andere vergessen ließ, mich in sich hineinzog wie in eine andere Welt.

Mit Erschrecken spürte ich, dass ich schon wieder anfing, mich den Zauberklängen auszuliefern. Ich atmete tief durch und versuchte, nicht die Kontrolle über mich zu verlieren. Eine Hand ergriff meine Rechte und drückte sie. Ich blickte auf und sah in das Gesicht Mesmers, der mir aufmunternd zulächelte.

Meine Anspannung wuchs, als die Königin der Nacht ihren ersten Auftritt hatte, und ich versuchte, mich auf zwei Dinge gleichzeitig zu konzentrieren: auf den Gesang und auf Elisabeth. Aber es wollte mir nicht recht gelingen, Elisabeth mit der Operngestalt zu verbinden. Wenn ich an die Königin der Nacht dachte, sah ich nicht Elisabeth vor mir, sondern Mozarts schöne Schwägerin Josepha Hofer, die in dieser Rolle auf der Bühne stand und deren Arie gerade endete:

»Du wirst der Tochter Retter sein.
Und werd ich dich als Sieger sehen,
So sei sie dann auf ewig dein.«

Diese an Tamino gerichteten Worte stimmten mich nachdenklich. Sie stammten von einer um das Leben ihrer Tochter besorgten Mutter. Konnte darin so viel Falsch liegen? Oder war die Königin der Nacht – war Elisabeth – die Verleumdete, der man die Tochter – mich – als Waffe oder Geisel in dem gnadenlosen Kampf entrissen hatte? Warum denn stand die Königin als die Böse dar? Weil ihre Gegenspieler es behaupteten!

Bei Elisabeth war es ähnlich. Ich kannte nur eine Version der Geschichte, die Solimans. Vielleicht hatte Elisabeth etwas ebenso Einleuchtendes zu erzählen. Etwas, was sie ganz und gar rehabilitierte. Ich aber hatte ihr nicht die geringste Gelegenheit gegeben, sich mir zu erklären. Stattdessen saß ich hier, um meine Freundin auszuspionieren. War das die tiefere Erkenntnis, die mir Mozarts Musik vermittelte? Hatte ich mich der falschen Seite angeschlossen?

Der erste Akt ging vorüber, ohne dass ich jenes Phänomen der verschmelzenden Zeiten verspürte, und ich war froh darüber.

Als der zurückhaltende Applaus des Publikums ertönte, fragte Soliman: »Schwester Luise, hast du etwas gesehen, was uns weiterbringt?«

»Nein«, sagte ich und hoffte, dass man mir meine Erleichterung nicht anmerkte. »Vielleicht hat Bruder Mesmers Mittel meine Sinne zu sehr abgestumpft.«

»Kann das sein, Bruder Mesmer?«, erkundigte sich Soliman.
»Das kann ich mir nicht vorstellen«, erwiderte der Doktor.
»Aber möglich wäre es?«
»Möglich ist alles«, seufzte Mesmer. »Mit unserem Versuch betreten wir absolutes Neuland. Wer kann da schon Genaues sagen?«
Um mich abzulenken, lauschte ich den Geräuschen, die aus dem Theatersaal zur Loge drangen, und versuchte, dem vielfältigen Stimmengewirr die Meinung des Publikums über das eben Gesehene und Gehörte zu entnehmen. Aber es waren zu viele Stimmen, um einzelne herauszuhören. Es klang wie das Summen und Brummen in einem riesigen Bienenstock.
Natürlich hatte ich genügend über die »Zauberflöte« gelesen, um zu wissen, dass die Wiener trotz des eher verhaltenen Pausenbeifalls das Stück am Ende stürmisch feierten. Es wurde der größte Erfolg, den Schikaneder als Theaterdirektor zu verzeichnen hatte. In den kommenden Wochen würde es so gut wie unmöglich sein, kurzfristig eine Karte zu ergattern.
Obwohl ich das alles wusste, konnte ich mich der eigentümlichen Premierenspannung nicht entziehen. Vielleicht floss einfach zu viel Theaterblut in meinen Adern, vielleicht war ich auch schon zu tief in dieser Zeit verwurzelt. Oder es war meine Sympathie für Mozart, die mich die Daumen drücken ließ – auch dafür, dass er und ich nicht auf der falschen Seite standen.
Der zweite Akt begann, und wieder nahmen mich Musik

und Gesang schnell gefangen. Die »Zauberflöte« absorbierte mich, ich fühlte mit den Figuren, von denen ich nur die Stimmen hörte. Ich spürte förmlich, wie Tamino und Papageno im nächtlichen Vorhof von Sarastros Tempel von Furcht und Verwirrung befallen wurden. Ich fühlte sogar Monostatos' Begehren nach Pamina. Und ich spürte den heißen Zorn der Königin der Nacht darüber, dass Sarastro ihr die Tochter entrissen hatte. Paminas Verzweiflung, als Tamino nicht zu ihr sprechen durfte und sie sich nicht länger von ihm geliebt glaubte, war meine Verzweiflung. Dann, als Tamino und Pamina sich gemeinsam den schweren Prüfungen der Eingeweihten stellten, war die unerschütterliche Zuversicht der beiden wie meine eigene, und ihr Gesang schien tief in mir zu erklingen:

»Wir wandeln durch des Tones Macht,
Froh durch des Todes düstre Nacht!«

Ich sah diese Nacht, düster und schrecklich, zugleich von Sternen erhellt und verheißungsvoll, fühlte mich von ihr umschlungen. Ein Wirbel zog mich in sie hinein, und die Sterne tanzten im Takt der Musik. Nur ganz schwach keimte in mir der Gedanke auf, dass meine Seele sich vom Körper gelöst hatte. Das erschreckte mich nicht, erschien mir nicht einmal wichtig. Ich war glücklich über die Unbeschwertheit, die mich erfüllte, und wünschte mir, dieser Zustand möge ewig andauern.

Aber dann erspähte ich ein anfangs fernes, schnell näher kommendes Licht. Nein, der Eindruck war falsch, nicht das Licht bewegte sich. Es war fest, tanzte nicht, im Gegensatz zu den Sternen. Die verblassten in dem Maße, wie die Lichtquelle, auf die ich mich zubewegte, größer wurde. Ich wollte den Zustand des Losgelöstseins, des Einsseins mit dem Universum, nicht aufgeben, und als das Licht mich umhüllte, schrie ich entsetzt auf.

Kapitel 27

»Gott sei Dank, sie kommt wieder zu sich!«, sagte eine Frauenstimme.

»Anfälle dieser Art sind heftig, und die Dauer der Bewusstlosigkeit lässt sich nicht exakt bestimmen, variiert oft sogar erheblich«, erklärte eine heisere Männerstimme. »Aber zum Glück gehen sie spurlos vorüber.«

»Also müssen wir sie nicht in ein Krankenhaus bringen?«, fragte die Frau.

»Dazu sehe ich keine Veranlassung. Dort kann man nicht mehr für sie tun, als ich getan habe.«

»Ist mit weiteren Anfällen dieser Art zu rechnen?«, erkundigte sich die Frau.

Der Mann stieß einen tiefen Seufzer aus. »Es kann häufig auftreten oder nur hin und wieder. Mag auch sein, dass Ihr Schützling in Zukunft ganz davon verschont bleibt.«

»Wovon?«, fragte ich mit matter Stimme und öffnete die Augen.

Ich sah meine Umgebung wie durch einen Schleier, alles war verschwommen, ein Spiel aus Licht und Schatten.

Auch von den Gesichtern der beiden Sprecher nahm ich nur die Umrisse wahr. Ich spürte einen bohrenden Kopfschmerz und war versucht, mich zurückfallen zu lassen, die Augen wieder zu schließen. Aber ich kämpfte dagegen an. Mein innerer Drang, herauszufinden, was mit mir geschehen war, siegte über den Schmerz.

Allmählich wurden die Gesichter klarer, zuerst sah ich den Mann. Sein Gesicht war länglich, ein graubrauner Bart umrahmte Mund und Kinn. Das schon ergraute Haar war noch voll und in einer Tolle zur Seite gekämmt, die James Dean gut zu Gesicht gestanden hätte. Der Mann, der an meinem Bett saß, hatte aber keine weiteren Ähnlichkeiten mit James Dean aufzuweisen. Ich schätzte sein Alter auf Mitte fünfzig. Eine altmodische Goldrandbrille saß auf seiner leicht gebogenen Nase. Die Augen hinter den dicken Brillengläsern wirkten abgeklärt, vielleicht auch müde.

Neben ihm stand mit besorgtem Blick Susan. Als ich sie erkannte, wurde mir erst bewusst, was geschehen war. Das Experiment im Freihaustheater war misslungen, jedenfalls in gewisser Hinsicht. Es war mir nicht geglückt, mehr über Elisabeths Pläne herauszufinden. Doch Mozarts mystische Komposition hatte ihre Wirkung auf mich nicht verfehlt: Ich befand mich wieder in meiner eigenen Zeit!

»Wie fühlst du dich, Pam?«, fragte sie. »Brauchst du etwas?«

»Zurzeit fühle ich mich nur ziemlich verwirrt«, sagte ich mit einer Stimme, die mir selbst fremd vorkam.

Ich lag in meinem Schlafzimmer im Hotel Ambassador.

Draußen war es dunkel, und die vielen tausend Lichter des nächtlichen Wiens funkelten wie die Sterne eines künstlichen Universums. In der spiegelnden Tür des Kleiderschranks konnte ich mein Gesicht sehen, Pams Gesicht, nicht das von Luise. Ich hätte überglücklich sein sollen, aber ich fühlte mich befremdet. Die Rückkehr in meine Zeit war für mein Gefühl zu schnell vonstatten gegangen und zu einem Zeitpunkt erfolgt, an dem ich lieber noch im Jahr 1791 geblieben wäre. Würde ich jetzt nie erfahren, wie der geheime Kampf um den Sonnenkreis ausgegangen war? Welch eine seltsame Vorstellung, dass all die Menschen, mit denen ich die letzten Wochen verbracht hatte, vor zweihundert Jahren gelebt hatten und längst zu Staub zerfallen waren.

»Natürlich bist du verwirrt«, sagte Susan mitfühlend. »Nach deinem Zusammenbruch bei der Pressevorstellung warst du vollkommen weggetreten. Marcus hätte dich am liebsten gleich ins Krankenhaus bringen lassen, aber ich wollte noch größeres Aufsehen vermeiden. Dein Anfall hat der Presse schon genügend Stoff geliefert. Deshalb ließ ich dich erst einmal ins Hotel bringen und von Dr. Weißbach untersuchen. Es war die richtige Entscheidung, Gott sei Dank!«

Sie strahlte mich an und streichelte meine rechte Hand.

»Wie lange war ich ohne Bewusstsein?«

»Ihr Zusammenbruch erfolgte am Vormittag, und jetzt ist Mitternacht«, antwortete der Arzt. »So etwa vierzehn Stunden also.«

Dr. Weißbach missdeutete mein ungläubiges Staunen und sagte: »Gewiss eine lange Zeit für eine Ohnmacht, aber ich habe bei Synästhesie-Anfällen schon längere Zeiträume der Bewusstlosigkeit erlebt.«

Eine lange Zeit! Ich hätte fast laut gelacht, als ich die Worte des Arztes hörte. Für mich war es unvorstellbar, dass nur vierzehn Stunden vergangen sein sollten, während ich viele Wochen im Jahr 1791 verbracht hatte. Ein verstörender Gedanke ergriff von mir Besitz: War mein Abenteuer in der Vergangenheit nichts weiter als ein Traum gewesen?

Ich wandte mich an den Arzt: »Was sind das für Anfälle, von denen Sie eben sprachen, Doktor?«

»Synästhesie ist herkömmlicherweise nicht mit Anfällen verbunden, es ist nicht einmal eine anerkannte Krankheit. Das Phänomen ist in der Wissenschaft noch sehr umstritten. Über die Auswirkung herrscht zwar Einigkeit, über die Ursache dagegen wird heftig gestritten.« Weißbach rückte seine Brille zurecht, und das Licht der Deckenlampe spiegelte sich in den Gläsern. »Dass Sie eine Synästhetikerin sind, ist nicht mehr als eine Vermutung von mir. Der Umstand, dass Sie Ihre Ohnmacht während der musikalischen Aufführung erlitten, hat mich darauf gebracht. Es ist immer ein Sinnesreiz, der bei Synästhetikern zu anderen Empfindungen führt. Nehmen die auslösenden Reize oder die ausgelösten Empfindungen überhand, kommt es zu solchen Bewusstlosigkeiten. Es ist eine Schutzreaktion des Gehirns, um eine Überbeanspruchung zu vermeiden.«

»Ich fürchte, Doktor, ich habe nicht viel verstanden.«

Susan beugte sich über mich. »Das ist kein Wunder. Auch mir musste Dr. Weißbach alles lang und breit erklären, bevor ich es halbwegs begriff. Du bist noch sehr erschöpft und solltest dich lieber ausruhen, Pam.«

Ich richtete mich im Bett etwas auf. »Nein, ich will es *jetzt* verstehen. Bitte, Doktor, erklären Sie mir, was es mit dieser Synästhesie auf sich hat.«

»Ich werde es versuchen.« Weißbach fingerte erneut an seiner Brille herum. »Umgangssprachlich ausgedrückt, vermischen sich bei Synästhetikern zwei Sinne, die nach unserem herkömmlichen Verständnis strikt getrennt sind. Wobei kein Synästhetiker empfindet wie der andere. Ich kenne zum Beispiel eine junge Frau, die den Geschmack von Schokolade im Mund hat, wenn sie ein knalliges Rot sieht. Eine andere Patientin fühlt beim Hören klassischer Musik ein starkes Prickeln auf der Haut, wie Elektrizität. Ein Kollege hat eine ältere Dame in Behandlung, die in ihrem Kopf Symphonien hört, wenn sie auf eine Wiese blickt.«

»Sie sprechen nur von Frauen, Doktor«, fiel mir auf.

»Tatsächlich tritt dieses Phänomen siebenmal häufiger bei Frauen als bei Männern auf.«

»Gibt es dafür eine Erklärung?«

»Nein, nur die Vermutung, dass es mit der unterschiedlichen Hirnstruktur von Männern und Frauen zusammenhängt.«

»Wie häufig ist dieses Phänomen überhaupt?«

»Die Synästhetiker bilden eine verschwindend kleine Gruppe, so klein, dass es sich nicht lohnt, viel Geld für wissenschaftliche Untersuchungen in dieser Richtung auszugeben. Nach neuesten Schätzungen sind ungefähr ein- bis zweitausend Menschen davon betroffen.«

»In Österreich?«
»Nein, weltweit.«
»Wie kommt es dann, dass Sie sich so gut damit auskennen, Doktor?«
»Es ist ein Steckenpferd von mir. Insofern war es ein Glücksfall, dass die Hotelleitung mich empfohlen hat, als Sie Ihren ersten Anfall hatten. Haben Sie da auch Musik gehört?«
»Gehört nicht«, antwortete ich und erzählte ihm von dem Rokoko-Quartett auf der Kärntnerstraße. »Ich sah die Musiker spielen, aber ich konnte die Töne nicht hören.«
»Interessant! Es gibt in der Tat Tonfrequenzen, die das menschliche Ohr nicht wahrnehmen kann. Aber vielleicht haben Sie sie unterschwellig doch aufgenommen, was der Grund dafür sein könnte, dass der erste Anfall nicht so schwer war wie der jüngste, wo Sie der Musik unmittelbar ausgesetzt waren.«
»Aber ich höre mein Leben lang Musik und stehe schon seit Jahren auf der Opernbühne. Nie ist mir etwas Derartiges passiert.«
»Jedes medizinische Phänomen tritt irgendwann zum ersten Mal hervor. Denken Sie an Menschen, die ihr Leben lang Nüsse oder Bananen essen und dann plötzlich allergisch auf diese Nahrungsmittel reagieren. Aber ich will Sie nicht verunsichern. Wie ich eben schon zu Ihrer Managerin sagte, vielleicht bekommen Sie nie wieder einen solchen Anfall. Schuld kann durchaus die spezielle Art der Orchestrierung gewesen sein. Ich hörte, die neue Aufführung der ›Zauberflöte‹ soll durch ein Orchester begleitet

werden, dessen Instrumente denen zu Mozarts Zeit bis ins Detail nachempfunden sind.«

»Das ist Sinn und Zweck dieser Aufführung«, erklärte Susan. »Instrumente, Kulissen, Kostüme, alles ist der Originalaufführung so detailgetreu nachempfunden, wie es sich nur recherchieren ließ.«

»Dann könnte der Anfall darin begründet sein«, meinte Weißbach. »Der besondere Klang dieser Instrumente könnte ihn ausgelöst haben. Vielleicht spielten die Musiker auf der Kärntner Straße auf ähnlichen Instrumenten.«

Susan wirkte erschrocken. »Heißt das, Pam muss die Mitwirkung an der neuen ›Zauberflöten‹-Inszenierung absagen?«

»Man müsste ausprobieren, ob ein synästhetischer Effekt erneut auftritt, am besten unter ärztlicher Aufsicht.«

»Wären Sie bereit, diesen Part zu übernehmen, Dr. Weißbach?«, fragte Susan.

»Sehr gern. Ich studiere das Phänomen der Synästhesie, wann immer sich mir eine Gelegenheit bietet.«

Ich ergriff wieder das Wort, weil mir noch eine Frage auf der Zunge brannte: »Doktor, vorhin erwähnten Sie kurz die möglichen Ursachen dieses synästhetischen Phänomens. Welche sind das?«

»Nach einer Auffassung handelt es sich um eine Weiterentwicklung des Menschen im Rahmen der Evolution, deren Folgen höhere kognitive Leistungen und ein erweitertes Bewusstsein sind. Demzufolge erschließt die Synästhesie den Betroffenen die vierte Dimension, indem sie zu einer erhöhten Empfindlichkeit für Wachträume und visionäre Erlebnisse führt.«

»Und die andere Auffassung?«

»Die stuft die synästhetische Fähigkeit als ein Überbleibsel aus alten Zeiten ein, als der Mensch über mehr Fähigkeiten als seine fünf Sinne verfügte. Nach einer britischen Studie lösen akustische Reize bei Säuglingen in allen möglichen Hirnregionen die unterschiedlichsten Signale aus. Demnach wird jeder Mensch als Synästhetiker geboren, aber die Fähigkeit verkümmert, je älter der Mensch wird.«

»Und welche Theorie halten Sie für die Richtige?«, wollte ich wissen.

»Es ist ein großer Fehler, zu theoretisieren, bevor man alle relevanten Fakten kennt. Als Wissenschaftler kann man sich damit leicht ins Abseits manövrieren. Ich befinde mich noch in der Phase des Sammelns und Auswertens von Fakten. Wer weiß, vielleicht werden wir eines Tages eine ganz andere Erklärung für dieses Phänomen finden.«

Er sagte das auf eine Weise, die nahe legte, dass er eine eigene Theorie hatte. Bevor ich ihn danach fragen konnte, verabschiedete er sich jedoch, und Susan begleitete ihn zur Tür.

Ich dachte über Weißbachs Worte nach. Vielleicht gab es tatsächlich eine andere Erklärung, aber die hätte ihn als Wissenschaftler wohl kaum befriedigt. Nicht nur Wissenschaftler, sondern ein Großteil der Menschheit hätte sich, konfrontiert mit der These, Synästhetiker könnten die Nachfahren von Engeln sein, sehr erstaunt gezeigt. Ich selbst hätte genauso reagiert, jedenfalls noch vor kurzer Zeit.

Jetzt aber dachte ich anders und versuchte, Weißbachs Erklärungen in Einklang mit dem zu bringen, was ich erlebt hatte. Der Arzt hatte von einer erhöhten Empfindlichkeit für Wachträume und visionäre Erlebnisse gesprochen. Wahrscheinlich hielten Synästhetiker es für Visionen, wenn sie Bilder aus einer anderen Zeit sahen, die vielleicht Jahrhunderte entfernt war, in der ihre Seele aber schon gelebt hatte oder einst leben würde. Wie sonst sollte ein auf Rationalität getrimmter Mensch des 21. Jahrhunderts sich solch ein ungewöhnliches Ereignis erklären, ohne an seinem Verstand zu zweifeln?

Susan kehrte zurück und setzte sich an mein Bett. Sie sah erschöpft aus, als hätte sie seit meinem Zusammenbruch keine ruhige Minute gehabt.

»Ich wette, du hast die ganze Zeit hier gesessen und über mich gewacht wie eine Mutter über ihr fieberkrankes Kind«, sagte ich.

»Es war das Einzige, was ich für dich tun konnte, wenig genug.« Susan streichelte meine linke Wange, dann strich sie mir übers Haar. »Du machst aber auch Sachen, Kleines! Als du im Theater zusammengebrochen bist, bin ich fast zu Tode erschrocken.«

Dies war der Augenblick, in dem ich die Wahrheit erkannte. Vielleicht der entsetzlichste Augenblick in meinem Leben. Ich fühlte mich, als hätte eine unsagbar kräftige Hand den Boden unter mir weggezogen, und jetzt fiel ich in ein unendlich tiefes Loch.

Susans Worte waren schuld daran, ihr Tonfall und ihr Gesichtsausdruck. Das alles hatte ich schon einmal erlebt, vor über zweihundert Jahren. Für mich war es nur wenige Wochen her, und ich sah mich wieder Elisabeth gegenüber, als ich nach meiner Gefangenschaft am Wienfluss zu ihr kam. Ich spürte ihre Hand, die sanft über mein Haar strich, und ich hörte ihre Worte: *Kleines, was machst du nur für Sachen? Ich habe mich um dich fast zu Tode geängstigt.*

Elisabeth hatte im Jahr 1791 für mich dieselbe Rolle gespielt wie Susan in der Jetztzeit: Freundin, Beschützerin und Mutter. In diesem schrecklichen Moment aber erkannte ich, dass dahinter eine ganz andere Rolle steckte: die der Aufpasserin. Als in Grainers Schule Mrs. DeBourn gehen musste und Susan in mein Leben trat, hatte sich nichts für mich verändert. Ich wurde noch immer kontrolliert und fremdbestimmt, aber auf eine Art, die mich nichts davon merken ließ.

Als ich in Gedanken die Parallelen zwischen Susan und Elisabeth zog, verschmolzen ihre Gesichter für mich zu einem einzigen. Auch wenn ihre Züge unterschiedlich waren, die Gemeinsamkeiten überwogen: die ovale, asketisch anmutende Gesichtsform, gleichmäßig und von einer strengen Schönheit; der stets ein wenig ironisch wirkende Mund; und dieselben grünen, tief liegenden Augen.

Ich erinnerte mich an meine erste Vision, mein seltsames Déjà-vu-Erlebnis beim Anblick der verkleideten Musikanten. Die Aufmachung, in der ich Susan vor mir gesehen hatte – genauso hatte Elisabeth ausgesehen, als ich ihr zum ersten Mal begegnet war, als Patientin in Mesmers Haus. Vergebens suchte ich nach einer Erklärung, weshalb ich nicht schon eher darauf gekommen war. Vielleicht hatte sich irgendetwas tief in mir gegen die Erkenntnis gewehrt, belogen und betrogen worden zu sein, ein Leben lang.

»Was hast du, Pam? Du bist plötzlich so blass!«
»Ich glaube, ich möchte jetzt doch etwas schlafen«, sagte ich, obwohl ich kein bisschen müde war. Aber ich fürchtete durchzudrehen, wenn Susan in meiner Nähe blieb. Die Frau, die mir am meisten im Leben bedeutet und die mich von Anfang an hintergangen hatte.

Kapitel 28

Der Wald wurde dichter, nur noch vereinzelt drangen Sonnenstrahlen zwischen den eng zusammenstehenden Bäumen hindurch. Als vor mir mehrere Abzweigungen auftauchten, steuerte ich den BMW an den Straßenrand, stellte den Motor aus und griff nach dem Straßenatlas, den die Leihwagenfirma dankenswerterweise in das Fahrzeug gelegt hatte.

Offenbar gingen die zuständigen Behörden nicht davon aus, dass sich viele Ortsunkundige in diesen Teil des Wienerwalds verirrten. Anders war es nicht zu erklären, dass es zwar jede Menge Abzweigungen und Nebenstraßen, aber kaum einmal eine Ausschilderung gab. Ich fand die Karte für dieses Gebiet und vergegenwärtigte mir zur besseren Orientierung die bislang zurückgelegte Strecke. Schließlich entdeckte ich auf der Karte eine Weggabelung, bei der es sich um die vor mir liegende handeln konnte. Wenn es die richtige Abzweigung war, musste ich rechts abbiegen auf eine Straße, die sich noch etwa fünf Kilometer durch hügeliges Waldgebiet wand, bevor ich mein Ziel erreichte, das Anwesen von Professor Harbiger. Ich legte den Atlas auf den Beifahrersitz und ließ den Motor an. Ich konnte nur hoffen, dass ich mich auf dem richtigen Weg befand.

Es war kurz vor Mittag, und ich spürte ein beginnendes Hungergefühl. Ziemlich genau sechsunddreißig Stunden waren vergangen, seit ich im Ambassador aus meiner Ohnmacht erwacht war. Oder aus meinem anderen Leben, wenn man so wollte. Sechsunddreißig Stunden, in denen ich kaum geschlafen, aber angestrengt nachgedacht hatte.

Verzweifelt hatte ich mir einzureden versucht, dass mein Verdacht gegen Susan aus der Luft gegriffen war, ein Hirngespinst meines überreizten Verstandes. Aber was ich gespürt hatte, war stärker als jede rationale Überlegung. Für mich stand fest: Susan war Elisabeth. Wenn es die Wanderung der Seelen gab und das, was ich im Jahr 1791 erlebt hatte, nicht nur ein aus meiner Ohnmacht geborener Albtraum gewesen war, dann wohnte in Susan und Elisabeth ein und dieselbe Seele. Und dann musste es einen konkreten Grund geben, warum ich dieser Frau nach über zweihundert Jahren wieder begegnet war.

Elisabeth hatte sich 1791 aktiv um mich bemüht, hatte mich zu ihrem Schwesternzirkel eingeladen und schließlich, während meiner Entführung durch Ferenczy, meine Sachen zu sich geholt, als hätte sie gewusst, dass ich zurückkehren würde. Natürlich hatte sie es gewusst, wenn sie die Entführung eingefädelt hatte!

Und genauso hatte Susan sich um mich bemüht. Wenn ich jetzt Rückschau hielt, bemerkte ich erst, wie sie mein ganzes Leben bestimmt hatte, seitdem sie damals vor

Mrs. DeBourn als meine Beschützerin aufgetreten war. Etwas abgenabelt von ihr hatte ich mich nur während meiner kurzen Ehe mit Marcus. Aber das war ein Intermezzo gewesen, nach dem alles wieder so war wie vorher. Während meiner Überlegungen, wie ich Licht in das Dunkel aus Lügen und Intrigen bringen konnte, war mir Professor Harbiger eingefallen. Als weltweit anerkannter Spezialist für Mozart-Opern hatte er ursprünglich die neue Inszenierung am Pegasos-Theater übernehmen sollen. Ich hatte noch nie mit ihm zusammengearbeitet, ihn aber schon auf einigen Empfängen getroffen. Er war ein kleiner, zäher Typ, dafür bekannt, das einmal Angefangene allen Widrigkeiten zum Trotz zu beenden. Dass man ihn den Napoleon der Oper nannte, hatte einen ironischen Aspekt, passte jedoch zu seiner herrischen Art. Er war als streitbar bekannt, aber eben auch als hartnäckig. Ich konnte mich nicht erinnern, dass er sich schon einmal von einem Projekt zurückgezogen hatte. Professor Lohners Auskunft auf der Pressekonferenz, das Theater habe sich wegen Differenzen mit Harbiger in gegenseitigem Einvernehmen von diesem getrennt, erschien mir als wenig glaubwürdig. Differenzen konnte man mit Harbiger sicher haben, aber eher aß ein Vegetarier ein blutiges Beefsteak, als dass Harbiger sich von einem Projekt zurückzog.

Vorher hatte ich nicht großartig darüber nachgedacht, weil ich zu sehr mit dem neuen Regisseur, Marcus, beschäftigt war. Aber jetzt fiel es mir als große Ungereimtheit auf, und vielleicht stand sie in einem Zusammenhang mit der Jagd auf den Sonnenkreis.

Ich war unterwegs zu Harbiger, um das zu klären.
Heute Vormittag war Susan zu Professor Lohner gefahren, um das weitere Vorgehen mit ihm zu besprechen. Sie wollte erreichen, dass eine besondere Probe im Beisein von Dr. Weißbach angesetzt wurde. Kurz entschlossen hatte ich mir über die Rezeption den Leihwagen besorgt und mich auf den Weg gemacht. Harbigers Adresse mitten im Wienerwald hatte ich ausgerechnet in Susans Adressbuch gefunden.
Kurz hinter Wien waren mir Zweifel gekommen, ob ich Harbiger überhaupt antreffen würde. Dass er im Augenblick ohne Arbeit war, musste nicht bedeuten, dass er zu Hause saß und Däumchen drehte. Also hatte ich mit meinem Handy seine Nummer angewählt. In der kratzigen Männerstimme, die sich mit einem knappen »Hallo, wer da?« meldete, hatte ich Harbiger erkannt, jedoch gleich wieder aufgelegt, weil ich ihn lieber persönlich treffen wollte.
Dann hatte ich das Handy ausgeschaltet. Wenn Susan ins Hotel zurückkam und mich dort nicht antraf, würde sie versuchen, mich anzurufen. Im Moment hätte ich nicht gewusst, was ich ihr sagen sollte. Ganz abgesehen davon verspürte ich kein Verlangen, mit ihr zu sprechen.
Als der Wald sich lichtete und ich zwischen Feldern durch ein Tal fuhr, tauchte vor mir ein Ausflugslokal auf. Dort hatte ich die Gelegenheit, zwei Fliegen mit einer Klappe zu schlagen: meinen Hunger zu stillen und mich zu erkundigen, ob ich tatsächlich auf dem richtigen Weg war. Eine dreiviertel Stunde und eine gewaltige, nur zur Hälfte

vertilgte Käseplatte später war ich mit einer genauen Wegbeschreibung zu Harbigers Anwesen versehen.
Das lag auf einem schroffen Hügel und ähnelte einer kleinen Burg, komplett mit Mauer und Wehrturm. Nur ein Wassergraben mit Zugbrücke fehlte. Ich hielt vor dem geschlossenen Tor an und stieg aus. Neben dem Tor entdeckte ich eine Gegensprechanlage und drückte auf den Klingelknopf.
Es dauerte eine kleine Ewigkeit, bis Harbigers trotz der elektronischen Verzerrung unverwechselbare Stimme fragte: »Was gibt es?«
»Pamela Morton hier. Ich würde Sie gern sprechen, Herr Professor.«
Ich glaubte, durch die Gegensprechanlage zu hören, wie er den Atem anhielt.
Endlich sagte er: »Ich wüsste nicht, was wir zu besprechen hätten. Ich habe mich von der ›Zauberflöten‹-Inszenierung am Pegasos-Theater zurückgezogen.«
»Eben darüber möchte ich mich mit Ihnen unterhalten, Herr Professor.«
»Gehen Sie!«, sagte Harbiger barsch. »Ich empfange keinen Besuch.«
Bisher hatte ich einen freundlichen Tonfall angeschlagen, jetzt verschärfte ich meine Stimme: »Ich bin nicht den ganzen Weg von Wien hierher gefahren, um unverrichteter Dinge umzukehren. Wenn Sie mich nicht freiwillig empfangen, werde ich Ihre kleine Festung im Sturm nehmen oder belagern.«
Wieder herrschte Schweigen, diesmal nicht ganz so lange. Dann die ängstliche Frage: »Sind Sie allein?«

»Mutterseelenallein«, antwortete ich und empfand Bitterkeit bei dem Gedanken, wie gut der Ausdruck auf meine Situation passte.
»Warten Sie einen Moment.«
Nach zwei oder drei Minuten erschien eine verhärmte Frau um die Fünfzig, die ein altmodisches Kleid mit Blümchenmuster und eine karierte Schürze trug. Während sie auf das Tor zuschritt, beäugte sie mich misstrauisch. Sie schloss das Tor mit einem schweren Schlüssel auf und musste noch einen rostigen Riegel beiseite ziehen, bevor ich eintreten konnte.
»Das ist hier ja sicherer als in Fort Knox«, sagte ich zu ihr.
Sie sah mich irritiert an, verschloss das Tor wieder sorgfältig und wandte sich zu dem großen Gebäude um, das auf dem höchsten Punkt des weitläufigen Geländes stand.
»Der Professor erwartet Sie.«
Während ich ihr folgte, betrachtete ich das Grundstück mit der burgartigen Bebauung. Auch wenn alles ein wenig Patina angesetzt hatte, musste es Millionen gekostet haben. Was mich nicht übermäßig erstaunte. Harbiger stand in dem Ruf, bei seinen Gagenverhandlungen ebenso zäh zu sein wie bei der Arbeit.
Draußen schien die Sonne, aber im Innern des Hauses war davon nicht mehr viel zu spüren. Erst dachte ich, die mittelalterliche Bauweise behindere den Lichteinfall, doch dann sah ich, dass vor fast allen Fenstern die altertümlichen Läden zugeklappt oder Vorhänge vorgezogen waren. Es wirkte wie das Heim eines Vampirs – oder eines Menschen, der sich verkrochen hatte.
»Sie finden den Professor am Ende des Ganges.«

Mit diesen Worten verschwand meine Führerin blitzschnell durch eine kleine Tür. Auch sie fürchtete sich offenbar. Vor ihrem eigenen Chef?
»Herein!«, rief Harbigers Kratzstimme, als ich an die von der Frau bezeichnete Tür klopfte.
Auch der Raum dahinter lag im Halbdunkel. Die großen Ölgemälde an den Wänden, niederländische Meister des 17. Jahrhunderts, waren gerade noch zu erkennen. Um einen großen ovalen Tisch standen mehrere schwere Stühle, auf denen Riesen Platz gefunden hätten. Als ich Harbigers schmächtige Gestalt auf einem der Stühle entdeckte, musste ich an ein Kind denken, das auf einen Stuhl für Erwachsene geklettert ist. Noch merkwürdiger war allerdings das doppelte Rohr, das er auf mich richtete. Erst bei genauerem Hinsehen erkannte ich, dass es sich um ein Gewehr handelte.
»Ich komme in Frieden und unbewaffnet«, sagte ich und musste mich angesichts der grotesken Situation nicht einmal anstrengen, um zu lächeln.
»Das will ich hoffen, sonst verteile ich Ihre Eingeweide im ganzen Raum!«
»Sie hören sich an wie Dirty Harry, Herr Professor. Haben Sie überhaupt einen Waffenschein?«
»Seit wann legen Amerikaner auf so was Wert?«
»Immer dann, wenn sie am falschen Ende von so einem Ding stehen. Außerdem ist hier Europa, und ich hoffe, in Österreich kann sich nicht jeder nach Belieben ein Gewehr kaufen.«
»Ein Gewehr nicht, eine Schrotflinte schon«, knurrte Harbiger. »Zumindest, wenn er das achtzehnte Lebensjahr

vollendet hat. Und der Tag liegt bei mir schon ein Menschenalter zurück.«

Das war nicht zu leugnen. Sein dünnes Haar, das ich grau in Erinnerung hatte, war inzwischen schlohweiß, und tiefe Falten durchzogen das schmale Gesicht. Harbiger trug eine viel zu große Brille, die ihm das Aussehen einer alten Eule verlieh. Ich kannte sein genaues Alter nicht, schätzte ihn aber auf Ende fünfzig.

»Darf ich mich setzen?«, fragte ich. »Das dürfte auch für Sie angenehmer sein.«

»Für mich? Wieso?«

»Wenn ich still sitze, haben Sie es leichter beim Zielen. Nur für den Fall, dass Sie sich entschließen, mich umzubringen.«

Er wirkte irritiert und ließ langsam die Schrotflinte sinken, behielt sie aber auf den Knien.

»Gut, setzen Sie sich. Und sagen Sie, was Sie herführt.«

Vom viel besungenen österreichischen Charme war bei Harbiger nicht viel zu spüren. Ich hatte den Eindruck, für seine offensichtliche Furcht gab es einen bestimmten Grund. Und ich spürte, dass dieser mit dem Anlass meines Besuchs in Zusammenhang stand.

Ich nahm auf einem der großen, aber nicht sehr bequemen Stühle Platz und fragte: »Warum haben Sie die Inszenierung der ›Zauberflöte‹ am Pegasos-Theater niedergelegt, Herr Professor?«

»Sind Sie hergekommen, um mich das zu fragen?«

»Exakt.«

»Warum interessiert Sie das?«

»Nun, ich könnte sagen, dass ich nicht sonderlich erfreut

war, als ich von der Sache erfuhr. Eigentlich hatte ich mir vorgenommen, meinen Ex-Mann zu meiden, und jetzt hat nicht nur Marcus Reardon die Regie, er wird mir von Lohner vor den Augen der Presse auch noch präsentiert wie ein aus dem Hut gezaubertes Kaninchen. Das allein würde wohl reichen, um Ihnen einen Besuch abzustatten. Finden Sie nicht?«

»Mag schon sein. Ich entnehme Ihren Worten, dass Sie noch einen anderen Grund haben?«

»Nicht Sie allein fühlen sich bedroht, Herr Harbiger. Auch ich hatte in letzter Zeit allen Grund, mich in meiner Haut nicht sicher zu fühlen. Ich vermute, Sie und ich sind aus demselben Grund verängstigt. Aus dem Grund, der Sie von Ihrem Vertrag mit dem Pegasos-Theater hat Abstand nehmen lassen.«

»Weiter! Sie haben doch noch mehr zu sagen, Miss Morton!«

»Ich gebe zu, dass ich über den Grund Ihres ungewöhnlichen Verhaltens ziemlich ratlos war. Jedenfalls bis vor ein paar Minuten. Aber seitdem ich Ihr Anwesen betreten und Sie getroffen habe, kommt wohl nur eine Erklärung in Frage.«

»Ja?«

»Sie wurden bedroht. Eine andere Erklärung fällt mir nicht ein. Sie haben sich hier verschanzt wie jemand, der jede Minute damit rechnet, dass sein Mörder auftaucht.«

»Das stimmt nicht ganz«, sagte Harbiger. »Ich rechne jede Sekunde mit ihm.«

»Mit wem?«

Er wollte wohl sarkastisch lächeln, aber der Versuch missriet zu einer Grimasse. »Namen wurden mir nicht mitgeteilt. Ich denke, das ist bei Morddrohungen auch nicht üblich.«

Obwohl ich mir etwas in der Art gedacht hatte, war ich doch schockiert. Zwar war ich schon mit Morden konfrontiert worden, aber die hatten sich im Jahr 1791 ereignet. Sollten dieselben finsteren Mächte im heutigen Wien am Werk sein?

»Was genau ist vorgefallen?«, erkundigte ich mich.

»Es war wie in einem Mafia-Film. Anfangs erhielt ich anonyme Anrufe, ich sollte von der neuen ›Zauberflöten‹-Inszenierung die Finger lassen. Die Sache würde mir Unglück bringen. Erst habe ich darüber nur gelacht. Aber dann passierten ein paar seltsame Unfälle. Eines Tages platzte ein Reifen meines Wagens, und ich wäre vermutlich ums Leben gekommen, wäre ich schneller gefahren.«

»Das kann ein Zufall sein.«

»Die Verbindung zu den Anrufen zog ich erst, als ich nach Hause kam. In der Post fand ich einen anonymen Umschlag, der nichts weiter enthielt als einen kleinen Autoreifen aus Plastik. Ein Teil von einem Kinderspielzeug. Der Brief muss vor dem Unfall aufgegeben worden sein. Verstehen Sie?«

»Ja. Und weiter?«

»Zwei Tage später starb Ferrando.«

»Wer?«

»Mein Schäferhund. Frau Dieringer, meine Haushälterin, fand ihn mit durchgeschnittener Kehle hinter dem Haus.«

»Und wieder kam ein Brief mit der Post?«

»Nein, diesmal lag der Umschlag bei Ferrandos Leiche. Darin steckte wiederum ein Plastikspielzeug, ein kleiner Hund. Mit abgebrochenem Kopf.«

»Haben Sie die Polizei alarmiert?«

»Ich habe daran gedacht, aber der graue Bote kam mir zuvor.«

»Wer?«, stieß ich aufgeregt hervor.

»Ich nenne ihn so, weil er mit Hut, Schal und Mantel maskiert war. Der Mantel war grau, und der ganze Auftritt erinnerte mich an die Episode aus Mozarts Biographie. Aber das scheint Sie zu erschrecken, Miss Morton.«

»Auch ich bin dem grauen Boten begegnet. Bitte, erzählen Sie weiter!«

»Ich weiß nicht, ob ich das tun soll. Wenn ich zu irgendjemandem darüber spreche, habe ich mein Leben verwirkt.«

»Ich werde Sie nicht verraten. Und wer weiß, vielleicht retten Sie unser beider Leben damit. Die Angelegenheit entpuppt sich als immer gefährlicher.«

»Wo haben Sie den Grauen gesehen?«, fragte Harbiger.

»Vor Mozarts Wohnhaus.«

»Was?«

»Eine lange und komplizierte Geschichte, Herr Professor. Erzählen Sie mir lieber von Ihrer Begegnung mit ihm.«

Er zögerte und sah mich abschätzend an. Ich konnte ihn gut verstehen. Wenn ich für diejenigen arbeitete, die ihn bedrohten, und gekommen war, um seine Verschwiegenheit zu prüfen, trat er mit jedem weiteren Wort näher an die Schwelle zum Tod.

Ganz unvermittelt sagte Harbiger: »Er kam in der Nacht

nach Ferrandos Tod. Alles war zweifach verriegelt und verschlossen, aber er tauchte einfach neben meinem Bett auf. Am nächsten Tag habe ich jede Tür und jedes Fenster abgesucht, ohne auch nur den winzigsten Hinweis auf einen Einbruch zu entdecken.«

»Wer war außer Ihnen noch im Haus?«

Er grinste schief. »Nur Frau Dieringer.«

»Nicht gerade die Verdächtige Nummer eins für unseren grauen Boten«, gab ich zu.

»Wohl wahr. Außerdem hat sie von dem Besucher nichts gesehen und nichts gehört, obwohl sie nach dem Vorfall mit Ferrando kaum ein Auge zugekriegt hat, wie sie mir berichtete.«

»Was hat der Graue gesagt?«

»Nicht viel. Er sprach leise und höflich und bat mich, sofort den Vertrag mit dem Pegasos-Theater zu lösen, wenn ich nicht enden wolle wie mein Hund.«

»Und weiter?«

»Nichts weiter. Reicht das etwa nicht?«

»Ich meine den Grauen. Was tat er dann? Er wird sich doch nicht in Luft aufgelöst haben.«

»Nein, er ging auch nicht durch Wände, sondern zur Tür hinaus.«

»Sind Sie ihm nicht gefolgt?«

Harbiger schüttelte matt den Kopf. »Ich war fix und fertig. Das alles ereignete sich etwa zwei Stunden nach Mitternacht, und erst am Morgen habe ich mit Frau Dieringer darüber gesprochen.«

Ich verstand ihn nur zu gut, schließlich hatte ich Mozarts Reaktion auf den Besuch des Mannes in Grau erlebt.

»Und wie verlief Ihre Begegnung mit dem grauen Boten?«, fragte Harbiger.
»Ich sagte ja schon, es ist eine lange und komplizierte Geschichte. Selbst wenn ich sie Ihnen in aller Ausführlichkeit erzählte, würden Sie mir nicht glauben. Ich würde es auch nicht glauben, hätte ich es nicht erlebt.«
»Sie haben Recht, behalten Sie es lieber für sich«, sagte er zu meiner Überraschung. »Wenn ich es erfahre, haben die noch mehr Grund, mich umzubringen.«
»Mag sein, Herr Professor. Eine letzte Frage: Sie haben wirklich keine Ahnung, wer *die* sein könnten?«
»Ich habe keine Ahnung, und ich will es auch gar nicht wissen. Früher hieß es in der Schule, wenn wir zu viel schwatzten: Reden ist Silber, Schweigen ist Gold. Sie sollten das ebenfalls beherzigen, Miss Morton. Ich denke, mehr bleibt nicht zu sagen.«
Er griff nach einer kleinen Glocke, die ein erstaunlich lautes Klingeln von sich gab, und kurz darauf stand die Haushälterin in der Tür.
»Bringen Sie Miss Morton bitte nach draußen«, sagte Harbiger. »Und schließen Sie das Tor wieder gut ab.«
Bevor ich den Raum verließ, rief er mir nach: »Miss Morton, passen Sie auf sich auf!«

Kapitel 29

Wie berechtigt Harbigers Ermahnung war, erwies sich keine zehn Minuten später, als ich den BMW durch eine enge Haarnadelkurve steuerte. Ein großer roter Wagen, irgendeine japanische Limousine, stand quer mitten auf der Straße. Die Fahrertür war geöffnet, und der Fahrer streckte einen Arm nach draußen, um mich zu warnen.

Ich trat mit voller Kraft auf die Bremse und riss das Steuer herum, ohne mir im Klaren zu sein, ob es das richtige Verhalten war. Ich hatte ganz einfach keine Zeit, mir darüber Gedanken zu machen. Mir blieben nur Sekundenbruchteile.

Ich schaffte es nicht ganz, und der BMW schrammte an dem anderen Wagen entlang. Daraufhin verlor ich vollends die Kontrolle über das Fahrzeug. Es drehte sich um die eigene Achse und rutschte seitwärts ins Gebüsch. Ein kleiner Hügel stoppte die Rutschpartie abrupt, und ich beglückwünschte mich, dass ich angeschnallt war.

Benommen saß ich da und hielt, obwohl der Wagen still stand und der Motor ausgegangen war, noch immer das

Lenkrad fest umklammert. Sonst hätten meine Hände wahrscheinlich gezittert wie Espenlaub. Ein Mann lief durchs Gebüsch auf mich zu. Vermutlich der Fahrer des roten Wagens. Ich konnte keine Wut empfinden. Ich war einfach nur froh, mit dem Leben davongekommen zu sein. Er riss die Tür auf. Ein großer, kräftiger Typ mit einem etwas breiten, aber nicht unattraktiven Gesicht. Auf was man doch alles achtete, wenn man gerade dem Tod entronnen war!

»Geht's Ihnen gut, Fräulein?« Die Stimme war ein wenig wienerisch gefärbt.

Ich schüttelte den Kopf und hielt mir die Hand vor den Mund, denn mir war auf einmal speiübel.

Er löste den Sicherheitsgurt, half mir aus dem Wagen und hielt mich sogar, als ich mich übergab.

»Sie müssen zum Arzt«, sagte er. »Ich kenne einen, ganz hier in der Nähe. Wir gehen zu meinem Wagen, und ich fahre Sie hin.«

»Ich dachte, Sie hätten eine Panne!«

»Hatte ich auch. War gerade behoben, als Sie angerauscht kamen. Wären Sie eine Minute später gekommen, Fräulein, wäre die Straße frei gewesen.«

»Wäre der Wanderer nicht in die Höhle gegangen, hätte der Grizzly ihn nicht gefressen.«

»Wie?«

»Ach nichts, nur ein Rocky-Mountains-Witz.«

»Sie kommen aus den Staaten?«

»*Yes, Sir.*«

Er brachte mich zu seinem Wagen, den er inzwischen an den Straßenrand gefahren hatte. Der Motor sprang sofort an, und mein Begleiter plauderte munter von einem USA-Urlaub vor vier Jahren, während er mich zum Arzt fuhr. Er hieß Walter und hatte so viel zu erzählen, dass ich mich nicht bemühen musste. Die Fahrt endete bei einem abgelegenen Anwesen mitten im Wald.

»Ein sehr zurückgezogen lebender Arzt«, urteilte ich. »Aber auch ein gut verdienender, bei dem Grundstück!«

Das Anwesen brauchte den Vergleich mit Professor Harbigers Besitz nicht zu scheuen, ganz im Gegenteil.

»Es ist eine Privatklinik, klein, aber sehr fein«, erklärte Walter.

»So? Ich habe gar kein Schild gesehen.«

Walter grinste. »Das ist Absicht. Wer sich hier behandeln lässt, darf sich getrost zur Prominenz zählen. Und welcher Prominente liest schon gern von seinen Gebrechen in der Zeitung, nicht? Übrigens, keine Sorge, ich bezahle den Arzt.«

»Zu gütig, danke«, sagte ich ohne schlechtes Gewissen. Wahrscheinlich war mein Bankkonto um einiges dicker als seins, aber ohne ihn hätte ich mich nicht in dieser misslichen Lage befunden.

Walter hielt auf einem kleinen, ordentlich begrünten Parkplatz an. Nur ein paar Wagen standen hier, und ich nahm an, dass die weniger teuren den Angestellten gehörten. Dazwischen stachen ein Jaguar, ein Porsche und ein ganz schwerer Mercedes hervor.

»Wir nehmen einen Hintereingang, dann umgehen wir die Anmeldung. Ich kenne den Doktor gut, was uns lästiges Warten ersparen wird.«

Warten mussten wir tatsächlich nicht. Walter kannte sich

in der Klinik gut aus und führte mich durch mehrere Gänge direkt in ein großes Zimmer. Es war kein Behandlungsraum, sondern ein etwas zu plüschiger Salon. Und bei dem Arzt, der zigarrerauchend in einem Sessel saß, handelte es sich um Dr. Weißbach.

Ich war so überrascht, dass ich nicht sofort begriff. Erst als ich die Gesichter der mich erwartenden Menschen eingehend betrachtet hatte, wurde mir klar, dass ich in die Falle gegangen war. Walter hatte nicht zufällig auf der Straße gestanden. Er hatte keine Panne gehabt, sondern auf mich gewartet.

Neben Weißbach saß Professor Lohner, die fleischigen Hände zufrieden vor dem mächtigen Bauch gefaltet.

Mein Blick streifte ihn nur kurz, um lange auf Susan zu verweilen. Ihre Anwesenheit bestätigte endgültig meinen Verdacht, dass sie ein Teil der Verschwörung war. Ein wesentlicher Teil vermutlich.

Am längsten sah ich Marcus an. Seine Verstrickung in diese Machenschaften war eine richtige Überraschung, ein Schock. Vielleicht dauerte es deshalb so lange, bis ich die Situation verstand.

Er erhob sich und trat mit besorgter Miene auf mich zu.

»Hallo, Darling, ist alles in Ordnung?«

Ich hätte ihm am liebsten ins Gesicht geschlagen, unterließ es aber. Schon als mir die Hand bei Mozart ausgerutscht war, war ich mir hinterher lächerlich vorgekommen.

»Mir geht es bestens«, sagte ich bitter. »So gut jedenfalls, wie es einem nur gehen kann, wenn man gerade dem Tod von der Schippe gesprungen ist.«

Marcus wandte sich an Walter, der sich wie ein Wachhund an der Tür aufgebaut hatte. »Was ist passiert?«
»Sie kam zu schnell angefegt und ist im Unkraut gelandet«, antwortete Walter mit einem entschuldigenden Lächeln. »War nicht meine Schuld.«
»Natürlich nicht«, äffte ich seinen unverbindlichen Tonfall nach. »Es wäre ganz allein meine Schuld gewesen, läge ich jetzt im Leichenwagen.«
Susan sah mich an. »So ganz unschuldig bist du nun wirklich nicht, Pam. Es war dumm von dir, einfach zu Harbiger rauszufahren. Das hat uns ganz schön durcheinander gewirbelt. Warum hast du nicht mit mir gesprochen?«
Ich konnte nicht länger an mich halten und fing an, hysterisch zu lachen.
»Mit dir sprechen?«, fragte ich, den Tränen nahe. »Was hättest du mir denn erzählt? Etwa die Wahrheit, nachdem du mich ein ganzes Leben lang getäuscht und belogen hast?«
»Das alles geschah nur zu deinem Besten.«
»Weißt du, was ich jetzt endlich begreife, Susan?«
»Was?«
»Wie armselig du in Wahrheit bist. Einem anderen Menschen ein ganzes Leben lang vorzutäuschen, die beste Freundin zu sein, so etwas wie eine zweite Mutter, ist schon erbärmlich genug. Aber das mit so einer lapidaren Bemerkung abzutun, es sei alles nur zu meinem Besten erfolgt, zeugt mehr als tausend Worte von deiner Gefühlskälte!«
In Susans Gesicht arbeitete es, offenbar hatten meine

Worte sie getroffen. »Du tust mir Unrecht, Pam. Ich fühle wirklich wie eine Mutter für dich.«
»Und nimmst in Kauf, dass ich mir wegen dieses Kerls« – ich zeigte auf Walter – »den Hals breche?«
»Das war nicht geplant. Wir brauchen dich doch, Pam!«
»Wofür? Soll ich für euch durch die Zeit reisen oder den Sonnenkreis suchen? Vielleicht auch beides?«
Die fünf Anwesenden warfen sich bedeutungsvolle Blicke zu. Offenbar hatte ich sie mit meinem Wissen überrascht.
Dr. Weißbach wies auf einen freien Sessel. »Nehmen Sie erst einmal Platz, meine Liebe. Nach dem, was Sie durchgemacht haben, strengt das Stehen doppelt an.« Er griff nach einer Wasserkaraffe und füllte ein Glas, das er neben den mir zugedachten Sessel stellte. »Wollen Sie sich in Ruhe mit uns unterhalten, oder soll ich Sie lieber erst auf mögliche Unfallfolgen untersuchen?«
»Ich merke nicht mehr viel von dem Unfall«, sagte ich, nachdem ich mich hingesetzt hatte. »Vorhin war mir übel davon, jetzt ist für diesen Zustand eher die Gesellschaft, in der ich mich befinde, verantwortlich.«
Wahrscheinlich fühlte ich mich in Wahrheit aus beiden Gründen nicht besonders. Das Bohren und Hämmern in meinem Kopf stammte wohl von dem Unfall. Aber ich verspürte wenig Lust, mich von den Leuten, die dafür verantwortlich waren, auch noch ärztlich behandeln zu lassen. Schwerer als die Kopfschmerzen wog meine Verbitterung. Susan und Marcus, die beiden wichtigsten Menschen in meinem Leben, hatten mich nur benutzt. All die angebliche Liebe von Marcus nur eine Täuschung, ein Mittel zum Zweck?

Er hatte gerade Walter beauftragt, sich um meinen Wagen zu kümmern, und setzte sich wieder hin, als ich fragte: »Wann bist du diesem Verein beigetreten, Marcus, vor oder nach unserer Heirat?«

»Mir ist klar, worauf du hinauswillst«, sagte er umständlich. »Du musst nicht denken, Pam, dass meine Gefühle für dich nur ...«

»Vorher oder nachher, Marcus?«, unterbrach ich ihn.

»Als wir beide uns kennen lernten, gehörte ich schon ein paar Jahre dazu.«

»Als wir uns kennen lernten, was für eine nette Formulierung. Das alles dürfte doch wohl geplant gewesen sein.«

»Das war es, na und? Ich habe dich trotzdem geliebt, und ich liebe dich noch heute.«

Es klang so aufrichtig, ich hätte ihm fast geglaubt. Aber dann machte ich mir bewusst, dass alle hier nur ihr abgekartetes Spiel mit mir trieben; auch Marcus.

»Was für einen Zweck hatte unsere gescheiterte Ehe überhaupt?«, fragte ich. »Susan hatte mich doch schon in ihren Klauen. Ist euch klar geworden, dass eine junge Frau irgendwann ihre Triebe ausleben muss? Habt ihr deshalb beschlossen, einen von euch auf mich anzusetzen, ehe ein Fremder mich eurem Einfluss entzieht?«

Das betretene Schweigen der anderen zeigte mir, dass ich den Nagel auf den Kopf getroffen hatte.

»Ich glaube, das ist eine fruchtlose Debatte.« Lohner rieb mit der flachen Hand über sein Dreifachkinn. »Wir sollten lieber über das reden, was unser Gast eben erwähnt hat, den Sonnenkreis.«

»Oh!«, entfuhr es mir. »Heißt das, Sie haben die Steine

nicht in Ihrem Besitz? Gar nicht, oder fehlt Ihnen nur die Hälfte?«

Susan gab die Antwort: »Leider fehlen uns beide Hälften, schon seit zweihundert Jahren. Auf der ganzen Welt suchen wir danach. Und wir suchen nach Menschen, die uns helfen können.«

»Menschen, die Synästhetiker sind?«, hakte ich nach. »Synästhetiker mit einer besonderen Neigung zur Musik? Ist das der Grund, warum eure Organisation Musikschulen für Waisenkinder unterhält?«

»Wir tun damit doch auch Gutes, oder etwa nicht?«, entgegnete Susan.

»Gutes tut auch der Löwe, der eine Gazelle reißt«, sagte ich. »Der Löwe sorgt für den reibungslosen Kreislauf der Natur, aber die Gazelle ist darüber trotzdem nicht sehr erfreut.«

»Der Löwe tut nur, was er tun muss«, meinte Susan.

»Die gleiche Entschuldigung könnte ein psychopathischer Serienmörder vorbringen«, empörte ich mich.

Susan holte tief Luft und lehnte sich in ihrem Sessel zurück. »Wir wollen nicht streiten, Kleines. Sag mir lieber, was du in der Vergangenheit in Erfahrung gebracht hast.«

»Seit wann weißt du von meiner Zeitreise?«

»Deine Anfälle ließen es mich vermuten. Und du selbst hast eben von Zeitreisen und vom Sonnenkreis gesprochen, was Beweis genug ist.«

Jetzt erst wurde mir etwas klar: »Ihr habt den ganzen Aufwand der historisch genauen Mozart-Inszenierung nur betrieben, um mich in die Vergangenheit zu versetzen, richtig?«

»Wir hofften, dass dieser Effekt eintritt«, antwortete Lohner.
»Warum ich? Bist du etwa genauso ausgebrannt wie Soliman, Susan? Würde eine weitere Reise dir die Rückkehr in den Körper verwehren?«
»Das hat Soliman dir erzählt?«, fragte Susan.
Ich bemerkte ihr großes Erstaunen und fragte mich, ob ich zu weit gegangen war. Hatte sie gar nicht gewusst, dass Angelo Soliman der Gegenspieler ihres anderen Ichs war?
»Ich habe nicht die Absicht, euch zu helfen«, sagte ich.
Weißbach beugte sich vor und lächelte gewinnend. »Sie täuschen sich in uns. Wir stehen auf der richtigen Seite.«
»Wer genau welche Ziele verfolgt und welche Macht hinter dem Sonnenkreis steckt, werde ich vielleicht niemals herausfinden. Ich kann nur nach dem urteilen, was ich erlebt habe. Wer Menschen entführt und ermordet, entlarvt sich selbst durch seine Methoden.«
»Ermordet?«, fragte Marcus. »Wovon sprichst du?«
In knappen Worten berichtete ich von den Morden an Josefine Heusler und an Marlies.
Susan ergriff wieder das Wort: »Dafür sind wir nicht verantwortlich, Pam.«
»Ich glaube dir nicht, Susan. Dir werde ich nie wieder etwas glauben!«
»Schade«, seufzte sie. »Ich hatte auf deine freiwillige Hilfe gehofft.« Sie gab Weißbach einen Wink. »Doktor, Sie sind an der Reihe.«
Als Weißbach aus einer Schublade ein Etui mit einer Spritze holte, wollte ich aufspringen und fliehen. Aber Marcus

und Lohner, der sich trotz seiner Körpermasse sehr behände bewegte, hielten mich fest. Weißbach entblößte meinen linken Arm, und schon bohrte sich die Nadel durch meine Haut.

Ganz dicht vor mir sah ich Marcus' Gesicht, und ich spürte seinen Atem.

»Keine Sorge, Darling«, sagte er. »Dir wird nichts geschehen.«

Seine Stimme klang seltsam verzerrt, und sein Gesicht verschwamm zusehends.

Als die Dunkelheit sich auflöste, sah ich Marcus noch immer vor mir, oder schon wieder. Das diffuse Licht, in dem ich sein Gesicht kaum erkennen konnte, schob ich erst auf meinen geschwächten Zustand. Ich glaubte an eine Nachwirkung des von Weißbach verabreichten Betäubungsmittels, an eine Einschränkung meiner optischen Wahrnehmungsfähigkeit. Bis ich merkte, dass Marcus eine nur schwach leuchtende Taschenlampe in der Hand hielt.

Entsprechend verschwommen nahm ich den Raum wahr, in dem ich lag. Aber ich konnte erkennen, dass es ein Krankenzimmer war. Ein teuer ausgestattetes Zimmer mit Holzvertäfelung und allerlei Zierrat, wie man es von einer Privatklinik für die oberen Zehntausend erwarten durfte. Ich befand mich also noch in Weißbachs Gewahrsam.

»Wie geht es dir?«, fragte Marcus im Flüsterton und legte warnend einen Zeigefinger an seine Lippen. »Leise, Pam! Ich will dich von hier wegbringen.«

»Du willst mir helfen? Dich gegen deine eigene Organisation stellen?«, fragte ich im selben Flüsterton.

»Ja.«

»Aber warum? Vorhin hatte ich den Eindruck, du stehst auf der Seite von Susan und den anderen.«

»Vorhin wusste ich auch noch nicht, was ich jetzt weiß.«

»Was?«

»Später, Pam, wir haben nicht viel Zeit.«

»Nein, sag es mir jetzt! Ich bin in dieser Sache schon zu oft auf später vertröstet worden.«

»Dein Bericht über die Morde im Jahr 1791 hat mich nachdenklich gestimmt. Ich habe Susan eindringlich befragt, und schließlich hat sie zugegeben, dass unsere Gruppe auch vor dem Eliminieren von Menschen nicht zurückschreckt.«

»*Eliminieren!* Ein sehr abstrakter Begriff für Mord.«

»Susan sagte, es sei ein nicht schönes, aber notwendiges Mittel, um den Kampf gegen das Böse zu gewinnen.«

»Glaubst du etwa immer noch, dass du auf der richtigen Seite stehst, Marcus?«

»Ich weiß nicht, was ich glauben soll. Aber eins weiß ich: Ich will nicht, dass dir etwas zustößt!«

»Hast du, als Weißbach mir die Spritze gab, nicht gesagt, mir würde nichts geschehen?«

»Da wusste ich noch nicht, dass unsere Gruppe gezielt Menschen tötet. Nicht nur zum Selbstschutz, sondern auch, um die eigenen Reihen aufzustocken.«

Ich sah ihn fragend an.

»Ich spreche von den Waisenkindern in unseren Heimen. Nicht alle verlieren ihre Eltern durch einen Unfall – auch du nicht, Pam.«

Als mir der Sinn seiner Worte klar wurde, wollte ich laut

aufschreien. Marcus hatte mit meiner Reaktion gerechnet und verschloss mir den Mund mit seiner rechten Hand.

»Davon hatte ich keine Ahnung, Pam, wirklich nicht!«

Ich wusste nicht, ob ich ihm glauben sollte. Ich wusste nicht einmal, wem ich überhaupt noch glauben konnte. Susan hatte sich von meiner Freundin und Ersatzmutter zu einer eiskalten Lügnerin und Heuchlerin gewandelt. Und jetzt schien sie sogar die Mörderin meiner Eltern zu sein. Auch wenn sie selbst nicht an dem angeblichen Autounfall beteiligt gewesen war, hatte sie es doch die ganze Zeit über gewusst.

»Komm jetzt, Pam, wir müssen hier weg!«

Marcus zog mich vom Bett. Ich trug noch meine Kleidung, musste nur die Schuhe anziehen. Marcus half mir dabei, weil ich mich etwas schwindelig fühlte. Die Nachwirkungen des Unfalls oder der Spritze.

Als ich Marcus nach der Spritze fragte, sagte er: »Laut Weißbach handelt es sich um ein harmloses Schlafmittel, um dich zu beruhigen. Erst später wollte er die Tests mit dir durchführen.«

»Was für Tests?«

»Versuche mit bestimmten, den Willen ausschaltenden Mitteln. Damit solltest du zum Reden gebracht werden.«

Wir verließen das Zimmer und schlichen durch menschenleere Gänge. Teilweise waren sie nur schwach beleuchtet. Hinter den Fenstern war es dunkel, die Nacht war längst hereingebrochen.

Ich wusste nicht, was Marcus mit mir vorhatte, aber ich folgte ihm. Ich war noch zu geschwächt, um Widerstand

zu leisten. Und im Augenblick schien mir alles besser, als in dieser Klinik an mir herumexperimentieren zu lassen.
Ein wenig wohler fühlte ich mich, als wir das Gebäude verließen und ich die frische Nachtluft einatmete. Marcus ließ mir nicht viel Zeit zum Verschnaufen. Er zog mich zum Parkplatz und betätigte den automatischen Türöffner des Porsches, der mir schon bei meiner Ankunft aufgefallen war.
Kurz bevor wir den Wagen erreichten, hörten wir Schritte hinter uns. Und laute Stimmen, die uns aufforderten, stehen zu bleiben. Die elektrischen Lampen auf dem Parkplatz und dem übrigen Außengelände verbreiteten genügend Licht, um bei einem Blick über die Schulter Weißbach und Lohner zu erkennen. Dann sah ich auch Susan mit mehreren Männern, darunter Walter. Sie waren bewaffnet und richteten ihre Pistolen oder Revolver auf uns.
»Steig ein, schnell!«, zischte Marcus und schob mich auf den Beifahrersitz.
Als er um den Wagen hastete, hörte ich einen Schuss, und gleich darauf schrammte etwas jaulend über die Karosserie.
Ein zweiter Schuss ließ das Fenster der Fahrertür zersplittern, als Marcus einstieg. Die Kugel verfehlte ihn nur um Zentimeter.
Marcus drückte den rechten Fuß aufs Gaspedal, und der Porsche schoß los wie eine Rakete. Walter, der uns den Weg versperrte, konnte im letzten Augenblick zur Seite springen. Im Rückspiegel sah ich, wie er das Gleichgewicht verlor und hinfiel. Und ich sah das kurze Aufblitzen

seiner Waffe. Gleichzeitig registrierte ich, dass die Heckscheibe zersplitterte, und spürte einen heftigen Schmerz in meinem Rücken.
»Wir haben es geschafft!«, stieß Marcus erleichtert hervor, als er den Porsche auf die Straße lenkte und noch mehr beschleunigte.
Ich schwieg, biss die Zähne zusammen und kämpfte gegen den in kurzen, starken Schüben auftretenden Schmerz an.

Der Porsche raste durch die Nacht. Wegen der zersplitterten Scheiben war es kalt und zugig in dem Wagen. Ich war dankbar dafür. Sonst hätte mich die mit dem Schmerz verbundene Übelkeit übermannt.
Mit der Zeit ließ der Schmerz nach und wich einem Gefühl der Lähmung, das sich in meinem ganzen Körper auszubreiten begann. Ich konnte wieder besser atmen, lehnte mich zurück und schloss die Augen.
Ich sah meine Eltern, die mir lächelnd zuwinkten. Zum ersten Mal seit meiner Kindheit konnte ich sie in aller Deutlichkeit vor mir sehen. Als Kind war es für mich ein Schock gewesen festzustellen, wie die Erinnerung an sie mehr und mehr verblasste. Und wenn ich die alten Fotos betrachtete, erschienen Dad und Mummy mir wie Fremde. Erst jetzt lebte die Erinnerung wieder auf. Der Grund war mir klar: Bald würde ich mit ihnen vereint sein.
Ich wollte meine Neugier stillen, bevor es zu spät war, und fragte: »Die Gruppe, der du angehörst, Marcus, hat sie einen Namen?«
»Ja, Pegasos.«
»Dachte ich mir. Sie bauen ein ganzes Theater nur für die

historische Rekonstruktion der ›Zauberflöte‹. Sehr imposant.«

»Geld spielt bei Pegasos keine Rolle«, erklärte Marcus. »Wieso hast du das mit dem Namen geahnt?«

Ich erzählte ihm von Elisabeth und ihrem Pegasos-Spleen. »Das geflügelte Pferd ist nicht nur das Symbol für die Künste, sondern auch für die Unsterblichkeit«, fügte ich hinzu. »Sehr passend, nicht?«

»Ja«, sagte er geistesabwesend und hielt an einer Kreuzung an. »Wohin soll ich fahren? Mir fällt kein sicherer Ort ein.«

Ich zeigte auf einen kleinen Feldweg zur Rechten. »Fahr da rein.«

»Aber das sieht mir aus wie eine Sackgasse.«

»Tu es, bitte!«

Widerstrebend folgte er meinem Wunsch, und der Sportwagen holperte über unebenes Gelände, bis der Weg tatsächlich inmitten bewaldeter Hügel endete. Marcus schaltete Motor und Scheinwerfer aus.

»Und jetzt?«, fragte er.

»Wie ich dich kenne, hast du eine erstklassige Musikanlage im Wagen.«

»Ja, aber …«

»Hast du immer noch diesen Tick, unterwegs Mitschnitte deiner aktuellen Proben zu hören?«

»Klar, ich habe die Musik unserer ›Zauberflöte‹ dabei.«

»Leg sie ein.«

»Ich verstehe dich nicht.«

»Spreche ich so undeutlich? Marcus, bitte, tu es einfach!«

Kopfschüttelnd öffnete er ein schmales Fach, das mehrere

Minidiscs enthielt. Er wählte eine aus, schob sie in den Player und drückte auf zwei Knöpfe. Fast augenblicklich erklang die Ouvertüre zur »Zauberflöte«.
»Erklär mir bitte, was das soll«, verlangte Marcus.
»Es ist ein Versuch«, sagte ich. »Vielleicht wird so aus dem Ende ein neuer Anfang.«
Meine Stimme klang schwach und zittrig. Ich hatte keinen Einfluss darauf, spürte, wie mich die Lebenskraft verließ.
Marcus schaltete die Innenbeleuchtung ein. An seinem erschrockenen Gesicht sah ich, dass er begriffen hatte. Jetzt bemerkte er das Blut, das meinen Sitz tränkte.
»Ich fahre dich sofort ins Krankenhaus!«
Er wollte den Zündschlüssel umdrehen, aber ich keuchte: »Nein, es ist zu spät. Ich habe nicht mehr viel Zeit. Bitte, lass mich die Musik hören.«
Zweifelnd sah er mich an, sein Blick drückte aber auch Liebe und Trauer aus. Tränen rannen über seine Wangen, als ihm klar wurde, dass er mich verlor.
Ich hätte ihn gern noch angesehen, doch ich schloss die Augen, um mich auf die Musik zu konzentrieren. Statt Marcus sah ich Mozart vor mir.

Kapitel 30

Als ich die Augen aufschlug und mich in einem vertrauten Zimmer mit altmodischer Einrichtung, Kerzenhaltern und Öllampen wiederfand, spürte ich keine Erleichterung. Der Abschied von Marcus war so schnell gegangen. Marcus, der auch ein Verräter an mir gewesen war, hatte sich als einer der wenigen Menschen entpuppt, denen wirklich etwas an mir lag. Wir hätten uns noch viel zu sagen gehabt, aber nun würde es nie ausgesprochen werden. Pamela Morton war tot. Ich würde niemals in ihre Zeit zurückkehren können. Jetzt war ich Luise Heusler, und die schien sich in einem erbärmlichen Zustand zu befinden, wie ich mit einem Blick in den großen Wandspiegel erkannte.

Luise – ich – lag im Bett, tiefe Ringe unter den Augen, mit aschfahlem Gesicht. Es war mein altes Bett in Dr. Mesmers Haus. Auf einem Stuhl saß Lieschen und führte mit ihren plumpen Händen unerwartet geschickt ein Paar Stricknadeln. Es schien ein langer Schal zu werden.

»Haben Sie etwas zu trinken für mich?«, bat ich. »Meine Kehle ist so trocken wie der Staub in Wiens Straßen.«

Das Strickzeug fiel Lieschen aus der Hand, und sie starrte mich an wie einen Geist. »Sie … Sie haben … gesprochen, Fräulein«, brachte sie mühsam hervor.
»Und? Ist das etwas Besonderes?«
Lieschen brauchte eine ganze Weile, um sich zu beruhigen. Dann holte sie mir ein Glas Wasser und erklärte, weshalb sie so aufgeregt war. Ich hatte tatsächlich nicht mehr gesprochen. Seit der Premiere der »Zauberflöte« war ich vollkommen stumm und teilnahmslos gewesen. Man hatte mich in Mesmers Obhut gebracht, aber selbst der Wunderarzt konnte nichts an meinem Zustand ändern. Ich hatte die ganze Zeit im Bett gelegen und nur dann etwas gegessen, wenn man mich ausdrücklich dazu aufforderte. Es schien eine vollständige Apathie gewesen zu sein. Oder, wie Lieschen es ausdrückte, als hätte meine Seele den Leib verlassen. Womit sie der Wahrheit sehr nahe kam.
Ich grübelte über die Sache nach und konnte mir mein Verhalten nur damit erklären, dass Pamela und Luise zu sehr miteinander verschmolzen waren. Es gab nur noch ein Ich, und das konnte sich entweder im Jahr 1791 aufhalten oder zweihundert Jahre später, nicht aber in beiden Zeiten.
»Der Doktor hat befohlen, ihm sofort Meldung zu machen, wenn Ihr Zustand sich ändert, Fräulein«, sagte das noch immer erregte Lieschen.
»Dann gehen Sie doch zu ihm.«
»Wie denn? Gerade jetzt ist er nicht da. Er ist doch mit Karl zur Einsegnung gefahren.«
»Einsegnung? Wer ist denn gestorben?«

»Sie haben wohl gar nichts mitbekommen, als Sie nur so dagelegen haben«, staunte Lieschen. »Der Mozart ist tot. Gestern ist es durch ganz Wien gegangen wie ein Lauffeuer. Er ist schwer krank gewesen, heißt es, ein böses Fieber. Der Doktor und Mozart kannten sich, und deshalb ist der gnädige Herr heute zu St. Stephan.«

Was Lieschen so daherplapperte, löste in meinem Kopf einen Wirbelsturm aus. Anfangs war ich nicht in der Lage, einen klaren Gedanken zu fassen. Gerade hatte ich von Marcus Abschied nehmen müssen – und jetzt auch von Mozart?

Noch immer konnte ich mir nicht erklären, welches Band zwischen uns bestand. Aber sein Tod war ein großer Schock für mich, und etwas in mir weigerte sich, Lieschens Bericht Glauben zu schenken.

Nicht nur mein Gefühl, auch mein Verstand weigerte sich. Sicher, Mozart starb Anfang Dezember 1791 an einer Krankheit, die von den Ärzten als »hitziges Frieselfieber« diagnostiziert wurde. Aber die Uraufführung der »Zauberflöte« hatte am 30. September stattgefunden. Noch mehr als zwei Monate Zeit für Mozart!

In diesem Augenblick, als ich den Schmerz über seinen Verlust spürte und paradoxerweise doch nicht daran glaubte, beschloss ich, alles in meiner Macht Stehende zu tun, um ihn zu retten.

Ob es den Lauf der Geschichte nun änderte oder nicht, ich würde ihn warnen, damit er sich rechtzeitig in ärztliche Behandlung begeben konnte.

Falls er noch lebte!

»Mozart kann nicht tot sein«, sagte ich zu Lieschen.

»Nicht jetzt, so kurz nach der Premiere seiner neuen Oper.«
»Von welcher Oper sprechen Sie?«
»Von der ›Zauberflöte‹.«
»Aber die Premiere ist doch schon lange her. Das war an dem Abend, als Sie zurück ins Haus gebracht wurden.«
»Lange her? Wie lange?«
»Ich weiß nicht genau, da müsste ich nachrechnen.«
Lieschen zog die Stirn in Falten und bewegte stumm die Lippen, als ginge sie in Gedanken jeden verstrichenen Tag einzeln durch.
Ungeduldig fragte ich: »Und welches Datum haben wir heute?«
»Das wissen Sie auch nicht, Fräulein? Heute ist doch St. Nikolaus, der sechste Dezember.«
»Der sechste Dezember 1791?«, fragte ich fassungslos.
»Ja, doch. Welcher sonst?«
Ich sah Lieschen an, dass sie an meinem Verstand zweifelte. Ich konnte es ihr nicht verdenken, hatte ich doch selbst in letzter Zeit mehr als einmal ernsthaft in Erwägung gezogen, dass ich verrückt geworden war.
Was mir erst unglaublich erschienen war, auf einmal verstand ich es: Aus einem mir unbekannten Grund verstrich die Zeit in den beiden Zeitebenen nicht linear. Als ich nach vielen Wochen im Jahr 1791 ins moderne Wien zurückkehrte, waren dort nur einige Stunden vergangen. Jetzt war viel mehr Zeit im Jahr 1791 verstrichen als für Pamela. Vielleicht war es auch ein Effekt, der mit dem zusammenhing, was ich mangels einer treffenderen Bezeichnung für mich selbst den »Seelensprung« nannte.

Soweit ich wusste, starb Mozart am 5. Dezember, ungefähr eine Stunde nach Mitternacht. Oder, richtiger ausgedrückt, da *war* er gestorben. Jede Hilfe kam zu spät, ich konnte ihn nicht mehr retten. Die Zeit ließ sich nicht überlisten.

Mein Verstand musste jetzt akzeptieren, dass Mozart tot war, mein Gefühl aber weigerte sich weiterhin. Vielleicht wollte ich es einfach nicht wahrhaben und redete mir deshalb ein, noch immer das unsichtbare Band zwischen uns zu spüren. Eins war mir klar: Ich würde keine Ruhe haben, bevor ich mich nicht mit eigenen Augen überzeugt hatte.

»Rufen Sie mir einen Fiaker, Lieschen«, sagte ich und stieg aus dem Bett.

Als ich mich erhob, wurde mir schwindelig, was kein Wunder war: Vor ein paar Minuten war ich vor dem Tod durch die Zeit geflohen und fand mich in einem ausgezehrten Körper wieder, der seit zwei Monaten dahinvegetierte.

»Sie können nicht weg, Sie sind viel zu schwach«, widersprach Lieschen. »Wo wollen Sie denn hin?«

»Ich muss zu St. Stephan!«

Obwohl Lieschen meinen Entschluss missbilligte, lief sie widerwillig auf die Straße, um nach einem Fiaker Ausschau zu halten.

Ich nahm das erstbeste Kleid aus dem Schrank und zog mich an. Noch immer war ich wacklig auf den Beinen, und die kleinste Anstrengung trieb mir den Schweiß auf die Stirn. Wie sollte es auch anders sein, nachdem ich so lange Zeit im Bett gelegen hatte. Ich – oder der Körper, mit dem ich jetzt, wohl für immer, verbunden war. Es fiel mir schwer zu akzeptieren, dass es keine Pamela Morton mehr gab.

Lieschen kam etwas außer Atem zurück und meldete keuchend: »Ich bin einem Fiaker nachgelaufen und hab ihn angehalten. Er wartet draußen, Fräulein.«

Ich verließ das Haus in der Hoffnung, die frische Luft würde mir gut tun, aber da hatte ich mich getäuscht. Für Dezember war das Wetter unnatürlich mild. Nebel zog in dichten, graugelben Schwaden durch die Straßen, und man konnte höchstens fünfzehn bis zwanzig Meter weit sehen. Ob es an der hohen Luftfeuchtigkeit oder an meinem geschwächten Zustand lag, nach den wenigen Schritten zum wartenden Fiaker war ich nass geschwitzt. Bevor ich einstieg, streifte ich meinen Mantel ab.

»Zu St. Stephan, möglichst rasch«, sagte ich dem Fahrer, dann ließ ich mich apathisch auf die hintere Sitzbank sinken.

Ich bekam kaum Luft und musste mich zwingen, nicht zu japsen wie ein Fisch auf dem Trockenen. Ruhig und gleichmäßig atmen! Das befahl ich mir selbst, während der Fiaker durchs nebelverhangene Wien rollte.

Mir schien es wie eine Fahrt durch eine Geisterwelt. Die Menschen waren in dem wabernden Dunst nicht mehr als vorbeihuschende Schemen, allesamt Gespenster oder graue Boten.

Noch immer rang ich um Fassung angesichts von Mozarts Tod. Schließlich schloss ich die Augen und versuchte, an nichts mehr zu denken. Aber es klappte nicht. Vor mir sah ich Mozarts Gesicht, noch bleicher als gewöhnlich, totenblass und vollkommen starr. Nur die Augen lebten, und sie blickten mich angsterfüllt an.

»Wir sind da, Fräulein. St. Stephan, bitte schön!«
Die näselnde Stimme des Kutschers riss mich aus dem Dämmerzustand, in dem ich versunken war. Jetzt erst wurde mir bewusst, dass der Wagen stillstand. Als ich ausstieg, peitschte mir Regen entgegen. Schlimmer noch war der bestialische Gestank. Es musste an dem drückenden Wetter liegen, dass der Fäulnisgeruch aus den Katakomben unter dem Dom derart stark war.
Den Weg zur Einsegnungskapelle kannte ich von Josefines Totenamt, aber nach nur wenigen Schritten blieb ich stehen. Der Anblick des kastenförmigen schwarzen Wagens, der an mir vorbeirollte und sich auch schon im Nebel auflöste, ließ mich erstarren. Es war ein Leichenwagen. Mozarts Leichenwagen. Ich wusste es in dem Moment, als ich das Fuhrwerk sah. Mühsam bekämpfte ich den Drang, hinter der Kutsche herzulaufen. Was sollte mir das auch nutzen? Ich konnte schlecht den Wagen anhalten und den Sarg öffnen.
Eine schlanke Gestalt schob sich in mein Blickfeld, ein vornehm gekleideter Mann südländischen Aussehens. »Verzeihung, sind Sie nicht Mademoiselle Luise, Schikaneders Putzmacherin? Vielleicht erinnern Sie sich an mich. Der unglückliche Herr Mozart hat uns einander vorgestellt. Ich bin …«
»Salieri!«, sagte ich überrascht. »Was tun Sie hier?«
»Vermutlich dasselbe wie Sie, Mademoiselle. Ich habe Abschied genommen von dem größten musikalischen Ge-

nie, das diese Welt je gesehen hat. Vielleicht wird es niemals wieder einen wie ihn geben.« Der Komponist wischte mit dem Handrücken über seine Augen und sah mich fast verlegen an. Seine Trauer schien echt zu sein. »Ich habe Sie bei der Einsegnung gar nicht bemerkt.«
»Ich bin zu spät gekommen«, sagte ich nur und starrte an ihm vorbei dorthin, wo der Leichenwagen im Nebel verschwunden war. »War das eben der Sarg mit *seiner* Leiche?«
Salieri nickte. »Seine sterbliche Hülle wird hinaus zum Friedhof St. Marx gebracht. Seine Seele ist sicher da oben.« Er legte den Kopf in den Nacken und blickte in den verhangenen, fast schwarzen Himmel. »Man möchte die Engel darum beneiden, dass sie jetzt seinen Klängen lauschen dürfen.«
Während ich mich noch fragte, ob er absichtlich von Mozarts Seele und von Engeln sprach, bemerkte ich einen Mann und eine Frau, die St. Stephan verließen und über den Vorplatz zu den auf Kundschaft wartenden Fiakern gingen. Die Frau war verschleiert, und erst auf den zweiten Blick erkannte ich sie: Magdalena!
Magdalena und Franz Hofdemel stiegen in einen Wagen ein, ehe ich Gelegenheit hatte, mich ihnen zu erkennen zu geben.
Ich wollte zu dem Fiaker laufen, aber in dem Augenblick sagte Salieri: »Sie sehen krank aus, Mademoiselle. Kann ich etwas für Sie tun?«
Während ich ihm erklärte, dass ich lange das Bett gehütet hatte und mich noch etwas wacklig auf den Beinen fühlte, fuhr der Fiaker auch schon an und rollte an mir vorüber.

Magdalena blickte in meine Richtung, für eine Sekunde trafen sich unsere Blicke. Dann sah ich den Wagen nur noch von hinten und wartete vergebens darauf, dass er anhielt. Dass Magdalena ausstieg und zu mir kam, um mit mir zu sprechen.
Ein zweiter Wagen fuhr an mir vorbei. Es war eine große Equipage, die in der Nähe der Fiaker gestanden hatte. Ich hatte niemanden einsteigen sehen. Es schien fast, als verfolgte die Equipage den Fiaker der Hofdemels. Die Fenster des Wagens waren verhangen, so dass ich nicht hineinsehen konnte. Aber den Kutscher erkannte ich. Er hieß August und hatte mich selbst einige Male kutschiert, als ich bei Elisabeth gewohnt hatte. Elisabeths Kutscher! Das ließ nur einen Schluss zu, wer in dem Wagen saß …
Salieri sagte etwas zu mir, aber ich ließ ihn einfach stehen und lief zu den Fiakern. Ich stieg in den erstbesten Wagen und nannte dem Fahrer die Adresse der Hofdemels in der Grünangergasse. Die Straße lag nur ein paar Minuten vom Stephansdom entfernt. Wenn mich mein Gefühl nicht täuschte, würde ich dort auch Elisabeth antreffen – und vielleicht auf ein paar drängende Fragen Antworten erhalten.
Schon an der nächsten Kreuzung endete die Fahrt mit einem unsanften Ruck. Ich hörte laute Stimmen und einen unchristlichen Fluch, den der Fahrer des Fiakers von sich gab. Ich stieß die Tür zu meiner Linken auf und wollte ihn fragen, warum er angehalten hatte, aber da sah ich es bereits: Auf der Kreuzung waren drei Fuhrwerke zusammengestoßen, hatten sich regelrecht ineinander verkeilt. Das Zugtier eines mit Kisten beladenen Pritschenwagens wälz-

te sich, laut wiehernd, am Boden. Aus allen Richtungen stauten sich vor der Kreuzung die Wagen, und es sah nicht so aus, als würden wir in absehbarer Zeit vorankommen.
Ich stieg aus, drückte dem Fahrer einen Kreuzer in die Hand und lief zu Fuß weiter. Warum ich mich so beeilte, wusste ich selbst nicht recht. Zu Hause angekommen, würden Magdalena und ihr Mann sicher nicht gleich wieder fortgehen. Ich würde sie also auf jeden Fall antreffen. Wahrscheinlich war die kurze, rätselhafte Begegnung mit der Equipage, in der ich Elisabeth vermutete, für meine Hast verantwortlich. Ich spürte, dass etwas Entscheidendes bevorstand, etwas Unheilvolles.
Obwohl ich es so eilig hatte, zwang mein entkräfteter Körper mich mehrmals dazu, Verschnaufpausen einzulegen. Ich überlegte, ob ich nicht besser nach einem anderen Fiaker Ausschau halten sollte, da tauchte vor mir endlich die Grünangergasse auf. Große, vornehme Wohnhäuser säumten sie, und Franz Hofdemel war mit Sicherheit nicht der einzige hochrangige Staatsdiener, der hier wohnte. Wie in ganz Wien prangten auch hier die Hausnummern vorschriftsmäßig an den Fassaden, was mir die Orientierung erleichterte.
Als ich das Haus mit der Nummer 10 fand, suchte ich vergeblich nach der von August gelenkten Equipage. Sollte ich mich getäuscht haben, und es war gar nicht Elisabeths Kutscher? Möglich, denn das große, dunkle Gefährt hatte ich in ihrem Fuhrstall nie gesehen. Es ähnelte der Kutsche des grauen Boten, der Kutsche, mit der ich zum Wienfluss entführt worden war.
Unsicher trat ich auf das Haus zu und las am Eingang,

dass die Wohnung der Hofdemels im ersten Obergeschoss lag. Die Haustür war unverschlossen, das Treppenhaus dahinter reichlich düster. Ich erklomm die Treppe und kämpfte dabei gegen ein heftiges Seitenstechen an. Ganz offensichtlich hatte ich mich überanstrengt. Oben angekommen, lehnte ich mich mit dem Rücken an eine Wand und holte tief Luft. Ich wollte eine kleine Erholungspause einlegen, bevor ich den Hofdemels gegenübertrat, aber ein markerschütternder Schrei ließ mich jeden Gedanken daran vergessen.

Es war der Schrei einer Frau, laut und gellend wie im Angesicht des Todes.

Magdalena?

Ich lief zu der Wohnungstür, an der ein goldglänzendes Schild mit dem verschnörkelten Namenszug »Hofdemel« hing. Die Tür war verschlossen. Aus der Wohnung erklangen undeutliche Stimmen, dann ein lautes Poltern.

Ich betätigte den Türklopfer, wieder und wieder. Bis ich das Klacken des Schlüssels hörte. Die Tür wurde aufgerissen, und eine vollkommen aufgelöste Magdalena stand vor mir. Ihre Frisur war durcheinander geraten, das Haar hing ihr in wirren Strähnen ins Gesicht. In ihrem Blick spiegelte sich panisches Entsetzen, Todesangst. Sie starrte mich einfach nur an, schien unfähig, etwas zu sagen.

»Magdalena, was ist geschehen?«, fragte ich.

Zitternd hob sie einen Arm und zeigte auf eine der Zimmertüren. »Franzl … da …« Mehr brachte sie nicht heraus.

Ich stieß die Tür auf und sah die Anzeichen eines Kampfes: ein umgestürzter Stuhl, eine zerbrochene Vase und

Blutflecke auf einem Sessel. Beim Eintreten wäre ich fast gestolpert. Franz Hofdemel lag unmittelbar vor mir seitlich auf dem Teppich. In seinem eigenen Blut. Seine Kehle war auf dieselbe Art durchgeschnitten, wie ich es bei Josefine und Marlies gesehen hatte.
Wieder hörte ich Magdalena schreien und keine Sekunde später eine Tür zuschlagen. Ich lief auf den Gang und sah, dass die Wohnungstür geschlossen war. Hinter Magdalena stand der Mörder ihres Mannes, hielt sie fest und bedrohte sie mit einem Messer.
Nein, kein Mörder. Eine Mörderin!
»Elisabeth!«, rief ich im selben Augenblick, in dem ich die Frau in Männerkleidern erkannte.
»Ja?«, antwortete sie, ohne das Messer von Magdalenas Kehle zu nehmen. »Bist du erstaunt, mich hier zu sehen?«
»Ich hatte mit dir gerechnet, aber nicht ...«
»Nicht damit, dass ich diejenige bin, die deine Schwester getötet hat?«
»Nicht damit, dass du es persönlich getan hast.«
»Nun, jetzt weißt du es.«
Ihre Worte enthielten nicht das geringste Bedauern.
Während ich sie ungläubig anstarrte, lief vor meinem inneren Auge ein Film ab. Noch einmal erlebte ich den Mord an Josefine, den Überfall im Prater und die unheimliche Begegnung mit dem grauen Boten vor Mozarts Haus. Jetzt wusste ich, dass es immer Elisabeth gewesen war.
»Warum?«, fragte ich. »Warum tust du unschuldigen Menschen so etwas an?«
»Unschuldig? Eine Seele verliert ihre Unschuld in dem

Augenblick, in dem sie in einen neugeborenen Menschen schlüpft. Was ich tat, tat ich für die richtige Sache.«

»Aber wieso Magdalena und ihr Mann? Ich dachte, Magdalena steht auf deiner Seite, ist deine Spionin.«

»Das dachte ich auch, aber Soliman und Mozart müssen sie umgedreht haben. Die Verräterin hat meine Hälfte des Geheimnisses gestohlen!«

»Deine Hälfte des Sonnenkreises?«

»Ja«, sagte Elisabeth und zog im selben Augenblick die blutige Klinge durch eine Schulter Magdalenas.

Magdalena schrie vor Schmerz auf. Blut quoll aus der frischen Wunde und tränkte den Stoff ihres Kleides.

»Wo ist der Sonnenkreis?«, fuhr Elisabeth ihr Opfer an.

Als Magdalena nicht antwortete, fügte Elisabeth ihr eine zweite Wunde zu, diesmal am Oberarm. Ich stürmte los, um Magdalena aus Elisabeths Gewalt zu befreien. Die Gräfin reagierte blitzschnell und führte das Messer mit einer halbkreisförmigen Bewegung gegen mich. Beim Versuch, dem Angriff auszuweichen, geriet ich ins Stolpern. Ich stürzte und schlug mit dem Kopf gegen die Wand.

Für ein paar lange Sekunden fühlte ich mich benommen, bekam keine Luft, war unfähig, mich zu rühren. Aber ich hörte Magdalenas Schreie, und als mein Blick sich klärte, sah ich sie in einer ähnlichen Haltung am Boden liegen wie ihr Mann. Auch um sie bildete sich schnell eine Blutlache. Ich blickte mich nach Elisabeth um, doch sie war verschwunden.

Ein Stöhnen lenkte meine Aufmerksamkeit wieder auf Magdalena, und ich beugte mich über sie. Sie lebte, befand sich aber in einem schrecklichen Zustand. Elisabeth

hatte ihr tiefe Schnittwunden an Gesicht, Hals, Schulter und Arm zugefügt. Falls Magdalena das überlebte, würde sie für den Rest ihres Lebens entstellt sein.
Ich lief hinaus ins Treppenhaus und rief laut um Hilfe.

Eine halbe Stunde später wimmelte es in der Hofdemel'schen Wohnung von Polizei und Ärzten, die sich um Magdalena und um mich kümmerten. Für Franz Hofdemel war jede Hilfe zu spät gekommen.
Ich lag auf einer Chaiselongue im Salon und fühlte mich ein wenig besser, nachdem ein Dr. Günther mir ein stärkendes Pulver verabreicht hatte. Magdalena hatte man vorsichtig ins Schlafzimmer getragen, um sie dort ärztlich zu versorgen. Auf dem Flur hörte ich eine Stimme, die mir vertraut erschien. Und dann betrat ein großer, massiger Mann den Salon.
»Polizeiunterkommissär Kneifl!«, sagte ich, halb erstaunt, halb als Begrüßung.
»Polizei*ober*kommissär, bitte«, erwiderte er lächelnd. »Der Schlag gegen die Frauenräuberbande hat mir eine Beförderung eingebracht.« Er zog einen Stuhl heran und setzte sich. »Wie geht es Ihnen, Fräulein Heusler?«
»Allmählich besser, danke. Was ist mit Magdalena? Ich meine Frau Hofdemel.«
»Die Ärzte sagen, sie wird es schaffen. Man hat ihre Wunden versorgt, sie mit Riechsalz wieder zu Bewusstsein gebracht und ihr Luft in die Lunge gepumpt. Gleich kommt ein Krankenwagen, der sie ins Hospital bringt.« Er schüttelte den Kopf. »Fräulein Heusler, Sie scheinen ein untrügliches Gespür dafür zu haben, wo Schwierigkeiten zu

finden sind. Erst die Frauenräuber und nun diese blutige Ehetragödie!«

»Ehetragödie?«, staunte ich. »Wie kommen Sie darauf?«

»Frau Hofdemel hat mir eben erzählt, wie ihr Mann im Streit mit dem Messer auf sie losgegangen ist. Nur weil Sie gerade zu Besuch kamen, konnte Herr Hofdemel vom Schlimmsten abgehalten werden. Er sah die Schande seiner Tat ein und tötete sich selbst. Eine böse Geschichte! Hofdemel genoss hohes Ansehen, ein öffentlicher Skandal wird sich kaum vermeiden lassen.«

Kneifls Worte verwirrten mich, und ich fragte ihn, ob ich mit Magdalena sprechen könne.

»Wenn die Ärzte es erlauben, meinetwegen gern«, sagte er und brachte mich zum Schlafzimmer.

Dort trafen wir neben Dr. Günther noch einen Wundarzt an, Dr. Rossmann. Beide hatten nichts dagegen einzuwenden, dass ich mich kurz mit Magdalena unterhielt. Meine Bitte, unter vier Augen mir ihr sprechen zu dürfen, brachte mir einen zweifelnden Blick Kneifls ein, aber dann ließen er und die beiden Ärzte uns allein.

Magdalenas Bett war blutgetränkt, doch es war gelungen, die Blutungen zu stillen. Die Ärzte hatten Magdalena an Oberkörper und Kopf so viele Verbände angelegt, dass sie mich an eine Mumie erinnerte.

Bevor ich etwas sagen konnte, sprach Magdalena: »Du wunderst dich wohl über das, was ich dem Kommissär erzählt habe.«

»Allerdings!«

»Ich habe meinem Franzl nicht gern diese furchtbare Tat zugeschoben, aber in der Eile fiel mir kein anderer

Weg ein, um eine polizeiliche Untersuchung zu vermeiden.«

»Warum willst du sie vermeiden, Magdalena? Möchtest du nicht, dass Elisabeth gefasst wird? Empfindest du noch immer Freundschaft für die Mörderin deines Mannes?«

»Ganz bestimmt nicht, sonst hätte ich mich nicht gegen sie gestellt und ihr das Geheimnis gestohlen. Mozart hat mich in langen Gesprächen davon überzeugt, dass Elisabeth auf der falschen Seite steht.«

»Aber wie konntest du Elisabeth täuschen?«

»Gewiss ist sie eine kluge Frau, klüger als die meisten Menschen. Das weiß sie selbst. Vielleicht fühlte sie sich deshalb etwas zu sicher, war sie in ihren Äußerungen mir gegenüber zu leichtsinnig. Einigen ihrer Andeutungen konnte ich entnehmen, dass es im Keller ihres Hauses einen verriegelten Raum gibt. Zu diesem Raum existiert nur ein Schlüssel, und den trug Elisabeth immer bei sich.«

»Dir ist es gelungen, den Schlüssel zu entwenden?«, fragte ich ungläubig.

Magdalena nickte schwach. »Du weißt wohl, wie sehr Elisabeth ein ausgiebiges Bad schätzt. Zu einer ihrer festen Badestunden kam ich in ihr Haus, angeblich mit einer wichtigen Nachricht über Mozart. Wie von mir erwartet, saß Elisabeth in der Wanne und hatte den Schlüssel zusammen mit ihrer Kleidung abgelegt. Ich konnte den Schlüssel heimlich an mich bringen, bin rasch hinunter in den Keller gelaufen – und dort fand ich in dem bewussten Raum die verschollene Hälfte des Sonnenkreises.«

»Und Elisabeth hat nichts bemerkt?«

»Ich bin erst gar nicht zu ihr zurückgegangen, sondern

fuhr eilig zu Mozart. Der war außer sich vor Freude, als ich ihm meine Beute überreichte.«

Magdalena schwieg für einige Sekunden und sagte dann: »Auch er hat es nicht überlebt, vielleicht hat die Angst ihn umgebracht. Im Verein mit dem Fieber hat sie ihn wohl zu sehr geschwächt.«

»Angst? Wovor?«

»Vor Elisabeth und ihrer Macht, nehme ich an. Ich glaube, Mozart fürchtete nicht so sehr um sein Leben, als um das seiner Frau und seiner Kinder. Dass er jetzt so früh von uns gegangen ist ...«

Magdalena sprach nicht weiter. Ihre Stimme versagte, und Tränen schossen ihr in die Augen. Mozarts Tod erinnerte sie wohl an den Verlust des eigenen Mannes.

Ich wollte sie nicht quälen, aber ich hatte noch keine Antwort auf meine Frage, weshalb sie Kneifl angelogen hatte.

Als ich Magdalena darauf ansprach, sagte sie schluchzend: »Elisabeth hat gedroht zurückzukehren, falls ich sie beschuldige. Ich log, um mich zu schützen, vor allem aber die Kinder.«

»Welche Kinder?«

»Ich habe eine Tochter, wusstest du das nicht?« Magdalena strich mit der flachen Hand über ihren Bauch, und erst jetzt fiel mir die kleine Wölbung auf. »Und ich bin im fünften Monat schwanger. Den Franzl habe ich verloren, aber seine Kinder sollen leben!«

»Hätte Elisabeth dich getötet, hätte sie dich für immer zum Schweigen gebracht«, meinte ich. »Es lag in ihrer Macht.«

»Nur wenn ich lebe, kann sie aus mir herausbekommen,

wo sich der Sonnenkreis befindet. So etwas muss sie sich gedacht haben.«

»Weißt du es denn?«

»Nein, Luise, und ich will es auch gar nicht wissen.«

Dr. Günther trat ein und sagte, der Krankenwagen sei da. Ich verabschiedete mich von Magdalena und ging auf den Flur, wo Kneifl auf mich wartete.

»Haben Sie der Aussage Frau Hofdemels noch etwas hinzuzufügen?«, fragte er. »Sie schienen vorhin etwas überrascht, als ich Ihnen von Frau Hofdemels Tatbericht erzählte.«

»Nein, genauso hat es sich abgespielt«, log ich, um Magdalena und ihre Kinder zu schützen. »Ich wollte meiner Freundin einen Besuch abstatten und kam eben noch rechtzeitig, um sie vor der rasenden Wut ihres Mannes zu bewahren. Ich war nur überrascht, dass er sich selbst getötet hat.«

»Ja«, sagte Kneifl mit einem schweren Seufzer. »Da werden einige Herren bei der Obersten Justizstelle auch überrascht sein.«

Kapitel 31

Längst war die Dunkelheit über Wien hereingebrochen, als ich zu Mesmers Haus zurückkehrte. Kneifl ließ mich mit einer Polizeikutsche bringen. Ich stieg ein paar Querstraßen vorher aus und ging das letzte Stück zu Fuß. Die frische Luft, nicht mehr so feucht und drückend wie am Nachmittag, tat mir gut. Noch immer hing eine dichte Wolkendecke über der Stadt, und nicht ein einziger Stern war zu sehen. Es schien mir, als würde der Himmel angesichts von Mozarts Tod sein Antlitz verhüllen. Einen so begnadeten Komponisten, dessen Klänge einen göttlichen Atem hauchten, würde es nicht wieder geben, in den kommenden zweihundert Jahren nicht, vielleicht auch nie mehr.

Als ich Mesmers großes Haus erblickte, blieb ich stehen und überlegte, ob ich mich umdrehen und wieder weggehen sollte. Ich fühlte mich leer, ausgebrannt, fragte mich, was ich bei den Hütern des Sonnenkreises noch sollte. Sie hatten ihr Ziel endlich erreicht und dank Magdalena auch die zweite Hälfte der geheimnisvollen Edelsteine in ihre Gewalt gebracht. Der lange Kampf hatte sie ein großes

Opfer gekostet: Mozart. Aber vermutlich sahen sie darin nicht mehr als ein notwendiges Übel.
Meine Hilfe wurde nicht länger benötigt. Die Bruderschaft hatte jetzt, was sie wollte. Zudem wusste Elisabeth, dass ich zu ihren Gegnern gehörte. Als Spionin war ich wertlos geworden. Es sah ganz so aus, als müsste ich mich an den Gedanken gewöhnen, mir in diesem alten Wien eine eigene Existenz aufzubauen, als Putzmacherin Luise Heusler.
Schließlich setzte ich meinen Weg doch fort. Meine wenigen Habseligkeiten befanden sich in Mesmers Haus. Außerdem hätte ich nicht gewusst, wo ich so schnell ein neues Quartier finden sollte, ordentlich und doch billig. Sehr billig am besten, denn meine Geldbörse war arg dünn. Wohl oder übel würde ich Mesmers Gastfreundschaft noch einige Zeit in Anspruch nehmen müssen, wenigstens so lange, bis ich meine Börse ein wenig gemästet hatte.
Mein schlechtes Gewissen darüber, dass ich Mesmer womöglich ausnutzte, hielt sich angesichts der Tatsache, dass er und seine Logenbrüder mich für ihre Zwecke benutzt und mich dabei in große Gefahr gebracht hatten, in Grenzen. Jedenfalls versuchte ich mir das einzureden. In Wahrheit war mir klar, dass nicht Mesmer, Soliman und die anderen mich in dieses unglaubliche Abenteuer hineingezogen hatten. Es war meine Bestimmung gewesen.
Üblicherweise öffnete Karl die Eingangstür, aber diesmal erschien Lieschen, nachdem ich geklingelt hatte. Bei meinem Anblick wirkte sie erleichtert, anscheinend hatte sie sich wirklich Sorgen um mich gemacht.

»Ist Dr. Mesmer noch mit Karl unterwegs?«, fragte ich.
»Nein, der gnädige Herr ist längst wieder heimgekehrt.«
»Ich habe mich nur gewundert, dass nicht Karl zur Tür gekommen ist.«
»Der Karl, der spannt das Kutschpferd ein«, erklärte Lieschen.
»Wo will Dr. Mesmer denn hin?«
»Das weiß ich nicht. Vorhin kam ein Bote zum gnädigen Herrn, und danach hatte er es sehr eilig.«
Ich trat ein, und Lieschen führte mich zu Mesmers Privaträumen, wo der Arzt damit beschäftigt war, eine große schwarze Reisetasche zu packen. Er wirkte angespannt, besorgt. Der Bote, von dem Lieschen gesprochen hatte, schien ihm keine guten Nachrichten überbracht zu haben.
»Du willst Wien verlassen, Bruder Mesmer?«, fragte ich, nachdem Lieschen gegangen war.
Er nickte. »Etwas Schreckliches ist passiert. Ich hörte es gerade von einem Boten, den Bruder van Swieten mir geschickt hat. Du wirst es nicht glauben, aber ...«
»Sprichst du von dem Mordversuch an Magdalena Hofdemel?«
Er starrte mich mit offenem Mund an, und ich erzählte ihm die ganze Geschichte.
»Dann hat van Swieten also Recht!«, entfuhr es Mesmer. »Er hat nämlich die Vermutung geäußert, dass es sich nicht um eine Ehetragödie handelt, sondern Gräfin Mansfeld hinter dem blutigen Vorfall steckt. Aber dass sie es eigenhändig getan hat!« Er schüttelte den Kopf, als ginge das über seine Vorstellungskraft.
»Sie hat mir gestanden, dass sie auch die Morde an Jose-

fine und Marlies auf dem Gewissen hat«, sagte ich. »Sie wirkt wie ein gereiztes Raubtier, nachdem sie ihre Hälfte des Sonnenkreises verloren hat: zu allem fähig und höchst gefährlich. Wir müssen sie kalt stellen, Bruder Mesmer. Van Swieten ist ein einflussreicher Mann bei Hofe. Vielleicht kann er dafür sorgen, dass Elisabeth für ihre Taten büßen muss.«

»Das glaube ich nicht«, erwiderte Mesmer mutlos. »Van Swieten ist gestern vollkommen überraschend aller Ämter enthoben worden.«

»Was? Aber wie kann das sein?«

»Der Kaiser selbst soll es angeordnet haben. Doch in Wahrheit wird es wohl auch hier wie so oft im Leben heißen: *Cherchez la femme!*«

»Elisabeth?«

Mesmer nickte. »Wir haben ihren Einfluss auf den Kaiser schon immer als Gefahr für uns angesehen. Van Swietens Absetzung zeigt, wie groß dieser Einfluss ist. Wir alle befinden uns in großer Gefahr. Es heißt, die Angehörigen geheimer Bruderschaften hätten mit schweren Strafen zu rechnen, sollten vielleicht gar allesamt inhaftiert werden.«

»Willst du Wien deshalb verlassen?«

»Nicht nur deshalb. Es gibt noch einen anderen Grund.«

»Und der wäre?«

»Das wirst du erfahren, wenn wir am Ziel sind, Luise. Sag Lieschen, sie soll dir beim Packen helfen!«

Während unserer mehrtägigen Fahrt versuchte ich, von Mesmer mehr über Mozarts Tod zu erfahren, aber mein Begleiter hielt sich bei diesem Thema merkwürdig be-

deckt. Er schien mehr daran interessiert, alles über meine Erlebnisse mit Elisabeth und ihrem Alter Ego Susan zu erfahren.
Einmal sagte er erleichtert: »Das Verhalten dieser Susan lässt mich hoffen. Offenbar, und sie hat es dir ja bestätigt, ist es unseren Feinden auch in zweihundert Jahren nicht gelungen, uns den Sonnenkreis wieder abzunehmen.«
»Aber kann es nicht sein, dass Elisabeth die Geschichte ändert?«
»Doch«, antwortete er mit düsterem Gesicht. »Gerade das ist unsere große Sorge.«

Während unserer Reise erkannte ich viele Stationen wieder, und so war ich nicht überrascht, als wir eines späten Nachmittags über die lange Kastanienallee auf Schloss Aigen zurollten. Auch dass Angelo Soliman uns dort empfing, konnte mich nicht verblüffen. Am nächsten Tag trafen nach und nach weitere Brüder ein, darunter Baron van Swieten und Emanuel Schikaneder. Die Bruderschaft schien sich auf ein großes Ereignis vorzubereiten – auf die entscheidende Konfrontation mit ihren Widersachern. Bewaffnete Wachen wurden im Schloss postiert, und Männer mit Hunden patrouillierten nachts im Freien.
In meiner dritten Nacht auf Schloss Aigen schlugen die Hunde an und veranstalteten einen Höllenlärm. Ich sprang aus dem Bett und lief zum Fenster, konnte aber nichts erkennen. Schnell schlüpfte ich in meine Schuhe und zog einen Mantel über mein Nachthemd, bevor ich das Zimmer verließ und zum Haupteingang eilte, wo sich die meisten Brüder bereits versammelt hatten. Grund für

die Aufregung war die Ankunft einer Kutsche. Und ihr entstieg niemand anderer als Wolfgang Amadeus Mozart! Ich fühlte mich betäubt, wie vor den Kopf geschlagen. Mozart war tot, verscharrt in einem Massengrab auf St. Marx. Für einen langen Augenblick fürchtete ich, den Verstand zu verlieren, glaubte ich mich von Mozarts Geist heimgesucht. Aber Mozart stand vor mir, zum Greifen nahe, und sprach, atmete – lebte.

Er begrüßte seine Brüder, danach mich. Wir sahen uns lange an, und ich glaubte, in seinem Gesicht dasselbe zu lesen, was auch ich empfand: eine tiefe Freude über das Wiedersehen.

Dazu gesellten sich bei mir die widerstreitendsten Gefühle. Zum einen überschwemmte mich ein Glücksgefühl, verbunden mit unendlicher Dankbarkeit, dass Mozart noch lebte. Mein sechster Sinn hatte mich also nicht getäuscht.

Aber ich war auch wütend, dass Mozart und die anderen mir, ihrer so genannten Schwester, eine Komödie vorgespielt hatten. Gewiss hatten sie es nicht darauf angelegt, mich zu täuschen, sondern sie wollten wohl verhindern, dass ich unabsichtlich etwas verriet. Und doch konnte ich meine Wut nicht unterdrücken. Zu groß war der Schmerz gewesen, den ich bei der Nachricht von Mozarts Tod empfunden hatte.

Wir gingen in einen Salon, dessen Türen fest verschlossen und von bewaffneten Männern bewacht wurden. Alles versammelte sich um einen großen Tisch, auf den Mozart ein unscheinbares Holzkästchen stellte. Er hob den Deckel hoch, und das Licht des Kronleuchters fiel auf funkelnde

Steine in kräftigen Farben. Sie sahen genauso aus wie die Hälfte des Sonnenkreises, die ich schon früher gesehen hatte. Aber ich wusste, dass in diesem Holzkasten die zweite Hälfte lag. Der Schatz, den Magdalena Elisabeth entwendet hatte.

Angelo Soliman stellte einen schwarzen Kasten auf den Tisch und öffnete ihn. Nun lagen beide Hälften des Sonnenkreises nebeneinander, und es schien mir, als verstärke sich ihr Leuchten in diesem Moment um ein Vielfaches. Möglicherweise war es eine optische Täuschung. Ich hatte nur sehr ungenaue Vorstellungen von den Kräften dieser Steine. Vielleicht sollte sich auch kein menschliches Wesen besser damit auskennen.

»Der Sonnenkreis ist wieder vereint«, sagte Soliman andächtig. »Ich wünschte, wir könnten dieses Ereignis in einer ihm würdigeren Feier begehen. Aber die Umstände lassen das nicht zu. Gräfin Mansfeld ist uns dicht auf den Fersen, und ich fürchte, Schloss Aigen ist nicht länger ein sicherer Ort.«

Wie zur Bestätigung seiner Worte ertönte draußen Lärm: erneutes Hundegebell, Schreie und Schüsse. Wir sahen uns an, und jeder schien dasselbe zu denken: Elisabeth war schnell – zu schnell.

Soliman legte beide Hälften des Sonnenkreises in den mit schwarzem Leder bezogenen Kasten, der die ursprüngliche Hälfte enthalten hatte, und klappte ihn zu. »Wir müssen den Sonnenkreis wegbringen!«

»Aber wohin?«, fragte van Swieten. »Die Gräfin ist bestimmt mit einer kleinen Armee angerückt. Sie wird alle Straßen überwachen lassen. Wenn es ihr gelungen ist, uns beim Kaiser anzuschwärzen, sind vielleicht sogar Soldaten bei ihr.«

»Dann laufen wir querfeldein«, entschied Soliman. »Zur Grotte!«

Wir verließen den Salon und dann durch einen Nebenausgang das Schloss. Draußen wurde noch immer geschossen. Wir sahen im schwachen Licht der Gestirne undeutlich ein paar Uniformen und wussten, dass van Swietens Annahme zutraf: Der Überfall auf das Schloss fand mit höchster Billigung statt.

Hufgetrappel ertönte, und ein uniformierter Reiter tauchte vor uns auf. Er richtete seine Pistole auf uns, hatte aber nicht mit Schikaneder gerechnet. Der warf sich mit seiner ganzen Körpermasse gegen das Pferd. Das Tier scheute, und der Soldat verlor das Gleichgewicht. Als er zu Boden fiel, ging die Pistole mit einem lauten Knall los, richtete aber keinen Schaden an.

Zwei unserer bewaffneten Begleiter stürzten sich auf den Soldaten und hielten ihn in Schach. Der Mann leistete keine Gegenwehr. Beim Fallen schien er sich eine Verletzung zugezogen zu haben.

Soliman ergriff die Zügel des Pferdes und wandte sich zu Mozart um: »Du bist der Auserwählte, Bruder Mozart. Nimm das Pferd und bring den Sonnenkreis in Sicherheit!«

Mozart bestieg den Braunen und nahm den Kasten mit den Edelsteinen an sich. »Brüder, wir werden uns vielleicht nie wiedersehen«, sagte er zögernd.

»Wir *dürfen* uns niemals wiedersehen«, erwiderte Soliman. »Nur so ist gewährleistet, dass die Gräfin die Steine nicht aufspüren kann. Und jetzt reite, Bruder! Unsere Leute in der Grotte müssen die Schüsse gehört haben. Sie wissen, dass sie beim geringsten Anzeichen von Gefahr alles für die Flucht vorzubereiten haben.«

Mozart nickte, ritt aber noch immer nicht los. Er beugte sich zu mir herunter und streckte mir eine Hand entgegen.

»Kommst du mit, Luise?«

Ich wusste nicht, wohin er mich bringen würde. Die nahe Grotte war nur ein vorläufiges Ziel. Aber mir war es gleichgültig. Eben noch hatte ich befürchtet, Mozart nie mehr wiederzusehen. Jetzt ergriff ich seine Hand und stieg mit Schikaneders Hilfe hinter ihm aufs Pferd. Letzte gute Wünsche, ein paar eilige Abschiedsrufe, und wir ritten los, ließen Mesmer, van Swieten, Schikaneder und Soliman für immer zurück.

Mozart ließ das Pferd im verhaltenen Galopp laufen. Schneller zu reiten, hätte angesichts der schlechten Sicht verhängnisvolle Folgen haben können. Hinter uns wurden die Kampfgeräusche leiser. Ich hielt mich an Mozart fest und machte mir keine Gedanken über die Zukunft. In diesem Augenblick höchster Aufregung und Gefahr war ich glücklich wie noch nie zuvor.

Weil Mozart lebte. Und weil ich bei ihm war.

Bei den Felshöhlen wurden wir von Männern mit Laternen empfangen. Einer führte uns durch das Grottenlabyrinth. Unser Weg endete, für mich überraschend, unter freiem Himmel. Inmitten der Felsen tat sich ein kleines Tal auf, und darin war ein Ballon am Boden vertäut, ganz ähnlich dem, mit dem Blanchard vom Prater nach Groß-Enzersdorf geflogen war.

Plötzlich ging mir ein Licht auf. »Deshalb seid ihr im Prater gewesen. Ihr wolltet sehen, wie so ein Ding funktioniert!«

»Ja«, bestätigte Mozart. »In dem Krieg, den wir führen, kann jede neue Errungenschaft eine wichtige Waffe sein.«

»Und damit sollen wir entkommen?«, fragte ich zweifelnd.

»Das ist der Plan.«

»Kannst du denn mit einem Ballon umgehen?«

»Ich habe geübt.«

»In der Luft?«, fragte ich erstaunt.

»Das nicht. Aber theoretisch beherrsche ich dieses Wunderding.«

Ein paar Männer packten Vorräte und Ballastsäcke in die Gondel.

Während wir warteten, dass der Ballon startbereit war, fragte ich Mozart nach den Umständen seines vermeintlichen Todes.

»Elisabeth und ihre Verbündeten waren schon lange hinter mir her. Als der graue Bote mich besuchte, drohte er mir mit dem Tod meiner Frau und meiner Kinder. Schon vorher war ich mir der Gefahr für meine Familie bewusst. Daher schickte ich Konstanze immer wieder zur Kur und ließ sie den kleinen Karl Thomas mitnehmen. Oder ich brachte den Jungen in einer Schule unter. Alles, damit sie kein Angriffsziel für meine Feinde boten. Aber mir war klar, dass ich meine Familie nicht auf unbegrenzte Zeit beschützen konnte. Sie schwebte in Gefahr, solange ich lebte. Der Besuch des grauen Boten, seine Dreistigkeit, sich einfach in meine Wohnung zu wagen, zeigten es mir nur zu deutlich. Deshalb spielte ich den Todkranken, was mir gar nicht schwer fiel. Mesmer hatte mir ein Mittel gegeben, nach dessen Einnahme ich mich fast so sterbenskrank fühlte, wie ich aussah. Außerdem sollte ich auf die mir von Magdalena Hofdemel überbrachte Hälfte des Sonnenkreises aufpassen. Bei einem Toten würde Gräfin Mansfeld kaum danach suchen.«

»Du wirst deine Familie nie wiedersehen«, stellte ich nachdenklich fest.

»Nein«, sagte er leise. »Aber Konstanze und die Kinder werden nicht länger in Gefahr sein. Und meine Brüder werden für sie sorgen.« Nach einer Pause fügte er leise hinzu: »Falls Soliman und die anderen diese Nacht überleben.«

»Ich denke, das werden sie«, versuchte ich Mozart zu beruhigen. »Nach allem, was ich weiß, ist keiner von ihnen in dieser Nacht gestorben. Vermutlich werden die Wogen sich schnell glätten. Auch wenn Soldaten das Schloss angegriffen haben, kann der Kaiser kaum in großem Stil Militär gegen alle geheimen Bruderschaften einsetzen. Davon ist mir jedenfalls nichts bekannt.«

Mozart lächelte schwach. »Es hat seine Vorteile, wenn man die Zukunft kennt.«

Dann war es so weit. Das »Luftschiff«, wie einer der Männer sagte, war bereit. Wir kletterten in die Gondel, und die Halteseile wurden gelöst. Der Ballon stieg höher, über die Felsen hinweg in den Nachthimmel hinauf. Unter uns wurden die Menschen und Bäume kleiner, bis sie mit dem Nachtdämmer verschmolzen.

»Wohin uns die Luft wohl trägt?«, fragte ich.

»Die Welt ist groß, uns stehen alle Richtungen offen«, antwortete Mozart enthusiastisch. »Vielleicht fliegen wir ja bis nach Amerika!«

»Aber nur mit Zwischenlandungen«, wandte ich ein. »Dieser Ballon ist schließlich keine Concorde.«

»Eine was, bitte?«

»Schon gut«, sagte ich und starrte nachdenklich in die Nacht hinaus.

Ich dachte an die Vergangenheit meiner Familie, die jetzt zu meiner Zukunft geworden war. Die Mortons waren erstmals Ende des 18. Jahrhunderts in Nordamerika in Erscheinung getreten. Es klingt verrückt, aber ich dachte daran, dass ich vielleicht meine eigene Urahnin war – oder werden würde.

Etwas anderes schoß mir durch den Kopf, und ich sah zu der kleinen Kiste, die in der Gondel lag. »Was wird mit dem Sonnenkreis?«

»Ich weiß es nicht«, seufzte Mozart. »Vielleicht sollten wir ihn einfach irgendwo ins Meer werfen, falls wir über eins fliegen. Er hat schon genügend Menschenleben gefordert.«

»Dann wäre seine Macht für alle Zeiten verloren.«

»Das würde ich nicht sagen«, meinte Mozart. »Mit der Zeit ist das so eine Sache.«

»Ach ja.« Ich musste lachen. »Sind wir wirklich Engel?«

»Wenn dieser Ballon nicht richtig konstruiert ist, auf jeden Fall.«

Für den Augenblick reichte mir diese Antwort. Ich wollte viel lieber ein Mensch sein. Die Niedergeschlagenheit, die mich noch vor wenigen Tagen beherrscht hatte, war

verflogen. Ich hatte keine Vorstellung von meiner Zukunft. Aber ich wusste, dass ich sie genießen würde, an Mozarts Seite.
Ich ergriff seine Hand und hielt sie fest, während der Ballon unter funkelnden Sternen in die Nacht hineinflog.

Zeittafel 1791

März

Mozart erhält von Schikaneder den Kompositionsauftrag zur »Zauberflöte«. Der Plan für die Oper besteht möglicherweise seit längerem.

9. März

Misslungener Versuch des Franzosen Blanchard, mit seinem Ballon im Prater aufzusteigen.

22. April

In Paris wird erstmals die Guillotine eingesetzt.

29. Mai

Zweiter misslungener Flugversuch Blanchards im Prater.

4. Juni

Konstanze Mozart fährt mit ihrem Sohn Karl Thomas zur Kur nach Baden.

20./21. Juni

Gescheiterter Versuch des französischen Königs Ludwig XVI., aus Paris zu fliehen. In Varennes aufgegriffen, wird er zurück nach Paris gebracht und seiner Funktionen enthoben.

Juli

In Mozarts Briefen an die noch in Baden weilende Konstanze ist wiederholt von einem »Geschäft« die Rede, das er zu Ende bringen müsse und das ihm »innerlich Sorge, Bekümmerniß« bereite. – Mesmer kommt nach Wien zurück.

6. Juli

Blanchard steigt mit seinem Ballon im Prater auf und landet in Groß-Enzersdorf bei Wien.

15. Juli

Paris: Ludwig XVI. wird wieder in seine Ämter eingesetzt.

17. Juli

Paris: Auf dem Marsfeld kommt es zu einem Blutbad, als eine antimonarchische Demonstration von der Nationalgarde niedergeschlagen wird.

Mitte Juli

Mozart fährt nach Baden und holt Frau und Kind zurück nach Wien.

26. Juli

Geburt von Mozarts sechstem und letztem Kind Franz Xaver Wolfgang.

Ende Juli

Mozart beendet die »Zauberflöte« und trägt sie in sein Werkverzeichnis ein (Priestermarsch und Ouvertüre komponiert er erst kurz vor der Premiere). – Er erhält Besuch vom »grauen Boten«, der das Requiem in Auftrag gibt.

19. August

Im Kärntnertortheater findet die Akademie der blinden Glasharmonika-Virtuosin Marianne Kirchgeßner statt.

Um den 25. August

Anlässlich der Krönung Leopolds II. zum böhmischen König reist Mozart mit Konstanze nach Prag. Mozarts Sohn Karl Thomas wird in einer Erziehungsanstalt untergebracht, der vier Wochen alte Franz Xaver Wolfgang in Pflege gegeben.

3. September

Paris: Die Nationalversammlung verabschiedet die erste Verfassung.

14. September

Paris: Ludwig XVI. leistet den Eid auf die neue Verfassung.

Mitte September

Mozart kehrt mit Konstanze nach Wien zurück.

28. September

Mozart beendet den Priestermarsch und die Ouvertüre der »Zauberflöte« und trägt sie in sein Werkverzeichnis ein.

30. September

Uraufführung der »Zauberflöte« im Freihaustheater auf der Wieden. Mozart selbst dirigiert vom Flügel aus.

Anfang Oktober

Konstanze Mozart fährt mit ihrer Schwester Sophie wieder zur Kur nach Baden und nimmt den kleinen Franz Xaver Wolfgang mit. Karl Thomas wird erneut in die Erziehungsanstalt gebracht.

16./17. Oktober

Mozart holt Konstanze aus Baden zurück.

20. November

Mozart legt sich krank zu Bett.

5. Dezember

Mozart stirbt fünf Minuten vor ein Uhr nachts. Im Sterberegister der Domkanzlei von St. Stephan steht als Todesursache ein »hitziges Frieselfieber«. – Baron van Swieten, wie Mozart den Wiener Freimaurer-Kreisen verbunden, wird sämtlicher Ämter enthoben.

6. Dezember

Um drei Uhr nachmittags findet die Einsegnung von Mozarts Leichnam vor der Kruzifix-Kapelle von St. Stephan statt. Der Leichnam wird zum St. Marxer Friedhof gefahren und dort in einem anonymen Reihengrab beigesetzt. Die genaue Grabstelle ist nicht bekannt. – Franz Hofdemel verstümmelt seine Frau auf grässliche Weise und schneidet sich danach selbst die Kehle durch. Die sehr knapp ausfallenden zeitgenössischen Berichte über die Tat zeigen deutliche Anzeichen von Zensur. Magdalena Hofdemel schweigt zeitlebens über den Vorfall.

Jörg Kastner

Im Schatten von Notre-Dame

Roman

Paris im Jahr 1483. Dunkle Kräfte sind am Werk, und in den Gassen um die große Kathedrale von Notre-Dame geht der Tod um. Armand Sauveur, ein junger Kopist, wird in Machenschaften verstrickt, die ihn ins Zentrum einer geheimnisvollen Verschwörung führen.
Ein mitreißender Kriminalroman um eine folgenreiche Verschwörung der Templer im mittelalterlichen Paris.

Knaur Taschenbuch Verlag

Jörg Kastner
Der Engelspapst

Roman

Entsetzen lastet auf den Dächern und Kuppeln der Ewigen Stadt. Ein mysteriöses Verbrechen ist geschehen.
Zusammen mit der jungen römischen Journalistin Elena sucht der Schweizergardist Alexander Rosin einen Mord aufzuklären, dessen Motive offenbar weit in das uralte Labyrinth der Kirche zurückreichen. Ein sagenumwobener Smaragd führt die beiden auf die Spur eines jahrhundertealten Komplotts, bei dem die Zukunft der Kirche auf dem Spiel steht.

Knaur Taschenbuch Verlag

Jörg Kastner

Der Engelsfluch

Roman

Nach der Rettung des Engelspapstes kommt es zur Spaltung der katholischen Kirche, und in Neapel residiert der Gegenpapst Lucius. Nur wenige kennen sein Geheimnis: Er ist ein Nachkomme des Erzengels Uriel. Doch warum hat ihn dann nicht der Zorn Gottes getroffen wie die anderen Engelserben? Elena verfolgt Lucius' Spur zurück in die Toskana, wo er einst als wundertätiger Priester wirkte – und wo sie auf weitere Menschen mit magischen Fähigkeiten stößt. Alexandra dagegen wird in Rom festgehalten, weil dort Mitglieder der Glaubenskongregation auf geheimnisvolle und grausame Weise ermordet werden …

Droemer